阿诺河畔的人文吟唱
——人文主义者及其观念研究

周春生 著

名家学术文库

天津教育出版社

图书在版编目（CIP）数据

阿诺河畔的人文吟唱：人文主义者及其观念研究/周春生著.
—天津：天津教育出版社，2011.6
ISBN 978-7-5309-6463-7

Ⅰ.①阿…　Ⅱ.①周…　Ⅲ.①文艺复光—文艺思想—思想评论—欧洲　Ⅳ.①I109.31
中国版本图书馆CIP数据核字（2011）第088983号

名家学术文库

阿诺河畔的人文吟唱：人文主义者及其观念研究

出 版 人	胡振泰
作　　者	周春生
选题策划	王光昭
责任编辑	王剑文
装帧设计	鄯亚非

出版发行	天津教育出版社
	天津市和平区西康路35号　邮政编码 300051
	http://www.tjeph.com.cn
经　　销	新华书店
印　　刷	唐山天意印刷有限责任公司
版　　次	2011年6月第1版
印　　次	2011年6月第1次印刷
规　　格	16开（787×1092毫米）
字　　数	397千字
插　　页	6
印　　张	31.75
定　　价	58.00元

他们是文化人

他们是充满个体精神的人

他们热爱古典世界的文化

他们欣赏人与自然、人与神的和谐之美

他们善用诗性和天才的智慧去创造震撼心灵的文化世界

波提切利:《维纳斯的诞生》

序

2008年5月，此时的意大利，橄榄树绿，地中海蓝。纵贯全境的亚平宁山脉，峰峦起伏，充满生机。应罗马拉特拉尼大学之邀，我再次造访意大利这片由罗马文明锻造的国度，并来到文艺复兴的摇篮——佛罗伦萨。我居住在圣马可旅馆，房屋稍显陈旧，却不失古雅的情趣。沿街整排的建筑中有许多还留着文艺复兴时期的遗风。特别是圣马可旅馆的南面坐落着当年美第奇家族的官邸，向北紧邻文艺复兴时期建

由东向西近看佛罗伦萨阿诺河与老桥

筑大师布鲁奈莱斯基的经典建筑作品——圣马可育婴院，这令我好生欢喜。打开后窗，还能依稀看到远近各处中世纪建筑的残垣断壁。于是临窗伫立，把栏远眺，处处有风景。黄昏时分，我来到了养育佛罗伦萨、流淌艺术情思的阿诺河畔。

佛罗伦萨圣克罗齐教堂前的但丁雕像

在阿诺河畔，名人故居，目不暇接。大思想家、大诗人但丁的故居虽不起眼，但慕名而来的游人多半在此驻足瞻仰。故居拐角处的山墙上有铜制但丁头像孤凸凝视，似乎在与今人细语诉说些什么。但丁给了近代西方文明太多的东西。就我个人而言，正是但丁引领我走向了文艺复兴史的研究领域。有三种历史的因素铸就了但丁的伟大，也使我一直为之动情，它们是爱、诗人的才气和政治磨难。特别是一生有政治抱负的但丁却遭到佛罗伦萨政府的流放，这是作为一个公民的最大耻辱。因此但丁的内心不能没有怨恨，但他未被怨恨毁掉自己的诗意，也没有让怨恨带走对人世和自然的爱。他在流浪生活中以15年的笔耕写下了最美的诗篇《神曲》（*Devine Comedy*，那时有情节等串联的诗篇可称作喜剧即 Comedy）。这样，但丁以自己的才气为故乡佛罗伦萨争了光。想当年，敌党将但丁赶出佛罗伦萨；到了19世纪，佛罗伦萨人在圣克罗齐教堂前建成巨大的但丁雕像。这就叫历史的翻案。雕像上拍翅腾飞的鹰让我回想起在上海老北站街角一书亭购得第一个中文版《神曲》的情景。那个版本是散文体，有法国著名版画家多雷的黑白插图多幅。后来逐渐领悟到，散文体翻译不失为一种值得赞许的选择。随着阅读的深化，我又知道但丁此书不只是对地狱、天国的一种想象，这位大诗人想说尽人间万物的道理。其中就包括理性和信仰的关系、世俗政权和教会政权的关系等。他这样问理性：当理性的力量不够用时，是什么力量继续引领世人向前？如同中国的大诗人屈原问天、问地一般。顺便指出，我十分敬仰屈原的人格、才气和思想。曾经的学术界，"人性反对神性论"泛起。可我分明知道基督教文化早已成为烙在欧洲人心灵深处的印记，也从但丁的言论和其他人文主义者的作品中感受到对神意的虔敬。怎么人文主义者要将神抛弃呢？于是撰写了质疑人性反对神性的文章，并以人神关系为突破口进入研究的天地。2002年发表纲要性质的《文艺复兴时期人神对话》一书，由华东师范大学出版社刊行。随着研究的深化，我逐渐懂得人文主义者的思想结构是对古典学问的爱好、对人与自然和人与神的和谐境界之憧憬、对文学艺术情趣的赞赏。因此根本没有必要去做反对神性之类的思考。相反，以人为立足点将人性和神性融合起来，那才是人文主义人神关系的真谛，那才是文艺复兴时期思想文化留给后世的重要遗产之一。在研究这一学术问题的过程中，但丁的思想给了我诸多启示。于是又动起了搜集各种版本但丁著述的心思，书房里印有 Dante 字眼的本子渐次增多。2003年在澳大利亚布里斯班的一旧书店里，我见到一套非常珍贵的但丁全集本。但昂贵的价格让我怯步。那天独自一人坐在维多利亚广场的长凳上思索着：怎样实现自己文艺复兴史研究的基本购书计划？往后的学业使我明白了一个道理，在信息化时代，学问的深浅不在于得到更多的材料。但要得到一种思想、一种咀嚼后的品论则颇费神思。其实就某个课题的学习而言，如能得到一本在理念和方法上有指导意义的书，并找到作者的核心作品，再寻觅到几本学术界公认的评价著作，有了这些大致就可以放心地进行伏案研究了。但关键还是读透一两本研究对象的原著。在此过程中，对原著中的内容要有所思、有所问、有所究，最后针对某个特别感兴趣的问题写出体会就很不错了。对但丁的关注是我进行文艺复兴研究的起步,也就是提出了问题。文艺复兴给了近人一个典型的文化符号即张扬个性自由的人,张扬有独创精神的人。人也是我思想学术生涯的起点。回想在安徽茶林场的日子,我写下了"在精神世界里生活"之长论。曾经暗自思忖,这篇背离世道的私文也许只能藏之茶山,与云雀共鸣。明代李贽有《藏书》,即谓之世不可喻理,只能让它埋在"深山心谷"。吾不敢与李贽比肩,但在那个唾弃文化的时代,自己的孤傲、孤愤之情亦不在浅湾涉趟。后来潜心研究马克思对人的问题之诸多看法,并写成第一本著作《感性的荒野:寻找人的存在根基》(学林出版社 1995 年)。这以后,对人的问题之探索就成了我学术生涯的中心。终于,一种学术的使命感在心中升腾起来,老天要我来完成一件意义非凡的事情,就是在前人研究的基础上继续做系列的文艺复兴研究——一种带有中国人学识的文化创作活动。

佛罗伦萨乌菲支博物馆前的彼特拉克雕像

在阿诺河畔,还有两排思想文化名人的雕塑立像。其中有彼特拉克、薄伽丘、马基雅维里等人文主义者。彼特拉克是人文主义之父。为了对其思想有一个恰切的领会,我曾经翻译了他的一些诗作和书信。其诗情意绵绵:"在我期盼之时/身心充溢着恋情/这是爱的绽放/然而她——我的希望却被夺走/呵,无情的死亡、残忍

泥的艺术家留给了我们一本自传作品。《切利尼自传》所反映的不仅是一个人的生平和内心世界，它展示的是整整一个时代的风貌。与后来理性启蒙时代及更往后的时代相比，文艺复兴时期并非自传创作风行的年月。现在我们看到所谓《蒙田自传》，其实也是匠心独具者根据蒙田的随笔等作品改编、创作而成。但就是那些为数不多的自传作品却成了传世精品。切利尼也告诉我，文艺复兴研究永没有止步的那天。因为那种童心般的纯真，不知影响了多少代人的风骨。

在阿诺河畔，自己还得将思想学术的视野放得更远些。意大利在中世纪的晚期成为东西方的商业、文化交流中心，这与意大利北部地区的地理特征有关。其北部以阿尔卑斯山与外界接壤，特别是翻过阿尔卑斯山有当时欧洲的强国法国，再往西翻过

莎士比亚故居

比利牛斯山则是另一个强国西班牙。在意大利北部的左右两侧，西北面有一个商贸和文化的连接点即热那亚港湾城邦国家。东北则是亚德里亚海湾，毗邻东方世界，其连接点就是当时世界的商业中心威尼斯。在文艺复兴时期的法国和西班牙到底是怎样的文化情景，对此中国的学术界所知甚少。特别是西班牙，她是多种文化汇聚的国度，又是中世纪后期较早取得统一的大国。其文学艺术的发展亦不会在其他国度之下。过去我们知道的比较多的是塞万提斯及其作品《堂吉诃德》，以及流浪汉小说等。后来，陈众议的《西班牙文学》（译林出版社 2007 年）弥补了某些不足。我每每到上海外文书

店去，首先关注的是文艺复兴时期西班牙的艺术史作品。终于有一天欣喜地购到《西班牙黄金时代的艺术史》（Joan Sureda, *The Golden Age of Spain*, Vendome Press, 2008），便反复阅读，现在终于能更多地了解文艺复兴时期的西班牙艺术史。在文艺复兴史研究领域，学者会把政治思想家马基雅维里、艺术家米开朗基罗和文学家莎士比亚的时代当作文艺复兴顶峰的标志。说来也巧，米开朗基罗谢世那年（1564）正好莎士比亚诞生。这不只是巨人生存年份的前后交接，更是思想文化的继往开来。在上个世纪的90年代，我把研习莎士比亚当作学术工作的重中之重。凡见得着的莎士比亚中外文研究著述便悉数购来，事实上也这样做了。后来到了国外书店中的莎士比亚专柜、特别是见到纽约中央旧书店那整整一墙的莎士比亚研究书籍，自己的奢望才被打消。于是把朱生豪的译本、孙大雨的译本、梁实秋的译本等做了细细的阅读。同时这些译者的不平凡译事经历和人生经历亦激励着自己的研究。在写《悲剧精神与欧洲思想文化史论》和《文艺复兴时期人神对话》时列专题评介莎士比亚。莎士比亚的最后一部悲剧作品《雅典的泰门》虽然极尽诅咒之能事在揭人类之短，在抨击人心之恶，但莎士比亚的一生始终充满对人类的爱——一种不回避丑陋、恶、毁灭等的大爱。对莎士比亚的关注是我文艺复兴研究的扩展。

在阿诺河畔，我想到许多对自己学术创作有过助益的人。

我忘不了赛德尔教授，他是德国人，长年在意大利居住、教书。我们有许多共同的语言。他热衷于柏拉图和亚里士多德的研究，对柏拉图主义者普罗提诺的哲学亦很有研究。我在大学里一直讲西方思想史，上述大哲当然也在我的网罗之内。我们都有相见恨晚的感觉。大概是这种感觉加上学术交流的互动，最终赛德尔教授委任我翻译他的大作《实在主义的形而上学》。我也正好乘此机会把文艺复兴史研究过程中绕不过的形而上学问题再做一个深层次的探讨。形而上学的思维方式和内容是西方文化的根，就好像儒家的仁、道家的道是中国文化的命脉一样。

我忘不了寻找资料的艰辛和乐趣。我特别要记下在澳大利亚南昆士兰大学教书期间与书商吉米的交往。吉米是年近70的犹太书商，而我是远道而来的不速之客。仅仅是一段简短的谈话之后，他邀请我到其住处直接购书。他的家位于早期殖民地时代的繁华小镇上，今天的小镇和吉米的家都有些破旧。从表面上看，一个要售书，赚得几个小钱；一个是饥渴的搜书人，求个知识的踏实感。然而整个觅宝过程是在友善和文化攀谈中度过的。我买到了许多与文艺复兴时期相关的书籍，以至于我写完《马基雅维里思想研究》后特地做后记一篇，以纪念我们之间的情谊。我忘不了小城图文巴那些素不相识的路人，他们会指点我哪里有最好的书店。我还要感谢南昆士兰大学的同事布莱恩教授——一位十足的绅士。他在剑桥留学十年，后在南昆士兰大学教英国近代文学。他告诉我，每年的4月25日也就是澳大利亚的国庆纪念日，一些著名的大学如昆士兰大学都会剔除图书馆多余的旧书，公开出售。于是布莱恩驾车接我一起前往昆士兰大学。我们一边挑书，一边做学术的交流，有说不尽的乐趣。

我忘不了美国亚特兰大大学的同事：历史系的保罗得知我倾情于文艺复兴史的研究，于是慷慨赠送我一批书籍。

我忘不了德国朋友克劳第娅。她约我前往其曾经就读的莱比锡大学，使我在莱比锡大学图书馆享用宗教改革家马丁·路德那几十卷的著作集。她领我寻访莱比锡一家家旧书店去收集有关文艺复兴研究奠基人瑞士学者布克哈特的著作。我忘不了德国布伦瑞克城的书商，我预订了一些布克哈特的书籍，那位非常传统的老板会上门来告知信息。

我忘不了自己的学生。特别是当2006年级全体学生同时选修自己的文艺复兴课时，我的心情很是激动。我还忘不了自己辅导过的一篇篇学位论文。同学对文艺复兴史知识的渴求成为我一次次创作的重要动力。这种渴求还使我懂得，将研究学问与普及知识有机地统一起来，那该是怎样的一种境界和水准。这样我就做起了有心人，每次讲课都认真伏案整理、修改讲稿。

上述点点滴滴的学术积累始终与收获的喜悦相伴随。自己先后在国家级学术期刊上发表《西方文艺复兴三大研究热点述评》、《西方文艺复兴史三大研究热点述评（续）》等文章，还发表了带有学术史性质的专著《文艺复兴史研究入门》（北京大学出版社 2009 年），并在 12 卷本《欧洲文艺复兴史》丛书中主笔法学卷。这样积二十年之功，终于修成一果。现在这部浸透着诗性智慧和生命搏击的 30 多万字书稿已呈现眼前，它既是以前学术积累的进一步汇集和补充，又是大学选修课"文艺复兴史 16 讲"的教学结晶。

由西向东远眺阿诺河与亚平宁山脉

在阿诺河畔，仰望星空，古月今明；俯视眼下，河水汩汩。人类在那流变的大自然里刻下了许多历史符号。有些符号真带着些巧合：2010 年，文艺复兴史研究奠基之作——布克哈特《意大利文艺复兴时期的文化》发表 150 周年；又逢中意建交 40 周年的喜庆岁时；再回溯 700 年左右，但丁的《神曲》写成。但丁刚显名诗坛时，为自己最初的诗篇取名"新生"。今朝，一个普通读书人也有了代表自己史观、史学方法论、史学积淀的"新生儿"，总该取个什么贴切的名吧，就称其"阿诺河畔的人文吟唱"。因为渗透在下面文字中的所有内容都带着些诗性品味和文化评说的情趣；还因为文艺复兴的中心是意大利，阿诺河畔的佛罗伦萨又是意大利文艺复兴的摇篮。

周春生

一 但丁：新世纪第一位诗人

到了13世纪末14世纪初，一种与城市发展相随的新兴市民社会已初具形态。在佛罗伦萨的城市共和国里，有法律地位的自由市民管理着代表自己利益的国家。人们呼吸着城市的自由气息，并强烈地感受到自己的主体地位。人觉醒了。这种觉醒首先是人对自然感性生命的意识。于是，表现人的自然感性生命、表现神圣的爱、表现人，成为文艺复兴时期思想文化领域的核心主题。也正是上述自由的氛围铸造了新的文化人，铸造了新世纪的第一位诗人但丁。诗人的情怀、爱和政治磨难构成了但丁不平凡的生涯。我们要站在那个时代的文化土壤上，并以诗性的智慧去领略但丁的生平和著述，去体验但丁充满理想与现实冲突的内心世界。

（一）充满爱意和诗情的佛罗伦萨儿子

藏于佛罗伦萨的但丁像

耶鲁大学所藏但丁像

但丁（Dante Alighieri，1265～1321），通常以诗人的身份著称于欧洲思想文化史。恩格斯称其为"中世纪的最后一位诗人，同时又是新时代的最初一位诗人"。^① 在但丁的笔下，人们看到众多有血有肉的人物形象。即使是爱神也不例外，"我说到爱神时，总是把他当作是独立存在的东西，不仅仅是一种精神现象，而是仿佛一种有血有肉的实体"。^② 但丁在其诗作中所体现的人文主义理想亦是以后人文主义哲学的重要来源。

但丁生于意大利佛罗伦萨的一个小贵族家庭，这种家世为其日后跻身佛罗伦萨政界创造了必要的条件。但丁是一位让纯洁的情怀占据至高无上地位的诗人。这种诗意性的因素与但丁在政治上的理想主义相互映衬。但丁天生有诗人的气质。大概到了 1319 年，但丁在波伦亚得到加冕桂冠的提名，可他终身没有领得桂冠。这不是因为君主、主教等不想为但丁举行仪式，而是但丁自己想要在故乡佛罗伦萨得到这一荣誉，而作为流放者的但丁要回归故里谈何容易。于是，加冕就成了但丁的人生憾事。①说到诗意，但丁很早就对当时佛罗伦萨贵族诗人加佛尔十分敬重，两人有诗文来往。但那时的诗坛清浊混杂，有市侩气。但丁亦不能幸免。有时会与一些混迹诗坛的人士斗气，相互攻讦。这些说明了但丁性格中世俗的一面。这种世俗性是但丁生平个性中的有机组成部分，也正是世俗生活使但丁的阅历不断增长，使他看到精神世界的美丽和尘世行为的丑陋。例如但丁少年时所崇敬的老师勃鲁内托·拉蒂尼是一位当时著名的人文主义者、哲学家、政治家，同时又有恋童癖。后来但丁把自己的老师放在《神曲》"地狱篇"中的地狱里，当然他还是称呼拉蒂尼为自己精神不朽的启蒙人。总之，世俗生活的各种矛盾铸造了一个具有活脱个性的诗人但丁。在当时世俗的佛罗伦萨人看来，但丁才华过人，有生动的演讲能力，又善用俗语写作，是世人眼中德才兼备的好公民。这种声誉为但丁日后的仕途作了很好的铺垫。

说到纯洁的爱和诗人的情怀就不能不提及但丁与贝亚特丽齐之间的爱情。这是圣洁、伟大的爱。因为它不仅仅是男女纯洁地自然相爱，而且诗人透过这种爱看到了人世间的真理，看到了信仰的真正力量之所在。但丁在自己的诗歌集《新生》中叙述了这一爱情故事。贝亚特丽齐也是佛罗伦萨人，原名贝齐（Bice）。但丁在1274年与这位少女不期而遇，一见钟情。是年但丁9岁，姑娘8岁。但丁的整个心胸都被这位穿着红色衣裙的少女给吸引住了。《新生》中描述道，爱神已经统治了自己的灵魂，并依靠了诗人所独具的想象力量越发控制了一切。②红衣服是火焰的象征，它燃烧着但丁的心灵，并且是永久性地燃烧。同样的情景和感受，后来在《神曲》"炼狱篇"中再次显现。说的是象征理性的领路人维吉尔之身影远去，而信仰化身的贝亚特丽齐则以当年恋人的着装和神圣性出现在诗人的眼前。但丁颂诗般地说："我在花雨缤纷之中看见一位贵妇人，她蒙着白面纱，其上安放着一个橄榄树叶编的花冠，披着一件绿披肩，其下衬着一件鲜红如火的长袍。……当我的目光接触到她崇高的德性，受着她的打击，这在我未出童年的时期已经受过的打击，那时我把脸转向左边，好比一个孩子受了惊吓和痛苦以后，寻找他的妈妈一般，我想对维吉尔说：'我周身的血，没有一点一滴不在震荡了！我认识了我旧时情火的暗号！'"⑤显然但丁将恋人神圣化了。需要说明的是，学界曾推测贝齐是但丁诗歌中虚拟的一个人物，或者说是但丁心目中的诗神。现在经过历史学家的考证，当年的佛罗伦萨确实有一位叫贝齐的姑娘。只不过但丁将自己所有对圣洁、高雅的爱都赋予了这样一位女性。在爱情的驱使下，但丁曾无数次地去寻找贝齐。可是在那个媒妁之言、父母之命的婚姻时代，但丁的思念只会落到百般无奈的境地。

9年后（即1283年），但丁18岁，两位年轻人再次相遇。少女穿着雪白的衣服，深情地向但丁致意，还问候了但丁。这就自然引出一个联想，即贝齐多年来亦思念着但丁。在佛罗伦萨这样一个小城里，要打听到像但丁这样一个居住者并不是一件难事。惟其如此，才会从第一次的对视到现在的问候。对但丁来讲，这回是他第一次听到恋人的话语。诗人再也抑制不住激动的心情，连忙跑回自己的寓所，陶醉在爱意之中的他很快就进入一个甜蜜的梦乡。在梦里，爱神出现了，爱神捧着诗人那燃烧着的心，而恋人就睡在旁边。但丁心中的高雅之爱又升腾了起来。《新生》里一再用神圣的爱、高雅的爱情等来形容与贝齐的相恋，并认为是一种安顿人的心灵之恋情。但丁说："这是一位娴淑、美丽、年轻而富有智慧的女郎，她的出现也许是爱神的意旨，以便我的生活找到安宁。"⑥但安宁何至？在《新生》里，贝齐不时以幻象出现在但丁的眼前，但丁通过诗句不断地问自己：是理性之爱还是情欲之爱？又究竟如何去爱这样一位女子？这些使诗人寝食难安。于是但丁在诗歌中称这位理想的女性为贝亚特丽齐（Beatrice 即传达福分的人，bearer of blessedness）。同年，但丁的父亲去世。更不幸的是，贝亚特丽齐迫于父命而嫁给一位比但丁更富有的银行家。需要注意的是，但丁的父母亦在儿子12岁时为其订了婚约，让未来的但丁与一院之隔的邻家女成亲。是否贝亚特丽齐得知了这个消息？是否眷恋着但丁的贝亚特丽齐得此消息后感到极度的失望？是否贝亚特丽齐的婚后生活十分抑郁？这些只能是猜测了。可以证明的是，无论发生什么情况，但丁对贝亚特丽齐的爱已超越时空的限制。也就是从1283年起，但丁开始了《新生》的创作，以诗作抒发自己内心的所有情感。《新生》究竟创作了多长时间，学术界说法不一。但有一点是肯定的，至少它延伸到1290年以后，因为诗里记载了其恋人故世这个大不幸的事件及对此的悲叹。《新生》也成为我们了解但丁前三十年生平的主要史料。不仅如此，《新生》还以其诗歌形式上的美为人称道，布克哈特认为在但丁的诗歌里体现了形式和内容的完美统一，"但是，事实上他在他的十四行诗和'短歌'里给我们留下了一个内心生活体验的宝库。他把它们组织得多么好呀！他在《新生》一书中用来说明每一篇诗的缘起的散文的美妙不亚于那些诗本身，并且和那些诗形成了一个热情洋溢的统一的整体。他以大胆的坦率和真诚来流露他的种种欢乐和悲哀，并毅然把它们熔铸在最严格的艺术形式里。仔细地读这些十四行诗和'短歌'，以及他那散在它们中间的青年时代的日记的那些美好的片段，我们就会想到：整个中世纪，诗人们都是在有意识地避开自己，而他是第一个探索自己的灵魂的人。在他那个时代以前，我们看到了许多艺术诗篇，但他是第一个真正的艺术家——第一个有意识地把不朽的内容放在不朽的形式里。主观的感受在这里有其充分客观的真实和伟大，而它的大部分都是这样表达出来的，因而可以使一切时代和一切人民把它看作为是他们自己的东西"[①]。这里，布克哈特也道出了但丁、文艺复兴时期的人文主义者，甚至以后西方思想文化的一个重要特征，即神圣存在于文学艺术的形式美之中。

1290年（也有学者确切地定为1289年12月31日），贝亚特丽齐于24岁之际离开人世。需要指出的是，但丁在1289年正式订婚。但丁的正式订婚对贝亚特丽齐的心境产生了怎样的影响，我们无从知晓。根据薄伽丘《但丁传》的记载，但丁得此噩耗后，寝食难安，无时无刻不在怀念追思，甚至到了面容憔悴、不能自已的地步。家人、亲戚见状也十分着急，想让但丁快点儿成亲，以减少苦楚。⑧1295年，但丁与婚约中的杰玛·杜纳底完婚，⑨婚后生有3个孩子（也有说5个、6个，可能由于病故等原因，最后只剩两男一女）。男孩有诗才，对但丁的作品如《神曲》进行过注释。但丁在自己的作品中从未提及妻子。薄伽丘则觉得，但丁被这桩婚事给拖累了。一位哲学家婚后变得碌碌无为，为了讨好妻子，不得不去和那些妇道人家作无聊的攀谈，还有各种婆婆妈妈的应酬。所以，薄伽丘叹息道，这样的哲学家不该结婚，他应该有比新娘更高贵的生活。⑩我们权将此言当作仰慕者的一种叹息吧。事实上，令但丁终身悲哀萦胸的就是贝亚特丽齐。但丁作品中不时有贝亚特丽齐的身影出现，"贝亚特丽齐——女性——神圣之爱"，这是串引但丁作品和思想的一条理想形式纽带。正是这种大爱铸就了一个大诗人。诗人在贝亚特丽齐的身上看到了、想到了那种既出自人的自然感性又使自然感性显得十分神圣的因素。所以爱是人性和神圣的结合。这引导但丁对深刻的理性和信仰关系的反思。（详后）反过来说，正是诗人的情怀将悲痛开脱、将爱升华、将心态调整。且听但丁如是歌咏："不是寒冬的冰霜把她冻倒，／也不像别人，死去是因为发热，／而是因为她仪容秀美，生性仁慈。／华光从她的温文谦恭里升起，它以惊人的威力，直上云天，／连天主也为此而惊叹不已，／因此天主抱着一种甜蜜的希冀，／要把她召唤到自己的身边。／他召她前来，让她离开人世，／因为他看到尘世是一片污浊，／不配拥有这样一个珍贵的尤物。"⑪此爱是如此悲切、神圣，以至于梅列日科夫斯基用诗化的语言做了总结："但丁对贝亚特丽齐的爱情在全世界的历史上的确是一个奇迹，是历史与超历史的接触点之一，是那些毋庸置疑的,尽管也是难以置信的在基督的生平、死亡与复活中发生的诸种奇迹的延续:如果没有后者,也就没有前者;而如果有过后者,那么也就有过前者。"⑫

1445年Paolo绘《神曲》插图:《但丁被逐出佛罗伦萨》

从1295年起,但丁积极参加政治活动,并加入执政团行列。但迎接他的却是政治的厄运。但丁遭流放是又一件影响其终身的大事。在政治上,但丁属于"贵族化的保守派"。⑬但同时又是一位理想主义者。他幻想着一种超出党派之争、超出权威控制的政治统治形式。这种理想主义要了但丁的命。当时的佛罗伦萨有两个大的党派即奎尔夫(Guelf)派和吉伯伦(Ghibelline)派。前者拥护教皇的统治,后者则倾向于神圣罗马帝国皇帝的统治。后来奎尔夫派分裂为黑党和白党,但丁属于白党。黑党中有但丁的政治劲敌科索·多那底,此人心狠手辣。当时的教皇是卜尼法斯八世,他的权势逐渐膨胀开来,并试图与法国军队携手制服佛罗伦萨。这时,科索·多那底来到了罗马,与教廷沆瀣一气,准备将佛罗伦萨拱手相让。无奈之下的佛罗伦萨政府只得派遣包括但丁在内的三人谈判小组前往罗马。教皇表面应酬代表团,但暗地里一场早有预谋的行动开始了。教皇将但丁留在了罗马,同时让另两个成员打道回府,以使佛罗伦萨宽心,却指使法国的军队与多那底等黑党一起向佛罗伦萨进军。黑党终于在这场阴谋过后控制了佛罗伦萨。但丁于1302年被缺席审判,并遭放逐,其罪名是贿赂、反对教皇和佛罗伦萨政府等。但丁四处流浪,不忘哲学和神学等的研习。这时,意大利拉文纳城邦的邦主、一位爱好古典文化的统治者向但丁发出了邀请。但丁还有什么理由不前往拉文纳并将其当作永久的安顿之所呢?于是在拉文纳邦主的盛情款待下,诗人得到了身心的安慰。但丁终身未返佛罗伦萨,最后客死拉文纳。敌党曾提出要求,如果但丁被关进监狱,并在教堂等场合公开认罪,那么还有返回故里的可能。对此,但丁毅然回绝道:"我哪里不能享受日月的光明呢?"当时像但丁这样的人文主义者完全可以四海为家,并且他们还为自己的世界主义境遇而感到高兴呢。他们会说:"我定居在哪里,哪里就是家。"⑬可但丁心里装着的、爱着的还是佛罗伦萨,"佛罗伦萨是罗马最可爱和最美丽的女儿,我生在那里,长在那里,在那里一直住到我的生命的中期,可是这里的市民们却随意把我放逐了,从那以后……我全心全意地想要回到那里去,以便为这颗疲惫的心找到一个宁静的处所并且结束注定的生命期限"⑮。正是在放逐中但丁写下了《飨宴》《论俗语》《神曲》等作品。今天,但丁的巨型塑像矗立在佛罗伦萨的圣克罗齐教堂前,供人瞻仰。

纪念但丁诞辰200周年画像⑯

在拉文纳的但丁墓

（二）《神曲》和但丁的神人和谐思想

世人已经习惯于称呼但丁为诗人，这无可非议。不过，《神曲》和但丁其他的诗文之所以成为旷世杰作，这里还有更深邃的思想意义。与中世纪的经院哲学不同，但丁的作品不仅表现了生动的人，而且至少在但丁看来是终极性地解决了哲学问题和人世间的问题。由此看来，但丁是伟大的思想家。笔者早在《悲剧精神与欧洲思想文化史论》一书中就将但丁列入哲学系列来加以论述。

多雷所作《神曲》插图

今天仍不改初衷，以为要从哲学思维和诗性智慧的双重角度来评述但丁的作品。在放逐中，但丁开始构思《神曲》的写作。大约从 1307 年左右起但丁花 15 年时间用俗语来创作《神曲》，一直到他谢世前完成。⑰一言以蔽之，《神曲》的主基调是探讨人神关系世界，并将人性和神性之间的和谐世界勾画出来。这在《神曲》的"天堂篇"中得到充分的阐述。甚至有学者认为，"天堂篇"的最后13 篇是《神曲》的灵魂。⑱整个故事所记述的是但丁的一次人生旅行。故事一开始是但丁在 1300 年复活节的前一个星期五，宽泛地讲是诗人在人生的中途迷失在一个黑森林中，并遇到了象征人之劣性——淫欲、强暴、贪婪的豹、狮、狼三只野兽。这时古罗马诗人维吉尔出现了，他对但丁说："你战胜不了这三只野兽，我指示你另一条途径。"然后但丁跟随维吉尔先去看那些犯罪的灵魂如何受苦、又怎么洗罪的情景，最后由贝亚特丽齐领着但丁走向天堂。故事告诉人们，人一不小心就可能犯罪（即走到那个象征罪恶的黑森林中)。但人又离不开现实,离不开自然感性的冲动,人无法靠自身纯粹的肉体力量去进行自我拯救并最终战胜黑暗凶恶的东西,于是人还要靠理性(维吉尔)、信仰(贝亚特丽齐)来提升自我。但丁发问:人怎样才能和至善的神的世界结合呢?"我对于那新见的景象也是如此;我愿意知道一个人形怎样会和一个圈子结合,怎样他会在那里找着了地位"⑲。然后但丁举出一个和谐的人的形象,意在讲明人可以将自己的各种特性完美地结合起来,这个形象就是玛利亚,"童贞之母,汝子之女,心谦而德高,超越一切其他造物,乃永久命令所前定者。人性因你的缘故成为如此高贵,造物主不再藐视此乃彼之造物。……一切美德,凡造物所可有者,无不集于你的一身"⑳。这里所要表达的是,玛利亚集神性和人性于一身。惟其如此,玛利亚成了仁爱和谐的象征。当一个人达到了这种和谐状态时,人性就显得高贵,它既有自然感性的冲动又不为冲动所左右,从而显示出人神和谐所特有的超越性。那么人如何达到这种和谐状态呢?但丁以为,必须使感性、理性在信仰的调节下趋向一个理想的至善境界,"像一个几何学家,他专心致志于测量那圆周,他想了又想,可是没有结果,因为寻不出他的原理;……但是我自己的翅膀不能胜任,除非我的心灵被那闪光所击,在他里面我的欲望满足了。达到这想象的最高点,我的力量不够了,但是我的欲望和意志,像车轮转运均一,这都由于那爱的调节;是爱也,动太阳而移群星"㉑。这是《神曲》的结语,也反映了但丁的一个重要想法,即爱既体现了人性的因素,同时又使人性以高度和谐的形式体现出来,因而是一种带有超越性因素的美,它将人性带到更高的层次。亚里士多德的神之源泉论在这里转化为上帝爱之动力论。㉒但丁这里的"想象"相当重要,即那永恒的爱、光、神与人的注视分不开,但又假定它们是始终如一的存在,故人达到了和谐状态后便是一种超越。但丁说:"并非说那我瞻仰的活光有不断的变化,他是始终如一的;只是我的眼力因注视而逐渐加强,所以那唯一的景象也因我的变化而变化了。"②"一个人注视那种光以后，便不能允许转向别的事物；因为做欲望之目标的善，是完全聚集在那种光里面，在他里面的是完善，在他之外的就有缺失。"㉓但丁在这里所考虑的就是人与神的高度和谐境界，或者说是《神曲》的境界。对于这种人神的和谐境界，布克哈特以《神曲》和《浮士德》两部作品互相参照。㉕

按照梅列日科夫斯基的分析，但丁的作品就是想在天国与尘世、神与人之间构建一座能让人感悟"三"这个词的高度和谐意境的文化殿堂。梅列日科夫斯基这样评论但丁思想和作品中的"三"："但丁所赖以生存的一切，他所做的一切，全都包含在'三'这个词里。"㉖在《神曲》中，但丁用圣父、圣子、圣灵三个圈环来构筑神圣的世界。㉗关于《神曲》中的"三"，我们不妨再作些展开。《神曲》由三篇（cantica）组成，即《地狱篇》（Hell）、《炼狱篇》（Purgatory）和《天堂篇》（Paradise）。每篇由33歌（cantos）组成，加上序言共100歌。具体的诗歌行文由三行一段组成。由此可见但丁对三位一体概念的重视。对天国神的虔敬与对诗神的美感领略构成了但丁《神曲》的基调。《神曲》要写出这样一个主题，即什么是和谐的人神世界。特别是但丁用大全、和谐的思想境界对整个世界的考察尤为重要。我们在但丁的生平和《神曲》中会感受到人文主义者所独具的个体精神的魅力。为此，布克哈特深情地说道："但丁，甚至在他活着的时候就被某些人称为诗人，被另

多雷所作《神曲》插图

外一些人称为哲学家,还被另外一些人称为神学家。在他的一切作品中洋溢着个人的力量,使读者除对主题感兴趣之外,不禁为之神往。《神曲》这一篇长诗的前后一致和完整无瑕的精心结构应该需要一种多么坚强的魄力啊!如果我们看一看这篇长诗的内容,我们就发现:在整个精神的或物质的世界中,几乎没有一个重要的主题没有经过这个诗人的探测,而他对于这些问题的发言——往往只是很少几句话——也没有一句不是他那个时代的最有分量的语言。在造型艺术上,他也是第一流人物,而这样评价他是比评价他的同时代的少数艺术家们更有理由的——他自己不久就成了灵感的源泉。"③

我们还应当看到,但丁的思想受新柏拉图主义影响很深,"但丁的宇宙观归根结底属于新柏拉图主义的范畴"②。可以将但丁的思想本质概括为:"上帝是纯粹精神性的光;宇宙中的最高存在物是最简单、最具精神性、最为一贯的;由它以下的创造物越来越繁杂,越来越具有物质性。这幅宇宙图景的本意不是要像基督教教义那样,将上帝和它的创造物截然分开,而是要使它们之间区别模糊起来。与此相反,这种一般模式也强调了人类理性的重要性。在这里,它是人的本质的一个方面,并且使人在诸存在物的系列中占据着一种特殊的地位。但丁的人的图景的本意,是要高扬他的那种对于最高真理的理解能力。但丁认为,这一情况之所以可能,只是由于使用了理性的知识,而不是由于非理性的启示。"③不过,但丁认为异教的理性如柏拉图、亚里士多德之类缺乏完整性,不足以由此去理解上帝。④归根结底还得由上帝的光或真理来照耀人的理智,使理智充实起来。⑤由此看来,但丁在论述理性和信仰之间的关系问题上似乎存在着矛盾的地方。学术界也发现了这个疑问。霍尔姆斯做出这样一种解释:"在《飨宴》中,但丁认为,理性的力量可以推动头脑走过探寻真理的漫长道路。只有在必须由神圣的精神(Holy Spirit)加以指导的地方,这条道路才告终止。……当然,《飨宴》

与《天堂篇》又有所区别：后者所关心的主要是那种不能完全为理性所把握的真理。"㉟大概如但丁的生辰星座是双子座一样，但丁的一生和思想都在信仰和理性的矛盾问题中进行挣扎、探索。梅列日科夫斯基形象地描述这种情景为"二取代三"。㊱上述想法在《论世界帝国》也有明确的表述，"只有服从理性，……人类才有自由"㊲，"真理不仅要靠人的理性的智慧之光，而且要靠神的威力的光辉才得以显现出来。二者一经契合，上天下地都必然一致赞同。因此，我坚守自己的信念，信赖理性与神威的共同证言"㊳。但丁如此说的理由是：理性有自己的清晰明辨性，但理性无法自己保证其抽象思辨前提的正确，只有借助信仰作一个共同认可的假定。同时，信仰又是理性推导的必然结果。所以，但丁一方面认为现实自然的人生应当也可以获得拯救；同时还认为那至善的神又必须维护生灵的自然性，维护人间的合理状态，或者说神不会抛弃现实自然的人生。"凡不是顺应自然的，都不符合神的意旨"㊴。后来"人文主义的创始人""文艺复兴之父"彼特拉克大致也遵循了但丁的这种想法。甚至许多学者对双重真理的看法亦可以在但丁的思想深处找到踪迹。

正如人性和神性、感性和理性等需要相互协调一样，人世间的各种事物也需要和谐统一。例如教权和俗权、神法和自然法等就各有各的存在道理，相互不能偏废。但丁关于自然法、神法的理论围绕着国家"统一体"的问题展开。在基督教渗透各个层面的欧洲思想文化史上，统一体理论早已成为各种法思想家的共识。但丁说："人类本来是按照上帝的形象造出来的，也应像上帝那样是个统一体。"㊵"世界政体是在人类共性的基础上统治人类并依据一种共同的法律引导全人类走向和平的……"㊶但丁的政治思维逻辑是：神法——自然法——世界统一体。因此建立一个世界性政体使世界得以大治，这是顺理成章的政治法律要求。㊷按照薄伽丘的说法，但丁对世俗性世界帝国统治的论述既有逻辑的推理又有历史的论证。㊸从但丁的阐述中又不难看出,在文艺复兴时期神法的最高地位仍不可动摇。不过在但丁的眼里,制定法律、维持秩序,这些都是公民社会中为了公民自身利益所必须实行的一些措施。他说:"公民不为他们的代表而存在,百姓也不为他们的国王而存在;相反,代表倒是为公民而存在,国王也是为百姓而存在。正如建立社会秩序不是为了制定法律,而制定法律则是为了建立社会秩序,同样,人们遵守法令,不是为了立法者,而是立法者为了他们。"⑥从上述观点出发,教权和俗权的关系就十分明朗了。

总之,但丁是属于新世纪的人。在其作品中展现了生动的人之形象。但丁的身上还有中世纪神学的诸多痕迹。不过即使还有种种痕迹,也已经发生了变化。例如但丁受到古典作品中世俗性内容的影响,也一直在考虑人的自由意志问题。这样但丁更喜欢用命运的概念寄托对幸福生活的追求。⑥

其他参考书目:

● Caesar, Michael ed., *Dante*: *The Critical Heritage*, Routledge, 1989. 是但丁批评的论集,从 14 世纪一直收录到 1870 年。

● Chubb, Thomas Caldecot, *Dante and His World*, Little, Brown and Company, 1966. 16 开本,860 页左右,书后有比较详细的参考书目。该作品是作者在长年累积的资料和思考基础上撰写而成,很细腻,例如将薄伽丘《但丁传》中的描述与但丁自己作品中的同类情景描述进行各种比较。整部传记试图开掘但丁哲学、宗教和诗性世界的底蕴。同时,从目录页起就体现出生动的文笔,给人以思想和艺术的享受。作者还以其出色的文笔撰写过薄伽丘、阿雷蒂诺的传记,由此构成作者文艺复兴传记三部曲。

● Dante, *The Divine Comedy*, trans. D. L. Sayers, The

Penguin Classics, 1949.

● Dante, *The Divine Comedy of Dante Alighieri*, A verse translation by Allen Mandelbaum, Bantam Books, 1986.

● Dante, *Monarchy*, ed. Prue Shaw, Cambridge University Press, 1996.

● Dante, *Monarchia*, a cura di Maurizio Pizzica, introduzione di Giorgio Petrocchi, Biblioteca Universale Rizzoli, 2001.

● Manetti, Giannozzo, *Life of Dante*, in Giannozzo Manetti, *Biographical Writings*, ed. and trans. Stefano U. Baldassarri and Rolf Bagemihl, Harvard University Press, 2003. 曼内蒂是文艺复兴时期著名的传记作家、外交家、政治家以及希腊语、拉丁语、希伯来语专家。

● Mazzotta, Giuseppe, *Critical Essays on Dante*, G. K. Hall & Co., 1991.

● Quinones, Ricardo J., *Dante Alighieri*, Twayne Publishers, 1979.

● *The New Encyclopaedia Britannica*, Encyclopaedia Britannica, Inc., 1993. "但丁"词条后面的文献部分。

● Reynolds, Barbara, *Dante: The Poet, the Political Thinker, the Man*, I. B. Tauris, 2006.

● Symonds, John Addington, *An Introduction to the Study of Dante*, The Macmillan Company, 1899.

● Villari, P., *The Two First Centuries of Florentine History: The Republic and Parties at the Time of Dante*, 2 Vols., T. Fisher Unwin, 1894.

● Woodhouse, John, *Dante and Governance*, Oxford University Press 1997.

● 托比诺:《但丁传》,刘黎亭译,上海:上海译文出版社

1984 年,是传记体小说,文学味很浓。

●姜岳斌:《伦理的诗学——但丁诗学思想研究》,杭州:浙江大学出版社 2007 年。作者在书中特别提到如下研究成果:Michael Caesar, *Dante: The Critical Heritage*, Routledge, 1989.

●《但丁抒情诗选》,钱鸿嘉译,上海:上海译文出版社 1988 年,等等。

注释:

① 《马克思恩格斯全集》,北京:人民出版社 1965 年,第 22 卷,第 430 页。

② 但丁:《新生》,钱鸿嘉译,上海:上海译文出版社 1993 年,第 72 页。

③ [瑞士]雅各布·布克哈特:《意大利文艺复兴时期的文化》,何新译,北京:商务印书馆 1979 年,第 204 页。

④ 但丁:《新生》,钱鸿嘉译,上海:上海译文出版社 1993 年,第 2~3 页。

⑤ 但丁:《神曲》,王维克译,北京:人民文学出版社 1980 年,第 331~332 页。(这是一个散文体的译本,译得很有神韵,堪比 Charles Eliot Norton 散文体英文译本)

⑥ 但丁:《新生》,钱鸿嘉译,上海:上海译文出版社 1993 年,第 104~105 页。

⑦ 布克哈特:《意大利文艺复兴时期的文化》,何新译,北京:商务印书馆 1979 年,第 306~307 页。

⑧ Giovanni Boccaccio, *Life of Dante*, foreword by A. N. Wilson, Hesperus Press Ltd. 2002, p.18. (薄伽丘《但丁传》是重要的但丁研究原始资料。薄伽丘十分崇拜但丁,传记中有颂扬之词,还有一些近乎神话色彩的描述等,但传记提供了大量背景情况。薄伽丘

在书中只提及但丁结婚,而没有确切的年月)

⑨顺便指出,霍尔姆斯的《但丁》一书中,具体说明是1283年结婚(参见该书中文版,裘姗萍译,中国社会科学出版社1989年,第6页),这显然有误。但丁的父母在儿子12岁那年与女方杰玛的父母进行订婚契约,照此计算年份也不应该是1283年。该书属于学术性的评述作品,尤其对但丁的思想和《神曲》思想内涵的分析很深入,书后附有极其简略的参考书目。

⑩ G. Boccaccio, *Life of Dante*, foreword by A. N. Wilson, p. 22.

⑪但丁:《新生》,钱鸿嘉译,上海:上海译文出版社1993年,第89页。

⑫梅列日科夫斯基:《但丁传》,刁邵华译,沈阳:辽宁教育出版社2000年,第52页。该书英文本(Merejkowski, *The Romance of Leonardo Da Vinci*, Modern Library, 1928)在西方流传甚广。由于梅列日科夫斯基是东正教世界中一位著名的思想家,因此他的著作从某种意义上讲也是其自身思想的一种表达。

⑬参见坚尼·布鲁克尔:《文艺复兴时期的佛罗伦萨》,朱龙华译,北京:生活·读书·新知三联书店1985年,第177页。

⑭关于但丁及人文主义者遭放逐、世界主义的事宜可参见布克哈特:《意大利文艺复兴时期的文化》,何新译,北京:商务印书馆1979年,第129页。

⑮但丁:《飨宴》,引自梅列日科夫斯基:《但丁传》,刁邵华译,沈阳:辽宁教育出版社2000年,第146~147页。

⑯此画由米开利诺创作。它包含但丁、《神曲》、佛罗伦萨、脚注文字等信息。后来意大利文学史专家威尔金斯建议学者阿尔特罗齐以此画为题撰写论文。今天,米开利诺的画及阿尔特罗齐的《论米开利诺的〈但丁像〉》一文(Rudolph Altrocchi, *Michelino's Dante*, in *Speculum*, Vol. Ⅵ)都成了但丁研究的重要参考材料。

⑰王维克先生在《神曲》译作前写有《但丁及其神曲》一文,将

《神曲》的大致结构和内容向读者做了介绍,可供参考。

⑱参见梅列日科夫斯基:《但丁传》,刁邵华译,沈阳:辽宁教育出版社2000年,第221页。

⑲但丁:《神曲》,王维克译,北京:人民文学出版社1980年,第546页。

⑳但丁:《神曲》,王维克译,北京:人民文学出版社1980年,第543页。

㉑但丁:《神曲》,王维克译,北京:人民文学出版社1980年,第546页。

㉒参见霍尔姆斯:《但丁》,裘姗萍译,北京:中国社会科学出版社1989年,第159页。

㉓但丁:《神曲》,王维克译,北京:人民文学出版社1980年,第545页。

㉔但丁:《神曲》,王维克译,北京:人民文学出版社1980年,第545页。

㉕参见布克哈特:《意大利文艺复兴时期的文化》,何新译,北京:商务印书馆1979年,第321页。

㉖梅列日科夫斯基:《但丁传》,刁邵华译,沈阳:辽宁教育出版社2000年,第1页。

㉗参见但丁:《神曲·天堂篇》,朱维基译,上海:上海译文出版社1990年,第747页。

㉘布克哈特:《意大利文艺复兴时期的文化》,何新译,北京:商务印书馆1979年,第131页。

㉙霍尔姆斯:《但丁》,裘姗萍译,北京:中国社会科学出版社1989年,第158页。

㉚霍尔姆斯:《但丁》,裘姗萍译,北京:中国社会科学出版社1989年,第63~64页。

㉛参见霍尔姆斯:《但丁》,裘姗萍译,北京:中国社会科学出版社1989年,第144页。

㉜参见但丁:《神曲·天堂篇》,朱维基译,上海:上海译文出版社1990年,第377页。

㉝霍尔姆斯:《但丁》,裘姗萍译,北京:中国社会科学出版社1989年,第171页。

㉞参见梅列日科夫斯基《但丁传》,刁邵华译,沈阳:辽宁教育出版社2000年,第32页。

㉟但丁:《论世界帝国》,朱虹译,北京:商务印书馆1985年,第16页。

㊱但丁:《论世界帝国》,朱虹译,北京:商务印书馆1985年,第27页。

㊲但丁:《论世界帝国》,朱虹译,北京:商务印书馆1985年,第57页。

㊳但丁:《论世界帝国》,朱虹译,北京:商务印书馆1985年,第10页。

㊴但丁:《论世界帝国》,朱虹译,北京:商务印书馆1985年,第22页。

㊵参见但丁:《论世界帝国》,朱虹译,北京:商务印书馆1985年,第55页,第20页;第2卷、第3卷有关部分。

㊶G. Boccaccio, *Life of Dante*, foreword by A. N. Wilson, Chapter 16.

㊷但丁:《论世界帝国》,朱虹译,北京:商务印书馆1985年,第18页。

㊸参见布克哈特:《意大利文艺复兴时期的文化》,何新译,北京:商务印书馆1979年,第489页;第498~499页。

二 彼特拉克：人文主义之父

比较但丁和彼特拉克两位思想文化巨擘，不难发现，他们都有独特的个性，都有炽热的爱，都有诗的天分，都爱好古典的作品，都在思索人世间的道理并设法用诗化的语言将世界的道理说透、说明白。所以他们俩一生的言行都显得孤傲、悲情、深沉。

（一）在古典文化中生存

彼特拉克（Francesco Petrarch，1304～1374）早年对古典文化兴趣浓厚，这有悖于一意想让儿子走上律师职业途径的父亲的心愿。1318 年，即彼特拉克 15 岁那年，父亲见儿子无心于法学，便烧毁彼特拉克书屋里的各种书籍，仅剩维吉尔和西塞罗的书。不过还好，西塞罗的散文在 14 世纪时被人文主义者视为最纯粹的经典作品。往后彼特拉克最喜欢模仿的古典作家就是西塞罗。[①] 彼特拉克不仅崇拜西塞罗等古罗马作家的作品，对古希腊的作品如《荷马史诗》等亦有近乎虔诚的敬慕。从历史记载得知,彼特拉克的希腊文并不好,但他还是想方设法托人将一些希腊经典著作译成拉丁文,其中就包括诗人荷马和哲学家柏拉图等人的著作。布克哈特对彼特拉克、薄伽丘倾情于希腊、罗马古典作品的举动给予了充分的肯定②,并指出:"彼特拉克现在主要是作为一个伟大的意大利诗人而活在大多数人们记忆中,然而他在他的同时代人中所获得的荣名其实主要是由于这样的事实,那就是:他是古代文化的活代表,他模仿各种体裁的拉丁诗歌,力求用他卷帙浩繁的历史和哲学著作来介绍古人的作品,而不是去代替它们。"③1436年,人文主义历史学家布鲁尼称赞彼特拉克是一位"非凡的天才,是他首先发现和复活了早已泯灭的古代文化的华丽的风格"④。这种崇尚古典的情趣还从书本延伸到实物。彼特拉克对罗马城的遗迹亦不时生发出怀古之幽情,并带着些"感伤的忧郁"。⑤彼特拉克以极大的热情撰写叙事诗《阿非利加》,歌颂古代第二次布匿战争时的罗马将领西庇阿。此叙事诗正好迎合了当时人们对古代罗马英雄的崇敬心理,广受欢迎。

1316年,彼特拉克先去法国蒙彼利埃大学,在此修习法学4年,然后又去波伦亚大学学习法律3年。不过其兴趣仍在文学。按照欧洲的历史境况,哪里是教廷的所在地哪里就是文化的中心。当时教会发生分裂,从1305年至1377年教廷由罗马迁到法国罗讷河畔的阿维尼翁城。而这段70年的时间正值彼特拉克在世之年。彼特拉克9岁时就来到了文化气息甚浓的法国阿维尼翁城,在那里前后共住过9年。他在自己的书信中,称阿维尼翁为自己的家。⑥1322年,经过在外7年大学生涯后,彼特拉克又回到了阿维尼翁,在那里受到红衣主教科洛纳的盛情接待。彼特拉克亦以孝顺父亲般的情感来爱戴科洛纳。在阿维尼翁,彼特拉克的整个身心都陶醉在古典文化之中。

需要指出的是,彼特拉克爱古典的作品,也爱对自己的思想、性格、行为等有启示意义的非古典时期的作家,其中爱奥古斯丁尤甚。奥古斯丁对彼特拉克的影响集中反映在彼特拉克《秘密》（亦称《我的秘密》）一书的写作过程和内容之中。《秘密》是彼特拉克内心彷徨、冲突和哲学思考的表露，"彼特拉克认识到信仰与经历之间的冲突，认识到把追求世俗事物视为虚荣的基督教伦理观和想使自己的每一成就与古代历史上的丰功等量齐观的人文主义者的那种努力之间的冲突，并且产生了明知上坡艰难又渴望攀上高峰的认识"⑦。全书是彼特拉克和奥古斯丁两人的对话。《秘密》似乎有点像基督教世界里的忏悔现象，但更多的是一种对现实人生的探索，例如对话中反复在探讨：读书是不是真正使自己聪明起来了呢？⑧探索中，作者感到单靠感觉、理性等的作用还不够，人需要依靠信仰。从根本上讲，信仰是希望之所在。书中谈到，世界上没有再比丢失信心、信仰更糟糕的事情了。人应当有希望，这种希望不是来自人自身，而是来自神。⑨这实际上就是双重真理问题。双重真理问题的源流可以追溯到古代、中世纪的欧洲思想历程，然而只是到了近代、到了文艺复兴时期，才得到更深层次的研究。我们有理由认为，但丁和彼特拉克在确立双重真理意识方面起着独特的作用。

彼特拉克尽管在思想和创作的灵气方面有着诸多独特的个性，给当时的思想文化界吹去了新鲜的空气，但他在许多方面并未游移于但丁的思想框架之外。与但丁相仿，彼特拉克也是一位以诗的灵气和眼力来审视人神关系的文化巨擘。例如彼特拉克在其主要著作《论秘密》中就带着诗意考察人神关系问题。在但丁那里，神已在人的身上显出新的、生动的内涵。彼特拉克也从新的人神关系立场出发来构思他的哲学体系。他认为那活人的上帝被刻板的、僵硬词句和某些教条肢解了，因此要高度宣扬人的德性和荣耀，让神的光照真正与人的德性和荣耀这些属于人的活力的因素结合起来。⑩在彼特拉克的心目中，柏拉图就是活力和创造的象征。克利斯特勒指出："这个总的信念要比接受柏拉图任何具体理论更为重要。"⑪更有意思的是，彼特拉克认为，经院哲学之所以毫无用处就是因为忽视了人的灵魂，而经院哲学引以为荣耀的一贯说法就是坚持灵魂的至高无上性。故经院哲学应当予以新的注解，使生动的灵魂在其中显现出来。彼特拉克所指的灵魂就是理性和信仰的和谐运动，通过此种运动就能知道人的灵魂中的最高真理就是基督教推崇的神。所以人应当虔诚地爱上帝。其名言是"对拯救有了足够的认识就可以了"。[12]

由彼特拉克所阐发的奥古斯丁主义力图解决人的信仰与完整的人之间的密切关系（参见本书"人文主义与古典思想"一章）。这是文艺复兴及往后欧洲思想文化发展的重要线索。1325年，彼特拉克在阿维尼翁购买到了奥古斯丁的代表作《上帝之城》。8年后的1333年又购得奥古斯丁《忏悔录》，简直爱不释手。有时登山旅行也不忘带着奥古斯丁的著述。这里有一件事情需要提及，就是彼特拉克的父亲于1326年去世。这样彼特拉克就松开了紧箍咒，得以全身心地投入到古典文化的研究之中。

他搜书、购书、藏书、读书、写书的经历是出了名的。20岁出头就将李维的《罗马史》整理一过。下文我们将提到彼特拉克喜欢旅游的事宜，这里想先告诉读者，彼特拉克每次旅游都不忘搜集古典的作品。其中搜集西塞罗的作品是重中之重。1333年在比利时发现西塞罗的讲演稿《阿基亚斯辩》；1345年又在维罗纳发现西塞罗的《给阿提克斯的信》手抄本。这样断断续续地搜集、购置书籍一直到65岁。在当时的藏书界，私人藏书中的古典作品藏书量可能数彼特拉克为最。[13]布克哈特记述了这样一件事情，说彼特拉克虽然无法阅读希腊文的作品，却带着宗教虔诚的态度珍藏着一部希腊文荷马诗集。[14]又指出，彼特拉克模仿各种体裁的拉丁文作品，撰写大量历史和哲学著作来介绍古人的作品。[15]这种对古典学问的爱好也影响了彼特拉克的性格。他看不惯现实中的一切，并刻意使自己与现实社会保持距离。[16]

正是彼特拉克对古典学问的爱好，并将古典文化与基督教的教义两个看似有冲突的因素结合了起来，学术界给了他人文主义奠基者等称号。⑩大英百科全书"文艺复兴"词条认为彼特拉克是最初意识到中世纪的黑暗和试图复兴古典学问的学者。罗宾森《彼特拉克：第一个近代学者和书信体作家》(*Petrarch*: *The First Modern Scholar and Man of Letter*) 一书第3章的标题也用了"人文主义之父"(The Father of Humanism) 的称呼。

由于以上情况，彼特拉克在当时已经很有名声。1350年他回到故乡阿雷佐时，发现原来的住处已经被当地政府有效地保护起来，心里很是快慰。去世后同样受到人们的尊崇。彼特拉克灵柩的安放处阿尔夸迅速成为旅游胜地。⑪

（二）为爱和诗而存在

上图说明：4世纪罗马学者塞尔维乌斯译注诗人维吉尔《牧歌》等诗篇中的难点。后来彼特拉克誊抄了塞尔维乌斯的注释本。但1326年抄本被偷。20年后找回。画家马尔蒂尼特作画庆贺。戴桂冠者可视做彼特拉克。

与但丁一样，彼特拉克的一生也充满了深切的爱。根据彼特拉克在其誊抄的维吉尔诗歌集扉页上的提示，我们得知彼特拉克1327年在阿维尼翁邂逅劳拉(Laura)，一见钟情。从最初的相见到1348年劳拉因黑死病去世，这段爱恋持续了21年之久，并一直保存到彼特拉克生命的终了。劳拉其音与月桂树 (Laurel) 相近，这引起学人对彼特拉克爱情真实情况的猜测。这里牵涉到对彼特拉克生平的了解和理解问题。现在我们进行研究的重要史料是彼特拉克写的许多书信。其中最重要的是《致后人》（*Letter to Posterity*）信函。信件叙述了诗人 47 岁前零散的事迹。例如他的父母均是佛罗伦萨的望族，后来遭到放逐。（彼特拉克的父亲与但丁是朋友，他们同一天遭放逐。——笔者注）所以彼特拉克的出生地是在阿雷佐。信中还告诉人们，诗人幼时就有着矛盾心境即合乎规矩的一面和情感冲动的一面，或者说是道德哲学的一面和诗情的一面，如此等等。但信中只提到炽热的爱，而未提及劳拉之名。这更加深了学人对劳拉其人的疑问。为此，学术界发表了许多考释文章。⑳但重要的是，彼特拉克在自己的诗歌中浸透着对劳拉的爱。正是这种爱推动着彼特拉克的诗歌创作。

根据彼特拉克自己的回忆，对诗歌的热情到了忘却时光的程度，诗歌带给他的是神圣的快乐。㉑彼特拉克一生中可以提及的事迹很多。据说，彼特拉克 10 岁出头时就想当桂冠诗人。1315 年，他听到了诗人阿尔贝蒂诺·墨萨多在帕多瓦大学被授予桂冠诗人，4年后正处于流亡生涯中的但丁也受到桂冠加冕的提名。正是从那时起，彼特拉克萌生了将来要当加冕桂冠诗人的念头。后来他 37 岁（即 1341 年）时在罗马接受诗人桂冠加冕，同时获准成为罗马市民。那一次彼特拉克还同时收到巴黎大学加冕桂冠的邀请。彼特拉克请示了他的庇护人科洛纳红衣主教后，还是将罗马议事院的邀请视做最高的荣誉。

彼特拉克为世人留下了丰厚的、情感至切的爱情诗，十分动人。他将这些诗歌编成《抒情诗集》。其中大多为十四行诗，也有一些短诗等。

尼古拉斯·曼还认为《抒情诗集》关于劳拉之爱的歌咏以第194 和 197 两首为最。㉒笔者按彼特拉克原十四行诗的韵律试译如下：

（第 194 首）
那温柔的微风重又吹得山峦青翠，

它也唤醒了沉寂树林中的花朵,
那柔软呼吸中的轻语使我认识到,
我要在工作和名声中起来。

为了重新找寻一个地方,使疲惫的心胸有个依赖,
我就从故土托斯坎纳甜湿的空气中挣脱,
为了把我浑浊暗淡的思想激活,
我今朝此刻就希冀太阳快来。

如此寻找又如此甜蜜的一切,
就是爱的驱使领着我回到她的身边,
此爱让我恍惚地逃逸慢慢跑。

为了逃逸,我需要翅膀而不是军盔,
但上苍的光芒却叫我来到死亡的边缘,
我在消失、挣扎,几近焦烤。

(第 197 首)
上苍的微风吹拂着那绿色的月桂树,
爱神之箭射中了树旁的阿波罗,
我也套上甜蜜的桎梏,
迟迟不能把自由恢复。

有一种力量把我紧束,
就像女妖美杜莎用火舌把荒漠巨怪制服,
我根本松动不了那爱的绳柱,
而太阳已经垂落,命运之色难逐。

我思忖着是金色的锁链、鬓发的诱捕，
在用柔软控制我的心垒，
我的双臂难有力度。

她的每一个阴影都使我的身心冷酷，
使我的脸色煞白惧畏，
但她的眼神又转来力量的坚固。㉒

事实上，《抒情诗集》的每一首都是凝聚情感的歌唱，每一首都堪称佳作。其中第324首表达了一种深沉、炽热的爱。要传神地翻译彼特拉克的诗难度很大。有的英译不得已才用散文体。仍以第324首为例，散文体英译：

Love, when my hope, the guerdon of so much faithfulness, was flowering, she was taken away from me from whom I expected my mercy.

Ah pitiless Death, ah cruel Life! One has placed me in sorrows and has untimely extinguished my hope, the other keeps me down here against my will, and I cannot follow her who has gone, for Death does not permit it.

But still, always present, my lady sits enthroned in the midst of my heart, and what my life is, she sees for herself.㉓

原文12行，有严格韵律，笔者用亦散亦韵的形式试译如下：

"在我期盼之时/身心充溢着恋情/这是爱的绽放/然而她——我的希望却被夺走。

"呵，无情的死亡、残忍的生命/你们中的一个毫不留情地置我于悲痛之中/泯灭了我的希望/另一个则拖垮我的意志/这死亡就是不让我在她的面前驻留。

"但我的心上人却总是在我的心田萦绕/她正是把我的生命呵当

作了永久。"

从上述诗歌的字里行间,我们看到了一位被爱占据了整个心胸的诗人形象。

(三) 具有独特的个性

彼特拉克积极肯定那种带有自然感性生命意义特征的个体主义。彼特拉克及其他人文主义者所鼓吹的这种个体主义并非超脱于人的理性和信仰之外,而是感性、理性、信仰合成的整体。我们不能把文艺复兴时代对个人自然感性生命的颂扬简单地理解为感性纵欲,而是要注意其中的精神因素,如艺术化的表现、理性化的论证等。彼特拉克在自己的思想和生活实践中努力去获得融学术研究与自然享受于一体的个体享受。布克哈特甚至认为,彼特拉克之所以要过学者般的隐居生活就是为了获得那种个体享受。㉓而彼特拉克本人则以其著作和个人生活行为表现了这种精神个体。㉔强调个体,强调表现,这是人文主义冲创性风格的最生动的体现。人文主义者并不以找到某个最终的结论为满足,只要个体的生命得到了表现就是最高

彼特拉克在书房写作。

的理想。

　　从但丁到彼特拉克的思想实践，人们不难发现，人文主义所憧憬的是一个生动的个人，是人神和谐的境界。这种和谐也是力量的象征，是人作为自由主体性的象征。与其相对应的就是资本主义文明的生长。人文主义者也唤醒了理性的世界，并运用理性来论证万事万物。但人文主义者运用理性论证时的风格却与以后的理性主义者有很大的区别。人文主义者更喜欢用诗化的理性语言来论证；而理性主义者则用精确的、刻板的理性语言来论证。这样，前者富有美感，留着一丝朦胧感；后者则显出很强的逻辑思辨性。人们看到了思想史上的这样一种现象，即随着理性不断深化自身、向前运动，人文主义的风格会发生相应的变化。

　　彼特拉克的独特个性在各种形式的文字中均有表现，其中就包括了他所擅长的书信体。看了下面的文字也许能领悟一二："你把我说成是雄辩家、历史学家、哲学家和诗人，甚至是一个神学家。你对于一个充溢着爱、清澈透明的人不甚了解的话，最好不要做上述评论。或许你觉得，如果不用称备之极的语词来赞美我会十分遗憾，当然我是不在意这些荣誉光环的。但让我告诉你：我的想法仅仅在于我与那些赞美之词毫不相干。那么我是什么呢？我是这样一个人：我围着山毛榉树踽踽独行，不时用怪异的声音喃喃自语；我坐在苦涩的月桂树下，让无尽的遐想和思念流溢到笔尖墨端。对于一个爱学问甚于取得学问成就的人来讲，我不会在激情创作后的成就中有丝毫幸运感。我一点都不想成为某个思想学派的成员，我一意追求的是真理。对于那些想发现真理又自觉十分谦卑的人来讲，真理是很难被发现的，所以我常常对此丧失信心。可我太害怕被错误缠绕，只好投身于怀疑之中以取代发现真理。这样，原本是芸芸众生中的一员、谦卑群落中的最后一名，我逐渐成为学院内的异端：我不相信那些院士之言，不确信任何事物，我怀疑每一个具体的事例，但只有一个例外，那就是'我相信'这件事本身是对怀疑的亵渎。"㉕人文主义的孤傲性、自由精神、漫幻情趣、求真意念在这段话语里得到了最凝练的反映。我们还要注意渗透其中的历史文化底蕴和历史文化对个体的强势制约。首先，从古希腊开始，对形而上学意义上的整体性追寻，一直是思想的主流。文艺复兴时期的人文主义也继承了这种思想文化的倾向。人文主义者都赞赏人的个性完整体现。对于一个如此丰满的人性，又有什么词能够恰切地形容呢？古希腊柏拉图没有找到，人文主义者也没有找到，20世纪的非理性主义者也没有找到。其次，在西方思想文化史上，完整性、真理性等都是可求不可得的精神世界。由此导致了西方思想史上怀疑主义盛行。与怀疑相伴随的就是彷徨。在文艺复兴时代，人文主义者在对人充满自信的同时，也不时表现出彷徨、甚至忧郁的情态。再次，上述解释是否有效，我们还要用文艺复兴时期其他人文主义者的思想状况来佐证。米开朗基罗、蓬托莫等都流露出相仿的情态。

  彼特拉克的独特个性表现在生活的一言一行之中。例如他十分喜欢与自然融为一体。事实上从但丁开始，我们就看到了这些人文主义者喜欢在作品中提示人们，自然对于精神的唤醒作用。"但是，充分而明确地表明自然对于一个能感受的人的重要意义的是彼特拉克——一个最早的真正现代人。"㉖彼特拉克喜欢田园风光、喜欢海湾山峦，为了使写作和对自然的欣赏能结合起来，有时甚至就隐居在乡村。显然，彼特拉克的隐居不是消极的避世。他认为："隐居下来过孤独生活就意味着去探索自己心灵中的丰富的内涵，去开辟同上帝进行更为有效接触的道路。隐居独处并非像僧侣一样过野蛮的与世隔绝的生活，而是准备同更真实的社会进行对话，去实现更为有效的爱。"㉗对自然的爱也促使彼特拉克经常旅游四方。他的一生居无定处，除在阿维尼翁有较长的居住时间外，其余均是四处游走，还以登山为最大的乐趣。以下按时间顺序简述其后45年生涯中云游各方的情景。

1330年，游比利牛斯山区等。

1333年，到科隆以远地区。

1336年，去巴黎途中攀上文图克斯峰（又译旺图峰）。当时还有一个故事：据说彼特拉克在李维的历史著作中得知古代有一年老的国王以登山为乐，那么自己还有什么理由不去做纯粹的登山活动呢？布克哈特带着很浓的感情色彩记述了彼特拉克登上阿维尼翁附近文图克斯峰顶的情景，说这时彼特拉克想起了自己的故土、生平等，并打开了时常带在身边的奥古斯丁的《忏悔录》，将目光停在了该书第10章中的一段描述上面，接着向同行的胞弟朗读了起来："人们到外边，欣赏高山、大海、汹涌的河流和广阔的重洋，以及日月星辰的运行，这时他们会忘掉了自己。"⑩随即将书合上。另外，正是在上述德国、法国山区周游期间，彼特拉克萌生了创作叙事诗《阿非利加》的想法。

1337年，彼特拉克前往他心中的圣城罗马。

1341年，彼特拉克到达那不勒斯，结交了他心目中的哲学王即那不勒斯罗伯特国王。旋即赴罗马，接受桂冠诗人的加冕。

1341～1351年，彼特拉克不定期居住意大利和法国的普罗旺斯，期间还到过维罗那、热那亚等地。在这期间还发生了一件对彼特拉克生平具有重要转折意义的事情。1346年，彼特拉克对罗马的独裁官里恩佐（Cola di Rienzo）非常敬佩，⑪并试图通过他去恢复罗马的共和政体。为了此事，彼特拉克甚至与红衣主教科洛纳感情破裂。

1353～1361年，彼特拉克居于米兰，期间到过巴塞尔和布拉格。

1362～1374年，彼特拉克在威尼斯、帕维亚等地度过。

1374年7月18日，彼特拉克病逝于阿尔夸。⑫

根据上述游历可知，彼特拉克把大半个西欧都游遍了。而在当时的交通条件下要做这样广泛的旅行，还真要花些工夫和毅力，其中人文主义的情趣是支撑游历的重要因素。可以将这种情趣简扩为：人文主义者爱美、爱自然、爱人类。

彼特拉克也是一位有矛盾性格的人。例如他很孤傲，看不惯当时人的阿谀奉承。但了解到当时拜占廷的君主已经知晓其大诗人名声的情况，又不胜欢喜。⑥总之，我们看到了一位活脱、有个性的人文主义之父。西蒙兹动情地对学人说："因此我们真应该欢呼彼特拉克这位新精神半岛上的哥伦布，是他发现了近代的文化。"⑧

其他参考书目

● Boyle, Marjorie O'Rourke, *Petrarch's Genius*: *Pentimento and Prophecy*, University of California Press, 1991. Pentimento 是意大利文，即英文 Repentance（悔意）。作者力图展示彼特拉克基督教人文主义的一面。

● Manetti, Giannozzo, *Life of Franceso Petrarca*, in Giannozzo Manetti, *Biographical Writings*, ed. and trans. Stefano U. Baldassarri and Rolf Bagemihl, Harvard University Press, 2003.

● *Renaissance Philosophy* Vol. 1: *The Italian Philosophers*, *Selected Readings from Petrarch to Bruno*, ed., trans. and introd. Arturo B. Fallico and Herman Shapiro, Modern Library, 1967. 该选编本的第一篇就是彼特拉克的《好坏运气正论》（*On the Remedies of Good and Fortune*）。

● *The New Encyclopaedia Britannica*, Vol. 9, Encyclopaedia Britannica, Inc., 1993 "彼特拉克"词条后面的文献部分。

注释：

①参见曼：《彼特拉克》，江力译，北京：中国社会科学出版社1992

年，第 22 页。

② 参见布克哈特：《意大利文艺复兴时期的文化》，何新译，北京：商务印书馆 1979 年，第 191 页。

③ 布克哈特：《意大利文艺复兴时期的文化》，何新译，北京：商务印书馆 1979 年，第 201 页。

④ 布鲁尼：《彼特拉克传》，引自 [意] 加林：《意大利人文主义》，李玉成译，北京：生活·读书·新知三联书店 1998 年，第 18 页。

⑤ 参见布克哈特：《意大利文艺复兴时期的文化》，何新译，北京：商务印书馆 1979 年，第 181 页。

⑥ Petrarch, *Letter to Posterity*, in James Harvey Robinson, *Petrarch: The First Modern Scholar and Man of Letter*, Haskell House Publishers Ltd., 1970, p. 67. 这是一本很有影响的评传作品，初版于 1898 年。作者在"导论"部分介绍了布克哈特、伏伊特等学者对彼特拉克的评价，并从总体上描述了彼特拉克作品、思想情感的特征等内容，其各章英文标题是：Ⅰ. Biographical, Ⅱ. Petrarch and His Literary Contemporaries, Ⅲ. The Father of Humanis, Ⅳ. Travels, Ⅴ. Political Opinions; Rienzo and Charles Ⅳ, Ⅵ. The Conflict of Monastic and Secular Ideals, Ⅶ. Finale。当重点阅读。

⑦ 曼：《彼特拉克》，江力译，北京：中国社会科学出版社 1992 年，第 124 页。

⑧ Eric Cochrane and Julius Kirshner, eds. *Reading in Western Civilization: Renaissance*, The University of Chicago Press, 1986, pp. 46~47.

⑨ Eric Cochrane and Julius Kirshner, eds. *Reading in Western Civilization: Renaissance*, 1986, pp. 46.

⑩ Petrarch, *The Secret*, in *The Renaissance and the Reformation* (1300·1600), ed. Weinstein, The Free Press, 1965.

⑪ 克利斯特勒：《意大利文艺复兴时期八个哲学家》，姚鹏、陶建平译，上海：上海译文出版社1985年，第10页。

⑫ 引自克利斯特勒：《意大利文艺复兴时期八个哲学家》，姚鹏、陶建平译，上海：上海译文出版社1985年，第19页。

⑬ 关于彼特拉克搜集古典作品的情况可参见曼：《彼特拉克》，江力译，北京：中国社会科学出版社1992年，第15～16页。

⑭ 参见布克哈特：《意大利文艺复兴时期的文化》，何新译，北京：商务印书馆1979年，第183页。

⑮ 参见布克哈特：《意大利文艺复兴时期的文化》，何新译，北京：商务印书馆1979年，第201页。

⑯ 参见曼：《彼特拉克》，江力译，北京：中国社会科学出版社1992年，第37页。

⑰ *The New Encyclopaedia Britannica*, Vol. 9, Encyclopaedia Britannica, Inc., 1993, term "Petrarch".

⑱ 参见布克哈特：《意大利文艺复兴时期的文化》，何新译，北京：商务印书馆1979年，第140～141页。

⑲ S. Maddox, *Petrarch's Laurels*, Pennsylvania State University Press, 1992, p. 13, note 1.

⑳ Petrarch, *Letter to Posterity*, in James Harvey Robinson, *Petrarch: The First Modern Scholar and Man of Letter*, p. 64.

㉑ 参见曼：《彼特拉克》，江力译，北京：中国社会科学出版社1992年，第84页。

㉒ 原文见 *Petrarch's Lyric Poems: The Rime Sparse and Other Lyrics*, trans. and ed. R. M. Durling, Harvard University Press, 1976, pp. 340, 342. 这里的 Rime Sparse 原意是零零散散的诗絮，因为这些诗从20岁写起，一直写到彼特拉克去世前两年，所以彼特拉克在集结时称其为"诗絮"，后来人们就以此之名统称彼特拉

克的抒情诗。

㉓ In *Petrarch's Lyric Poems*：*The Rime Sparse and Other Lyrics*, trans. and ed. R. M. Durling, p. 506.

㉔ 参见布克哈特：《意大利文艺复兴时期的文化》，何新译，北京：商务印书馆1979年，第294~295页。

㉕ 参见克利斯特勒：《意大利文艺复兴时期八个哲学家》，姚鹏、陶建平译，上海：上海译文出版社1985年，第15页。

㉖ Petrarch, *A Letter to Francesco Bruni*, *papal secretary in Avignon*, 〔*Milan*〕, *October* 25, 1362, in Ernst Cassirer, P. O. Kristeller and J. H. Randall, Jr., eds., *The Renaissance Philosophy of Man*, The University of Chicago Press, 1984, pp. 34~35.

㉗ 布克哈特：《意大利文艺复兴时期的文化》，何新译，北京：商务印书馆1979年，第294页。

㉘ 引自加林：《意大利人文主义》，李玉成译，北京：生活·读书·新知三联书店1998年，第21页。

㉙ 布克哈特：《意大利文艺复兴时期的文化》，何新译，北京：商务印书馆1979年，第296页。

㉚ 关于里恩佐的情况可参见 Victor Fleischer, *Rienzo*：*The Rise and Fall of a Dictator*, The Aiglon Press, 1948.

㉛ 游历情况参照了曼：《彼特拉克》，江力译，北京：中国社会科学出版社1992年，第7~8页。

㉜ 参见布克哈特：《意大利文艺复兴时期的文化》，何新译，北京：商务印书馆1979年，第138页。

㉝ John Addington Symonds, *Renaissance in Italy*, Vol. Ⅱ "*The Revival of Learning*", Smith, Elder & Co., 1906, p. 62.

三 薄伽丘：人性宣言人

直陈自然的人性；追求人性中能克服一切的强大生命力；展现人性中诗意的美感世界，这一切就是薄伽丘《十日谈》中的无穷意蕴之所在。同时，薄伽丘像所有的人文主义者一样，使自己沉浸在古典作品的美好世界之中。薄伽丘又是一位诗人，诗人笔下的歌咏优美而神圣。让我们以文化承继者的身份去享用薄伽丘馈赠给人类的这份精神遗产吧。

（一）心中装满爱和神圣诗意的人生

我们还必须对文学三杰之一的薄伽丘（Giovanni Boccaccio，1313～1375）有新的认识。[①]布克哈特非常看重薄伽丘的地位，将其与但丁相提并论，"在'近代作家'方面，14世纪的伟大作家——但丁和薄伽丘的全集——占首要地位"[②]。其生平简述如下。

1313年，薄伽丘生于佛罗伦萨附近一商贾家庭。他是私生子,母亲为法国人。父亲很想让儿子成为商人,但他不像彼特拉克的父亲那样固执地对待自己儿子的兴趣(详后)。薄伽丘从小就显示出对文学等的爱好。后来不得已,于1327年前往那不勒斯的巴底银行学习经商。当时的佛罗伦萨巴底银行以其贷款控制着那不勒斯的经济活动,因此薄伽丘在那里学习商贸也算学有所值。其时的那不勒斯正处在十分钟情人文主义文化的罗伯特国王当政时期。罗伯特国王的宫廷充满了人文主义的氛围,受此环境刺激,薄伽丘的文学情趣与日俱增。关于薄伽

在佛罗伦萨的薄伽丘壁画

丘最终献身诗学的问题,其同乡维拉尼还以近乎传奇色彩的笔触记载了一个生动的历史事例:"在到处长久游荡之后,薄伽丘终于在他28岁那年(注意这里的岁数有误——笔者注)尊其父命居于那不勒斯的佩尔格拉。一件偶然的事情在某天发生了,那时他在逍遥漫步,不经意来到维吉尔的入葬处。环视墓地,他对地底下的那个人陷入长长的敬思之中,同时在灵魂中思忖起诗人的名声,终于他的思想从自以为令人羡慕的好运中挣脱出来,他要去抗争那个拖累着他的商务。一种突然间对皮埃里亚的缪斯女神之爱在撞击着他的心胸,在改变着他的归宿。他决定放弃商贸,全身心投入对诗歌的研究。不多久,靠了他那出众的天赋和那燃烧起的热望,他取得了显著的进步。这件事情也让其父亲注意到了,感觉在儿子的身上有种远非父亲的意志所能支配的天启般强力,于是最后同意了儿子的研究,并尽全力帮助他,尽管最初他还是试着让儿子的才能放在教会法的学习方面。"③这段叙述告诉我们,大师的立志和大师思想的

转变必有其触动的偶然因素。历史上不乏此类触境立志的故事。正是维吉尔的诗歌唤醒了薄伽丘诗人的天赋。还有一件比上述唤醒更有触动力的因素,那就是薄伽丘热恋上罗伯特的私生女玛利亚。这种爱恋当然最终成了幻影。以后薄伽丘文学作品中的菲亚美塔形象和其他女性形象就有玛利亚的影子。除了文学创作活动外,薄伽丘也积极参加政治活动。1340年,由于巴底银行倒闭,薄伽丘被其父亲召回,重返佛罗伦萨。在共和政体中负责财政等事宜,还先后代表佛罗伦萨政府出使拉维纳(1346)、福尔利(1347)、罗曼亚(1350)。还两度出使阿维尼翁教廷(1350~1352年和1365年),一次出使罗马教廷(1367)。

1409年法文版薄伽丘著作的插图:左为薄伽丘,右为彼特拉克

1350年,薄伽丘在佛罗伦萨任职期间结识了彼特拉克,成为终身挚友。丘伯在《薄伽丘传》的第20章详细地记载了两人的友谊。①彼特拉克曾经在一封给年轻人的信中说到此次相遇的情况。在彼特拉克看来,相遇也许是偶然的,因为当年彼特拉克正好到意大利中部旅行路过佛罗伦萨,于是两人得以会面。但彼特拉克又认为,两人其实早已赏识各自的才气、诗文,这是心心相印的必然。

从两人的友情中又可以看出，薄伽丘以其一贯的谦和性格崇敬彼特拉克。彼特拉克离开佛罗伦萨后，薄伽丘多次到其他城市去看望彼特拉克。当然，这种崇敬也不是无原则的。彼特拉克的性格向来孤傲，有时对但丁亦流露出一丝嫉妒的意思。对此薄伽丘多有批评指责，从中也反映出两人友谊中的高贵一面。1374年彼特拉克去世，薄伽丘哀痛不已，并作十四行悼念诗一首，其中叹道："如今你已离去，我亲爱的先生，／到上帝选定的那个地方，／那里，每个人都一模一样，／在离开这邪恶的世界后栖身。／如今，你能经常随你的心，／把亲爱的劳拉看个欢畅，／那边，我那美艳的菲亚美塔，／在上帝面前，与她同坐同行。／如今，你与西努契、齐诺（当时的诗人——笔者注）、但丁，／共同生活，永远在一起安息，／观看我们不了解的事物。／唉，在飘零的世界我倘能叫你高兴，／让我跟在你身后，那里我可以／高兴地看到第一个燃起我爱火的少女。"⑤这种哀思始终未能消去。翌年，薄伽丘在佛罗伦萨契塔尔多镇去世。

　　薄伽丘在佛罗伦萨与彼特拉克的相识，这是其人生旅途中的重要事件。彼特拉克的人文主义思想深刻地影响了薄伽丘的精神世界。西蒙兹如此评论："薄伽丘的英雄崇拜不只是向着维吉尔，也向着他年轻时代的大师和成年时期的偶像但丁，这种崇拜最能体现其亲善、友爱的谦和性格，这种性格是极易动感情的。当环境使他与彼特拉克发生了直接的私下接触时，他就把灵魂中燃起的所有敬慕之情转移到这位健在的人身上，将其视做古代荣耀的唯一继承人。彼特拉克成了薄伽丘良智的指导者、学问研究的导师和人文哲学方面最有分量的思想模本。"⑥之后，薄伽丘细心钻研古典拉丁文作品，从古典文化中吸取养料，并用拉丁文撰写学术著作《异教诸神谱系》（简称《神谱》，书成于1375年）。薄伽丘在佛罗伦萨时期还以其影响力团结了一批有人文主义倾向的学者；他们共同探讨学术，翻译编撰古典作品。布克哈特积极评价薄伽丘对复兴古典文化所起的独特作用，还指出薄伽丘因为编定拉丁文的神话、地理书和

人们了解薄伽丘最多的是其代表作《十日谈》。其实,薄伽丘一生十分热爱诗歌创作。先后创作的诗歌作品有短诗《菲洛斯特拉托》(约1338)、史诗《苔塞伊达》(1340～1341)、诗歌散文合集《亚梅托的女神们》(1341～1342)、寓言诗集《爱情的幻影》(1342～1343)、长诗《菲埃索拉的女神们》(1344～1345)等。其他文学作品有传奇小说《菲罗柯洛》(1336年,总共有五部,其中第四部名为"最欢快愉悦的爱的问题"⑧)、长篇传奇《菲亚美塔》(1343～1344)、历史人物传记《名女》(1361～1362)、短篇小说《大鸦》(1366年,此时薄伽丘已五十出头)等。当然,于1348～1353年写出的《十日谈》对后世的影响最大。除诗歌、小说外,薄伽丘还凭着对但丁的敬慕之情写成《但丁传》,布克哈特称其为14世纪第一部最伟大的传记作品。⑨为了传播但丁的著述和思想,薄伽丘在晚年还主持过《神曲》的讲座。

与彼特拉克一样,薄伽丘十分看重精神世界中的神圣一面。布克哈特曾注意到薄伽丘是第一个提出基督教这一名称的人。⑩薄伽丘的最高境界是诗与神的合一:"我说在主题相同时,神学和诗学或许就是同一件事情。我还要进一步说,神学就是一首上帝的诗。"⑪薄伽丘在"诗就是神"这个总的审美意识的支配下,通过对优秀诗人、诗作的评价,从而将各种文化因素(异教的、基督教的等)在一个完美的诗的境界里汇合起来。在薄伽丘的心目中,诗是诗人所进行的一种精神活动。那些轻浮之人、那些以赚钱为目的的诗歌写作必须受到唾弃。⑫布克哈特还点出了薄伽丘那些完美的十四行诗歌创作,如"回到被净化了的地方"(第22首)、"春的忧郁"(第33首)、"诗人老去的悲哀"(第65首)等。⑬这里引薄伽丘十四行诗一首,我们可以发现与彼特拉克十分相似的爱情吟唱:

温柔的话语,甜美的笑容,

她金色的发辫已缠住了我的心；
我的命运握在她的手中，
哪怕生死轮回千重。

心中的火焰依然熊熊，
我所有热望只在
能凝视她朦胧面孔，
除此别无所求。

从那面庞上我依稀看见：
让凡人眼中透出异彩，
让其获得永生的欢悦。
她的秀丽让蓝天折服，
似披五彩锦翅的天使，
振臂扶摇而上。⑭

所以薄伽丘是内心世界相当丰满的文学家。薄伽丘崇尚自然、诗、神圣超越的情感。同样，薄伽丘用上述情感的元素去思索但丁的内心世界。可以说，薄伽丘的观点在文艺复兴时代很具代表性。文艺复兴时代的人文主义者所刻意追求的就是如何捍卫诗的地位，如何将诗与爱、诗与神结合起来。布克哈特评论道："在艺术上，表现了一种反对中世纪所创造出来的一切东西的成见，并且人文主义者是以自己勃兴之日为新纪元的。薄伽丘说：'我开始希望并且相信，上帝怜悯了意大利的名誉，因为我看到：他的无穷仁爱使意大利人的内心里具有和古代人同样的精神——用掠夺和暴力以外的方法取得荣誉的精神，而且说得更正确一些，是在诗歌道路上使人们成为不朽。'"⑮薄伽丘更注重表现本身，如对人性的各种呼唤——愉悦的、愤懑的、悲剧性的，等等。在薄伽丘时代的文化背景中，所谓表现就是故事要讲得生动，画面色彩和配置要动人。由此而产生美的体验，并进而达到神圣的感觉。"艺术——美——神圣"，这是薄伽丘的美学理论结构。

（二）《十日谈》中世俗、高贵和深沉的人性

《十日谈》最早于1471年在威尼斯出版。
图为1492年威尼斯版《十日谈》中的木刻插画。

一定要从 14 世纪的历史背景中去理解《十日谈》的意义。我们已经习惯了启蒙时代乃至 21 世纪文人对人性的歌颂和爱的歌颂。在薄伽丘那个时代，一边是基督教的教义和封建社会的传统价值观还很有势力，另一边是市民社会的自由空气需要人们回答现实的人性价值。这是一个充满了文化上的矛盾和需要人们有勇气去探索如何使矛盾协调地得到解决的时代。神圣的东西无非是一种高于世俗性的因素。世界上有一样东西，它既有世俗的一面，又有神圣的一面，这就是爱。或者说，爱的主题恰巧把人性的一面和神圣的一面结合了起来。人们可能理解不了爱的所有内涵，但有一点是清楚的，有些爱能够引导人们从世俗的环境中超脱出来。这种超脱就是神圣的体现。爱的高洁还在于，它与人的自然感性有关，又给自然感性以美的外观。于是对爱的歌颂就顺理成章地成为新时代思想文化的核心课题。所以更应当引起我们注意的是《十日谈》里对炽热、崇高爱情的描写。即使到了今天，薄伽丘所歌颂的爱仍能给我们诸多启示。

通常人们对《十日谈》的印象是：作品呈现给大家许多男女之间的故事。这些故事传达了自然感性生命的内涵。作品还从文字和道德的双重角度挑战了传统，作品对人的行为之鲜明的观察和幽默使其广为流传。①这些印象是确切的，但我们不能仅停留在这种印象上，我们要深究薄伽丘的"理想的爱"——一种既发自人性深处又纯洁神圣的爱。在《十日谈》中有许多关于神不阻止人们相爱的言论，甚至不计较人类的过失。故事第一天中的"故事二"有这样一段评论："方才潘菲洛所说的故事告诉我们，宽大的天主并不计较我们的过失，只要这过失的造成是由于人类知识有限、无从辨别善恶的缘故。"②或者说，人们的相爱是合理的。这有点儿像文艺复兴时期的双重真理学说，上帝给了人们理性，而人们则凭理性行事，这是合理的。当然，理性有其限度，理性与信仰的结合就是一个完美的世界。人性的限度是不违背自然的驱使，它是最基本的力量，不能简单地用善恶的标准来衡量。人都有人性的部分，因此凡出自人性的东西都有其存在的道理。《十日谈》将修士和普通人一样看待，修士只是多了一件僧袍而已，脱去僧袍就是一个普通人。[19]人性会表现出各种样式来：爱、淫乱、冲动，等等。在《十日谈》里，心心相印的爱是高贵的、深沉的和强力的，甚至能挑战命运、挑战社会道德。大英百科全书的作者高度赞美了薄伽丘作品中敢于挑战命运的主题。[20]这也是薄伽丘一意歌颂的人性。当人性的力量以真切、高贵、深沉、强力的形式表现时，这种人性（如爱情等）就是美的。两性的关系上升到爱情的高度，那就是圣洁的，什么力量也无法阻止："爱情的法律比任何法律的权力都来得大；它连神的法律都不放在眼里，何况不过是一些友谊呢？"[21]

薄伽丘的人性观和对人性的描述开掘出人性悲剧性的内涵，这在很大的程度上涉及人性内在的本真体认。即使是理性的判断分析也不能超脱这种本真的体认。如果丢失某种感性意义上的真，那么再严密的逻辑推理分析也很难唤醒人的存在意义，人文主义的光彩也将随之暗淡下来。文艺复兴时期的人文主义者也许在理性反思的程度上还不能与后来的理性主义者及各类形而上学哲学家相提并论，但他们发自感性的纯真体认则不是以后的思想家所能企及的。所以人文主义者给人的感觉就是真切。薄伽丘的《十日谈》对人的自然感性生命予以高度颂扬。这种颂扬有时显得那么简单直率。例如命运问题，书中这么描述道：也许是"命运之神不甘心让这对情人长久浸沉在幸福里"[22]，但爱情是一种命运的话，那么诚如纪斯卡多所言，"爱情的力量不是你我所管束得了的"[23]。听爱情指使，这就是人们勇敢地去承负命运、挑战命运的简单回答。如此简单，其中有真。

薄伽丘以直呈、表现人性的本真世界为己任。人们读薄伽丘的作品不会得到命令式的提示，人们能够得到的只是一个供人体认的人性世界。也就是说，读者在作品中能体会到人性的自然流露，直接引发一种人性、思想的震慑力。薄伽丘《十日谈》里有一则"菲亚美塔的故事"(即第四天第一个故事),学术界一般认为这是《十日谈》中思想性和艺术性完美结合的一个精品。故事说的是萨莱诺的亲王唐克烈有一娇女,名叫绮思梦达,亲王对其疼爱致至。女儿守寡后更是深养宫中,亲王再也不愿女儿出嫁。不久绮思梦达爱上了亲王的侍从纪斯卡多。纪斯卡多英俊潇洒,人品高尚;绮思梦达则花容月貌、天生丽质,可谓一对佳妙情人。然而云雨相爱不久便东窗事发。唐克烈为惩罚纪斯卡多,竟将其心脏挖出,盛于一金杯之中。绮思梦达见状悲痛欲绝,将早已调好的毒汁涂于纪斯卡多的心脏上,吻之良久,最后合手捧心贴于自己胸口,以示心心相印,共度天国。绮思梦达临别前要求父亲给她最后一个爱,死后将两个忠贞之躯合葬一处。在故事中我们听到了这样的人性呼喊(下面是绮思梦达在私情败露后当着父亲的面为人间爱恋之心恂恂陈辞):"唐克烈,既然自己是血肉之躯,你应该知道你养出来的女儿,她的心也是血肉做成的,并非铁石心肠。你现在年老力衰了,但是应该还记得那青春的规律,记得它对青年人具有多大的支配力量。/可是我们暂且不提这些,先来谈一谈一个根本的道理。你应该知道,我们人类的骨肉都是用同样的物质造成的,我们的灵魂都是天主赐给的,具备着同样的机能、同样的效用、同样的德性。我们人类向来是天生一律平等的,只有品德才是区分人类的标准,那发挥大才大德的才当得起一个'贵';否则就只能算是'贱'。这条最基本的法律虽然被世俗的谬见所掩蔽了,可并不是就此给抹杀掉,它还是在人们的天性和举止中间显露出来;所以凡是有品德的人就证明了自己的高贵,如果这样的人被人说是卑贱,那么这不是他的错,而是这样看待他的人的错。……/现在你还是说我结识了一个低三下四的人呢?如果你这样说,那就是违心之论。你不妨说,他是个穷人,可是这话只会给你自己带来羞耻,因为你有了人才不知道提拔,把他埋没在仆人的队伍里。贫穷不会磨灭一个人的高贵的品质,不,反而是富贵叫人丧失了志气……/那么,你要怎样处置我,用不到再这样踌躇不决了。如果你决心要下毒手——要在你风烛残年干出你年青的时候从来没干过的事,那么你尽管用残酷的手段对付我吧,我决不向你乞怜求饶,因为如果这算得是罪恶,那我就是罪魁祸首。我还要告诉你,如果你怎样处置了纪斯卡多,或者准备怎样处置他,却不肯用同样的方法来处置我,那我也会自己动手来处置我自己的。"②

这无疑是一曲自然感性生命的颂歌,一席人类爱情的辩护词,一份妇女人格觉醒的宣言书。一个被爱熏陶过的、富于生命力度的女性形象赫然而生。在绮思梦达的心目中,爱可以有充分理由为之辩护。爱特别是那种倾慕致至的爱之冲动是任何东西也抵挡不住的。对爱的宰割非但达不到预想的目的,反而是投在爱情火焰中的干柴。《十日谈》第六天"故事七"中有铿锵之声:"法律对于男女,应该一律看待,而法律的制订,也必须得到奉行法律的人的同意。"③绮思梦达用人性相通作比喻,让父王去追忆爱情对年轻心灵的支配力。作为人文主义者的薄伽丘要为人的自然感性生命需求正名,要向爱情的崇高致敬。他想尽了一切艺术表达手段使本真的生命融入美的境界,并将品德、高贵等提升到法律和天性的高度予以颂扬。人文主义者一般对"才气""勇力""和谐"等品性都充满着敬意,似乎具备了这类品性的人就是真正的人。薄伽丘的描述没有半点虚饰,直呈人性的底蕴,绮思梦达讲到什么程度,你就被感化到什么程度。在沉闷到极点时象征故事高潮的那段冤词炸开了:"……你(当时绮思梦达正对着纪斯卡多的心脏说话——笔者注)已经走完了你的路程,已经尽了命运指派给你的任务,你已经到了每个人迟早都要来到的终点。你已经解脱了尘世的劳役和苦恼;你的仇敌把你葬在一个跟你身份相称的金杯里,你的葬礼,除了还缺少你生前所爱的人儿的眼泪外,可说什么都齐全了。现在,你连这也不会欠缺了,天主感化了我那狠毒的父亲,指使他把你送给我,我本来准备面不改色，从容死去，不掉一滴泪；现在我要为你哭一场，哭过之后，我的灵魂立即就要飞去跟你曾经守护的灵魂结合在一起。只有你的灵魂使我乐于跟从，倾心追随，一同到那不可知的冥域里去。我相信你的灵魂还在这里徘徊，凭吊着我们的从前的乐园；那么，我相信依然爱着我的灵魂呀，为我深深地爱着的灵魂呀，你等一等我吧！"⑩

绮思梦达和纪斯卡多的爱情终于以两个灵魂同进天国的悲剧结束。薄伽丘笔下的这幕悲剧既是一份妇女人格觉醒的宣言书，也是人文主义理想所内含的悲剧性因素的生动写照。

（三）后薄伽丘时代的文学创作

薄伽丘作品的真切动人、文字的优美以及浸透其中的高洁意念，这些与但丁、彼特拉克等人的作品一起影响着以后意大利文艺复兴时期的文学创作。在文学史上还有一些仿《十日谈》的作品，其中被译成中文的有那伐尔《七日谈》（时代文艺出版社 1996 年）等，《七日谈》在文学史上也有一定的影响。其他如萨凯蒂《后十日谈》（四川文艺出版社 1988 年）、巴西尔《五日谈》（时代文艺出版社 1996 年）等。

薄伽丘作品中的一些故事情节常常为后人所引用。例如莎士比亚《罗密欧与朱丽叶》的内容与薄伽丘《名女》中第 13 章"巴比伦殉情少女"的故事线索就十分相像。《十日谈》中的故事更是影响了许多文人的创作。莎士比亚的《辛白林》和《善始善终》、莫里哀的《受气丈夫》、莱辛的《智者纳旦》、拉封丹的《故事诗》等都多少采纳了《十日谈》的素材。⑪

到了 15、16 世纪，意大利的文学又迎来新的创作高峰。这时期值得关注和应当关注的意大利文学大家还有很多。这里做些简略的介绍：博亚尔多（Matteo Boiardo，1441～1494）是文艺复兴时期费拉拉地区的人文主义者。其代表作是长诗《热恋中的奥兰多》。桑纳扎罗（Jacopo Sannazzaro，1455～1530）是文艺复兴时期那不勒斯的人文主义作家。代表作是自传体散文《阿卡狄亚》。

阿里奥斯托（Ludovico Ariosto，1474～1533）以写《疯狂的奥兰多》流芳百世。布克哈特对其作品的评论是，它一方面要考虑到让众多的人物出场，要照顾到各种情节，似乎漫漫散散，但另一方面是作者始终保持着崇高的和谐之美。⑧阿斯考利《阿里奥斯托的苦涩和谐》⑨从阿里奥斯托时代意大利文艺复兴面临的危机角度全面评述了《疯狂的奥兰多》等作品，有相当大的学术价值。

塔索（Torquato Tasso，1544～1594）曾在乌尔比诺宫廷接受教育。后在帕多瓦和波伦亚大学学习。一生坎坷，有长诗、剧作多种。最出名的是长诗《被解放的耶路撒冷》（中文有花城出版社2005年译本），讲十字军东征的故事，也穿插爱情故事。中文译者比照多种意大利文本历5年译成。

此外，像阿雷蒂诺、切利尼这样的大家亦不能遗漏。（评述见本书上篇第9章。）

其他参考书目：

● Boccaccio, Giovanni, *Decameron*, trans. John Payne, Blue Ribbon Books, 1931.

● Boccaccio, Giovanni, *Decameron*, A new English version by Cormac ò Cuileanàin based on John Payne's 1886 translation.

● Boccaccio, Giovanni, *The Corbaccio*, trans. and ed. Anthony K. Cassell, University of Illinois Press, 1975. 特别要注意卡塞尔写的"导论"，一般读者对薄伽丘晚年的这部短篇小说不甚了解，但又必须了解它，否则我们就得不到薄伽丘的精神全貌。

● Boccaccio, Giovanni, *Famous Women*, ed. and trans.

化创造实践将文艺复兴时期人文主义的思想支柱即新柏拉图主义和亚里士多德主义有机地融会在一起，从而散发出无与伦比的精神光芒。历史上的许多科学家兼有艺术的天分，但那些艺术天分只体现为业余的欣赏玩乐；也有许多艺术家表现出对科学的好奇，但那种好奇或许是一时的兴致等。唯有达·芬奇的心灵具备了艺术与科学的两种天分，并将两种天分发挥到极致。所以我们需要研究：达·芬奇式的新柏拉图主义和亚里士多德主义的结合究竟呈现出怎样一种精神的大地。在达·芬奇的文化创造成果中，柏拉图那个神秘的、超越的理念世界始终是希望和指导。同时，这个超越的理念世界不仅在美的艺术形象之中，也像亚里士多德所主张的那样存在于每一个现存的物体之中。人们去创造艺术之美和通过科学实验去揭示物体的结构，这些都是达到理念世界的途径。

1452年，达·芬奇生于佛罗伦萨阿诺河畔的芬奇镇。在艺术三杰中，达·芬奇长米开朗基罗23岁，大拉斐尔31岁，早出道了不少年份。其父塞尔·皮埃罗是佛罗伦萨的公证人，并在芬奇镇置有地产。但达·芬奇的私生子身份决定了他未来不能继承其父亲的职业。对于私生一事，达·芬奇从来不讳言。在这位天才看来，只要是爱情的结晶都值得歌颂。达·芬奇长得秀美，举止优雅，为其增添了不少人格的魅力。

人们经常会说文化巨擘横空出世，其实伟人的诞生都有肥沃的文化土壤。文艺复兴时期的文化是一种体现城市市民兴趣的精神现象。达·芬奇时代的佛罗伦萨有如下有利于艺术繁荣的因素：第一，艺术庇护人的资助。尤其是有美第奇家族的各种赞助举措。第二，艺术创作技巧的革命。在佛罗伦萨的许多艺术工作室里，师徒互相切磋技艺的氛围很浓厚，其中就包括对透视法的探讨等。还逐渐形成了样式各异的风格。第三，人文主义、新柏拉图主义的时兴而造成的风格变化。佛罗伦萨是传播新柏拉图主义的中心，这理所当然地影响了艺术家的创作理念和实践。第四，意大利文化传统的薪火相传和不同城市中的城市精神，特别是佛罗伦萨的城市中的集体文化创造精神和自由批判精神。

在达·芬奇之前，佛罗伦萨的人文主义艺术创作已经形成气候。这里首先要提乔托（Giotto，1266~1337）的艺术创作生涯。瓦萨利如此评价乔托，认为他对于其他画家的意义如同自然对于他们的意义一样。因为乔托恰如其分地将人间自然中最美的一面呈现了出来。②爱米尔《乔托的世界：约1267~1337》③一书第1章标题是"形式的征服"（The Conquest of Form），此一语道破乔托画作吸引力之所在。具体而言，人们会发现生动的故事、传神的人物形态、和谐立体的画面等，展示出对人神关系世界新的、更为复杂的理解。乔托画作的内容仍是宗教的主题，其中有：《圣母子》，表示人间的神圣母爱，是新的艺术感受和艺术形象的启端；《金门相会》，渲染生命是神圣情爱之结晶。乔托又以画圣芳济各（英文Francis）闻名于世，一生创作了多幅关于圣芳济各的画，如《圣芳济各向小鸟布道》等。

之后吉贝尔提（Ghiberti，1378~1455）创作了体现和谐风格的名画《雅各与以扫》。稍后多那太罗（Donatello，1386~1466）创作了《圣母领报》，麦克曼勒斯在《牛津基督教史》中称此画是"艺术家用古老的笔法表达了基督教的人文主义情感"。④再后有皮耶罗（Piero，1439年开始有生平记录，至1492年去世）的《基督诞生》等作品。在文艺复兴时代，这类题材的创作与另一些题材如"十字架上的基督"等最为流行。

更需要评点波提切利（Botticelli，1445~1510）的艺术实践。从师承关系看，波提切利是达·芬奇的师兄。研究波提切利作品的关键是如何认识浸透其中的新柏拉图主义内容和艺术风格。波提切利《圣奥古斯丁在书斋》所传达出的就是一位智者在沉思的形象，或者说传达出波提切利的新柏拉图主义思想。瓦萨利对波提切利作品与奥古斯丁思想的关系屡有提示。⑤

达·芬奇童年的佛罗伦萨正值科斯莫·德·美第奇当政时期（1434~1464），许多文学家、艺术家和学者都曾得到过这位爱好古典学问、爱好艺术的庇护人的各种资助。那时的佛罗伦萨人文荟萃，文化繁荣，成为意大利乃至欧洲的文化中心。1469年达·芬奇的父亲举家迁往美第奇家族执政的佛罗伦萨。从家乡小镇来到佛罗伦萨的达·芬奇实实在在地感受到了这种文化氛围的熏陶。相传为哥伦布提供航海地图的大科学家托斯卡涅里（Toscanelli，1397~1482）的科学研究工作室就在佛罗伦萨。达·芬奇经常到他的工作室窗边向里窥望各种科学仪器。不久，达·芬奇进入其父亲的朋友、当时佛罗伦萨画坛的领军人物维罗乔（又译韦罗基奥，1436~1488）的画室学画，至1472年学成，并在画室工作到1476年。

维罗乔在绘画、雕塑、音乐等艺术方面样样技艺精湛，又是一位透视学大师。他的画室是当时佛罗伦萨的艺术熔炉（crucible）。[⑥]年轻艺术家经常在这里聚会，新的艺术潮流不断在这里涌出。当时有一种说法，只要维罗乔画室在谈论某个主题，马上就会成为佛罗伦萨文化人热议的话题，此类主题就包括费奇诺的新柏拉图主义等。无疑，维罗乔画室成了一处文化新生的苑地，催生出众多像波提切利这样的艺术大家。

达·芬奇是一个无论就思想、气质还是艺术创作都深深打上新柏拉图主义烙印的艺术大师。对此，同时期的许多批评家已经给予充分的关注，甚至在拉斐尔的绘画中将达·芬奇当作哲学家柏拉图的摹本呈现出来。像当时的许多新柏拉图主义者一样，达·芬奇也推崇神圣性的世界。达·芬奇绘画风格之一就是着力刻画让人揣摩的神秘画面，或者说在任何神态、景物搭配等的处理上都似乎隐匿着某种既神秘又博大的内涵。不过达·芬奇心目中的神秘世界与基督教徒心目中的神还是有所不同，达·芬奇画面中的神秘性带着点异教的成分。同时，达·芬奇更倾向于通过艺术等途径而在人的内心生成各种神秘的力量和神圣的世界。[⑦]

但仅仅把达·芬奇视作新柏拉图主义者是片面的。博兰曼利《列奥那多·达·芬奇生平探索》(Leonardo Discovering the Life of Leonardo da Vinci，出处见前引)一书不仅注意到达·芬奇与柏拉图思想之间的关系，还充分注意到亚里士多德思想的影响。也就是说，当我们在谈论达·芬奇受新柏拉图主义影响时，不能将其范围无限制扩大。在达·芬奇的身上有着百科全书式的天才因子，尤其是对科学的热爱伴随着艺术家一生的探求之路。沃尔夫林感叹道："在所有文艺复兴时代的艺术家中，列奥那多是最热爱宇宙万物的。"⑧丹皮尔更如是赞赏："在世界历史上可能没有人有过这样的纪录。"⑨达·芬奇对每一个科学分支都感兴趣，甚至在哈维发现血液循环100年前，达·芬奇已经知道这一原理了。⑩就达·芬奇这种广博的科学探求层面而言，我们应该注意亚里士多德主义的影响力。确切地讲，达·芬奇的思想既有柏拉图的超越理念因素，又有亚里士多德对个体进行经验观察的科学精神。达·芬奇有言："良好的修养产生于优良的气质；由于原因比后果更受人赞美，与其赞美没有气质的修养，倒不如赞美没有教养的气质。"⑪又说："灵魂永远不会随躯体的腐朽而毁坏，灵魂在躯体内的作用就像风使风琴发声；若笛子坏了，风也不能产生好的效果。"⑫这就是亚里士多德的精神，即在分析一个事物时既要注意事物的形式，又要注意事物的质地。亚里士多德又认为，事物的形式和质料可以被分别地加以科学研究，但这种研究又不能脱离具体的某一个事物。这些想法在达·芬奇的文化创作活动中得到了最充分的体现。我们还得说一句，达·芬奇之钟情于科学研究，这不是纯粹的理论思辨产物。丹皮尔非常言简意赅地指出："列奥纳多是从实用方面接近科学的。正是由于这个幸运的情况，他的治学态度才那样富于现代精神。……他作为画家，因而不能不研究光学的定律、眼睛的构造、人体解剖的细节以及雀鸟的飞翔。他作为民用及军用工程师，因而不能不正视一些只有了解动力学和静力学的原理才能解决的问题。"⑬对于存在于达·芬奇身上的这种艺术和科学的双重天分问题,西蒙兹在自己的著作中也给予了高度的关注。在西蒙兹看来,达·芬奇的上述两种能力从未在工作中分离过。⑬还指出,他的科学方面的能力与艺术方面的目的恰好是平衡的、适当的和互相支撑的。⑮

1481年,达·芬奇创设了自己的工作室,开始独立谋生。当时达·芬奇已经很有名声,关于其画作亦有不少传闻。有一则经常被提及的故事,说的是有一个同乡随便拿了一块板子托达·芬奇的父亲让其儿子在上面画上些什么都行,以便挂在商铺上能吸引路人。由于达·芬奇对各种虫子、野兽都有细致的观察,于是将它们综合起来画了一个巨怪美杜莎。达·芬奇的父亲初次与画面形象对视时一度吓得魂飞魄散,但随即被画的气势震慑住了,他后来让儿子随便再画个爱心之箭,送给同乡。而儿子的美杜莎一画则以100杜卡特(约500金佛罗令)卖给了古董商人。不过,商人又以300杜卡特转手给当时的米兰大公洛多维柯·斯福查。这时才知吃亏了的父亲如梦方醒,认为儿子今后如果声名鹊起,其画作的价值真不知如何估量呢。

达·芬奇在新柏拉图主义和亚里士多德主义的合力作用下施展开无尽的想象力。这位全才力图撰写各种各样的著作,完成数不清的艺术创作,搞数不清的科学实验,但在很多场合都付之东流。瓦萨利婉转地批评道:"因为他在绘画方面的知识太渊博了,以致列奥纳多启动了许多工作却无果而终。"⑯

(二)异乡、故乡都是家,留下无与伦比的文化遗产

令人费解的是,佛罗伦萨没有留住达·芬奇的心魂。达·芬奇这么一个大画家,为何在美第奇家族当政时期不愿在佛罗伦萨长期安身搞创作,而不得不在米兰等异地他乡从事创作等活动?按理

说，达·芬奇在佛罗伦萨的艺术创作生涯还算是顺利。但下面几种历史境遇可能对达·芬奇是否留在佛罗伦萨发展自己的事业有过影响。

首先要讲到美第奇家族的艺术庇护问题。美第奇家族支持文人、科学家搞各种创作活动，这当然是值得庆幸的大好事。然而美第奇家族成员亦不乏虚荣心，希冀强势统治。对那些围着他们转、唯命是从的人士当然赞赏尤佳。达·芬奇稍有名气时，佛罗伦萨处在文艺复兴时期最重要的艺术赞助人大洛伦佐当政时期。大洛伦佐是科斯莫的孙子，有极强的个性和统治能力。为了使自己的宫廷成为当时全欧洲的样板，他网罗各方人才，用他们的天分和创作去装点排场。他又是一个会耍政治手段的暴君，对异己者不惜大开杀戒。在经济上，把整个佛罗伦萨玩弄于股掌之间。需要指出的是，大洛伦佐没有忽视达·芬奇，曾邀请达·芬奇搞艺术创作。但在大洛伦佐的眼里，达·芬奇只是一个摆设而已。以后他同意达·芬奇去米兰发展事业，这其中不乏将文化人当政治交易的考虑。这些都使眼睛里容不了沙粒的达·芬奇难以接受。另外就是佛罗伦萨和美

达·芬奇名作《最后的晚餐》，藏于米兰格拉齐耶圣玛利亚教堂。

第奇家族所推崇的文化氛围亦有达·芬奇不能完全适应的一面。Vezzosi 指出:"佛罗伦萨人文主义的学究气氛,主要是新柏拉图主义,束缚了画家的雄心大略。他向往能在主张亚里士多德学说和实用主义的伦巴底找到一方更适合进行实验的场所。"⑫再说美第奇家族的整个文化倾向偏向文学艺术类。他们在思想上崇拜新柏拉图主义,主张通过文学艺术等手段去理解人、表现人。例如将新柏拉图主义的思想殿军费奇诺当作座上客。达·芬奇虽然也深受新柏拉图主义的影响,但从小开始就表露出对科学研究的极大兴趣。

正当达·芬奇犹豫不决之际,米兰大公洛多维柯·斯福查对科学技术人才的奖掖举措不时传到达·芬奇的耳边。1481 年,佛罗伦萨的画界代表波提切利等接受教皇西克斯图斯四世的邀请前往梵蒂冈工作,但达·芬奇不在其列,这反映出他在佛罗伦萨的地位。对此,这位带有科学家倾向的艺术大师非常沮丧。

在以上各种因素的综合影响下,达·芬奇最终选择离开佛罗伦萨到意大利伦巴底去开拓艺术天地。

1482 年,达·芬奇来到米兰大公洛多维柯·斯福查宫廷服务。1482~1499 年称作"第一米兰期"。达·芬奇到了米兰后也确实得到了上宾的礼遇。洛多维柯赠送给达·芬奇一大片土地。画家也惬意地建起了自己的工作室,并在艺术创作之余进行各种科学研究和实验的事项。在米兰期间的达·芬奇一如既往地勤奋学习、工作。人们可能只知道达·芬奇有《最后的晚餐》等名作,但未必知道艺术家留下了无数的速写、手稿等。在米兰,达·芬奇经常带着笔记本,只要在路上遇到"猎物",就会主动邀对方在小店喝杯酒,然后就进行速写。他不会放过每一个遇到的、对其艺术创作和科学研究有用的情景,他甚至会和农人一起讨论如何酿酒,等等。达·芬奇不同时期的创作有:1483~1490 年创作《岩间圣母》,该画被认为是体现达·芬奇神秘、晦涩、象征的宗教美学观之杰作,沃尔夫林还特别提到大天使伸出的右手是点睛之笔,引导着人们的注意

力⑬；1485～1490年间创作了《抱白鼬的夫人》；1490年重新制作

达·芬奇名作《岩间圣母》，左图为卢浮宫博物馆所藏，右图为伦敦国立美术馆所藏。

《斯福查骑马塑像》；1495～1498年创作《最后的晚餐》。在达·芬奇的所有创作中，《最后的晚餐》与后来回到佛罗伦萨创作的《蒙娜丽莎》最具代表性。这两幅画与达·芬奇的其他艺术作品一样是融观察的器官、美感的心灵、创造的想象力于一体的结果。《最后的晚餐》是一幅壁画，据说画了几年才成。其保存亦历经沧桑，幸好达·芬奇有此画的临摹本。此画取材于《圣经》犹大出卖耶稣的故事。画面择取了耶稣说"有人要出卖我"一语后十二门徒露出不同神态的情景。耶稣的光明磊落和犹大的虚伪险恶这种对比被刻画得十分明显。在此反差强烈的思想主题中所诉说的是人的品性，它要揭示人性善恶的两重世界，表达站在生死场边缘的复杂情感。⑭

1500年达·芬奇又回到佛罗伦萨。那时，美第奇家族的统治

左:《蒙娜丽莎》,藏于卢浮宫;右:《圣母子和圣安娜》,藏于卢浮宫。

已经垮台,佛罗伦萨处在共和国政体的政治环境之中。在佛罗伦萨期间,达·芬奇开始创作《蒙娜丽莎》,并于1503年完成。《蒙娜丽莎》是佛罗伦萨一位富商少妇的肖像画,画面中最吸引人的部分是少妇那刚能觉察到的一丝微笑。达·芬奇通过这丝微笑想传达一种自然的、又带点神秘的美感。这种美感因其自然而触发人的感官的愉悦;又因其神秘而使人回到内心深处,回味无穷。正如傅雷所引述的法国悲剧家高乃依的名诗所言:"一种莫名的爱娇,把我摄向着你。"②1501年达·芬奇还绘制了《圣安娜》草图。《圣安娜》与《岩间圣母》《蒙娜丽莎》等艺术作品都体现出达·芬奇那种以神秘感为核心的审美心理。图中圣安娜、圣母和耶稣都带着达·芬奇画笔下特有的微笑。右下方的羊羔则渲染了宗教的气氛。远近的自然物包括淡淡月光下的色彩,将人与神、人与自然交织在一起,更衬托出难以言诉的、迷人的和谐之美。如此之美会引导人的视觉与幻觉结合起来,从而使人在朦胧中引申出各种联想。从1504年起达·芬奇又创作了色彩极为明丽的《丽达与天鹅》组图。詹姆斯·贝克如此评论达·芬奇作品的创作风格和美感:"艺术家们致力于研究达·芬奇作品中的诗意的朦胧气氛、他的柔和的表现形式、他的绘画的清晰性、他作图的美和自发性、他对人体和解剖学的绝对精确的掌握、他对多种透视学的运用以及他的风景画的浪漫气息。"[21]

1502年,列奥纳多·达·芬奇还为暴君恺撒·波吉亚的军事行为出过力。波吉亚高度信任达·芬奇,将其当作首席军事工程师,并立下手谕,所有他部下的官吏都必须为达·芬奇的军事研究提供一切必要的方便,所有工程师则必须听从达·芬奇的指挥。[22]在这样的研究环境下,达·芬奇为波吉亚提出过许多加强防御的建议。还设计出军事上的移动桥梁、免遭火器攻击的墙垒、逃生密道、好些古怪的军事玩物等。人们可能会想,一位艺术家与暴君卷在一起,是否有失身份。但站在当时的历史立场思考问题,艺术家取得权势者的庇护是很自然、很必要的一个生存环节。

这里还得提及达·芬奇与马基雅维里的友谊。两人于1502年相识。他们之间的性格有许多不同点:一个是政治思想家,一个是艺术家;一个是同性恋者和生活有节制的人,一个是异性恋嗜酒者。但又有许多共同点:他们善于思索问题;有独立判断的精神;也有许多共同的遭遇;他们的家庭背景并不支撑他们一帆风顺地去施展自己的才华,所以他们的成功多半是靠了自己的努

达·芬奇作品《丽达与天鹅》,藏于佛罗伦萨乌菲支博物馆。

力。在 1504 年佛罗伦萨与比萨的战争中，达·芬奇还提出让阿诺河改道的计划。这一计划的被采纳和具体实施都与马基雅维里的鼎力相助有关。达·芬奇设想用切断水源的办法，最终让比萨人屈服。达·芬奇在设计这一工程时还考虑未来如何形成一个新的工业走廊的问题。当然，这一计划由于工程的繁复等原因，最终未取得成效。

1506 年，达·芬奇应法国驻米兰总督安波斯之邀前往米兰。从 1506 年至 1513 年又称"第二米兰期"。期间达·芬奇于 1508～1510 年完成油画《圣母子和圣安娜》。由于达·芬奇长期在意大利北方的米兰等地区进行创作实践，于是形成了"达·芬奇画圈"的形势，许多画家都在模仿达·芬奇画的内容和形式。[③]例如达·芬奇的《岩间圣母》《丽达与天鹅》《蒙娜丽莎》这些最能反映达·芬奇风格的作品不仅为学生和画家所模仿，还迅速传播到北方地区。

1513 年，达·芬奇应美第奇家族的教皇利奥十世之邀前往罗马。艺术家很快对当时的庸人气息和周边环境感到愤懑。尤其是配备给他的那些助手的行为更是令达·芬奇难以容忍。所以达·芬奇要这样评价美第奇家族："美第奇家族造就了我也毁灭了我。"[④]意大利语 Medici 的意思是医生，达·芬奇的评语正好一语双关。1516 年，达·芬奇应法王弗兰西斯一世之邀前往法国，居于法王赠送的克鲁城堡。1519 年，达·芬奇在克鲁城堡逝世。

（三）值得回味的个性

达·芬奇生性好动，喜欢旅游，乘兴作画。这些都是常态的事例。不过达·芬奇有许多怪癖，例如喜欢用左手倒序写字等，这些也只能是谈资而已。但有些个性方面的问题则需要做些探究。本书先前提到但丁等人的爱情时曾指出，要从这些人性的表象背后寻找更深层次的精神底蕴。这里我们也不能回避达·芬奇的同性恋倾向。之所以要提及这一问题是要读者思考：艺术家达·芬奇对完美之爱的追求是否与其完美艺术的创作有直接或间接的关系。今天，艺术史的研究必须将艺术心理与艺术实践做完整的思考。在当时的佛罗伦萨，虽然一些作家（如但丁等）在自己的作品中谴责过同性恋问题，但同性恋本身并没有受到法律的强制管束。甚至可以说，佛罗伦萨同性恋盛行。在当时的德国，"佛罗伦萨人"（Florenzer）一词就是同性恋的代名词。人们有许多证据来证明达·芬奇的同性恋倾向。首先是达·芬奇自己的话语。达·芬奇对异性行为表示出一种憎恶，他认为那种普通人的两性关系就像是雇佣关系一样，其结局是使人掉价。对于另一种性关系，则用新柏拉图主义的情调说道："当一个恋人发现能够使自己与对象和谐相连，其结局是兴奋、愉悦和满意的。当恋人与某个所爱合为一体，他就找到了平和，释放了负担，也寻觅到了依靠。"㉔人们还知道，达·芬奇这位美貌的青年人与其老师长期一起工作，其中就有可能涉及同性恋问题。另外维罗乔在涉及同性恋问题上名声不好，还与达·芬奇一起卷入与同性恋相关的司法案件。㉕

谈到达·芬奇的个性就离不开他与米开朗基罗的关系问题。历史上，达·芬奇和米开朗基罗两位大艺术家之间的矛盾一直是热议的话题。例如，米开朗基罗在教皇利奥十世面前说过达·芬奇为叛国贼之类的坏话；而作为年长米开朗基罗23岁的达·芬奇在面对各种无礼时表现出一种大度和宽容，如此等等。㉖笔者以为，这两个人之间的性格不和是导致无法共处的重要原因之一。达·芬奇的性格平和、冷静、善思考；米开朗基罗性格粗鲁、急躁、执拗。当然这里只是就性格而论，无关道德问题。阿尔塔耶夫这样概括两个人性格的差异："没有哪两个人像列奥纳多和米开朗基罗这样缺乏相互的相似之处了。对科学的多种方面的兴趣和考察者的天赋把列奥纳多从艺术吸引开来，使他成了一个凝神聚思的、与外界少有交往的人。他诞生在一个殷实的家庭里，受到良好的教育，就像对一株娇嫩的小草，女性的、关怀备至的手，对他倍加珍爱；他美丽、幽雅，穿着得体，以其美好的素质超群出众。米开朗基罗则是另外一回事。长得不美，不是那么大方，生性粗犷，他很少顾及所谓的'行为得体'，习惯当面把真话说出来，为了表示客气说啥也不昧良心。不管和哪一个宫廷、大公、教皇，他都无法和睦相处；只有和普普通通的人——和同行、和石匠、和别的手艺人在一起，他才感到自在。"⑧不过从总体上看，人们对达·芬奇的性格和为人有诸多赞许、首肯。艺术史家瓦萨利是米开朗基罗的学生，但其著作亦对达·芬奇的性格有积极的评价："谁都知道，说真的，列奥纳多·达·芬奇就是那么个才貌出众的艺术家。他做每件事都显得无限的优雅。他的才分被锻造得如此光耀照人，使其研究处理每一件事情时都游刃有余。他具备巨大的能量和机敏；他是一位有着制御一切的精神和宽广心灵的人；……"⑨

这两种性格放在一起可能会冲突，无法相容。但这两种性格分开来，则会分别造就艺术家的伟大。应该这么讲，像达·芬奇这样的兼艺术家与科学家于一身的人确实显得很孤凸。除非碰上了知音，你要艺术家本人去看惯周围的一切，去适应一切确实是难上加难。1500年，达·芬奇返回佛罗伦萨，当时是执政官索德里尼主政的共和国时期。政府当局让达·芬奇和米开朗基罗同时为市政厅创作壁画。达·芬奇的素材是佛罗伦萨人战胜伦巴底人的"安加利之战"。米开朗基罗的素材则是14世纪发生在比萨附近的"卡森战事"。最终两幅壁画都未能完工。但他们的草图各有特色，谁都是胜利者。那时的达·芬奇早以其米兰的壁画《最后的晚餐》而名闻天下；米开朗基罗因其《大卫》即将要在佛罗伦萨展示，从而与雕像一起成为佛罗伦萨市民心目中的英雄。所以仅就艺术竞争而言，两人亦各有所长，都是胜利者。

当我们要对达·芬奇做总结性的评判时，最好还是倾听史家已有的论断。在布克哈特的眼里，列奥纳多·达·芬奇是艺术的完成者，是一位具有伟大人格的艺术大师。同时布克哈特又觉得，瓦萨利在其艺术史专著中对达·芬奇着墨太少。⑳确实，瓦萨利没有像描述米开朗基罗那样去详尽地勾勒达·芬奇的艺术生涯和艺术世界，但瓦萨利还是用了近乎神圣的口气来赞美达·芬奇的才智、优雅和作品的美。《最出色的画家、雕塑家和建筑家生平传记》有言："一般说来，好些男男女女天生就具有各种了不起的质地和才华。但用超验的眼光看，偶尔会发现有这么一个人，他由上苍绝妙地赋予了如此丰满的美质、优雅和才气，他远远地离开了世俗之地，他所有的行为都富于灵气，事实上他做的每一件事情显然都是神圣的，而非人之作为。"㉑

其他参考书目：

● Hartt, F., *History of Italian Renaissance Art*, fourth edition, Harry N. Abrams. Inc., Publishers, 1994.

● Jones, Jonathan, *The Lost Battles: Leonardo, Michelangelo and the Artistic Dull that Defined the Renaissance*, Simon & Schuster UK Ltd, 2010.

● *Leonardo on Painting: An anthology of Writings by Leonardo da Vinci with a selection of documents relating to his career as an artist*, ed. Martin Kemp, selected and trans. Martin Kemp and Margaret Walker, Yale Nota Bene Book, Yale University Press, 2001.

● Nicholl, Charles, *Leonardo da Vinci*, Penguin Books, 2007.

● Welch, Evelyn, *Art and Society in Italy 1350～1500*, Oxford University Press, 1997.

● 梅勒什可夫斯基《诸神复活——雷翁那图·达·芬奇传》的英文本 Merejkowsko, *The Romance of Leonardo Da Vinci*,

Modern Library, 1928; 德文本 Mereschkowski, Dimitre S., *Leonardo da Vinci*, Bertelsmann Lesering, 1959.

注释：

① John Addington Symonds, *Renaissance in Italy*, Vol. Ⅲ, Smith, Elder & Co., 1906, p. 228.
② Giogio Vasari, *Lives of the Artists*, Vol. Ⅰ, trans. George Bull, Penguin Books, 1987, p. 57.
③ Sarel Eimerl and the Editors of Time-Life Books, *The World of Giotto: c. 1267～1337*, Time Incorporated, 1967.
④ 麦克曼勒斯主编：《牛津基督教史》，张景龙等译，贵阳：贵州人民出版社1995年，第207页。
⑤ Giogio Vasari, *Lives of the Artists*, Vol. Ⅰ, trans. George Bull, p. 225.
⑥ Serge Bramly, *Leonardo Discovering the Life of Leonardo da Vinci*, Harper Collins Publishers, 1991, p. 74.
⑦ Serge Bramly, *Leonardo Discovering the Life of Leonardo da Vinci*, p. 275.
⑧ ［瑞士］海因里希·沃尔夫林：《古典艺术：意大利文艺复兴艺术导论》，潘耀昌、陈平译，杭州：浙江美术学院出版社1992年，第34页。
⑨ 丹皮尔：《科学史》，李珩译，北京：商务印书馆1975年，第163页。这里所言"纪录"指各方面的才能和成果。——笔者注
⑩ 参见丹皮尔：《科学史》，李珩译，北京：商务印书馆1975年，第168页。
⑪ 里斯特编著：《莱奥纳多·达·芬奇笔记》，郑福洁译，北京：生活·读书·新知三联书店1998年，第268页。

⑫里斯特编著：《莱奥纳多·达·芬奇笔记》，郑福洁译，北京：生活·读书·新知三联书店1998年，第268页。

⑬丹皮尔：《科学史》，李珩译，北京：商务印书馆1975年，第163页。

⑭ J. A. Symonds, *Renaissance in Italy*, Vol. Ⅲ "The Fine Arts", p. 229.

⑮ J. A. Symonds, *Renaissance in Italy*, Vol. Ⅲ "The Fine Arts", p. 239.

⑯ Giogio Vasari, *Lives of the Artists*, Vol. Ⅰ, trans. George Bull, p. 257.

⑰ Alessandro Vezzosi：《达·芬奇》，朱燕译，上海：上海译文出版社2004年，第52页。

⑱参见沃尔夫林：《古典艺术：意大利文艺复兴艺术导论》，潘耀昌、陈平译，杭州：浙江美术学院出版社1992年，第31页。

⑲ GiorgioVasari, *The Great Masters*, English translation by Gaston De Vere, Hugh Lauter Levin Associates, Inc., 1986, pp. 120~121.

⑳傅雷：《世界美术名作二十讲》，北京：生活·读书·新知三联书店1985年，第26页。

㉑[美]詹姆斯·贝克：《达·芬奇的绘画思想》，杨志达译，昆明：云南美术出版社2000年，第19~21页。

㉒参见梅勒什可夫斯基：《诸神复活——雷翁那图·达·芬奇传》，绮纹译，北京：生活·读书·新知三联书店1988年，第549页。

㉓ Francesco Porzio, ed., *The Legacy of Leonardo*：*Painters in Lombardy 1490~1530*, Essays by Bora and others, Skira, 1998. 该书对于我们认识"达·芬奇画圈"现象很有帮助。

㉔ Alessandro Vezzosi：《达·芬奇》，朱燕译，上海：上海译文出版社2004年，第120页。

㉕In Serge Bramly, *Leonardo Discovering the Life of Leonardo da Vinci*, p. 127.

㉖参见 Alessandro Vezzosi:《达·芬奇》,朱燕译,上海:上海译文出版社2004年,第40～41页。

㉗参见梅勒什可夫斯基:《诸神复活——雷翁那图·达·芬奇传》,第481～484页。另见阿尔塔耶夫:《在大时代前面1:列奥纳多·达·芬奇》,李长敏译,沈阳:辽宁美术出版社1983年,第248～249页。

㉘阿尔塔耶夫:《在大时代前面1:列奥纳多·达·芬奇》,李长敏译,沈阳:辽宁美术出版社1983年,第195页。

㉙Giogio Vasari, *Lives of the Artists*, Vol. I, trans. George Bull, p. 255.

㉚参见布克哈特:《意大利文艺复兴时期的文化》,何新译,北京:商务印书馆1979年,第135页。另外详见 Jacob Burckhardt, *Der Cicerone*, Kroener, 1986, pp. 812～819.

㉛Giogio Vasari, *Lives of the Artists*, Vol. I, trans. George Bull, p. 255.

五 米开朗基罗：艺术巨匠

影响米开朗基罗人生之路的历史事情很多：其中就有早年丧母，从而在他心灵中留下对母爱、慈爱的热望；早年学艺时得到美第奇家族的掌控者大洛伦佐的关爱，并进了美第奇花园学校学习，懂得新柏拉图主义的真谛，如此等等。于是，米开朗基罗的艺术创作道路就成了追求纯真的爱、追求完美、追求神圣超越境界的典范。

另外，米开朗基罗一生的事迹主要与佛罗伦萨、罗马两座城市有关。历史学家西蒙兹就两座城市与米开朗基罗的生平做了如此比较，说佛罗伦萨是米开朗基罗的家乡城市，而罗马则是这位艺术家的灵魂城市。① 在这两座城市里，米开朗基罗还遇到了最有权势的艺术庇护人，如美第奇家族庇护人和数个教皇（包括美第奇家族教皇）庇护人等。这种庇护虽然有不自由的一面，但它给了艺术家以安宁、安心艺术创作的必要前提。下面就以佛罗伦萨时期、罗马时期及相互交叉的时期为线索进行评述。

（一）米开朗基罗艺术心灵的生成

米开朗基罗（Michelangelo Buonarroti, 1475～1564）生于托斯卡纳地区的卡普雷斯。幼时曾寄养在一石匠的家庭，喝石匠妻子的母乳长大。后来艺术家一直自认为是雕塑家而非画家，上述背景也算得上是原因之一吧。②米开朗基罗6岁时丧母，这一定在艺术家幼小的心灵中留下了一丝阴影。③父亲路德维柯·迪·列奥纳第是一个有脾气但不算固执的人，自认为家庭有贵族血统，不愿让未来的米开朗基罗去从事与任何体力活有关的工作，或者去干低等的活。在当时社会的阶级分层中，搞艺术的人属于低等阶级的人"lower-class people"。当路德维柯发现儿子有艺术的天赋且执意学艺时，还是同意让他去学画。1488年，米开朗基罗来到佛罗伦萨，随着名画家吉兰达约学画。在吉兰达约工作室这所当时佛罗伦萨数一数二的大画室里，米开朗基罗学到了基本的、扎实的绘画技艺。在学画期间，米开朗基罗还帮助老师在圣玛利亚教堂绘制壁画。这样一直持续着，终于到了某天，米开朗基罗证明自己已经学到了老师的神韵，可以帮助老师起草画稿。在最初接触到的众多画家作品中，米开朗基罗特别敬重乔托、马萨乔等人的绘画艺术。笔者以为，从某种程度上讲，米开朗基罗就是乔托的复活。

1489年，父亲又送米开朗基罗到洛伦佐花园学校学习。当时佛罗伦萨的统治者大洛伦佐很喜欢米开朗基罗，将其视做亲生儿子一般，给其单独的房间，让其与自己和家人同桌吃饭，并对米开朗基罗的未来寄予厚望。艺术家在这所特殊的、散发着新柏拉图主义气息的学校里感受到了人文主义的精神。那里有许多古籍、古代优美的雕塑和画册，也有当时最著名的学者如费奇诺等人在讲学。米开朗基罗得以同桌聆听费奇诺、皮科、波利齐亚诺等人文主义学者的讲课。费奇诺这位新柏拉图主义的主要代表正在翻译柏拉图的大部分著作,成为当时人文主义者的思想引路人。可想而知,米开朗基罗入此门堂,犹如在新柏拉图主义的思想路途上徜徉,无时不沉浸在美的欢愉之中。后来米开朗基罗用诗的语句强调:"艺术家最好不要去那么想,╱似乎那块大理石与观念无关,╱其实从表面是一块大理石到最后成型,╱都是由那双遵循着思想的手凿完。"④另外,这所学校的自由、开放精神对米开朗基罗艺术境界的升华起着决定性的影响。

从米开朗基罗的思想、作品和人生之路中,我们能够感悟到当时新柏拉图主义的全部意蕴。例如,艺术家的任何创作都首先要生成先天具有的美之理念,然后通过具体的样式将美的理念呈现出来。米开朗基罗追求美、神圣、和谐、力量,这些都与新柏拉图主义的思想有关。特别在米开朗基罗的心目中,此岸世界的人是从彼岸迁徙而来,⑤因此通过此岸世界的人的形象最终去理解彼岸世界的神圣。讲到神圣,米开朗基罗有诗云:"如果理性来温暖我心,令我放弃╱尘世的肉体,那么,在您所在的地方,╱我希望、我企求再次和您相会。"⑥至于美的世界,又有诗云:"为了不必从许多源头把美取回,╱上帝把美赠与一人——一名纯洁╱又高贵的女人,她比任何人都善于╱以她无暇的躯体作为美的载体。"⑦这就是新柏拉图主义对具体的美之追求,米开朗基罗特别强调在艺术上通过人体的美来感悟神圣的世界,"上帝处处在显现自己,╱清楚不过的是构成了人体的美,╱通过人体之美去想象上帝的存在,这些逼迫我去爱"⑧。通过以上途径,艺术家的观念及其作品就上升到神圣和至美的境界,这也是艺术家一生所要奋斗的目标。正如米开朗基罗在另一首诗中所写的那样,"上帝赐予了这美好的艺术,╱它能赢得整个世界、整个自然,╱但我们要经受辛劳和等待,╱对这艺术我生来既不失聪又非盲目,╱因此,如果我向它献出内心和灵魂,╱这不是我的错误:是我光辉命运的安排"⑨。

米开朗基罗式的新柏拉图主义价值判断后来在理性主义时代继

续延续，但发生了诸多变形。例如，新柏拉图主义启示人们如何走向美的世界，但并未告诉人们这个最高的境界究竟是怎样一幅图景。米开朗基罗通过自己的艺术创作和文学创作去理解柏拉图的世界，同时也留下一丝惆怅之情。这种个体化的对美的世界之理解和追求并未被凝重的理性束缚住手脚。这与后来理性主义时代对世界、历史、艺术的解释就有差异。今天我们应当重新审视文艺复兴时期的人文主义与现代性的各种关系。现代性的最主要标志就是在认识领域树起理性的界碑，让理性领着人们去阅读人生、世界的大课本。文艺复兴时期的人文主义则把理性放置到自然感性旋涡的周边。

1489~1492年，米开朗基罗创作了雕塑《楼梯旁的圣母》，其中有圣母哺乳的情景。1492年，又创作了雕塑《拉庇泰人和马人之战》。那年，大洛伦佐去世。其儿子皮耶罗难以支撑局面。米开朗基罗在感到失去保护的情况下离开佛罗伦萨回到家乡。1494年，美第奇家族政权倾覆。从政治态度看，米开朗基罗游移于共和思想和暴君统治之间。但这些并不影响米开朗基罗寻找何种人物为自己的庇护人。当时的艺术家与庇护人之间只要互相有默契，合同谈得拢，就可以形成法律意义上的庇护关系。但庇护人的倒台、失势和其他不测毕竟对艺术家的实际生活和艺术创作有直接的影响。故美第奇家族的权势过后，米开朗基罗曾到波伦亚、威尼斯等地游学。在波伦亚米开朗基罗还专门研读了但丁的著作，这对他思想的影响很大。后感到这样游荡太浪费艺术生命，于是米开朗基罗在1494年返回佛罗伦萨。其时的佛罗伦萨正处于修士萨沃纳洛拉的统治之下。

（二）作为艺术巨匠的成就

1496年，米开朗基罗来到罗马，创作雕塑《酒神巴库斯》。

米开朗基罗雕塑《哀悼基督》，藏于罗马圣彼得大教堂。

《酒神巴库斯》将欧洲传统文化中的生命力象征用新的、充满人性冲动的意念重新刻画了出来，在这里酒神不是醉汉，它成为生命的超越形式，生命力的因素被酒神的美感世界裹装得十分得体。1498年，米开朗基罗又创作了云石雕塑《哀悼基督》。《哀悼基督》通过圣母对儿子的悼念而将哀情引向极至状态。但这里的哀悼不只是叫人沉浸在悲痛之中。圣母怀抱耶稣的身躯让人感受到一种神圣的力量。西蒙兹这么形容："这是一座宁静的、和谐的雕塑，将深邃的宗教情感和古典的宁谧表达综合在了一起。"那时的米开朗基罗算足也就是24岁的青年人，但其雕刻艺术通过《哀悼基督》这一作品宣告已趋成熟。

  1501年，米开朗基罗再次回到佛罗伦萨，开始雕刻《大卫》，1504年完成。作品完成后，为了使整个佛罗伦萨的公民都能去感受、体验作品的美和价值，共和国政府专门成立专家委员会进行选址的讨论工作。顺便指出，达·芬奇是专家委员会的成员之一。最后决定将雕像安置在维基奥宫门前。《大卫》是广为流传的米开朗基罗代表作，雕塑显示了大卫敢于迎接一切挑战的胜利者姿态，其中对男性刚毅身躯的雕琢，不仅反映了米开朗基罗对男性艺术形象的一种特有的感悟力，也淋漓尽致地讴歌了人的自然感性生命，讴歌了人的力量的伟大。此雕塑表现了文艺复兴时期艺术创作风格的另一面,即在和谐的外观中体现人的情感意志的冲创性。这种冲创性就是无所畏惧地冲破一切又富于想象地创造一切的精神,因而也是人的巨大力量和独特品性的体现。新柏拉图主义理论亦主张只有当人达到一种完全的和谐与神圣状态时才会显示其真正的生命力。沃尔夫林认为,米开朗基罗绘画、雕塑中的每一个肢体动作都表达出一种潜在的力量感。[1]《大卫》完工后,艺术家又先后进行了如下创作活动。

米开朗基罗名作《大卫》,藏于佛罗伦萨学院。

1502~1504年,创作《布鲁日圣母子》。《布鲁日圣母子》则是米开朗基罗作品中最温馨的圣母子像。

1503年,开始绘制《神圣家族》。画面体现了和谐之美。

1505年,教皇尤利乌斯二世邀请米开朗基罗再次去罗马。米开朗基罗不得不停止在佛罗伦萨的《卡森战事》壁画创作。米开朗基罗在罗马的主要艺术创作就是为教皇建造陵墓,但工程半路中断;1506年又回佛罗伦萨,继续创作《卡森战事》,但终未完成。西蒙兹在自己的著作中高度评价这幅壁画创作,认为其成就甚至超过《大卫》。据说,当时米开朗基罗和达·芬奇面对面的两幅壁画草图同时展出时,人们惊呼米开朗基罗的成就盖过了达·芬奇。当然,两幅壁画最终都未完成,而且没有保存下来,也就无从做出全面的比照评价。其时的艺术家切利尼的话比较中肯:"当它们最终都完成了,就构成整个世界的学校。"⑫

1508年,米开朗基罗受教皇之召回罗马,于1508~1512年间创作《西斯庭教堂圆顶画》。在米开朗基罗艺术作品中,《西斯庭教堂圆顶画》称得上是最宏大、艰巨的一项工程。绘画虽不是米开朗基罗的强项,但事实上也只有米开朗基罗能担此重任。其中所有的构思都来自艺术家本人。⑬开工后的各种困难接踵而至,但艺术家的

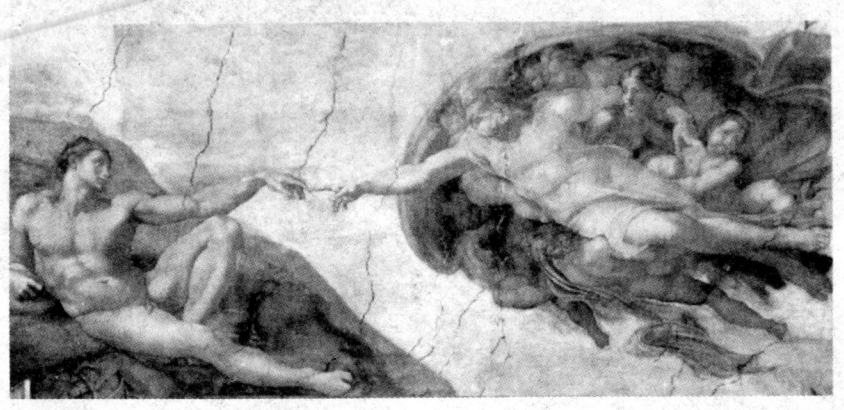

米开朗基罗创作的罗马西斯庭教堂圆顶画中的《亚当的诞生》。

人文主义精神追求和坚韧的毅力使他最终完成了任务。遗憾的是,委任人教皇尤利乌斯二世没能尽情去欣赏这件人类的艺术精品,他于工程完工时灵魂归天。圆顶画取材于《圣经·创世纪》,由《分开光暗》《创造日月和植物》《分开空气和水》《亚当的诞生》《夏娃的诞生》《诱惑与被逐》《诺亚献祭》《大洪水》《诺亚醉酒》等9个画面组成。四周另有《先知以赛亚》《库曼女预言家》《利比亚女预言家》等绘画。其中《亚当的诞生》最值得回味。米开朗基罗笔下的天神是智慧、力量、爱等的全能形象,这些因素又传达给了人类的代表亚当。亚当的形象表现出人体的理想美,他期盼着、也感受到了天神所传达的一切。里奇梦德在一本题为《米开朗基罗与西斯庭教堂创世纪画》的⑭专著中还特就"创世纪"画中的新柏拉图主

义做了评述，认为圆顶画中的新柏拉图主义思想与米开朗基罗青年时代在美第奇家族中接受的新柏拉图主义一脉相承。[13]另外，里奇梦德对圆顶画的创作情况、画面内容、修缮情况等做了详细的介绍和评判。

米开朗基罗作品《摩西》，藏于罗马温科利的圣彼得教堂。

1513年，尤利乌斯二世去世，米开朗基罗应尤利乌斯家族之邀继续陵寝的工程，完成雕塑《摩西》《垂死的奴隶》《反叛的奴隶》等。摩西是率领以色列人走出埃及、返回家园、摆脱苦难的英雄，他在西奈山受神耶和华的召唤，并领得两块诫版。诫版上有神启并由摩西写下"十诫"。《摩西》传达出知识、信念和力量繁荣的统一，它要告诉人们，以色列人要摆脱异神的纠缠，去信仰唯一的上帝。用这种坚强的信念和敢于战胜一切的勇气使子子孙孙繁衍下去。雕像表现出在民族生死抉择的关键时刻一位高瞻远瞩者的气势。《反叛的奴隶》之"反叛"的真正含义是人试图挣脱肉体的束缚,赢得灵魂的自由,按照新柏拉图主义的理论,人的沉沦是因为人的灵魂束缚于肉体,只有挣脱肉体才能使人的灵魂达到十全十美的境界。深受新柏拉图主义影响的米开朗基罗曾在诗中这样写道:"你把神性的灵魂给予了时间,/灵魂却禁锢在疲惫的肉体,/遭受残酷的命运和莫大的悲凄。/为了不死、不再受苦我该怎么办?/主啊,没有你就没有任何福祉到来,/但是,通过你,我可以改变命运和打击。"⑩

1513～1521年,美第奇家族乔万尼当选教皇(即利奥十世)。1523～1534年,美第奇家族枢机主教朱利奥·德·美第奇当选教皇(即克莱门特七世)。在这些年月中,米开朗基罗继续为美第奇家族服务。

(三) 艺术辉煌的延伸

米开朗基罗:《朱利亚诺·德·美第奇的陵墓》,下方雕塑即《夜》与《昼》,藏于佛罗伦萨圣洛伦佐教堂。

米开朗基罗:《洛伦佐·德·美第奇的陵墓》,下方雕塑即《暮》与《晨》,藏于佛罗伦萨圣洛伦佐教堂。

1516年，米开朗基罗回到佛罗伦萨。1519～1534年，开始在佛罗伦萨设计创作美第奇教堂的墓穴雕刻等。那时的米开朗基罗之心境十分复杂。1527年罗马被神圣罗马帝国的军队洗劫，这对米开朗基罗精神的打击很大，他甚至想过自杀。可以这么认为，艺术创作再次拯救了艺术家的灵魂。其中尼摩尔公爵朱利亚诺（大洛伦佐的儿子，1478～1516）的英雄般雕像及《昼》与《夜》表达了永无结论的、带着悲凉感的思索。对面就是乌尔比诺公爵洛伦佐（大洛伦佐的孙子，1492～1519）的沉思般雕像，下面是《晨》与《暮》。"站立在这些雕像面前，我们不用去呼叫它们太美了！我们去细声地说，多么不可思议、多么宏大啊！不过长久注视后，我们又发现它们远远不是雅致所能概括的美之赠礼。它们中的每一尊都是跳动着的思想、是撕开着的艺术家的心灵、是雕塑中的精品。"⑫这就是诗人西蒙兹诗一般的歌颂。

期间米开朗基罗于1525年开始设计美第奇家族的劳伦斯图书馆，后来由瓦萨利等人继续修建完成；又于1527～1528年在罗马完成雕像《胜利》。《胜利》中，米开朗基罗用其对生命力的理解将传统的胜利男神栩栩如生地展现出来，是同类作品中的佼佼者。

1533年，米开朗基罗在罗马与卡夫里埃利（傅雷所译《米开朗基罗传》⑬用了一个艺术化的字眼"加伐丽丽"）相遇，发生了柏拉图式精神恋爱的故事。米开朗基罗曾写下这样的诗句："爱就是爱的观念，／可以去想象和在心里知道，／一位具有德性和谦和的朋友。"⑭这之前米开朗基罗还有过其他柏拉图式的精神恋爱，但这一次是最强烈的。在米开朗基罗的心目中，卡夫里埃利是俊美和德性的完整体现。卡夫里埃利则以感动和克制回敬米开朗基罗的爱。罗曼·罗兰这样描述两人的友谊："加伐丽丽似乎永远保持着这感动的但是谨慎的语气。他直到弥盖朗琪罗临终的时候一直对他是忠诚的，他并且在场送终。弥盖朗琪罗也永远信任他；他是被认为唯一的影响弥盖朗琪罗的人，他亦利用了这信心与影响为弥氏底幸福与伟大服役。是他使弥盖朗琪罗决定完成圣比哀尔大寺穹隆底木雕模型。是他为我们保留下弥盖朗琪罗为穹隆构造所装的图样,是他努力把它实现。而且亦是他,在弥盖朗琪罗死后,依着他亡友底意志监督工程底实施。"②

  1534年,米开朗基罗与佩斯卡拉侯爵夫人维多利亚·科隆娜相遇。维多利亚时年44岁,小米开朗基罗15岁。维多利亚对哲学和艺术很有兴致,两人开始了一次纯洁之爱的旅程。科隆娜长得并不美,曾受到丈夫(1525年去世)的感情欺骗。她有学问、有气质。她试图将母爱献给年岁虽长却认为比自己更弱、更需要关爱的米开朗基罗。两人在艺术观念上有相同的看法,都认为成功的艺术品是对美的神圣境界的转达。那时,米开朗基罗已经50出头。正是科隆娜的爱再次点燃米开朗基罗心中的神圣信念,带给了艺术家创作的灵感,也唤醒了新的生命。她暗中一直关心米开朗基罗,他们之间保持着纯真的友谊和爱,有诗歌和信件往来。正是有了这种友谊和爱,米开朗基罗顺利完成了《最后的审判》的创作。1534年,保罗三世当选教皇。1536~1541年,应保罗三世之邀,米开朗基罗创作壁画《最后的审判》。注意,艺术三杰中的达·芬奇、拉斐尔这时已相继离开人世。这时只剩米开朗基罗还在艺术苑地中耕耘劳作。米开朗基罗将其

米开朗基罗:《最后的审判》,藏于罗马西斯庭教堂。

对人生的全部感悟都溶于画中，让一切都接受上苍的审判，就连画家自己也不例外。画面中，圣巴托罗缪手中提着的皮囊正是米开朗基罗的自画像。这样，一个赤裸裸的画家、一个赤裸裸的人直面最后的审判。米开朗基罗艺术创作的力度就是歌颂爱、歌颂力量、歌颂完美，但又不知道这种爱、力量、完美的最终形式究竟是什么。这也是米开朗基罗艺术作品追求的最高目的：崇高与悲壮。[㉑]1547年，科隆娜去世。科隆娜弥留之际，米开朗基罗陪伴在病榻旁；她咽气时，艺术家又亲吻科隆娜冰凉的手。此时，米开朗基罗就像失去了知觉一样痛苦。[㉒]1548年4月7日，米开朗基罗作十四行诗一首，题名"燃尽的木头"："那是怎样的奇境——我被放在火焰旁，/看着自己彻底熔化，发出热光——现在火熄了，我也/一点一点慢慢地燃为灰烬。当它依然闪耀时，我看到那光辉，/如此灿烂驱散我难忍的痛苦，/它一瞥之间喜悦便四处洋溢，/而死亡与折磨似乎也变得美妙无比。/但现在，天国劫走了我的光明，/那曾烧灼滋养了我生命的熊熊火焰，/我便如灰烬下苟延的焦炭。除非爱神带来燃料重新拨亮这火焰，/我将不见一丝火星迸溅地熄灭，/瞬间落入余烬地死去！"[㉓]之后，米开朗基罗再也没有对爱的强烈感受了。米开朗基罗越老越深陷孤独的痛楚之中。可以说，艺术家是在孤独的心态中走完余生的。

米开朗基罗晚年还绘制了《圣保罗皈依》和《圣彼得受钉刑》（1542）。从1546年开始，他专心于圣彼得大教堂改建工程。1564年，这位艺术巨擘在罗马去世，后葬于佛罗伦萨克罗齐教堂。

在瓦萨利的心目中，只需米开朗基罗一人就能让所有人领略什么叫最完美的艺术创作，[㉔]并指出他给予世界的是这样一位艺术家，他有"真正道德哲学的知识和诗化表达的天赋，于是每个人都会尊崇和跟随他，视其为生命、作品和行为中所有努力的完美榜样，他应该被称作神圣的"[㉕]。瓦萨利《传记》中最长的一篇即为米开朗基罗传，有近200页的篇幅。[㉖]米开朗基罗的心灵是文艺复兴思想文化的一面纯净的透镜,亦被视作意大利文艺复兴巅峰时期的艺术领域代表人物。西蒙兹就米开朗基罗和切利尼两位艺术家的生平做了比较总结:"意大利文艺复兴时期艺术家的生平可以由两部人物传记来加以描述。米开朗基罗·波纳罗蒂和本维努托·切利尼几乎在思想、情感、经历和目标等所有的方面都相背。一个在艺术中表达自己强烈的个性;另一个则用自己多种多样的生活记录来反观时代的光明和阴影。切利尼就像某些置有强力翅膀的创造物升腾在人类活动的上空。他激起了自己每一个冲动,寻觅着每一种欢愉和只有在粗鲁动物性驱使下才能有的美感。缠绕着米开朗基罗的是深邃的哲学思考、死亡观念和评判、严肃的心灵斗争等,他用宗教的情怀来侍奉美的世界。切利尼是即时的创造物,是腐败、受奴役但仍旧辉煌的意大利之镜片和镜子。在米开朗基罗那里,文艺复兴的天赋达到了顶点,但他在品格上还是一个单纯的共和主义者,他既想挣脱但又禁锢于奴隶和官宦的多样性中。米开朗基罗将艺术当作高贵的和心灵指使的思想之工具。切利尼则用无尽生动的天性去侍奉情感世界,把艺术教导成无灵魂的异教世界的侍女。因此我们可以在这样两个人物的身上学到那个时代的两个方面。他们两个人是那样的特别,这里就不需要发问什么了。他们的特别之处与 16 世纪其余的意大利人没有什么差异,它们像渗透性的质地到处散布、蔓延。"②这里暂且不论西蒙兹对切利尼的评价是否公允,但对米开朗基罗个性的概括和文艺复兴时期意大利人文主义者个性的概括则字字有落盘之声。

其他参考书目:

● Bull, George, *Michelangelo*: *A Biography*, Penguin Books, 1996.

● Papini, Giovanni, *Michelangiolo und Sein Lebenskreis*,

L. Schwann Verlag, 1956.

● Stone, Irving, *The Agony and the Ecstasy: The Biographical Novel of Michelangelo*, Collins, 1961.

● Symonds, J. A., *The Life of Michelangelo Buonarroti: Based on Studies in the Archives of the Buonarroti Family at Florence*, 2 Vols., University of Pennsylvania Press, 2002, originally published by J. C. Nimmo and Charles Scribner's Sons, third edition, 1911.

● 王化学：《米开朗基罗论》，天津：百花文艺出版社1998年。

● 金恩：《米开朗琪罗与教皇的天花板》，黄中宪译，上海：文汇出版社2005年，是近来的畅销书。

注释：

① John Addington Symonds, *Renaissance in Italy*, Vol. Ⅲ, p. 291.

② Giogio Vasari, *Lives of the Artists*, Vol. Ⅰ, trans. George Bull, p. 326.

③ 可以参见学者托奈的看法：Charles de Tonay, *The Historic and Artistic Personality of Michelangelo*, in *The Complete Work of Michelangelo*, Grange Book, 1997, pp. 7~8.

④ *The Historic and Artistic Personality of Michelangelo*, in *The Complete Work of Michelangelo*, p. 525.

⑤ 注意沃尔夫林的评论，参见沃尔夫林：《古典艺术：意大利文艺复兴艺术导论》，潘耀昌、陈平译，杭州：浙江美术学院出版社1992年，第51页。

⑥ 《米开朗基罗诗全集》，杨德友译，沈阳：辽宁教育出版社2000年，第32页。

⑦《米开朗基罗诗全集》，杨德友译，沈阳：辽宁教育出版社2000年，第67页。

⑧ In John Addington Symonds, *Renaissance in Italy*, Vol. Ⅲ, p. 299.

⑨《米开朗基罗诗全集》，杨德友译，沈阳：辽宁教育出版社2000年，第67页。

⑩ John Addington Symonds, *Renaissance in Italy*, Vol. Ⅲ, p. 285.

⑪参见沃尔夫林：《古典艺术：意大利文艺复兴艺术导论》，潘耀昌、陈平译，杭州：浙江美术学院出版社1992年，第51页。

⑫ In John Addington Symonds, *Renaissance in Italy*, Vol. Ⅲ, p. 290.

⑬ John Addington Symonds, *Renaissance in Italy*, Vol. Ⅲ, p. 297.

⑭ Robin Richmond, *Michelangelo and the Creation of the Sistine Chapel*, Crescent Books, 1999.

⑮ Robin Richmond, *Michelangelo and the Creation of the Sistine Chapel*, p. 64.

⑯《米开朗基罗诗全集》，杨德友译，沈阳：辽宁教育出版社2000年，第134页。

⑰ John Addington Symonds, *Renaissance in Italy*, Vol. Ⅲ, p. 306.

⑱罗曼·罗兰：《巨人三传》，傅雷译，合肥：安徽文艺出版社1989年。

⑲ *The Complete Work of Michelangelo*, p. 520.

⑳罗曼·罗兰：《弥盖朗琪罗》，引自罗曼·罗兰：《巨人三传》，傅雷译，合肥：安徽文艺出版社1989年，第212页。

㉑参见苏阿托尼:《文艺复兴》,夏方林译,成都:四川人民出版社2000年,第166~167页。

㉒详见罗曼·罗兰:《巨人三传》,傅雷译,合肥:安徽文艺出版社1989年,第224页。

㉓引自米开朗基罗:《我,米开朗基罗,雕刻家:一部书信体自传》,初枢昊译,上海:上海人民出版社2007年,第233页。

㉔Giogio Vasari, *Lives of the Artists*, Vol. I, trans. George Bull, p. 325.

㉕Giogio Vasari, *Lives of the Artists*, Vol. I, trans. George Bull, p. 325.

㉖Georgio Vasari, *De' Più Eccellenti Pittori Scultori E Architettori*, Volume Settimo, pp. 96~273.

㉗John Addington Symonds, *Renaissance in Italy*, Vol. III, pp. 281~282.

六 拉斐尔：优雅和谐艺术创造者

拉斐尔37年的生命历程极其短促，却是与达·芬奇、米开朗基罗齐名的艺术大家，也是意大利文艺复兴鼎盛期的标志性人物。拉斐尔敬慕达·芬奇、米开朗基罗的艺术成就，并在融会贯通的基础上做了新的发挥，最终形成自己的独特风格，攀登上又一座艺术高峰。

（一）短促而又辉煌的艺术家创作生涯

拉斐尔（Raphael Sanzio of Urbino，1483~1520）出生的那天是耶稣受难日（Good Friday），地点是有高贵气质的乌尔比诺城。这座小城虽然不能与佛罗伦萨、罗马相比，但这里的人文气息甚浓。特别是城中的图书馆里藏有许多哲学、历史、诗歌等文献，还收有但丁、彼特拉克、薄伽丘等人文主义者的手稿。后来在外学画的拉斐尔只要回故里就要到图书馆去做些学习、研究的功课。经常有学者问：一生忙于创作的拉斐尔究竟在何处得到那么深刻的哲学修养,又是如何懂得新柏拉图主义的精华?如果我们知道艺术家在那个图书馆里待过,上述问题就不难回答了。

拉斐尔年幼时即跟随父亲乔万尼·桑齐奥学画。父亲是一位通达之士,知道儿子有艺术的天赋,于是想尽早给予精心的培养。父亲得知当时佩鲁贾有最好的画师姓佩鲁吉诺,于是亲自到佩鲁贾寻访,但未果而返。后来佩鲁吉诺从罗马来到乌尔比诺,与乔万尼攀上了情谊,也发现了拉斐尔的才气。乔万尼一意要把儿子交到朋友佩鲁吉诺的手上,让其领着回佩鲁贾,母亲含泪别子。那年是1490年,拉斐尔7岁。(注意,究竟拉斐尔何时去的佩鲁贾,学术史上交代的不是很清楚。另有一说:拉斐尔母亲于1491年去世,父亲则于1494年亡故。翌年即1495年拉斐尔来到佩鲁贾)佩鲁吉诺与达·芬奇是同门师兄弟,技艺与达·芬奇不相上下。其画风优雅静美,也有学者用"温柔"来概括,①这对拉斐尔影响很大。1498年,年仅15岁的拉斐尔就初露才华,创作了《美惠三女神》,显示出妩媚、和谐的艺术特点;加上他俊美的外表与优雅的举止,拉斐尔名声渐起,可谓画风人品俱佳。西蒙兹曾用动情的笔调来形容拉斐尔的情感和仪态:"拉斐尔在这个世界上所找到的只有欢愉,这种欢愉伴随着他那纯洁无瑕之美的理想。……拉斐尔的亮丽是得体

拉斐尔:《美惠三女神》,
藏于法国香提区孔德博物馆。

和柔和的,其迷人之处不是来自力量或神秘的东西,而是发自畅怀动人的魅力。"② 后来老师去了佛罗伦萨,拉斐尔则思乡心切回到乌尔比诺。

拉斐尔自画像,藏于佛罗伦萨乌菲支博物馆。

1504 年,拉斐尔来到仰慕已久的文化中心佛罗伦萨,一直生活至 1508 年。在佛罗伦萨与老师重逢,师徒俩都感到十分高兴。拉斐尔还通过老师的介绍认识了达·芬奇。达·芬奇的谦逊态度和对后学的鼓励之辞都使拉斐尔备受鼓舞。当时启迪拉斐尔艺术心灵的大师还有米开朗基罗。在佛罗伦萨,拉斐尔还仔细研究了马萨乔的绘画艺术,期间绘成诸多以圣母为题的艺术作品,如《圣母的婚礼》(1504)、《金翅鸟圣母子》和《草地上的圣母》(以上两幅均作于 1505 年)、《花园中的圣母》(1507)等。这些作品使拉斐尔在竞争激烈的艺术创作年代中一举成名。而当时社会上对拉斐尔的景慕也到了狂热的程度。据说,一些姑娘知道拉斐尔要去梵蒂冈,于是将路上拉斐尔住宿之地对面的酒店位置都给租了下来。③

1508 年,拉斐尔应教皇尤利乌斯二世之邀前往罗马。尤利乌斯二世十分欣赏拉斐尔这位年轻画家的才华。在罗马安顿下来后,拉斐尔公开表示自己受着米开朗基罗的影响。④ 那年,米开朗基罗已经在罗马开始了西斯庭教堂圆顶画的创作工程。在罗马,拉斐尔还得到同乡、著名建筑师布拉特曼的照顾。1509 年,拉斐尔绘成签字大厅(Stanza della Segnature)的《圣餐辩论》,并于 1511 年创作《雅典学园》《原德》和《帕那苏斯山》。

1513年，尤利乌斯二世去世。新任教皇美第奇家族的利奥十世又成为拉斐尔的庇护人，并邀请艺术家继续西斯庭教堂新厅的装饰工作。1514年，拉斐尔创作壁画《波尔哥宫的火警》，同时创作了著名的肖像画《拉·当娜·维拉塔》《卡斯蒂利奥内》等，并受聘担任圣彼得教堂的设计师。1516至1519年期间创作了代表作《西斯庭圣母》。为纪念已故教皇西克斯图斯而修建西斯庭教堂礼拜堂，此画即为礼拜堂的装饰。1519年，拉斐尔绘成《教皇利奥十世和两位红衣主教》。

1520年，拉斐尔在其生日（4月6日）因高烧猝死于罗马寓所。据说拉斐尔的病容易传染，众人匆匆将画家葬于古罗马万神殿中。坟墓上立圣母雕像一尊，以表达人们对拉斐尔一生艺术理想追求之怀念。

瓦萨利对拉斐尔赞美有加，认为其高贵又充满才气。他和米开朗基罗一样，是天生地用其艺术格调来征服世界的。其中有如此赞词："上苍有时用太不可思议的眷顾和博大胸襟将其丰富、取之不尽的宝藏就给了这么一个人，而那些让人羡慕、珍爱的才干可以让一大群人享用多少年啊。显然这里说的就是乌尔比诺的拉斐尔·桑齐奥——一位有着优雅天分的艺术家。这是自然用善与谦和赋予的。如此品质只能在那些特殊的人的身上才能发现，他们的文雅品性充满着和蔼可亲、叫人欢喜的外表，而且在任何时候、对任何人都用彬彬有礼的举动来显示那种品性。"⑤确实，拉斐尔所憧憬的是平和、得体、高尚等优美的质地。从他绘制的卡斯蒂利奥内肖像画中就能知晓概略。卡斯蒂利奥内以《廷臣论》闻名当时的文化界和上流社会。《廷臣论》告诉那些官宦人士如何使自己的才华能够适应上流社会的需要，如何使自己的言行得体从容。而拉斐尔则以其画作启示世人什么叫高雅。两人的精神世界相得益彰。卡斯蒂利奥内将拉斐尔视作无法取代的伟大生命。在其悼亡诗中有这样的诗句，听来哀婉动魂：

由于医道，那位大学问家病入膏肓的身躯治愈了，
同时神希波吕托斯又召回那条冥界的河流斯蒂克斯，
埃皮达鲁斯人幸灾乐祸地说，
是他自己让那条地狱溪流给卷走的；
大人物的逝去其实就是生命的赎卖。
你拉斐尔便是这样的人：你那出众的技艺
将历经火与剑、岁月沧桑而散架的罗马修复，
让她重新显现古时的美。
但你的创作却让诸神嫉妒了，
死神升腾起那难以逃脱的怨恨、愤怒，
就是叫时间慢点走也不行，
你应该要活下去的，但命运不济！你陨落了，
在你初次凋谢时，其实就给了我们警示：
大家应该用自己的所有将那个死神脱开。⑥

（二）优雅和谐的艺术世界

　　拉斐尔的艺术创作体现了人文主义的情趣。人文主义的思想文化源流是古典希腊罗马时代的文化。例如古代希腊化时期有以三女神为题材的艺术创作。到了文艺复兴时期，出现了柯萨的《维纳斯的狂欢》（1470）、波提切利《春》细部中的三女神图（1559）等。拉斐尔的早期作品《美惠三女神》是古典精神的又一次复活。画面中，三女神是主体，占据了大部分的位置，其他风景则作为陪衬，凸现三女神的视觉效应。

　　拉斐尔与同时期的其他画家一样，强调画面的和谐，不过拉斐尔的创新之处在于画面的和谐不是呆板的布局，而是将各种元素综合起来形成一种有多重象征意义的整体。《圣乔治战恶龙》（作于1505年）就是其中的代表。这是乌尔比诺公爵为答谢英王亨利七世而委

托拉斐尔创作的油画。画面集中突出英国保护神圣乔治的勇力，同时将中心点圣乔治、战马、长矛等与周边景物有机地联系在一起。整个作品将人物性格特征刻画得十分生动，主题鲜明，故事性强。

拉斐尔艺术创作的精髓则是新柏拉图主义的思想元素。其作品的主体部分是展示和谐、展示爱的内容，让人在这种爱意中达到超越的境界。这种表现爱、表现真善美和谐统一的立意是拉斐尔作品具有强大生命力之所在。拉斐尔创作之勤是艺术史上的佳谈，也正是这种勤奋而为后人留下了一笔丰富的精神遗产。

拉斐尔：《圣乔治战恶龙》，藏于卢浮宫博物馆。

拉斐尔的新柏拉图主义元素在有关女性形象、圣母形象等的塑造上得到了完美的体现，无人不为其和谐、完美而陶醉。作品《拉·当娜·维拉塔》是典型的拉斐尔笔下的女性形象，一种渗透在恬静、妩媚、优雅、匀称之中的女性美。其形象与《西斯庭圣母》中的圣母形象应该是同一个模特的再现。这反映出作者对形象选择和刻画的精益求精和独特眼力。顺便指出，同年绘制的《卡斯蒂利奥内》虽是一位男性外交官的形象，但同样给人一种稳重的、气质优雅的感受。

《圣母的婚礼》则体现神圣之爱的情感结合，⑦前排画面中圣母

左图：拉斐尔作《花园中的圣母》，藏于卢浮宫博物馆；
右图：拉斐尔作《西斯庭圣母》，藏于德累斯顿博物馆。

与约瑟等人物的位置安排错落有致，前后的景物设计又富有立体感。这样，神圣的情感与和谐的画面很好地交融在一起，从而使观者亦自然而然地进入到这种爱的情景中去。

《西斯庭圣母》则传递着神圣的母爱和人们对超越尘世的天堂之渴望。画面左下方的年迈者即已故教皇西克斯图斯四世，其面容又以当时教皇尤利乌斯二世为原形，他引领圣母子来到人间。其寓意是慈爱的圣母将独生子放到人间，为人类赎罪。另外，基督教徒在弥留之际都要祈祷，让圣母将灵魂引向基督那里。此画用优美的画面将人间的情感和超越的宗教情感水乳交融在一起。

《金翅鸟圣母子》在明丽、柔和的色彩中，将人、自然和神汇合在一起。⑧

傅雷先生以传神之笔对拉斐尔作品中透露出的爱、明媚和谐等特点做了细腻的描绘，其中这样刻画《花园中的圣母》："可是拉斐尔,用一种风格和形式底美,把这首充溢着妩媚与华贵的基督教诗,在简朴的古牧歌式的气氛中表现了。/第一个印象,统辖一切而最持久的印象,是一种天国仙界中底平和与安静。所有的细微之处都有这印象存在,氛围中、风景中、平静的脸容与姿态中、线条中都有。在这翁勃里(贝罗士省的古名)底幽静的田野,狂风暴雨是没有的,正如这些人物底灵魂中从没有掀起过狂乱的热情一样。这是缭绕着荷马诗中底奥林匹亚,与但丁神曲中的天堂底恬静。/这恬静尤有特殊的作用。它把我们的想象立刻撮引到另外一个境界中去,远离现实的天地,到一个为人类底热情所骚扰不及的世界。我们隔离了尘世。这里,它的卓越与超迈非一切小品画所能比拟的了。/背后的风景更加增了全部的和谐。几条水平线,几座深绿色的山冈,轻描淡写的;一条平静的河,肥沃的、怡人的田畴,疏朗的树,轻灵苗条的倩影;近景,更散漫着鲜花。没有一张树叶在摇动。天上几朵轻盈的白云,映着温和的微光,使一切事物都浴着爱娇的气韵。"⑨

拉斐尔:《雅典学园》,藏于梵蒂冈博物馆。

这里需要就《雅典学园》《圣餐辩论》①《原德》和《帕那苏斯山》做些展开。这四幅画是拉斐尔为教廷签字大厅绘制的壁画。按照当时教皇的意思，必须在壁画中体现真、善、美的深刻寓意。于是，拉斐尔以《雅典学园》《圣餐辩论》象征真，以《原德》体现善，又以《帕那苏斯山》展示美。这四幅组画是文艺复兴时期人文主义所追求的最高境界，即一个理想的人（包括教皇在内）都应当集真、善、美于一体，融理想与现实于一身。帕那苏斯山是希腊神话中的诗神之家，阿波罗、缪斯和其他文艺之神均居于此。在背景中将西方文化史上的著名诗人如荷马、维吉尔、但丁等呈现出来，以此表明诗性智慧的伟大。

拉斐尔：《原德》(Cardinal Virtues)，画面展示人类的三种德性，即坚韧（fortitude）、审慎（prudence）和节制（temperance），藏于罗马西斯庭博物馆。

四幅画中《雅典学园》的影响最大。画面所刻画的是古希腊各重要哲学家进行哲学思考、讨论的情景，是对人的理性思辨的艺术化展示。中间走廊入口的两位哲学家就是柏拉图和亚里士多德，正是这两位哲人奠定了西方思维方式的基础。柏拉图的手里拿着《蒂迈欧篇》，在该著作中集中讨论宇宙论的问题；亚里士多德的手中握着《尼各马可伦理学》，该书讨论现实世界中的善。它们分别象征天上和人间、信仰和理性等的思考。画面以柏拉图和亚里士多德为分界线，左下角与右下角分别以毕达哥拉斯和欧几里得两位科学哲人为中心形成两组讨论的群体。从思想史的承继关系看，毕达哥拉斯对抽象的"数"之存在思考，这对柏拉图理念世界的存在思考有直接的启迪、影响。后来柏拉图的思想又影响到基督教哲学的形成和发展。特别是新柏拉图主义者将理念神圣化，从而使柏拉图的哲学与信仰结合了起来。亚里士多德的哲学则更多地关涉到现实的自然世界和社会，尤其是对后来欧洲理性思维和科学的发展做了哲学的铺垫。前排分界线左侧一方孤单地做哲学思考的是根据米开朗基罗形象画成的古代哲学家赫拉克利特；靠右一侧台阶上半躺着的则是犬儒学派的代表第欧根尼。拉斐尔的自画像则在右下角群组最右边倒数第二人。如果说文艺复兴时期的人文主义哲学家、文学家等通过文字在表达、解决双重真理的问题，那么拉斐尔则用形象化的艺术世界启发人们对上述问题做更深入的思索。从中也可以看出艺术家在心灵深处所流动着的思想。

  将神圣世界中的内容通过具体生动的故事转述出来，这构成了拉斐尔创作的又一道风景线。《圣保罗在雅典布道》一画通过布道的场景来转达人文主义的信仰理论，让人体验到信仰的神圣、虔诚、高贵、深沉和力量。[11]布道，这是文艺复兴时期艺术创作中非常流行的宗教题材。《博尔塞纳的弥撒》画面上一位教士（左面站者）做弥撒时发现耶稣圣迹（如餐巾上鲜血滴成的十字等）后表示出一种惊疑，给人强烈的戏剧性和艺术宗教情感之流露。[12]《圣餐辩论》则是对信仰的艺术化探讨[13]，"其意图是表现至高无上的智慧，是表现为神本身显现所证实的教会最深奥秘密的确然存在"[14]。

  拉斐尔在世时，其影响就已远播法国、低地国家和德国等。瓦萨利在《意大利文艺复兴》中特别提到了拉斐尔对德国画家丢勒的影响。⑮

拉斐尔：《帕那苏斯山》，阿波罗、缪斯坐于中间月桂树下，荷马等诗人则在后排错落展开，藏于罗马西斯庭博物馆。

（三）与艺术三杰同时代的威尼斯画派

与艺术三杰的创作交相辉映的还有威尼斯画派等诸多艺术大师。以威尼斯画派为例，其代表人物如下。

乔凡尼·贝利尼（Giovanni Bellini，1430～1516）是当时贝利尼家族中成就最大的一位，也是威尼斯画派的奠基人。在其众多作品中有一幅名为《出神的圣芳济各》的油画（参见本书下篇"人文主义学术断想"第六章中的插画），堪称文艺复兴时期的艺术杰作，也是乔凡尼·贝利尼的代表作。画面内容是：圣芳济各站在修炼的山洞前，两手摊开，耶稣殉难时被钉子凿破的疤痕印照在圣芳济各的手心上，这表示他深深领受耶稣神灵的感召。同时，周围是田野、农舍、牲畜、流水、花藤等，这些景物象征着圣芳济各与自然融为一体。与耶稣同在，与自然合一，这充分体现了文艺复兴时期艺术作品讲究人与神、人与自然和谐统一的风格。这种风格既体现在画面结构上，又反映在画的内涵中。此画也因此受到众多评论家的赞许。⑩贝利尼其他画作有:《基督受洗》,象征灵魂的新生和超越;《变形》,显示耶稣的超凡性。布克哈特对乔凡尼·贝利尼另一作品《诸神的宴会》做如是评论:"这里,像在绘画和雕刻上一样,艺术手法常常能够提高本来完全是平常的东西。谐模诗文的爱好者也可以在例如'混淆体狂诗'中找到这种文学的起源——乔万尼·贝利尼画的喜剧性的《诸神的宴会》是一幅较早的和它近似的作品。"⑪

贝利尼家族绘画事业有不少传承者,乔尔乔内．提香和丁托列托就是前后相继的画家。提香(Titian,或 Tiziano,1480~1576)是威尼斯画派的代表,一生创作颇丰。曾在乔凡尼·贝利尼门下学画。但不久放弃了贝利尼的风格。提香对师兄乔尔乔内的画极其欣赏,并极力加以模仿。其模仿到了有些画难以辨认是两人中何者创作的程度。艺坛上常有关于两人合作画画的佳谈。(许多艺术佳谈源自瓦萨利的传记作品⑫)提香的作品有:《乌尔比诺的维纳斯》,画的深处通过一扇窗户引向外面的自然界,时时关注人与自然的和谐关系;《花神》,让人感受到女性美的极致状态,也就是一种神化状态;《安德里安斯岛上的酒神节》,画面传达出一种放纵的,然而又是欢愉的、惬意的自然感性生命表现形式。提香混迹上流社会,为许多名人包括教皇保罗三世、西班牙国王腓力二世等作画。在有关提香的英文著述方面有《提香的时代》⑬等。

丁托列托(Tintoretto,1518~1594)跟随提香学画,对老师非常敬重,是后期威尼斯画派的代表,⑭其代表作有《圣马可的奇迹》《圣马可遗体的发现》《最后的晚餐》《耶稣在十字架上》⑫等。关于丁托列托画风中的风格主义问题,学术界还有争论。⑫在有关丁托列托的英文著作方面有克里谢尔撰写的《丁托列托评传》⑳等。

其他参考书目:

● *Raffaello*: *The Paintings*, *the Drawings*, Grange

Books, 1998.

- Hartt, F., *History of Italian Renaissance Art*, fourth edition, Harry N. Abrams. Inc., Publishers, 1994.
- Murray, Linda, *The High Renaissance*, Praeger Publishers, 1967.

注释：

① 参见沃尔夫林：《古典艺术：意大利文艺复兴艺术导论》，潘耀昌、陈平译，杭州：浙江美术学院出版社1992年，第85页。
② John Addington Symonds, *Renaissance in Italy*, Vol. Ⅲ, p. 240.
③ 参见阿尔·阿尔塔耶夫《在大时代前面2：拉斐尔·桑蒂》，李长敏译，沈阳：辽宁美术出版社1984年，第90页。
④ John Addington Symonds, *Renaissance in Italy*, Vol. Ⅲ, p. 242.
⑤ Giogio Vasari, *Lives of the Artists*, Vol. Ⅰ, trans. George Bull, p. 284.
⑥ Giorgio Vasari, *Lives of the Artists*, Vol. Ⅰ, trans. George Bull, p. 324.
⑦ Giorgio Vasari, *The Great Masters*, English translation by Gaston De Vere, p. 136.
⑧ Giorgio Vasari, *The Great Masters*, English translation by Gaston De Vere, p. 157.
⑨ 傅雷：《世界美术名作二十讲》，北京：生活·读书·新知三联书店1985年，第70～71页。
⑩ 该名 Disputa Del Santissimo Sacramento 是瓦萨利起的，沃尔夫林觉得并不确切，因为画中并没有辩论的情景，参见沃尔夫林：

《古典艺术：意大利文艺复兴艺术导论》，潘耀昌、陈平译，杭州：浙江美术学院出版社1992年，第100页。

⑪ F. Hartt, *History of Italian Renaissance Art*, fourth edition, Harry N. Abrams. Inc., Publishers, 1994, p. 515.

⑫ GiorgioVasari, *The Great Masters*, English translation by Gaston De Vere, p. 177.

⑬ GiorgioVasari, *The Great Masters*, English translation by Gaston De Vere, pp. 213~214.

⑭ 沃尔夫林：《古典艺术：意大利文艺复兴艺术导论》，潘耀昌、陈平译，杭州：浙江美术学院出版社1992年，第100页。

⑮ Giogio Vasari, *Lives of the Artist*, Vol. I, trans. George Bull, p. 306.

⑯ F. Hartt, *History of Italian Renaissance Art*, p. 405.

⑰ 布克哈特：《意大利文艺复兴时期的文化》，何新译，北京：商务印书馆1979年，第260页。

⑱ Giogio Vasari, *Lives of the Artists*, Vol. I, trans. George Bull, p. 444.

⑲ *The Age of Titian: Venetian Renaissance Arts from Scottish Collections*, National Galleries of Scotland, 2004.

⑳ 关于威尼斯画派可参见吴泽义：《威尼斯画派》，北京：人民美术出版社1990年。

㉑ Margaret Aston, ed. *The Panorama of the Renaissance*, p. 141.

㉒ 参见朱伯雄主编：《世界美术史》第6卷，"文艺复兴美术"，济南：山东美术出版社1990年，第480页。

㉓ Roland Krischel, *Jacopo Tintoretto*: 1519~1594, Koenemann, 2000.

七 马基雅维里：近代政治科学奠基人

在意大利的人文主义者当中，有一位长期被人误解的政治家和政治思想家，他就是马基雅维里。现在我们已经明白，是外交的旋涡、诗人政治家的才气等炼就了马基雅维里的人生和思想，也正是他试图说出政治和政治科学的真谛。

（一）政治成就与外交生涯

我们可以从以下三个阶段来研究马基雅维里（Niccolò Machiavelli，1469～1527）的一生。①

第一阶段从马基雅维里1469年5月3日出生到1498年7月14日成为佛罗伦萨共和国第二国务秘书。对于这一时期的马基雅维里生平状况我们知道的很少，甚至可以这么说，我们只掌握很少第一手的资料。

马基雅维里生于佛罗伦萨。其家族的族徽是一个呈十字架图样的刀鞘，四个角上镶有旧钉，钉旁分别写有 malchiavelli、malclavelli、malchiavelli 的字样。这些意大利字都是"旧钉"的意思，可能象征着耶稣受难的情景。在马基雅维里祖辈穿着的外套上也饰有 clavelli（即钉子）字样的纹章。这些象征性的文字后来逐渐成为他们姓氏（Machiavelli）的组成部分。但这个姓氏的象征意义与马基雅维里后来在看待基督教的态度上不能画等号。

在佛罗伦萨，马基雅维里祖上的政治倾向属于奎尔夫党（Guelfi），即拥护教皇统治的党派。另一派叫吉伯林党（Ghibellini），效忠神圣罗马帝国皇帝的统治。马基雅维里的前辈曾出现过 12 名政府的掌门人即"正义旗手"（正义旗手一般任期很短，多则一年，少则几月）和 54 任"执政官"（Priori）。②这些事实说明马基雅维里家族有积极参与国务活动和从政的历史。

马基雅维里的父亲贝尔那多·马基雅维里（Bernado di Niccolò Machiavelli）生于 1428 年，曾是一名税务律师，任马切斯的税务官。贝尔那多有幸从其叔叔托托那里继承了一笔财产。之后，1458 年与巴托罗米娅结婚。巴托罗米娅是一个名叫本尼奇的人的遗孀。据说，这位女性很有诗人的才气，会写宗教诗文。其家族在当地也

流行最广的马基雅维里画像，具体创作情况不详，也有人认为是桑第·迪·提托（Santi di Tito）根据某幅画像进行的再创作。

颇有政治声望，族谱可追溯到9世纪时伏契奥伯爵的门第。总体上看，马基雅维里的父亲与巴托罗米娅的婚事称得上是门当户对。贝尔那多·马基雅维里非常节俭，为人处事谨小慎微，但身上仍散发着文化人的气息。

在15世纪的意大利和佛罗伦萨，像贝尔那多·马基雅维里这样的家庭还算不上或者说还攀不上贵族的门第。其实，马基雅维里父辈已家道中落。马基雅维里从小处在这样的家庭生活环境，这无疑对其个人性格的养成和以后政治仕途的走向会产生一定的影响。我们不难想象，在当时那种讲究门第的社会里，没有足够的资产、家庭背景支撑，马基雅维里的政治生涯会受到上流社会何种的摆布。同时，马基雅维里的身上也免不了普通人的品格。正是这种普通人的品格使其政治人生常能脱去伪装，焕发出一种"斗争气息"。它促使一个人敢于面对个人和国家的各种困难，会不计后果地担负责任。

马基雅维里的人生道路受其父亲影响很大。我们来看一下两人的共同点：从表面上看，两人都有些玩世不恭的生活样态，但从实质上看，他们俩都有人文主义的情趣，也就是对古典时代的文化十分欣赏。马基雅维里的父亲贝尔那多最有价值的书籍当数李维的《罗马史》。在马基雅维里17岁时，贝尔那多曾让马基雅维里去装订李维《罗马史》前10部书的第1至第3部。后来，马基雅维里写的《李维史论》（Discorsi）主要就是研究该书的前三部。这本书后来成了马基雅维里政治思想的主要理论来源。马基雅维里在家庭的人文主义环境熏陶下，先后阅读了许多古典作家的作品，除李维外，还有恺撒、西塞罗、塔西陀等。古希腊方面的大家则有希罗多德、普鲁塔克、修昔底德、色诺芬、亚里士多德等。③这些历史名家的著作内容和观点在马基雅维里的各种著作中多有征引、发挥。上述情况也表明，影响马基雅维里政治思维的因素多半是有强烈现实感的思想文化著述，而非宗教情感等超越性的内容。

马基雅维里并没有太高的学历。这种学业情况显然对马基雅维里未来官宦仕途极其不利。举例来讲，在正常情况下，一个人想要竞聘佛罗伦萨国务秘书的官职，一张大学文凭是必需的。除此之外，家境要过得去，使大家对你未来的仕途有一种信任感。但这两点马基雅维里都不具备，所以除非有过人的才气和名流官宦的提携，马基雅维里想踏上佛罗伦萨的官阶是何等困难。

当时佛罗伦萨的市政机构置有两个秘书处，分别处理内政、外交、军事等事务。第一秘书处管外交、军事等，第二秘书处则主管内政。当然，两个秘书处的职责区分并非很严格。1498年6月19日，第二国务秘书位置空缺，在激烈的竞争面前，经过市议会投票，马基雅维里以多数票成功当选。由此开始了马基雅维里生平的第二阶段。

第二阶段是马基雅维里从政的主要时期，从1498年一直持续到马基雅维里被复辟的美第奇政权在1512年11月7日驱逐为止。由于马基雅维里留下了大量的信件、文书、政论集等，因此对于这一时期，我们几乎可以逐年、逐月、逐日地加以研究。这一阶段也是马基雅维里政治生涯的辉煌时期，特别是给人以充满熠熠智慧的外交家形象。

这里先提一提马基雅维里在这一时期的私人生活。马基雅维里的婚姻生活似乎缺乏轰轰烈烈的情感色彩。1502年，马基雅维里与玛利埃塔·柯尔西妮（Marietta di Ludovico Corsini）结婚。婚后生活还算平静。从马基雅维里与他的朋友们的通信中可以得知，玛利埃塔鲜有女人所特具的嫉妒心，也不会给人制造麻烦。她多少对改善马基雅维里原本缺乏欢乐的生活状态有所帮助。马基雅维里和妻子共生有六个孩子，分别是：贝尔那多·马基雅维里（与其爷爷同名），生于1503年；一个女儿可能在出生后不久夭折，她没有取名；巴奇亚；路多维柯；皮耶罗，生于1514年，长大后比其他孩子更能领悟父亲的学说；奎多。后来，巴奇亚的儿子朱利亚诺与雷茜成婚。朱利亚诺的一大功劳是保存了大量马基雅维里的书信和大部分著述的副本。

在马基雅维里成婚的同年，佛罗伦萨的法规发生了一个重大变动。苦于政治形势的动荡不定并受威尼斯政治体制的影响，佛罗伦萨的市政机构于8月26日通过实行政府首脑职位（或称正义旗手）的终身制以寻求更大稳定性的决定。皮耶罗·索德里尼（Piero Soderlini）被选中担任此职务，而索德里尼十分欣赏马基雅维里的政治才能，并时常委以重任。应当讲，索德里尼任政府首脑的年代是马基雅维里政治生涯中最春风得意的时期。

如果从马基雅维里从政的主要经历来评价其政治身份，那么我们可以称马基雅维里为外交家。其重要的外交生涯如下。

1499年，马基雅维里出使佛利与凯瑟琳·斯福查谈判。

1500年，首次出使法国宫廷，会见法王路易十二和卢恩红衣主教乔治·德·昂布瓦。

1502年，首度会见恺撒·波吉亚。

1503年10~12月，马基雅维里在罗马见证了恺撒·波吉亚失势和尤利乌斯二世升任教皇。

1504年，第二次出使法国。

1506年是马基雅维里一生中新的时代的开始。这样说的理由是，马基雅维里创建公民兵的设想终于有了付诸实践的可能，因为马基雅维里从正义旗手索德里尼那里获得了建立公民兵的政治支持。马基雅维里是"九人军事委员会"的真正灵魂。1506年12月6日，马基雅维里起草并发布建立步兵的告令。6年后的1512年，又发布建立骑兵的告令。在马基雅维里的不懈努力下，军队真正在国家体制下走上了职业化道路。马基雅维里倾注了全部的热情投身于组建军队的工作，并且亲自去佛罗伦萨乡间负责征募新兵的工作。虽然起初人们对组建公民兵的想法还不习惯，但在马基雅维里的努力下，公民兵最终还是在"九人军事委员会"的直接领导下建立了。这是近 200 年的历史上首次在佛罗伦萨出现了自己的军队。

1508 年,马基雅维里出使麦克西米连一世宫廷。

1510 年,第三次出使法国。

1512 年,这是马基雅维里生平中灰暗岁月的开始。那年法国的势力被逐出意大利,美第奇家族在西班牙军队的支持下重掌佛罗伦萨权力。皮耶罗·索德里尼被废黜,马基雅维里被解雇,引退到圣·安德里亚的乡村住处。

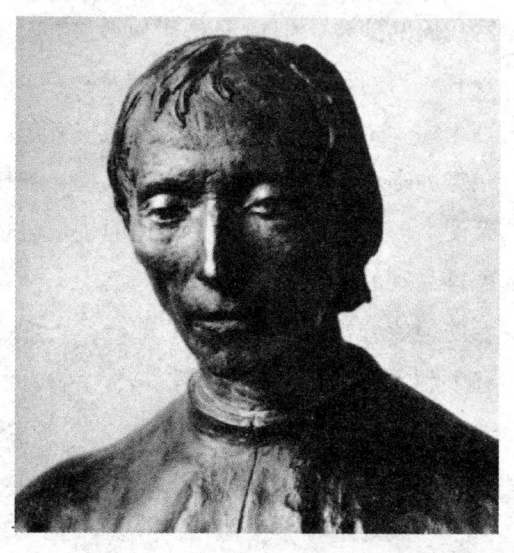

作于 16 世纪的马基雅维里半身雕像

(二) 政治失意与《君主论》

马基雅维里生平的第三阶段始于 1513 年。1513 年 2 月,马基雅维里受到美第奇政权的拷打、拘禁,到 3 月 12 日乔万尼·德·美第奇当选为教皇利奥十世后被释放。这是马基雅维里政治失意、发奋写作、等待东山再起的时期。这一时期,马基雅维里同样留给了我们丰富的著述,人们可以从中了解到一位思想敏锐、情感复杂的政治思想家的内心世界。

马基雅维里被罢免后,开始隐居在圣·卡西亚诺的乡野,静心研究古人的著作,以便吸取经验,来日东山再起。《李维史论》和《君主论》的写作就在这时启动。马基雅维里在自己的书房里、在思想中继续着一心追求的事业。他的思想、睿智、天赋从未像现在这样深刻而宏大地发挥出来。马基雅维里继续与好友弗兰西斯科·

维托利通信。虽然弗兰西斯科·维托利现在的影响力还未到足以左右政局的地步，但情况是可以改变的。信中，两人经常交换看法，既有对当前政局的分析，也涉及生活琐事，这些在从1512年3月到大约1514年1月31日的通信中有记载。④很明显，马基雅维里正在努力奉承一位很有影响力的人物，维托利是佛罗伦萨驻梵蒂冈的大使。但是他的动机并不全是为了自己，他仍在考虑佛罗伦萨、考虑意大利的前途。在两人的通信中，涉及国际关系分析、意大利政治处境的分析占了相当大的部分。正如《君主论》最后得出的关于意大利人的定义："我们是懦夫，可怜而又自负。"这是一种政治的悲叹。

　　这些私人信件中最有名的一封是1513年12月10日写的。信中有一段马基雅维里对自己乡间生活的描述："黄昏时分，我回到家里，进了书房。在门口，我脱下了沾满灰尘的白天的工作服，换上朝服，整束仪表，然后随书籍进入远古的宫廷。在那里我受到了古人热情的迎接，我享受着只属于我并且是为我而准备的'佳肴'，在那里我可以随心所欲谈古论今；询问古人的为人处世，他们也乐意做答。常常是四个小时，我毫不感到疲倦，我忘记了一切烦恼，我不怕超越穷困和死亡，我完全被古人迷住了。"⑤换言之，这时的马基雅维里已经是精神的个体，已经变成了古人中的一员。环坐四周的有恺撒、亚历山大、亚里士多德、波里比阿、等等，不时赢得与他们交流的欢乐。这样，被政坛抛弃了的、穷困潦倒的马基雅维里又在另一个世界中获得了补偿。信末，马基雅维里又谈到了现实："希望有朝一日能继续被美第奇家族录用，哪怕为他们做最微不足道的工作。如果那样仍得不到他们的欢喜，那只能怪我自己无能。如果我被起用，借此机会让他们了解《君主论》，他们就会知道，15年以来我一直废寝忘食地研究治国之道。兴许，会有这么一个重要人物，他很高兴仅仅因为录用一个人就能得到所有的经验。我的忠诚不应该受到任何怀疑，我也会始终保持自己的忠诚，不会有任何变故。像我这样一个年届43岁的诚实之人，其本性也不会改变了。我甘忍贫穷之苦就是最好的证明。"⑥

1513～1518年，马基雅维里写作《君主论》的姐妹篇《李维史论》。

马基雅维里在朋友如维托利等的帮助下，不断企求当政者的录用。但这种努力每每都无功而返。由于从政愿望屡屡受挫，马基雅维里唯一能做的就是继续全身心投入写作。但事实上，马基雅维里一刻也没有忘记政治活动。他利用一切可能的机会参与政事。马基雅维里经常给年轻人进行政治素养的指导，例如马基雅维里是当时佛罗伦萨柏拉图学院卢塞雷（Rucellai）花园的常客，他在那里会见有政治抱负的年轻人。其时的卢塞雷花园的主人是柯西莫·卢塞雷（Cosimo Rucellai），他死于1519年。马基雅维里学术性很强的《论语言》也是在柏拉图学院活动期间完成的。同时期创作的还有《战争的艺术》（亦译作《兵法七论》）等。《李维史论》则是献给两位年轻的政治家即柯西莫·卢塞雷和芝诺比奥·邦德蒙第（Zenobio Buondelmonti）的，他们都于1495年出生，其时还只是20岁刚出头。更确切地说，《李维史论》是写给年轻人的。这些著作都有教诲的语气，甚至是讲给佛罗伦萨人听的。由此也看出马基雅维里时刻不忘政治的心理。

马基雅维里的绝大部分著作都与政治法律有关。其中，姐妹篇《君主论》和《李维史论》所表达的观点最为集中地体现了马基雅维里政治法律思想的精髓。马基雅维里身处社会发生剧烈震荡的时期，特别是新兴民族国家以其强有力的政治统治形式促进、捍卫本国的民族经济和商业利益。如何使城市共和国能够在国际、国内复杂的环境中生存下来，如何使城市共和国拥有强有力的行政运作，这是马基雅维里等政治思想家所要解决的政治课题。⑦事实上，马基雅维里对当时时代的变化、对一个强有力政府存在的必要性有很敏感的意识。⑧马基雅维里为一个强有力的政府的运作提供了现实的方案。从表面上看，其方案显得那么不择手段、不讲人情，但正是在这种不择手段、不讲人情的背后包含了现代政治科学的全部含义。《君主论》第2章明确提出其研究任务是"探讨这些君主国应该怎样进行统治和维持下去"。马基雅维里通过其历史经验主义的态度，在分析了人类政治史的变化之后，终于认识到国家权力的发生在本质上是对人的自然本性的一种照应，是现实利益的驱使，是政治权力的分配、运作方式，如此等等。马基雅维里所苦恼的一个政治难题是，如何使国家统治者的行政权既强有力又不至于强大到能颠覆共和国的统治样式，或者说，国家统治者的权力既强大又受相应的制约。所谓强大，要强大到行政命令畅通无阻，并能控制一切不利于共和国统治的局面发生。马基雅维里更强调了最高行政官和国家行政系统的权力独特性。马基雅维里力图表明，最高行政官和国家行政系统的权力运作将起到法律所无法起到的作用。行政权力系统是国家权力的重中之重。

权力必然涉及政治手段问题，学术界和社会上对马基雅维里和马基雅维里主义的抨击主要集中在手段问题上。不过，仅仅停留在对马基雅维里主张不择手段的想法进行批评，又有多大的理论价值呢？人们应当转换视角，从近代国家治理的角度出发去全面地评价不择手段问题。政治家不仅要懂得如何运用制度化的手段以达到治理的效果，还要懂得用各种超常的手段以应付由非常复杂的人性所导致的局面。近代国家政治的最明显特征是制度化。但制度化在反映人性的同时还对人性发生不同程度的制约。这样，政治家就必须在理解人性的基础上运用制度化的和非制度化的手段以达到治理的效果。马基雅维里政治、法律思想的贡献就是在这一个关键点上提供了有见地的一整套想法。

马基雅维里还提到效法狐狸和狮子的手段："君主既然必需懂得善于运用野兽的方法，他就应当同时效法狐狸与狮子。由于狮子不能够防止自己落入陷阱，而狐狸则不能够抵御豺狼。因此，君主必须是一头狐狸以便认识陷阱,同时又必须是一头狮子,以便使豺狼惊骇。"⑪但马基雅维里心目中的"狮子"并不是胡作非为的滥用政治手段。马基雅维里曾提出"妥善使用残暴手段"这一想法,其中谈到,一个君主为了国家的安全可以偶尔使用残暴手段。反之,如果不是为了臣民的利益,君主就不得使用此类手段。⑫马基雅维里在正义—战争关系理论中更具体贴切地表达出关于上述目的—手段关系的整体想法。在《佛罗伦萨史》中,马基雅维里借他人之口表达了正义和战争等的关系问题:"战争都是不义的,但有必要打的仗就是正义的;当只有暴力能为获得解救提供希望时,暴力本身就是慈悲的。"⑬

马基雅维里在论述权力问题时特别注意权力制衡现象。马基雅维里共和国理论中的两个核心部分即公民自由和权力制衡。其中,那个理想的罗马共和国的立国之本是保护公民的自由性。⑭为了最大程度地实现和保护这种自由,就必须按照权力牵制的理论设置相应的机构。例如,就有必要在共和国里设置一个能够充分表达公民意愿的议事机构。同时,执政官秉公行事,贵族与平民的权力则处于相互制约之中。在马基雅维里看来,任何出于一人之手的政府总会出问题。他说:"个体只关顾自己的情感,天天都会发生无数非正义的行为,所以出于限制的需要,或力求贤明之士来引导,或为了逃避上述无政府状态,人们又返回由一位君主执政的新政府,一般来讲,人们又会步步走向无政府的状态……"⑮所以理想的办法是:建立一种宪政,并且由君主、贵族和平民相互制约,各自明确其政治权利与义务。⑯惟其如此,才真正称得上是一个由法律确定的自由基础上所建立的政府。⑰正如布克哈特所描绘的那样:"我们看到他如何地希望建立起一个温和的民主形式的共和国以为美第奇家族之续。"⑱而这个共和国应当是自由、法制的公民社会。⑲

马基雅维里心目中的共和国是公民社会、法与自由三位一体。公民社会是国家政治制度的基础。近现代西方国家制度的建设都是与公民社会的发育同步进行的。公民是一个承担法律意义上的权利和义务的社会成员。因此，公民社会的发育过程会对国家的宪政建设提出其内在和合理的要求。从某种意义上讲，宪政国家的完善过程是对公民社会需求的回应过程。只有以公民社会为基础，才谈得上所有的治理和国家稳定，与共和国相关的公民社会也是马基雅维里考虑的重点问题。马基雅维里经常以古代罗马的立国者为例说明问题。马基雅维里分析共和国的基本出发点就是以公民社会的立场来考虑国家统治的艺术。㉑马基雅维里在《李维史论》的第1部中对罗马共和国与公民社会诸问题作过非常明确的阐述。在《佛罗伦萨史》《战争的艺术》㉒里，马基雅维里对军事、公民社会、共和国三者的关系同样作了详细的论述。根据马基雅维里在不同著作中所表达的观点，只有在公民社会里才谈得上真正意义的宪政，或者说"宪政"是公民社会的主要特征。真正的理想社会就是以公民社会为基础的、能充分体现共和国整体功能的国家。同时，公民在国家中享有充分的自由，并由公民来做最后的断定。

（三）仍在期待中的最后岁月

1518年夏，马基雅维里撰写的喜剧《曼陀罗花》首次在佛罗伦萨演出，获得巨大成功。历史的讽刺是，作为出色外交家的马基雅维里为了自己的共和国而惮尽心机，但其回报是政治上的受排挤。当马基雅维里去干些业余活儿时却使其名声远扬。这时，马基雅维里的朋友们向教皇和在佛罗伦萨的美第奇家族求助，努力为马基雅维里谋得一个职位。这些努力或许还有马基雅维里的《卡斯特鲁奇奥·卡斯特拉卡尼评传》，使他在1520年11月得到了写作《佛罗伦萨史》的任务。当时，枢机主教朱利奥·德·美第奇（Giuliano dei Medici，即后来的教皇克莱门特七世）已经控制了佛罗伦萨，并对马基雅维里表现出一定的兴趣。1525年，马基雅维里完成了本书的写作。同年马基雅维里接到信息后去了罗马,把他的《佛罗伦萨史》呈送给教皇克莱门特七世。马基雅维里可能于1520年完成《兵法七论》。1521年,《兵法七论》出版。

在这期间发生了如下重要的历史事件。

1521年,法国与西班牙在意大利领土上爆发第一次战争。西班牙王查理五世打败法国,夺得米兰。

1521年,教皇利奥十世去世,阿德里安六世选任。

1523年,教皇阿德里安六世去世,克莱门特七世(朱利奥·德·美第奇)选任。

已知最早的马基雅维里头像素描

1524年,法王弗兰西斯一世重新夺得米兰。

1525年4月到1527年5月,马基雅维里担任佛罗伦萨军事顾问。

1527年5月,罗马遭查理五世军队洗劫,马基雅维里见证了灾难。

1527年5～6月,马基雅维里受到佛罗伦萨新的共和国政府的猜忌,被新的统治者解职。

1527年6月21日,马基雅维里在圣·安德里亚去世。

(四) 误解和重新评定

1532年,也就是在马基雅维里去世后5年,《君主论》正式发表。但《君主论》早在马基雅维里生前就流传开来。1529年,当时英王亨利八世委任的驻教廷大使托马斯·克伦威尔向红衣主教波尔推荐了一本意大利文的政治著作（是不是马基雅维里的《君主论》还有待考证）。10年之后，波尔感叹道，那个读过此书的克伦威尔想必是撒旦的代表。这就是后来用"Old Nick"（恶魔）这个词攻击马基雅维里的由来。㉒这个故事引申出几点思考：第一，当时人们主要凭《君主论》的一些提法来评判马基雅维里的思想，而且所依据的马基雅维里著作版本极其混乱，舛误删改等情况不一而足。㉓第二，教会上层人士是用一种敌视异教思想家的情感和眼光来理解马基雅维里的著作。果然，1559年，马基雅维里的所有著作（马基雅维里的全集于1550年发表）被宗教裁决机构宣布为禁书。法国雨格诺教徒金蒂利撰写《反驳马基雅维里》一文以声讨马基雅维里。第三，文艺复兴时期新柏拉图主义盛行。那些以寻找绝对完美的理念世界为宗旨的文人和思想家，带着片面的传统形而上学有色眼镜来阅读和评点马基雅维里的《君主论》，很少顾及马基雅维里其他著作中的相关论述，其认识偏差是可想而知的。当时英国的文坛就是受法国社会对马基雅维里的种种看法的影响而产生许多误解。㉔例如，英国诗人、剧作家马洛在悲剧《马耳他的犹太人》中对马基雅维里的嘲弄即主要受到金蒂利的影响，而与马洛自己对马基雅维里著作和思想很少进行细致研究有关。㉕

但许多人文主义政治思想家（如哈林顿等人）仍在自己的著作里发挥马基雅维里的有关想法。在启蒙时代，斯宾诺莎坚持认为马基雅维里的国家学说是在维护自由。而伏尔泰则用道德至善主义对马基雅维里进行批评、拒斥。受伏尔泰的影响，普鲁士国王腓特烈二世也撰文《批驳马基雅维里的君主说》。

作为一名瑞士的文化史学家，布克哈特提示人们要从时代特征和现实政治的角度去理解马基雅维里的思想，而不要局限于道德的评价。布克哈特说："他的政治论断的客观性，其坦率程度有时令人吃惊，但它是危急存亡之秋的时代标志，在那个时代里，人们是难于相信正义或者别人有正义的行动的。我们如果从道德观点上来衡量而对他感到愤怒,那是没有必要的。"⑧ 显然,布克哈特在提示人们从历史的角度评价马基雅维里时,回避了对道德问题的形而上学讨论。布克哈特的批评立场以后被广泛采纳,

马基雅维里又是一个悲剧人物。马基雅维里曾告诫别人,一个由自己扶持起来的人是很难再被自己推翻的。笔

佛罗伦萨克罗齐教堂内简朴的马基雅维里墓

者始终有一个想法:一个自己将政治的计谋展示于权力人物的人,自己也难以逃脱被权力人物挟制的境地。马基雅维里一生都在为自己得不到重用而耿耿于怀。他虽然从事过重要的国务活动,但每一次都不是由自己的理想而驱动的行为,只不过是帮人做事而已。马基雅维里甚至怀疑自己的能力。但毫无疑问,马基雅维里的政治智慧是同时代人中的佼佼者。他给世人留下的宝贵精神财富,会永远激励人们去做与时代同步的政治想象和思考。

其他参考书目:

● 马基雅维里的意大利文原著有:①*Opere di Niccolò Machiavelli*, Firenze, 1796. 此为8卷全集本,但书信和外交著述不全。

②*Opere Complete di Niccolò Machiavelli*，Tipografia Borghi e Compagni，1833. 此为 1 卷本，补充大量书信和外交著述，成为以后各种全集本编撰的底本，缺点是仅为著述汇集，没有学术考订。③ Scritti Inediti di *Niccolò Machiavelli*，Barbera，Bianchi e Comp.，1857. 收录 1499～1512 年期间历史和军事方面的著述，虽为选本，但不乏各种注释。④Niccolò Machiavelli，*Legazioni e Commissarie*，A Cura di Sergio Bertelli，Feltrinelli，1964. 3 卷本马基雅维里外交著作集，至今仍是研究马基雅维里外交思想的标准引用文献。⑤Machiavelli，*Legazioni Commissarie Scritti di Governo*，Gius. Laterza & Figli，Vol. Ⅰ，1971；Vol. Ⅱ，1973；Vol. Ⅲ，1984；Vol. Ⅳ，1985. 与 Feltrinelli 本相比，这个外交文献选本增加了许多当时统治人物的书信著述，目前只编撰到第 4 卷，截止时间是 1505 年。⑥Machiavelli，*Il Principe e Altre Opere Politiche*，Introduzione di Delio Cantimori，Note di Stefano Andretta，Garzanti，1999. 这本名为《君主论和政治著作选》的书前有生平和详细的文献介绍，在学术界引用率很高。⑦Machiavelli，*Discorsi sopra la prima deca di Tito Livio，Dell'arte della Guerra e alter opera*，Utet，2006。《李维史论、兵法七论及其他著作集》，共 2 卷，这是至今为止最为详备的马基雅维里著作集。书前有马基雅维里著述和学术界研究状况的详细评介，文中注释、评论采取一句一注式进行。⑧Machiavelli，*Istorie Fiorentine e Altre Opere Storiche e Politiche*，A Cura di Alessandro Montevecchi，Utet，2007. 此《佛罗伦萨史和历史、政治著作选》与前述著作一起构成一个系列，其编撰方式与前述著作相同。

● 另外还有不计其数的马基雅维里著作单行本的编撰。仍以意大利文版为例，如：①Machiavelli，*Il Principe*，Con un Saggio di Raymond Aron su *Machiavelli e Marx*，Introduzione，note e glossario ideologico，BUR Classici，2002. 此版《君主论》前有雷

蒙·阿隆的文章《马基雅维里与马克思》。②Machiavelli, *Il Principe*, Con uno scritto di G. W. F. Hegel, Cura di Ugo Dotti, Nuova edizione, Fetrinelli, 2007. 此版《君主论》收录黑格尔文章1篇。③Machiavelli, *L'arte della Guerra*, A cura di Federico Cinti, Barbera, 2007. 这是Barbera的首版《兵法七论》，有详细评注。④Machiavelli, *Discorsi Sopra la Prima Deca di Tito Livio*, Introduzione di Gennaro Sasso, note di Giorgio Inglese, Biblioteca Universale Rizzoli, 2000. 这是《李维史论》的详注本。⑤Machiavelli, Lettere: A Francesco Vettori e a Francesco Guicciardini, A cura di Giorgio Inglese, Biblioteca Universale Rizzoli, 2000. 马基雅维里与维托利、奎恰迪尼的通信集，等等。

● De Grazia, Sebastian, *Machiavelli in Hell*, Princeton university Press, 1989.

● Sasso, Gennaro, *Machiavelli e gli Antichi e Altri Saggi*, Riccardo Ricciardi Editore, Tomo Ⅰ, 1987; Tomo Ⅱ, 1988.

● Skinner, Quentin, *Machiavelli*, Oxford University Press, 1992.

● Strauss, Leo, *Thoughts on Machiavelli*, the University of Chicago Press, 1978.

● Villari, Pasquale, *The Life and Times of Niccolo Machiavelli*, Charles Scribner's Sons, 1891.

● Viroli, Maurizio, *Machiavelil*, Oxford University Press, 1998.

● 周春生：《马基雅维里思想研究》，上海：上海三联书店2008年。该书参考文献部分对马基雅维里研究的学术状况做了详细点评。

● 怀特：《马基雅维里：一个被误解的人》，周春生译，长春：东北师范大学出版社2008年。

注释：

① G. Prezzolini, *Machiavelli*, Robert Hale Limited, 1968, p. 143.

② S. Ruffo-Fiore, *Niccolò Machiavelli*, Twayne Publishers, 1982, p. 1. 另据潘汉典《君主论》第Ⅲ页"译者序"所载，则是13名正义旗手和53名执政官。——笔者注

③ S. Ruffo-Fiore, *Niccolò Machiavelli*, pp. 2~3.

④ John M. Najemy, *Between Friends: Discourses of Power and Desire in the Machiavelli-Vettori Letters of 1513~1515*, Princeton University Press, 1993. 本书是研究这一时期通信情况的重要参考材料。

⑤ *The Letters of Machiavelli*, ed. and trans. A. Gilbert, The University of Chicago Press, 1988, p. 142.

⑥ *The Letters of Machiavelli*, ed. and trans. A. Gilbert, p. 144.

⑦ 布克哈特：《意大利文艺复兴时期的文化》，何新译，北京：商务印书馆1979年，第59页。

⑧ 参见马基雅维里：《君主论》，潘汉典译，北京：商务印书馆1985年，第118~119页。

⑨ 马基雅维里：《君主论》，潘汉典译，北京：商务印书馆1985年，第4页。

⑩ R. W. Carlyle and A. J. Carlyle, *A History of Mediaeval Political Theory in the West: Vol. Ⅳ, Political Theory from 1300 to 1600*, Barnes & Noble, Inc., 1953, p. 251.

⑪ 马基雅维里：《君主论》，潘汉典译，北京：商务印书馆1985年，第83~84页。

⑫ 参见马基雅维里：《君主论》，潘汉典译，北京：商务印书馆

1985年，第43页。

⑬ 马基雅维里：《佛罗伦萨史》，李活译，北京：商务印书馆1982年，第244页。

⑭ V. B. Sullivan, *Machiavelli's Three Romes: Religion, Human Liberty, and Politics Reformed*, Northern Illinois University Press, 1996, p. 4.

⑮ Machiavelli, *The Discourses*, translated from the Italian by C. E. Detmold, Modern Library, 1940, p. 114.

⑯ Machiavelli, *The Discourses*, translated from the Italian by C. E. Detmold, pp. 115, 16~17, etc.

⑰ Machiavelli, *The Discourses*, Chapter XL, in *The Portable Machiavelli*, ed. and trans. Peter Bondanella and Mark Musa, Penguin Books, 1979, pp. 254~260.

⑱ 布克哈特：《意大利文艺复兴时期的文化》，何新译，北京：商务印书馆1979年，第84页。

⑲ 参见布克哈特：《意大利文艺复兴时期的文化》，何新译，北京：商务印书馆1979年，第84页。

⑳ M. Viroli, *Machiavelli*, Oxford University Press, 1998, Chapter Ⅱ "The Art of the State".

㉑ Machiavelli, *The Art of War*, Da Capo Press, Inc., 1965.

㉒ 关于最初一批攻击马基雅维里的人，斯金纳做了一段描述："第一个指名道姓指责马基雅维里的是雷金纳德·波尔，即斯塔基《对话集》中的主人公，斯塔基在1539年所写的《向查理五世道歉》中攻击马基雅维里的政治学说破坏了所有的美德。不出数年，我们又发现另一位主要的英国人文主义者罗杰·阿夏姆，他在《报告和对话集》中以同样的厌恶心情评论了使人们可以'想、说、做一切可能最有利于牟利和享乐的事情'的'马基雅维里学说'。但是，

在早期的这种攻击之中最有系统的攻击却是出现在法国,那就是 1576 年首次在日内瓦出版的伊塔桑·让蒂埃(1535～1588)的《反马基雅维里》。"[斯金纳:《近代政治思想的基础》(上卷)"文艺复兴",奚瑞森、亚方译,北京:商务印书馆 2002 年,第 382 页。]

㉓ 以英国为例,可参见 F. Raab, *The English Face of Machiavelli: A Changing Interpretation* 1500～1700, Routledge & Kegan Paul, 1964.

㉔ F. Meyer, *Machiavelli and the Elizabethan Drama*, Burt Franklin: Research and Source Works Series # 69, p. 7.

㉕ E. Meyer, *Machiavelli and the Elizabethan Drama*, p. 39.

㉖ 布克哈特:《意大利文艺复兴时期的文化》,何新译,北京:商务印书馆 1979 年,第 84～85 页。

八 伽利略：用望远镜为真理辩护

1543年5月24日，一本刚出版的《天体运行论》送到了躺在病床上的哥白尼（Nicolaus Copernicus, 1473～1543）手上。没有几个时辰，科学家永远地合上了双眼。《天体运行论》宣称，太阳是宇宙的中心，地球围绕太阳旋转。这对传统的托勒密地球中心说和教会理论造成很大的冲击。意大利人布鲁诺（Giordano Bruno, 1548～1600）由于信服哥白尼学说，最后被开除教籍并处以极刑。但真理自有其辩护者，伽利略用其望远镜确证了太阳中心说。

（一）伽利略的人文修养和热衷科学

伽利略·伽利莱（Galileo Galilei, 1564～1642）的出生地比萨是阿诺河的出海口，一直是佛罗伦萨的属地。比萨有浓厚的文化氛围，特别是大洛伦佐曾在比萨创立了一所闻名遐迩的大学。从1581年至1585年，伽利略从佛罗

38岁时的伽利略

伦萨来到比萨大学攻读医学。后来还在那里工作过很长的时间。这里需要提及一件事情,伽利略的父亲文森西奥·伽利莱在佛罗伦萨有一位精通数学的好友,名叫里奇。从1585年开始,伽利略跟随里奇学习数学。正是在里奇的指导下,伽利略系统地研究了自欧几里得以来的数学、力学著作。伽利略还研究了物体重力等问题,并撰写出相关论文。里奇的影响彻底改变了伽利略的研究方向和未来的事业。父亲原本想让儿子从事与医学相关的工作,但后来伽利略在大学中担当的教席则是数学。1589年,伽利略正式得到任命,成为比萨大学的数学教授。在比萨,伽利略曾做过非常著名的石球下坠实验。也就是让一大一小的两个石球从比萨斜塔上自由落地,然后证明大的石球并不因为其体积大而比另一只小的石球更快地落地。由于伽利略早就表现出的对传统亚里士多德学说等的不满情绪,因此在大学中显得很孤独。1591年,父亲去世,伽利略为了承担家庭的经济生活重担,于1592年来到威尼斯属地的帕多瓦,并应帕多瓦元老院的邀请担任帕多瓦大学的数学教授。帕多瓦大学是当时文艺复兴时期亚里士多德主义的中心。这所大学倡导科学实验的精神,那里充满学术自由的气息。1600年,伽利略与威尼斯女人玛丽娜·甘芭同居,生有两个女儿、一个儿子。1609年伽利略被帕多瓦大学任命为终身教授。

1610年6月,伽利略回到佛罗伦萨,以后的生活和科学创作主要在这座城市完成。伽利略的家庭曾于1574年由比萨迁往佛罗伦萨,所以伽利略很小就感受到这座城市所特有的文化气息,其家庭亦有浓厚的人文主义氛围。伽利略的父亲是当时佛罗伦萨著名的音乐家,欣赏古典音乐的和谐之美。他特别注重音乐必须体现人的内在情感和旋律之美。同时,音乐家的创作要与具体的器乐改革和演出实际密切结合起来。文森西奥·伽利莱在音乐界不惧权威,大胆撰文提出己见,引起不小的轰动。这种追求真、善、美的精神和批判创新精神在伽利略幼小的心灵中打下了印记。

  伽利略在佛罗伦萨也受到人文主义的古典教育,喜欢占典的文化。但与其他人文主义者不同的是,伽利略认为文学艺术如诗歌有其自身的美,但文学艺术与科学毕竟有不同点,不能像有些人文主义者所信奉的那样,将科学的源流也回溯到古代的诗歌等文学艺术创作之中。但就诗歌所体现出的纯粹的美而论,这种美也会在简单、实用等科学技术的标准中体现出来。所以在科学研究中照样可以体现自己所特有的美。但就诗歌与科学各自的思维特征、反映对象而言,两者毕竟是有区别的。[①]在那个充斥着新柏拉图主义氛围的佛罗伦萨,伽利略确实显得很特别。如果也把伽利略当作一个人文主义者,那么他所体现出的人文主义精神就是不唯古典是从,要以创新的精神来发展古典的学问。

(二) 望远镜里的宇宙运动

  现在问题的关键是,为了证明哥白尼的学说就必须用事实说话。按照教会的理论,地球是宇宙的中心,自身不动,而其他星球包括太阳在内则围绕地球运转。假设所有的星球都围绕地球转动,那势必出现这样一种天文景象,即其他星球都以地球为中心作圆周运动。如果用科学实验证明,有一些、哪怕一个星球并不是呈圆周运动,而是渐近、渐远的椭圆形轨迹,那么地球中心说就不攻自破。当然，能够用科学实验手段进一步证明所有星球都围绕太阳做圆周运动，那就更直接捍卫了哥白尼的理论，同时又解释清楚了为何某个星球与地球之间不是成圆周运动关系的原因。办法只有一个，那就是制造望远镜，让望远镜来替真理辩护。

1610年伽利略赠送给美第奇家族科斯莫二世的望远镜

荷兰是当时制造光学镜片的中心，已经有了相当成熟的技术。意大利的威尼斯作为商业中心和坡璃制造中心，也能够提供相应的材料。1609年，伽利略亲手制作望远镜。先试制成功6倍的望远镜，然后是7倍、30倍。伽利略的成就轰动了威尼斯城和学界，他的名声远播，受到极高的尊重。许多人只是感到新奇而已，他们并不知晓这架望远镜里将生发出怎样一种令世人震惊的科学发现。1610年初，伽利略用自制的30倍望远镜对准了天体，这是人类天文史上的创举。伽利略发现了一个天文现象，即木星旁有4颗卫星在绕木星运行。这至少证明了并不是所有星球都以地球为中心在运转。1610年3月，伽利略用拉丁文发表了一本小册子，名为《星际使者》。在书的首页，伽利略将新发现的4颗卫星命名为美第奇星，以寻得美第奇家族的欢心，从而有助于进一步的科学实验。在书里伽利略告诉世人，有些行星如月亮在绕地球运行，同时又与地球一起在绕太阳运行。现在的关键是要拿出行星绕太阳运转的证据。同年，伽利略返回佛罗伦萨。

伽利略沉默了一段时间后，继续用望远镜里的雄辩事实说话。伽利略最关键的证明是金星围绕太阳做圆周运动。正因为这一点，从地球看金星会发生金星在太阳前后的位移变化（说明详后）。1613年，伽利略又出版关于太阳黑子的科学论著，书中证明太阳也是一个在自转的星体。关于谁最先发现太阳黑子的问题，当时还有一场对伽利略后来的科学生涯颇有影响的事件。其实，伽利略在1610年就发现了太阳黑子，1611年3月又在罗马做过演示。正式见诸报端是在1612年。但就在1612年，耶稣会神甫沙伊纳匿名致函伽利略的朋友维尔泽，认为太阳黑子是他在1611年发现的。1613年，伽利略就此问题做了答复。这场学术争论以后演变成沙伊纳对伽利略进行无休止攻击、告密的阴谋过程，并一直持续到1633年的审判。②

当然，伽利略用潮汐来说明地球自转，这是不科学的。

伽利略用自己发明的望远镜和其他手段来进一步证实、支持哥白尼的学说。伽利略于1632年发表《关于托勒密和哥白尼两大世界体系的对话》③。这部著作以及其明确的词句支持哥白尼的太阳中心说："不论亚里士多德或者足下，都没法证明地球实际上是宇宙的中心；如果要给宇宙规定一个中心的话，我们觉得毋宁说太阳是处在宇宙的中

60岁时的伽利略

心，这一点你会慢慢明白。"④这里的语词虽然是两厢比较，但从科学的理解出发，能够更多、更准确地说明事实的一方应当得到更多

的支持。伽利略声称有如下理由可以证明行星围绕太阳运转:"是这样推论出来的:我们发现三个地球以外行星,即火星、木星和土星,当它们和太阳相冲时,总是非常接近地球,而当它们和太阳相合时,则离地球很远。这种接近和后退非常重要,所以火星接近地球时比它离地球最远时要大出六十倍。其次,金星和火星肯定也是环绕太阳的,原因是它们从来没有离开太阳很远,而且有时望见它们在太阳的那一面,有时望见在太阳的这一面,这从金星形状的改变可以得到充分的证明。"⑤

我们千万不要以为伽利略在证明太阳中心说的过程中对神的信仰发生了什么偏差。伽利略是虔诚的天主教徒。在《关于托勒密和哥白尼两大世界体系的对话》中,作者始终坚信神有无限的认识:"上帝认识的定理是无限的,而我们只认识其中少数几个;上帝认识无限定理的方式比我们的认识方式要高明得不知多少倍。我们的方法是根据推理逐步从一个结论进展到另一个结论,而上帝的认识方法则是靠单纯的直觉。"⑥这种说法与文艺复兴时期盛行的双重真理论十分相像。因此在伽利略的心目中,即使他支持哥白尼的学说,这也不违背对神的信仰。

(三) 伽利略案件始末与科学巨星陨落

按照一般的说法,伽利略的天文学观点与当时教廷所维护的基督教信仰体系发生冲突,最后伽利略被判终身监禁。直到1980年教皇保罗二世在位期间,教廷正式为伽利略恢复名誉。许多伽利略的传记都会提到这件人类思想文化史上的冤案。但读过伽利略生平传记的读者会在上述问题上想得更多一些。从伽利略一贯的思想体系看,这位科学家并不反对基督教的信仰。伽利略的真正意图是在科学思想上贯彻双重真理学说。⑦这种富于创见的想法在《关于托勒密和哥白尼两大世界体系的对话》一书中也得到了充分的体现。这是后来教廷有可能对伽利略恢复名誉的基础。从科学史的角度看，当时伽利略在该书中的科学论证也还是存在问题的。另外，在审判伽利略的整个事件过程中确实受到诬陷、挑拨和偏见的很大影响。这些已经由学者们在充分调查的基础上写出了各种以"伽利略案件"为题的文章。

回顾伽利略案件的大致经过首先要提到一个非常关键的人物即红衣主教贝拉明。贝拉明的思想、性格非常复杂，他曾是审判布鲁诺的宗教法庭成员之一。但他对当时的科学发展不是一无所知，与伽利略有十多年的交往，并用伽利略的望远镜观察过天体。这些使贝拉明十分崇敬伽利略。贝拉明在1611年曾写信咨询耶稣会的天文学家，让他们就伽利略的天文发现做出答复，其中涉及土星、木星旁的卫星、金星形状的改变、月亮表面的形状等。天文学家在询问的5天后即4月25日做出答复，大致承认了伽利略的观察结果。也就在答复的同一天，伽利略被罗马的林赛科学院接纳为其成员(林赛科学院于1603年在罗马成立)。考虑到这些情况，贝拉明希望伽利略不要将自己的科学实验与哥白尼的观点扯上关系。罗马教廷能够做的也就是让伽利略将发现保持在实用的限度内，而不要走得太远。可是伽利略科学实验的目的就是要证明太阳中心说。显然冲突是不可避免的。宗教裁判所已经在1611年5月17日的秘密会议中决定查一下克雷蒙尼诺与伽利略的关系。克雷蒙尼诺与伽利略是要好的朋友，他一直不满耶稣会会士的举动。所以宗教裁判所这样做的目的是想追究两人在神学和政治方面的罪过。由于伽利略宣传哥白尼的学说，1616年2月24日的宗教法庭会议宣读了裁决报告，裁决针对两个命题，它们是：①太阳是宇宙的中心，纹丝不动；②地球既不是宇宙的中心，也不是不动的，而是做整体和周日运动。裁决时对这些命题用了"愚蠢""荒谬"等词予以谴责，但没有说这些命题是假的。同时要求贝拉明红衣主教转告伽利略，不得再坚持、讲授那些受到谴责的观点。1616年2月26日早晨,贝拉明传唤伽利略来家听候裁决,同时过来的还有法庭代表、公证人及不请自来的多命俄会的神甫等。贝拉明主教可能私下对伽利略说了些什么,大致是请伽利略不要反驳对他提出的观点。会议上主教告诉伽利略,教会反对哥白尼的学说。法庭代表还以教皇的名义向伽利略宣布,今后不得以任何形式传播那些观点。这些情况被记录了下来,它由公证人起草但没有签字。这就是后来在审判伽利略时发生重要作用的会议记录文件。但会后贝拉明主教又私下跟伽利略说,那位代表是在违反教皇意旨行事,并为伽利略写了保证书,其中只提到上述两条被谴责的命题,并要求伽利略不要为这些命题做辩护。其他事情就权作未发生过对待。此时,伽利略大致也清楚了今后如何去对待哥白尼的学说。也就是说,将研究保持在纯理论形式的范围内,不要与哥白尼的学说联系在一起。后来贝拉明将情况告知教皇保罗五世,伽利略也得以谒见教皇。伽利略从教皇那里也得到了保证,伽利略不会遇到麻烦。此后伽利略对哥白尼学说保持沉默,而继续自己的研究。

有一件事情使沉默被打破了。1618年,天上出现3颗彗星,于是伽利略又投入到对彗星问题的争论之中,并于1623年写出了《试金者》一书。1624年,正当书要出版时,教皇乌尔班八世就任梵蒂冈新主。林赛科学院决定将此书献给乌尔班八世。乌尔班八世俗名马捷奥·巴贝里尼,出生于佛罗伦萨,受过人文主义的教育,对科学也颇感兴趣。乌尔班八世对伽利略颇多赏识,给予科学研究方面的支持。1624年伽利略来到罗马多次与教皇见面,并谈了他对潮汐问题的看法,想就此问题写成一本新书。显然,这本书是以哥白尼学说为基础的。这件事得到了教皇的允诺。但伽利略始终未提及1616年的那件事情。因为伽利略一直记着当时贝拉明的承诺,心里早就把1616年那件事情视作过眼烟云。再则,伽利略可能较多地从积极的方面去看待乌尔班八世其人及两人之间的友谊,而没有看到乌尔班八世独断专横的性格。从1624年到1630年，伽利略一直在撰写《关于托勒密和哥白尼两大世界体系的对话》一书。但该书的出版却遇到了种种麻烦，最后于1632年在佛罗伦萨出版。这时有人暗地向教皇呈递了那份没有签字的会议记录，乌尔班八世觉得伽利略欺蒙了自己，也就是说伽利略没有按照当时的承诺行事。再加上前面提及的沙伊纳一直在寻机滋事，在罗马煽动宗教法庭来处置伽利略。接下来就是1633年罗马宗教法庭对伽利略的审判。审判是在圣玛利亚教堂中进行的。尽管在审判过程中，伽利略一再提到贝拉明的保证书，认为自己没有违背他与贝拉明商议的要点。但一切都无济于事，最后法庭按照1616年的那份记录做出了对伽利略实施终身监禁的裁决。

宗教法庭宣判的内容大致可归纳为以下几点：第一，认为伽利略1615年以前所宣传的太阳是宇宙的中心而地球则做自转和周日运动之学说与《圣经》相违背。第二，鉴于上述情况，教会法庭在1616年2月25日做出决定，由贝拉明主持仪式宣布教会法庭的决议内容，要伽利略不再宣扬太阳中心说，并于翌日在贝拉明住处宣布此项决定。第三，伽利略没有遵守教会法庭的决定，继续做与太阳中心说相关的科学研究，并发表主张太阳中心说的《关于托勒密和哥白尼两大世界体系的对话》之著述，在庭审中伽利略还试图用贝拉明的保证书来为自己辩护，但事实上这份保证书有明确提示不能再从事与《圣经》相抵触的活动。第四，宣布《关于托勒密和哥白尼两大世界体系的对话》为禁书，伽利略本人则受宗教法庭的监禁。宗教法庭宣判后，伽利略鉴于当时严峻残酷的形势当庭做了忏悔，发誓永远放弃以前所坚持的理论。

经过托斯坎纳驻罗马大使的通融，伽利略所受的处罚减轻为由锡耶纳大主教皮可罗米尼监护。大主教鼓励伽利略做些其他科学研究。这种理解使处于绝境的伽利略得到些心灵的安慰。大约监禁1年后，伽利略被改为在家中软禁，并一直受着监视。1634年，伽

71岁时的伽利略

利略的女儿去世。这位原本意志坚强的科学家此时几乎失去了生的勇气。1638年，伽利略双目失明。同年，英国诗人弥尔顿前来拜访。在随后的岁月里，伽利略向学生、同事、好友等口授一些科学思想。1642年，这位用望远镜为真理辩护的科学斗士与世长辞。

其他参考书目：

● Foelsing, Albrecht, *Galileo Galilei-Prozess ohne Ende：Eine Biographie*, R. Piper & Co. Verlag, 1983, 该书除学术性外，还有几十幅珍贵的插图。

● *Galileo's Telescope：the Instrument that Changed the World*, ed. Giorgio Strano, Giunti, 2008.

● 杨建邺、李继宏编著：《伽利略传》，武汉：湖北辞书出版社1998年，书后附有涉及伽利略生平、思想的一些中文参考书目。

● 索贝尔：《伽利略的女儿：科学、信仰和爱的历史回忆》，谢延光译，上海：上海人民出版社2005年。

注释：

① 关于伽利略的科学审美观问题可参见库兹涅佐夫：《伽利略传》，

陈太先、马世元译,北京:商务印书馆2001年,第26~27页。另外,该书第4章"科学和审美标准"就此问题做了集中的讨论。

②库兹涅佐夫:《伽利略传》,陈太先、马世元译,北京:商务印书馆2001年,第90页。

③伽利略:《关于托勒密和哥白尼两大世界体系的对话》,上海外国自然科学哲学著作翻译组译,上海:上海人民出版社1974年。英文版:Galileo Galilei, *Concerning the Two New Sciences*, in *Great Books*, Vol. 26, Encyclopaedia Britannica, Inc., 1990.

④伽利略:《关于托勒密和哥白尼两大世界体系的对话》,上海外国自然科学哲学著作翻译组译,上海:上海人民出版社1974年,第39页。

⑤伽利略:《关于托勒密和哥白尼两大世界体系的对话》,上海外国自然科学哲学著作翻译组译,上海:上海人民出版社1974年,第418页。

⑥伽利略:《关于托勒密和哥白尼两大世界体系的对话》,上海外国自然科学哲学著作翻译组译,上海:上海人民出版社1974年,第134~135页。

⑦参见德雷克:《伽利略》,唐云江译,北京:中国社会科学出版社1987年,第101~116页。顺便指出,德雷克《伽利略》是根据英文版 *Galileo* (Stillman Drake, Oxford University Press, 1980)翻译过来的,该英文版传记流传很广。

九 亚平宁半岛上其他文化人点题①

1. 帕多瓦的马西利乌斯（Marsiglio of Padua，1275～1342）

帕多瓦的马西利乌斯早年受过医科训练，并与初期的人文主义者有接触，介入城邦的政治活动。后来长期服务于德国皇帝路易四世的宫廷。其代表作《和平的捍卫者》②于1324年出版。马西利乌斯主张"国家是基于自然的自治体，而且他主张世俗政府和宗教权威是两个完全不同的领域"③。他还认为法律不具有道德色彩，法律仅仅保证公民获得同等的福利。④凯利评论道："两个世纪以后，正是他的著作引发了宗教改革。"⑤

2. 比赞（Christine de Pizan，1364～1434）

比赞出生于威尼斯，后随父亲到巴黎，并在巴黎永久居留。有《论政治体》等书留世。在比赞看来，应该用某种伦理准则来作为社会存在的一般基础。这个基础就是美德。美德发自于神，又普遍在人的心中。说到底，神是最普遍地存在于人的心中。注意她对 Virtue 的阐述。⑥ 比赞也提到了亚里士多德的 Virtue。亚里士多德谈论 Virtue 时，始终是从理性思考和实际行动的双重角度加以阐述。

3. 布鲁尼（Leonardo Bruni，1374～1444）

布鲁尼是意大利文艺复兴时期早期的人文主义者和政治家。精通希腊语和拉丁语，他所从事的将古典希腊语文本译成拉丁语的举动曾引起人们研习希腊文学的兴趣。在布鲁尼的眼里，古典学问是一切学问的源流，而文学之所以重要，因为它是一种人学，是为了培养一个完整的人。⑦ 布鲁尼从 1427 年起担任佛罗伦萨政府的首脑，著有《佛罗伦萨人民史》以及但丁、彼特拉克、薄伽丘等人的传记。

4. 阿尔伯蒂（Leon Battista Alberti，1404～1472）

阿尔伯蒂出生于热那亚，不仅是著名的建筑家和作家，还称得上是文艺复兴时期理想的全才（Universal Man）。布克哈特用动情的笔触评述了阿尔伯蒂："毋庸多说，一个铁一般的意志浸透着和支持着他的整个人格；像文艺复兴时期的所有伟大人物一样，他说：'人们能够完成他们想做的一切事情。'"⑧ 此外，布克哈特还认为他是真正出类拔萃的全才，并将其与达·芬奇做了比较。

5. 瓦拉（Lorenzo Valla，1405～1457）

瓦拉是文艺复兴时期非常典型的意大利人文主义者和哲学家。他不屑于受雇教廷，特别钟情于语言学研究和古典学问探讨。瓦拉的批判精神使他在文字研究过程中发现了教会文件的漏洞。瓦拉曾在 1440 年撰文指出，历史上的《康斯坦丁赠赐》是一部伪造的文件。⑨ 这对教廷地位是一个冲击。瓦拉也由此出了名。瓦拉感兴趣的是古代斯多葛学说、伊壁鸠鲁学说等。他的理想是达到神的意志和人的意志之和谐统一，但瓦拉最终在自由意志方面没有一个结论。

6. 费奇诺（Marsilio Ficino，1433～1499）

费奇诺的学术活动曾得到美第奇家族科斯莫的赞助。他将当时所知的柏拉图著作译成拉丁文。其一生的代表作是《柏拉图神学》。⑩费奇诺是文艺复兴时期新柏拉图主义的泰斗。从他的著述中可以看出什么是文艺复兴时期人文主义者所理解的柏拉图思想。但费奇诺的许多表述往往有诗化的倾向，不好把握。其著作译成中文的也不多。费奇诺与柏拉图一样，将精神、灵魂等超越性的因素视作人的真正本质。但稍有不同的是，柏拉图以为知识会受到感官的干扰，从而被人忘却。费奇诺则强调人要达到超越性的境界就必须从感官的感应入手。这是文艺复兴时期人文主义小宇宙理论的生动体现，即人是感性自然和精神的统一。从自然中见精神，从精神中升华感性自然。费奇诺十分热衷于柏拉图思想中对灵魂所做的神秘的和富有诗意的描述，意在使个体的人及其艺术创作更具美的外观和意境。人文主义者看重达到灵魂超越境界的方法。正如费奇诺哲学研究专家克利斯特勒所言："这一经验（指灵魂走向上帝的经验——笔者注）和说明这一经验的方式是费奇诺的形而上学和伦理学的关键。"⑪

7. 萨沃纳洛拉（Fra Girolamo Savonarola，1452～1498）

萨沃纳洛拉是一名教士或神职人员，一生充满悲剧气息。他怀着基督教的理想在佛罗伦萨进行政治改革，他用一种人格的力量将大批信徒团结在其当院长的圣马可多密尼克修道院周围。当然其政治理想和实践最后以失败告终。布克哈特在《意大利文艺复兴时期的文化》（中文版）一书里用接近六七页的篇幅来描写萨沃纳洛拉，指出："他实际上是最不适合于做这种工作（指国家管理——笔者注）的人。他的理想是一个神权国，在那里边所有的人都以神圣的谦卑服从于不可见的上帝，而一切情欲的冲突甚至于根本就不会发生。他的整个精神都写在'市政厅大厦'上边的那个铭刻里边，铭文的实质就是他早在1495年所提出和他的党徒在1527年所庄严地再次倡导的那个箴言：'耶稣基督按照元老院和人民的决定被选为佛罗伦萨人民的君主'。他和世俗事务及其实际情况的关系并不多于任何其他修道院中人。据他看来，一个人只能从事于直接使自己得救的事情。"[12]这与马基雅维里对国家的认识和用务实睿智处理现实事务相比较，形成何等鲜明的反差。

学术界在萨沃纳洛拉研究方面有诸多值得称赞的成果，如：维拉利《萨沃纳洛拉的生平和时代》[13]，该书是维拉利所著但丁、萨沃纳洛拉、马基雅维里三大传记著作之一，其作品在交代历史背景方面做得很充分；罗德《萨沃纳洛拉：一项意念研究》[14]。罗德以萨沃纳洛拉研究见长，此书代表了那个时期的研究水准。罗德将萨沃纳洛拉的心态问题作为研究的核心，这很有见地。确实，萨沃纳洛拉是一位被宗教情感包围着的斗士，又是一位雄辩家，当然也不要夸大其演讲才能。布克哈特认为其演讲的吸引力不在于技巧，而在于人格力量。[15]懂得萨沃纳洛拉的宗教情感，那么他的遁世和出山都可以理解。罗德有这么一段评论："萨沃纳洛拉的生平由这样一种很难被芸芸众生搞清楚的逻辑掌控着。这种逻辑不只是他一以贯之就能决定什么的道理，它是由一种自身即为目的的超级力量发展出来的，并导向某些预定的结果。他对生命的担忧使他找到了适宜的归宿即逃匿于修道院。但结局是这样的，它以无情的逻辑证明了逃离生活无济于事。"[16]另有罗德《文艺复兴时期四位立法家》[17]；马丁斯《萨沃纳洛拉与文艺复兴时期的意大利》[18]。马丁斯长期从事意大利文艺复兴历史的研究，有多种作品享誉学术界。其撰写的《反美第奇家族阴谋事件》等历史作品都有很深的学术涵养，而且文字生动，深得读者好评。《萨沃纳洛拉与文艺复兴时期的意大利》可视作这方面研究的一个新起点。

8. 波利齐亚诺（Angelo Poliziano，1454～1494）

波利齐亚诺是佛罗伦萨人文主义者、诗人和哲学家。曾跟随费奇诺学习柏拉图哲学。由于其希腊语和拉丁语方面的才华，成为美第奇家族科斯莫的儿子皮耶罗的老师。1480年起，成为佛罗伦萨大学希腊语和拉丁语教授。

9. 彭波那齐（Pietro Pomponazzi，1462～1525）

彭波那齐曾在帕多瓦大学学习哲学，并在那里教授哲学。帕多瓦大学是亚里士多德主义的中心。加林称彭波那齐是16世纪最重要的亚里士多德主义者。[①]他的哲学思想核心就是探讨人和人的灵魂问题，写有《论灵魂不死》等作品。

10. 皮科（Giovanni Pico della Mirandola，1463～1494）

皮科生于伦巴底一贵族家庭，是文艺复兴时期佛罗伦萨新柏拉图主义的代表人物之一。克利斯特勒称皮科与费奇诺一起成为佛罗伦萨学园的灵魂。[①]有意思的是皮科还试图在学问中糅合进希伯来和阿拉伯的思想。还认为柏拉图的哲学与亚里士多德的哲学也有一致性。这种调和主义是为了强化他的神秘主义，其最终的目的是为其人的尊严学说进行理论辩护。皮科的代表作就是《关于人的尊严的演说》(*On the Dignity of Man*)[②]，一般的文艺复兴史读本都会遴选该文，可见其影响力。皮科24岁时去了罗马，在那里发表900条论题。这些论题遭到教廷方面的谴责。

11. 本博（Pietro Bembo，1470～1547）

本博是威尼斯地区的人文主义者，曾任教皇利奥十世的拉丁语秘书。在俗语研究方面成就卓著，写有《俗语论》一书。从1529年起被聘为威尼斯官方史家，并创作12卷《威尼斯史》[②]，该书囊括的时间段为1487年至1513年，是我们了解当时威尼斯和意大利历史的重要参考史料。

12. 卡斯蒂利奥内（Baldassare Castiglione，1478～1529）

人们通常称卡斯蒂利奥内为人文主义者、作家与外交家。他出生在意大利曼图亚附近，并在曼图亚等地接受古典教育。后服侍于曼图亚的贡扎伽宫廷。1524年曾作为教廷大使（nuncio）出使西班牙宫廷。在意大利文艺复兴时期，卡斯蒂利奥内的名声不在马基雅维里之下。卡斯蒂利奥内与马基雅维里一样，对国家的政治权力运作有敏感的意识。只是两人考虑问题的角度不一样：马基雅维里从最高政府首脑的角度思考国家治理，而卡斯蒂利奥内则从政府官员的立场出发研究如何承担国家权力运作的责任。将马基雅维里和卡斯蒂利奥内两人对国家权力运作的政治思考结合起来，我们将得到一幅更完整的国家权力运作图景。卡斯蒂利奥内于1528年发表了《廷臣论》㉒，此书与《君主论》可谓相得益彰。在当时和以后的年代里一直声名远扬。伯克《廷臣论的历史影响》㉓对此做了系统梳理。罗德《文艺复兴时期的人》也专列卡斯蒂利奥内进行评论。用今天的政治学眼光来看，卡斯蒂利奥内在《廷臣论》里想要表达的就是当一名政府官员必须具备哪些职业素质。简言之，官员要会说话，行为要得体。布克哈特指出："受过教育的人对于语言的社会价值的意见，在《廷臣论》一书里充分表达出来。"㉔当然官场上的说话还只是廷臣素质的一个方面，廷臣作为一个特殊的人才还应当具备人文主义者所应当具备的各种才气。卡斯蒂利奥内认为，只有通过人文学科的学习才能够使一个官员获得官场所需的职业素质和技能。㉕廷臣甚至要学会文娱、体育之类的项目如赛跑、跳高、游泳、摔跤、舞蹈、骑马等。另外要精通几国语言，懂得文学和美学的要义。总之，廷臣必须是一个完美的人。这样一种廷臣不免有几分高贵。对此，卡斯蒂利奥内曾表达出一种很具现代西方政治意识的行政官员心态，即官员要看重自己的职业。从官员和国家、统治者的关系看，国家和统治者只是在使用官员的职业技能，而官员、公务员则必须对自己的职业负责，尽可能完美地发挥自己的才能，在政治实践的关键场合甚至凭借自己的独立判断而自由地表达意见。确切地讲，廷臣的职业精神远在政治依附关系之上。

13. 奎恰迪尼（Francesco Guicciardini, 1483～1540）

奎恰迪尼青年时代曾在佛罗伦萨、帕多瓦等地学习民法。在美第奇家族教皇利奥十世和克莱门特七世在位时受到重用。奎恰迪尼像马基雅维里一样写有佛罗伦萨的专史。另著有《意大利史》《关于佛罗伦萨政府的对话》等。他是那个时代颇有名声的政治家，在著作中带着政治家的眼光和时代的眼光。研究马基雅维里的思想十分有必要对照奎恰迪尼的思想同时进行。

14. 阿雷蒂诺（Pietro Aretino, 1492～1556）

阿雷蒂诺的文笔机智又隽永，其各种体裁的作品在当时都很受欢迎。阿雷蒂诺也是混迹官场的老手，很懂得如何耍政治手腕。其在美第奇统治下的佛罗伦萨和教皇利奥十世的教廷受到很高的礼遇。后来又到威尼斯广交朋友。跟法国国王也有联系。历史就是这样：有时真正发挥政治作用的并非是人们想象中的政治理论家，相反，一些看似没有系统政治理论观点的人物却因其独特的人格魅力和社交能力而光芒四射。罗德将散文家阿雷蒂诺当作文艺复兴时期4位立法家之一，其中自有其道理。阿雷蒂诺的政治观点散见于各种文稿中，如他的书信常常表达出基本的政治态度。在致法国国王的书信中他告慰对方会从失去中赢得一切，"人们更乐于去赞美能忍受挫折的人，而对满足于成功者嗤之以鼻。最高的心灵是能够忍受灾难的人。逃避灾难是低级的和卑鄙的"。如果将阿雷蒂诺的许多书信进行"洗牌"，我们不难整理出许多马基雅维里式的警句和思维样式。布克哈特对阿雷蒂诺的人品、著述、思想亦有十分生动的描述："阿雷提诺从完全公开发表上获得了他的一切利益，这在某种意义上可以被看作是近代新闻业的前辈。""和18世纪的尖刻辛辣的作家们相比，阿雷提诺的有利条件是他不受原则之累，既不受自由主义、博爱主义或任何其他道德之累，甚至也不受科学之累；他的全部货色只有一句有名的格言，'直言招恨'。因此，他从来也没有感到自己处在伏尔泰的作伪的地位,以至于像他那样不得不否认《处女》系他所写,并一生都隐匿他是其他作品的作者的身份。阿雷提诺在他的一切著作上都署上自己的名字,并且公然以他那臭名远扬的《论术》一书为光荣。他的文学天才,他的清新而才气焕发的风格,他对于人和事物的多方面的观察,将使他在任何情况下都能成为一个可观的作家,虽然他缺少孕育一部真正艺术作品,如一部真正动人的喜剧那样的力量。无论他的攻讦是非常粗暴还是非常文雅,它们都同样具有一种滑稽的机智,它的美妙程度有时并不亚于拉伯雷的作品。"①这种描述和评论也是对当时人文主义者一般情态的刻画。关于阿雷蒂诺的生平可参见克留夫《神圣的阿雷蒂诺传》②一书。

15. 切利尼 (Benvenuto Cellini, 1500～1571)

切利尼是很有才华的艺术家,但这种才华却被他的自传作品盖过了风头。布克哈特对切利尼的评传似乎说尽了人们想要说的一切。布克哈特以带着点儿激情的口吻说:"本文努托·切利尼的自传在内省方面并不比庇护二世的自传为多。但它却以惊人的真实和详尽的手法描写了整个的人——虽未必出于自愿。本文努托的最重要的雕刻作品都在半完成的情况下毁掉了,作为一个艺术家,他只是在一些特制的装饰品上达到了完美的地步,但在其他方面,根据他的流传下来的作品来判断,他的同时代的许多更伟大的艺术家都超过了他;而作为一个人,他能永远引起人们的兴趣,这实在不是一件简单的事情。当读者时常发现他在自夸或者说谎时,那也并不破坏他给人的印象;那坚强有力的得到充分发展的性格的特征依然保存着。和他相比,我们北方的自传作家们,虽然有更高的旨趣和道德品质,但看来却不像是完整的人。他是一个能够做和敢于做一切事情的人,他有他自己的衡量标准。无论我们喜欢他或不喜欢他,他依然如故地作为一个近代精神的重要典型而活下去。"③切利尼的自传（Autobiography of Benvenuto Cellini）®由英国文艺复兴史研究学者西蒙兹翻译，为人称道，版本不计其数，如 Modern Library 版本等。还有其他各种英文译本。

16. 特莱肖（Bernardino Telesio，1509～1590）

特莱肖曾跟随叔叔安东尼奥·特莱肖学习。安东尼奥非常喜欢古代罗马诗人卢克莱修的《物性论》。后来特莱肖亦撰成《物性论》一书。特莱肖在探讨人的灵魂问题时提出神圣的和世俗的两种灵魂理论，并主张存在着认识神性的智慧和专属感官的智慧之两种智慧说。特莱肖非常重视自然和感觉在认识中的地位。

17. 瓦萨利（Giorgio Vasari，1511～1574）

从某种意义上说，文艺复兴时期的历史是由一批充满激情的文学艺术家书写而成的。无疑，记录和描述那些文艺天才的生平和思想成为那个时期史学创作的主基调。人们通常认为瓦萨利开了近代西方艺术批评史的先河。瓦萨利除了有优美的文笔外，还是著名的画家和建筑师。他曾拜米开朗基罗为师，两人友情终身。其艺术生涯也得到过美第奇家族的支持。瓦萨利写有传世之作《最出色的画家、雕塑家和建筑家生平传记》。该著作初版于1550年，1568年又出版内容大量扩充的版本，为后人提供了大量第一手史料。有各种英文版本，如现代丛书（Modern Library）1960年版本等。一般而言，今人研究那个时期艺术天才的生平和文化环境仍会将瓦萨利的著作当作基本的资料加以运用。目前有中国人民大学出版社和湖北美术出版社等出版社的中文译本。瓦萨利是自然和现实风格的倡导者，在人物和作品的评述过程中其文笔语气既优雅庄重又生动流畅。瓦萨利又是艺术至上论者，他将艺术当作独特的精神世界，并且是有别于科学技术的精神世界，认为艺术只能由充满个体艺术精神的天才来创造。这些想法无疑对以后的唯美主义、艺术至上论、形式主义艺术批评等艺术观都有影响。瓦萨利在《最出色的画家、雕塑家和建筑家生平传记》一书的"序言"中提到,艺术是一种有"创造力的人的行为",它具有"完美性"的特点,是"时间和自然的神圣建筑",只有艺术家才能将完美性呈现出来。⑧例如我们千万别忽视了瓦萨利何以要把契马布埃选为传记第一篇的理由,即契马布埃走到了艺术世界本身中去了,他使绘画艺术得到了新生。笔者以为就是懂得艺术美。当然要到乔托才真正打开了艺术伟大和艺术完美的大门。⑨瓦萨利又认为艺术是个体和群体的互动过程。而且艺术家相互影响,从而形成艺术流派。总体上看,瓦萨利以人物为中心的内容编排方式、以叙述为主体间以评论的写作手法和以丰富艺术情感为基础的艺术世界刻画,这些使其著作成为西方艺术批评的楷模之一。布克哈特从艺术史的角度给予其崇高的评价:"要是没有阿利佐的乔治奥·瓦萨利和他的非常重要的著作,或许我们到今天还完全没有北方艺术史或近代欧洲艺术史。"⑩

18. 帕特里齐(Francesco Patrizi,1529~1597)

帕特里齐对诗歌、修辞、历史等均有研究,著有《诗学》《一般哲学新论》⑪等书。他赞成柏拉图的学说,与先前提到的费奇诺有着相同的哲学思考,即试图将柏拉图主义和基督教神学结合起来。他认为灵魂是精神与形体的中介。

19. 布鲁诺(Giordano Bruno,1548~1600)

布鲁诺生于意大利南部小城诺拉。1562年到那不勒斯接受系统的人文学科训练。布鲁诺曾经为探索神学的信仰框架于1565年入圣多明俄修道院,成为见习修士,翌年转正。布鲁诺从1572年起任教士,后信从卡尔文教和路德教。布鲁诺在个性上有极强的主见。为避免受异端迫害,布鲁诺曾出走修道院,前往罗马;1576年又逃离罗马,四处漂泊,游学于法国、英国和德国;1579年受聘于日内瓦大学。1591年回到意大利后,由于信服哥白尼学说,与天主教正统理论发生冲突。布鲁诺于1592年被捕受审,1600年以异端罪名被判死刑。其哲学思想在《论原因、本原与太一》一书中得到系统的表述。布鲁诺试图从自然本身来说明宇宙万物的生成、结构和变化。在科学思想史方面，如何分辨文艺复兴时期人文主义与科学思想发展之间的关系一直是哲学界和科学界关注的重点。其中布鲁诺的思想最受人重视。然而，布鲁诺对神的信仰是坚定的。另外，他的哲学思想极其复杂，掺杂着各种成分，可以参考叶芝《乔达诺·布鲁诺与秘术传统》[⑩]一书中的研究成果。叶芝是非常富有独创性的文艺复兴思想史研究专家，上引书所表达的观点是，像布鲁诺等文艺复兴时代的思想家，其科学思想，抑或其整个思想体系都渗透着非常浓厚的非科学思想成分。总之，在当时的思想文化界，科学理性还不是一种主导性的力量。或许这就是文艺复兴时期思想文化风格的吸引人之处。就这种风格而言，用"混合物"来形容也许是贴切的。[⑪]

20. 康帕内拉（Tommaso Campanella，1568～1639）

有些词如"乌托邦"后来取得了强势地位。可在文艺复兴时期，还有许多表示对理想社会向往的词汇。康帕内拉《太阳城》向人们展示了另一幅生动的乌托邦乐园图景。太阳城的最高统治者是被称作太阳的祭司，他是世俗和宗教界的一切事务争端的最后裁决者。[⑫]不过他也依据法律来执掌太阳城的权力。按照康帕内拉的设想，人民要过幸福的生活，国家要繁荣富强，就必须有法律。无论是世俗社会的法律还是基督教社会的神圣法律都应当与人的自然本性、与人的理智相协调。康帕内拉说："我们要使基督教徒相信，我们国家里的生活如同基督的生活一样，是符合自然规律的。"[⑫]

注释：

① 人物按出生年代先后排序。

②Marsiglio of Padua, *Defensor minor und De translatione Imperii*, Cambridge University Press, 1993.

③引自凯利：《西方法律思想简史》，王笑红译，北京：法律出版社2002年，第119页。

④参见凯利：《西方法律思想简史》，王笑红译，北京：法律出版社2002年，第128页。

⑤凯利：《西方法律思想简史》，王笑红译，北京：法律出版社2002年，第119页。

⑥Christine de Pizan, *The Book of the Body Politic*, Cambridge University Press, 1994, pp. 4~5.

⑦参见加林：《意大利人文主义》，李玉成译，北京：生活·读书·新知三联书店1998年，第37页。

⑧参见布克哈特：《意大利文艺复兴时期的文化》，何新译，北京：商务印书馆1979年，第135页。

⑨ Lorenzo Valla, *On the Donation of Constantine*, trans. G. W. Bowersock, Harvard University Press, 2007.

⑩塔蒂文艺复兴丛书将费奇诺的《柏拉图神学》(*Platonic Theology*)一书辑为6卷拉英对照本出版。英译者为Michael J. B. Allen和John Warden，由哈佛大学出版社从2001年起分卷出版。

⑪克利斯特勒：《意大利文艺复兴时期八个哲学家》，姚鹏、陶建平译，上海：上海译文出版社1985年，第54页。

⑫布克哈特：《意大利文艺复兴时期的文化》，何新译，北京：商务印书馆1979年，第467页。

⑬P. Villari, *Life & Times of Savonarola*, T. Fisher Unwin, 1889.

⑭Ralph Roeder, *Savonarola: A Study in Conscience*, Brentano's Publishers, 1930.

⑮参见布克哈特：《意大利文艺复兴时期的文化》，何新译，北京：商务印书馆1979年，第465页。

⑯Ralph Roeder, *Savonarola*: *A Study in Conscience*, Brentano's Publishers, 1930, p. 22.

⑰Ralph Roeder, *The Man of the Renaissance*, *Four Lawgivers*: *Savonarola*, *Nachiyavelli*, *Castiglione*, *Aretino*, The Viking Press, 1933.

⑱Lauro Martines, *Savonarola and Renaissance Italy*, Pimlico, 2007.

⑲参见加林：《意大利人文主义》，李玉成译，北京：生活·读书·新知三联书店1998年，第132页。

⑳参见克利斯特勒：《意大利文艺复兴时期八个哲学家》，姚鹏、陶建平译，上海：上海译文出版社1985年，第66~67页。

㉑Pico della Mirandola, *On the Dignity of Man*, Translated by Charles Glenn Wallis, Bobbs-Merrill Company, Inc., 1965. 该选本还收录皮科的另两个短篇即：*On Being and the One*, Translated by Paul J. W. Miller 和 *Heptaplus*, Translated by Douglas Carmichael。

㉒Pietro Bembo, *History of Venice*, Edited and translated by Robert W. Ulery, Jr., Harvard University Press, Vol. Ⅰ, 2007; Vol. Ⅱ, 2008; Vol. Ⅲ, 2009.

㉓B. Castiglione, *The Book of the Courtier*, A new translation by Charles S. Singleton, the Continuum Publishing Company, 1990. 另有：B. Castiglione, *The Book of the Courtier*, trans. and introd. George Bull, Penguin Books, 1976.

㉔P. Burke, *The Fortunes of the Courtier*, The Pennsylvania State University Press, 1995.

㉕布克哈特：《意大利文艺复兴时期的文化》，何新译，北京：商务印书馆1979年，第373页。

㉖B. Castiglione, *The Book of the Courtier*, in *The Italian Renaissance*, ed. Gundeersheimer, Prentice-hall, Inc., 1965, pp. 150, 159.

㉗F. Guicciardini, *The History of Italy*, Princeton University Press, 1984.

㉘F. Guicciardini, *Dialogue on the Government of Florence*, Cambridge University Press, 1994.

㉙Ralph Roeder, *The Man of the Renaissance*, *Four Lawgivers*: *Savonarola*, *Machiavelli*, *Castiglione*, *Aretino*.

㉚笔者译自 *The Letters of Pietro Aretino*, trans. T. C. Chubb, The Shoe String Press, Inc., 1967, p. 20.

㉛布克哈特：《意大利文艺复兴时期的文化》，何新译，北京：商务印书馆1979年，第161页，第162页。

㉜J. Cleugh, *The Divine Aretino*: *A Biography*, Stein and Day, Publishers, 1966.

㉝布克哈特：《意大利文艺复兴时期的文化》，何新译，北京：商务印书馆1979年，第330页。

㉞中文译本题名《致命的百合花：切利尼自传》，平野译，石家庄：河北教育出版社2002年。

㉟Giorgio Vasari, *Lives of the Artists*, Vol. I, trans. George Bull, pp. 25, 31.

㊱Giorgio Vasari, *Lives of the Artists*, Vol. I, trans. George Bull, p. 55.

㊲参见布克哈特：《意大利文艺复兴时期的文化》，何新译，北京：商务印书馆1979年，第327页。

㊳参见克利斯特勒：《意大利文艺复兴时期八个哲学家》（姚鹏、陶建平译）中的评论。

㊴F. A. Yates, *Giordano Bruno and the Hermetic Tradition*, The University of Chicago Press, 1964.

㊵试图完整地呈现布鲁诺生平和思想的著述还有很多，如 Hans Ulbrich and Michael Wolfram, *Giordano Bruno：Dominikaner, Ketzer, Gelehrter*, Eichborn Verlag, 1991; I. L. Horowitz, *The Renaissance Philosophy of Giordano Bruno*, Coleman-Ross Company, Inc., 1952; Michel, *The Cosmology of Giordano Bruno*, Cornell University Press, 1973, 等等。中文有关布鲁诺的著、评有：布鲁诺《论原因、本原与太一》（汤侠生译、商务印书馆1984年）、布鲁诺《举烛人》（梁禾译、社会科学文献出版社1999年）、汤侠生《布鲁诺及其哲学》（上海人民出版社1985年）、施捷克里《布鲁诺传》（侯焕闳译、生活·读书·新知三联书店1986年）等。

㊶参见康帕内拉：《太阳城》，陈大维等译，北京：商务印书馆1980年，第7页。

㊷康帕内拉：《太阳城》，陈大维等译，北京：商务印书馆1980年，第65页。

十 亚平宁半岛外文化人掠影

(一) 德国、尼德兰地区

1. 伊拉斯谟 (Desiderius Erasmus, 1466~1536)

伊拉斯谟生于鹿特丹一个神父家庭,人称鹿特丹的伊拉斯谟,茨威格《一个古老的梦——伊拉斯谟传》[①]给我们讲了许多其生平故事。伊拉斯谟青年时代入修道院,1492年成为神父;1495年去巴黎深造,开始接触一些人文主义者。他到处游学访问,茨威格称其为"超国家"的人。1499年,伊拉斯谟去了英国,与莫尔结识。作为人文主义者,伊拉斯谟对古典希腊罗马文化的造诣很深,1505年至1506伊拉斯谟编订《新约全书》希腊文本。1506年赴意大利,因对教会不满,于1509年返回英国。也就是在1509年,伊拉斯谟发表了具有世界影响力的文学作品《愚颂》。1511年至1514年任教剑桥大学。1514年,修道院要求伊拉斯谟回院。1516年,伊拉斯谟发表《希腊语圣经新约批注》,对当时的宗教理论进行了批判;同年回荷兰,后任查理五世顾问;1521年,前往巴塞尔。此时欧洲宗教改革运动风起云涌,伊拉斯谟对路德的主张持批判的态度。1524年,伊拉斯谟撰写《论自由意志》,并同路德通信,批评路德的学说。伊拉斯谟1536病逝于巴塞尔。

伊拉斯谟思想的核心是追求理性真理和达到对上帝的真正信仰。伊拉斯谟深受柏拉图思想的影响,[②]认为真正意义上的人必须使精神超脱肉体的束缚并使精神走向完全属于其自身的崇高境界。[③]同时,他确信神的宽仁,认为神会将信仰作为礼物赠予人。神的仁慈将帮助人们达到依靠人自身的力量而无法达到的目的、任务。[④]由此,一个充满激情的人便上升到神圣的境界,伊拉斯谟将其视为"愚"(Folly),或"出神状态"(Ecstasy)。

参考书目:

● Allen, P. S., *The Age of Erasmus*, Russell & Russell, 1963.

● Erasmus, *Ten Colloquies*, translated with introduction and notes by Craig R. Thompson, the Liberal Arts Press, Inc., 1957.

● Erasmus, *The Education of a Christian Prince*, Cambridge University Press, 1997.

● Eden, Kathy, *Friends Hold All Things in Common: Tradition, Intellectual Property, and the Adages of Erasmus*, Yale University Press, 2001.

● *The Praise of Folly and Other Writings*, Selected, trans. and ed. Robert M. Adams, W. W. Norton & Company, Inc., 1989.

● 伊拉斯谟：《愚人颂》，许崇信、李寅译，南京：译林出版社2010年。

● 赫伊津哈：《伊拉斯谟传：伊拉斯谟与宗教改革》，何道宽译，桂林：广西师范大学出版社2008年。

2. 小荷尔拜因

小荷尔拜因（Hans Holbein d.j.，1497～1543）是德国画家，交游甚广。与伊拉斯谟、莫尔等人文主义者都有接触，还当了亨利八世的宫廷画师。他的《亨利八世像》《爱德华六世像》《伊拉斯谟像》《莫尔像》《莫尔家庭像》《托马斯·克伦威尔像》《丹麦的克利斯丁娜像》等堪称那个时期肖像画的经典。

小荷尔拜因：《外交家》

从历史研究的角度看，小荷尔拜因的艺术生涯和艺术创作就是一面形象化的文艺复兴历史之镜，细细追求的话必能得出大学问来。例如小荷尔拜因的画作《外交家》就向世人提供了那个时代的许多历史信息。

参考书目：

● North, John, *The Ambassadors' Secret：Holbein and the World of the Renaissance*, Phoenix, 2004. 围绕小荷尔拜因画作《外交家》（描绘两位在法国亨利八世宫廷中的法国外交家的形象）

中的背景、器物等展开论述，揭示文艺复兴时期精神和文化世界的秘密。进行文艺复兴时期的科学技术史研究如果遗漏了对这幅画的分析，那肯定是一种缺憾。

● Welson, Derek, *Hans Holbein: Portrait of An Unknown Man*, Phoenix, 1997.

3. 鲁本斯（Peter Paul Rubens，1577～1640）

鲁本斯的身上仍散发着人文主义的情趣。他10岁时就在安特卫普学习拉丁文。后随范·文等画家学画。鲁本斯艺术生涯中的大事是从1600年至1608年期间对意大利的造访。对威尼斯画派、艺术三杰等的作品做了潜心研究。1609年鲁本斯回到安特卫普后积极从事艺术创作，各种订单雪片般飞来，应接不暇。鲁本斯又以外交家的身份在佛兰德、荷兰、英国、西班牙之间进行各种斡旋活动，同时应国王、名门贵族等邀请奉献艺术才华。今天，人们可以在英国的温莎城堡等著名博物馆看到画家的真迹。鲁本斯受风格主义的影响很深，又善于吸收各种画派的长处，对人和自然风景融为一体的艺术处理极富感染力。其《耶稣上十字架》和《耶稣下十字架》等画作闻名遐迩。鲁本斯善用技巧，尤其在构图和色彩上运用自如，因此对于各种题材（神圣宗教的、奔放情感的等）都运思自如，十分得体动人。简言之，他的作品在动感画面上将复杂的内心活动委婉道来。这已经是巴洛克的画风了。如《帕里斯的裁判》一画中，鲁本斯将故事情节中联想最广阔的一幕捕捉到，然后用和谐的布局、色彩、光线及各具表情的人物形象布置画面。画中站着三个女神弥涅耳娃、维纳斯和朱诺，中间为维纳斯。树下坐着的是特洛伊国王普里阿摩斯的儿子帕里斯。帕里斯身后站着的是信使神。信使神要帕里斯把苹果赠给其认为最美的一个女神。帕里斯伸出右手欲把苹果献给维纳斯。这期间天空中有一复仇女神看着这一切，它暗示一出悲剧即将来临。原来帕里斯把苹果献给维纳斯，维纳斯

（即海伦）则嫁给帕里斯，它象征着古代世界异常残酷激烈的特洛伊战争爆发的起因。这种悲剧的主题与巴洛克艺术特有的富于戏剧性、富于流动感的画面相映衬，能扣住读者的神思。

参考书目：

● Burckhardt, Jacob, *Recollections of Rubens*, Phaidon Publishers Inc., 1950. 布克哈特所撰写最长的艺术家人物评传。

● Lawson, Susan, *Rubens*, Chaucer Press, 2006.

● Varsharskaya, Maria and Xenia Yegorora, *Peter Paul Rubens: The Pride of Life*, Grange Books, 2003.

● Wedgwood, C.V., *The World of Rubens*: 1577～1640, Time-life Books Inc., 1967. 该书虽有普及性的一面，仍长期受到学界关注。

鲁本斯：《帕里斯的裁判》

4. 其他

●艾克（这里指艾克兄弟中的扬·凡·艾克，Jan Van Eyck，c.1385～1441）属于尼德兰南部或佛兰德地区的画家，艺术史经常要提到他的代表作《阿尔诺芬尼夫妇像》，该画将人间的婚姻和周围环境中的神秘气氛融为一体。⑤

●扬斯（Geertgen tot Sint Jans，c.1460～1495）属于尼德兰北方画家。代表作是《旷野中的施洗者约翰》，画作中周围乡村的优美风景和席地而坐的施洗者约翰互为一体，宣扬孤独、沉思的境界和氛围。

●丢勒（Albrecht Duerer，1471～1528）是德国画家，在他的自画像中人们能够体察到人神融合的境界。其创作一边是神圣题材如《书斋中的圣哲罗姆》等，另一边就是现实生活（如他的农民题材画作等）。

●布吕盖尔（这里指老布吕盖尔，Pieter Bruegel I' Ancient，c.1525～1569）属于艺术视野极其宽广的尼德兰艺术家，其作品有《死神的凯旋》《伯利恒的婴儿虐杀》《雪中猎人》《婚宴》《瞎子的寓言》《乞丐》等。这些作品将宗教、风景、现世等题材做了发挥，也形象地展示了当时的社会风貌。这些作品都应当进入历史学的研究视野。⑥

（二）法国与西班牙

1. 拉伯雷（Francois Rabelais，c.1494～1553）

拉伯雷生于法国都兰一律师家庭。1520年时成为圣方济会的修士，后为了学习古典作品的缘故又转入圣本笃修道院。曾在普瓦蒂埃大学研习法律，后又去巴黎大学求学。拉伯雷知识广博，尤精医学。1831年在蒙彼利埃大学获医学学士学位。翌年去里昂行医。

1537年获医学博士学位。拉伯雷在法国结识了许多人文主义者，与伊拉斯谟亦有通信交往，且受《愚颂》的影响很大。1532年，拉伯雷受民间有关"巨人"故事的启发，开始撰写《巨人传》。1532年发表"庞大固埃的故事"；1534年又发表"高康大的故事"，后合为《巨人传》。由于宗教改革所引发的一系列问题，《巨人传》的第3部和第4部直到1548年才完成。但仍受到查禁。拉伯雷本人因在国外而逃过一劫。《巨人传》第5部是作者去世后由他人根据遗稿撰成，发表于1564年。《巨人传》故事内容丰富、形式生动，又有百科全书般的知识内涵，在当时流传甚广。《巨人传》是法国文学史上第一部长篇小说。

读拉伯雷的作品会感到谐趣风格的吸引力，也会觉得零零散散，无从把握，其实这正是作品的独特性之所在。巴赫金指出："拉伯雷一向使很多人敬而远之。而更多的人则根本没有理解他。实际上，拉伯雷的那些形象迄今在很多方面仍然是迷。"[①]诙谐的思想文化基础在于：生命的本真状态往往于无拘无束中流露，人们想看透它又觉得难以看透，故只能将常态和怪诞结合起来，合成一种诙谐的方式去捕捉生命的无拘无束的流露。常态表示一种戴着面具的、为多数人接受的言行；怪诞则表示撕破面具后、在多数人眼里也许是一种扭曲的言行。这里的关键是，怪诞的是非曲直不可能被断定。故诙谐的态度及创作样式是一种不下结论的、以夸张和漫不经心的手法去表现人生各个层面的观照和书写。

参考书目：

● Febvre, L., *The Problem of Unbelief in the Sixteenth Century—The Religion of Rabelais*, trans. Beatrice Gottlieb, Harvard University Press, 1982. 年鉴学派的代表作之一。

● France, A., *Rabelais*, Henry Holt and Company, 1929.

● 巴赫金：《拉伯雷的创作与中世纪和文艺复兴时期的民间文化》（载于《巴赫金全集》第 6 卷，河北教育出版社 1998 年）。

● 拉伯雷：《巨人传》（全译本），成钰亭译，上海：上海译文出版社 1981 年。

2. 蒙田（Michel Eyquenm de Montaigne，1533～1592）

蒙田出生于一绅士家庭。早年受过很好的人文教育，后主修法律。从 1557 年到 1570 年任波尔多地区的法律顾问。1568 年，其父辞世，蒙田继承了家业，旋即于 1570 年辞职，回到自己的庄园。此后 22 年间，蒙田倾其全部精力于文学创作。1580 年发表其随笔集的前二部，1588 年发表第三部。蒙田也以随笔集闻名于世。

蒙田认识论的基石是自然和情感。就人而言，即使情感的驱使带着一丝盲动性也必须真诚地听命于情感。也许在盲动性里蕴含了人的自然本性的全部意义。⑧这一点可以说是蒙田哲学的基础。正因为情感多变，总体性的人又太复杂，所以人总是表现出偶然的特性。⑨然而遵循自然本性而生活，这是与神的旨意相一致的，也是判断蒙田怀疑主义时又一值得重视的方面。像蒙田这样一个始终不违背传统力量的作家，其怀疑论不可能导致无神论；相反，始终留心着为神保留一个天地。⑩通过怀疑，蒙田试图了解一个完整的人或总体的人。蒙田认为只有一个完整的人才真正配得上与上帝的交流。没有这个完整的人，那么连祈祷也会丧失真实性，进而丧失正当性。⑪只是这个完整的人的本性尚未被充分认识，而要认识这个人的本性要比认识神的本性还要困难。⑫所以要带着怀疑和批判的目光来审视人。这就是蒙田随笔集洋洋百万字的核心所在。实际上，蒙田提出了富于近代意义的哲学命题，即人首先要认识人自己，然后才谈得上对其他的认识。然而对于人自己，蒙田问："我知道什么呢？"

参考书目：

● Lowenthal, Marvin, Selected, arranged, prefaced and newly translated, *The Autobiography of Montaigne*, George Routledge & Sons, LTD., 1935.

● *The Essays of Montaigne*, trans. E. J. Trechmann, The Modern Library, 1946.

● 博克：《蒙田》，孙乃修译，北京：工人出版社 1985 年。

●《蒙田随笔全集》，潘丽珍等译，南京：译林出版社 1996 年。

3. 塞万提斯（Miguel de Cervantes Saavedra，1547~1616）

16、17 世纪是西班牙文学的黄金时代。塞万提斯是这个时代的代表。他留下了享誉世界文坛的名著《堂吉诃德》。塞万提斯一生充满坎坷的经历：在一次海战中左手致残，后又被海盗劫持，囚禁在阿尔及尔有 5 年之久。后被赎回。以后的生活也一直未见好转。正是在这种颠沛流离的生活境遇中，塞万提斯开始了《堂吉诃德》的写作。作品的上卷于 1605 年发表，随即被译成英、法等国文字。1615 年，《唐吉诃德》下卷出版；塞万提斯于翌年病逝。

从表面上看，塞万提斯笔下的堂吉诃德有着疯疯癫癫的外表，行为举止逗人发笑，但作者在堂吉诃德的身上也寄托着自己的理想。首先，堂吉诃德是有学识的绅士，早在当骑士前就饱读经典，知识广泛。其次，堂吉诃德是一个有理想的男人，他想济世救人。再次，堂吉诃德又是为了理想、为了"正义"而勇往直前的斗士。最后，堂吉诃德是品德高尚的君子。更深层的含义是，与中世纪社会相适应的并用中世纪的标准配备而成的游侠骑士角色早已跟不上时代的步伐，堂吉诃德形象是个人和时代悲剧的出演。

参考书目：

● 塞万提斯：《堂吉诃德》，杨绛译，北京：人民文学出版社 1987年。

● 《塞万提斯全集》（共8卷，其中第1卷"诗歌和戏剧"、第2卷"喜剧"、第3卷"喜剧"、第4卷"幕间剧和小说"、第5卷"警世典范小说集"、第6卷"《堂吉诃德》上"、第7卷"《堂吉诃德》下"、第8卷"贝雪莱斯和西吉斯蒙达历险记"），北京：人民文学出版社 1996年。

● 朱景冬：《塞万提斯评传》，天津：百花文艺出版社 2009年。

（三）英吉利岛国的文学世界

1. 莫尔（Thomas More，1478～1535）

托马斯·莫尔是一个在理想世界和现实世界的矛盾冲突中走完悲剧人生的英国人文主义者。莫尔生平可概括为如下事迹：他的家庭有基督教徒虔诚的氛围；曾被安顿在坎特伯雷大主教、学识渊博的莫顿家里，受到莫顿的熏陶和抬举；1492年进牛津大学学习，受到新柏拉图主义者科雷特等人的指导；1496年进林肯法律大学研习法律；1502年成为律师，并在林肯大学任教；1504年成为下议院议员，此期间莫尔曾在议会拨款问题上顶撞过亨利七世，父亲受累，莫尔被迫脱离政治；1509年，亨利八世继位，伊拉斯谟到莫尔家做客；1516年出版《乌托邦》；1523年在大主教沃尔西推荐下成为下院议长；1529年成为大法官；1534年因反对亨利八世的婚姻被打入伦敦塔；1535年莫尔以叛国罪的罪名被砍头。托马斯·莫尔对人文主义充满兴趣,对宗教改革不怀任何好感,对官场直言行事,对市民生活带着一份留恋,这些就是一个复杂的思想家的特征。莫尔思想体系的核心是要塑造一个完整的人——一个有美德、有品行的人,一种能听从自然理性召唤的人。而要实践上述品行,其首要任务就是要笃信上帝。[13]所以从总体上看,莫尔是一位对基督教神圣天国保持虔诚信仰的人文主义者。

莫尔代表作《乌托邦》的拉丁文名是 *Utopia*,该词由莫尔自撰而成,它得自希腊文,其原意是"无何有之乡"。《乌托邦》出版后曾被译成多国文字,广为流传。对《乌托邦》一书及乌托邦社会主义的各种解释和批评也成了政治科学和政治社会实践的中心议题之一。

参考书目:

● Ackroyd, *The Life of Thomas More*, Anchor Books, 1999.

● Chambers, R.W., *Thomas More*, The Bedford historical Series, 1957.

● *Complete Works of St. Thomas More*, Yale edition.

● Marius, R.D., *Thomas More -A Biography*, Alfred A. Knopf, Inc., 1985.

● Roper, *Life of More*, Everyman's Library, 1906.

● *Sir Thomas More Utopia*, trans. and ed. Adams W.W. Norton and Company, 1992.

2. 培根(Francis Bacon,1561~1626)

培根曾在英国剑桥大学接受教育,研修法律。1584年进入议会。在伊丽莎白一世和詹姆斯一世当政时期曾得到过多项重要的职务，1618年成为上院议长。1621年因贪污问题而被免职。往后的生活主要从事哲学、文学的写作。培根于1620年发表《新工具》，认为根据实验科学可以引领我们求得真正的知识。在去世前一年，培根的随笔集发表。

培根一直在思索人的整体认识结构问题及知识发生发展的方式、限度问题。培根在《新工具》的"序言"中明言，坚决反对在知识论上的独断看法，"似乎人们先天地就认识自然界的法则，并以此法则去推断其他认识"[14]。在培根的心目中，古典时代的亚里士多德认识逻辑是有缺陷的。亚里士多德强调经验的归纳总结，试图由经验的个案归纳出普遍的原理。这种想法在有限的经验范围内是合理的。但在无限的事例和经验面前就会露出破绽。培根认为，当我们对一个命题进行定义、甚或对世界进行认识时，不仅要从肯定的方面加以论证，还要从否定的方面做出确证。《工具论》中用"存在表"和"缺乏表"来说明以上问题，也就是说要注意认识的必要和充分条件。例如阳光反映出"热"的因素，但同样是光，月光却没有使人感受到热。这样，我们在定义"热"时就得把光排除在外。于是我们说热是"一种向外扩张而又受到限制，竭力以较小粒子的方式向外释放的运动"[15]。当然，培根的这种关于认识的想法也会遇到"认识穷尽"方面的问题。显然培根的认识逻辑难以克服此缺陷。尽管如此，培根的认识论试图告诉人们，所谓认识事物的原因、形式等，这其实就是指把握一个事物的存在结构。此想法无疑对科学认识有积极的启示意义。培根希望人们像蜜蜂那样将经验和理性结合起来，从而使认识日臻完美。[16]

参考书目：

● Bowen, *Francis Bacon*: *The Temper of Man*, Little, Brown and Company, 1963.

● Mathews, Nieves, *Francis Bacon: The History of a Character Assassination*, Yale University Press, 1996.

● *The Works of Francis Bacon*, London, 1826.

● 余丽嫦:《培根及其哲学》,北京:人民出版社1987年。

● 昆顿:《培根》,徐忠实、刘青译,北京:中国社会科学出版社1992年。

● 培根:《新工具》,许宝骙译,北京:商务印书馆1984年。

3. 莎士比亚(William Shakespeare,1564~1616)

莎士比亚出生于英国沃里克郡的斯特拉斯福市。7岁时进该市一所文法学校就读,在校期间接触了大量古典文学作品,后辍学回家。由此可知,莎士比亚的学历并不高。他于18岁那年成婚。22岁那年(1586年)离开家乡去伦敦谋生。在伦敦,莎士比亚干过马夫、清洁工之类的杂役,后去剧团跑龙套。这期间转机终于来了,莎士比亚结识了贵族青年扫桑普顿,这位对文学艺术有特殊爱好的贵族为莎士比亚的创作生涯提供了各种帮助。莎士比亚也相当勤勉地投入剧本创作。同时加入了"海军大臣供奉"剧团。后又加入"宫廷大臣供奉"剧团。所有这一切不仅为莎士比亚敞开了发挥才能的天地,也大大改善了其生活境遇。1613年,莎士比亚所从事演出活动的环球剧场毁于大火。不过此时的莎士比亚已功成名就,于是还乡过平静的生活。1616年4月23日,莎士比亚告别人世,葬于当地三一教堂的墓地,其墓碑上有这样几行字:"好朋友,请看在耶稣的分上/莫动黄土下的尸骨/让我安息者上天赐福/移我尸骨者永受诅咒。"

与古希腊的悲剧作品一样,莎士比亚的笔下也有神在注视着人类,并将神转化为命运的形式,通过命运来关照人、支配人,这种神和命运是不可知的。《罗密欧与朱丽叶》中处处体现了上述命运观。开场诗直接点出主题:"是命运注定这两家的仇敌。"[②]为了回答命运问题，作为人文主义者的莎士比亚将命运与现实的人性关联起来，以便用人性的手段去反抗命运。在莎士比亚看来，所有的人性都充满悖论，很难说人性的对立双方谁占据绝对的优势。人的自然感性生命既孕育爱情，也生发贪欲、邪念；人的智慧既闪耀着对真、善、美的鉴别力，也充塞着诡谲、狡诈；如此等等。在罗密欧的眼里，爱情是"憔悴的健康，永远觉醒的睡眠，否定的存在"，是"最智慧的疯狂"。⑬正是人性的这种状况决定了用人性反抗命运没有任何规章可寻，没有任何前景可以预测。如果真有什么结局的话，那就是毁灭性。所以在莎士比亚的作品里，主人公总是无奈地站在人生的两个极端：一边是理想的正义和爱情；另一边则是现世的恶和冷酷。在《哈姆莱特》里，争议和阴谋同亡，而天上的幸福和人间的冷酷则依然如故。莎士比亚也想为正义、爱情写一些能够让人宽慰的结局，喜剧《威尼斯商人》的结局大概就是这种构想的产物。然而即使是如此一幕喜剧，莎士比亚也没有使胜利展开得令人信服。虽然最后鲍西亚使用了一点儿理智的技巧而大功告成，取得了法庭上的胜辩，但稍加分析就不难发现，鲍西亚在当时特定的情景下对那份契约所作的逻辑推理，其实是玩弄了一种法律的诡辩。⑭莎士比亚的整个创作过程是在找寻某种人生的答案。但答案何在？莎士比亚不清楚。这就使莎士比亚的整个创作过程也成了一幕人生悲剧，也只有从整个创作过程看莎士比亚的悲剧才能发现其中的真谛。

虽然悲剧精神渗透在莎士比亚作品的始终，但人们从这种悲剧精神中最能感受到的是莎士比亚对人性之爱，对人性中的真、善、美寄予无限的希望。

参考文献：

● Adams, J. Q., *A Life of William Shakespeare*, Houghton Mifflin Co., 1923.

● Lee, Sidney, *A Life of William Shakespeare*, The Macmillan Company, 1925. 19世纪最权威的著作。

● Rosen, William, *Shakespeare and the Craft of Tragedy*, Harvard University Press, 1967.

● *Shakespeare's England*, by the Editors of Horizon Magazine, Cassel, 1965.

● Zito, George V., *The Sociology of Shakespeare*, Peter Lang, 1991.

● Wells编：《莎士比亚研究》，上海：上海外语教育出版社2000年。

● 《莎士比亚全集》，朱生豪等译，北京：人民文学出版社1978年。

4. 弥尔顿（John Milton，1608～1674）

弥尔顿生于伦敦一银行家的家庭。弥尔顿的家庭中弥漫新教的气息。弥尔顿1615年入剑桥大学基督学院学习，毕业后博览古典作品；1638年去意大利拜访软禁中的科学家伽利略。1649年，英王查理一世被处死，弥尔顿被新政府任命为外交秘书。3年后，年仅41岁的弥尔顿双目失明。弥尔顿于1651年和1654年先后用拉丁文撰写《为英国人民声辩》和《再为英国人民声辩》两本书，论证人民完全有权处死查理一世这个暴君。弥尔顿于1660年发表《建设自由共和国的简易办法》这篇文章，希望挽救革命，却因此而被逮捕。经人说情后保释出狱。从1667年至1671年，弥尔顿先后发表《失乐园》《复乐园》和《力士参孙》三部文学作品。1674年11月8日，这位思想的斗士离开人世。

弥尔顿在《失乐园》中塑造了一个象征人的意志和力量的形象，即大魔王撒旦。撒旦敢于向最高的权威上帝挑战。这种挑战的勇气来自于人所具有的个性，其中有自然的人性，也有存在于人身上的神性。这里指明了一个道理：世界上的一切都有其存在的道理，人世间的存在也有其存在的道理。天上的威权不一定能管得住人间的事情。弥尔顿通过撒旦的形象告诉世人，我们要凭人自身的力量去破坏旧的秩序，创造美好的世界，即使斗争的结果没有达到预想的目标，其过程则是自由意志的体现。弥尔顿在政治思想上极力鼓吹人的自由，认为政府的价值在于充分保障人们的自由。人们根据自然法订立契约转让权利时是从全体人民的自由、安全与福利着眼的。君主以能够实现人民的自由、安全和利益为其存在的意义。倘若君主行为的后果与此相背离，人民就有权用法律来惩罚并废黜他。在弥尔顿看来，法律和人民是至高无上的。从摩西、柏拉图、亚里士多德到使徒保罗，都具有如此思想。[21]弥尔顿反复论证，只有在自由共和国里，信仰自由才能得到充分保护，也只有在自由共和国里，"我们自由的另一方面在于享受公民权利与各按才能得到应有的提升；没有比在自由共和国里享受自由的权利规定得更明确，提升的机会更公开了"[22]。

参考书目：

● *Milton*, compiled by James Holly Hanford, Appleton-Century-Crofts, 1966.

● *Milton Political Writings*, Cambridge University Press, 1991，北京：中国政法大学出版社 2003 年。

● Peter, John, *A Critique of Paradise Lost*, Columbia University Press, 1962.

● Ross, Malcolm Mackenzie, *Milton's Royalism：A Study of the Conflict of Symbol and Idea in the Poems*, Russell & Russell, 1970.

● Rushdy, *The Empty Garden — The Subject of Late Milton*, University of Pitisburgh Press, 1992.

● Schwartz, *Remembering & Repeating: On Milton's Theology and Poetics*, The University of Chicago Press, 1993.

● *The Cambridge Companion to Milton*, ed. Danielson, Cambridge University Press, 1999, 上海：上海外语教育出版社 2000 年。

● 帕蒂森：《弥尔顿传略》，金发燊、颜俊华译，北京：生活·读书·新知三联书店 1992 年。

● 弥尔顿：《失乐园》，金发燊译，长沙：湖南人民出版社 1987 年。

5. 斯宾塞（Edmund Spenser, 1552~1559）等

斯宾塞以歌颂伊丽莎白女王的长诗《仙后》著称于世。他曾是女王宠臣莱切斯特的门客。后在爱尔兰总督格雷手里领得一块封地。另外还创作有一般读者不太熟悉的长诗《牧人月历》（*The Shepheardes Calender*）。斯宾塞不仅崇尚古典文化，还对新柏拉图主义情有独钟。爱、自然、美是其诗歌中经常出现的主题。斯宾塞的诗写得非常幽雅、自然、隽永，所以人们多喜欢将其当作纯正的诗人看待。

其他值得提及的英国文学家还有格林（Robert Greene, 1558~1592）、马洛（Christopher Marlowe, 1564~1593）、多恩（John Donne, 1572~1631）与形而上学派、本·琼生（Ben Jonson, 1572~1637）、伯顿（Robert Burton, 1577~1640）、沃尔顿（Izaak Walton, 1593~1683）、布朗（Thomas Browne, 1605~1682）、哈林顿（James Harrington, 1611~1677）、佩皮斯（Samuel Pepys, 1633~1703）等。

注释：

①参见辽宁教育出版社1998年，第18页。

②Erasmus, *The Praise of Folly*, in *The Essential Erasmus*, selected and newly translated with Introduction and Commentary by John P. Dolan, Mentor-Omega Books, 1964, p. 170.

③Erasmus, *The Praise of Folly*, in *The Essential Erasmus*, selected and newly translated with Introduction and Commentary by John P. Dolan, p. 172.

④Erasmus, *Concerning the Immense Mercy of God*, in *The Essential Erasmus*, selected and newly translated with Introduction and Commentary by John P. Dolan, Mentor-Omega Books, 1964, pp. 239, 245.

⑤参见《佛兰德与荷兰绘画》第7至第8页上的评论。

⑥Emile Michel and Victoria Charles, *The Brueghels*, Parkstone Press International, 2007.

⑦引自《巴赫金文论选》，冬景韩译，北京：中国社会科学出版社1996年，第97页。

⑧参见《蒙田随笔全集》（上卷）（潘丽珍等译）第3章"情感驱使我们追求未来"，译林出版社1996年。

⑨参见《蒙田随笔全集》（中卷）（马振骋等译）第1章"论人的行为变化无常"。

⑩F. Copleston, *A History of Philosophy*, Vol. III, Doubleday, 1993, Chap. XIV, Sect. III.

⑪参见《蒙田随笔全集》（上卷）（潘丽珍等译），第56章"论祈祷"。

⑫参见《蒙田随笔全集》（上卷）（潘丽珍等译），第242页。

⑬参见奥西诺夫斯基:《托马斯·莫尔》,杨家荣、李兴汉译,北京:商务印书馆1984年,第34页。

⑭参见培根:《新工具》,许宝骙译,北京:商务印书馆1984年,第1页。

⑮引自昆顿:《培根》,徐忠实、刘青译,北京:中国社会科学出版社1992年,第100页。

⑯参见培根:《新工具》,引自《西方哲学原著选读》(上卷),北京大学哲学系外国哲学史教研室编译,北京:商务印书馆1981年,第358~359页。

⑰《莎士比亚全集》(第8卷),朱生豪等译,北京:人民文学出版社1978年,第5页。

⑱《莎士比亚全集》(第8卷),朱生豪等译,北京:人民文学出版社1978年,第13页。

⑲ *Asimov's Guide to Shakespeare*, Vol. I, Wings Books, 1970, p.539.

⑳参见弥尔顿:《为英国人民声辩》,何宁译,北京:商务印书馆1958年,第67页。

㉑弥尔顿:《建设自由共和国的简易办法》,殷宝书译,北京:商务印书馆1964年,第39页。

㉒新版如:Edmund Spenser, *The Faerie Queene*, newly edited by Robert Kellogg and Oliver Steele, Macmillan Publishing Company, 1965.

下篇　人文主义学术断想

　　谁都会惊叹：就这二三百年的时间，竟有如此众多的文化巨擘显山露水，争奇斗艳。但我们还需要冷静地询问：在一个基督教传统占统治地位的欧洲文化土壤里，还有哪些养分能将人神关系提升到新的境界，从而催生出既含有传统汁液又充溢着鲜活时代气息的文化果实？或者更明白地问：那些博大的胸怀究竟凭着什么思想的支撑能容得下神、容得下人、容得下自然？正是这种大的融合，把人类最美的文学艺术创作冲动给唤醒了。于是有了但丁、彼特拉克、薄伽丘、达·芬奇、米开朗基罗、拉斐尔等天才和天才创作。以上就是人文主义专题研究的核心问题和真正价值之所在。

提香：《安德里斯岛上的酒神节》

一 分析人文主义的文化视角
——布克哈特的文化史观

19世纪是文艺复兴史作为一个专门研究领域的奠基时期。其中有两个标志性的事件:一是瑞士历史学家布克哈特的《意大利文艺复兴时期的文化》于1860年发表;二是英国历史学家西蒙兹(John Addington Symonds, 1840~1893)的7卷本《意大利文艺复兴史》①在19世纪末适时问世。布克哈特的代表作《意大利文艺复兴时期的文化:一篇论文》从发表至今已有150年。为了完整地了解布克哈特的文化史观,这里先就布克哈特的生平和他的各种文化史、历史著作的撰写、编撰

1847年时的布克哈特

情况做一简要的介绍。

（一）贯穿文化史理念的《意大利文艺复兴时期的文化》结构

布克哈特（Jacob Burckhardt，1818~1897）生于瑞士巴塞尔的一个信奉新教的贵族家庭。从1836年到1843年，布克哈特在巴塞尔大学和柏林大学学习神学、历史学和哲学。曾受业于兰克。受到艺术史家库格勒、温克尔曼和大文豪歌德的影响。其中特别值得一提的是，布克哈特还受到同时代大思想家叔本华的悲观主义影响，与尼采则是忘年交。他从1843年到1893年的近半个世纪里几乎都在巴塞尔大学讲授艺术史和文化史；即使是柏林大学向他发出邀请，让其继任兰克的教席，布克哈特也婉言谢绝。其生前曾发表三部重要的著作：《君士坦丁大帝的时代》(1852)、《意大利艺术指南》(1855)、《意大利文艺复兴时期的文化》(1860)。

布克哈特去世后，其德文版著述编撰、出版情况如下。

(1) 1929年至1934年分卷出版的14卷本，简称"JBGA"本[②]。从第1到第14卷分别是：第1卷《早期论文选》；第2卷《君士坦丁大帝的时代》（已有根据英文版译出的中文版本）；第3、第4卷《意大利艺术指南》；第5卷《意大利文艺复兴时期的文化：一篇论文》，德文原名 *Die Kultur der Renaissance in Italien：Ein Versuch*，后来英译者米德尔莫尔（Middlemore）取英译名为 *The Civilization of the Renaissance in Italy*，而米德尔莫尔的英译是由布克哈特审阅后认可的。显然，在原作者和英译者的心目中，"文化"（Kultur）和"文明"（Civilization）两个概念可以对译。这里有一个情况必须予以说明：德国的史学界长期以来有使用Kultur的习惯，似乎这个词更能反映人的精神创造能力等。布克哈特的著作也体现出喜欢使用Kultur的倾向（下文详论）。布克哈特《意大利文艺复兴时期的文化》的德文版和其他语种的版本还在不断出现。但历史上的盖格尔（Geiger）注释本即莱比锡（E. A. Seeman, 1913）版本和格兹（Goetz）注释本如斯图加特（1922）版本是比较重要的。盖格尔本有比较详细的注释，格兹则以为盖格尔的有些注释并不能代表布克哈特的本意，所以要还较早版本的面貌。但事情并非那么简单。布克哈特与盖格尔有学术交往，而最初经布克哈特认可的英译本又是参照盖格尔本翻译的。按照笔者的想法，我们不妨做这样的认定：即盖格尔本和格兹本都有其特定的版本价值，反映了人们对布克哈特《意大利文艺复兴时期的文化》的历史理解；第6卷《意大利文艺复兴时期的艺术》；第7卷《世界史的思考》（已有根据德文版译出的中文版本）、《历史断想》；第8至第11卷《希腊文化史》；第12卷《意大利艺术史的贡献》；第13卷《古代艺术》《文艺复兴时期的雕塑》《回忆鲁本斯》；第14卷《演说集》。除了布克哈特的书信集、短篇论文和少数几种著作外，大部分重要的著作都已编入。这个本子是以后各种单行本和汇编本的基础。

（2）出版于上世纪50年代的布克哈特著作10卷本[③]。这个本子是在JBGA本的基础上再加以遴选而成，即剔除论文等，保留重要的著作。

（3）C. H. Beck 出版社的布克哈特著作集，共27卷，是到目前为止最全的布克哈特著作汇编本（目前还在陆续编撰出版过程中）。

（4）其他汇编本和各种单行本：《布克哈特书信集》[④]，注意前面有卡凡（Kaphann）的长篇导言；《世界史的思考》[⑤]；《意大利艺术指南》[⑥]；《艺术与文化史讲稿；鲁本斯传》[⑦]；《意大利文艺复兴时期的文化》[⑧]；《希腊文化史》（插图本）[⑨]；《希腊文化史》节选本[⑩]；《意大利文艺复兴祭坛画》，为一8开精美装帧本；《意大利文艺复兴时期的建筑》[⑫]，有黑白色建筑图片和详细注释，该书是布克哈特钟情建筑艺术特别是文艺复兴时期建筑艺术的学术写照，等等。但史家更应注意的是，尽管布克哈特主要是一位艺术史家，其一生的贡献也主要是在艺术史的方面，并注意探究艺术背后的精神所在，但布克哈特始终提醒自己与那些十分注重概念演绎的艺术哲学家保持一定的思想距离。例如在评点古希腊文化时，布克哈特无处不以事例来对形象艺术、诗歌音乐甚至哲学思考等文化现象进行具体的说明考察，同时揭示古希腊城邦政治和民族、宗教、生活的各种特性。这些在《希腊文化史》一书中得到了充分的展示。

《意大利文艺复兴时期的文化》是布克哈特文化史观的一个缩影。因此分析《意大利文艺复兴时期的文化》的篇章结构是理解布克哈特文化史理念的关键所在。

《意大利文艺复兴时期的文化》第一篇题为"作为一种艺术工作的国家"。在布克哈特的笔下，文艺复兴时期的意大利出现了与以往不同的社会景象。布克哈特在进行历史分析时比较注重与人的活动密切相关的国家、文化、宗教等因素。其中文化是人的个性之体现。但人的文化活动又离不开国家、宗教等因素，于是布克哈特就把分析的眼光直接指向当时的国家。布克哈特发现，当时的意大利各个城邦国家有不同于以往的政治形态，也就是各个国家都必须最大限度地发挥国家的功能，以使自己在错综复杂的外交事务和各种政治斗争中立于不败之地。这样，国家的治理便成了一门技艺。这种国家治理不仅体现在政治权力的运作方面，即使像统计这样的具体事情也显示出近代文化的特点，"这种对于事物的统计观点以后在佛罗伦萨得到了更高的发展。它的值得注意的一点是，我们能够一般地看到它与更高的历史形势、艺术和一般文化的联系"⑬。这样的国家类型和功能就给个人才能的发挥创造了非常有利的客观条件。又由于个性在国家政治中的发挥，从而使国家成为活的有机体。布克哈特高度评价马基雅维里在《佛罗伦萨史》中的国家有机体观点，"马基雅维里在他的《佛罗伦萨史》（到 1492 年为止）中把他的出生城市描写成为一个活的有机体，把它的发展描写为是一个自然而独特的过程；他是近代人中第一个具有这种观念的人"⑬。布克哈特通过佛罗伦萨和威尼斯两个典型的近代国家来说明上述观点。

第二篇题为"个人的发展"。第一篇分析国家问题，这既与布克哈特总体的文化史观有关联，又体现了其敏锐的历史眼力。根据上文所述，国家的发展、特征、精神等都关系到个性的发展和个人精神的发展等，于是布克哈特就将分析的重点转向了人、个体。那么当时意大利特定历史情境下的国家和人、个体的关系究竟如何呢？要回答这一问题就必须回到当时国家和个人互动关系中来考察。就人而言，充分表现个性并使人成为完美的个体，这是最为突出的人的精神特征。其外在表现有重视声誉等形式，其内在的思维特点则有机智、讽刺等形式。需要说明的是，布克哈特充分认识到各种机智、诗文的意义和价值，认为这是文化成熟的一种表现。第二篇的篇幅虽短，但却是全书的核心观念之所在，即布克哈特要告诉世人，文艺复兴时期出现了一种新人和新的文化。（详后）

第三篇题为"古典文化的复兴"。布克哈特需要进一步探讨和回答这样一个问题，即那种充分体现个性的、崇尚完美的人的文化之基础何在。于是布克哈特在第三篇中探讨了人文主义问题，认为当时的文化创造者都在古希腊罗马的古典文化中寻求精神的支柱。布克哈特通过古城遗迹、古代著作的搜寻翻译、人文主义的促进者、拉丁文书信等的仿效、近代拉丁诗歌的诞生等多维角度加以诠释。

这里有必要就布克哈特所理解的人文主义问题做些展开，大致可归纳为三个方面：①人文主义首先体现为文化人对古典文化特别是古希腊罗马文化的崇尚，古典文化"在最绝对的意义上被认为是一切知识的源泉"⑮。布克哈特还以翔实的史料描述了人文主义者崇尚古典文化的情景。其中大学和学校中的崇尚古典文化情景尤为突出。②文化人在古典作品中发现纯粹的美的形式,特别是人与自然、人与神和谐美的形式,并以此指导文学艺术创作实践。布克哈特在叙述时经常提到美的形式问题,例如布克哈特在谈到古代神话与当时诗歌创作的关系时指出,那些神话成了诗歌中可以利用的"美的形式"。⑯又例如布克哈特这样评价本波的诗句,认为"本波以最美丽的诗句写出了这个人文主义的纤巧华美的作品,并以一篇能够引起任何诗人的嫉羡的对于维吉尔的致词作结束"⑰。而崇尚古典文化的目的是为了表达个体的精神。③文化人利用古典作品中的知识为现实的社会服务。其历史背景是,"意大利人在十四世纪以前并没有表现出对于古典文化的巨大而普遍的热情来。这需要一种市民生活的发展,而这种发展只是在当时的意大利才开始出现,前此是没有的。这就需要贵族和市民必须首先学会在平等的条件下相处,而且必须产生这样一个感到需要文化并有时间和力量来取得文化的社交世界"⑱。接着布克哈特点出了人文主义文化的实际用途,即"不管怎样,一个人文主义者不论对于共和国或是对于君主或教皇之所以成为不可或缺的,是因为他有两项用途:即为国家草拟公函和在公开而庄严的场合担任讲演"⑲。就此而言,文化人是用新的眼光去看待和接受以往的知识。这种知识的接受就是一种创造,是"新生"。布克哈特说:"文艺复兴不仅是片段的模仿或零碎的搜集,而是一个新生……"⑳像皮科之类的人文主义者甚至呼吁不要片面地崇拜古典文化。㉑

第四篇题为"世界的发现和人的发现"。如果说第三篇着重讲人文主义的内涵和所体现的精神、价值,那么从第四篇开始就要从各个角度研究与人文主义精神相关的历史创造活动。用布克哈特的话讲,"于是他们的思想就转向外部世界的发现,并表达之于语言和形式中"㉒。布克哈特通过"意大利人的旅行""意大利的自然科学""自然美的发现"三章来描述外部世界问题。接着通过"诗歌中对于人的内心的描写""传记""民族和城市国家的描写""人的外貌的描写""生活动态的描写"等章节来说明当时的人文主义者如何用语言等形式来表达自己完美个体的情感世界。这一篇最后一句话"你身上带有一个宇宙生命的萌芽"是一个伏笔,它点出了当时人文主义者为什么会有那么一种思想的力量来冲破以往的精神桎梏并创造出新的文化,这是因为他们找到了思想的武器,即人是一个小宇宙的哲学观。等到全书结尾时,布克哈特就要告诉读者,这种哲学观的思想来源就是新柏拉图主义。(详后)

第五篇题为"社交与节日庆典"。文化反映在广泛的社会层面尤其是社交的层面上。布克哈特试图说明,文艺复兴时期完美自由的人文主义个体精神在社交中得到充分的体现。与黑格尔用绝对理念来构造历史、说明历史不同,布克哈特所理解的人的精神(如完美自由的个体精神等)不是玄虚的说理,而是生动的社会现实。于是就有阶级平等化、生活外表的美化、社交语言、社团、社交家等的描述。甚至人文主义的情趣还体现在家政、妇女地位、节日庆典等方面。

第六篇题为"道德与宗教"。按照布克哈特的文化史观,人的文化创造与宗教有着千丝万缕的内在联系。也就是说,任何一种文化都必须在宗教问题上给出一种态度。如果一种文化无法在宗教问题上形成独特的看法,那么这种文化也是不完整的。布克哈特要通过道德和宗教去追问人文主义精神境界的本质。而事实上人文主义者也确实在宗教观上有自己独到的解释。布克哈特《意大利文艺复兴时期的文化》最后一段话是:"有神论的思想方式的一个主要中心是佛罗伦萨的柏拉图学院,……当中世纪的人们把这个世界看作是一个把教皇和皇帝安置在那里以防止基督之敌到来的涕泣之谷时,当文艺复兴时代的宿命论者们动摇于忽而精神奋发,忽而迷信异端,忽而愚蠢地顺从命运之间时,这里,在这一群优秀的人物中间所主张的学说是:这个有形的世界是上帝以爱来创造的,是在上帝心中先有的一个模型的仿制,上帝将永远是它的推动者和恢复者。人能够由于承认上帝而把他吸引到自己灵魂的狭窄范围以内来，但也能由于热爱上帝而使自己的灵魂扩展到他的无限大之中——这就是在尘世上的幸福。中世纪的神秘主义的回响在这里和柏拉图学说合流了，和一种典型的现代精神合流了。一个关于世界和关于人的知识的最宝贵的果实在这里已经成熟，只是由于这一点，意大利的文艺复兴就必须被称为是近代史的前驱。"㉒笔者对上文稍做解释：人文主义者有明显的异教精神，那么在如此强大的基督教传统文化社会里，人文主义者没有从根本上否定基督教，相反还与神的世界取得某种和谐。那么人文主义者的某些异教精神、人文主义者的人神和谐理想究竟是怎样一种状态呢？人文主义究竟怎样在塑造自己精神世界的同时又不忘记与传统的基督教文化达成谅解呢？布克哈特发现，新柏拉图主义给了人文主义者上述想法的理论基础，"所有这些倾向的结果就是：佛罗伦萨的柏拉图学院有意识地以调和古代精神和基督教精神作为它的目标。这是那个时代的人文主义中一个引人注目的绿洲"㉓。按照新柏拉图主义的理论，即使是上帝创造世界，也要按照一种先定的模型来完成。所以人文主义者思想境界就显得更为开放。这种境界容得下基督教，与基督教的教义相安无事，也容得下其他宗教理论和学说。所以在人文主义宗教理论的背后，我们看到了更广博的一个精神世界或精神安顿之处。进一步讲，人文主义者也能在尘世世界中找到更广阔、更踏实的生存空间。

以上想法使我们清楚地了解到布克哈特研究文艺复兴思想文化现象时的历史思维深度。

（二）文化体现人的个性自由和个人、民族之精神

由上述分析可知，描述并寻找文化创造成果及其原因是《意大

利文艺复兴时期的文化》的主线。这个深层次的因素就是个性自由和民族精神等。布克哈特从以下几个方面来表达自己的观点：说到个人，"我们的任务并非要褒贬谁，而是要在这个时代的一切精力充沛的人物身上来了解时代精神"。"文艺复兴于发现外部世界之外，由于它首先认识和揭示了丰满的完整的人性而取得了一项尤为伟大的成就。如我们所已经看到的，这个时期首先给了个性以最高度的发展，其次并引导个人以一切形式和在一切条件下对自己做最热诚的和最彻底的研究。的确，人格的发展主要在于对一个人自己的和别人的人格的承认上。本书曾谈到古代文学对这两大过程的影响，因为对于个人和一般人性的理解和表现的方法是受到这种影响感染和得到刻画的。但是这种理解和表现的能力仍是那个时代和那个人民所具有的。"说到意大利民族，则其"受想象力支配较任何其他民族为多"。说到具体的城市，"我们现在并不是要写这座著名的城市国家的历史，而只是要对佛罗伦萨人得之于这个历史的精神上的自由和独立做一些说明"。"最高尚的政治思想和人类变化最多的发展形式在佛罗伦萨的历史上结合在一起了，而在这个意义上，它称得起是世界上第一个近代国家。在暴君专制的城市里属于一家一姓的事情，在这里是全体人民们所勤奋研究的问题。那种既是尖锐批判同时又是艺术创造的美好的佛罗伦萨精神。"说到党派，"任何其他意大利城市的党派之争也不像此地这样激烈和起源之早、持续之久。关于这些党争的叙述固为时较晚，但很清楚地证明了佛罗伦萨批判主义精神的优越性"。凡此种种，均围绕个性和精神阐述文化的内涵。

布克哈特之所以看重个性和精神之类的文化因素，个中理由是：布克哈特认为历史是人的历史，人的行为不仅受自然性驱使，还接受思想的指导，具体体现为个性和精神，并通过具体的文化创造活动来体现这种个性和精神。或者说，个性、精神是文化的核心所在。总之，人之所以为人就在于个性、精神和相应的文化。历史研究就是要展现事件表层背后人、民族、国家等的个性、精神和文化。布克哈特又认为，人的个性和精神在文艺复兴以前被诸多虚幻的概念薄雾笼罩住了，而文艺复兴时期的意大利人则试图唤醒人的个性和精神，使人在现实生活中真正找回自己，"在中世纪，人类意识的两方面——内心自省和外界观察都一样——一直是在一层共同的纱幕之下，处于睡眠或者半醒状态。这层纱幕是由信仰、幻想和幼稚的偏见织成的，透过它向外看，世界和历史都罩上了一层奇怪的色彩。人类只是作为一个种族、民族、党派、家族或社团的一员——只是通过某些一般的范畴，而意识到自己。在意大利，这层纱幕最先烟消云散；对于国家和这个世界上的一切事物做客观的处理和考虑成为可能的了。同时，主观方面也相应地强调表现了它自己；人成了精神的个体，并且也这样来认识自己"㉛。布克哈特理想中的那种充满个体精神的人是十分完美的，"一个目光敏锐和有观察经验的人可能看到15世纪期间完美的人在数目上逐步地在增加"㉜。在《意大利文艺复兴时期的文化》的另一处又指出："当这种对于最高的个人发展的推动力量和一种坚强有力、丰富多彩并已掌握当时一切文化要素的特性结合起来时，于是就产生了意大利所独有的'多才多艺的人'——'l'uomo universal'（全才）。"㉝正是基于这种思想，布克哈特高度评价但丁的文化创作成就及其地位；"但在13世纪末，意大利开始充满具有个性的人物；施加于人类人格上的符咒被解除了；上千的人物各自以其特别的形态和服装出现在人们面前。但丁的伟大诗篇在欧洲的任何其他国家都是不可能产生的，单只提它们还处在种族诅咒下这一理由就足以说明。对于意大利来说，这位堂堂的诗人，由于他显示出来的丰富的个性，是他那个时代的最具有民族性的先驱"㉞。我们通常说但丁是近代第一位诗人，其真正的内涵恰就是布克哈特所理解的表现人、表象人的个性。

寻着以上思路进一步探讨人文主义的内涵，我们不难发现文艺复兴时期的人文主义者之所以钟情古典的文化,其深远的意义就是使古典文化和其他因素合在一起形成一种精神如"意大利精神"⑤等。布克哈特说:"人民的精神这时已经觉醒到认识到了自己的存在,并要寻求一个可以依以存在的新的稳固的理想。……对古代罗马的追怀不失为对于这种民族感情的一个有力的支持力量。以它的文化重新武装起来的意大利人不久就感觉到他自己是世界上最先进国家的真正的公民。我们现在的任务是对于这个精神运动做一个概述,当然不是巨细靡遗而是要指出它的最突出的特征,尤其是它那早期开始时的面貌。"⑥布克哈特的这种文化观点体现了德国思想文化的传统,也反映出布克哈特长期受德国思想文化熏陶、影响的情况。在布克哈特的笔下,正因为人、人的精神是历史最主要的内容,而人的精神又富有创造力、千姿百态,并通过每一个有个性的人物生动地创造反映出来,因此精神世界不是千篇一律的原则,而是独特的家园。布克哈特还注意到心灵与语言的关系,注意到发生学意义上的语言丰富性,注意到文学艺术对人性的创造性自由表现,如此等等。⑦简言之,历史处处有其独特的地方。就每一个历史时期而言,人性、自由个性的力量表现为和存在于具体特定的国家、宗教、文化等形式之中。在人性力量的支配下,国家、宗教、文化等力量相互作用,使社会呈现秩序状态,形成某种特征。其中文化是人的自由个性的总体体现。国家等强势的力量不能以牺牲文化为代价。布克哈特对国家主义等持反对的态度。⑧所以历史学家有无判断人性—文化大势的眼力显得格外重要。历史学家有责任去把握住历史的特征,从而有的放矢地观看其他社会历史现象,并敏锐地在各种社会历史现象中找到思想文化深层的内容。人类历史的命运是,人逃不出盲动人性的制约,但人们可以用自由的精神文化创造提供给人性一个暂时的住所,使人性呈现美的外观。为此,布克哈特强调文学艺术对人性、人的自由性、个体精神的整体反映。就此而言,诗人、诗歌等既有现实的素材又有超越现实的因素,从而更能反映由个体的人及其活动构成的历史真实。®如果将历史缩小到人这个小宇宙来考察，那么历史也是活的有机体：它无时不在表现自己的生命，维持自己的生命，延续自己的生命。活的有机体的任何部分的变化都反映了生命整体的变化。历史上伟大的人物都对时代精神、对社会现实有独特的感悟。同时，这些历史人物充满想象力，有自己独到的社会政治理想。所以每一个人及其精神创作活动都有其特定的价值。历史学家同样要成为这样一个人，将历史的独特性通过历史学家直觉的本领展现出来。从这一点看，也许历史学家更伟大，他不仅在创造思想文化，他还要与历史人物及其思想进行对话，并将其展现出来。

如上文所言，德国文化传统注重对文化的认识，特别强调个体、民族精神等因素。®这里，我们特别就布克哈特《意大利文艺复兴时期的文化》中关于文化（kultur）和文化知识（bildung）两个概念的使用情况做些具体分析、说明。《意大利文艺复兴时期的文化》中的 kultur 指与人的精神世界相关的文化世界，而 bildung 除文化知识外还有文化教育、文化涵养等内涵。前已指出，布克哈特将文化（kultur）视做人的个性和人、民族精神的表现。布克哈特也是从这一视角来谈论但丁和意大利文化之间的关系，"还是从但丁开始吧。如果说有很多有同样天才的人曾经支配了意大利文化，无论他们的性格中从古代吸收到什么样的成分，他们也仍然会保有一种富有特征的和鲜明的民族烙印"。®此处"意大利文化"的德语是 Italienische Kultur®。所以撰写文化史就要开掘思想和精神的内在含义、发展过程。布克哈特有言："写文化史的一个最严重的困难就是为了无论如何要使人理解而必须把伟大的知识发展过程分成许多单一的，和往往近似武断的范畴。"®这段中文的翻译是值得商榷的。德文原文是：Es ist die wesentlichste Schwierigkeit der Kulturgeschichte, dass sie ein grosses geistiges Kontinuum in einzelne scheinbar oft willkürliche Kategorien zerlegen muß, um es nur irgendwie zur Darstellung zu bringen。⑭英文将其译为：It is the most serious difficulty of the history of civilization that a great intellectual process must be broken up into single, and often into what seem arbitrary categories in order to be in any way intelligible.⑮在上面两段文字中，"伟大的知识发展过程"分别是"grosses geistiges Kontinuum"和"great intellectual process"，中文应当译为"伟大的思想（或精神）发展过程"。这样才与布克哈特的意愿相一致，也就是说文化所体现的是一种精神。就 Bildung 而言，它当然也牵涉到人的精神，但它涉及具体的文化知识情况，是很容易被人具体感受得到的。例如具体的文学、艺术作品等都可以归在 Bildung 的概念之下。再例如，说某个人是文化知识的领袖，其实就是指某人在具体的文化知识的创作群体和创作实践中起着关键的指导、资助等作用。在这种具体的文化层面上，布克哈特将美第奇家族的老柯西莫、大洛伦佐等视为"文化领袖"（Gebiete der damaligen Bildung）。⑯又例如布克哈特在谈到"生活和文化"的关系时亦使用了 Lebens 和 Bildungs 一组概念。⑰其他还有"财富和文化"（Reichtum und Bildung）⑱等。所以有时布克哈特说某些人是"意大利文化的代表者"（Die Traeger der Bildung des damaligen Italiens）⑲、"高级文化人"（hoehere Bildung）⑳时，这里的文化、文化人都是在具体文化知识、文化教育、文化涵养的意思上使用的，故都用 Bildung。顺便指出，英译本通用"culture"来对译德文的"Bildung"和"Kultur"两概念。显然这是一种语言沟通上的理解缺憾，它不免影响到对布克哈特文化观的深入理解。

正因为精神是文化中的核心部分，这就使文化的传承有了可能。"古代哲学家对于意大利文化的影响，有时看来是巨大的，有时是轻微的；当我们考虑到亚里士多德的学说，主要是从他的伦理学和政治学中引申出来的学说，——二者在早期都传播得很广——竟成受过教育的意大利人的共同财产，以及整个的抽象思维的方法怎样受他支配时,它的影响就是巨大的;当我们记起古代哲学乃至那热心的佛罗伦萨的柏拉图主义者对于一般人民的精神上的教义影响是如何不足道时,它就是轻微的。那些看来像是这种影响的东西,大抵不过是一般新文化的以及意大利思想的特殊成长和发展的一种结果。"㉛这里是在谈精神的传承问题,因此"意大利文化"的德文仍使用"italienische Kultur"一词。我们知道,布克哈特的历史研究非常看重古典时代的希腊文化和文艺复兴时期的意大利文化。虽然这并不表示他完全赞同这两个时期的所有文化内涵,但布克哈特在这两个时期的文化发展中得到了他想得到的启示,即一个国家、宗教、文化在怎样的情况下与个体的自由发展相一致。布克哈特一生所探讨的就是这样一个问题。布克哈特热爱巴塞尔、热爱希腊雅典、热爱佛罗伦萨,而这几个地方都是地域不广的城邦国家。但恰恰是这种城邦国家诞生了最辉煌的文化:雅典成为西方文化的源流;佛罗伦萨成为近代西方思想文化的源流;而巴塞尔,布克哈特努力使之成为近代西方文化的样板。现在要问:为何这种城邦国家诞生了辉煌的文化,而布克哈特独具慧眼地研究这些城邦国家的文化又有何种历史观在驱使?

(三) 文化的价值及其评判

顺理成章的是,因为有了个性、精神等因素的作用,所以文化(包括具体的文化知识)都会体现出特有的价值,"我们所生活的这个时代已经高声地宣布了文化的价值,特别是古代文化的价值。但对古代文化如此热诚崇奉,承认它是一切需要中的第一个和最大的需要,则除了15世纪和16世纪初期的佛罗伦萨人而外,是在任何其他地方都找不到的"㉜。当然,布克哈特在谈论文化价值之类问题时有明显的历史主义倾向。布克哈特与黑格尔等人相比少了一份形而上学思辨的情趣,或者说,布克哈特没有使自己沉浸在哲学的理性抽象思辨之中。但布克哈特通过对一件件历史事例的把握，进而概括出文化、时代的特征等。他在评价文艺复兴时期的古典文化追求和宗教之间的关系时指出："复兴了的古典文化并不是通过任何学说或哲学理论，而是通过它所培育出来的一般倾向来强有力地影响着宗教。"㉝其他像"宗教气质"等问题也"不能用任何一般的回答来解决"。㉞布克哈特所一意追求的是历史中充满个性的、自由的人和

1892年时的布克哈特

人的创造活动，或者反过来说，憧憬体现充满个性的、自由的人和人的创造活动的历史。㉟《意大利文艺复兴时期的文化》不放过每一个生动的历史事例，甚至像人文主义者买书、藏书等情况也给予了详尽、充满感情的描绘。㊱这启示文明史和文化史的研究不仅要有总体的目光，更要从文明的整体特征出发对某一现象（艺术的、生活的等）进行细致入微的观察。

布克哈特对文化特别是渗透在文化中的精神进行概括时也表现出一种谨慎的态度。在布克哈特的心目中，文化从一个整体上反映了一个民族的精神气质。文化中有很玄妙的东西，例如"古典文化和文艺复兴之间的整个神交是非常微妙和神秘的"㊲。它藏在一个民族心灵的深处，人们想用某个概念去判断、限定文化都会很困难。布克哈特用结论性的语气说："关于世界上各民族如何对待人生的最高目的、上帝、美德以及永生不朽的问题，人们可以研究到某种程度，但绝不能对它们作绝对的严密和准确的比较。我们在这些问题上的证明似乎显得越清楚，我们就必须越发谨慎，以免做出不适当的假定和草率的判断。"㊳"事实上，要想在性格和感情的领域里对其他民族做出公平的判断，那是一件极端困难的事情。"㊴布克哈

特注意到，人们在感受文化时都会带有个体精神的因素，"任何一个文化的轮廓，在不同人的眼里看来都可能是一幅不同的图景，而在讨论到我们自己的文化之母，也就是直到今天仍对我们有影响的这个文化时，作者和读者就更不可避免地要随时受个人意见和个人感情的影响了"[⑧]。这更需要历史学家在历史的事例中而不是在思维的原则中去寻找各种问题的答案。

当然，历史学家不是去呈现散漫的历史事例。正如上文所言，文化是有特征的。《意大利文艺复兴时期的文化》也不时在勾勒文化和时代的特征，于是有了人文主义、世界的发现、个人的发现等带有文化、时代特征的评价。正是抓住了特征，从而使《意大利文艺复兴时期的文化》整部著作有了主线，做到开阖自如。许多学人感到读《意大利文艺复兴时期的文化》一书有一种零碎的感觉，这多半是没有很好地领悟布克哈特文化史观既注重历史主义的观察又注重勾勒文化特征的文化史理念。布克哈特的文化史观提示我们，历史学家在分析和描述千变万化的历史事例时要做到形散而神不散，并用生动的语言将历史事例呈现出来。在这方面，布克哈特与其忘年交尼采的观点颇为相似，认为最贴近生活的语言是最为生动的语言。那种体系化的语言和概念则是生动世界褪色的象征。历史学家一方面要懂得历史中生动的情景，另一方面要善于运用生动的语言去展示那个生动的世界。[⑥]《意大利文艺复兴时期的文化》的语言使用也颇为讲究。

总之，我们要懂得布克哈特文化史观的核心内容和方法，从而得心应手地去思索文艺复兴时期的历史和文化。

注释：

①J. A. Symonds, *Renaissance in Italy*, 第 1 版由 Smith, Elder & Co. 从 1875 到 1886 分卷出版，以后有各种新版面世，目前尚未译

成中文。关于西蒙兹的评述可参见本书下篇之九"人文主义研究学术钩稽"。

② *Jacob Burckhardt-Gesamtausgabe*, Deutschen Verlagsanstalt, 1929～1934.

③ *Jacob Burckhardt Gesammelte Werke*, Wissenschaftliche Buchgesellschaft, 1955～1959.

④ J. Burckhardt, *Briefe*, Dieterich'sche Verlagsbuchhandlung, 1935.

⑤ J. Burckhardt, *Weltgeschichtliche Betrachtungen*, *Historische Fragmente*, Kroener, 1978; Dieterich'sche Verlagsbuchhandlung, 1985.

⑥ J. Burckhardt, *Der Cicerone*, Kroener, 1986.

⑦ J. Burckhardt, *Vortraege zu Kunst und Kulturgeschichte*, *Erinnerungen aus Rubens*, Dieterich'sche Verlagsbuchhandlung, 1987. 英译本为 *Recollections of Rubens*, by Jacob Burckhardt, Phaidon Publishers Inc., 1950. 有编者导言、鲁本斯书信选等。该出版社还于1938年编辑出版有详尽插图的德文版布克哈特《鲁本斯传》。

⑧ J. Burckhardt, *Die Kultur der Renaissance in italien: Ein Versuch*, Kroener, 1988. 该书目前通用的英文本是 Jacob Burckhardt, *The Civilization of the Renaissance in Italy*, Harper & Row, Inc., 1958. 这之前的全本还有 Jacob Burckhardt, *The Civilization of the Renaissance in Italy*, The Phaidon Press, 1944. 但这个本子只有寥寥无几的注。

⑨ J. Burckhardt, *Griechische Kulturgeschichte*, Zusammengefasst, herausgegeben von Rudolf Marx, Alfred Kroener Verlag, 1929. 另有 J. Burckhardt, *Kulturgeschichte Griechenlands*, Paul Arete Verlag GMBH, 1934.

⑩ J. Burckhardt, *Griechische Kulturgeschichte*, Insel Verlag 2003. 顺便提一下，某些英译本《希腊文化史》也是节选本，如 J. Burckhardt, *History of Greek Culture*, Dover Publications, Inc., 2002.

⑪ J Burckhardt, *The Altarpiece in Renaissance Italy*, ed. Peter Humfrey, Phaidon Press, 1988.

⑫ J. Burckhardt, *The Architecture of the Italian Renaissance*, ed. and introd. Peter Murray, trans. James Palmes, The University of Chicago Press, 1985.

⑬ 布克哈特：《意大利文艺复兴时期的文化》，何新译，北京：商务印书馆1979年，第77页。

⑭ 布克哈特：《意大利文艺复兴时期的文化》，何新译，北京：商务印书馆1979年，第80～81页。

⑮ 布克哈特：《意大利文艺复兴时期的文化》，何新译，北京：商务印书馆1979年，第182页。

⑯ 布克哈特：《意大利文艺复兴时期的文化》，何新译，北京：商务印书馆1979年，第255页。

⑰ 布克哈特：《意大利文艺复兴时期的文化》，何新译，北京：商务印书馆1979年，第256页。

⑱ 布克哈特：《意大利文艺复兴时期的文化》，何新译，北京：商务印书馆1979年，第170页。

⑲ 布克哈特：《意大利文艺复兴时期的文化》，何新译，北京：商务印书馆1979年，第226页。

⑳ 布克哈特：《意大利文艺复兴时期的文化》，何新译，北京：商务印书馆1979年，第170页。

㉑ 参见布克哈特：《意大利文艺复兴时期的文化》，何新译，北京：商务印书馆1979年，第198页。

㉒布克哈特：《意大利文艺复兴时期的文化》，何新译，北京：商务印书馆1979年，第280页。

㉓布克哈特：《意大利文艺复兴时期的文化》，何新译，北京：商务印书馆1979年，第542～543页。

㉔布克哈特：《意大利文艺复兴时期的文化》，何新译，北京：商务印书馆1979年，第491页。

㉕布克哈特：《意大利文艺复兴时期的文化》，何新译，北京：商务印书馆1979年，第217页。

㉖布克哈特：《意大利文艺复兴时期的文化》，何新译，北京：商务印书馆1979年，第302页。

㉗布克哈特：《意大利文艺复兴时期的文化》，何新译，北京：商务印书馆1979年，第437页，另参见482页。

㉘布克哈特：《意大利文艺复兴时期的文化》，何新译，北京：商务印书馆1979年，第73页。

㉙布克哈特：《意大利文艺复兴时期的文化》，何新译，北京：商务印书馆1979年，第72页。

㉚布克哈特：《意大利文艺复兴时期的文化》，何新译，北京：商务印书馆1979年，第73页。

㉛布克哈特：《意大利文艺复兴时期的文化》，何新译，北京：商务印书馆1979年，第125页。关于文艺复兴时期的个体精神问题可参见拙文《论文艺复兴时期人文主义的个体精神》，《学海》2008/1。

㉜布克哈特：《意大利文艺复兴时期的文化》，何新译，北京：商务印书馆1979年，第130页。

㉝布克哈特：《意大利文艺复兴时期的文化》，何新译，北京：商务印书馆1979年，第130～131页。

㉞布克哈特：《意大利文艺复兴时期的文化》，何新译，北京：商务

印书馆1979年，第126页，另参见第131页。

㉟ 参见布克哈特：《意大利文艺复兴时期的文化》，何新译，北京：商务印书馆1979年，第168页。

㊱ 布克哈特：《意大利文艺复兴时期的文化》，何新译，北京：商务印书馆1979年，第171页。

㊲ J. Burckhardt, *Force and Freedom: An interpretation of History*, ed. James Hastings Nichols, Meridian, 1955, pp. 125~129.

㊳ Nichols, "Jacob Burckhardt", from Burckhardt, *Force and Freedom: An interpretation of History*, p. 49.

㊴ J. Burckhardt, *Force and Freedom: An interpretation of History*, pp. 124, 127~128; Nichols, "Jacob Burckhardt", in Burckhardt, *Force and Freedom: An interpretation of History*, pp. 60~61.

㊵ 参见埃利亚斯在《文明的进程》（第1卷，王佩莉译，生活·读书·新知三联书店1998年；第2卷，袁志英译，生活·读书·新知三联书店1999年）中的论述。

㊶ 布克哈特：《意大利文艺复兴时期的文化》，何新译，北京：商务印书馆1979年，第200页。

㊷ J. Burckhardt, *Die Kultur der Renaissance in italien: Ein Versuch*, p. 146.

㊸ 布克哈特：《意大利文艺复兴时期的文化》，何新译，北京：商务印书馆1979年，第1页。

㊹ J. Burckhardt, *Die Kultur der Renaissance in italien: Ein Versuch*, p. 3.

㊺ J. Burckhardt, *The Civilization of the Renaissance in Italy*, Vol. I, Harper & Row, Inc., 1958, p. 21.

㊻ 参见布克哈特：《意大利文艺复兴时期的文化》，何新译，北京：

商务印书馆 1979 年，第 215 页；J. Burckhardt，*Die Kultur der Renaissance in italien*：*Ein Versuch*，p. 156.

㊼参见布克哈特：《意大利文艺复兴时期的文化》，何新译，北京：商务印书馆 1979 年，第 132 页；J. Burckhardt，*Die Kultur der Renaissance in italien*：*Ein Versuch*，p. 104.

㊽布克哈特：《意大利文艺复兴时期的文化》，何新译，北京：商务印书馆 1979 年，第 127 页；J. Burckhardt，*Die Kultur der Renaissance in italien*：*Ein Versuch*，p. 101.

㊾布克哈特：《意大利文艺复兴时期的文化》，何新译，北京：商务印书馆 1979 年，第 481 页；J. Burckhardt，*Die Kultur der Renaissance in italien*：*Ein Versuch*，p. 359.

㊿布克哈特：《意大利文艺复兴时期的文化》，何新译，北京：商务印书馆 1979 年，第 399 页；J. Burckhardt，*Die Kultur der Renaissance in italien*：*Ein Versuch*，p. 293.

(51)布克哈特：《意大利文艺复兴时期的文化》，何新译，北京：商务印书馆 1979 年，第 245～246 页。

(52)布克哈特：《意大利文艺复兴时期的文化》，何新译，北京：商务印书馆 1979 年，第 217 页。

(53)布克哈特：《意大利文艺复兴时期的文化》，何新译，北京：商务印书馆 1979 年，第 496 页。

(54)布克哈特：《意大利文艺复兴时期的文化》，何新译，北京：商务印书馆 1979 年，第 483 页。

(55)参见布克哈特：《意大利文艺复兴时期的文化》，何新译，北京：商务印书馆 1979 年，第 2 篇“个人的发展”中的第 1 章“意大利的国家和个人”。

(56)布克哈特：《意大利文艺复兴时期的文化》，何新译，北京：商务印书馆 1979 年，第 184 页。

(57)布克哈特:《意大利文艺复兴时期的文化》，何新译，北京：商务印书馆 1979 年，第 345 页。

(58)布克哈特:《意大利文艺复兴时期的文化》，何新译，北京：商务印书馆 1979 年，第 421 页。

(59)布克哈特:《意大利文艺复兴时期的文化》，何新译，北京：商务印书馆 1979 年，第 431 页。

(60)布克哈特:《意大利文艺复兴时期的文化》，何新译，北京：商务印书馆 1979 年，第 1 页。

(61)J. Burckhardt，*Force and Freedom*：*An interpretation of History*，p. 125.

二 人文主义的存在土壤

中文用"文艺复兴"来对译"Renaissance"这个含有基督教意蕴的法语名词，虽不十分确切，但会给人美妙的联想。文艺复兴与人文主义者的创造活动和成果有密切的关联。人文主义者那丰富的内心世界远不是文艺复兴一个词语所能涵盖。我们首先需要知道人文主义的根在哪里。现在就打开历史的画卷。

15世纪所作佛罗伦萨鸟瞰图

（一）文艺复兴是西方近代文明转型的一个代名词

彼特拉克最早提出文艺复兴概念，但他并未使用 Renaissance 的意大利文 Rinascita。据大英百科 "Renaissance" 词条①的解释，1550 年瓦萨利在《最出色的画家、雕塑家和建筑家生平传记》中使用 Rinascita 一词后，该词逐渐流行起来。瓦萨利的意思是指古典时代的精神复兴。18 世纪中叶法国百科全书出版，正式将意大利文 Rinascita 转换成法文 Renaissance，并大体上延续了文艺复兴时期人文主义者对复兴的解释。1855 年，法国历史学家米什莱正式以 Renaissance 为《法国史》第 7 卷的题名。1860 年，布克哈特发表巨著《意大利文艺复兴时期的文化》，于是 "Renaissance" 一词的强势地位就确立了下来。贡布里希在自己的著作中专门就文艺复兴的最初情况做了说明。他认为，在中世纪的大学体系里有所谓 7 种 "自由"（Liberal）学艺即语法、论辩、修辞、算术、几何、天文和音乐。但当时大学所设的系科主要是神学、医学和法学等。于是那些教七艺的教师就试图在大学中极力申辩和维护自己所教学科的重要性。这就是所谓 "Renaissance" 的最初情况。也就是说，文艺复兴直接与人文学科的教学、研究有关。人文主义一词的英文是 Humanism，它源于拉丁文 Humanitas，是西塞罗在希腊文 enkyklia paedeia（意思即英文 encyclopaedia）找到的拉丁文对译词，意为全面教育，或人文学科的教育。到了 16 世纪中叶，人们将讲授人文学科的学者称之为 "人文主义者"（Humanists）。②到了 19 世纪，德国的学者用德语 Humanismus 一词来指称那些人文主义者对人文学科教育以及通过人文学科的教育塑造一个完美的人之重视。以后英语 Humanism 即由此派生而来。可见，人文主义的提法在文艺复兴时期是不存在的，它是启蒙、理性主义时代的学者对先前思想文化现象的概括。就突出人本身和人的身心全面发展而言,后人用人文主义(Humanism)一词来概括那个时代的思想文化倾向,这兼顾了历史和现实两个方面。后来布克哈特等学者又对人文主义作品中所表现出的个体精神、和谐风格、诗性智慧做了新的提炼。这样,文艺复兴概念、人文主义概念就在历史学研究领域被赋予了更多的内涵。

　　人文主义是一种思想文化现象,我们很难像定性某个历史事件的发生和终结那样去进行时间限定。我们用长时段的眼光看历史,人文主义思想文化的产生大概在14世纪左右,以后一直以不同的形态在欧洲的思想文化史上延续着。但为何在14世纪左右会发生人文主义的情况呢?这就牵涉到欧洲文明的一个转型问题,即欧洲的文明从14世纪开始逐渐由封建主义的社会结构向资本主义的社会结构、由农村文明向城市文明等的转变。年鉴学派提示人们要从历史的长时段和广阔背景去认识14至17世纪上半叶的欧洲社会历史变化。人们发现转型时期有各种显著的特征:第一,至14世纪,财富、阶级、社会运行方式正在发生一系列的变化,与城市发展相关的市民社会在发育、成长。简单地讲,该时期重要社会现象之一是财富的重新分配以及与此相应的法律和政治制度的改革。复兴罗马法就是要对其中的民法部分加以新的认识以适应财富的重新分配。第二,近代欧洲社会转型的另一个重要现象是世俗政府权力及其运作也发生了诸多变化,特别是国家权力机构以发放债券、征税、对外战争等形式在不断完善自己的功能。在那个时期,世俗政府的形式究竟如何,这还不是问题的关键所在。关键是一个政府的运作是否有效率,或者说政府是否有权威。人们发现,在一个强有力的政府调节下,任何按照法定的规则实行的社会化管理都会产生积极的效果。以后欧洲各国的社会运行大致沿袭了上述模式。第三,与转型相伴随的还有教会改革问题,或者说教会势力和世俗势力的权力调整问题。但教会不仅仅是一种政治势力,它还是基督教思想文化的象征。基督教早已作为文化的潜势在人们的思想和情感中发生影响。因此如何让带着宗教情感的人去适应新的社会，这就是卡尔文宗教改革思想和宗教改革的课题。在转型期，各个阶级在不抛弃基督教宗教情感的前提下寻找自己的理想社会模式。

  在所有的文明转型中，资本、市场、商业等经济因素所起的作用是巨大的，甚至是根本性质的。欧洲特定的地理环境造就了它的商业链特点。就英国、意大利毛纺商业链而言③，意大利的一些城市如佛罗伦萨等手工业、商业城市直接或间接从英国获得羊毛。与此同时，意大利佛罗伦萨、卢卡等地的银行家又贷款给英国的王室、贵族，由此在不同的地区引发了一系列经济、政治的变动。这些值得我们做深入的研究。其时的教会也卷入城市的世俗经济旋涡，教会的迫切问题是税收如何在新的形势下更有效地运作。恰巧，一些有势力的家族开始建立银行，最有名的是意大利美第奇家族银行。④这些银行最初的功能之一是替教廷收税、存钱。随着资本主义商业的展开，它们逐渐成为与资本主义经济有千丝万缕联系并有相当雄厚资本实力支撑的信贷机构。教廷放在银行中的钱也开始了新的信贷运作。这一切的直接后果是世俗的家族经济政治势力开始上升。⑤商业链不仅改变着欧洲的地缘经济和政治，还使"欧洲"（Europe）概念逐渐通行起来。加上共同的基督教文化传统，欧洲社会的国际性特征越来越明显。其直接的结果是：人口流动超出了国家的范围；信贷和分工有了初步的国际化倾向；大学教员的流动和大学办学理念的传播也更国际化，等等。总之，商业链和欧洲的国际化趋势将对传统的各种势力进行改造。这些就是社会经济的一个大背景。

（二）文艺复兴的故乡意大利和摇篮佛罗伦萨

近代早期的意大利正在发生社会转型，社会免不了各种冲突。其中有不同城邦政治体制之间的冲突，如米兰、费拉拉这样的专制政府和像佛罗伦萨这样的共和政府之间就有冲突；还有古典思想与中世纪传统意识之间的冲突等等。学者汉斯·巴伦称

文艺复兴时期的佛罗伦萨社区

这些现象为"危机"。此种危机在人文主义者的作品、在当政者和社会不同的人群中以不同的形式表现出来。当然，大家也试图在危机中寻求妥协。⑥从社会经济的角度看，意大利较早地成为商业链的中心，而且较早地形成了城市国家。这种历史状况是意大利成为文艺复兴人文主义思想文化的中心之原因。在上述背景下，人的自由性和法律意义上的主体性地位突现了出来。我们首先将目光投向意大利中部的商业城市佛罗伦萨。

学者布鲁克尔从最基本的生活环境着手来描述当时佛罗伦萨的社会状况，"文艺复兴时期佛罗伦萨的一大特色是它的每个城区和街坊在社会和经济方面都显得混杂而非划一。城内没有任何部分是清一色专为富人所居，也没有尽是穷人的贫民窟区。每个街区都有宫室与茅棚，大纺织作坊与零售小店，教区小教堂与大修道院，它们杂然并存，蔚为奇观。从那时到今天，我们都可见到高级邸宅的

底层租与商贾工匠作为店铺,富有的银行家和工业家与鞋匠、石匠、纺织工和娼妓同住一条街。这种情况是佛罗伦萨市区扩展漫无计划的结果,也是它社会传统的一大特色"⑦。此外,他还提到了佛罗伦萨有几百个家族聚集而居的社区情况。⑧城市中的社区与行会成为生活、生产的基本样式,行会有自己特定的存在区域,有严格的法规、组织机构、登记等,正是这些行会相互协商,推荐领导,进而组成城市国家的政治结构。⑨人文主义政治思想家马基雅维里也在自己的著作里谈到了当时的政治社会状况。根据马基雅维里的描述,佛罗伦萨的政治单位分为 6 个区。由每个区选出的 2 名公民代表组成 12 人"长老会",后改称"贤人政府",每年选举一次。长老会与其他检察、审判机构等一起组成共和国国家机构。后来又将城区划分为 20 个旗,农村划分为 76 个旗。另外还有平民和贵族代表组成的"议事会"。对行会也进行划分,"这些代表集合在一起开会时,立即决定把全体居民按技艺或行业分类,每种行业委派一名官员负责在他所管辖的那些人当中执行公正裁判;发给每种行会一面旗帜:城邦号召时,每个成员就要拿起武器集合在旗帜下面。开始时,技艺行会总数是 12 个,7 个大行会,5 个小行会。后来次要技艺行业增加到 14 个,所以技艺行会总数达到 21 个,至今仍是这样。这 36 位改革家为了增进公共福利还在其他方面进行了一些改革"⑩。在未来的佛罗伦萨历史发展进程中,行会逐渐主导了政局。⑪为了维持军队的开支,采用在公民中抽税的办法进行。⑫后来行会的势力增强,取消公民代表执掌政权的形式,改为由行会推举的代表(平民和贵族都有)来管理政府。那些"长官"任期仅 2 个月。每届政府推举一名"正义旗手";同时,平民代表组成"人民公会",贵族代表则组成"公社会议",共同执掌政权。虽然人民公会和公社会议不能提出法案,权力有限,但它们制约着议会中法案的通过。⑬由于这样的政治运作兼顾了最大多数公民的利益,因此在相当长的时期内,佛罗伦萨保持着相当的稳定。

在佛罗伦萨的政治结构中，立法和行政有别。"在公社的胚胎时期，它有两个基本结构：一个代表着城镇选民的立法大会和一个负责行政管理的执行委员会"⑬。这种分治的情况以不同的形式和内容一直在文艺复兴时期的佛罗伦萨政治运作中延续着。上述公民参与国家政治的直接后果是，国家的力量逐渐显现出来，公民与国家之间关系的意识也逐渐显现出来。"公民们在向公社政府交纳税款——公债、货物的关税、盐税、签订合同抽的税等等——之时，他会觉得政府真是无处不在，并且觉得政府是随时都在打他的主意。国家的权力同时还以另一种很直接的方式表现出来，那就是司法管理。"⑮可以这么认为，佛罗伦萨较早地发展出近代欧洲的国家模式。

早期近代的佛罗伦萨也是纷争不断，其中有党争、家族势力之争、与外部势力的纠葛等，这些给政治稳定造成了一定的负面影响。但这些并未动摇佛罗伦萨作为意大利举足轻重政治势力的地位。这其中有美第奇家族多年政治经营的作用。具体而言，美第奇家族在运作银行业、驾驭党派之争、运用外交手段与其他势力周旋等方面，都取得了相当的成功。另外还要注意佛罗伦萨的共和国政治体制，如参政人员的核定方法、大议事会的功能、执政团和正义旗手的行政模式等。这些政治要素在经历各种政治风雨后不断地维持着自己的活力。

威尼斯同样是文艺复兴史学界研究的重点，布克哈特在《意大利文艺复兴时期的文化》中对威尼斯进行了细致的分析，大致有以下几个方面：布克哈特从意大利的历史大背景看威尼斯等城市国家，认为威尼斯有其特殊的神秘性，并从威尼斯的地理位置等来分析其孤傲、独特、利益考虑、团结等个性。威尼斯在政治上有一套运行自如的机构如最高权力机构"十人会议"等，同时威尼斯还以数目众多的雇佣军来维护其统治。从根本上讲，威尼斯是商业国家，其无与伦比的统计制度与其商业利益相辅相成。当然上述商业国的精神对文化则产生了一定负面影响。®布克哈特还注意到这样的城市国家又与市民的政治经济状况贴得很近，人们更多地在接受行会、社团等与自身利益密切相关的社会组织的管辖，并在这个范围内展开社交活动。®威尼斯虽然是一个贵族共和国，但它非常关照市民（包括穷人在内）的各种切身利益如公用事业、社会保障事业，那里有完善的退休公务人员年薪制度等。®在中世纪和文艺复兴相当长的时期内，意大利的威尼斯保持了稳定和繁荣的局面。其中有许多原因值得探讨。笔者以为，当时统治阶层对济贫问题的关注应该是众多原因中比较重要的方面。在文艺复兴时期的意大利和英国，政府通过政策性措施来实施济贫，教会和民间组织则有各种类型的自愿性济贫行为。这方面的经验值得学术界做更深入的、富有时代感的研究。当然还会引申出西方社会结构中国家行为和社会行为的双重运行模式等理论问题。普兰《文艺复兴时期威尼斯的富人和穷人：直至1620年的天主教社会制度》®一书从威尼斯的社会结构入手，对涉及贫富问题的现象做了全方位的分析，其中对世俗宗教社团的介绍、对新的慈善法律和措施的分析、对有关犹太人银行信贷的评述是全书的核心内容。这里就涉及一个机构名词"Scuole"。Scuole原是中世纪威尼斯城内那些有专门技能的天主教信徒组成的互助社团。到了文艺复兴时期，Scuole的规模逐渐扩大，出现了Scuole Grandi即"大社团"，成为贵族共和国的重要社会力量，对国家政治、经济和社会生活起着特定的组织和维系作用。我们可以将Scuole问题作为一个学术突破口来深化对文艺复兴时期威尼斯社会历史的认识。

　　上述政治境况的一个明显特征是，市民们正在有效地管理着自己的国家。新的政治创造力正和其他思想文化的创造力一起，将一系列有别于中世纪封建社会的政治结构因素逐渐完善起来。

（三）新的国家、家族政治

　　在近千年的欧洲封建社会里，接受封邑的地方贵族形成了相当强大的政治势力。那些贵族有自己的庄园，农奴则世代生活于其中。特别有意思的是，王族之间联姻攀亲，国界的概念十分模糊。到了 14 世纪，贵族之间、王族之间的各种战争频起。其中英法百年战争的重要结果是王族统治的疆域逐渐明晰。这样，国王对自己所统辖的政治范围有了比较清楚的认识。这些意味着近代的国家出现了。尽管统治着国家的政治势力仍旧是家族，但毕竟现在要管理的是国家，于是在国家政权的设计、政治统治的手段等方面必须有一套新的样式。以英国为例，都铎王朝从亨利七世起王权势力一直比较强大，对议会也有相当的控制力，从而造成英国在这一时期的社会政治的相对稳定和繁荣局面。伊丽莎白更是善于运用制衡的政治好手，在她的统治下，国力日盛。

　　在法国，百年战争后国势逐渐强盛起来，终于在路易十三、路易十四王朝成为欧洲的强国。在西班牙，1474 年伊莎贝拉成为卡斯蒂利女王；1479 年费尔德南接任阿拉贡国王，西班牙在原来的阿拉贡和卡斯蒂利的基础上逐步统一。西班牙逐渐成为欧洲的强国。1516 年查理五世成为西班牙国王，并于 1519 年成为神圣罗马帝国皇帝（至 1556 年）。在德国，虽然小邦林立，但各邦国的社会经济发展势头并不落后于其他国家和地区。

　　在意大利，则情况比较特殊，虽然当时没有所谓近代意义上的意大利国家，但那些城邦却比欧洲其他地区更早地行使着国家的职能。在布克哈特的心目中，正是这种城邦国家是意大利出现文艺复兴现象的原因之所在。

　　在国家形成的过程中，那些看似旧的政治要素会主动适应新的形势需求并继续合力主导政治社会的走向。以文艺复兴时期家族政治为例,哈布斯堡家族势力向伊比利亚半岛、向西欧、向教廷的扩张渗透;意大利美第奇家族银行对西欧重要国家王室经济、封建领主经济和资本主义经济的渗透;西班牙、英国、法国、神圣罗马帝国、教廷在各家族势力既联合又争斗的复杂局面下发生了不以所在国家王权意志为转移的政治事实,如此等等。上述家族政治的复杂性直接影响到文艺复兴时期西欧政治社会结构的重组和未来变化发展走向。17世纪后,一方面像法国等国家的家族势力仍掌控国家政权;另一方面像英国等国家权力机构在其不断确立的过程中,原来的家族势力虽受到制约,但仍掌控或影响特定的政治权力部门如上院等,还与不同的政治势力结成亲缘关系。这种家族政治势力的影响一直持续到19世纪西欧政治社会的定型。另外,家族政治势力还在文化、社会生活等广泛层面发生影响。总之,家族政治在文艺复兴时期发生的一系列变化直接影响到17世纪以后西方的政治社会变化过程。

提香:《安德里斯岛上的酒神节》

在文艺复兴时期的意大利出现了美第奇家族统治、波吉亚家族统治、维斯康提家族统治等政治现象。这些家族不时以暴君统治等形式出现,将"美德与恶行在十五世纪的意大利诸国家中奇怪地结合在一起"。家族政治不仅对当时佛罗伦萨、米兰等城市国家的历史有独特的作用,而且对意大利文艺复兴时期的社会和文化变化产生了重要的影响,甚至对当时教廷的政治角色转换亦有不可替代的作用。

布克哈特在自己的著作中高度评价美第奇家族在文艺复兴时期的"文化领袖"[20]作用。其中对大洛伦佐的文化作用赞美尤甚。对于那些认为达·芬奇没有得到美第奇家族支持而出走佛罗伦萨的批评,布克哈特亦认为是一种误解。事实上,像大洛伦佐这样的美第奇家族成员,他们之支持文化事业完全不是政治地位使然或出于政治统治的考虑。在布克哈特看来,这是因为他们从心底里有深厚的文化涵养,是发自内心地想赞助文化事业。[21]据记载,美第奇家族成员对文学十分爱好,大洛伦佐也称得上是诗人,其家族还出版过诗刊集。

当年马基雅维里在撰写《佛罗伦萨史》时亦对美第奇家族的事迹做了翔实的描述,当然这其中不乏溢美之词。(1520年马基雅维里得到当时控制佛罗伦萨的枢机主教朱利奥·德·美第奇即后来的教皇克莱门特七世之委任而写作《佛罗伦萨史》)但我们从中仍能看到美第奇家族成员身上的某些文化品位。在马基雅维里的心目中,"在所有留名后世的人们当中,除军人外,科斯莫就算是最卓越最著名的一位了"[22]。马基雅维里之所以用"最卓越最著名"来形容,其具体理由如下:第一,慷慨豁达、精明审慎和通达人情的为人处世风格;第二,有节制的生活;第三,道德上的基督教品质;第四,关注学问。马基雅维里将科斯莫比作学者的朋友和保护人。科斯莫十分器重有识之士。当时有一个希腊人,名叫阿尔吉里波洛,学识极为渊博。科斯莫闻讯即礼请他到佛罗伦萨给青年人教希腊文学。科斯莫还在自己的家里接待使柏拉图哲学复兴的马尔西利奥·费奇诺。由于爱慕有加,科斯莫甚至把在自己府邸旁的住宅赠送给费奇诺,目的是使费奇诺有更好的研究环境。正因为科斯莫礼遇贤士,很快也使他自己名扬四方,"不但在整个意大利,甚至在全欧洲的各国政府和君主那里,他都极受尊敬"[23]。与对科斯莫的描述相比，马基雅维里特别关注大洛伦佐的人品、机智及与此相关的事迹。其中多才多艺、赞助人文事业和灵活的治世手段是最突出的地方。

（四）冒险时代中的社会广泛变化

人文主义极大地提升了人的力量，其中有知识、勇力、朝气等创造性因素。文艺复兴时期集冒险、征服、探索、知识、力量于一体的重大事件当数新航路开辟。按照丹皮尔的说法，人类历史上的三个学术发展时期即古典希腊、文艺复兴和20世纪都是地理和经济上的发展时期。也就是说，新航路的开辟所带来的是思想文化、价格革命和经济发展的连动性效应。这里的代表性人物是哥伦布（Columbus，1446~1506）、麦哲伦（Magellan，1480~1521）等。在新航路的开辟过程中，人们的世界观念发生了根本性的变化。反过来说，人们在认识世界、征服世界的过程中也对自己在世界中的位置、创造能力等有了新的认识。我们在人文主义思想文化中看到了歌颂人的美好篇章。

在开辟新航路的同时，社会生活出现了很大的变化。以家庭为例，"文艺复兴的精神第一次把秩序带到家庭生活里，把它看作是一种特意设计的产物。见识深远的经济观点和合理的家庭建筑风格帮助达到了这一目的。但是这个变化的主要原因是细心地去研究一切与社交、教育、家庭事务和家庭组织有关的问题"。像布克哈特这样的学者想告诉我们怎样的家庭气氛呢？笔者以为是自由的气息、能力的培养和某些传统的维持之统一。布克哈特描述道："教育被看作是最重要的；家长不仅对儿童们并且对全家进行教育。他首先使他的妻子从一个生长深闺、腼腆娇羞的少女发展成为一个真正的家庭主妇，具有指挥和领导婢仆的能力。对于儿子们的教养并没有过分的严厉，只是对他们作细心的监督和训诲，用权威而不是用压制来管教。最后，挑选和对待仆人的原则是，他们要高兴地和忠实地由这个家族来掌握。"②

家庭生活离不开妇女问题。布克哈特曾表达过以下一些观点："要了解这一时期的高级形式的社交，我们必须先记住这样一个事实，即妇女和男子处于完全平等的地位。……在上层阶级中间，对于妇女所进行的教育和对于男人所进行的教育基本上是相同的。……不存在'妇女权利'或妇女解放问题，只是因为这件事情本身是理所当然的。受过教育的妇女自然要和男人一样地追求富有特色的、完整的个性。她们要求使男人趋于完美化的那种智力的和感情的发展来使妇女趋于完美化。尽管如此，但人们并不期待她们积极从事于文学活动，即使她们是诗人，所要求于她们的也只是某种强烈的感情的流露，而不是小说故事或日记中的私事。这些妇女是不大考虑社会上的事；她们的作用是对男子中的有名人物施加影响和节制男性的冲动与任性。"③上述话语可能会使我们感到惊讶，但布克哈特表达上述观点时有历史事例作证。如果我们稍加注意，还会发现很多值得思索的研究课题。

所有上述现象都涉及教育领域。当时，培养"学问、德行与虔信"结合的人被视为最高的理想。④这种教育理念在教育史上通常被称为"完人教育"。⑤另外，文艺复兴时期教育的重大变化就是教育为广泛的社会需求服务，这方面的需求有：城市建教堂的热情和各项城市建筑的需求对建筑行业、建筑科学而言是现实的推动力。关于当时的建筑情况有许多专门的书籍可供参考。⑥与教育的关系更为密切的是现实市民社会在其孕育、发展过程中对基本文化知识和对专门职业（如律师等）的需求。简单而言，市民如果想做生意、想参政、想读《圣经》，就必须有文化。英国公学校等的出现和文法学校的推广便是其中突出的表现。还有一些始料不及的突发现象也推动着教育的发展。如瘟疫泛滥后对医疗活动的需求就是其中一例。以往教会的医疗组织和实践已远远满足不了新的医疗需求，人们渴望建立更大规模和更先进的医疗设施。在宗教领域，基督教的传统文化在市民社会的发育过程中得到了进一步延伸。大量新的社区、教区等的形成使对神学职业的需求日增。

文艺复兴时期也是各种文化现象掺杂混合的时期，绝非一本正经的人文主义面孔。那时迷信盛行，当时许多文人的著作中都喜欢谈些旁门左道的东西，布克哈特特地就此引了切利尼的著作为证。㉒费奇诺一方面是宣扬新柏拉图主义的鼓手、殿军，同时又对占星术十分感兴趣。㉓当然，占星术也遭到了米朗多拉等人的反对。㉔我们应当认真分析这种非主流的文化的影响。为什么在一定的时期非主流文化会在社会上普遍流行起来？从积极的意义讲，它对一些凝固的传统文化是一种冲击，培养出一种异端的精神，或者说催促新的精神文化的诞生。但毕竟非主流文化的盛行会对社会稳定发展所需要的一些常态的文化要素如理性思辨的精神、伦理价值标准等产生负面影响。

在文艺复兴时期有各种各样的社团：文学艺术家的社团、科学家的社团等。这些社团与其他因素一起促进文化的繁荣。有许多社团采取了永久存在的形式，为此制订了正式的规章和入会手续等。这种情况在艺术家社团中表现得比较突出。在当时佛罗伦萨的市民心目中，如此社团生活是一种高贵的社交形式，它体现着高雅的生活消遣。㉕这些社团的影响是广泛的。特别是科学社团中表现出的自由探索和科学至上的精神对后来科学进步和社会生活中慢慢滋生科学的精神都有潜移默化的作用。与一些比较高贵的社团同时存在的，还有各种非正式的民间社交活动，正是这些社交活动对更广泛的思想文化实践活动产生了影响。对此，还需要我们做详细的研究。布克哈特就谈到了社交与艺术品的交换之间的关系。㉖社交的另一个主要功能是在政治方面，那些有权势者很懂得利用社交来施展政治影响。随着社交形式越来越广泛，社交越来越为人津津乐道，这也促成文艺复兴时期书信往来成风。㉗

科学社团的出现对科学进步的促进作用理应成为文艺复兴时期科学史研究的一个兴奋点。回顾历史：1560年，在意大利的那不勒斯出现了第一个科学社团即"自然奥秘学院"。1603至1630年间在罗马成立了"林赛科学院"，伽利略曾是这个社团的成员。[①]17世纪的上半叶，意大利佛罗伦萨的西芒托学院是这种科学社团中比较正式的一个组织。学员入院要注册，所做的实验会用《文集》的形式向公众报告。英国在17世纪上半叶则形成了皇家学会，它在牛津和伦敦有两个分会。像意大利的西芒托学院一样，皇家学会也进行有组织的科学活动，任务经常分配给小组和个人，其成果定期公告。同时期的法国则有法国科学院。德国有柏林学院，德国科学社团的发展与莱布尼茨个人的创造性组织活动关系密切。我们不仅要关注这些科学社团的成果，更要关注浸透在科学社团中的自由探索和科学实验的精神。这些社团大多由知名的科学家自发组织起来，它们藐视权威。在那些院士身上散发出好奇、友好协作、唯科学是从的品质。也许，上述精神和品质在社会上的影响要胜过那些在今天看来是无足轻重的实验成果。

总之，人文主义思想文化有其存在的广泛社会基础，其呈现样式多种多样，精彩纷呈。

注释：

① *The New Encyclopaedia Britannica*, Vol. 15, Encyclopaedia Britannica, Inc., 1980, pp. 660~671.
② 有些书籍甚至把"人文主义者"一词出现的确切年代提了出来，如富尔《文艺复兴》（冯棠译，商务印书馆1995年）第132页上指出该词始见于1539年。
③ 参见汤普逊：《中世纪晚期欧洲经济社会史》，徐家玲等译，北京：商务印书馆1992年，第9章。

④ R. de Roover, *The Rise and Decline of the Medici Bank*, 1397～1494, Harvard University Press, 1963.

⑤ 参见山口正太郎:《意大利社会经济史》,陈敦常译,北京:商务印书馆1936年,第101～106页。关于意大利的商业中心地位、佛罗伦萨和威尼斯的城邦状况等参见布克哈特《意大利文艺复兴时期的文化》(何新译)第7章;另见汤普逊《中世纪晚期欧洲社会经济史》(徐家玲等译)第9章和第10章,关于当时卢卡城市的商业特殊地位参见同书第340～344页。

⑥ Hans Baron, *The Crisis of the Early Italian Renaissance*, Princeton University Press, 1966.

⑦ 坚尼·布鲁克尔:《文艺复兴时期的佛罗伦萨》,朱龙华译,北京:生活·读书·新知三联书店1985年,第24页。

⑧ 参见坚尼·布鲁克尔:《文艺复兴时期的佛罗伦萨》,朱龙华译,北京:生活·读书·新知三联书店1985年,第24～26页。

⑨ 参见坚尼·布鲁克尔:《文艺复兴时期的佛罗伦萨》,朱龙华译,北京:生活·读书·新知三联书店1985年,第68～83页,第171～235页。

⑩ 马基雅维里:《佛罗伦萨史》,李活译,北京:商务印书馆1982年,第63页。

⑪ 参见马基雅维里:《佛罗伦萨史》,李活译,北京:商务印书馆1982年,第144页,第157页。

⑫ 参见马基雅维里:《佛罗伦萨史》,李活译,北京:商务印书馆1982年,第63页。

⑬ 参见坚尼·布鲁克尔:《文艺复兴时期的佛罗伦萨》,朱龙华译,北京:生活·读书·新知三联书店1985年,第180页。

⑭ 坚尼·布鲁克尔:《文艺复兴时期的佛罗伦萨》,朱龙华译,北京:生活·读书·新知三联书店1985年,第174页。

⑮坚尼·布鲁克尔:《文艺复兴时期的佛罗伦萨》,朱龙华译,北京:生活·读书·新知三联书店1985年,第199页。

⑯参见布克哈特:《意大利文艺复兴时期的文化》,何新译,北京:商务印书馆1979年,第59~70页。

⑰参见布克哈特:《意大利文艺复兴时期的文化》,何新译,北京:商务印书馆1979年,第376~379页。

⑱参见布克哈特:《意大利文艺复兴时期的文化》,何新译,北京:商务印书馆1979年,第61页。

⑲B. Pullan, *Rich and Poor in Renaissance Venice*: *The Social Institutions of a Catholic State*, to 1620, Basil Blackwell, 1971. 其中第2部分为"新的慈善事业"(Part Ⅱ: The New Philanthropy)。

⑳布克哈特:《意大利文艺复兴时期的文化》,何新译,北京:商务印书馆1979年,第14页。

㉑参见布克哈特:《意大利文艺复兴时期的文化》,何新译,北京:商务印书馆1979年,第215页。

㉒参见布克哈特:《意大利文艺复兴时期的文化》,何新译,北京:商务印书馆1979年,第216~217页。

㉓马基雅维里:《佛罗伦萨史》,李活译,北京:商务印书馆1982年,第353页。

㉔马基雅维里:《佛罗伦萨史》,李活译,北京:商务印书馆1982年,第357页。

㉕参见丹皮尔:《科学史》,李珩译,北京:商务印书馆1975年,第160页。

㉖布克哈特《意大利文艺复兴时期的文化》,第394页;关于社交、教育等问题可以参见笔者在本书各处的论述,此略。

㉗参见布克哈特《意大利文艺复兴时期的文化》,何新译,北京:

商务印书馆1979年,第394~395页。

㉘布克哈特《意大利文艺复兴时期的文化》,何新译,北京:商务印书馆1979年,第387~389页。

㉙参见夸美纽斯:《大教学论》,傅任敢译,北京:教育科学出版社1999年,第1至第7章。

㉚褚宏启:《走出中世纪——文艺复兴时代的教育情怀》第3章的标题是"完人与完人教育",可供参考。

㉛如:N. Pevsner, *An Outline of European Architecture*, Pelican Books, 1966;默里:《文艺复兴建筑》,王贵祥译,北京:中国建筑工业出版社1999年,默里是这方面的权威学者,他的著述是我们了解那个时期的建筑科学和建筑活动的首选书籍。

㉜参见布克哈特:《意大利文艺复兴时期的文化》,何新译,北京:商务印书馆1979年,第519页,第529页。

㉝参见布克哈特:《意大利文艺复兴时期的文化》,何新译,北京:商务印书馆1979年,第507页。

㉞参见布克哈特:《意大利文艺复兴时期的文化》,何新译,北京:商务印书馆1979年,第508页。

㉟参见布克哈特:《意大利文艺复兴时期的文化》,何新译,北京:商务印书馆1979年,第376~378页。

㊱布克哈特:《意大利文艺复兴时期的文化》,何新译,北京:商务印书馆1979年,第379页。

㊲参见 R. J. Clements and Lorna Levant, ed. with introductions, commentary and translation, *Renaissance Letters: Revelations of A World Reborn*, New York University Press, 1976, p.468. 那是一个16开本的著作,很有规模,是我们研究的基本资料。

㊳参见丹皮尔:《科学史》,李珩译,北京:商务印书馆1975年,第4章,"科学院"节。

三　人文主义与古典思想

人文主义的重要特征是崇尚古希腊罗马的古典思想文化。任何一个对文艺复兴时期文化感兴趣的人都会问：为什么文艺复兴时期的人文主义者那么钟情于柏拉图的哲学和亚里士多德的哲学，似乎在那些思想体系里有世界和人生的真谛？

拉斐尔《雅典学园》中的柏拉图形象

那时的人文主义者在找两样东西，其一是实实在在的个体的人究竟其存在的本根在哪里；其二是人和世界的完美性又在哪里。正是柏拉图、亚里士多德的哲学，确切地讲还应该加上奥古斯丁等人的哲学，这些给了人文主义者一份宝贵的思想遗产，并使他们能解决上述问题。在柏拉图等哲人看来，世界上万事万物都有其存在的完美形式，而这种完美的形式就存在于事物之中。就柏拉图的哲学而论，其中确实有主观（subject）的一面，但我们不能错误地认为他的哲学完全是主观地考虑问题。柏拉图哲学的功绩之一恰恰是没有离开事物客观（object）的方面去思考一个事物之所以是该事物的构成原因。当然，这种思考问题的方式到了亚里士多德那里又有了新的发展。按照亚里士多德的哲学观点，人们可以通过理性等认识途径去把握具体事物的完美形式。或者说，一个事物的存在不仅有其质料的一面，还有其完美形式的一面。在他们的哲学观点中有一重要的启示因素，即形式总是完美的，而完美的形式又在个体的人身上。后来奥古斯丁的哲学进一步认为，人作为一个完整的个体不能分割开来加以认识。到了文艺复兴时期，人文主义者对上述看法加以新的阐释，提出人之为人就在于其精神中存在着理性、信仰等因素，人是一个实实在在的完美小宇宙，并且认为人可以通过自身这个小宇宙去进一步认识、改造大千世界。可见，柏拉图、亚里士多德等人的哲学是文艺复兴时期人文主义者的思想支柱。

另外，文艺复兴时期的新柏拉图主义又将发端于苏格拉底哲学并在柏拉图和亚里士多德哲学中逐渐完善起来的形而上学理论做了新的发挥。我们知道，抓住形而上学问题就是抓住了西方思想文化的本质。关于形而上学（Metaphysics），大英百科全书的解释是：形而上学是哲学的一个分支，它主要研究存在问题，涉及逻辑学、认识论、美学、伦理学等。形而上学最初表现为希腊人对形式等抽象的实在问题的分析。到了文艺复兴时期，形而上学问题又成了探讨人的存在、人与神等关系的学问。在人文主义者的心目中，真正意义上的形而上学问题或存在问题其实就是活生生的个体生命的存在。于是原来抽象的形而上学问题又被赋予了新的人的存在之意义。

从文艺复兴时期思想发展的实际情况看,人文主义的思想源流不只是古代希腊罗马的古典文化内容,同时还有中世纪的各种文化因素。①由于本书在其他各处多有论及,这里着重就与人文主义关系最为密切的古典思想等内容做些介绍。

(一) 人文主义者对古典思想文化的崇尚

希腊化时期的三女神雕像　　文艺复兴时期柯萨《维纳斯的狂欢》(1470)

关于人文主义者如何崇尚古典思想文化的问题,布克哈特在其著作中做了生动详尽的描述。我们尚且不论彼特拉克如何钟爱古典文化的情景。即使是当时的教皇如尼古拉五世亦在其作为教士期间因购置古籍、雇人抄写手稿而负债累累。佛罗伦萨的著名人文主义者尼科洛·尼科利则将全部资产花在购置书籍方面,最后倾家荡产。此后,美第奇家族的科斯莫反馈给尼科利所有的花费。后来,尼科利的所有藏书就成为洛伦佐图书馆的基本馆藏。②

不妨再来谈谈拉斐尔的家乡乌尔比诺城的藏书情况。那里有一位伟大的藏书家，名叫菲德利哥。他的理想是使自己的藏书成为当时意大利最大的一个文库。他保存着梵蒂冈、佛罗伦萨圣马可修道院、帕维亚维斯康提家族、牛津大学等的藏书目录。阿奎那、但丁、薄伽丘等名家的全集亦在其收藏之列。另外还藏有大量希腊文的手稿。从乌尔比诺城的这一藏书个案，我们可以想象当时意大利人文主义者热衷于古典文化的盛况。

随着古典文化受到社会广泛阶层的关注，也随着藏书等事业的发展，许多相关行业如抄写古本等也得到相应的发展。当时一个人被授予"写本人员"的称号，这是很荣耀的事情。稍微低一点的人员则称作"抄写手"。那些有"写本人员"头衔的工作收入相当可观。

当然，推动古典文化复兴的中心是佛罗伦萨。因为在那里有彼特拉克、薄伽丘等有声望的人文主义者在起着实际的推动作用。（具体情况详见本书上篇相关篇章）特别是费奇诺在佛罗伦萨的美第奇花园学校从事柏拉图全集等的翻译事项，这使得古代哲人的完整思想内涵逐渐被人文主义者所认识，并从中寻得思想的导向。为了认识人文主义的思想精髓，我们有必要就古代希腊罗马的思想发展线索做些梳理。

（二）柏拉图和亚里士多德的哲学

1. 柏拉图（Plato，公元前427～公元前347）

柏拉图的哲学非常重视对完美理念的研究。它深深地影响了文艺复兴时期对形式美、对和谐风格、对人的超越性等的文化追求。

这里先要说说与完美形式这一超越性观念有密切联系的形而上

学的问题。有人说，柏拉图的形而上学哲学是唯一值得重视的哲学形式，因为柏拉图的思考方式影响了以后西方哲学包括文艺复兴时期人文主义哲学的思维进程。但事实上柏拉图那个超越性的"理念"并非突发奇想，它也有思想的渊源。在苏格拉底之前，就有巴门尼德关于存在的哲学理论，这种存在理论将哲学家的思考带到了超越性的境界和真实永恒的境界。在那种境界里，似乎概念、知识就是真的东西，就是科学。英文知识论 epistemology 就是从希腊文"科学"一词演变而来，它是纯粹的认识，因而是高尚的。甚至有些知识就成了世界的源流。如希腊文"美"的拉丁文对应词是 honestum，即正经、纯粹、优雅的意思。希腊文"善"的意思则为全、真、适中等，英语有 good 一词对应。后来亚里士多德有言："善与美正是许多事物所由以认识并由以动变的本原。"③所以爱知识的人都与最高的境界联系在一起。在柏拉图的心目中，哲学家献身真理才是真正的快乐。④正是有了对纯粹、完全、真等的存在意识，才有了苏格拉底所谓普遍的东西就是理性自己想到的"最强的原理"。以上就是形而上学理论的最初情况。

柏拉图是这样来解释完善的存在问题的。他认为理智世界（Intelligible World）对应着"善"的理念，即最高的知识形式，而感觉世界（Visible World）则对应具体的事物（Things）。⑤理念（Idea，英文可译成 Form）这个词在希腊文里有"形式"的意思。柏拉图认为理性认识有其特定的形式和内容。"至于讲到可知世界的另一部分，你要明白，我指的是逻各斯本身凭着辩证的力量而达到的那种知识。……在这过程中不靠使用任何感性事物，而只使用理念，从一个理念到另一个理念，并且最后归结到理念。"⑥由此看来，理念及理念之间的逻辑关系构成了一个独立的思维本体世界。那么理性和感性、理念世界与可感世界是如何发生关系的呢？柏拉图解释到，可感世界的存在是因为"分有"了理念世界的缘故，例如具体的一张床的存在就是因为分有了理念；事物之所以美就是对美的理念的分有。但形式究竟来自何处？柏拉图认为，它们是客观存在着的，如果一定要追究到底的话，那就是神。于是，只能将"理念""一""神"等概念当作先天的、超验的某种事物，束之高阁。柏拉图的独特之处在于，他向人们提供了除辩证思维外的另一些带有漫幻色彩的方法。柏拉图思想的伟大、矛盾之处"就在于用神话做出了一种解答：理念既超然于事物（《蒂迈欧》中的神话想告诉我们的就是这点），又内在于灵魂（所有关于灵魂的命运的神话想告诉我们的就是这点）"[7]。我们一直讲到的欧洲思维方式即概念、理性思维等就是一个真的存在世界，它们是神圣的，人的灵魂可以意识到它们的存在。

再从上述知识论的立场出发来看看柏拉图的美学思想。柏拉图的《大希庇阿斯篇》专门讨论与美有关的问题。该谈话中的两个虚拟人物是希庇阿斯和苏格拉底。希庇阿斯善诡辩，自吹文章之美。苏格拉底就问他什么是美。希庇阿斯的答案是美即漂亮的小姐。照此看来，美的母马、美的汤罐也可以称作美了。可美的母马、美的汤罐比不了美的小姐，而美的小姐又比不了仙女。显然希庇阿斯只说了相对美的东西。于是希庇阿斯又提出黄金可以使事物美丽。苏格拉底旋即提出雕塑家并不用黄金去装饰女神。希庇阿斯又说，恰当即美。恰当使事物的实际产生美，进而导致外表的美。但外表的美也可能是错觉引起，与美本身不能相提并论。苏格拉底继续诘问美的定义本身。希庇阿斯从有用性、有益性和快感性等角度继续回答。终究这个三性与美本身还不是一回事。这篇著作就在不置可否中结束。[8]其实，美、善、圆等概念要么只能断定部分属性，要么就存在于人的理性自觉之中。所以在柏拉图的心目中，真正美的东西是存在于灵魂中的理念，它们不是艺术家和工匠创造的某件美的事物，而是高于这些事物的神圣的理念。正是有了美，才会有工匠和艺术家去创造美的事物。又例如神只创造了一个床的理念，然后木匠去创造千万只床，而艺术家又去临摹工匠所创造的床。[9]总之，美是神圣的，它存在于心灵之中。心中有了美，才会去创造和体验美。但美的整个性质和内涵人们却无法定义。后来文艺复兴时期的新柏拉图主义者费奇诺认为人们可以在迷狂（frenzy）的状态中与美等境界相契合。（详本书各处）虽然柏拉图对艺术评价不高，但其整个著作和思想体系则充满诗化的色彩，可以将其学问和思考当作一种诗化的辩证法。为何如此评价？柏拉图也谈论逻辑、知识、科学的统一性等问题，这些对亚里士多德、对后人都有启示意义。但柏拉图的思维最终不是引导人们走向科学的道路。因为他的眼睛始终盯着上苍，一心思忖和迷恋那个理念世界，其整个思考就是启示人们超脱现实感性世界的羁绊，从而与那个超越的世界相契合。如果寻着这种思路走，那么人们一生的所作所为就只能在思维的世界中畅游，在宗教的氛围中做修炼的事宜。这就不难理解何以柏拉图的思想后来与基督教哲学融合起来。这不是很诗化吗？但人们要生存，要积极地面对自然界的各种挑战，要现实地处理各种问题。也就是说，人们必须眼睛向下，在路途上蹒跚而行。亚里士多德的作用就是改变老师的思维方式，认为在思考理念世界时必须结合到具体的事物，否则就没有认识意义和现实意义。于是在亚里士多德思维方式的引导下，西方的思想文化真正走上了理性的、科学的知识之路。

既然世界上有完美的理念存在在那里，那么根据这种完美的理念如政治理念去构筑一个理想的社会也就顺理成章。所以《理想国》里有许多想象的成分。但柏拉图的理念世界又有遥不可及的一面，他自己也逐渐认识到这一点。柏拉图晚年一改早先对雅典奴隶主民主政治及法制主义的批评，在其撰写的一生中最长的著作《法律篇》里提出了一个"第二好国家"的政治设想。所谓"第二好国家"，除了在政体上将民主政体和寡头政体相结合外，更重要的是倡导法制主义。一方面，理想政治是有的，但其内容是抽象的理性设定，缺此设定，现实政治就失去运行的方向，失去了恒久的制约力。同时,理想政治始终有自己的完美结构,因为理性自身的逻辑力量会不断推动理想政治的"模型"保持其完善性。另一方面,既然理想政治与现实政治有一定的距离,人们的政治注意力就不必过多地拘泥于现实政治的绝对完善性问题,而要着重研究如何使现实政治达到相对完善的有效手段即法制的建设。现在的问题是人们应当如何认识法?柏拉图在《法律篇》里有这样一句话:"在家庭和国家两方面都要服从我们内心中那永恒的质素,它就是理性的命令,我们称之为法律。……人们说,不要把法律普遍地看成和平、或战争、或德性;它是现存政府的利益、力量和保存,是表明什么是公正的天然定义的最好办法。"⑱从中可以看出,法出自理性,或者说是理性介入的结果,但同时又牵涉利益世界,是利益世界的公正尺度,故法成了理想政治与现实政治的桥梁。这里的关键是法与理性的关系。由于法渗透着理性因素,所以法至少在形式上与理想政治有关联,这就是柏拉图法制主义思想的本质。以上思想对文艺复兴时期的乌托邦政治理念影响很大。

那么柏拉图的上述形而上学理论后来怎么会影响文艺复兴时期的思想文化呢?这个问题本书会在相应的章节中予以专门的论述。这里只提示两点:第一,世界上存在着最完美的形式化世界;第二,人可以摆脱各种束缚去体验那个完美的世界。这种思想对文学艺术的创作实践具有重要的指导意义。只不过柏拉图的思想处处以矛盾的形式显示出来。

2. 亚里士多德(Aristotle,公元前384~公元前322)

亚里士多德很知道老师那套理论的弱点。他曾批评老师脱离具体事物空泛地谈理念问题。这一批评的意义十分巨大。人们可以从不同的角度去理解亚里士多德对个体事物重视的意义。但有一点大家都必须承认,即亚里士多德使人们的认识更靠近现实、现实的人,富有实际的效应。这种想法与柏拉图的思想合在一起,对文艺复兴时期的人文主义者从具体现实的人出发去认识世界万事万物的本质有重要的启示意义。另外，人们认为柏拉图的思想很富有理想的色彩，其实亚里士多德思想的理想色彩也毫不逊色。亚里士多德认为，所有的认识包括政治的设计都得按照理性的原则进行。正是亚里士多德对理性的强调，从而使理性的意识成为西方思想文化的重要内容和特色。我把这叫做理性的浪漫。

　　文艺复兴时期的人文主义思想之鲜明的特征就是注重个体的人、注重对个体事物的经验观察。亚里士多德早就提出认识要始终关联到现实的个体事物，要懂得用感觉经验去感受事物、观察事物。《形而上学》开卷即言："求知是人类的本性。我们乐于使用我们的感觉就是一个说明；即使并无实用，人们总爱好感觉，而在诸感觉中，尤重视觉。"⑪如何求知呢？在亚里士多德看来，柏拉图的理念论侧重于对概念与概念的逻辑分析，它会远离具体的事物。任何认识都必须对说明、解释具体的事物发生效应，否则是没有意义的。于是亚里士多德考虑理念在某个具体事物的身上究竟是什么的问题。亚里士多德认为，就某个具体事物而言，理念就是事物之所以为某个具体物的形式，如一座青铜雕像的形状等。当然事物又有其质料的部分，如雕塑青铜雕像时所用的青铜材料等。形式（即理念，如"圆"等）需要依靠人们的思想、理性来把握；而具体某个事物（如"一张圆的桌子"）则需要人们通过与感觉相关的认识予以把握。总之，认识离不开思想和具体的感觉。这样，哲学认识的对象就成了与主体的思想有关的、个体性的感觉对象（或客体，即前面说的青铜雕像）。

　　不过在亚里士多德看来，理性本身的完美性仍是一种存在。理性的部分可以不依感觉的部分而独立存在于人的灵魂之中，它是普遍性的，是可以脱离感觉进行逻辑推理的。《形而上学》有言："但只有形式的各个部分才能是公式的各个部分，公式是具有普遍性的；因为一个圆与其'所以为之圆'，即怎是相同，灵魂也与其

'所以为灵魂'者一样。然而当我们接触到那综合实体,例如'这圆',一个个别的圆,无论是可感觉或可理知的(我所说理知的圆即数理上的圆,所说可感觉的圆即铜或木材所制的圆),关于这些个别事物,定义是没有的;它们只凭思想或感觉来认识;当它们从完全的现实消失以后就不知其或存或亡;但'圆'却总是由普遍公式来为之说明并得以认识。至于物质本身是无由自知的。有些物质是可感觉的,有些是可理知的。可感觉物质,例如铜与木材与一切可变化的物质都是的;可理知物质为存在于可感觉物质之中的不可感觉事物,例如数理对象。"⑫也就是说,人们对个别事物进行认识时需要依靠感觉等认识手段,而对事物的性质进行说明时则主要由理性来完成。以上表明,所有的认识都可能有矛盾,也就是说人类的认识总会受到各种限制。那么认识的真理性何在?不得已,人们最后请出一个完整自明的最高原理、最后原因,即神,请它做担保。《形而上学》有言:"神原被认为是万物的原因,也被认为是世间第一原理。"⑬这样,亚里士多德的学说就走向了神学。注意,这种神学的倾向是理性神学,即理性通过自己的思维运动得出的结论。后来影响到中世纪的基督教哲学和文艺复兴时期人文主义的双重真理观。

  人们都说,柏拉图主义对文艺复兴时期"人是小宇宙"的理论有具体的启示意义。我想说明的是,亚里士多德的哲学着眼于具体的个体如某个具体的人和物,这给了小宇宙理论形成以思维的突破口。尽管亚里士多德并未从这个缺口走出去,走得更远,但他的思想使后来的人文主义者生发出一个重要的思想,即如何围绕具体的人去发现整个世界的美妙和伟大;另外也使人文主义者懂得,真正美好的事物是一种与个体的人、个体的事物紧密相关的纯粹形式化世界,这就鼓励文化巨匠去不断追求形式的美,不断追求艺术的至善至美。文艺复兴时期的艺术作品中和谐美的思想源流就在于此。

柏拉图思想特点和亚里士多德思想特点对照表

柏拉图	亚里士多德
强调理念世界和感性世界；着重分析两个世界之间的分有关系。	强调个体事物及其属性；着重分析个体事物中的形式和质料问题。
强调认识是对最高理念的回忆。	强调认识过程中的经验观察、理性分析。
提出理想的国家和"第二好国家"的设想。	在对各个城邦政制考察的基础上提出中庸的城邦理论。
艺术是对不真实世界的模仿；真实的理念世界通过灵感（如迷狂 frenzy）达到。	艺术是对真实的行动着的人的模仿；艺术如悲剧艺术有陶冶作用。（对具体情节的强调；三一律；悲剧艺术的效果就由一些"突转"的情节构成）
一位希望超越现世，最终达到理想境界的圣哲。	一位希望对现实世界产生实际作用的百科全书式思想家、学问家。
……………	……………

亚里士多德的哲学告诉后来的人文主义者不要丢弃具体的个人去谈一个抽象的人。亚里士多德的这种哲学可以称作科学的思维方式，即为了了解具体的个人，仍需要将这个人分成两个部分即形式的人和肉体的人来加以研究。这些思想对科学地认识世界、科学地认识人（如文艺复兴时期的解剖学的发展等）都有现实的促进作用。但这在基督教教父哲学家奥古斯丁看来是一种有缺陷的思维方式。因为具体的个人一经科学式的分离，那个完整的个人就不存在了。事实上，人们永远看到的是完整个体的人身上呈现出来的美。我们要还给亚里士多德一句话，离开个体之人的一般人的美是不存在的。但亚里士多德一直以为艺术所要呈现的是一般性的、普遍的美。亚里士多德也把诗歌艺术当作一种创造性的工作。诗人通过想象和创作把必然要发生的事情、普遍的事情呈现出来。所以"诗是一种比历史更富哲学性、更严肃的艺术，因为诗倾向于表现带普遍

性的事，而历史却倾向于记载具体的事件"⑩。于是奥古斯丁要问：我们为何不把一个完整的个体当作存在来研究？然后问，这个整体性的存在是如何取得自己的存在意义的？这个整体性的存在又给了我们怎样的一种思考？事实上只有一个整体性的存在如某个生动具体的个人才会显示出美、显示出种种存在的意义来。于是奥古斯丁把柏拉图、亚里士多德的哲学又向前推进了一步，也就是让人们把现实世界中具体的个人当作一个活脱脱的存在来看待。这个人就是小宇宙，人是以小宇宙的形式与世界上其他的事物、神发生关系的。因此严格地讲，文艺复兴时期人文主义者所接受的古典思想是柏拉图主义、亚里士多德主义、奥古斯丁主义的综合。极端地讲，就是奥古斯丁主义。这种奥古斯丁主义对于美学、神学等有诸多重要的启示意义。至于奥古斯丁为何那么看重具体的个人并将具体的个人与神圣的上帝世界相关联，这需要我们回到当时希腊化罗马时期的具体历史背景去看待问题，就好像我们在研究文艺复兴时期的人文主义思想文化时也必须了解其时的历史状况一样。

（三）希腊化罗马时期的思想文化

文艺复兴时期的人文主义思想家不只是谈柏拉图和亚里士多德；他们对希腊化罗马时代的伦理学、政治学亦情有独钟。其中西塞罗、普罗提诺、奥古斯丁的言谈经常被引用。人文主义之父彼特拉克对奥古斯丁的哲学的偏好甚至到了忘情的程度。不仅如此，彼特拉克还提倡顺自然而为的斯多葛主义的命运观。另外，从但丁起，古罗马维吉尔等诗人的作品就成为文艺复兴时期文学家崇敬、模仿的对象。由此看来，研究文艺复兴时期的思想文化就必须有重点地检点希腊化罗马时期的文化内涵。

希腊化罗马时期的社会政治结构呈剧烈动荡局面。原有的城邦政治结构衰落以后，新的帝国政治模式殊为难产。社会的无序反映在伦理学上就是社会价值体系的莫衷一是。人们为找不到适宜的生存环境而焦虑不安，个人变得十分软弱无力。用文德尔班的话讲，人们找不到战胜外部世界的力量，于是哲人们就转向个体、转向个体的内心，至少要在个体的内心里得到某种自我价值认同。[⑬]当时出现了两个重要的伦理学派别即伊壁鸠鲁派和斯多葛派。虽然两派的观点有诸多差异，但有一个相似之处则值得重视，即都把伦理的视角转向个体。例如两派都认为任何善的行为都是为了自我保存或促成自我保存，并且任何个体在思考自我保存时又逃脱不了理性和感性两者间充满悖论的纠缠。这是时代在驱使两派把伦理的目光转向个体，为个体生命寻找存在的理由。从表面上看，两派都向往理性的至善，十分讲究过一种理性的、宁静的生活。故黑格尔说："一个伊壁鸠鲁主义者，如果他恪守伊壁鸠鲁的告诫，和一个斯多葛主义者的生活方式没有什么两样。"[⑮]

1. 伊壁鸠鲁（Epicurus，公元前341～公元前270）

伊壁鸠鲁派的哲学直陈个体的感觉。伊壁鸠鲁说："要对照着我们的感觉，对照着理智的直觉，或者对照着某个别的标准，来观察万事万物。同时还要注意到我们的直接感受。"[⑰]"我们用感官观察到的，或者用心灵通过一种认识而把握到的，才是真的。"[⑱]并且"永远要以感觉以及感触作根据，因为这样你将会获得最可靠的确信的根据"[⑲]。从上述话语中我们得知，在伊壁鸠鲁派的伦理体系中存在着两种伦理学意义上的快乐：一种是理性的快乐，一种是自然感性生命的快乐。作为伦理学上的感觉论者，伊壁鸠鲁之向往自然感性生命的快乐很好理解。不过，伊壁鸠鲁同时十分尊重理性的快乐，希望感性上的快乐能够保持在适度的范围，保持一种个体的理性的宁静，享受理性至善的快乐。由此看来，伊壁鸠鲁是享乐主义者，但不是纵欲主义者。黑格尔曾这么评价："如果说现在有人肯定感觉是行为的根据（'因为我觉得我心里有这个冲动，所以这个冲动是正当的'），这就正是伊壁鸠鲁主义。……必须加以注意：如果说伊壁鸠鲁把目的定为快乐，那这只是就享受这个快乐乃是哲学的后果而言。如果一个人只是一个没有思想的、放荡的人，只是毫无理智地沉溺在享乐之中，过着放纵的生活，决不可以说他是一个伊壁鸠鲁的信徒，也不可以设想伊壁鸠鲁的生活目的在这里就已经得到实现。"①

伊壁鸠鲁的哲学在文艺复兴时期流传很广，甚至早在中世纪时代就有影响。许多人士包括普通群众也许对伊壁鸠鲁其人、其著、其想了解并不很充分，他们心目中的伊壁鸠鲁哲学就是一种倡导享受现世快乐的理论，甚至到了教会将这种理论当作异端来处理的程度。即使是但丁也对伊壁鸠鲁的学说感到憎恶，因为觉得那种学说通过肉体与灵魂合一的观点而将世界永恒的一面给葬送了。②伊壁鸠鲁哲学启示文艺复兴时期的人文主义者不要脱离生动的人之感觉去理解世界万事万物的奥秘。

2. 斯多葛派

斯多葛派的创始人是生于塞浦路斯的西提姆人芝诺（Zeno，公元前336～公元前264）。他在雅典讲学时常与学生聚于柱廊式建筑下，这种建筑古希腊人称为"斯多葛"，故由芝诺创立的学派便被后人称作"斯多葛派"（Stoics）。中期斯多葛派的代表人物有罗得斯的巴内修（Panaetius，公元前185～公元前110）和西塞罗（Cicero，公元前106～公元前43）等。晚期斯多葛派的代表人物则有塞涅卡（Seneca，约公元前4～公元65）、爱比克泰德（Epictetus，约50～138）和马可·奥勒留·安东尼（Marcus Aurelius Antoninus，121～180）等。这些人物都对文艺复兴时期的人文主义发生影响。按照布克哈特的解释，西塞罗、塞涅卡等斯多葛派人物的理论从诸多方面影响着文艺复兴时期的思想文化，其中有禁欲主义、听从命运安排等。除此之外，上述理论的影响在于如何启示人们从现世的角度独立思考各种人生问题。布克哈特说:"十四世纪主要是受到了西塞罗的著作的激励的。他虽然事实上是一个折中主义者,但是由于他习惯于提出各家的意见而不在它们之间做出一个决定,所以他就起了怀疑主义者的影响。其次比较重要的是塞尼加和亚里士多德的少数已经译成拉丁文的著作。这些研究的直接效果,如果不是直接反对教会的权威,无论如何也是在不受教会影响的情形下取得了一种在重大问题上的思索能力。"②

斯多葛派认为感性世界和理性世界之间没有直接的关系。因此取得理性世界的快乐、幸福可以完全不顾及感性世界的快乐、幸福之满足等等。其理由在于不附加感性世界的快乐,人们并不感到享受理性世界的快乐会有什么障碍产生,也就是说,两者间的特性根本不同,没有可比性。具体的感性世界及其快乐是流变的,会得而复失;相反,理性世界及其快乐则是恒定的,永远不会消失。极端地讲,只有抛弃感性世界才能展开理性世界的沉思。奥勒留说:"剥去事物的外壳而沉思它们的形成的原则(形式),沉思行为的目的……"㉓似乎只有在这种"剥去"感性世界的理性沉思中才能有理性世界的快乐。由此可见,斯多葛派的禁欲主义思想十分明显:要守住心灵的宁静就必须去欲。同时,感性世界既然是虚幻之物,那么就更广的伦理思考而言,得到了理性世界的和谐性也就是与整个宇宙、整个人类的和谐性保持了思想同一。奥勒留也许就是这样一个得到了和谐性的人。试听其自叹:"啊,宇宙,一切与你和谐的东西,也与我和谐。那于你是恰如其是的一切事情,对我也是恰如其是。"㉔斯多葛派将近乎宗教般的克己与玩世不恭结合在一起,从而构成了一幅希腊化罗马时代人生迷茫的画像。塞涅卡的话惟妙惟肖地道出了那种不知所措的双重伦理心理:"有人向我说,我的生活不符合我的学说。在这一点上,当时人们也责备过柏拉图、伊壁鸠鲁、芝诺。这些哲学家所谈的并不是他自己怎样生活,而是应当怎样生活。我是讲美德,而不是讲我自己;我与恶德作斗争,其中也包括我自己的恶德：只要我能够，我就要像应当的那样生活。要知道，如果我的生活完全符合我的学说，谁还会比我更幸福呢？现在就没有理由责备我只是说好话、存好心了。"⑤塞涅卡在这里谈的是悖论：要么是恒定的、形式化的理性世界，要么是变动的、现实化的感性世界。人可以站在两极，却无法进行适宜的取舍而两全其美。

斯多葛派的上述思想对文艺复兴时期人文主义安于天命的想法影响很大。

3. 西塞罗（Cicero，公元前106～公元前43）

西塞罗对古代希腊的文化有很深刻的理解，而后人包括许多文艺复兴时期的人文主义者对希腊文化的了解在很大程度上是通过西塞罗的著作和解释得以实现的。西塞罗生当共和国末期，与恺撒有政治交锋。西塞罗从祖辈那里学会了对荣誉、对传统等的尊重。西塞罗生活的小镇又教给了他如何在一个开放的社会里使等级结构、政治结构得到有序的安排、运作。另外，政治家马略，一个普通的骑士阶层成员，如何脚踏实地、坚毅勇敢地在政治仕途上一步步向上攀登，最后成为执政官，这也对西塞罗的政治思想和政治实践产生了莫大的影响。西塞罗早年聪慧拔萃，善作诗歌。雄辩家菲隆（曾在柏拉图学园学习）的辩才征服了西塞罗。菲隆还教导说，哲学不可能达到最后的真理，但哲学通过言辞能针对具体事物给出最恰当的解释。这些对西塞罗未来政治生涯中将雄辩术与政治治理相结合的实践影响颇大。西塞罗的诗才、辩才和律师生涯，加上善于结交关键的社会政治人物，使他迅速成为公众关注的人物。关于西塞罗的辩才，格里马尔这么评论道："事实上，西塞罗把他的雄辩术理论建筑在两个概念之上：Probare（证明、证实）与 Delectare（令人悦服）——由此导致了理智与帕斯卡称之为心灵的概念（理性与非理性）的介入。"⑥我们知道，西塞罗的修辞术、辩才、绝妙的拉丁文等都是文艺复兴时期的楷模。

西塞罗受柏拉图的影响很大。由此造成了他思想深处理想和现实的各种矛盾。就政治统治而言，西塞罗认为整个世界包括我们的人生都受着最高的"统治者"的掌控。人要安于天命。理想的共和国要做到强有力的人物和完善的政治体制的统一。西塞罗特别强调设置强有力执政官的必要性。最理想的是：那个执政官有崇高的德性，又有出众的才干，大致相当于柏拉图的哲学王。就法律而言，西塞罗又认为法律和人的自然本性是有距离的。法律根据具体的利益、具体的事项而制定，因此法律除形式上的平等外不可能消除事实上的不平等。然而，人的自然本性所希望的是无差别的平等。一个理智的人、正义的人就应当懂得并遵守实际上的平等和法律上的平等。[②]与柏拉图不同的是，西塞罗非常注重实际。他所面对的事实是：罗马在扩张。这种扩张出自利益、务实等考虑。但自然的正义又要求人们宽恕对方，禁止剥夺对方的财物。这就造成了两难的困境。西塞罗最后的抉择是：当涉及国家问题、具体利益等问题时，每个人都会从实际的角度考虑问题。例如："没有一个公民社会会如此愚蠢，以至于不是宁愿非正义地统治，而是宁愿非正义地受奴役。"[③]所以西塞罗比较看重那些有敏锐的洞察力，能够务实地处理政务的政治家。

在文艺复兴时期，西塞罗的作品与其他古代罗马作品相比，最受人文主义者的喜爱。布克哈特评点道："那些古罗马作家的作品当时都被人们热情地研究着，尤其西塞罗是所有作者中受人研读最多和最受赞扬的一个。"[②]"在这一时期，西塞罗、普林尼等人的书信被人当作典范来加以勤勉地学习着。"[③]还说："古典文化发生影响的第二种方式主要是通过西塞罗的《共和国》第六卷的宝贵的残本来起作用的，人们称之谓《西庇阿之梦》。"[④]

4. 普罗提诺（Plotinos，约 204~270）

普罗提诺是教父哲学的先驱。亚历山大里亚城是当时新柏拉图主义活动的中心，也是正在兴盛起来的基督教哲学的重要研究场所。这些对普罗提诺的思想都有影响。不过普罗提诺最大的兴趣始终集中于希腊哲学，主要是柏拉图和亚里士多德的思想。普罗提诺去世后由其学生波菲利将那些讲稿重加整理、分类编纂，共分成6集，每集9章。这就是后来流传下来的《九章集》。

柏拉图知道用理性和感觉的方式去思考世界；亚里士多德又懂得了针对现实的个体事物进行理性和感觉的综合性思考。但事实上，柏拉图和亚里士多德的方式还是无法达到对事物整体性的思考。在柏拉图那里，所谓的整体就是理性及与理性相对应的理念，但理念世界与现实世界是分裂的；在亚里士多德那里，虽然承认现实事物是真实的存在，但还是将客观事物分成形式的部分和物质的部分，并且理性通过辩证的思考方式去认识现实的事物。现在问：能不能从统一性的角度来思考事物的形式和质料？这种统一性又来自哪里？人们又依靠怎样的思维方式来面对一个统一的事物？

普罗提诺哲学的核心范畴是"太一"，试图进一步用整体性的内涵将心智的东西与神性的东西结合起来。普罗提诺认为，统一性就是一种存在，并且只有具备了统一性才能够存在。《九章集》中有言："一切存在的东西，包括第一性的存在，以及以任何方式被说成存在的任何东西，其所以存在，都是靠它的统一。"⑱将统一性当作一种存在——一种最高的存在，这是以后基督教宗教学整个思想演变的起点。只不过在普罗提诺那里用了"太一"，而在其他哲学家那里惯用"逻各斯""道"等等。那么人这个统一体的基础究竟何在？完整的太一世界何在？人们又应当如何去认识这个太一世界呢？普罗提诺说："我们必须变成心智，必须把我们的灵魂信托给我们的心智，在心智中建立起我们的灵魂，这样我们才能意识到心智所观看的东西，并且通过心智享受对'太一'的观照。我们不可以加进任何感性经验，也不可以在思想中接受任何来自感觉的东西，只能用纯粹的心智，用心智的原始部分去观看那最纯粹的东西。"⑬这种想法的启示意义在于要从统一体的角度思考个体的人，但其弱点是纯粹从理性的角度把人统一起来。柏拉图曾将理性转变为理念世界，普罗提诺则将理念世界再转化为某种思维形态，从而将世界彻底变成一个思想序列，让思想在自己的序列中自由驰骋。在理念世界变成心智后，心智就能直接观照太一、承接太一。但为了与具体事物沟通，必须产生一种理性与感性互相结合的思维形态，这就是灵魂。这样，最高实体便通过心智、灵魂，通过思维结构层层流射到万事万物。由于灵魂的存在，人的存在也变得完整了。他认为凡是思维结构中的要素都是真实的，按照顺序有：太一——理念——与太一、理念相对应的具体事物、物质等，而外在于思维结构的东西（主要指物质世界）则是不真实的。

针对普罗提诺的思考方式，人们会进一步问：如果加进了感觉、意志等成分，那么我们会对上帝的存在产生何种思考呢？这时我们如何既不回避感性世界的东西又超越感性，从而达到神圣的境界呢？奥古斯丁的哲学就是从一个有血有肉的完整个体出发，并用直觉方式去思考、领悟和体验诸如和谐、美、至善等的形式，并进一步认识到上帝就是源流。费里埃指出，"奥古斯丁的思想是直观的"⑭。

5. 奥古斯丁（Augustinus，354～430）

奥古斯丁是中世纪教父哲学的著名代表。他因《忏悔录》和《上帝之城》而闻名于欧洲思想文化界。奥古斯丁又是一位具有丰富内在情感和细腻审美感受力的思想家。据《忏悔录》记述，奥古斯丁会凭空嗅到紫罗兰和百合花的不同芳香，也会在教堂的歌声中领略无限的美的愉悦。这种美感力与奥古斯丁的宗教信仰学说的形成究竟有何关系，很值得思考。

奥古斯丁的哲学始终从人的各种特性去思考人之为人的存在问题。例如在他看来，人有双重意志就是一个实际存在的问题。例如灵魂发出一个指令要去做某一件事，同时灵魂又拒绝去执行，这意味着行善行恶可以是同一个意志行为。奥古斯丁进一步做出结论：所谓自由意志其实并未体现真正的自由，因为它无法实现一项完整的选择。⑤那么一个完整的个体如何进行自我拯救呢？于是奥古斯丁要弄清楚个体的存在究竟是怎么回事。这是奥古斯丁哲学的一个非常有意义的地方，即就每一个具体的个人而言，各种矛盾冲突无处不在。然而正是这些感性方面的弱点、矛盾等向人们提示出严肃的存在问题。

奥古斯丁提出："对每一事物有三类问题，即：是否存在？是什么？是怎样？"⑥可是这些问题及其中的概念如"存在"是如何在人的思考过程中发生的呢？对此，奥古斯丁提出了一个"记忆说"。认为这种记忆十分清楚地在每个人的身上发生了。人不仅通过记忆了解到自己的影像，还通过记忆了解到超越性的世界，直至最高的存在上帝。⑦这样，当记忆、思考、心灵涉及如此一点即超越自身以寻求最高的存在时，一切就显得顺理成章了。奥古斯丁终于说道："我的天主，我真正的生命，我该做什么？我将超越我本身名为记忆的这股力量，我将超越它而飞向你、温柔的光明。"⑧奥古斯丁一方面通过"思"推论出上帝的存在，另一方面又通过上帝的存在来证明"善""幸福"之类存在世界是如何先天地被放置在记忆之中的。最后奥古斯丁告诫人们，哲学的最高目的是走向信仰。对于最高的存在即上帝只能

波提切利：《圣奥古斯丁在书斋》

凭信仰与其相"观照",甚至对于上帝的言语如"道"也只能凭借信仰与其相"观照",还有忏悔的手段等。在奥古斯丁看来,上帝毕竟派一位具有神人双重身份的耶稣降临人类,藉此,人们的希望就有了一个明确的投射方向,人们的拯救就有了坚实的依靠。㉕文艺复兴时期对耶稣、对玛利亚形象的宗教思考和艺术呈现,其道理亦不外乎此。然而,人靠上帝的力量而提升自己的存在这种意识本身,又表明有怎样的意志在起作用呢?这不又回到了人自身的自由意志吗?

奥古斯丁认为,感觉的世界是有局限的,但他又不否定感性个体的存在和感性世界本身。他反对"肉体之外的逃离"㉖,甚至认为人正是通过对感性世界局限性等的意识才进一步认识上帝之存在。双重意志的矛盾正好给人一种启示,使人认识到升华自己存在的重要性。所以,一个有智慧的人应当用上帝赋予自己的力量去拯救自己,使自己从感性的纠缠中挣脱出来,将原本是被感性拖着走的人变成由神指引着生存的人。这就是基督徒的力量和奥秘所在。所以,奥古斯丁一方面要显示人身上的种种矛盾,进而使人看清楚自己灵魂的高贵;另一方面又回到整体性的个人,让一个有血有肉的活生生个体通过审美的、身心交融的体验方式在各种象征中领悟上帝的存在,并升华人的存在意义。例如,艺术家不仅是在创造美的事物,而且让人在美的形式下去体验神圣的至美。这至美就是上帝,"因为艺术家得心应手制成的尤物,无非来自那个超越我们灵魂、为我们的灵魂所日夜想望的至美。创造或追求外界的美,是从这至美取得审美的法则"㉗。朱光潜也提到了奥古斯丁在数、秩序中体验美的想法,认为这对于以后形式主义美学有影响。㉘蒙哥马利在其著作中也特别提示了这一点。㉙奥古斯丁哲学的真正魅力是将一个整体性的个体升华。

后来的人文主义者正是沿着奥古斯丁的思维方式来认识人的特征。人文主义者的最大特点就是不回避人身上的各种矛盾因素,同时强调用人的全部情感、智慧与上帝沟通。人文主义者一般都主张个体性的人,也就是说,不要脱离这个个体去讲什么超越性,讲什么人的神圣性。真正有力量的人是既懂得人性,又懂得如何超越人性的限制并达到柏拉图所谓理念的境界。奥古斯丁之所以受到重视,理由就在于此。

懂得了从柏拉图到奥古斯丁的上述哲学进程,我们就能得心应手地开掘人文主义的思想内涵。或者说,人文主义的思想基础就是对上述哲学内涵的进一步发挥。

注释:

① 详细情况可参见 Haren, Michael, *Medieval Thought: The Western Intellectual Tradition from Antiquity to the 13th Century*, Macmillan Publishers Ltd., 1985.
② 以上情况参见布克哈特:《意大利文艺复兴时期的文化》,何新译,北京:商务印书馆1979年。
③ 亚里士多德:《形而上学》,吴寿彭译,北京:商务印书馆1959年,第84页。
④ 柏拉图:《理想国》,郭斌和、张竹明译,北京:商务印书馆1986年,第368页。
⑤ Plato, *Republic*, Oxford University Press, 1993, pp. 237~239.
⑥ 柏拉图:《理想国》,郭斌和、张竹明译,北京:商务印书馆1986年,第270页。
⑦ 布兰:《柏拉图及其学园》,杨国政译,北京:商务印书馆1999年,第56页。《蒂迈欧篇》的英文名为 Timaeus。——笔者注
⑧ 参见《柏拉图文艺对话集》,朱光潜译,北京:人民文学出版社1959年,第167~197页,以及朱光潜的题解。另参见泰勒:《柏拉图——生平及其著作》,谢随之等译,济南:山东人民出版社1991

年,第50~57页。

⑨关于床的问题讨论可参见柏拉图《理想国》,郭斌和、张竹明译,北京:商务印书馆1986年,第390~391页。

⑩柏拉图:《法律篇》,选自西方法律思想史编写组编:《西方法律思想史资料选编》,北京:北京大学出版社1983年,第23页。

⑪亚里士多德:《形而上学》,吴寿彭译,北京:商务印书馆1959年,第1页。"求知是人类的本性"英文为:All men by nature desire to know.

⑫亚里士多德:《形而上学》,吴寿彭译,北京:商务印书馆1959年,第144~145页。

⑬亚里士多德:《形而上学》,吴寿彭译,北京:商务印书馆1959年,第6页。

⑭亚里士多德:《诗艺》,陈中梅译,北京:商务印书馆1996年,第81页。

⑮参见文德尔班:《哲学史教程》(上册),罗达仁译,北京:商务印书馆1987年,第223~231页。

⑯黑格尔:《哲学史讲演录》(第3卷),贺麟、王太庆译,北京:商务印书馆1959年,第33页。

⑰北京大学哲学系外国哲学史教研室编译:《西方哲学原著选读》(上卷),北京:商务印书馆1981年,第160页。

⑱北京大学哲学系外国哲学史教研室编译:《西方哲学原著选读》(上卷),北京:商务印书馆1981年,第168页。

⑲北京大学哲学系外国哲学史教研室编译:《西方哲学原著选读》(上卷),北京:商务印书馆1981年,第168页。

⑳黑格尔:《哲学史讲演录》(第3卷),贺麟、王太庆译,北京:商务印书馆1959年,第73页。

㉑参见布克哈特:《意大利文艺复兴时期的文化》,何新译,北京:

商务印书馆1979年，第487~489页。

㉒布克哈特：《意大利文艺复兴时期的文化》，何新译，北京：商务印书馆1979年，第490页。

㉓奥勒留：《沉思录》，何怀宏译，北京：中国社会科学出版社1989年，第113页。

㉔奥勒留：《沉思录》，何怀宏译，北京：中国社会科学出版社1989年，第25页。

㉕北京大学哲学系外国哲学史教研室编译：《西方哲学原著选读》（上卷），北京：商务印书馆1981年，第190页。

㉖格里马尔：《西塞罗》，董茂永译，北京：商务印书馆1998年，第144页。

㉗参见西塞罗：《论共和国》，引自西塞罗：《论共和国、论法律》，王焕生译，北京：中国政法大学出版社1997年，第111页。

㉘西塞罗：《论共和国》，引自西塞罗：《论共和国、论法律》，王焕生译，北京：中国政法大学出版社1997年，第117页。

㉙布克哈特：《意大利文艺复兴时期的文化》，何新译，北京：商务印书馆1979年，第136页。

㉚布克哈特：《意大利文艺复兴时期的文化》，何新译，北京：商务印书馆1979年，第228~229页。

㉛布克哈特：《意大利文艺复兴时期的文化》，何新译，北京：商务印书馆1979年，第538页。

㉜普罗提诺：《九章集》，引自北京大学哲学系外国哲学史教研室编译：《西方哲学原著选读》（上卷），北京：商务印书馆1981年，第210~211页。

㉝普罗提诺：《九章集》，引自北京大学哲学系外国哲学史教研室编译：《西方哲学原著选读》（上卷），北京：商务印书馆1981年，第213页。

㉞ 费里埃：《圣奥古斯丁》，户思社译，北京：商务印书馆1998年，第91页。

㉟ 关于上述自由意志理论可参见奥古斯丁：《忏悔录》，周士良译，北京：商务印书馆1963年，第152～153页；奥古斯丁：《独语录》（成官泯译）"论自由意志"，上海社会科学出版社1997年；北京大学哲学系外国哲学史教研室编译：《西方哲学原著选读》（上卷），北京：商务印书馆1981年，第220～221页。

㊱ 奥古斯丁：《忏悔录》，周士良译，北京：商务印书馆1963年，第195页。

㊲ 关于"记忆遗忘"悖论可参见奥古斯丁《忏悔录》，周士良译，北京：商务印书馆1963年，第200～201页。

㊳ 奥古斯丁：《忏悔录》，周士良译，北京：商务印书馆1963年，第201页。

㊴ 奥古斯丁关于人因神人双重身份的耶稣降临而得救的详细看法，可参见奥古斯丁：《忏悔录》，周士良译，北京：商务印书馆1963年，第228～229页。

㊵ 参见费里埃：《圣奥古斯丁》，户思社译，北京：商务印书馆1998年，第92页。

㊶ 奥古斯丁：《忏悔录》，周士良译，北京：商务印书馆1963年，第218～219页。

㊷ 参见朱光潜：《西方美学史》（上册），北京：人民文学出版社1979年版，第129～130页。

㊸ 参见蒙哥马利：《奥古斯丁》，于海、王晓平译，北京：中国社会科学出版社1992年，第133页。

四 人文主义与个体精神

人们总是要问:为何会有那么多的思想文化巨擘在文艺复兴的历史舞台上先后亮相?这其中固然有民族的、技术的等因素在起作用,但根本的推动作用无疑是充满活力的个体精神。

1617年英国学者弗卢德(Robert Fludd)著作中的插图,大圆圈中写有"大宇宙(Macrocosmos)"字样;在人形旁边写有"小宇宙(Microcosmos)"字样。

历史不是那么大方地向每一个时期的世人提供个体精神的丰腴土壤。恰恰文艺复兴时期的人们享受到了这份礼物。但究竟什么是文艺复兴时期的人文主义个体精神？这种个体精神除了是创造的源泉外还给当时和后人带去、留下了什么？这些是文艺复兴史研究过程中无法回避的学术问题。在我们倡导人文精神的今天，更有必要重新去研讨上述问题。下面就以文艺复兴研究奠基人布克哈特的著作和观点为线索展开评论。

（一）人文主义个体精神与社会历史背景

14至17世纪上半叶的文艺复兴主要是以意大利为中心的思想文化现象。我们分析个体精神的视角理应聚焦意大利。布克哈特曾就人文主义个体精神问题做过专门的论述，指出："人类只是作为一个种族、民族、党派、家族或社团的一员——只是通过某些一般的范畴，而意识到自己。在意大利，这层纱幕最先烟消云散；对于国家和这个世界上的一切事物做客观的处理和考虑成为可能的了。同时，主观方面也相应的强调表现了它自己；人成了精神的个体，并且也这样来认识自己。"[①]14世纪伊始，亚平宁半岛上出现了一批人文主义者，他们崇尚古典希腊罗马的人文传统，极力倡导、实践一种以人为中心的精神文化内容；他们又极富想象力，敢于冲破一切精神桎梏，并用各自独特的精神境界面对人生和世界，"远在很久以前，我们就能在意大利随处发现一种自由人格的发展，……但在13世纪末，意大利开始充满具有个性的人物"[②]。一言以蔽之，上述现象就是个体精神的体现。正是在这种个体精神的鼓动下，人文主义者在文学、艺术、教育、科学等领域创造出无数具有划时代意义的成果。不仅在意大利，在英法等国也有大量受人文主义影响的有个性的人和富有个性的文化创造。有两本培根传记作品，其书名分别为波文《弗兰西斯·培根：一个有禀性的人》[③]和马修斯《弗兰西斯·培根：一部个性遭扼杀的历史》④，书名和书中的内容一起活脱脱地勾勒出一位个体精神十分强烈的人文主义者形象。其他类似题名的著作还有很多，不一一列举。

布克哈特早就看到了人文主义个体精神与时代之间的关系，"在共和国城市里边，情况也是对于个人性格的发展有利的，只是方式上有所不同"⑤。为了说明问题，我们不妨详细回顾一下与个体的人、与个体精神有密切关系的政治社会变化。14世纪始，西欧城市中的世俗力量迅速上升。以意大利佛罗伦萨为例，城市日益成为世俗社会的经济中心，并孕育出新的生活方式。市民、社区、行会、城市国家为一体的政治结构逐渐成为主导的政治社会样式。当时突出的社会问题是：个人和行会如何从法的角度确保自己的经济利益不受侵害。因此行会之间相互协调磋商，酝酿出能够体现各自经济利益的政治机构。在佛罗伦萨的政治结构中，公民是政治运作的基本力量。用今天的话讲，就是公民自己当家做主。而且谁能被推举为"选民"还有一定的标准。特别是那些执政的人士都得有一定的学问，家境也不能太糟。为了使政治的运作能顺利进行，政治家们还就立法、司法和行政的相互关系问题做了精心考虑。例如立法部门就有两个议事机构即公社会议和人民会议。还有一些专门的议事会，处理特别的政治事务，其中就包括立法机构"十二善者"和外交事务机构"十人战事委员会"等。在行政方面，为了加强行政效率，于是城邦政府设置一个小型的行政机构（即执政团），执政团受正义旗手领导。这种近似于今天三权分立的政治设置完全是由公民通过现实的政治实践而自行创立的。与中世纪庄园社会的封闭性和领主统治相比，上述城市政治生活中的公民个人权利主体身份体现得非常充分，其自由和利益在政治生活中始终离他们很近。1428年，列奥纳多·布鲁尼就这样评论他的故乡城邦："所有人分享着自由——他们都一样在希冀着高位和腾起。"⑥总之，个体在资本力量的驱动下通过改变政治结构而提升自己的政治地位。这些就是与个体精神密切相关的社会因素。另外，世俗经济、政治社会也使一大批学有专长者脱颖而出。那时候的学问人（包括教师、律师、医生等）有不菲的收入和较高的地位。在帕多瓦，一个15世纪的法律家可以挣到1000金币的年薪，有时任用一名有名望的医生要支付2000年薪。更有甚者，曾出现过为保释一名教授兼法律家而不得不缴纳18000金币保释金的情景。我们知道，当时一些意大利城邦国家的岁收也不过2万金币。⑦那些学问家在金钱力量的支撑下到处自由自在地出售自己的商品（即知识）。他们在社会上到处游学，在大学里则开设与神学不同的讲座，其中包括历史、文学等。他们还极力抬高"七艺"学科中修辞、语法等科目的地位，以表现自己的学问和个体存在的重要性。实际上，文艺复兴最初就是从这批学者的行为中产生的思想文化现象。⑧与上述情况相呼应，人文主义者还用自然法理论为个体权利进行申辩，认为自然法对于所有的人和所有的国家而言应当有相等的认同感和权威。任何个人包括君主在内都不能将自己认定为具有超出自然法的权利，并以此去统治另一部分人。⑨

总之，在自由的城市里和在自由的共和国里，人文主义者和其他人群一样享受着自由的权利，这是他们发挥个性的社会条件。有些人文主义者遭到放逐，但即使这样，他们要想发挥个性的希望仍在升腾。"在另一方面，失败了的党派的成员所处的地位常常和暴君专制国家的臣民相似，所不同的是：已经享受过的自由或权力以及在有些情形下要想恢复它们的希望，给他们的个性增添一种更高的活力。"⑩我们分析的眼光可能还要放得更宽广些。当时的许多近代国家哪怕是暴君专制的国家，其统治形式也没有超然于近代公民社会之外。这些国家的现实功能需要更多有才能的个体。正因为如此，布克哈特做出结论："如我们所已经看到的，暴君专制不仅在最大的程度上培养了暴君或雇佣兵队长本人的个性，而且也培养了他所保护的或为他所用的那些人——秘书、大臣、诗人和朋友——

的个性。这些人不能不认识他们自己天性中转瞬即逝的或永久存在的内在才能；而他们的生活享受，由于想从可能是很短时期的握有威权和势力中得到最大的满足而加强和集中了。"⑪

上述情况也显示出个体精神并非那么超然。人文主义者中有相当部分人是为庇护人（Patron）工作、服务的，或者说他们必须听庇护人的指使。诚如布克哈特所言，"从人文主义者本身来说，他是不能不具备多方面的造诣的，因为事实上，他的学问不仅限于研究古代经典的理论知识，而是还要为日常生活的实际需要服务"⑫。例如达·芬奇就是其中的典型。他不仅要去干艺术活，有时还得受政治、军事首领指使去搞些军事设计。大约有 15 年时间他在为独裁者洛多维柯·斯福查服务，还与暴君恺撒·波吉亚有交谊，更为佛罗伦萨攻打比萨而设计、实施河流改道工程，等等。对于当时的人文主义者来讲，他们在选择庇护人时如果去挑剔对方的道德问题那就难以找到工作，更不用说去维持生计了。同样，人文主义者身上所表现出的个体精神也会受到上述雇佣关系的影响，即一方面人文主义者会抛开道德问题去迎合庇护人、雇主的各种需求，另一方面人文主义者也会在道德约束力很弱的环境下使自己染上恶习。再说艺术创作等的实践本身与道德世界也有一定的距离，或应当保持一定的距离。由此，人文主义者的个体精神和言行举止往往反映出道德价值标准混乱的情况。人们经常看到这样一些情景：大家在背后互相攻讦，做事情随心所欲，有时甚至敢于违背庇护人的意志和指使，这方面切利尼就是一个典型。这种个体精神的负面因素到了理性主义时代受到了主观和客观条件的制约。（详后）

（二）追求完美的个体精神与精彩纷呈的文化因素

就个体精神的主要特征而言，它体现为文艺复兴时期人文主义者对完美个体的追求。通常我们所看到的就是"多才多艺"的个体。布克哈特这样描述道:"当这种对于最高的个人发展的推动力量和一种坚强有力、丰富多彩并已掌握当时一切文化要素的特性结合起来时,于是就产生了意大利所独有的'多才多艺的人'——l'uomo universal(全才)。"⑫即使是近代的机智也与个性联系在一起,"嘲笑,尤其是当它以出奇制胜的方式表达出来时,不仅是近代渴求荣誉的矫正剂,而且也是一切高度发展的个性的矫正剂。……在古典文学的影响下,机智也到处开始被用作神学争论中的一种武器,而普罗旺斯的诗则产生了整个一类讽刺文学的文体。甚至'行吟诗人',如他们的政治性的诗篇所表明的,在必要的时候也能采取这种口气。但是,机智有了它嘲笑的适当的对象,即有个人抱负的充分发展的个人时,才能成为生活中的一个独立因素"⑬。也就是说,在中世纪时代人们的思维、性格等还比较单一。但到了近代早期,许多富有个性的人之思想、行为非常彰显,值得人们去品味乃至机智地去嘲讽。这种机智的情况在伊拉斯谟等作家的身上得到了充分的体现(详本书各处)。也可以倒过来说,理解了那种机智,我们就能更好地理解人文主义者的个性。

要对此进行理论开掘的话,就必须提到当时流行的思潮即新柏拉图主义。或者说,人文主义者崇尚个体精神的理论基础就是

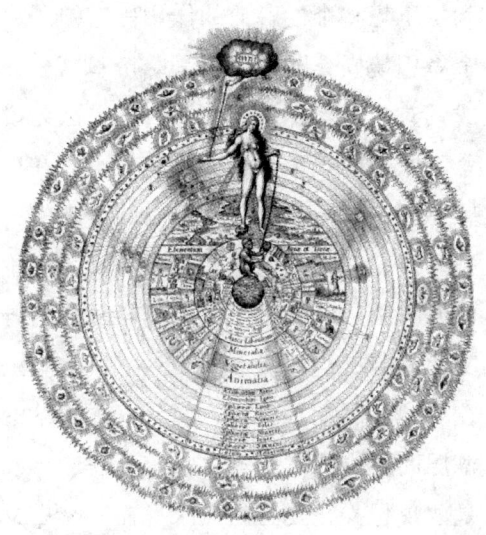

1617年英国学者弗卢德(Robert Fludd)在他的著作中有一幅插图,取名"完整的自然之镜和艺术想象",将世界上万事万物都有机地包容在一个圆形的图案里,意谓世界是上帝的艺术品,而人是世界的中心。

新柏拉图主义。⑮从文艺复兴时期的思想文化发展情况看，凡带着审美倾向研究人文学科的学者都不同程度地从柏拉图思想体系中寻找源流。有些科学家如布鲁诺等也深受柏拉图思想的影响。新柏拉图主义认为，世界万事万物中存在着一个最完满的形式化世界即"理念"（idea）或"原型"（Archetype），教父哲学家普罗提诺称之为"一"。"一"就像光一样通过灵魂传递到人的身上。反过来说，人通过灵魂与"一"相交融。于是人就成了一个小宇宙。小宇宙论在文艺复兴时期同样很流行。⑯根据上述理论，即使是神也有一个"原型"高高地站在上面。而神所创造的万事万物其实就是原型的体现。因此文化人不要脱离个体的人去讲什么超越性、神圣性等。真正有力量的人是既懂得人的个性，又懂得如何超越个性的限制并达到柏拉图所谓理念的境界。人应当调动自己所有的感情、智慧因素与最高的存在（即原型）相感悟。这种新柏拉图主义在当时真正起到了思想和个性解放的作用。它给了人文主义者相当自由自在的一个思想境界，即你可以是一个基督教徒，也可以同时是一个异教徒或具有各种各样思想情操的人，因为说到底基督教中的神也只是理念、原型的一个缩影而已，人可以在自我及自然界的一切事物中去感悟理念、原型，并享受由此带来的一切快乐。⑰按照布克哈特的总结，我们必须看到新柏拉图主义给个体精神注入了自由解放气息，使人文主义者看到了一个更广阔的精神世界，从而推动文艺复兴的文化繁荣。这些就是人文主义者个体精神的思维力度和生命力所在。就这层意义而言，文艺复兴时期的人文主义个体精神与通常道德层面所讲的"个人主义"不能同日而语。与个体精神相关照的都是些思想文化史上的大家。在人文主义者的心目中，奥古斯丁是内在情感世界极其丰富和具有极为细腻审美感受力的思想家。奥古斯丁就曾号召人们调动自己所有的感情、智慧因素与最高的存在交融在一起。所以，奥古斯丁一方面要做灵与肉的分离，使人看清楚自己灵魂的高贵；另一方面又回到整体性的个人，让一个有血有肉的活生生个体通过审美的、身心交融的体验方式在各种象征中领悟上帝的存在，并升华人的存在意义。⑬简言之，奥古斯丁的哲学思想就是不回避个体，又试图超越个体。在奥古斯丁的影响下，人文主义者强调发展个人的完整能力，并通过文学艺术等手段呈现完整的人的个性。文艺复兴时期新柏拉图主义的思想泰斗是费奇诺。费奇诺与柏拉图一样将精神、灵魂等超越性的因素视作人的真正本质。但稍有不同的是，柏拉图贬抑感官的东西，费奇诺则强调人要达到超越性的境界就必须从个体的感官感应入手，从自然中见精神，从精神中升华个体的感性自然。所以，费奇诺不过分沉迷于柏拉图对理念（idea）所做的深邃辩证思考，而是十分热衷于柏拉图思想中对灵魂所做的神秘的和富有诗意的描述，意在使个体的人及其艺术创作更具美的外观和意境。

　　新柏拉图主义也带有某种神秘的意蕴。按照这种理论，启示的意义要远大于说理。这些同样深深地影响着人文主义个体精神的表现样式和内涵。从形式上看，我们发现以人文主义之父彼特拉克为代表的人文主义作品风格都具有这样的特点，即不喜欢用逻辑思辨的形式进行说理，而是用带有情感的笔触去表达一种和谐的境界。这种风格意在于点点滴滴的呈现而不在于体系化的结论，意在于感觉而不在于说理。彼特拉克、费奇诺等人文主义者大都喜欢用比喻、体验的方式来把握和分析个体的人和个体精神。这些决定了人文主义风格和个体精神的另一面，即在人文主义者的作品中科学理性并不是衡量事物的最高尺度，"文艺复兴时代的思想家，本质上富有审美气质，对于概念科学的抽象性质不再感任何兴趣"⑬。就人文主义者作品的具体内容而言，人文主义者更多地呈现给大家的是人与神、人与自然进行相互对话的境界，或者说如何通过人神交融的适度境界使作品生出无穷的意蕴。这些作品并不希望给出什么结论，有时甚至前后观点相悖，内容混杂。著名哲学史家柯普立斯顿曾就新柏拉图主义者的思想特点做如是总结：这些新柏拉图主义者

并不是用一种哲学去对抗另一种哲学,而是将各种有价值的观点(异教的、基督教的等)结合起来表示对实在的看法。㉑

我们还会发现许多有个性的人文主义者和表现个性的文学艺术创作。我们首先来看看意大利的情况。意大利是从13世纪开始出现具有个性的人文主义者,其代表就是但丁。因为意大利与其他地区相比,其城市共和国的环境为人的个性发展扫除了许多障碍,于是诞生了像但丁《神曲》这样富有个性的伟大诗篇。布克哈特这么评论:"在十三世纪末,意大利开始充满具有个性的人物;施加于人类人格上的符咒被解除了;上千的人物各自以其特别的形态和服装出现在人们面前。但丁的伟大诗篇在欧洲的任何其他国家都是不可能产生的,单只提它们还处在种族诅咒下这一理由就足以说明。对于意大利来说,这位堂堂的诗人,由于他显示出来的丰富的个性,是他那个时代的最具有民族性的先驱。"哪怕当时出现的世界主义情况仍然与个体的精神相关联。但丁、彼特拉克、伊拉斯谟等都把各个国家、各个城市当作自己的家。而他们之所以能这么想、这么做都与他们的个性有关。在那个时代,有个性、有才华的人就能到处为家。布克哈特有言:"在最有才能的集团里边发展起来的世界主义,它本身就是个人主义的较高阶段。如我们已经说过的,但丁在意大利的语言和文化上找到一个新的故乡。"㉒(关于但丁的具体评述详见本书"人文主义者的心灵"篇)其他像文学三杰、艺术三杰等无不显示出独特、丰满的个性。由于本书对意大利的文化现象介绍很多。下面特别来检视一下意大利以外的情况。

这里不妨举出法国作家拉伯雷独具个性的作品及其中的独特思想内涵。

第一,诙谐地肯定个体的人之自然感性生命冲动是行为的驱动力。人文主义者无一不重视人的个体自然感性生命。就人的生命机体结构而言,它究竟需要什么、厌弃什么,每个人的生命机体本身会做出无声的而又是恰如其分的选择。在这个选择过程中,个人的动物特性起着重要的作用。拉伯雷诙谐地将人与狗作比较,认为一些男子之醉心于酒正如狗之钟情于骨髓一样。㉒从这个意义上讲,认识狗就是在认识人。虽然人文主义者还不可能像当代人文主义心理学家那样对人的动物性在整个心理层面的位置作出较为科学的解答,但人文主义者如拉伯雷等都坚信人的自然本能的选择必定是正确的,或至少是有意义的。拉伯雷颇费笔力地对狗啃骨头的情景加以描述,并指出狗就是为了得到其中最精美的滋养部分即骨髓。这不是最正确、最有意义的行为吗?那么人又有什么理由不积极地去听从自然感性生命的指挥呢?在《巨人传》中甚至有这样的文字:"他们生来就有一种本能和倾向,推动他们趋善避恶,他们把这种本性叫作品德。"㉓这种理论的正确性如何暂且不论,我们感兴趣的是,如果仅就个体的存在而言,那么人必须听命于自己的动物特性。又如果自觉地意识到这一点,就是对个体存在的一种肯定。这种想法对以后欧洲思想文化史的发展有很大的影响。我们经常可以听到这样的声音:请理性不要对自然感性生命指手画脚!卢梭、康德、尼采无不如此说。

第二,诙谐地引出个人的自由天性和自由意志。《巨人传》中,拉伯雷极力为人的自由性申述。在特来美修道院的修士规则里有这样几个字熠熠耀眼:"随心所欲,各行其是。"㉔这其实是无规则的规则,是规则悖论。倒不如说:"修士整个的生活起居,不是根据法规、章程或条例,而是按照自己的意愿和自由的主张来过活的。"㉕按照人文主义者的主张,人应当身心两全。男子则智勇大度;女子则纯美操持。㉖而所有这一切的取得无一不与自由发挥天性有关。由此引出下一个问题。

第三,诙谐地肯定个人存在的一切可能性。人文主义的一个重要特点是不希望用某个归结点来框限自己。反过来说,人的才智、勇气究竟有多少力度亦是一未知数。以往的思想家没有也不可能告诉这种度数。从人文主义者本身的主观愿望讲,他们又喜欢将上述度数朦胧化。这种朦胧化便是人的种种行为和存在特性保持充沛冲创力的火山口。此冲创力甚至能推断和影响命运的作用方法。《巨人传》中有一首"谜诗预言",其中说道:"如果可以信仰,／凭着天空的星相,／人类的智慧便能揣度,／未来的事物,／或者,依赖神道仙术,／可以推测未来的气数,／可以知道,可以推断,／遥远的命运和流年,／……凡事都有一个结束,／各人有他注定的命数。／人人同意,／只须看谁能坚持到底!"㉒上述引文中有"依赖神道仙术"一语,这又导出了另一个问题,即肯定人的存在可能性还必须为这种可能性的理想标准设定一个先决条件。

第四,诙谐地肯定神的超越力量,从而使理想的个人和理想的社会得以顺理成章地确立。拉伯雷在诙谐地处置一切事物时又不时装出一副正经相,大谈人文主义的理想。如谈及人的灵肉关系时,高康大对其子庞大固埃指教道,人最小的部分是肉身,而最好的部分则是灵魂,这灵魂使人有品德,使肉身升华。甚至高康大的一生就仅仅是为使庞大固埃成为一名上述十全十美、毫无缺陷的人。㉓这样的人需具备充分的语言学知识,精通几何、算术、音乐、法律以及各种自然知识。㉔而在所有的知识中如何全面地认识人、掌握人,这又是首要的,"……对另一种宇宙,亦即人类,要掌握全面的知识"㉕。除认识外,还要投身于生活实践,去检验各种知识的正确性和运用各种知识的能力。㉖此处,拉伯雷借高康大之口表述了一种典型的人文主义的个人理想:塑造如此完人的时代已经来到,它是以往任何时代都不能比拟的。高康大甚至预感到自己赶不上这样的时代步伐。㉗个人也许赶不上时代步伐,但整个人类向人的理想境界奋斗的历程则始终合着时代的节奏。这种应付时代挑战的能力,这种塑造完人的最终凭依,都离不开上帝的指使。高康大希求着:"……用由仁爱形成的信心,和他结合在一起,……因为尘世的生命是短暂的,只有天主的话才永远存在。"㉘也就是用完善的灵魂、神意来补救有缺陷的肉体;用无限的上帝的胸襟来引导有限的个体。人类用充满悲剧精神的生死序列来促成上述结合。其最终的完成者就是耶稣。这是文艺复兴时代人文主义者的朦胧的人神合一思想,也是对完善的朦胧憧憬。

我们的结论是,人文主义者的作品无一不具独特的个性。其个体精神成了极有生命力的创造源泉,但新柏拉图主义本身和受新柏拉图主义影响的个体精神又是一个容纳万物的盛器,各种思想文化成分特别是科学和宗教的成分都混合在一起,这就使个体精神涂上了非常虚幻的色彩,与科学理性占主导地位的各种精神样式有相当的差异。

在文艺复兴时期不仅人文主义者的身上表现出很强的个性,而且在统治者的身上亦散发出个性的气息。布克哈特曾生动地分析了教皇尤利乌斯的个性状况。这位教皇很懂得如何动用各种手段去维护教会的权威,当然他不喜欢使用谋杀的手段。不过在必要时他会不惜动用军事手段。事实上,这种黩武的个性给他带来了世俗的利益和政治上的成功,"当一个人在意大利被迫处在不为刀俎则为鱼肉的时代,当个性比最无可争议的权利更有力量的时代,他必须率军亲征一事对他有不可避免的需要,而这种做法给他带来的自然是只有好处"㉛。像尤利乌斯这样的统治者还希望通过各种象征来展示自己的个性,"一个这种性格的统治者需要伟大的外部征象来表现他的概念,优利乌斯在圣彼得大教堂的重建上找到了这个征象"㉜。

那时的市民也充满了个性。他们会用自己的眼光去评断事物,"佛罗伦萨这个巨大的声誉市场,如我们已经说过的,在这一点上是走在其他城市前边的。'目光锐利、口舌刻薄'是对于这个城市的居民的描写。对每件事和每个人都随便加以蔑视大概是当时社会上流行的风气"㉝。这些提示我们,不仅要看到各种嘲讽、逗笑等形式,而且要理解这是近代的个体精神的体现。正是在这种精神的背后,一个个生动的人在社会舞台上出现了。他们是新时代的真正演员。

(三)个体的自由批判精神与道德体系的混乱、重建

从上文的分析中我们自然而然地会得出这样一个结论,即个体精神充满自由批判精神。布克哈特曾高度评价存在于佛罗伦萨的自由精神、批判精神,认为但丁相信自由意志⑥;皮科所要阐述的就是个体的人之尊严、人之自由和人的自由行动⑧;佛罗伦萨有优越的批判主义精神⑨,等等。1487年,在罗马举行了一场国际性的辩论会。会上皮科发表了《论人的尊严》之著名演讲。皮科在演讲中宣称,人和动物不同,人没有使自身受限制的本质。人的活动就是为了摆脱限制,从而使自己的本质显示出来。这种理论号召人们投身生活的实践,从实际的存在活动中来表现自身的自由性本质。⑩后来英国人弥尔顿还做了进一步的发挥。由于弥尔顿更强调意志的选择自由,因此在相当多的场合,弥尔顿更强调上帝是一种最高的保证,即神法与自然法有内在的关系。于是人可以按照自然法的要求做自己认为应该做的事情。但上帝不可能涉及人间的所有事情,人神不是完全同类的,因此人间的事情还应当由人的意志来决断。⑪这种"神法——自然法——意志自由"的逻辑推论和想法是当时非常典型的人文主义观点。弥尔顿进一步强调:"圣·保罗不但让人民服从法律,而且也让国王服从法律。国王是决不高于法律。'因为除了上帝的权力以外就没有旁的权力了'。"⑫如果说16世纪有一个马基雅维里在为自由呐喊,那么17世纪有一个弥尔顿在为自由战斗。从某种意义上讲,弥尔顿的自由观是马基雅维里自由观的再现。按照弥尔顿的理论,法律不可能、也不能将人的自由本性都限制住,"上帝赋给他理智就是叫他有选择的自由,因为理智就是选择"⑬。不过,马基雅维里之后的思想家在阐述自由问题时加入许多"新"的思想元素,如弥尔顿的自由意志理论中就掺入了自然法等

思想。弥尔顿在《国王与大臣的终身制》一文中还指出:"他们告诉我们,自然法公正对待每个人捍卫自身的权利,甚至于反抗国王个人,那么让他们再告诉我们为何同样的自然法不能将公正扩展到整个国家和民族,而仅仅是处理个人的公正、处理私下的法律自卫呢?所谓的指涉一切的公正,就是公正地对待整体的善人,惩罚整体的恶人,公正地处置一个暴君正是出于整个共和国自我保卫的需要。"⑱

文艺复兴时期意大利和西欧其他地区的自由精神、批判精神集中表现在怀疑精神方面。布克哈特曾指出西塞罗对当时怀疑精神的影响。⑲蒙田是怀疑批判精神的典型。蒙田在怀疑中所要升华的是人的世界,一种对个体存在的确认。或者说要寻找一个真实的自我和存在。蒙田曾赤裸裸地说只以自己为目标。"多年以来,我的思想只以我自己为唯一的目标,我只研究和考察我自己;即使我研究任何别的东西,那也是为了将它们直接应用于自己,或者宁可说,直接在自身之内应用。"⑳如何认识自我呢?这需要一种有距离感的准确感受。蒙田说:"命运的一切祝福也得有准确的感觉才能够玩味。使我们快乐的,是享受它们,而不是把它们占有……"㉑但蒙田怀疑主义的最高目标又是保持对神的信仰,"通过学习和思考去赞美、传播和丰富信仰的真理,是我们对上帝之赐予做出最好的用途,没有别的工作和计划更值得一名基督徒去做了,这也是不容怀疑的"㉒。其理由则是:人只不过是动物而已,因此人不能过高估计自己。在蒙田的认识论体系里,理性始终占着次要的地位,而感觉、经验等则最为重要。例如信仰就必须转化为感觉的形式,"必须把想法转化成他可以摹拟的形象。神的威仪因而要在我们具体范围内体现:神的超自然和天上的圣事具有我们世俗社会的标志,对神的崇拜通过诉之于感觉的仪式和祈祷;因为信仰和祷告的是人"。蒙田甚至认为,对一个人的评判标准就在于意志。"一个人的价值和评价在于勇气和意志:他的真正的荣誉就在于此。……凡是在牺牲生命时仍旧用坚定的蔑视的目光盯住敌人的人,是被运气而不是被我们所打败的;他们是被杀死而不是被征服的。"⑱

以小宇宙为核心的个体主义理论框架中,个体的任何内涵和表现都是由神允诺、安排的。因此,连孤独惆怅也显得有其正当性。这是多么洒脱的自我超越。"在宇宙万物中,我允许自己浑浑噩噩、漫不经心,听任世界普遍规律的指引与调遣。我感受到它,就能清楚地知道它。我的学识不能让它改变进程,它也不会因为我而改变自身。"⑲"我想,对于那些已经把一生中最活泼、最为精力旺盛的年月献给俗世的人,孤独是尤为合宜、尤可理解的。泰利士是第一个榜样。""我们为他人生活已经够多了;让我们至少在这余生中为自己生活罢。……由于上帝允许我们安排自己的离去,那么就让我们为这事而做好准备罢。"⑳过去人们一直将此称作极端的个体主义。其实人文主义者的魅力正是在此。这是极其浪漫的、纯粹的个体表现。这种表现显示出深邃的生命力度,是打碎传统束缚所必备的前提和条件。

人的伟大就在于人能够对自身展开批判。而这种批判也是对人的特征、地位和力量的肯定。这是蒙田思想的本质所在。即使是蒙田的神学信仰框架,其真正的核心也还是对人的研究。从以后的思想文化史发展状况看,蒙田怀疑论在知识论和人本论方面的影响要远远超出其神学方面的影响。这就是证明。

可以这么认为,人文主义的个体精神处处散发着自由、批判的气息。如果没有这种精神,瓦拉就不可能在1440年撰文指出历史上的《康斯坦丁赠赐》是一部伪造文件,如此等等。

这里想着重指出的是,人文主义者在倡导自由精神、批判精神和怀疑主义的过程中并没有建构起被社会普遍认同的道德价值体系。那时的社会道德力量非常不稳定,主流道德意识变幻无常。相反,古代的斯多葛主义、伊壁鸠鲁主义、犬儒主义等对人文主义者影响颇深。有时在一个人的身上可以多种道德信仰同时并存。瓦拉就是这方面的典型。[82]在人文主义者的具体言行中，人们经常看到玩世不恭、诽谤中伤、见利忘义等情况。像阿雷提诺那样的人文主义者根本不考虑所谓原则问题，其发表文字在很大程度上是为了获利。[83]许多有知识、有教养的新兴市民阶层身上也沾染上市侩习气。那时的人们甚至不觉得有必要对此进行道德抨击。布克哈特明确指出："马基雅维里在他的《曼陀罗花》的有名的序言

文艺复兴时期一个有抑郁倾向的青年人像

中正确地或者错误地提到了道德力量显而易见地堕落成为一般说坏话的习惯，并威胁他的诽谤者，告诉他们说，他能够像他们一样地说出尖刻的语言来。"[84]布克哈特还特别就文艺复兴时期意大利的极端个人主义问题进行了剖析。他在提到极端个人主义伟大一面的同时严厉地指出了其中的根本缺陷，认为极端个人主义在考虑和做每一件事情时都以自己的荣誉或利益、激情或算计、复仇或自制哪一点占上风而定，结论是："如果广义的和狭义的利己主义都同样是一切恶行根源，那么更高度发展了的意大利人由于这个理由比起那个时代的其他民族的成员来是更趋向于不道德。"[85]这种道德力量十分弱化的情况也反映在社会的各个层面。当时从上到下道德沦丧的景象并不罕见。教皇亚历山大六世之残暴、淫乱人所共知，其后果是基督教的道德约束力受到影响。社会上抢劫、杀戮等如同儿戏一般。用更严重的语言讲，这是一种"危机"。文艺复兴史学者鲍斯玛就指出过人文主义自由、解放思想文化背后所潜伏的危机。许多

人文主义者在一个封闭的个体精神中找不到出路，甚至患上抑郁病。抑郁派诗人伯顿（Burton）还留下了大部头作品《抑郁的解剖》，提供了一幅精神危机的画像。㉒当然，人文主义个体精神中的道德危机与社会的道德危机之间并非因果关系所能解释，不如说两者互为因果。另外，从伦理道德的发展历程看，当一种新的文化在生成时总会出现批判、否定甚至无序的矫枉过正现象。这时的某些过激言行也许对冲破旧的社会体制和文化束缚是必要的前提。因此我们要从历史的角度来全面地看待、分析上述危机。这种危机既是历史的必然产物，但也将随着时代的发展而得到纠正。17世纪及17世纪以后的西欧历史图景发生了诸多变化：与资本主义文明相适应，各个国家的政治体制逐渐制度化；国际社会在资本力量的推动下也在建立近代的国际关系秩序；更重要的是随着工业文明的发展，理性和科学的力量逐渐在上升，如此等等。与此相应，基督教的道德哲学与理性主义指导下的功利主义道德价值体系相互呼应，逐渐成为西方社会稳定的主流道德意识。所有这一切汇聚成一个思想和时代的主题，即鲍斯玛所说的"秩序"。此"秩序"不是对个体精神的排斥，文艺复兴时期的人文主义个体精神在近代西方的思想文化史上一直延续了下来。即使是今天，西方思想文化仍旧在很大程度上受着个体精神的推动。但到了启蒙时代，理性主义开始成为社会的主导意识。在制度化的政治结构中，个人与社会的契约关系有了政治的强力制约。鲍斯玛不时提到16、17世纪人们对确定、稳定的强烈意识。㉓

上述情况也导致个体精神的潜移默化变动。我们发现，17至19世纪那些思想文化巨擘其创作风格与文艺复兴时期相比已发生了很大的变化。其思维风格总体上可归入洛克、笛卡儿、斯宾诺莎等的框架。他们做学问的目的，以及他们做人的格调都与彼特拉克存在着很大的距离。思想家已经不满足怀疑主义，他们更企求科学的确定性原理，企求理性的指导。在哲学上，随着启蒙运动的展开，理性主义思维方式逐渐为学人和世人公认、效仿。按照笛卡儿的观点，"理性是一种普遍的工具，可以使用于任何一种场合"。在政治思想方面，原来自然法中的理性因素得到进一步的论证。康德认为人类最初处于自然状态之中，是人的内在理性驱使人类进入法律社会，使人与人之间发生权利关系。显然康德的这种理性化社会契约理论更强调理性自觉的作用。为此，康德还用"对人权"概念来表达这种理性自觉，"这仅能通过积极的转让或让予，才获得一种对人权，这只有通过公共意志的办法才能做到；用这种办法，种种对象便进入一人或他人的权利之内"。也就是说，权利个体都必须在理性思考的前提下通过法的中介相互进行权利交换。合法婚姻就是这种权利交换的集中体现。在科学认识方面，人文主义之父彼特拉克提出怀疑原则，认为怀疑是最高意义上的对自我的确认（参见上文）；笛卡儿接过这个话题，认为怀疑所要达到的目标是思维的确定性，尽管这个确定性中同样有上帝，但这时的上帝存在是为了给人的主体性和理性提供一种终极意义上的保证。在人学理论方面，马克思主义经典作家在《论犹太人问题》《关于费尔巴哈的提纲》《德意志意识形态》等一系列著作中，非常全面地阐述了个体的人与全面发展的人、个体的人与社会的人之间的关系，这些提示我们必须将个体精神与社会发展密切关联起来，我们的理论分析也应当将两者结合起来进行探讨。

综上所述，过去我们曾对文艺复兴时期的人文主义个体精神做了简单化的处理，现在应当在布克哈特等人的观点基础上重新做些梳理、阐释，并引出一些思考：文艺复兴时期的个体精神有其独特的地方；人文主义个体精神是商品经济为主导的社会之必然产物，是由那个时期意大利国家状况、民族精神和新柏拉图主义等因素综合地培植而出；从文艺复兴的具体文化创造实践看，个体精神又是孕育并产生天才人物的重要因素，个体精神也是保持、推动自由批判意识的重要条件；但个体精神的负面因素也应当予以充分考虑；

人们愿意看到的是个体精神、法治社会和理性意识的相互协调完善，并在此前提下促进社会进步、文化昌盛。

注释：

① 布克哈特：《意大利文艺复兴时期的文化》，何新译，北京：商务印书馆1979年，第125页。

② 布克哈特：《意大利文艺复兴时期的文化》，何新译，北京：商务印书馆1979年，第124～125页。

③ Catherine Drinker Bowen, *Francis Bacon: The Temper of Man*, Little, Brown and Company, 1963.

④ Nieves Mathews, *Francis Bacon: The History of a Character Assassination*, Yale University Press, 1996.

⑤ 布克哈特：《意大利文艺复兴时期的文化》，何新译，北京：商务印书馆1979年，第127页。

⑥ In Michael White, *Machiavelli: A Man Misunderstood*, Abacus, 2004, p.38.

⑦ 参见布克哈特：《意大利文艺复兴时期的文化》，何新译，北京：商务印书馆1979年，第206～207页。

⑧ 参见贡布里希：《文艺复兴：西方艺术的伟大时代》，李本正、范景中编选，北京：中国美术学院出版社2000年，第6～15页。

⑨ 关于文艺复兴时期的自然法思想参见拙文《论14～17世纪的欧洲自然法思想》，载《2003年环球回顾——社会转型等问题研究丛书》，北京：知识产权出版社2005年。

⑩ 布克哈特：《意大利文艺复兴时期的文化》，何新译，北京：商务印书馆1979年，第128页。

⑪ 布克哈特：《意大利文艺复兴时期的文化》，何新译，北京：商务印书馆1979年，第126～127页。

⑫布克哈特:《意大利文艺复兴时期的文化》,何新译,北京:商务印书馆1979年,第132页。

⑬布克哈特:《意大利文艺复兴时期的文化》,何新译,北京:商务印书馆1979年,第131页。

⑭布克哈特:《意大利文艺复兴时期的文化》,何新译,北京:商务印书馆1979年,第150页。

⑮新柏拉图主义一直是学术界关注的重要课题。参见 Nesca A. Robb, *Neoplatonism of the Italian Renaissance*, George Allen & Unwin Ltd, 1935.

⑯G. P. Conger, *Theories of Macrocosms and Microcosms in the History of Philosophy*, Russell & Russell, 1967.

⑰关于柏拉图主义和人文主义精神之间的关系可参见布克哈特:《意大利文艺复兴时期的文化》,何新译,北京:商务印书馆1979年,第536~543页。

⑱参见蒙哥马利:《奥古斯丁》,于海、王晓平译,北京:中国社会科学出版社1992年,第108页;第133页。

⑲文德尔班:《哲学史教程》(下册),罗达仁译,北京:商务印书馆1993年,第489页。

⑳F. Copleston, *A History of Philosophy*, Vol. Ⅲ, pp. 210~211.

㉑布克哈特:《意大利文艺复兴时期的文化》,何新译,北京:商务印书馆1979年,第129页。

㉒拉伯雷:《巨人传》(上),成钰亭译,上海:上海译文出版社1981年,第7页。

㉓拉伯雷:《巨人传》(上),成钰亭译,上海:上海译文出版社1981年,第207页。

㉔拉伯雷:《巨人传》(上),成钰亭译,上海:上海译文出版社

1981年，第207页。

㉕拉伯雷：《巨人传》（上），成钰亭译，上海：上海译文出版社1981年，第207页。

㉖参见拉伯雷：《巨人传》（上），成钰亭译，上海：上海译文出版社1981年，第34页。

㉗拉伯雷：《巨人传》（上），成钰亭译，上海：上海译文出版社1981年,，第209～213页。

㉘参见拉伯雷：《巨人传》（上），成钰亭译，上海：上海译文出版社1981年，第269～270页。

㉙参见拉伯雷：《巨人传》（上），成钰亭译，上海：上海译文出版社1981年，第271～272页。

㉚拉伯雷：《巨人传》（上），成钰亭译，上海：上海译文出版社1981年，第272页。

㉛拉伯雷：《巨人传》（上），成钰亭译，上海：上海译文出版社1981年，第272～273页。

㉜参见拉伯雷：《巨人传》（上），成钰亭译，上海：上海译文出版社1981年，第270页。

㉝拉伯雷：《巨人传》（上），成钰亭译，上海：上海译文出版社1981年，第273页。

㉞布克哈特：《意大利文艺复兴时期的文化》，何新译，北京：商务印书馆1979年，第115～116页。

㉟布克哈特：《意大利文艺复兴时期的文化》，何新译，北京：商务印书馆1979年，第116页。

㊱布克哈特：《意大利文艺复兴时期的文化》，何新译，北京：商务印书馆1979年，第157页。

㊲参见布克哈特：《意大利文艺复兴时期的文化》，何新译，北京：商务印书馆1979年，第489～490页。

㊳参见布克哈特:《意大利文艺复兴时期的文化》,何新译,北京:商务印书馆1979年,第350~351页。

㊴参见布克哈特:《意大利文艺复兴时期的文化》,何新译,北京:商务印书馆1979年,第73页。

㊵关于皮科的自由学说可参见加林:《意大利人文主义》,李玉成译,北京:生活·读书·新知三联书店1998年,第102页。

㊶参见周春生:《文艺复兴时期人神对话》,上海:华东师范大学出版社2002年,第116~123页。

㊷弥尔顿:《为英国人民声辩》,何宁译,北京:商务印书馆1958年,第71页。

㊸弥尔顿:《论出版自由》,吴之椿译,北京:商务印书馆1958年,第23页。

㊹John Milton, *Political Writings*, "The Tenure of Kings and Magistrates", Cambridge University Press, 1991, p.45.

㊺参见布克哈特:《意大利文艺复兴时期的文化》,何新译,北京:商务印书馆1979年,第489~490页。

㊻《蒙田论文集》,引自周辅成编:《从文艺复兴到十九世纪资产阶级哲学家政治思想家有关人道主义人性论言论选辑》,北京:商务印书馆1966年,第164页。

㊼《蒙田论文集》,引自周辅成编:《从文艺复兴到十九世纪资产阶级哲学家政治思想家有关人道主义人性论言论选辑》,北京:商务印书馆1966年,第155页。

㊽《蒙田随笔全集》(上卷),潘丽珍等译,南京:译林出版社1996年,第112页。

㊾《蒙田论文集》,引自周辅成编:《从文艺复兴到十九世纪资产阶级哲学家政治思想家有关人道主义人性论言论选辑》,北京:商务印书馆1966年,第146页。

(50)《我知道什么呢？——蒙田随笔集》，辛见、沉晖译，上海：上海三联书店 1989 年，第 155～156 页。

(51)《蒙田论文集》，引自周辅成编：《从文艺复兴到十九世纪资产阶级哲学家政治思想家有关人道主义人性论言论选辑》，北京：商务印书馆 1966 年，第 163 页。

(52)关于瓦拉的思想可参见克利斯特勒《意大利文艺复兴时期八个哲学家》（姚鹏、陶建平译）第 2 章中的评论。

(53)布克哈特：《意大利文艺复兴时期的文化》，何新译，北京：商务印书馆 1979 年，第 161 页，第 162 页。另参见 J. Cleugh，*The Divine Aretino：A Biography*.

(54)布克哈特：《意大利文艺复兴时期的文化》，何新译，北京：商务印书馆 1979 年，第 157 页。

(55)布克哈特：《意大利文艺复兴时期的文化》，何新译，北京：商务印书馆 1979 年，第 445 页。

(56) Robert. Burton，*The Anatomy of Melancholy*，3 Vols，J. M. Dent & Sons Ltd.，1932.

(57)W. J. Bouwsma，*The Waning of the Renaissance*：1550～1640，Yale University Press，2002，p. 198.

(58)笛卡儿：《方法谈》，引自《十六—十八世纪西欧各国哲学》，商务印书馆 1975 年，第 155 页。

(59)参见康德：《法的形而上学原理》，沈叔平译，北京：商务印书馆 1991 年，第 133 页。

(60)康德：《法的形而上学原理》，沈叔平译，北京：商务印书馆 1991 年，第 88～89 页。

(61)See John Jeffries Martin，*Myths of Renaissance Individualism*，Palgrave Macmillan，2004.

五 人文主义与诗性智慧

文艺复兴时期人文主义的风格之一就是众多人文主义者善用诗性智慧去认识世界、去指导文学艺术等思想文化的创作实践,并以其创作成果的特殊感召力影响世人的审美情趣。现在问:一种诗性的智慧和文化实践何以会产生如此广泛的社会时代效应及深远的历史影响?下文将以艺术史、史学史等为线索解答上述问题。

乔尔乔内:《田园景色》

（一）文艺复兴时期人文主义者对诗性智慧的感悟

每一个对文艺复兴史感兴趣的读者都会意识到这样一种现象，即诗性智慧在文艺复兴时期十分流行，并产生了无可估量的文化影响。那么诗性智慧的真正本质究竟是什么？其思想的根基又何在？这些学术课题并非所有学人都很清楚。

我们发现，彼特拉克、费奇诺等人的作品不是用十分逻辑思辨的形式进行说理，而是用带有情感的笔触去表达一种和谐的境界。这种风格意在于点点滴滴的呈现而不在于体系化的结论；意在于感觉而不在于逻辑思辨；意在于适度而不在于偏激。我们常常感到体现人文主义精神的作品有一种漫幻的色彩，即漫无边际、富于想象。现在研究文艺复兴史的学者都会注意到英文"imagination"这个词。在这种风格下，人文主义者更多地呈现给大家的是人与神、人与自然、人与社会进行相互对话的境界。同时，他们的人生和作品又极富诗意，凭着诗意的想象去创造形式各异的世界。这些都可说成是人文主义风格、兴趣的生动体现。这些决定了在人文主义者的作品中科学理性并不是衡量事物的最高尺度。人文主义者更喜欢上文所述漫幻的情调。所谓漫幻就是对美感的、和谐的神圣境界之追求，或者说如何通达和谐神圣的适度境界并使作品生出无穷的意蕴。

我们还是先回到文艺复兴时期来回顾那时的文化人是如何领悟诗性智慧的历史境况。英国文人菲利普·锡德尼爵士（Sir Philip Sidney, 1554~1586）曾留下一篇重要的文学评论文章，题为《为诗辩护》。其中有这样一个观点，即诗歌是引领人类走向文明和创造新文明的重要文学艺术表现形式，"因为诗，在一切人所共知的高贵民族和语言里，曾经是'无知'的最初的光明给予者，是其最初的保姆,是它的奶逐渐喂得无知的人们以后能够食用较硬的知识"[1]。他举了古希腊文化的创立者荷马、赫西俄德等诗人的创作成果。接着谈到,近代使意大利语上升为艺术宝库的还是诗人如但丁、薄伽丘、彼特拉克等。[2]也就是说,正是意大利文学三杰的语言实践特别是诗歌创作活动影响了文艺复兴时期意大利人的思想文化实践。锡德尼如此看重诗歌和诗性智慧,其理由是:诗歌在提供知识方面、在使人感动行善的方面要胜过历史和哲学。[3]说到底,"诗所隶属的那种模仿是一切中最为符合自然的"[4]。锡德尼的这些观点启导我们如何从西方思想文化的漫长历史中去探索文艺复兴时期诗性智慧的深层次思想文化本质。

西方思想文化史曾有几次重要的并对后来文明发展有奠基性意义的文化创造、繁荣时期,如前苏格拉底时期、文艺复兴时期和19世纪下半叶等。在上述几个时期,正是那些具有诗性智慧的思想文化巨擘建构起一座座文化殿堂。从表面上看,诗性智慧带有直觉体认、浪漫想象、完美意境的思维特征,但一种新文化的创造正需要这种博大的智慧去透视以往、思考未来。古希腊曾出现过诗性智慧的代表如荷马、赫西俄德、索福克勒斯、前苏格拉底思想家等。他们对宇宙和人生给予了诗意的想象。以后苏格拉底、柏拉图、亚里士多德等哲学家在前人诗意的想象成果上对宇宙、人生开始了思辨性的理解。再后就是统治思想文化领域长达千年的中世纪基督教哲学。到了文艺复兴时期,社会的变化需要人们重新从整体上去认识现实的人生和世界。于是诗性智慧再次从沉闷的中世纪文化土壤中复苏。许多人文主义者如彼特拉克、费奇诺等都以诗意的思维形式去领悟柏拉图、奥古斯丁等先哲的心灵世界。于是,与诗性智慧密切相关的新柏拉图主义成为思想文化的主导形式。特别是新柏拉图主义那种既钟情超越的神性世界又通过现实的人去感悟超越神性世界的小宇宙理论,成为整个文艺复兴时期思想文化的主导形式。即使到了17世纪初,这种思想文化的潮流仍在延续。它非常清楚地传达出文艺复兴时期诗性智慧的特点，即在内容方面追求神、自然与人的统一，在思维方式上追求艺术化的想象，如此等等。总之，那些人文主义者重新以诗性的智慧将古希腊罗马诗性化思想文化内容复苏了。这种复苏是生气勃勃的个体之人的复苏，是人的无穷创造精神之焕发，亦是资本主义文明起步的标志。这样，诗性智慧就与人的觉醒、信奉古典传统、思想解放、怀疑批判精神等合成一股人文主义的思想文化潮流。对宇宙、人生进行诗意的领悟，这从形式上看有许多无拘无束、充满想象的美感外表；就内容而言，这种思考直接与整个人的感性生命有关，同时又以感性生命为中心点向无限的世界开放。在这个世界中，蕴含着纵横交错的现实与超越内容。正是这种与人相关的博大内容，使后来的哲学思辨有了一个特定的空间和支撑点。到了17世纪，理性主义成为思想文化的主导力量。于是以哲学理性思辨为主导形式去认识世界的思维形式成了启蒙时期思想文化的核心。这种情况一直延续到19世纪西方非理性主义的兴起，于是用诗性智慧去认识人生的思维途径又逐渐形成思想文化的潮流。以上就是我们对文艺复兴时期诗性智慧的内涵、价值、影响等的历史透视。

既然文艺复兴时期诗性智慧有如此重要的思想文化地位，那么与诗性智慧直接相关的文学艺术之繁荣也在情理之中。所以文学艺术的繁荣也体现为人的觉醒、人的表现。由此观之，我们不仅要理解当时三行诗、十四行诗、田园诗等诗歌形式，还应当看到这些诗歌、诗性智慧背后的人文意识。正是它们的存在成为文艺复兴人文主义思想文化的真正魅力之所在。例如，我们要对文学三杰的诗性智慧和作品有深层次的认识。以但丁为例，其诗歌十分迷人，但其诗歌中所表露的思想同样深刻。但丁的皇皇巨篇《神曲》以诗性的智慧提出了人的理性世界和信仰启示世界之间的关系。但丁还在其他的著作中系统地发挥了这些思想。它们成为日后双重真理学说的重要思想启端。对此，学术界还需要从哲学的高度加以深入的思考。彼特拉克和薄伽丘是文艺复兴时期最初一批有历史学目光的人文主义学者。他们对古典作品有浓厚的兴趣，并着手搜集、整理、研究。彼特拉克对荷马史诗、奥古斯丁哲学等情有独钟。薄伽丘则在创作之余凭着对但丁的敬慕之情撰写了《但丁传》。薄伽丘在《但丁传》及其他作品中对诗歌和诗性智慧给予了高度评价。薄伽丘在《但丁传》第2章"但丁的出生和教育"中指出，但丁是想通过诗来认识所有的世界知识[5]，同时就诗学与神学的关系做了阐释。薄伽丘的最高境界是诗与神的合一，这种想法在文艺复兴时期很具代表性。文艺复兴时期的人文主义者所刻意追求的就是如何捍卫诗的地位，并通过人这个小宇宙将诗性与神性结合起来。对于薄伽丘的诗歌理论，布克哈特做如此评论："在艺术上，表现了一种反对中世纪所创造出来的一切东西的成见，并且人文主义者是以自己勃兴之日为新纪元的。薄伽丘说：'我开始希望并且相信，上帝怜悯了意大利的名誉，因为我看到：他的无穷仁爱使意大利人的内心里具有和古代人同样的精神——用掠夺和暴力以外的方法取得荣誉的精神，而且说得更正确一些，是在诗歌道路上使人们成为不朽。'"[6]此论十分精当。

　　如果从史学史的角度看待文艺复兴时期的诗性智慧，那么艺术史的研究成果理应成为分析的重点。比较完整地记录那些由诗性智慧主导进行艺术创作实践的人和事，当首推瓦萨利和他的《最出色的画家、雕塑家和建筑家生平传记》一书。书中瓦萨利始终以诗性的智慧去感悟、面对和评价诸位艺术巨匠，向人们展示一幅幅将诗性智慧与艺术至上相结合的文化景象。在瓦萨利的心目中，体现诗性智慧的艺术是一个独特的精神世界，认为乔托真正打开了艺术伟大和艺术完美的大门。[7]瓦萨利在著作中不时运用诗性的笔触进行点评、总结等。例如他如此评论达·芬奇："一般说来，好些男男女女天生就具有各种了不起的质地和才华。但用超验的眼光看，偶尔会发现有这么一个人，他由上苍绝妙地赋予了如此丰满的美质、优雅和才气，他远远地离开了世俗之地，他所有的行为都富于灵气，事实上他做的每一件事情显然都是神圣的，而非人之作为。"⑧又例如，在瓦萨利的心目中，只需米开朗基罗一人就能让所有人领略什么叫具有诗性智慧的、最完美的艺术创作，⑨并指出这位艺术家有"真正道德哲学的知识和诗化表达的天赋，于是每个人都会尊崇和跟随他，视其为生命、作品和行为中所有努力的完美榜样，他应该被称做神圣的"⑩。他还借用卡斯蒂利奥内的诗句来总结拉斐尔的人生："大人物的逝去其实就是生命的赎卖。……／在你初次凋谢时，其实就给了我们警示．／大家应该用自己的所有将那个死神脱开。"⑪我们有理由认为瓦萨利的评传本身就是一首优美的诗歌，或者说是瓦萨利与其评判对象之间的诗性智慧对话。这种诗性化的评传风格在19世纪又由英国诗人约翰·西蒙兹在其《意大利文艺复兴》一书做了新的发挥（详后）。

　　诗性智慧的感人之处就在于它的真。我们不妨提一下文艺复兴时期最著名的自传作品——切利尼（Cellini, 1500～1571）的《自传》（*Autobiography of Benvenuto Cellini*）。⑫布克哈特认为切利尼作品的真正力量之所在（或者说诗性智慧的真正力量之所在）就是要表现一个完整的人，这要比那些道德家来得更真实，"本文努托·切利尼的自传在内省方面并不比庇护二世的自传为多。但它却以惊人的真实和详尽的手法描写了整个的人……。他是一个能够做和敢于做一切事情的人，他有他自己的衡量标准。无论我们喜欢他或不喜欢他，他依然如故地作为一个近代精神的重要典型而活下去"⑬。切利尼在自传中不时在传达自己的诗人的气质。例如切利尼告诉读者，他的父亲是天生的诗人，由此使人感受到切利尼从小受到诗歌熏陶。也正是神圣的诗歌，使切利尼在生命的低谷找到了生的勇气。⑭

　　这种人文主义的诗性智慧在很大程度上与新柏拉图主义有密切的关系。前面（参见本书239页）提到，1617年英国学者弗卢德

(*Fludd*) 在他的著作中使用了一幅插图，取名"完整的自然之镜和艺术想象"，将世界上万事万物都有机地包容在一个圆形的图案里，意谓世界是上帝的艺术品，而人是世界的中心。⑮它非常清楚地传达出文艺复兴时期人们的世界观和思维方式：内容方面追求神、自然与人的统一；思维方式上追求艺术化的想象。从文艺复兴时期的思想文化发展情况看，凡带着审美倾向研究人文学科的学者都不同程度地从柏拉图思想体系中寻找源流。

根据新柏拉图主义理论，文化人不要脱离个体的人去讲什么超越性、神圣性等。真正有力量的人是既懂得人性，又懂得如何超越人性的限制并达到柏拉图所谓理念的境界。人应当调动自己所有的感情、智慧因素与最高的存在相感悟。在人文主义者的心目中，柏拉图、奥古斯丁、弗兰西斯等就是感悟到人的总体性、神圣境界的思想大家和大智慧者。人文主义者十分欣赏柏拉图用"迷狂"感悟最高理念的美感认识意境。他们还将奥古斯丁当作极具丰富内在情感世界和细腻审美感受力的思想家。奥古斯丁是原罪理论的拥护者，并认为感觉世界是有局限的，但他不否定感性个体的存在和感性世界本身，甚至认为人正是通过感性世界才进一步认识到上帝的存在。智慧之人应当用上帝赋予自己的力量去拯救自己，使自己从感性的纠缠中挣脱出来，最终与上帝的神灵相交融。这就是基督徒的力量和奥秘所在。奥古斯丁对柏拉图哲学的发挥是：人可以调动自己所有的感情、智慧因素与最高的存在交融在一起。所以，奥古斯丁一方面要做灵与肉的分离，使人看清楚自己灵魂的高贵；另一方面又回到整体性的个人，让一个有血有肉的活生生个体通过审美的、身心交融的体验方式在各种象征中领悟上帝的存在，并升华人的存在意义。⑯用他的哲学思想来表达就是不回避个体，又试图超越个体。在奥古斯丁的影响下，人文主义者强调发展人的完整的能力，并通过文学艺术等手段呈现完整的人的个性。

当然，诗性智慧最直接的感人之处是其美感特征，它通过美的形式来传达整体的人之内在世界，这使得文艺复兴时期的思想文化产生独特的精神魅力，甚至成为人文主义的重要特征。不过，诗性智慧的某种朦胧性、象征性等特点也更加重了人文主义囿于个体精神而产生的复杂、矛盾、彷徨的内心世界。于是相应地出现了一批与此内心世界相关联的著述。例如16至17世纪的英国文坛就有这样一些作品留世：抑郁派诗人伯顿创作了《抑郁的解剖》[①]，该作品将文艺复兴时期个体主义的一面即偏重内在完美世界的塑造、钟情孤独彷徨的愁思等情绪表现得淋漓尽致；沃尔顿（Izaak Walton，1593～1683）的《垂钓全书》[②]则将人的心灵安顿在闲暇恬适的自然之中；布朗（Thomas Browne，1605～1682）的作品又是一种情调，其《医生的宗教》将科学与宗教两个世界的对峙和交感的复杂心理状况加以戏剧化的描摹；[③]诸如此类，不胜枚举。诗性智慧、新柏拉图主义等甚至还与当时的各种异端精神、迷信等结合起来，并影响当时的社会风尚。对此，布克哈特曾做过深刻的剖析。[④]

（二）理性主义时代哲学家、历史学家对文艺复兴时期诗性智慧的开掘

从17世纪开始一直到19世纪，理性主义在思想文化领域居主导地位。在18世纪的史坛还没有出现文艺复兴史的专题研究。不过这一世纪的文化史研究则不乏精品。与伏尔泰（Voltaire，1694～1778）生活年代大体相当的欧洲大陆史学界活跃着不少具有诗性智慧的文化史研究思想大家，德国考古学家和艺术史家温克尔曼（Winckelmann，1717～1768）、法国思想家孔多塞（Condorcet，1743～1794）、德国文化哲学家赫尔德（Herder，1744～1803）等就是其中的代表。相比之下，温克尔曼文化史学术成就和文化史观点影响最大。他的《古代艺术史》[⑤]主张从历史的过程看待艺术创作及其历史，特别提出要注意艺术的风格问题。温克尔曼的文化史研

究思路为以后这方面的研究奠定了理论和方法的基础。所有这一切又与18世纪出现的浪漫主义思想文化现象有关。于是诗性智慧在理性启蒙时代仍受到人们的重视。这里我们需要提及维柯（*Giovanni Battista Vico*，1668～1744）的《新科学》一书。在这部重要的美学作品里，维柯对诗性智慧如何在人类最初的创造性活动中发生作用又做了精到的论述，"因此，诗性的智慧，这种异教世界的最初的智慧，一开始就要用的玄学就不是现在学者们所用的那种理性的抽象的玄学，而是一种感觉到的想象出的玄学，像这些原始人所用的。这些原始人没有推理的能力，却浑身是强旺的感觉力和生动的想象力。这种玄学就是他们的诗，诗就是他们生而就有的一种功能（因为他们生而就有这些感官和想象力）；……"㉑维柯在书中仔细分析了诗性特征（*Poetic character*）、诗性伦理（*Poetic morality*）、诗性形而上学（*Poetic metaphysics*）、诗性政治（*Poetic Politics*）等问题。维柯的功绩是使我们历史地完整认识诗性智慧的特征、地位等。维柯的诗性智慧早已引起学术界广泛的关注。㉒

但不能否认，在理性主义世纪，人们对理性的清晰性、科学性寄予无限的向往，认为真能按照理性的逻辑去构造世界的发展过程。以黑格尔为例，他最终将美当作理性的感性显现。世界万事万物都是绝对理念的辩证发展过程。与黑格尔理性主义相对立的唯意志论者叔本华则再次高屋建瓴地为诗、诗性智慧正名。叔本华和上述理性主义时期的思想大家都称不上是文艺复兴史的研究专家，但文艺复兴史研究者却不能忽视那些思想大家对诗性智慧的认识。叔本华认为诗人所表现的才是真正的人的内心世界，是真正的历史。㉓又说："诗人却在一切关系之外，在一切时间之上来把握理念，人的本质，自在之物在其最高级别上恰如其分的客体性。"㉔还强调"诗里比在历史里有着更多真正的、道地的内在真实性"㉕。所以从某种意义上说，正是诗性智慧、艺术展示出更深层次、更广博的生命底蕴。这些思想对后来布克哈特文化史观的形成影响很大。

这里我们还要特别提及尼采的诗性智慧。尼采是一位长期被误解的思想家。但随着时间的推移，特别是到了全球化的今天，尼采思想的价值就越发明显。在尼采的心目中，自苏格拉底以后，西方哲学所走的路径不是更贴近人的生命价值，而是引导人去分析什么是事物的结构、形式等，也就是走上了知识论的道路。人们的眼睛只是盯着世界为什么会这样存在？这是什么？为什么这个事物会是这样？都是问的事物本身。于是哲学家告诉人们，事物之所以是事物，这个事物之所以是这个事物，因为事物有它特有的存在结构、形式。至于这个形式最终是从哪里来的，神学家回答说是上帝。可大家知道，某个事物是什么，那是科学家去回答的问题；而上帝又是人们在特殊文化背景下并在特殊的环境下对世界根本问题的一种信仰，甚至是思想无奈之下的一个归宿。所以传统的哲学分析是不是对现实的人的生命价值起到了提升的作用呢？那些哲学家从来不问一下：为什么人们要去提那些问题？究竟人的生命深处发生了哪些问题？尼采的回答是，必须重估传统的价值，让哲学重新回到人的身边；哲学必须使用一套真正属于哲学本身的语言，让一个总体性的人、一个有个性的人能够体验到自己生命的存在和价值。

尼采发现，苏格拉底以前的哲学家的思考方式和内容始终贴近人的生命。为什么有如此想法呢？在尼采的心目中哲学就是揭示人的生命意义、表现个体的生命力量的学问，甚至哲学就是生命内涵的一个组成部分。尼采说："古代哲学家的活动却是为了整体的康复和净化，尽管这在他们是无意识的。"② "在他们看来，人是事物的真理和核心，其他一切只是疑似和幻觉的舞弄。……在现代人这里，哪怕最个性的东西也要升华为抽象观念；相反，在希腊人那里，最抽象的东西总是复归为一种个性。"③尼采认为赫拉克利特所说的人就是非理性的存在物④，因此人需要用直觉的手段来认识、表现自己。⑤艺术家就有这种认识和表现的本领。⑥所以从现在起，大家不要轻视那些诗化的表现形式（包括诗话哲学在内）。我给大家举一个例子，人都有特定的生命能量，人有创造力。但人的生命力究竟有多强，人的创造力究竟有多大，这些都不是 $x+y=z$ 所能解决的。有时我们也会产生些心理上的危机，可原因在哪里？显然也不能用 x 射线来透视。面对这些问题，有一个心理学家（也是一位受过尼采哲学影响的哲学家）荣格（Jung，瑞士人）终于发现了问题的答案。他认为这些是心理上的某种缺损所致。于是他用种种象征来说明问题。在象征中或者说在对象征的直觉中，人们领悟到了什么，于是人又找寻到了自己的精神家园。所以尼采极力反对西方后来理性化的、知识论的道路，认为这种哲学把直觉、象征等启示人的生命底层的因素给压制住了。

我们发现，无论是中国还是希腊，最初的哲学家都提出了与直觉相关的问题。例如泰利斯（Thales，公元前 624～公元前 554）提出"水是万物的本原"（Water is the original stuff）的观点。中国的老子也说"（水）几于道"。赫拉克利特[Heraclitus，公元前 538～公元前 475，生活在以弗所（Ephesus）]则从水、火等现象中意识到逻各斯的问题。我想，中国的五行学说也大致相仿。尼采这样评论，"赫拉克利特拥有非凡的直觉思维能力"[②]，"只有审美的人才能这样看世界，他从艺术家身上和艺术品的产生过程体会到，'多'的斗争本身如何始终能包含着法则和规律，艺术家如何以静观的态度凌驾于艺术品之上，又能动地置身于艺术品之中，必然与游戏、冲突与和谐如何必定交媾而生育出艺术品来。"[③]但在前苏格拉底时期，有两位哲学家的思维方式指点了新的哲学发展方向。一位是毕达哥拉斯（Pythagoras，活跃于公元前 525～公元前 500）。他认为一个三角形不因为有一个具体的像三角形一样的事物而存在或不存在；万物都会有数的结构。另一位是巴门尼德（Parmenides，约生于公元前 510 年）。他提出了一个"存在"问题。以前哲学家的眼睛盯着具体的物，试图在具体的事物中去感受某种抽象的东西。例如宇宙是什么？某个具体事物的特性是什么？等等。

这种思维方式考虑的是一个物是如何构成的、一个物与另一个物的关系又如何。巴门尼德的思维方式是，当你在考虑某个事物"是什么"或在断定其"存在"时，还会意识到"是"或"存在"本身的问题。也可以这样提问，当你说某物存在，似乎已经知道了存在是什么，否则说某物存在就没有任何意义。可存在是什么呢？巴门尼德对存在一词的思考可以说引起了哲学思考方式的重大变化。尼采也认为巴门尼德通过思维直接进入了存在问题，但尼采认为"'存在'与'不存在'的矛盾，如果没有实在的对象（即没有使这一对矛盾得以抽象出来的感官观察），它就是完全空洞的逻辑定值"⑭。尼采接着进一步阐述自己的观点："拥有存在的概念！仿佛它未曾在其词源中显示其可怜的经验来源似的！因为，'esse'（存在）原来只是指'呼吸'。只要人使用其他万物，他就是传达了一个信念：他自己通过一个隐喻，亦即通过某种非逻辑的东西，呼吸和生活在其他事物上面，并且按照人的类比把它们的存在理解为一种呼吸。"⑮

同时，尼采发现古希腊文化中存在着最能传达和表现人的生命意义的形式，即日神阿波罗和酒神狄俄尼索斯，与这两个神相关联的还有悲剧艺术。但后来希腊人的理性思辨哲学逐渐发达了起来，原本最能体现生命本真世界的酒神等被扼杀了。所以尼采很自负，认为要由他来告诉人们什么是传递给人们强力意志的哲学。特别是在今天，我们更需要能体现和鼓舞人生命、个性、创造力的哲学和文化等。

与上述对诗性智慧的认识相呼应，在文艺复兴史研究领域出现了对诗性智慧的自觉意识和阐释。19世纪称得上是具有划时代意义的文艺复兴史研究时期。首先应该提及的两位大家是瑞士人布克哈特和英国人西蒙兹。布克哈特是叔本华思想崇拜者尼采的忘年交。他对艺术特别是对建筑艺术情有独钟。这从一个侧面使其对文艺复兴时期诗性智慧的价值有深刻的认识。布克哈特明言，那些人文主义巨擘以"诗歌的形式来代替教义的形式"。布克哈特对诗性智慧的总体认识是,这种智慧表现了人的精神,对事物做了总体的观察和描述。文艺复兴时期的人文主义者即使对世界有什么概念性的判断的话,也是由于诗歌的力量而强化了其认识的地位。于是布克哈特首先分析诗歌:"我们将首先谈谈14世纪的伟大诗人的诗作,他们是无拘束地描写人类精神的范例。"他以但丁为例,认为但丁的伟大正是凭借其诗性智慧对人、对世界的万事万物做了探测,认为《神曲》和《浮士德》一样是一种高度综合的作品。布克哈特还意识到人文主义者创作拉丁诗歌的意义,"人文主义者主要引以为骄傲的是他们的近代的拉丁诗歌。至少就它足以代表人文主义运动的特征来说,它是在本书的讨论范围之内的。……导使他们这样做的一定有一个重大的原因。这个原因就是对于古典文化的崇奉"。即使是田园诗、散文创作等,我们仍可以找到人文主义的情感理想,"这些作品的风格无论是诗歌或散文,都是卓绝、优美的,但是在这些作品里边,田园生活不过是给一种属于完全不同的文化领域里的感情披上一件理想的外衣而已"。

布克哈特进一步分析文艺复兴时期诗性智慧的理论支撑点,认为"多少是根据柏拉图的理念学说想象出来的灵魂先在上帝身上存在的学说,很久以来就是一个共同的信仰,甚至于也曾为诗人所引用"。甚至在一些有文化眼力的当政者看来也是如此,"洛伦佐已经深窥柏拉图哲学的一切奥秘,并且说明他确信没有柏拉图就很难做一个好的基督徒或一个好的公民。围绕在洛伦佐周围的一群著名学者由于这种对于一个更高尚的唯心主义的哲学的热情而团结在一起,并卓然超出一切其他这类集团之上。只有在这样一个团体里边,一个像皮科·德拉·米朗多拉那样的人才会感到幸福"。所以人文主义者在诗性智慧里找到了精神的栖息之地。

西蒙兹则是一位很有诗才和具有极强个性的历史学家。他的7卷本《意大利文艺复兴》差不多与布克哈特的著作同时发表,并提出了许多相同的看法。西蒙兹善于从广阔的层面来探索文艺复兴时期艺术家的心灵和创作实践。其人物评传如对米开朗基罗的研究堪称典范。⑮与布克哈特的《意大利文艺复兴时期的文化》相比,西蒙兹的著作补充大量艺术创作的部分,还写了反宗教改革(Counter-Reformation)的内容,由此更全面地反映了文艺复兴的历史史实。

需要注意的是,作为诗人的西蒙兹以其诗性智慧和情怀投身《意大利文艺复兴》的整个写作过程。具体地讲,西蒙兹是用诗性智慧与文艺复兴时期的诗性智慧进行意识互动。西蒙兹诗意地命名佛罗伦萨为"智慧的城市"(the City of Intelligence)⑯。西蒙兹在"思想的信奉"章节里不无见地地指出:"真正说来,意大利人从美学的角度来评判才气要甚于道德性的批判。"⑰西蒙兹还特别关注文艺复兴时期佛罗伦萨思想家费奇诺诗意地理解柏拉图哲学的情况,"柏拉图那些有巨大影响的理论和那种渗入灵魂本质解释中的神话,也就是柏拉图意识中那些带有诗意的思想,这些对于费奇诺来讲是更有价值的东西,要胜过柏拉图理念论中那些由逻辑的理解形式呈现出的深刻问题"⑱。正是基于对文艺复兴时期诗性智慧的认识,西蒙兹在评论具体人物如文学三杰时同样带着诗性的智慧的笔触予以勾勒:"因为有了但丁,近代世界的智慧才能笑傲一切,才能自信地去创造自己的时尚;因为有了彼特拉克,同样的智慧才能穿越黑暗的海湾,才能去重新估量以往宏大的传统;因为有了薄伽丘,还是那些智慧才能展露世界的壮丽,才能展露青春、力量、爱和生命的美好,同时无惧地狱的恐怖和死亡迫近的阴影。"⑲以上就是一位充满诗性智慧的历史学家与文艺复兴时期人文主义诗性智慧的互动。海尔对西蒙兹的这种互动做了有见地的评述,认为文艺复兴时期的历史震撼着西蒙兹的心灵,他在那段时期中发现了高度完美的个性、发现了完整的人。⑳人们可以指责西蒙兹诗性智慧引领下的历史写作带有何种主观性,但事实上缺乏此种诗性智慧的历史学家又怎么能写出真正有力度的文艺复兴史作品?今天我们有理由去重新评估和认识西蒙兹作品的内涵、价值。

19世纪还有一个才气十足、性格乖戾的艺术批评家佩特（Walter Pater，1839~1894）。佩特是唯美主义者，主张为艺术而艺术。其文艺复兴艺术史方面的代表作《文艺复兴》已译成中文出版。㉚英文版的书前有西蒙兹写的"导论"，西蒙兹通过对佩特梦幻情调的赞叹来结束自己的导论："他一意向往的是让他的心灵'像一个孤独的囚徒那样沉浸在自己的梦幻世界里'，正是这种囚徒式的梦幻世界成了这位作家思索、永恒追求的全部工作。"㉛《文艺复兴》其实是一部人物个案研究汇集。其中所涉及的人物有些我们比较熟悉，如波提切利、米开朗基罗等，有些如16世纪法国画家杜倍雷等对一般读者而言可能不太了解。书中还有对艺术史家温克尔曼的精彩评论。所有评论都体现了佩特自己的艺术史独特想法。贯穿全书或者说佩特所一贯坚持的文学艺术创作理念是：作家去捕捉、呈现的都是美的形式和理想世界，反过来说，任何东西只要以艺术的形式展示出来就必定是一种形式化的理想。为此，佩特着重分析文艺复兴时期的人文主义者如何用其直觉想象力将古代的知识、基督教的信仰等调和起来，从而去开创一种思想，"它留给后世的东西就是去想象一种真正的方法，即如何用想象、传说去实现将基督教情感和异教诗歌、哲学中的世界理论加以科学有效的调和的方法"㉜。为此，佩特还就柏拉图主义等相关问题做了细致的研究，其讲稿结集后以《柏拉图和柏拉图主义》㉝为书名出版。从某种意义讲，佩特的一生就是一部唯美主义作品的展现。

（三）20世纪学术界对文艺复兴时期诗性智慧的文化反思和批判

20世纪是文艺复兴史研究的扩播、深耕和全面收获的时期，涌现出像海尔、克利斯特勒、加林、布鲁克尔、伯克等大家。其中不乏对诗性智慧进行文化反思和批判的著述，由此深化了对人文主义思想文化的认识。

首先要提到克利斯特勒（Paul Oskar Kristeller，1904～1999）的论著和观点。克利斯特勒代表作有《文艺复兴思想：古典的、经院的和人文主义的变更》《文艺复兴思想和它的源流》（此为克利斯特勒退休后重新结集修订出版），等等。克利斯特勒在《文艺复兴思想和它的源流》中指出："当然，对于人文主义者来说特别重要的是捍卫自己的研究兴趣，反对其他条条框框的束缚，其中最要紧的是反对神学的束缚，不过偶尔也反对医学和其他领域中的东西。这种文学意蕴在'为诗辩护'的标签下著称于世。……在捍卫研究古典诗歌、反对神学批评的名义下，人文主义者也使用一些由教父哲学发展了的观点，并始终认为包含在这些观点中的异教性诗歌和神话具有寓言性的含义，它们根本上是和基督教神学真理相一致的。"书中还选了"哲学与修辞学"的长篇论文，其中谈到，文艺复兴时期的修辞学不同于古代，古代是为了政治的目的，而人文主义者的修辞学则主要与诗性的各种文学领域相关联。同时克利斯特勒为了深究人文主义的思想本质、诗性智慧等，于是以费奇诺研究为其学术探讨的突破口，著有《费奇诺的哲学》一书。克利斯特勒发现了人文主义受诗性智慧的新柏拉图主义影响而表现出的共同兴趣。在新柏拉图主义的影响下，诗性智慧成为人文主义思维方式和创作实践的典型风格。文德尔班就此指出："文艺复兴时代的思想家，本质上富有审美气质，对于概念科学的抽象性质不再感任何兴趣。"加林对此亦有评论："这里，可以看到人文主义的两个明显的特征：通过文学来表现人的价值和人性的真实社会性。"就人文主义者的具体作品形式和内容而言，就是用诗性的智慧追求美感的、和谐的神圣境界。洛布《意大利文艺复兴时期的新柏拉图主义》是这方面权威的研究著作，至今还没有一部更好的著作来取代它。我们从洛布的阐述中得知，正是与当时文学、艺术创作有直接关联性的新柏拉图主义造成了诗性智慧的浪漫性,"新柏拉图主义具有明显的和有价值的贡献是形成了时代性的艺术与文学。或许真是它召来了那些支撑浪漫主义的因素"⑥。在奥古斯丁的影响下,人文主义者强调发展人的完整的能力,并通过文学艺术等手段呈现完整的人的个性。

在20世纪的文学批评界,还有一些学者注意到诗性智慧与西方传统哲学中的概念"形而上学"之间的关系。1921年格里尔森教授编辑出版《形而上学抒情诗和17世纪的诗歌:从多恩到布特勒》⑥,并在选本前附上长篇导论。同年,诗人兼文学批评家T. S. 爱略特(T. S. Eliot, 1888~1965)发表《形而上学派诗人》⑥。他是1948年诺贝尔文学奖的获得者。在文化上,他要维护整个西方思想文化的形而上学传统。对这样一种整体的形而上学文化传统,尼采是极力反对的。⑥爱略特坚持和维护西方形而上学文化传统的理由是,正因为有形而上学意识和内容的存在,才有可能提升人们的普遍意识。如果仅就艺术而言,那么爱略特在一些观点上与尼采很相近。但尼采坚持的是个体,而爱略特追求的是普遍,他认为形而上学将人性神圣化、艺术化,使原本是个体的、瞬间的、原始的情感提升为普遍的、永恒的、纯真的情感。一言以蔽之,形而上学是诗歌、艺术的基础。诗歌歌颂普遍意识的功能也因为形而上学意识的存在而得到确立。将文化提升到形式美的程度正是西方世界的特色,正是形而上学意识引出的结果。爱略特从哲学的角度全面评述了形而上学意识与诗歌创作的关系问题。由此,一个传统的哲学名词"Metaphysics"被文学人士赋予了新的内涵,并受到文学批评界的广泛关注。从柏拉图确立了形而上学的思辨传统后,整个西方思想文化可以被视作柏拉图思想的延伸。在西方的思想文化氛围内,对超越的、形式化的世界如基督教宗教世界之追求渐渐成为一种主流。在文艺复兴这个人性解放的时期,新柏拉图主义成为思想文化的主流。有一批诗人在新柏拉图主义的感召下进行形而上学诗歌创作的实验。所谓形而上学诗就是将形式化的人性感觉配之以鲜明、瞬时、出人意料的意象，使人性世界深层中流出的意象通过诗歌长留文学天地。史密斯特别就文艺复兴时期的形而上学智慧问题进行专题研究㊳，认为这种带有诗性的智慧根植于人文主义者的心灵深处，它引发了对即时性与永恒性、身体与心灵、人与神等一系列关系的思考，由此去发现情感世界中复杂的传统精神因素。上述研究从不同角度打开了人们研究文艺复兴诗性智慧的视野。例如，诗歌是那个时代的一个缩影，这就启示学者从社会历史的广阔背景去分析某种诗体背后的文化内涵。英国学者洛著有《农田诗革命》㊴一书，将英国16世纪至17世纪诗人对农田诗的态度和创作情况做文学、社会学的分析，使人们认识农田诗诗性智慧的真正价值所在。甚至有学者如哈林认为，我们需要从诗性智慧的角度去认识哥白尼、开普勒科学认识的起源和过程，并特意撰写《世界的诗化结构》㊵予以阐释。作者从柏拉图对天体构造想象开始，从历史和时代的双重角度全面地论述了那些梦幻般的宇宙诗意认识。这种认识其实很符合欧洲思想文化的特点和文艺复兴时期的科学实际状况，即科学与宗教内在地关联在一起。我们不难发现，哥白尼的著作浸透着诗性智慧。非常有意思的是，《天体运行论》的"引言"是用美感、神学、科学合而为一的语言来打开天体的宏大和神秘的。在哥白尼看来，缺乏对天体的默思冥想，人就达不到美和神圣的境界；反过来，缺乏美和神圣的强烈感情也无法走进宇宙苍穹。㊶

　　研究文艺复兴时期的诗性智慧问题还要提及20世纪艺术史家如贡布里希、默雷㊷、哈特㊸等的艺术史研究成果。其中贡布里希的不少著作如《文艺复兴：西方艺术的伟大时代》㊹等已译成中文出版。贡布里希在研究艺术创作时亦注意艺术与诗歌、诗性智慧、新柏拉图主义等的关系问题。㊺

　　我们可以从不同的角度去认识文艺复兴时期的诗性智慧，但有一个视角或评价也许是共通的，即文艺复兴是人性觉醒的时期，它需要思想家以人性为中心去整体地认识人和世界。这时恰逢人文主义者高度重视人性及相关世界的内涵，并选择诗性的智慧来率真地加以认识、表述。这种诗意的人论对认识和颂扬现实的人的本质、情感、力量等有着独特的作用。当然，仅仅以人性等来把握人和世界的本质也会在历史观等方面产生一些褊狭的认识。稍后理性主义的兴起正是人文主义诗性智慧的合理补充。

最后，我们以柯林武德的观点提示历史研究与重视文艺复兴时期诗性智慧研究之关系。柯林武德曾就历史学家的人格、学术涵养提出中肯的看法，主张为了能与历史上各种人物进行对话，从而去"重演"历史，历史学家的心灵必须具备一种"全部的能力"和"全部的知识"，也就是说，历史学家要具备理解各种历史现象的能力。[20]（原文：all the powers of his own mind and all his knowledge of philosophy and politics.[21]）为此，柯林武德本人很在意诗性智慧，并特别撰写了《艺术原理》[22]一书，其中充分揭示艺术与人性、情感、个体、想象、创造之间的关系。他将艺术、艺术家和艺术创作的过程都当作个体情感的一种想象，这正是艺术的魅力所在。今天的历史工作者和试图在文艺复兴思想文化领域做一番畅游的学人就应当像柯林武德所主张的那样，将研究的"能力"和"知识"逐渐完善起来，其中诗性智慧是格外重要的能力和知识。只有这样，我们才能去"重演"诗性智慧占主导地位的人文主义思想文化。

附：新柏拉图主义的诗性智慧[*]
——马西利奥·费奇诺致佩雷格利诺·阿格利的信

译文说明：文艺复兴时期的新柏拉图主义一直是学术界关注的重要课题。但真正要搞清楚其中的内涵并非轻而易举之事。因为柏拉图的哲学本身就很复杂，再加上文艺复兴时期人文主义的思维方式又很独特，这就需要阅读大量第一手的资料，从中去领悟其精髓。

费奇诺像

费奇诺是文艺复兴时期新柏拉图主义的泰斗,曾翻译柏拉图全集,并撰写巨著《柏拉图神学》。⑧从他的著述中可以看出,什么是文艺复兴时期人文主义者所理解的柏拉图思想。费奇诺的著作译成中文的不多,此信非常简明扼要地勾勒出他所理解的柏拉图思想。全信的中心围绕"迷狂"(Frenzy)问题展开。费奇诺与柏拉图一样,将精神、灵魂等超越性的因素视作人的真正本质。但稍有不同的是,柏拉图贬抑感官的东西,费奇诺则强调人要达到超越性的境界就必须从感官的感应入手。这是文艺复兴时期人文主义的小宇宙理论的生动体现,即人是感性自然和精神的统一;从自然中见精神,从精神中升华感性自然。从信中又不难看出,文艺复兴时期的思想家、艺术家等并不过分沉迷于柏拉图对理念(idea)所做的深邃辩证思考,而是十分热衷于柏拉图思想中对灵魂所做的神秘的和富有诗意的描述,意在使个体的人及其艺术创作更具美的外观和意境。人文主义者看重达到灵魂超越境界的方法。正如费奇诺哲学研究专家克利斯特勒所言:"这一经验(指灵魂走向上帝的经验——笔者注)和说明这一经验的方式是费奇诺的形而上学和伦理学的关键。"⑨费奇诺对迷狂问题所做的阐释和发挥,在很大程度上是当时人文主义思想文化情趣的体现。文艺复兴时期的大量文学艺术创作无不证明新柏拉图主义的思想所带来的巨大影响力。

在下面这封并不算长的信里涉及上面提及的许多问题,相信会对我们有所启迪。笔者现从 The Letters of Marsilio Ficino（Shepheard-Walwyn, 1975）中遴选译出，供学人参考。原文为拉丁文，由伦敦经济科学院语言学系译成英文，美国哥伦比亚大学克利斯特勒教授撰写前言。

译文：

马西利奥·费奇诺致佩雷格利诺·阿格利：

11月29日，我的父亲费奇诺博士在费格林转给我你寄来的两封信，一封是用韵文写的，另一封是用散文写的。阅毕，我由衷地庆贺我们的时代，它造就了一个年青人，他的名字和声誉会使时代增色。

说心里话，我最亲爱的佩雷格利诺，每当我思念起你的年岁和每天寄来的那些信件，我不仅倍感欣喜，而且会对朋友的这种厚礼十分动情。我不知道在我们所尊敬的古人中或我们经常提及的同时代人中，是否有哪位与你同年岁的人能取得如此的成就。我这里赞誉的不只是指研究性和技术性的东西，更多地是指神圣的迷狂。德谟克利特和柏拉图说过，没有这种迷狂就无人能成就大事业。正如我已经赞誉的那样，从你著述中所表露的那种强力的情感和燃烧着的欲望里可以看出，你受到了迷狂的启示并置身于迷狂之中。这种在外表的动情上就显现出的能量，一种古代哲学家所具备的能量，最有力地证明了在我们的心灵中有神圣的力量居住着。既然提及了这种迷狂，便应当就我对柏拉图的相关看法说上几句，而简洁本来也是写信的要求，这样你会很容易知道迷狂的问题所在，迷狂有哪些内容，以及神是如何观照这些内容的。我确信，这种叙述不仅仅是取悦你，而且会对你有非常大的裨益。正如较早的毕达哥拉斯、恩皮多克勒斯、赫拉克利特所主张的那样，柏拉图也认为，我们的灵魂在肉体降临前，其居所是在天国，正如《费德罗斯篇》中所载苏格拉底的说法，灵魂会在对真理的沉思中得到滋养和欢欣。

那些我已经提到的哲学家都曾经从古埃及最聪慧的莫库利乌斯·特利美吉斯图斯得到教诲，即神是高高在上的源流和光，它昭示出万物的模型，哲人称此模型为 idea（中文通常将此译成"理念"——译者注）。这样，他们就顺理成章地相信，灵魂在踏实地思索神的永恒心灵时，也非常清晰地了解了万物的本质。

根据柏拉图的观点，灵魂探见了正义自身、智慧、和谐与神圣本性的精妙。有时他将上述本性的东西当作"理念"，有时当作"神圣的本质"，有时又当作"存在于神的永恒心灵中的第一本性"。人的心灵处于如此境界会受到完美知识的滋润。但灵魂会受到身躯之累而去思考和企求世间之事。于是那些原本由神粮、神酒（即完美知识和上帝之福）喂养的人，现在却灵魂沉落了，这种情况被说成是喝了遗忘河水的缘故，其实就是对神圣的遗忘。只要他们受着世间之事的拖累就不会返回天国。这种情况将延续到他们重新沉思那些曾遗忘了的神圣本性。超凡的哲学家认为，我们可以通过两种才气获得神圣的本性：其一涉及道德的指导和其他的沉思；其二是理解正义这个基本的词汇和其他"智慧"。鉴于此理，他说灵魂只有具备如上面我解释的双翼方能飞回天国，如同《费德罗斯篇》（即《爱篇》——译者注）中苏格拉底所教诲的那样，我们获得神圣的本性必须依据哲学的两个部分，即行动和沉思。因此，他在《费德罗斯篇》中又说，只有哲学家的心灵才能再次获得上述飞翼。就重新获得飞翼而言，灵魂必须依靠自身的力量与肉身分离。充溢着神性，灵魂会鼓动起所有的力量去达到天国，并在那里留驻。柏拉图称此为引离和"神圣迷狂"的斗争，并将此过程分成 4 个部分。（详后——笔者注）他认为人如果不被通常所说的由身体感官感应到的神界阴影或幻象所搅动，是不可能去记忆神圣世界的。

保罗和狄俄尼西乌斯这两位最聪慧的基督教神学家强调，上帝创造的可见之物可以从其受造的形状和当下的情景来辨认，但柏拉图说，人的智慧是一种神圣智慧的幻觉。他觉得，我们通过乐器和声音组成的和谐是神圣和谐的一个幻象，那种由人身各个部分完美组合而来的匀称和美丽，都是神圣之美的幻象。

由于智慧不会在人那里自己呈现出来，或者极少会呈现，也不可能由身体感官来感应。至于神圣智慧的幻觉，也很少存在于我们之间。它被我们的感觉所蒙蔽和完全忽视。正因为如此，在《费德罗斯篇》中苏格拉底说，智慧的幻觉不可能由肉眼瞅见，果真能瞅见的话，那神圣智慧的至爱也就真的会成为一种幻觉被深深激动起来。

但是，我们还是应该用那些被柏拉图称之为所有感官中最有感觉能力的部分去感知对象，如用我们的双眼去感觉神圣美丽的反射，用我们的双耳聆听神圣和谐的共鸣。这样，当灵魂通过身体感应接受到那些存在于物质之中的幻象，我们就会记起那些我们还没有被身体囚禁时的事情。灵魂会由于这种记忆而燃烧起来，摇动其双翼，通过与身体及其俗脱之处的接触而层层净化，并整个地进入神圣迷狂状态。从我刚刚提及的两种感官出发，有两种迷狂状态出现了。由双眼感觉到美的外观，就再次获得了对真理和神圣美丽的记忆，我们用灵魂秘密的、缄默无声的热诚期盼着创造主。柏拉图将此称作"神圣的爱"，并定义为期盼着回到对神圣之美的沉思；这种期盼由相似的物体外观引起。进而论之，对一个人来讲十分必要的是，他不能仅仅期盼超越的美，还必须愉悦于由他的眼睛所揭示的现象。由于自然如此构造有序，以至于任何想探询它的人都可以从幻象中得到满足；但是柏拉图则认为，如果一个人仅仅期盼美的影子而不是去探询超越视觉形式之外的事物，这就是灵魂呆滞和沉沦状态的标记。因为他相信，这种人受到了纵情和性欲之爱的困扰。他将那种为感觉所欣赏的、肉身上的快乐之爱，定义为非理性的和非思考性的。

在任何场合，他都将那种以灵魂狂热表现出来的爱，描写成在身躯中死亡了的东西，而另一种方式则是有生命力的。于是他说，钟爱者的灵魂将生命引入另一个身躯。这就是伊壁鸠鲁主义者后来所倡导的观点，即爱是一种微小颗粒的联合，他们也称此为原子，这种颗粒能够穿过人的身躯使美的幻象播种下来。柏拉图说，这种爱诞生于人的不适、充满忧虑与烦恼之际，正是人的灵魂被如此的黑暗蒙蔽住，在这种黑暗里丧失了生成、一无是处，除了虚弱就是微不足道的身躯中一闪而过的幻象，而恰恰在这时爱诞生了。它不查看天国，因为黑暗的身躯被黑暗关闭了一切。但当那些人的精神被引开，即从肉身躯壳中解放出来，这时才第一次在任何事物中看到了理念和荣光，他们重享欢乐，如同在反思神圣的爱。不过那些人应当立即去回忆神圣之爱的记忆，这种爱才是他们引以为豪和期盼的一切；因为这种对美的激情燃烧会将他们引向天国。这个首次的飞动被柏拉图称之为神迷和迷狂。我已经对此迷狂（即由眼睛唤起的迷狂），做了充分的描述。

不过，灵魂通过双耳接受到了甜润的和弦与音律，并通过这种回声重新想起并引入神圣的音乐，这种音乐只有灵魂非常微小的、具有穿透力的感官才能聆听到。根据柏拉图的后继者的观点，神圣的音乐具有双重性。他们认为：其一，整个地存在于神的永恒心灵之中；其二，存在于天国的运动和秩序之中，正是由于这种运动和秩序，天国世界和它们的轨迹具有无比的和谐。当我们的灵魂尚未受到身躯之累的时候，灵魂也参与进了上述两重性。尽管在人的黑暗的身躯中只有很小的空隙，灵魂还是要借助双耳去充当信使。正如我已经讲的那样，灵魂接受到无可比拟的音乐回声，并由于这种声音引我们进入原先曾享受过的那深层的、缄默无声的和谐世界。那被整个地点燃的灵魂伴随着期盼飞回到它真正的居处，以便它可以再度欣赏真正的音乐。灵魂意识到，只要它被身体黑暗的居室圈围住就不可能进入那个音乐世界。于是要全身心地努力模仿那个世界，因为它不可能满意目前的状态。对于人来讲，这种模仿具有两重性。有些人通过和声与各种乐器的声音来模仿神圣的音乐，我们称这些人为表面化的和粗俗的音乐家。但还有些人，他们用深刻的和健全的判断来模仿神圣的和天国般的和谐，他们是将内心中的理性和知识化成了诗文、韵脚和韵律。正是这些人，受到神圣精神的启示，奉献出完美的声音和最庄重的、最荣耀的歌唱。这种庄重的音乐和诗歌被柏拉图称之为对天国和谐的最动人的模仿。就我刚才提及的那种非常表面化的模仿而言，充其量是在甜润的声音中取得平静，但诗文的部分仍有对神圣和谐的表达。诗人会说，当点燃最博达的心火时，就会在声的韵律和变奏中表达有见地的寓意。这样，不仅愉悦了双耳，也带给了灵魂最丰润的滋养，完全像神的食粮；这样就非常接近了神。按照柏拉图的观点，这种诗的迷狂是由缪斯女神孕育出的；但他认为，如果诗人刻意通过技巧来成为一个好诗人，又没有缪斯女神的指点而进入诗的门槛，这样的诗人及其诗作不会有什么价值。他的想法是，当诗人受到缪斯女神的激励，他们就沉浸在神圣的启示之中，并从生命力中迸发超乎想象的语词；而过后，当凝神关注的状态消退了，这时诗人就不再能记得他曾经有过的驰骋。

我相信，柏拉图所认为的神圣是指，缪斯女神应该理解为神圣的歌唱。这样，他们说的"美声"和"缪斯"就是从"歌唱"中得到的名称。因此，神圣的人就是由神圣的存在所启示，并借用诗的形式和格调去歌唱模仿神圣存在。当柏拉图在《理想国》中论及动情问题时这么说道："每一个声调都有一个轨迹。"正如一个柏拉图主义者所解释的那样，就是献给神的歌唱旋律。因为"声调（siren）"在希腊语中的确切含义就是"歌唱神的荣恩"。古代的神学家坚持认为，9个女神中的8个就是8个领域中的音乐歌唱，而另一个则是将所有歌唱汇合起来的大和谐。

所以，诗歌就是从神圣的迷狂中诞生的，迷狂来自于缪斯，缪斯又来自于朱必特神。接着柏拉图所反复指出的就是这个充溢于全宇宙的朱必特灵魂，正是朱必特滋养着天和地、翻滚的海、明亮的月球、星星和太阳。它用广博的实体渗透进天体的每一个部分，它推动着所有的物质和混成的物质。

如此说来，是朱必特这个全宇宙的精神和心灵统治着、推动着天体，也正是从朱必特那里发出了这些天体的音乐歌唱，她们就被称作缪斯女神。就此情景，柏拉图主义者说："朱必特是缪斯女神的始祖；所有的事物都充满朱必特的精神，即朱必特精神无处不在；它带给事物生命和成熟。"正如亚历山大·米莱西乌斯，一个毕达哥拉斯主义者，所说的那样："将天体当作一个七弦琴去弹奏它，他就创造了天国的和谐。"神圣的预言者奥费乌斯说："朱必特既是第一位神又是最后一位神，朱必特是群首，朱必特是核心。宇宙就是由朱必特所生，朱必特是大地和群星拥抱的天体的奠基者。朱必特像人一样呈现，是完美无瑕的新娘。朱必特是万物的呼吸和形状，朱必特是海洋的源流，朱必特是永不熄灭的火苗的飘动，朱必特是太阳和月亮。朱必特啊，众生的王和国君，藏匿起他的光，他也会再次从福恩的心胸中折射出来，宣告他的宗旨。"我们也许从中懂得了，所有的实体都充满着朱必特；他包容着、滋润着实体，所以千真万确地讲，无论你们看见什么，移动到何处，那都是朱必特。

讲了这些之后，就剩下神圣迷狂的问题了，对此柏拉图也认为有两重性。其一是神秘的核心内容；其二是他所称对未来事件的预示。关于第一点，柏拉图说，是指灵魂的强力震动，以十分完美的心理置身于对神的崇敬、宗教观察、净化和神化仪式等。但是灵魂对迷狂的虚假模仿倾向，柏拉图则称之为迷信。他认为迷狂的最后形式如预示，就是由神圣精神启示下出现的先前的知识，对此我们可以恰当地称其为神圣状态、预示状态。如果灵魂在神圣状态中燃烧起来，这就是柏拉图所说的迷狂；也就是说，这时灵魂挣脱了肉体，而由神圣的东西来牵引。但如果有些人用人的才智而不是用神圣的启示去预言未来的事情,他认为这应当被称作预见和推论。说到这里就清楚了,神圣迷狂有四种形式:爱、诗意、神秘和预示。那种普通的、完全病态的爱是对神圣爱的虚假复制;表面化的音乐是对诗意的虚假复制;迷信是对神秘的虚假复制;推断是对预示的虚假复制。根据柏拉图的意见,苏格拉底首先倾注于对维纳斯的迷狂。第二是对缪斯女神的迷狂,第三是对狄俄尼西乌斯的迷狂,最后是对阿波罗的迷狂。

我已经择取神圣之爱和神圣诗意两种迷狂状态做了较长的叙述,这主要基于两点理由:第一,因为我知道你受到这两种状态的强力驱动;第二,正因为如此,你将记得你所写的那些东西是出自朱必特和缪斯女神而非你自己,你的灵魂充溢着朱必特和缪斯女神的精神和神圣性。基于这种理由,我的佩雷格利诺,如果你意识到了自己的上述情况,你就会正当地和正确地写作,因为我相信你已经这样做了,这样的作者和写作的原因是最佳的和最伟大的,当然事实上,不是你和任何一个人而只能是不朽的上帝能领受这种恭维。

就此搁笔,你的友情胜于一切。

1457 年 12 月 1 日
于费格林

注释:

① 菲利普·锡德尼:《为诗辩护》,钱学熙译,北京:人民文学出版社 1998 年,第 4 页。
② 参见菲利普·锡德尼:《为诗辩护》,钱学熙译,北京:人民文学出版社 1998 年,第 4~5 页。
③ 参见菲利普·锡德尼:《为诗辩护》,钱学熙译,北京:人民文学

出版社1998年,第27~29页。

④菲利普·锡德尼:《为诗辩护》,钱学熙译,北京:人民文学出版社1998年,第29页。

⑤Giovanni Boccaccio, *Life of Dante*, p. 12.

⑥布克哈特:《意大利文艺复兴时期的文化》,何新译,北京:商务印书馆1979年,第201页。

⑦ G. Vasari, *Lives of the Artists*, Vol. I, trans. George Bull, p. 55.

⑧ G. Vasari, *Lives of the Artists*, Vol. I, trans. George Bull, p. 255.

⑨ G. Vasari, *Lives of the Artists*, Vol. I, trans. George Bull, p. 325.

⑩ G. Vasari, *Lives of the Artists*, Vol. I, trans. George Bull, p. 325.

⑪ G. Vasari, *Lives of the Artists*, Vol. I, trans. George Bull, p. 324.

⑫ *Autobiography of Benvenuto Cellini* 由英国文艺复兴史研究学者西蒙兹翻译,文笔优美流畅,为人称道。版本不计其数,如Modern Library版本等。中文已由平野以《致命的百合花》为名译成,中国展望出版社1986年出版,后有河北教育出版社2002年的版本。

⑬布克哈特:《意大利文艺复兴时期的文化》,何新译,北京:商务印书馆1979年,第330页。

⑭参见切利尼:《致命的百合花》,平野译,石家庄:河北教育出版社2002年,第9页;第12章。

⑮E. W. Tayler, *Nature and Art in Renaissance Literature*, Columbia University Press, 1964, p. 2.

⑯参见蒙哥马利:《奥古斯丁》,于海、王晓平译,北京:中国社会科学出版社1992年,第108页,第133页。

⑰ Robert Burton, *The Anatomy of Melancholy*, 3 Vols., J. M. Dent & Sons Ltd., 1932.

⑱ Izaak. Walton, *The Compleat Angler*, Oxford University Press, 1927.

⑲ Thomas Browne, *Religio Medici and Other Writings*, J. M. Dent & Sons Ltd., 1906.

⑳参见布克哈特:《意大利文艺复兴时期的文化》,何新译,北京:商务印书馆1979年,第六篇"道德与宗教"。

㉑ Johann Joachim Winckelmann, *Geschichte der Kunst des Altertums*, Hermann Boehlaus Nachfolger, 1964.

㉒维柯:《新科学》,朱光潜译,北京:人民文学出版社1986年,第161~162页。

㉓ Mark Lilla, *G. B. Vico: The Making of an Anti-Modern*, Harvard University Press, 1993.

㉔参见叔本华:《作为意志和表象的世界》,石冲白译,北京:商务印书馆1982年,第338~346页。

㉕叔本华:《作为意志和表象的世界》,石冲白译,北京:商务印书馆1982年,第339页。

㉖叔本华:《作为意志和表象的世界》,石冲白译,北京:商务印书馆1982年,第340页。

㉗尼采:《希腊悲剧时代的哲学》,周国平译,北京:商务印书馆1994年,第19页。

㉘尼采:《希腊悲剧时代的哲学》,周国平译,北京:商务印书馆1994年,第31页。

㉙参见尼采:《希腊悲剧时代的哲学》,周国平译,北京:商务印书

馆1994年，第72页。

㉚参见尼采：《希腊悲剧时代的哲学》，周国平译，北京：商务印书馆1994年，第51页。

㉛参见尼采：《希腊悲剧时代的哲学》，周国平译，北京：商务印书馆1994年，第70～71页。

㉜尼采：《希腊悲剧时代的哲学》，周国平译，北京：商务印书馆1994年，第51页。

㉝尼采：《希腊悲剧时代的哲学》，周国平译，北京：商务印书馆1994年，第71页。

㉞尼采：《希腊悲剧时代的哲学》，周国平译，北京：商务印书馆1994年，第112页。

㉟尼采：《希腊悲剧时代的哲学》，周国平译，北京：商务印书馆1994年，第114页。

㊱布克哈特：《意大利文艺复兴时期的文化》，何新译，北京：商务印书馆1979年，第482页。

㊲布克哈特：《意大利文艺复兴时期的文化》，何新译，北京：商务印书馆1979年，第303页。

㊳参见布克哈特：《意大利文艺复兴时期的文化》，何新译，北京：商务印书馆1979年，第131页。

㊴布克哈特：《意大利文艺复兴时期的文化》，何新译，北京：商务印书馆1979年，第321页。

㊵布克哈特：《意大利文艺复兴时期的文化》，何新译，北京：商务印书馆1979年，第253页。

㊶布克哈特：《意大利文艺复兴时期的文化》，何新译，北京：商务印书馆1979年，第346页。

㊷布克哈特：《意大利文艺复兴时期的文化》，何新译，北京：商务印书馆1979年，第537～538页。

㊸布克哈特：《意大利文艺复兴时期的文化》，何新译，北京：商务印书馆 1979 年，第 216 页。

㊹J. A. Symonds，*The Life of Michelangelo Buonarroti：Based on Studies in the Archives of the Buonarroti Family at Florence*，2 Vols.，University of Pennsylvania Press，2002，originally published by J. C. Nimmo and Charles Scribner's Sons，third edition，1911.

㊺J. A. Symonds，*Renaissance in Italy*，Vol. Ⅰ，Smith，Elder & Co.，1904，p. Ⅷ.

㊻J. A. Symonds，*Renaissance in Italy*，Vol. Ⅱ，p. 25.

㊼J. A. Symonds，*Renaissance in Italy*，Vol. Ⅱ，p. 237.

㊽J. A. Symonds，*Renaissance in Italy*，Vol. Ⅰ，p. 9.

㊾J. Hale，*England and the Italian Renaissance*，Chapter 8 "John Addington Symonds"，Fontana Press，1996，p. 189.

㊿佩特：《文艺复兴》，张岩冰译，桂林：广西师范大学出版社 2000 年，但中译本没有注明究竟根据哪个英文本翻译。

(51) W. Pater，*The Renaissance*，The Modern Library，Boni and Liveright，1919，p. XXIV.

(52) W. Pater，*The Renaissance*，p38.

(53) W. Pater，*Plato and Platonism*，Macmillan，1928.

(54) 在文艺复兴思想文化史研究方面人们经常会提及克利斯特勒和加林两位学者的名字，参见塞仁查《意义模糊了的意大利文艺复兴》（Celenza，Christopher S.，*The Lost Italian Renaissance：Humanists，Historians，and Latin's Legacy*，The Johns Hopkins University Press，2004.）第 2 章对克利斯特勒和加林研究成果的评价。

(55) P. O. Kristeller，*Renaissance Thought：The Classic，Scholas-*

tic, and Humanist Strains, Harper Torchbooks, 1961.

㊹ P. O. Kristeller, *Renaissance Thought and Its Resources*, Columbia University Press, 1979.

㊺ P. O. Kristeller, *Renaissance Thought and Its Resources*, pp. 201~202.

㊻ P. O. Kristeller, *Renaissance Thought and Its Resources*, p. 242.

㊼ P. O. Kristeller, *The Philosophy of Marsilio Ficino*, Peter Smith, 1964.

⑥ 参见克利斯特勒：《意大利文艺复兴时期八个哲学家》，姚鹏、陶建平译，上海：上海译文出版社1985年，第4~5页。

⑥ 文德尔班：《哲学史教程》（下册），罗达仁译，北京：商务印书馆1993年，第489页。

⑥ 加林：《意大利人文主义》，李玉成译，北京：生活·读书·新知三联书店1998年，第20页。

⑥ N. A. Robb, *Neoplatonism of the Italian Renaissance*, p. 270.

⑥ Herbert. J. C. Grierson, selected and ed. with an Essay, *Metaphysical Lyrics and Poems of the Seventeenth Century: Donne to Butler*, Oxford University Press, 1921.

⑥ T. S. Eliot, *The Metaphysical Poets*, in The Norton Anthology: English Literature, Vol. II, 1993.

⑥ Liliane Frey-Rohn, *Friedrich Nietzsche: A Psychological Approach to his Life and Work*, Daimon Verlag, 1988, pp. 53, 217.

⑥ A. J. Smith, *Metaphysical Wit*, Cambridge University Press, 1991.

⑥ Anthony Low, *The Georgic Revolution*, Princeton University Press, 1985.

⑥ Fernand Hallyn, *The Poetic Structure of the World: Copernicus and Kepler*, trans. Donald M. Leslie, Zone Books, 1993.

⑦⓪参见哥白尼:《天体运行论》,叶式辉译,西安:陕西人民出版社 2001年,第10~11页。

⑦①默雷著有文艺复兴艺术史三部曲,详见本书的参考书目。

⑦②哈特著有《意大利文艺复兴艺术史》,详见本书的参考书目。

⑦③该书由李本正、范景中编选,中国美术学院出版社2000年出版。上述中译本其实是贡布里希4卷本系列文艺复兴艺术史研究的选辑。4卷本分别是:第1卷《贡布里希论文艺复兴:规范与形式》;第2卷《贡布里希论文艺复兴:象征性的图象》;第3卷《贡布里希论文艺复兴:阿佩利斯的遗产》;第4卷《贡布里希论文艺复兴:对过往大师的新认识》,详见本书参考书目。

⑦④E. H. Gombrich, *Art and Illusion*, Princeton University Press, 1969, pp. 191~192.

⑦⑤参见柯林武德:《历史的观念》,何兆武、张文杰译,北京:中国社会科学出版社1986年,第244页。

⑦⑥R. G. Collingwood, *The Idea of History*, Oxford University Press, 1966, p. 215.

⑦⑦柯林武德:《艺术原理》,王至元、陈华中译,北京:中国社会科学出版社1985年。

⑦⑧正标题为笔者所加。

⑦⑨费奇诺《柏拉图神学》的权威拉英对照译本是"塔蒂丛书"(The I Tatti Renaissance Library)从2001年起分卷出版的版本: Marsilio Ficino, *Platonic Theology*, English translation by Michael J. B. Allen with John Warden, Latin text ed. James Hankins with William Bowen, Harvard University Press.

⑧⓪克利斯特勒:《意大利文艺复兴时期八个哲学家》,姚鹏、陶建平译,上海:上海译文出版社1985年,第54页。

⑧①这种新柏拉图主义理论将基督教哲学引向更高的一个境界,即说

到底宗教中的神也只是理念、原型的一个缩影而已,人可以在自我及自然界的一切事物中通过迷狂的途径去感悟理念、原型,并享受由此带来的一切快乐。这在当时真正起到了思想和个性解放的作用。它给了人文主义者相当自由自在的一个思想境界,即你可以是一个基督教徒,也可以同时是一个异教徒或具有各种各样思想情操的人,如此等等。这些是我们理解此信和理解新柏拉图主义的关键之一。——译者注

六 人文主义与和谐风格

西蒙兹曾在他的《意大利文艺复兴》中明确指出："意大利思想家真正的当务之急是，探求如何由基督教和古代思想互相和谐而产生出哲学的信仰，它所形成的神学应当将柏拉图主义者和斯多葛主义者、希伯来的密法和神山上的教义都包括进去。"[①] 这段话启示我们做这样的思考：人文主义者十分强调人与自然、人与神、感性与理性、理性与信仰等的和谐。甚至可以认为，文艺复兴时期人文主义思想文化的最大成就是在人神关系方面给出了一种能够让教徒和科学家都接受的解释。这种解释促成了观察事物和文化创造中和谐风格的诞生。（关于人神关系、和谐风格还可参见本书上篇"人文主义者的心灵"和本篇中的"人文主义研究学术钩稽"等。）以下围绕人神关系、双重真理等问题做些分析。

乔万尼·贝利尼:《出神的圣芳济各》

(一)对人文主义风格问题的学术关注

沃尔夫林在《古典艺术:意大利文艺复兴艺术导论》②一书中对文艺复兴时期艺术创作风格作了系统论述。此书的出版将风格问题推到了文艺复兴时期文学艺术研究的学术前沿。如何看待风格,这也是中国学人在相当长时期内苦苦思索的一个问题。把握文艺复兴时期人文主义内涵的另一个关键就是风格问题。克利斯特勒指出:"如果我们比较一下不同的人文主义者所做的工作,就会得出这样的结论:他们的观点和思想是非常不一致的,而他们的共同特征则表现在一种在教育、学问和文体方面的理想上,表现在他们研究的问题和兴趣范围上,而不是表现在他们忠于任何一套特定的哲学或神学的观点上。"③柯普立斯顿也认为文艺复兴的最重要特征就在于一种教育的风格和理念的兴起。④在文艺复兴时代的人文主义者那里，理性并不是衡量事物的最高尺度。他们更喜欢漫幻的情调，也就是以文学艺术等诗化的情调来表现人的内心世界和人的存在价值。在人文主义者的身上，美感的部分要远胜于科学理性的成分。当然，人文主义者的美感又具有独特的气息，在他们的笔下，文学艺术的画面呈现出人与自然、人与神的和谐风格，呈现出结构布局的和谐等等。正是依靠这种带有诗化情调的和谐审美风格，人文主义者从广博、深刻的层面传达人性的美和人的内在世界。在和谐的外表下，人文主义者还将自己和人类固有的冲动性、创造性惬意地传达了出来。从古希腊开始，文学艺术批评著作就把创作的风格问题当作核心的论题来考虑。亚里士多德在对美下定义时指出，美就是一种和谐。以后盛行的为艺术而艺术论就是形式风格论的翻版。丹纳指出，意大利人特别注重艺术的形式，其形式方面的想象力和创造力是其他西方民族所不能比拟的。⑤我们可以在总体上去描摹当时的风格，但就具体的某一个人而言，我们很难用某种风格去定论。所以按照鲍桑葵的理论，像但丁这样的大家，我们更应该去关注他选择风格的意向，从而认识到他所创造的是一种独特的风格。已译成中文的《西方美术风格演变史》是一本系统探讨艺术风格的专著。该书第3部专门讨论文艺复兴的风格，将"完整与和谐"作为文艺复兴鼎盛期艺术风格的核心。⑥沃尔《意大利文艺复兴艺术的美学：对风格的再思考》⑦是这方面的权威著作。福格森在开列参考书目时，还专门开列风格一栏。⑧不过，我们通过对人文主义作品的分析还是能清晰地看到人文主义者思想深处和表现形式中的和谐风格

（二）人文主义人神和谐观辨析

我国思想学术界在评述欧洲文艺复兴运动时长期流行着一个观点，即认为人文主义者持"人性反对神性"的立场。由于人文主义

者的人神关系理论是整个人文主义思想体系的重要组成部分,故首先就这种观点的流传情况做一梳理。

我们不妨先检视一下在国内各种书籍中出现的"人性反对神性"提法。陈小川等人编著的《文艺复兴史纲》是一部颇具特色又较全面的专题学术著作。该书认为人文主义者的人神观决定他们"在社会上广为宣传以人道反对神道,以人性反对神性的思想"⑩。类似说法在众多哲学教科书里亦天经地义般赫然纸上。如全增嘏主编的《西方哲学史》(上)写道:"人道主义者用'人道'来反对'神道。'"⑪其他像陈修斋、杨祖陶合编的《欧洲哲学史稿》⑫、冒从虎等编著的《欧洲哲学通史》(上)⑬等无一不作如是说。至于一般的大学世界通史教科书更不乏人云亦云者。周一良、吴于廑主编的《世界通史》可作为代表。该书"中古分册"明言:"他们提倡人性以反对神性。"⑭凡此种种不胜枚举。在辞典类书籍中也有持大同小异观点者。权威性的《中国大百科全书》(哲学卷)"文艺复兴时期人文主义者的伦理思想"条目这样定义:"这一时期人文主义者的……基本特点是以人道反对神道。"⑮由此看来,"人性反对神性"已成了定评。或许有些学者意识到直接提"人性反对神性"过于简单化,所以也想对此定评作些修正和补充。在朱寰主编的《世界中古史》中使用了较为婉转的"赞美'人性',贬抑'神性'"⑯的提法,并补充说:"他们多数人没有否认神的存在。"⑰刘明翰主编的《中世纪史》先是说"他们还提倡'人道'以反对神道"⑱,接着指出"并不反对宗教和上帝,也从未否定过基督教教义"⑲。但问题是上述作者都不愿抛弃"人性反对神性"的观点。只要这个大前提存在,那么所有补充说明不仅说明不了什么,反而会增添矛盾。到了朱寰主编《世界上古中古史》(下册)时就放弃了那些补充说明,而径直提"人性反对神性"。⑲

我国学者张椿年在《从信仰到理性——意大利人文主义研究》一书中用批判、又有几分隐晦的口吻指出:"在我国的一些史学论著中既有把一定时期内的宗教观或某个人文主义者的宗教观概括为一般，以偏代全的情况，也有把一个'反对'上升到另一个'反对'的情况。"㉑按照作者的观点，人文主义者对神的看法经历了三个阶段：上帝人情化、上帝保护幸福、上帝被排除在人间事务之外。㉒该书对人文主义者人神观复杂性的自觉意识表明我国文艺复兴史研究的深化。但"三阶段"尚有武断的嫌疑。特别是"上帝被排除在人间事务之外"的提法更欠妥当。再说没有明确对"人性反对神性"加以辨析，这又是一种理论缺憾。由此看来，弄清"人性反对神性"与正确认识人文主义者的人神关系理论是相辅相成的两个方面。

为了更全面地分析"人性反对神性"说和人文主义者的人神和谐观，不妨看看欧美学者的说法。在欧美的文艺复兴研究著作和教科书中很少见到"人性反对神性"这样的用词。布克哈特《意大利文艺复兴时期的文化》一书是学术界公认的文艺复兴研究权威性著作。书中作者惊叹道："一个奇怪的事实是：这个新文化的某些最热心的提倡者是最虔诚地敬上帝的人乃至是禁欲主义者。"㉒"所有这些倾向的结果就是：佛罗伦萨的柏拉图学院有意识地以调和古代精神和基督教精神作为它的目标。这是那个时代的人文主义中一个引人注目的绿洲。"㉓人文主义有一个"最高超的思想"，就是对人神进行高度综合。㉔布克哈特还特别指出了一个历史事例，即彼特拉克劝说他人，人文主义和宗教是可以调和的。㉕大英百科全书"彼特拉克"条目更是认为，彼特拉克将古典学问与基督教教义两个看似有冲突的因素结合了起来，学术界认定其为人文主义的确立者。㉖也就是说，人文主义者既注重人性的因素又不忽视神性的内容；既讲究世俗的文化又不背弃基督教精神。布克哈特的这一思路得到了众多学者的响应。哈伊指出："这几个世纪中知识领域里最明显的特征……是它本质上既是'世俗的'，又是'天主教的'。"㉗《新编剑桥世界近代史》（第1卷）亦认为："这种对于人类尊严的歌颂，并不意味着反对宗教。……大多数人文主义者具有真正的宗教感情。"㉘这种双重立场决定了人文主义者不会提出类似"人性反对神性"的观点，或采取这种态度和立场。反过来说，人文主义者将以新的人学观来重新解释和融合人神关系（详后文）。柯普立斯顿的多卷本《哲学史》是当今欧美通行的哲学史参考书，书中明确指出人文主义者没有将人和神分开。㉙著名文艺复兴思想史专家克利斯特勒在《意大利文艺复兴时期八个哲学家》一书中作如是概括："人文主义者并不站在自己的立场上来反对宗教和神学；毋宁说，它创造了大量的与神学和宗教共存的世俗学问、文学和思想。"㉚至于那些在我国流传比较广的欧美哲学史专著和教科书亦不乏上述观点。梯利的《西方哲学史》就谈到了人文主义者如何以《圣经》本身为权威从而与上帝互相沟通的思想情感。他说："这同样独立的精神也显现在宗教中。个人扔掉教会的枷锁，要求以《圣经》和良知为准则。他拒绝承认他和上帝之间的人的中介，渴望亲自同他所信仰的对象发生神交。"㉛其他像罗素的《西方哲学史》㉜、伯恩斯等编著的《世界文明史》㉝等都注意到了人文主义者关于人性和神性相互交融的方面。这些似乎也已成定论。《美国哲学百科全书》的"人文主义"条目㉞、《不列颠百科全书》的"文艺复兴"条目㉟、《美国百科全书》的"文艺复兴"条目㊱等都有大致相似的看法，即人文主义者既坚持人性又不排斥神性。中文版《简明不列颠百科全书》"人文主义"条目的翻译是："更为适当的提法是，凡重视人与上帝的关系，人的自由意志和人对于自然界的优越性的态度，都是人文主义。"㊲即使是在苏联思想比较僵化时期也很难在著述中发现"人性反对神性"的提法。由敦尼克等主编的多卷本《哲学史》是苏联较有影响的哲学史专著。该书在阐述文艺复兴时期的哲学思想时着重指出了人文主义提倡个性、批判封建主义和教会权威，但避免谈人性反对神性之类的观点。㊳在5卷本《辩证法史》中的《十四—十八世纪辩证法史》（奥伊则尔曼主编）一书里指出，人文主义者反对经院哲学将神和人、神和自然分开的二元论倾向，使神接近人、使神和人统一。㉒在其他苏联时期的艺术史类著作中（如《文艺复兴欧洲艺术》㉓等）也少有"人性反对神性"一语。

《新编剑桥世界近代史》还提及文艺复兴时期人文主义在赎罪意识下对人的进一步认识。㉔前些年出版的《基督教与文艺复兴：15世纪的思想与宗教思想》（Verdon and Henderson, eds. *Christianity and the Renaissance-Image and Religious Imagination in the Quattrocento*）一书对我们理解人文主义及人文主义的神学观很有裨益。文德尔班曾概括性地指出："上帝的本质与世界的合一就是文艺复兴时期自然哲学的总的理论。"㉕

随着学术研究的深化，有更多的哲学思想研究学者和文艺复兴史研究学者注意到文艺复兴与中世纪基督教思想文化有内在的关联性。文德尔班指出："没有一个时代像当时那样经历过如此众多、如此大胆、如此雄心勃勃的改革和图新。然而，如果我们仔细观察而不让自己受骗……，那么表现得十分明显的是，整个多种形式的活动都在古代和中世纪传统的范围内进行着。"㉖我们不必全盘接受上述学者的观点，但其中富于启示意义的地方不能视而不见，即文艺复兴运动及人文主义者的各种创作活动都不是抛开了基督教思想文化传统而进行的。就艺术创作而言，布鲁奈莱斯奇的建筑作品《佛罗伦萨育婴院》就是古罗马和中世纪建筑样式相结合的典范。㉗这种样式以后被广泛采用。其他像众多以"圣母领报""基督受难"等宗教题材为创作内容的绘画、雕塑作品怎么能排除其中的丝丝宗教情感呢？不妨查看一下科学家和宗教改革家的论述：伽利略并不否定神，而是神与太阳中心说共存；帕斯卡尔则以为神的存在与思维定理共在；卡尔文认为忽视自然科学和忽视上帝的行为都必须受到谴责。㉘就哲学、社会思想而言，斯宾诺莎视上帝、神为无限完满的实体，他说："神是一个被断定为具有一切或无限多属性的存在物，其中每一种属性在其自类中皆是无限完满的。"㉙正因为如此，神在人文主义者的心目中就成了人的认识真理性的前提和最后确证力量。笛卡儿的理性主义对此做了独特说明。㉒不仅如此，神还是人类理想社会的规划者和引导者。莫尔在《乌托邦》一书里始终设定有一个最高的存在即神，并希望乌托邦人倾听基督的指引。㉓安德里亚也通过《基督城》一书告诫人们，是上帝指点和规定着理想的"基督徒"的生活样式。㉔也就是说，神是伦理道德中完善者的象征。按照欧洲思想文化的传统，现实中的人受七情六欲控制，总有不完善之处，故伦理道德标准中的完善者只能认定为超出人之上的神。不过在人文主义者看来，神并不脱离人。设定神是为了提升人性、完善人性。培根说："人也是这样，当他信赖神灵底保护及恩惠，并以之自励的时候，就能聚积一种力量和信心来，……人性所赖以自拔于人类底弱点的助力。"㉕当然，人文主义者不反对神性，并不意味着其神学观、人神关系理论是中世纪的。人文主义者是以人为中心，重新审视神、重新确立神的地位、重新揭示神的内涵。人文主义者的人神关系理论是为了重新确认人的真实存在意义，或者说是人在呼唤神而不是以往的神超出人；是人性和神性的统一而不是以往的神性贬抑人性。因此人文主义者的人神观和中世纪基督教经院哲学的神人观之间是一种批判地继承、批判地更新的关系。人文主义者反对经院哲学家用肯定性命题证明上帝存在的认识方法，㉖主张神仅仅是信仰的对象。这就对神的存在特性和地位做了新的限定。反过来说，文艺复兴时期的人文主义者也没有充足的理论依据去否定神、反对神。

我们再以伊拉斯谟的思想为例做些展开。汤普森在其译编的《伊拉斯谟对话十篇》"导言"中这样认为，伊拉斯谟是一位终身孜孜探求的学者，但他并不相信有限的人类知识可以消除存在的神秘性或者说凭借人类的知识就可以发现神。要真正了解伊拉斯谟及其思想就必须懂得这样一个关键，即他十分赞赏学问与宗教、理性与启示的和谐。㉗此说甚当。茨威格也一再提到这一点。㉘过去我们在评论伊拉斯谟的《愚颂》(*The Praise of Folly*)时较多地关注书中如何抨击教会、讽刺僧侣的愚行等内容,而对《愚颂》的完整内容和真正的写作意图则缺乏分析,这就造成了伊拉斯谟研究方面的许多表面性倾向。中文常常将伊拉斯谟的 *The Praise of Folly* 译为《愚神颂》或《愚人颂》,这未尝不可,但在这种译名下常常生出一些对伊拉斯谟思想的误解,似乎伊拉斯谟写作的主要目的是借愚神或愚人之口来进行社会和宗教讽刺,于是愚神或愚人本身也一并带有被讽刺的意味。但事实上,《愚颂》中的 Moriae 是《圣经》中一位全神贯注聆听耶稣传道的妇人,伊拉斯谟借 Moriae 之口所讲的话则是伊拉斯谟思想体系的一个缩影。故不能见 Folly 而望文生义。今后还可以考虑以《愚颂》一名译之。

伊拉斯谟思想的核心是追求理性真理和达到对上帝的真正信仰。同时确信神的宽仁,认为神会将信仰作为礼物赠予人。由此,一个充满激情的人便上升到神圣的境界,伊拉斯谟将其视为"愚"(Folly),或"出神状态"(Ecstasy)。斯柯里奇教授著有《出神与愚颂》(Screech, *Ecstasy and the Praise of Folly*)一书,书中分析了欧洲宗教思想史上的 Ecstasy 问题。[⑥]这种状态并非通过普通的努力就能取得,所以伊拉斯谟采取一种文艺复兴时代通常采取的方法即否定法。通过对一些常态性的东西进行抨击、讽刺、否定而让人领悟精神的真谛。伊拉斯谟是这样讽喻基督徒对幸福的错置:"现在他们清醒过来了,他们说他们自己也不知道哪儿去了,不知道他们究竟住在身体内还是身体外,睡着了还是醒着;他们回忆不起来他们听到了什么,看到了什么,讲了什么,做了什么;然而,穿过迷云疑雾,或者如在梦中,他们知道一件事,那就是当他们神经错乱的时候,他们是最幸福的。所以,他们为清醒过来而抱歉,在一切好东西中他们什么也不要,单单挑中了疯狂。而且这不过是未来幸福的一点微不足道的滋味而已。"[⑦]其实讽喻并不能证明伊拉斯谟本人已经找到了什么结论。在文艺复兴时代,艺术家、文学家们在找不到结论后就将艺术和艺术创作本身当作一种应对方式,并通过艺术的谐趣来最真实地反映人的内心世界和人与大千世界的关系。所以"愚"才是真正的人的境界,这是伊拉斯谟所赞赏的大智大慧。而常人的见识则是专注于一种精细的、眼前的利益,也许这是应当受到讽刺的愚。他所要肯定的是一种最高的神的智慧之存在,⑲或者说肯定一种完整的智慧,并用这个完整的智慧去体验上帝的存在。关于文艺复兴时期的智慧理论可参见尤金《文艺复兴时期的智慧观》(Eugene, *The Renaissance Ideas of Wisdom*),该书讨论了智慧与宗教信仰、热爱上帝等的关系。根据柏拉图的学说,人只有具备了"完整"性才能最终超越自身,去分享最高的善。⑳在伊拉斯谟看来,经院哲学只是用一种思辨的论证去接近神。这其实是用人的部分的思维能力对神的局部认识。按照文艺复兴时期的人文主义者的观点,神学是一种"智慧"性的学问,拉丁文称作"Sapientia"。它需要调动人的所有的富有诗意的想象。惟其如此,"智慧"才能谦卑地聆听到上帝的启示(参见多兰在《愚颂》前的导论)。㉑所以与系统的知识相对立,"智慧"会显得"愚",有时甚至是"疯狂",但"愚"和"疯狂"只是一种比喻,即比喻一个完整的人的智慧。所以与经院哲学不同,伊拉斯谟的哲学不脱离完整的人。但也不能就此认为伊拉斯谟的思想超脱了传统神学的最高境界。作为人文主义者的伊拉斯谟,其神学思想的最终目的是想建立新的人神之间的和谐关系。也有学者认为,《愚颂》是伊拉斯谟完整心灵的呈现。㉒要了解伊拉斯谟的智慧,或者说要了解文艺复兴时期的智慧,读者最好要关顾一下布克哈特《意大利文艺复兴时期的文化》第2篇第4章"近代的机智与讽刺"的论说。其中有这么一段话:"嘲笑,尤其是当它以出奇制胜的方式表达出来时,不仅是近代渴求荣誉的矫正剂,而且也是一切高度发展的个性的矫正剂。……在古典文学的影响下,机智也到处开始被用作神学争论中的一种武器,而普罗旺斯的诗则产生了整个一类讽刺文学的文体。甚至'行吟诗人'，如他们的政治性的诗篇所表明的，在必要的时候也能采取这种口气。但是，机智有了它嘲笑的适当的对象，即有个人抱负的充分发展的个人时，才能成为生活中的一个独立因素。"⑩此评论可以当作开掘伊拉斯谟作品内容的指导，我们也借此可以知道什么是真正的"愚"。

拉斐尔：《圣餐辩论》

（三）讲究信仰与理性和谐的双重真理论

人文主义者对人神关系的上述思考之另一结果是：理性和信仰都有其存在的理由，即哲学史上的"双重真理说"。双重真理是人神关系思考中富有创意的思维现象，在西方源远流长。早在亚里士多德的"神"和"理智"概念中就有了最初的、隐晦的形式。按照亚里士多德的观点，要保证判断的正确性就必须设定一个最终意义上的不证自明概念，这个概念的正确性究竟由谁来担保？其回答是"神"。㉛

到了中世纪，经院哲学家（如阿威罗伊、阿奎那等）仍有明显的双重真理意识。阿奎那认为，因为有了神法，于是人们可以根据理性和自然法去认识和制订实在事物的规则。他指出："人注定要追求一个永恒福祉的目的，并且像我们已经指出的那样，这超过了与人类天然才能相称的目标，因此他为了达到这个目的，就必须不但接受自然法和人法的指导，而且接受神所赋予的法律的指导。"⑩

但丁在《神曲》《君主国》等作品中对双重真理做了独特的说明。整个《神曲》所要表达的就是人性和神性两者如何结合起来。在《神曲》中，作为理性象征的维吉尔带着诗人浏览地狱和人间的万象，最终则由作为信仰化身的贝亚特丽齐引领诗人升入天堂。诗人还将天堂中玛利亚视作人性和神性、理性和信仰的统一者。作者在《论世界帝国》中就双重真理问题做了明确的阐释。⑪

随着文艺复兴时期人文主义意识的发展，双重真理的观念引起人文主义者的进一步关注。彭波那齐、费奇诺是其中的代表。

不过他们在理解双重真理问题时还是存在着区别，彭波那齐认为由理性求得的真理和由信仰得到的真理是两种不同的认识结果。例如彭波那齐认为知识是能够用逻辑的手段来求证的，同时这种手段不能脱离人的感觉等。就此而论，灵魂不死之类的问题不能用超越感觉、经验和理性的方法去证明。但从信仰的角度看，灵魂不死是能够成立的。这就是所谓双重真理，而彭波那齐之所以强调信仰真理，是因为理性知识需要一种保证。这里有明显的亚里士多德主义倾向。⑫这种观点在近代西方的思想界非常流行。

费奇诺以为，两种真理之间有着内在的统一性，因为说到底两者所要认识的对象都是指不同于具体有形物质的绝对完美理念。例如信仰中的完美和理性所把握的事物结构之完美是一致的。费奇诺又认为，灵魂是永恒存在的，它以智慧和意志这两个翅膀成为沟通信仰世界和理性世界的桥梁。总之，两种真理虽然从表面上看其认识途径不同，但在性质上（如在达到的目的等方面）是一致的。这里有明显的柏拉图主义倾向。⑤

双重真理所内含的哲学思考是很有意义的。这里不仅涉及心理学、宗教生活等方面的价值问题，而且涉及知识论方面的诸多根本问题（如认识的发生、理性的可靠性等）。在这些方面，双重真理给了后人诸多认识的启示。

近代以培根启端，笛卡儿、莱布尼茨等继之，康德集大成。他们的思维方式既保障经验科学和理性逻辑的正常开展，也使神的地位牢不可破。近代伊始，培根的双重真理论影响最大。有意思的是，双重真理还会推导出这样的结果，即信仰高于理性。打开培根这位近代欧洲实验科学始祖的著作，扑面而来的却是一个有神论者的浓浓宗教气息。择其名言有："一点点儿哲学使人倾向于无神论，这是真的；但是深究哲理，使人心又转回到宗教去。"⑥培根作为一名深受人文主义影响的近代思想家，其学术使命就是想从各个角度提升人的力量。人可以凭其自然理性去完成自然实践的任务，当人试图去完成道德实践的任务时，就必须由信仰将一个完美无缺的神的形象从另一个世界放到人的内心里。惟其如此，道德实践才有坚实的基础，人类社会才能维持一个有序状态。概括地讲，理性征服现象世界，信仰提升内在世界，最终由神提供人的自由和道德世界的基础。这里有一种自然哲学的观点很值得研讨。按照这种观点，人们对上帝存在及终极因等问题的思考是一种人性的和自然的倾向。而人性、自然是一个不能被分割的整体，或者说是不能被理性分解的整体。故从人性、自然的倾向出发对上帝的存在问题进行思考就只能默想而不能定义。继培根之后另一位英国思想家霍布斯这样说道："承认一个永存、无限的全能的上帝这一点却比较更容易从人类想知道自然物体的原因及其各种不同的性质与作用的欲望中导引出来……"⑦

在提出双重真理论的同时，还有关于自然神论的探讨。在文艺复兴的开端，神法仍是最高的法。法律史家莫利斯在概括当时流行的法学理论时指出，真正的自然法是创造人类的神法。莫利斯继续评论道，神法和自然法有内在的一致性，而最初自然法就是神法中的各种启示。因此对摩西法的高度关注是十分自然的。⑱不过在人文主义者的心目中，理性是神法和自然法的桥梁。在这一思想的指导下，人文主义者对自然法做出许多新的解释。

这样，基督教宗教意识及其在社会生活中的影响发生了变化，它表现在人们通过人自身的存在、认识能力等重新去信仰神。对神的存在意识与对个体存在的意识产生了紧密的联系。基督教宗教意识变得多样化了、活泼了、自由了。宗教改革运动提出了一种更自由的信仰方法，简单地讲，就是马丁·路德所说的"因信称义"。马丁·路德的思想对于原来的教会权威提出了挑战，但没有改变基督教教义的基本内容，只是信仰的方式、礼仪等发生了变化。概括地讲，文艺复兴时期的宗教意识就是在肯定感性的、完美的、世俗的人的基础上进一步肯定人神的内在一致性。对此，布克哈特论道："这些近代人，意大利文化的代表者，是生来就具有和其他中世纪欧洲人一样的宗教本能的。但是他们的强有力的个性使他们在宗教上完全流于主观，像在其他事情上一样，而内部世界和外部世界的发现在他们身上发生的那种巨大魔力使他们特别趋向于世俗化。"⑲

思想文化的变化离不开传统中的主导因素。我们不难发现，人文主义者谈小宇宙理论、双重真理论、神法与自然法相互关系论、自然神论时，都无时不注意形而上学的超越性认识和超越性世界，都无时不看重神的至高无上地位。我们还可以进一步问，为何神圣的世界没有在人文主义的人神对话中消失？甚至没有消失反而加强了呢？这促使我们将视野再次投向西方思想文化的传统。也就是说，文艺复兴时期人文主义者确实在人神对话过程中赋予了许多新的内容，但西方思想文化的传统、一些主导的思维方式则始终在制约人神对话的过程，或者说，人神对话还是在西方思想文化的大的框架中进行的。

这里牵涉到存在于西方思想文化传统中的主流意识（即形而上学思维方式）。形而上学（metaphysics）思维方式的鲜明特征是：对理性形式化地位的确认；对超越性存在的确认；进而使神的存在成为整个思想文化的有机组成部分，如此等等。毕达哥拉斯早就将"数"当作只与思维有关而不属于其他任何世界。大约与毕达哥拉斯同时，另一位哲学家赫拉克利特提出了"逻各斯"概念。逻各斯一词在希腊文里有"理性"等多重含义。逻各斯直接与人的思维相关照，它是一个独立的、高出于人的自然感性之上的本体世界。继赫拉克利特的逻各斯之后，巴门尼德又绌绎出一个普遍的哲学本体论范畴即"存在"。古希腊"本体论"（英文译作Ontology，汉译亦作"存在论"）一词中On是Being的另一种形式，由希腊文中的动词"是"翻译过来。希腊文在使用判断系动词"是"时必须同时问"谁是"，于是最初的存在问题就发生了。哲学家进一步发问：有没有一般的存在即表示存在自身的存在？概而言之，第一，本体论是一门研究存在的学问；第二，存在又直接关联到判断系动词"是"；第三，"是"是一个与可感世界没有内在必然关系的独立自存的世界。以后柏拉图就在"数""逻各斯""存在"的基础上形成一套完整的"理念论"。⑩理念（Idea）这个词在希腊文里有"形式"（英文译成Form）的意思。柏拉图认为理性认识有其特定的形式和内容，"至于讲到可知世界的另一部分，你要明白，我指的是逻各斯本身凭着辩证的力量而达到的那种知识。……在这过程中不靠使用任何感性事物，而只使用理念，从一个理念到另一个理念，并且最后归结到理念"⑪。亚里士多德尽管批判柏拉图的理念论，但仍相信形式是在先的，也是神圣的。经院哲学家阿奎那进一步用理性的形式逻辑思维方式去论证上帝的存在，即著名的对上帝存在的五种论证。总之，西方的形而上学思想文化在柏拉图、亚里士多德和经院哲学中始终体现出与各种超越性的世界、与神的世界相关联的特点。正是这种思维方式给了西方人宗教意识（当然主要是基督教宗教意识）存在的思想文化基础。为此，利奇蒙德专门撰写了《神学与形而上学》①这本专著，详细论证上述问题。

人文主义者将上述思考引申为对人的形而上学发问，即人也有一个人之为人的形而上学确认问题。上面提到的新柏拉图主义者费奇诺的哲学思想就是在传统基础上进行的人学思索。不过，人文主义者在思索人的形而上学问题时带有很浓重的美感情趣和意境，并通过文学艺术领域的创作实践去体现上述想法。究其因：第一，文学艺术的感觉形象对表现总体的人和完美的人有特殊的效果；第二，当时在文学艺术表现手段上的各种突破也使文化人有可能用和谐的表现风格淋漓尽致地传递人的完整性和神圣性。这些就是人文主义者对人的形而上学思考和表现的真正情趣所在。人文主义者一方面在西方形而上学传统思想文化的框架内表现人，另一方面又主要通过审美的形而上学去追求超越性的人神和谐世界。在人文主义者的心目中，诗意的美就是超越性的神圣。这种想法在文学三杰的思想和作品中体现得很充分。总之，从古典希腊对存在问题的形而上学思考、中世纪基督教宗教学的形而上学上帝论证到文艺复兴时期人文主义者带有美感情趣的形而上学人文表现，一个大写的"人"字凸现了出来。只有到这时，我们才能说西方的形而上学思维方式和内容已成为不可动摇的思想文化定势，并将一直延续下去。当然，文艺复兴时期人文主义的宗教意识还有许多丰富的内容（如莎士比亚对命运的思考等等）。我们的结论是：那时的人文主义者的宗教意识不是以推翻基督教信仰为宗旨，相反是以重新认识神为目的。这样，不仅信仰未倒，反而有了新的存在基础和新的生长点，这些宗教意识在带给人启示、想象和美感的同时，也留下了许多问题，例如双重真理就是未解决的问题之一等。

人文主义在宗教信仰上的独特看法，有其社会变化方面的原因。11世纪后，各种形式的城市悄然兴起。到了14至17世纪，欧洲的社会发生了一系列新的变化，其中最鲜明的特征是世俗力量在上升。首先，城市日益成为世俗社会的经济中心，并孕育出新的生活方式。市民、社区、行会、城市国家为一体的政治结构逐渐成为主导的政治社会结构。当时突出的社会问题是：个人和行会如何从法的角度确立自己的权利和义务。讲得抽象一点，就是人需要在资本的面前重新确立自己的主体地位，这些是人们希望重新解释人神关系的最主要原因。与此相随的是世俗君主势力的崛起，它们与城市中产阶级联合起来，逐渐主导政治社会的走向。美第奇（意大利）、波吉亚（意大利）、伊丽莎白一世（英国）、查理八世（法国）、路易十二世（法国）、查理五世（西班牙）、腓力二世（西班牙）等是当时君主势力的代表。这些君主急需处理的现实问题是：国家的行政系统如何有效地运作？国家和地方的税收如何协调？社会福利制度如何建立？更重要的问题是市民社会和近代国家的主体权利应当如何确立？外交如何走向秩序？针对这些问题出现了神法、自然法、实定法的讨论。胡克、博丹、西班牙法学派、詹姆斯一世都围绕上述问题提出新的看法。

与此同时，宗教改革发生了。在宗教改革的现象背后隐含着各种政治目的。最明显的情况是，当时不同的家族势力、世俗政治势力正在为寻找国家政权的地位而相互争斗，并同宗教势力掺杂在一起，形成政治万花筒：德国农民战争，法国的雨格诺战争，后来的英国清教徒革命，如此等等。教会也在新的国家政治面前重新进行政治选择。天主教会在宗教改革的浪潮中召开各种宗教会议，重新审视自己的地位。正是在宗教改革中，人们对教会的地位、对信仰的方式等提出诸多问题。那些新兴的中产阶级则在问更具体的问题：如何赚钱？如何赚心安理得的钱？按照卡尔文的"预定论"，人的致富与否都是由上帝决定的。人通过勤勉的劳动得到回报，这天经地义。赚钱，用理性的形式化手段最大程度地取得利润，这逐渐成为流行的社会思潮。当然，人要克制自己，时刻记住上帝的惩戒会随时发生。这些对于资本主义文明的发展有积极的促进意义。

注意韦伯《新教伦理与资本主义精神》㉘中的观点。

城市生活的变化和新的社会政治结构之生长从根本上触动了"土地—庄园—封建关系—教会统治"多重关系为一体的封建社会结构。从教区到行会社区,从教会学校到大学,从经院哲学到人文主义,这一切也使以教会为中心的传统基督教社会意识面临挑战。那时候的学问人(包括教师、律师、医生等)有不菲的收入和较高的地位。㉙他们在大学里讲些新的东西,在社会上到处游学,都是些个性很强烈的人。他们就是人文主义者,其实是讲授"七艺"学科的人。这些学科研究的对象与神学研究的对象有很大的不同。但这并不意味着这些学科及其研究的对象与神学脱了钩。他们通过这些人文学科以表达人这个个体的存在合理性。他们大都拥护上帝的存在,同时用上帝的存在来为人的存在、为人的思维的合理性进行论证。特别是在翻译、研究圣经的过程中,人们发现原来的圣经词义一旦要进行语言转换就会发生许多解释方面的问题,也就是变成了语言学、解释学层面上的现象。今天我们讲的解释学就是从那时起端的。大家想想,当《圣经》从原来流行的希腊文、拉丁文被翻译成各国或各地的俗语,当更多的人被知识武装起来,当科学的地位在上升,当市民社会和国家需要用世俗的手段来确定自己的权利,当教会的权威受到严峻的挑战,这一切都会聚焦在信仰问题上,集中体现为理性与信仰的关系问题,神法、自然法、实定法之间的关系问题,教会权威与因信称义的关系问题,等等。人们必须面对新的社会文化环境重新审视传统的宗教意识。于是怀疑主义、个体主义开始盛行,还有玩世不恭的信仰态度。以人物为例,布克哈特这样评论阿雷蒂诺:"人们常常注意到有些奇怪的事情是:阿雷提诺只诽谤这个世界而不诽谤上帝。一个像他那样生活过来的人,宗教信仰是一件完全无所谓的事情;他为了他自己而写的那些垂训后人的作品又何尝不是如此。事实上,我们也很难说他凭什么应该是一个亵渎神明的人。他不是一个教授或理论思想家或作家;而他也不能用威胁或者阿谀从上帝那里诈得金钱,因之他也就永不会由于遭到拒绝而被激成为亵渎神明的人。像他那样的人是不找无谓的麻烦的。"⑧总之社会在变,人在变,宗教意识也在变。

注释:

① John Addington Symonds, *Renaissance in Italy*, Vol. Ⅱ "The Revival of Learning", pp. 16~17.
② 沃尔夫林:《古典艺术:意大利文艺复兴艺术导论》,潘耀昌、陈平译,杭州:浙江美术学院出版社1992年。
③ 克利斯特勒:《意大利文艺复兴时期八个哲学家》,姚鹏、陶建平译,上海:上海译文出版社1985年,第4~5页。
④ F. Copleston, *A History of Philosophy*, Vol. Ⅲ, p. 208.
⑤ 参见丹纳:《艺术哲学》,傅雷译,北京:人民文学出版社1963年,第78页。
⑥ 参见柯耐尔:《西方美术风格演变史》,欧阳英、樊小明译,北京:中国美术学院出版社1992年,第94~108页。
⑦ Hellmut Wohl, *The Aesthetics of Italian Renaissance Art: A Reconsideration of Style*, Cambridge University Press, 1999.
⑧ W. K. Ferguson, *The Renaissance in Historical Thought: Five Centuries of Interpretation*, p. 404.
⑨ 陈小川等编著:《文艺复兴史纲》,北京:中国人民大学出版社1987年,第51页。
⑩ 全增嘏主编:《西方哲学史》(上册),上海:上海人民出版社1983年,第355页。
⑪ 参见陈修斋、杨祖陶合编:《欧洲哲学史稿》,武汉:湖北人民出版社1983年,第172页。
⑫ 参见冒从虎等编著:《欧洲哲学通史》(上卷),天津:南开大学

⑬ 周一良、吴于廑主编:《世界通史》(中古分册),北京:人民出版社1962年初版,1972再版,第216页。
⑭ 中国大百科全书出版社1987年版,另可参见同书"外国历史卷"中的"人文主义"条目。
⑮ 朱寰主编:《世界中古史》,长春:吉林人民出版社1981年,第531页。
⑯ 朱寰主编:《世界中古史》,长春:吉林人民出版社1981年,第533页。
⑰ 刘明翰主编:《中世纪史》,北京:人民出版社1986年,第442页。
⑱ 刘明翰主编:《中世纪史》,北京:人民出版社1986年,第442页。
⑲ 朱寰主编:《世界上古中古史》(下册),北京:高等教育出版社1986年,第296页。
⑳ 张椿年:《从信仰到理性——意大利人文主义研究》,杭州:浙江人民出版社1993年,第86页。
㉑ 张椿年:《从信仰到理性——意大利人文主义研究》,杭州:浙江人民出版社1993年,第85页。
㉒ 布克哈特:《意大利文艺复兴时期的文化》,何新译,北京:商务印书馆1979年,第490页。
㉓ 布克哈特:《意大利文艺复兴时期的文化》,何新译,北京:商务印书馆1979年,第491页。
㉔ 参见布克哈特:《意大利文艺复兴时期的文化》,何新译,北京:商务印书馆1979年,第321页。
㉕ 参见布克哈特:《意大利文艺复兴时期的文化》,何新译,北京:商务印书馆1979年,第203页。
㉖ *The New Encyclopaedia Britannica*, Vol. 9, Encyclopaedia Britannica, Inc., 1980, term "Petrarch".

㉗哈伊:《意大利文艺复兴的历史背景》,李玉成译,北京:生活·读书·新知三联书店1988年,第36~37页。

㉘波特主编:《新编剑桥世界近代史》(第1卷)"文艺复兴1493~1520",中国社会科学院世界历史研究所组译,北京:中国社会科学出版社1988年,第136页。

㉙F. Copleston, *A History of Philosophy*, Vol. Ⅲ, Part Ⅱ.

㉚克利斯特勒:《意大利文艺复兴时期八个哲学家》,姚鹏、陶建平译,上海:上海译文出版社1985年,第193页。

㉛梯利:《西方哲学史》(上册),葛力译,北京:商务印书馆1975年,第259页。

㉜罗素:《西方哲学史》(下卷),马元德译,北京:商务印书馆1976年。

㉝伯恩斯等编著:《世界文明史》(第2分册),罗经国等译,北京:商务印书馆1987年。

㉞*The Encyclopedia of Philosophy*, Macmillan Publishing, 1967.

㉟*The Encyclopedia Britannica*, 15th edition.

㊱*The Encyclopedia Americana*, 1978.

㊲中国大百科全书出版社1986年。

㊳参见敦尼克等主编:《哲学史》(第一卷),中共中央马克思恩格斯列宁斯大林著作编译局译,北京:生活·读书·新知三联书店1958年,第4章。

㊴参见奥伊则尔曼主编:《十四—十八世纪辩证法史》,钟宇人、朱成光等译,北京:人民出版社1984年,第35页,第51页,第52页。

㊵该书由苏联艺术科学院美术理论与美术史研究所编,人民美术出版社1985年。

㊶参见波特主编:《新编剑桥世界近代史》(第1卷)"文艺复兴

1493～1520",中国社会科学院世界历史研究所组译,北京:中国社会科学出版社 1988 年,"导言",第 23 页。

㊷ 文德尔班:《哲学史教程》(下册),罗达仁译,北京:商务印书馆 1993 年,第 501 页。

㊸ 文德尔班:《哲学史教程》(下册),罗达仁译,北京:商务印书馆 1993 年,第 474～475 页。

㊹ 参见朱伯雄主编:《世界美术史》(第 6 卷),山东美术出版社 1990 年,第 2 章。

㊺ 参见霍伊卡:《宗教与现代科学的兴起》,钱福庭等译,成都:四川人民出版社 1991 年,第 127 页。

㊻ 斯宾诺莎:《神、人及其幸福简论》,洪汉鼎、孙祖培译,北京:商务印书馆 1987 年,第 138 页。

㊼ 参见笛卡儿:《方法谈》,引自《十六—十八世纪西欧各国哲学》,北京大学哲学系外国哲学史教研室编译,北京:商务印书馆 1975 年,第 150 页。

㊽ 参见莫尔:《乌托邦》,戴镏龄译,北京:商务印书馆 1982 年,第 104 页。

㊾ 参见安德里亚:《基督城》,黄宗汉译,北京:商务印书馆 1991 年,第 110 页。

㊿ 《培根论说文集》,水天同译,北京:商务印书馆 1983 年,第 60 页。

㉛ 参见库萨的尼古拉:《论有学识的无知》,尹大贻、朱新民译,北京:商务印书馆 1988 年,第 56～57 页。

㉜ Erasmus, *Ten Colloquies*, translated with introduction and notes by Craig R. Thompson, The Liberal Arts Press, Inc., 1957, p. XI.

㉝ 参见茨威格:《一个古老的梦——伊拉斯谟传》,姜瑞璋、廖籴胜

译，沈阳：辽宁教育出版社 1998 年，第 46～47 页，第 64 页。

(54)In Dickens，A. G. & Whitney R. D. Jones，*Erasmus－The Reformer*，Mandarin Paperback，1995，p. 57.

(55)伊拉斯谟：《愚颂》，引自周辅成编：《从文艺复兴到十九世纪资产阶级哲学家政治思想家有关人道主义人性论言论选辑》，北京：商务印书馆 1966 年，第 105 页。

(56)Erasmus，*An Inquiry concerning Faith*，in *The Essential Erasmus*，selected and newly translated with introduction and commentary by John P. Dolan，p. 211.

(57)Erasmus，*The Praise of Folly*，in *The Essential Erasmus*，selected and newly translated with introduction and commentary by John P. Dolan，p. 172.

(58)*The Essential Erasmus*，selected and newly translated with introduction and commentary by John P. Dolan，p. 97.

(59)E. J. C. Hearnshaw，ed.，*Social and Political Ideas of Some Great Thinkers of Renaissance and Reformation*，Barnes & Noble，1967，p. 164.

(60)布克哈特：《意大利文艺复兴时期的文化》，何新译，北京：商务印书馆 1979 年，第 150 页。

(61)参见亚里士多德：《形而上学》，吴寿彭译，北京：商务印书馆 1959 年，商务印书馆 1959 年，第 6 页。

(62)阿奎那：《神学大全》，引自《阿奎那政治著作选》，北京：商务印书馆 1963 年，第 108 页。

(63)参见但丁：《论世界帝国》，朱虹译，北京：商务印书馆 1985 年，第 27 页。

(64)关于彭波那齐的双重理论等可参见克利斯特勒：《意大利文艺复兴时期八个哲学家》，姚鹏、陶建平译，上海：上海译文出版社

1985年，第101~102页，第104~105页。

㉖关于费奇诺的灵魂不朽等理论可参见克利斯特勒：《意大利文艺复兴时期八个哲学家》，姚鹏、陶建平译，上海：上海译文出版社1985年，第53~56页。

㉖《培根论说文集》，水天同译，北京：商务印书馆1983年，第57页。

㉗霍布斯：《利维坦》，黎思复、黎廷弼译，北京：商务印书馆1985年，第80页。

㉘参见莫理斯：《法律发达史》，王学文译，北京：中国政法大学出版社2003年，第2章"摩西法"。

㉙布克哈特：《意大利文艺复兴时期的文化》，何新译，北京：商务印书馆1979年，第481页。

㉚罗素：《西方的智慧》，马家驹、贺霖译，北京：世界知识出版社1992年，第23页。

㉛柏拉图：《理想国》，郭斌和、张竹明译，北京：商务印书馆1986年，第270页。

㉜利奇蒙德：《神学与形而上学》，朱代强、孙善玲译，成都：四川人民出版社1990年。

㉝韦伯：《新教伦理与资本主义精神》，于晓、陈维纲等译，北京：生活·读书·新知三联书店1987年。

㉞具体情况参见布克哈特：《意大利文艺复兴时期的文化》，何新译，北京：商务印书馆1979年，第183页，第206~207页等。

㉟布克哈特：《意大利文艺复兴时期的文化》，何新译，北京：商务印书馆1979年，第164~165页。

七 人文主义与自然法①

从表面上看,文艺复兴时期人文主义的自然法思想与罗马时代的西塞罗、甚至与中世纪的阿奎那等人的思想十分相像,例如都对理性与自然法的关系、对神法与自然法的关系等做了全方位的阐述,然而细究起来,区别还是很明显的。文艺复兴时期自然法所面对的对象

15世纪的法学讲课

(即人）与以往相比发生了诸多政治、经济、文化等方面内涵的变化。这时的人以新兴的城市市民社会和资本主义文明发生之初的社会为背景，其在政治和经济等方面的主体权利等出现了新的需求性质、程度和范围。这时期还形成了新的民族国家政治权利主体和新的国际关系。另外，随着对世俗的人、完整的人之认识深化也使思想家相应地深化了对理性结构、内容的深化。所有这一切烘托出文艺复兴时期自然法思想的独特光芒。

（一）人文主义自然法思想研究概述

就自然法思想而言，在文艺复兴及稍后的年代里曾诞生了诸多影响深远的学者，其中有格劳修斯、霍布斯、洛克、普芬道夫等大家。他们的著作以各自独特的视野阐述了自然法思想。法学界曾有这样一种说法："无论在文艺复兴时代，在宗教改革时代，自然法均占首要之位置。"[②]自然法思想之所以成为文艺复兴时期欧洲法学思想界的中心议题，社会变化是最直接的促进因素。文艺复兴时期另一个重要的历史现象是民族国家相继出现。民族国家从诞生的一开始就涉及国际法上的国家主权问题。同时，在欧洲民族国家的形成过程中又伴随着国家间的相互争斗，乃至战争。战争的各个环节对国家主权问题提出了法理上的解释需求。自然法就是确立国家主权和保持国家间正常关系的法理保证。这在古代罗马法中早已得到了证明。文艺复兴时期再一次提出这一问题，自然有其全新的历史含义。

当然，文艺复兴时期欧洲自然法意识的生成还与欧洲文化传统有特定的关系，甚至可以认为是欧洲传统自然法理论的逻辑延伸。这里不妨对罗马法中的自然法问题做些回顾。罗马法中的自然法思想无疑来自于古希腊哲学（尤其是斯多葛哲学）。"罗马法的发达（最高裁判官法和万民法的出现）和罗马法学的产生，则无疑是与接受斯多葛派的自然法思想相联系的。"③研究罗马法的"学者们几乎观点一致地认为,是自然法这一哲学观念影响了罗马法的形成,而罗马法主要依靠自然法的思想力量且持久地征服了世界"④。英国法律史家梅因曾说:"我找不出任何理由,为什么罗马法律会优于印度法律,假使不是'自然法'的理论给了它一种与众不同的优秀典型。……真的,如果自然法没有成为古代世界中的一种普遍的信念,这就很难说思想的历史、因此也就是人类的历史,究竟会朝哪一个方向发展了。"⑤又说:"从整体上讲,罗马人在法律改进方面,当受到'自然法'理论的刺激时,就发生了惊人迅速的进步。单纯化和概括化的观念,是常常和'自然'这个概念联系着的;因此单纯匀称和通俗易懂就被认为是一个好的法律制度的特点,过去对于复杂语言、繁缛仪式和不必要困难的好尚,便完全消除。"⑥

在《法学阶梯》中,我们可以清楚地看到,罗马法被明确地区分为三部分:自然法、万民法和市民法。古罗马法学家乌尔比安将自然法界定为:"自然法是自然界教给——一切动物的法律。因为这种法律不是人类所特有,而是一切动物都具有的,不问是天空、地上或海里的动物。由自然法产生了男女的结合,我们把它叫做婚姻;从而有子女的繁殖及其教养。的确我们看到,除人而外,其他一切动物都被视为同样知道这种法则。"⑦在自然法思想指导下,罗马法学家对法的概念和分类等法学理论进行了深入的探讨,并将自然法理念运用到法律实践,从而推动了罗马法的发展。

文艺复兴时期自然法思想受到高度的关注又与法律体系和法律实践的演变有联系。在中世纪和近代之交,大陆法系和英国法系的区别开始显现。⑧大陆法系指意大利、德国等欧洲大陆地区所继受、推广的以罗马法为核心内容的法律体系和法律实践。⑨英国普通法的形成并成为英国法律制度的重要特征,其历史比较复杂,大致上与英国中世纪王权和国家权力的演变过程密切相关;特别是英国王室法庭在整个司法实践中逐渐取得主导的地位,这是普通法成为主导法律的重要原因。到了12世纪左右，大陆国家在开始运用罗马法的内容为其王权和国家统一进行艰苦工作时，这时英国的普通法和强大的王权已经相互携手，取得了统治的地位。以上内容在卡内冈的著作中已经做了出色的表述。⑭但无论是哪一个法系都对罗马法及其自然法的内容给予了充分的关注。从根本上讲，罗马法所对应的是市民社会，罗马法是一种以自然法为基础、以个人权利主体为核心的法律思想。有学者指出："罗马法不在反映民族的共同意识或部族的生活习惯，而是以个人的自由、个人的利益为基础。……权利主体是一自由形态，除受正义和公平的原则拘束外，不受其他因素的支配。"⑮显然，在与市民社会发生着许多相同变化的社会里，大陆国家和岛国英国对罗马法都表现出应有的热情。例如不同法系地区的学者都对罗马法中的自然法内容做了大致相仿的法理解释，认为罗马法之所以成为永恒的法学经典，其核心的精神就是渗透于其中的自然法，并认为自然法的精神应当成为任何法律基础和政治统治合法性的依据，⑯如此等等。事实上，普通法在英国占主导地位并不等于历史上和法律体系中没有涉及自然法的内容。其中衡平法的法律思想基础就突出显示了自然法的内容。16世纪初，圣·德梅恩撰写了《博士与学生的对话》一书。其中所阐发的思想成为以后衡平法的法律地位和法律思想的基础。书中谈到，世界都是由神法和自然法统治的，其次才是人法。人法不能违反神法和自然法。人法与神法和自然法的接近程度就是人法完善性的标志。只有这样，与人法相关的衡平法才会有最高的法律依据。⑰

（二）自然法与神法、理性之间的相互关系

文艺复兴时期的人文主义者通常认为，人最初的状态就是人对自己的考虑，以获得生存的有利状态，这就是自然权利。⑱当自然权

利以自然法的形式出现，则是理性介入的产物。诚如霍布斯所言："自然律是理性所发现的诫条或一般法则。"⑬又由于理性是以一定的价值评判为标准的，因而自然法的道德特征十分明显，"研究这些自然法的科学是唯一真正的道德哲学，因为道德哲学就是研究人类相互谈论与交往中的善与恶的科学"⑬。我们不妨将自然状态、自然权利、自然法三者间的逻辑关系概括为：以自然状态为基础的自然权利是自然法的出发点和具体内容。自然法是以理性为基础的、法学意义上的自然权利。所以从形式上看，自然法极其抽象。为了使自然法在市民社会、国际社会中发生实际的效应，于是又有学者认为，自然法和自然权利的关系只有在实际的立法过程中才能宣明。就司法实践而言，正是法官将自然法通过具体的审判显现出来。不过有一点是十分清楚的，即自然法的根本内容是对人的自然本性的强调。人文主义者一般认为，只有人的自然本性能决定一切和说明一切。例如是人的本性之驱动而使国与国之间订立契约，也是人的本性之驱动又使国与国走向对立。因此人类应将注意力放在自然本性的如何变化上，注意自然本性如何制约国际关系这些事实。在国际法学史上，持上述倾向者后演化为"纯粹自然国际法学派"。有的法学家则认为，国际社会中实际起作用的还是实在国际法，而实在国际法是一系列由利益和强权支配并在国际关系中实际得到遵守的条约总和。自然法在国际法中只有"劝说"的意义，而不发生实际效应。持这种倾向者后演化为"实在国际法学派"。霍布斯是纯粹自然国际法的竭力维护者；莫泽尔则是实在国际法学派中坚持让"各主权者及其文书本身说话"的重要思想先驱。⑭

　　文艺复兴时期的法律思想家在探讨自然法过程中，还重点研究了自然法与神法、理性之间的相互关系。从大量著述的内容看，大致上发挥了亚里士多德和中世纪以阿奎那为代表的经院哲学理论。但在学术探讨中贯穿始终的，则是人文主义的主线。突出地表现为对人的存在、人的各种主体权利的关注，以及从历史的、文学的多维角度对自然法等法学内容进行阐述,如阿尔恰托对民法大全所做的系统阐释,就是当时的范例。⑱

不过在人文主义者的心目中,理性是神法和自然法的桥梁。在这一思想的指导下,人文主义者对自然法做出许多新的解释。上文已经提及,就人的本性、人的自然状态而言无所谓善与恶。如果为己的本性没有任何制约,就可能导致恶;受到理性的引导,便显示善。⑲自然法由于人的理性因素而得到确认,而人的理性在任何人的身上又都是相同的。所以,自然法对于所有的人和所有的国家而言应当是有相等的认同感和权威的。"因为任何法律要是没有由制定者以文字或某种其他方式予以公布时,便只有通过遵从者的理智才能认知;于是这种法律便不仅是国法,而且也是自然法。"⑳由此可知,理性不仅是桥梁,它还是法理的准则。任何人都应该凭借理性去遵从自然法,㉑而不能将自己认定为具有超出自然法的权利,并以此去统治另一部分人。奥卡姆指出:"就另一层意义而言,自然的平等通常可以通过人的理性来观察,除非有什么特殊的理由说无法被观察。不应该用其他的事由来反对他出自自然平等的意志,……但人们会问,是否教皇具有不顾自然平等来照看、统治其子民的权限?回答是否定的。教皇不具有受任照看、统治其子民的权限,人民将自己关照自己。如果教皇真的要负这种照看和统治其子民的责任,那么就法律来说,其行为也是无效的。"㉒卡斯蒂利奥内也认为,理性是最高的行为准则。对于具体的人来讲,应该是灵魂统治肉体,理性控制情感爱好。所以任何一个人包括君主在内,都必须依照法律办事,这是因为依法办事体现了理性对情感爱好的控制。㉓当然,在文艺复兴时期的人文主义者如卡斯蒂利奥内的心目中,平等、正义、善和幸福的真正来源及保护者还是上帝。㉔这是当时普遍认同的观点。

西班牙自然法学派将法根植于个人理性之中,他们重新采纳斯多葛自然法的形式,认为自然的法则相当清晰,足以被人类的理性所把握，个人理性由此被尊崇为法的渊源。该派相信理性和唯名论的逻辑方法，认为用演绎的方法便可获得法。西班牙法学派对全部自然法的原理做了系统的阐述，并使之成为17世纪时研究政治理论问题的唯一科学方法，"苏亚雷兹和有时称之为西班牙法理学学派的其他

文艺复兴时期一刻有正义象征者浮雕的立柱

成员把中世纪的法律哲学家加以消化并系统化了，并将它传给了17世纪。……的确，苏亚雷兹的自然法含有格劳修斯做出的许多结论。如若自然和人性中有某些素质不可避免地形成某些做出正当行为的途径和另一些则做出错误行为的途径，那么，善恶的区别就不是出于上帝和人的武断意志，而是一种理性的区分。人的关系的性质和由人的行为自然产生的后果构成了一种试验，成文法的规定和实践是可以遵从的。人间的立法者没有谁能使错误变成正确，正如格劳修斯后来所说，上帝本身甚至也不能；如同苏亚雷兹所主张的，甚至教皇也不能改变自然法。在法律的特别条款后面存在着有普遍效力的理性条款"[25]。

英国法学家胡克在《教会政制法》中论述道："因此合理的法则，世人通常也称之为自然法则，意即是指人性由理性而认知其普遍规定的法则，由于此故，它是最合适地可称为理性法则。人们通常用以称呼自然法的理性法律，意味着人类本性经由普遍理性认识的法律，出于同样原因，自然法最为合宜的名称是理性法。"[26]

上述理性与自然法相互关系理论中所包含的自明性、普遍性、

主体性、实证性趋向等内容，构成了近代自然法的鲜明标志。㉗

（三）自然法、人性和人的权利

文艺复兴时期，人文主义的自然法理论以人性论为基础和起点。在荷兰著名国际法学家格劳修斯那里，人们可以听到这样一些名言：人性是自然法之母；而自然法是真正理性的命令，是一切行为的善恶的标准。㉘霍布斯的自然法也是对其人性概念进行推演的结果。荷兰学者斯宾诺莎则认为，人是自然的一部分，人的本性是由自然决定的。由上述观点引出了自然权利问题，即现在所谓的"人权"问题。㉙自然权利是指一种不可转让的、人人平等享有的权利。

那么何谓"权利"呢？苏亚雷兹将其定义为，"每个人或对自身财产所具有的或涉及到自身应有事物的一种道德权利"。㉚在此基础上，他区别了法律和权利。他认为，法律规定的利益对于每个人都是平等的。但是，每个人实际享有利益的权利却是不平等的。为什么会出现这种情况呢？苏亚雷兹解释说，法律依据区分善恶的内在标准服从上帝意志，而权利则按照人类社会的外在状况服从上帝意志。例如按照自然法的原则人人生而平等，但自然法并未禁止财产私有。在具体社会环境下，它可能带来财产不平等，但他同时指出，侵犯个人财产权就是违反权利的行为。苏亚雷兹还认为，在一般情况下，权利也可被视为法律，比如，国际法就是一种权利。而统治者不管是教皇还是君主，他们所具有的统治权属于权利范畴，不受法律约束。㉛

由此可见，苏亚雷兹的权利概念已与现代十分接近，而此前托马斯·阿奎那著作中尚未提及此等内容。正如麦金太尔所言："英语中'权利'之类的词语和英语及其他语言中性质相同的术语，只是在语言史上较晚的时期，即中世纪将近结束时方才出现……直到中世纪即将结束时为止，在任何古代的或中世纪的语言中没有任何词语可以用我们的'权利'词语加以翻译；在大约公元1400年以前，无论是古典的或中世纪的希伯来语、希腊语、拉丁语或阿拉伯语中都没有任何表达权利概念的方式，更不用说在英语或日语中，直到19世纪中叶还没有这种方式。"㉝英国学者米尔恩也指出："直至中世纪临近结束之时，在任何古代或中世纪的语言里，都没有可以用我们的词语'权利'来准确翻译的词语。"㉞

17世纪以来，关于"权利"的论述在西方的道德和政治思想上占据着主导地位。格劳修斯是较早论述自然权利有关理论的学者之一，当时，他的主要目的是为荷兰商人在西班牙殖民地经营商业贸易提供合法性论证。㉟此后，在其著作《战争与和平法》中，格劳修斯进一步指出："ius"除"正当的事情"这一含义之外，它的另一个内涵是指一种使得人们能够拥有或做正当的事情的道德上的"资格"，"它是直接与个人有关的。在此意义上，它指个人所具有的一种道德品性，由于具有这种道德品性，正好可以使他拥有某些特殊的权利，或者有权做出某种特定的行为。这种权利一般是附于人身的，尽管有时也随物而生，如被称作'物权'的土地方面的权利正好与完全是属人性的权利相对应。之所以做出这样的区分，不是因为这些权利不附于人身，而是它们仅仅为拥有某种特定物的人所有。这种道德品性，如果没有缺陷的话，就被称为'特权'；而如果有缺陷的话，就被称作'能力'"㊱。

然而，自然权利理论的真正确立与传播却是从霍布斯和洛克所发展的关于国家的社会契约理论开始的。这种理论的基础就是个人有自我保护的权利或有生存、自由和获取财产的权利，而且从那时以后，关于权利的论述在西方的道德和政治思想中占据主导的地位，并一直延续至今。㊲

自然权利理论是自然法理论发展的重要成果之一。自然法学家们将自然权利视为一种自然的、永恒的、不可改变的现象，并把它作为十分重要的理论加以强调，突出它的绝对性和至高性，这是对权利观念的重要发展。尽管近代自然法学家对自然权利的论述差别很大，但有一点是共同的，即把人的自由和平等宣布为自然权利的最基本的内容。他们认定，上帝赋予人类某些不可转让的权利，其中包括生命、自由、财产和追求幸福的权利。这些自然权利是人的本质和人类理性的最基本的特征。

市民社会中的突出现象是人格自由问题。有了人格自由，权利与义务的实现才有保障。所以自然法之受重视的原因之一就是自然法体现了公民的人格自由。从古代罗马法开始，自然法就是人格自由的法律规定。这一规定在文艺复兴时期的自然法思想中得到了进一步的强调。按照弥尔顿的激进自由理论，人性、自由、法律等都是出自自然的统一体，不能随意地去掉某一个部分。由于弥尔顿十分强调意志的选择自由，因此在相当多的场合，弥尔顿认为人可以按照自然法的要求做自己认为应该做的事情。但值得学人注意的是，在文艺复兴时期诸多法学家的心目中，一方面强调人格自由，另一方面又主张法律的至高无上性，甚至认为尊重法律远在尊重自由之上。卡斯蒂利奥内就自由与法律的关系指出："自由不是随心所欲，而是依照良好的法律生活。自由也不是无制约地任凭自然、有用和需要行事。有些事情原本就有一定秩序存在着，就好像大家都要按一定规则行事。"⑰

霍布斯的政治理论认为，自由是一种外界障碍不存在的状态，其实就是无政府的竞争状态。⑱这种状态的最根本特征是每个人都享有完全的自然权利，所谓自然权利就是"每一个人按照自己所愿意的方式运用自己的力量保全自己的天性——也就是保全自己生命的自由。因此，这种自由就是用他自己的判断和理性认为最适合的手段去做任何事情的自由"⑲。也就是说，每个人都享有绝对的自由。这种自由是对自私人性的放纵，"在这种情况下，每一个人对每一种事物都具有权利，甚至对彼此的身体也是这样"⑳。每个人都为求利而竞争，为求安全而猜疑，为求名誉而侵犯他人。人人都在稀少的价值中争夺更大的份额,"在达到这一目的的过程中,彼此都力图摧毁或征服对方"。正因为人们彼此之间都是平等的,"只要每个人都保有其自己想好做任何事情的权利,所有的人就永远处在战争状态之中",人们生活在一个充满敌意的世界里。霍布斯这种对于人性的判断,引出了新的关于"自然"人性的学说,其中包括对于自然状态的分析以及自然法学说。人性、自然状态、自然法,这些关键性的理念构成了霍布斯政治哲学的基础。但霍布斯的自由学说并未停留在抽象的人性分析层面。在历史的进程中,人类通过理性、契约等手段而使自己进入国家和法的状态。于是,自由也与国家和法相关联。

人文主义者以人格自由为基础,进一步得出市民社会和国家都是人与人之间契约的产物的思想。契约思想发端于古代的希腊,在中世纪的经院哲学中得到系统的阐述。不过,经院哲学探讨的重点是神人契约问题。文艺复兴时期的契约思想一方面仍延续着传统的观点,例如政府是契约的产物等;另一方面更强调契约是人们经过理性的考虑而做出的决定,任何一方如国王和人民都必须遵守其承诺,谁违反承诺都要受到相应的惩处。可以认为,这一时期关于人类统治的基础是契约的思想已成为普遍认同的观点。而任何契约法都与自然法有关。寺田四郎有言:"政府契约说即为根据自然法所产生者。"另外,文艺复兴时期的契约理论又非常注重从实在法出发考虑法律问题,进而考虑与自然法的关系等等。

与契约、自然法相关的是君主和统治者行为的法律效力问题。如果一个人将某种权利赋予统治者,而统治者又利用这种权利做出了违背订约人意志的事宜,这时契约理论应做出何种解释呢?按理讲,有两种情况应当区别:一种是统治者越权做出侵犯人民的行为;另一种是统治者利用约定的权利和内容做出不利于人民的事宜。按照后来卢梭(Rousseau)的理论,只要当权者做出违背人民意志的事情,人民都有权利采取行动推翻当政者。但文艺复兴时期的法律思想在解答这一问题时还没有如此明确。仍以霍布斯的理论为例，从法律约定的角度讲，当一个人授权另一个人行使本当属于自己作为一个人格主体的权利，那么这种权利付托就包含着对自身权利遭侵害的某种认可。一旦真的某项权利遭侵害或丧失，委托者本人要自我承担这种法律责任。⑰但霍布斯又担心真的发生权利受侵害状况。于是，霍布斯又回到带有伦理道德性质的意志问题来处理权利受侵害的状况。说到底，像自由、意志、主权等属于伦理道德性质的自然法要求又充作了最后的决断者。法律上正当的事情，并不意味着伦理道德上也是正当的。人们可以根据伦理道德上的要求如自然法的各种理由而对法律做出必要的反应。⑱从中可以发现人文主义者在对待侵权、维权等自然法问题时还有许多不十分清晰的认识，这也从一个侧面反映出转型期社会人们对权利问题的矛盾态度。应该看到，国王拥有绝对权利的理论在文艺复兴时期相当普遍。比德、马丁·路德、博丹、詹姆斯一世等，都持有这种看法。他们的理论支撑点，除了主张君主受命于神来制定法律外，还认为历史上罗马皇帝的权利高出法律之上。当然，君权至上与法律制约之间的关系在上述人物的具体著作中又比较复杂。例如国王詹姆斯根据自然法理论对国王的权利做了约定，认为国王作为老百姓的父亲这一权利是按照自然法赋予的。由此推演其君权神授的复杂体系。⑲不仅国王有这种看法，法学家如博丹也认为君主的权利来自上帝，君主对于其臣民而言有绝对的权力，正是君权规定其他实在法的制定和实施。如果国王受神的委托制定实在法，那么就这一过程中国王的桥梁作用而言，君主也应该具有超出实在法的权利。但君主还是受到神、神法和自然法的制约。甚至在这一点上，君主所受的制约要胜于大臣。⑳显然，君权神授、君权至上并非君主可以为所欲为。虽然君主也要受自然法等的制约这些想法带有某种理想化的成分，但人们应当充分估量：在历经千余年自然法熏陶的欧洲文化环境中，这种理想化成分所具有的现实效力，即君主对神法、自然法的各种承诺之现实效力。还应当充分估量：颂扬君主统治的权威，这对于当时秩序高于一切的转型期社会所具有的实际作用。随着历史的发展，当各种现实的政治力量发生变化，原先的政治制衡被打破，那么君权神授理论及实际的君权地位也必须做相应的调整。如不调整，社会将以各种方式强使其调整。以后欧洲的政治法律思想和历史的发展无不证明了这一点。

（四）自然法、国家主权与国际社会的契约

随着近代民族国家的酝酿、诞生，自然法与国家主权之间的关系成为 14 至 17 世纪国际法学的热点问题。这里着重分析占主导地位的实在国际法学派的主张。当时的一些国际法学家认为，基督教神法、自然法固然是国际法的重要思想前提，但这种前提只能被视为理论假设。按照这种观点，世俗权力，尤其是世界范围内的世俗权力所直接对应的是与世俗权力实际运作相关的实在法。1324 年，帕多瓦的马西利乌斯出版了《和平的捍卫者》一书，谈到"国家是基于自然的自治体，而且他主张世俗政府和宗教权威是两个完全不同的领域"。有学者指出，两个世纪以后正是帕多瓦的马西利乌斯的著作引发了宗教改革。宗教改革运动以后，有更多的法学家将实在法当作现实社会最有效的法律准则。在西班牙实在国际法学派的维多利亚的著作中，一方面承认国际法根植于自然法，并将整个国际社会包容于一个相互需要的和谐体之中；但同时又认为，国际法不可能完全从自然本性中推导出来，因为自然法只是规定人类行为的基本原则，而这些原则还必须由具体的国际习惯和条约作为其现实的文本承负者，使其有形化。从现实的地理环境的经验论立场出发，世界是一个整体，故那些习惯和条约实际上就具有世界性的法律效应，并可按照世界性的法律效应进一步制定国际性法规，形成

一般的实在国际法。㊵另一位西班牙实在国际法学派的代表苏亚雷兹则进一步主张，即使是国际法中的自然法学说也是从考察社会实际出发、以社会实际中已经确立的一些价值为其基础的。㊶对自然国际法与实在国际法做出比较系统阐释的是格劳修斯。格劳修斯不仅十分强调实在法的地位，还对国际关系中的利益原则做了明确的阐释。格劳修斯首先认为，自然国际法只与人的自然本性和自然理性有关，与神、神法没有瓜葛。格劳修斯对自然法的这种界定是为了更惬意地为其基于利益原则的实在国际法进行辩护，并由此确立其以二元论为特征的国际法思想。

博丹是较早运用社会契约构建国家理论体系的学者。博丹认为，家庭是国家的社会基础，是一切国家的真正由来。㊷为了共同防卫和追求相互的利益，许多家庭逐渐联合起来，组成各种团体（如村社、城市等）。不过，在他的国家理论中，他同时也强调了"暴力"的作用，强调各种团体的最终联合，即组建国家的动力源是"强力统治"。在近代国际法的起源问题上，许多西方学者往往将其源头追溯至古罗马时期的万民法。英国法律史家梅因就曾指出，国际法是"罗马法的后裔"。㊸

维多利亚认为，国家的建立完全出自人的联合本性。㊹在他看来，人类最初生活在自由、平等、独立的自然状态中，"人生来就是自由的"，这种与生俱来的自由使世间"万民"在各国"聚集起来之前没有一个人凌驾于所有其他人之上"。㊺但除了理性和德行之外，大自然留给他们的只有脆弱无助，不堪一击。为了弥补这些缺陷，以便生存繁衍，他们本能地组织在一起，相互扶持，过群居生活。简言之，人的独处状态是不可接受的。人要存活，只有生活在社会中，因此，社会就成为本能的合作形式。㊻维多利亚引述亚里士多德的话说："本性驱使他们寻求建立社会。"㊼这就是最初的社会组织——民众社团（ciuilis societas），也有人称其为原始社会核心家庭（the Primitive Social Nucleus of the Family）。㊽总起来看，这种早期共同体是一种前政治社会，亚里士多德认为它是城邦出现前的社会团体，主要包括家庭和村坊。而维多利亚则更加强调它是社会组织而不是政治组织，因为它不能自给自足，尤其是它不能抵抗暴力侵袭。"国家必须是完美的政治共同体"，在这里，维多利亚将亚里士多德的"自给自足"（self-sufficient）一词替换为"完美"（Perfecta）。维多利亚说："不完美的事物就是存在某种缺陷的事物。"维多利亚似乎更强调"国家或者他的君主拥有对外宣战的权威"。可能正是由于这种原因，维多利亚并未将人类早期共同体视为城邦国家。

然而在这种自然状态下，社会也绝不是无法无天的，它要受到自然法的支配。正如该学派的另一位著名代表莫利纳所称，自然法是全人类"在任何时候和所有人性的各种状态下（都知晓的）一个单一的法"。也就是说，在自然状态下，人们的行为只受道德规范的约束。但由于人的本性又是存在弱点的，所有的人都最终不可避免地趋向堕落。即使将道德规范铭刻于人们心头，一旦生活变得丰富多彩，任何人都很难兼顾道德的方方面面。然而维多利亚反对人类"性本恶"的说法。他认为人类逐渐堕落是由于"人类在始终平等状态下，并不从属于任何权力，因而恣意任性，为社会带来灾难"。因此，在维多利亚看来，过社会生活是人追求安全和生存的内在本性，但只有建立某种政治社会，自给自足地生活，才能构建和谐，获得共同的善。这样，建立政治社会就显得十分必要。正如一位学者所言，国家是医治个人缺陷的良药，在思考国家的起源时，"必要性"成为至关重要的概念。

那么，人类将如何组建国家这一政治共同体呢？维多利亚把它归诸于"公众合意"。他指出，为了相互协助、增进公共福利，人们有必要依据大多数人的一致同意创建一个国家。根据维多利亚的说法，创建共同体的具体方式是，公众将他们的权力在多数人赞同的情况下，授予某一个人，比如君主。"为造福共同体内的所有人而将权力授予某一个人是必要的。"这样，共同体就创造出国王或君主。维多利亚指出，在各种统治形式中，君主制是最好的政体。由于社会本性以及相互扶持需要，个人结成社会，进而组建国家，让国家限制个人原有的自由。从而，国家就担负起管理、执行其所有权力的任务，引导人们最终趋向共同善。⑯也正是在这种意义上，在国家对保护人自身的本性和趋向善呈现出的必要性上，它被认为是最符合人的本性的，因而是"本性的成果"⑰。值得注意的是，维多利亚所谈及的"公众合意"只是构建政治共同体的一种方式、一个手段。借用昆廷·斯金纳的话说就是："公众赞同并非为了说明政治社会中所发生事件的合法性，而是仅仅解释一个合法的政治社会是如何产生的。"⑱

依据自然法，所有的人都是人，而人都具有社会本性。维多利亚就此推论，不论是否是基督徒，他们都有同等资格去建立自己的政治社会。那些不具有天主教信仰的人也同样被赋予构建自己政治共同体的能力，美洲印第安人当然也包括在内。总之，维多利亚创建这样一个原则："各国基于自然理性和社会交往组成一个共同体。"⑲

在国际法称谓问题上标新立异的是西班牙法学派的代表人物苏亚雷兹，他在《法律和神为立法者论》一书中认为在国家之外存在一个普遍的国际社会，各国虽然都是独立的，但都是这一社会的成员，国家之间因为存在着相互依赖的关系，所以需要一种"国家间的法律"来调整这种关系。近代著名国际法学者奥本海高度评价苏亚雷兹的这一认识，称他是第一个对国际法"这个新的法律部门使用国家间的法律这个名词的人"⑳。17、18世纪的欧洲接受了这一称谓。到1789年，英国法学家边沁（Bentham Jeremy，1748～1832）在其名作《道德和立法原则概述》一书中，首次使用"国际法"（International Law）一词，比较科学地反映了这门法律的本质特征，得到了学界的广泛赞同，直到现在没有再发生变化，成为世界各国法学家通用的称谓。

西班牙法学派的另一个代表人物维多利亚第一个承认国际法是法律的特殊部门,他强调国际法对所有国家都有拘束力,认为国际社会由包括野蛮人(即不信基督的人)在内的所有人类构成。这一思想在当时是非常先进的,被后来的自然法学派所坚持,但直到二战后才被接受。德国法学家普芬道夫则在自然法的基础上阐述了自己的国际法理论。他认为,无论个人、主权者还是国际社会中的国家都处于自然法的约束范围内,自然法应当是人类共同遵守的普遍规则。普芬道夫认为万民法对人类的约束力并不是来自于国家的习惯,而是因为万民法是国际社会这个"自然状态"中的自然法,国家作为个体应当受它的约束。另外,国际条约本身"不能制定法律,仅能就已为自然法所含容之理由加以确认而已"①。

在国际法的初始发展阶段,对国际法的发展与完善做出最大贡献的无疑就是荷兰法学家格劳修斯,其与国际法有关的著作主要有《捕获法》《论海上自由》《战争与和平法》三部。《捕获法》立论的基础是根据罗马万民法的原则,即各国有相互通商的自由,拒绝此权利就可以成为发动战争的原因。他认为海洋和空气同样,人类可以自由利用,航海对于一切人类是自由的,并驳斥了那种认为海洋属于最初航海国家所占有的主张。《论海上自由》则打破了西班牙、葡萄牙等的海洋独占说的理论根据,为全人类建立了自然法则。格劳修斯认为万民法也是以自然法为基础的,是根据所有国家或多数国家的意志承认的一种强制性的权力,国与国之间的关系不外乎战争与和平两种,而战争又有正义战争与非正义战争之分,应当受到国际法的约束。另外,格劳修斯还提出了中立国原则和人道主义原则等国际法重要原则,这些都对国际法的发展与完善做出了开创性的贡献。

普芬道夫是第一个有意识地将自己与格劳修斯、塞尔顿、霍布斯等人划归同一个自然法学派的近代学者。按照普芬道夫的观点,由于人的本性具有双重性，自然状态就必然面对着因人们追逐私利而陷入像霍布斯所说的战争状态的危险。这样就需要从自然状态过渡到国家状态，"惟因此种和平，常陷于不安不定之地步，故非以人定法保障之不可"。而要求得法律的保护，则必须先由自然状态过渡到国家。而这一途径就是通过订立契约。于是"个人出于恐惧和和平的需要通过社会契约把自己同社会利益结合起来"。他的思想和著述对后世的一些著名思想家如卢梭、狄德罗、洛克、萨缪尔·亚当斯、约翰·亚当斯以及汉密尔顿等人产生了深刻的影响。在自然法理论发展史上，作为"自格劳修斯所开始的近代自然法传统的构建者与系统化者"，普芬道夫被视为"17世纪最伟大的一位自然法著述家"。17世纪后，由人文主义者所阐释的自然法理论继续得到思想家的发挥。例如德国思想家费希特、黑格尔等都将自然法问题作为各自政治法律著作的核心。至20世纪，自然法更受到奥斯丁等法理学家的关注，他们围绕自然法等问题展开过激烈的思想学术辩论。不仅如此，自然法思想还在17世纪及以后各种西方立国之本的法律文本中得到确认，从而成为近代以来西方政治法律思想和实践的基础。到了21世纪，随着人权问题和经济全球化时代国际关系的变化，自然法正在并必将继续受到思想学术界的关注。

（五）承上启下的洛克法学思想

约翰·洛克（John Locke，1632～1704）是欧洲启蒙思想的先驱，古典自然法学派的杰出代表。历史上"没有一个哲学家比洛克的思想更加深刻地影响了人类的精神和制度"。1652年，洛克进入牛津大学教会学院，学习哲学、物理、化学和医学。此间他不仅结识了波义耳、牛顿等名人，并且广泛研读了培根、笛卡儿、霍布斯等名家著作。1667年，洛克以其妙手回春般的医术治愈了政治活动家阿希莱勋爵的怪病。这次偶然的医治经历却是洛克生平的转折点，为以后的生涯特别是政治生涯升起了新的风帆。洛克于1668年当选为英国皇家学会会员。这样一种学识经历对洛克的思想创造活动有独特的影响。1682年，洛克因受到复辟派迫害，而随阿希莱逃亡至荷兰；1688年"光荣革命"后重返英国。而这段逃亡荷兰的经历对洛克的思想和学术成就而言具有重要意义，是其法律思想体系化的重要阶段。当时的荷兰不仅是17世纪发展较快的资本主义国家，而且也是思想活跃自由的国度。那里生活着古典自然法学派创始人格劳修斯、近代自由理论奠基人斯宾诺莎等思想家，他们的思想成为洛克法律思想的渊源。归国后的洛克先后在新政府中担任上诉法院院长、贸易殖民部部长等职，于1700年辞职退休。洛克于1704年辞世。洛克主要著作有《政府论》（上下篇）（1689）、《论宗教宽容》（书信）（1689）、《人类理解论》（1690）等。

　　自然法理论是洛克法学思想的基础。在洛克看来，自然状态"是一种完备无缺的自由状态，他们在自然法范围内，按照他们认为合适的办法，决定他们的行动和处理他们的财产和人身，而毋须得到任何人的许可或听命于任何人的意志"。也就是说自然状态是一种完全平等的状态。不仅如此，自然状态还要求每一个生物尊重对方和自己，不能随意放弃平等和自由的状态。洛克进一步论证生命、自由、财产、平等等法学问题。其中自由权则指人人可自由地处置自己的人身、财产和以自己意志去做不损害他人的任何事情。

　　洛克认为，"人类天生是自由的"，这种自由意味着不受他人束缚和强暴，人们可以"在他所受约束的法律许可范围内，随其所欲地处置或安排他的人身、行动、财富和他的全部财产的那种自由，在这个范围内他不受另一个人的任意意志的支配，而是可以自由地遵循他自己的意志"。在洛克的这段对自由主义的界定中，我们可以看到在他心目中，自由绝非一种任意妄为，而是以理性为基础,以法律约束为前提的。自由的内涵不是放纵而是理性的约束。因为"理性能教导他了解用以支配自己行动的法律,并使他知道他对自己的自由意志听从到什么程度"。在此,洛克将自由分为自然自由与社会自由两大类型。自然自由是指人们在自然状态下的自由,这种自由,虽然不受人间任何上级权力的约束,不在人们的意志和立法之下,但是它却要受到自然法——理性的约束。社会自由则是指人们订立契约、组成社会以后所享有的自由,这种自由,既要受到自然法的限制,更要受到以自然法为基础的人定法的限制。洛克所研究的自由,主要就是后一种自由——社会自由。洛克认为法律就是政治社会的最高准则,国家的统治和统治者的行为都应该按照正式公布的和被接受的法律进行。特别是政府的一切权力都来自于契约,所以更应该服从于法律。只有这样,才能防止暴政的发生,人们的自由和权利才有望实现。

财产权是自然权利的核心内容,洛克对此进行了浓墨重彩的论述,特别是就财产权的自然合理性问题做了充分论述。那么如何在承认人的自然权利的前提下肯定人对财物取有的合理性?首先,洛克指出:"土地和其中的一切,都是给人们用来维持他们的生存和舒适生活的。土地上所有自然生产的果实和它所养活的兽类,……这些既是给人类使用的,那就必然要通过某种拨归私有的方式,然后才能对于某一个有用处或者有好处。"以此来证明自然共有物的某些部分成为人们的私有财产,这是一个不需证明且为人们默认的事实。其次,洛克非常明确地意识到,一旦人投入创造活动并使人与人之间产生动态的关系,于是人与人的权利、义务关系等就会在一定条件下向有差别状态转化。试听洛克关于劳动的一段名言:"土地和一切低等动物为一切人所共有,但是每人对他自己的人身享有一种所有权,除他以外任何人都没有这种权利,他的身体所从事的劳动和他的双手所进行的工作,我们可以说,是正当地属于他的。所以只要他使任何东西脱离自然所提供的和那个东西所处的状态，他就已经掺进他的劳动，在这上面掺加他自己所有的某些东西，因而使它成为他的财产。既然是由他来使这件东西脱离自然所安排给它的一般状态，那么在这上面就由他的劳动加上了一些东西，从而排斥了其他人的共同权利。因为，既然劳动是劳动者的无可争议的所有物，那么对于这一有所增益的东西，除他以外就没有人能够享有权利，至少在还留有足够的同样好的东西给其他人所共有的情况下，事情就是如此。"⑤洛克设想，一方面要承认劳动属于人的自然能力，他体现着自然法的特征；但另一方面劳动造成了不同的结果，使不同的劳动者享受起不同的劳动产品，于是劳动的结果产生了权利差异。这种权利差异固然已超出了自然法，但人们没有任何理由去否定这种权利差异，因为引起权利差异的前提即劳动能力完全是自然赋予的，与自然法的内涵完全吻合。此外，洛克巧妙地用自然本身的安排来说明从劳动私有到财物取有权利的自然合理性。为了进一步论证这种自然合理性，洛克又设想从最远古的时代起人们就自然地感到，当自己的劳动和对财物的取有侵犯到一个群体的存在时就会使他人连同自己一起陷于最危险的境地。因此每个人都会自然而然地将自己的劳动和私有财产限制在一定的范围内。⑥洛克的这种观点虽有一定的随意性，但其中包含了一条重要的政治学、法学原则，即个人的财物取有只有在群体认可的限度内、在形式上不违背自然法的限度内才是有效的。因此，洛克通过他劳动财产论的理论，为财产权的合乎自然理性做了最好的诠释。平等权是指人人生而平等，没有任何人具有高出他人的权利，不存在从属或受制关系。在上述权利的基础上，洛克进一步引申出反抗权与同意权。这些权利都是与生俱来的，是不可剥夺、不可转让的。⑧应该说，洛克将这些权利归于人类的自然权利是经过精心考虑的。他的目的并不仅是以此来描述自然状态，更重要的是为了他在后面对国家政府权限的设定提供依据。

什么是自然法的保障呢？洛克承接着古代的和文艺复兴时期的

法学思想,将自然法与理性相关联。他认为"自然状态有一种为人人所应遵守的自然法对它起着支配作用;而理性,也就是自然法。教导着有意遵从理性的全人类:人类既然都是平等的和独立的,任何人都不得侵害他人的生命、健康、自由和财产"。这样,凭借着理性的自然法,人们通过自律与他律就能够使自然状态保持和谐。自律是指人们对自我的约束。洛克认为在理性的支配下,人们"当他保存自身不成问题时,他就应该尽其所能保存其余的人类,而除非为了惩罚一个罪犯,不应该夺去或损害另一个人的生命以及一切有助于保存另一个人的生命、自由、健康、肢体或物品的事物"。所谓他律是指人迫于外在因素的强制而对自我欲望的控制。洛克承认理性并非每时每刻都存于每个人的心中,这必然导致人通过自然法而形成的自律行为有时会无效,在这种情况下"每人都有权惩罚违反自然法的人,以制止违反自然法为度"。而被惩罚之人则通过这种他律的方式,改正其行为,控制欲望。但是自然状态本身存在着许多弊端,在洛克看来,尽管自然状态是一种完备无缺的状态,但它终究是人类的原初状态,存在着一些致使人们的自然权利受到侵害的原因,洛克将这些原因归结为三个方面,即缺少一种明文规定的众所周知的法律、缺少一个有权依据法律来裁判政治的裁判者以及缺少一种权力来保证判决的执行。因此无论自律还是他律,其是否有效关键取决于人的理性。一旦人类抛却理性,人的意识就会任意而为,结果只会发生混乱无序,使自然状态进入到战争状态。

在法国,无论是伏尔泰、孟德斯鸠抑或激进的卢梭,其思想无不深受洛克的影响。在大西洋彼岸,洛克的思想更是大放光芒,成为美利坚民族的立国之本。现代美国研究者约翰·邓恩呼吁人们不要忘记,美国宪法创立者所以能形成自己的观点,首先在于国内具备了为独立而斗争的条件。但他也承认,为了确认和论证自己独立形成的观点,杰弗逊、麦迪逊、富兰克林、亚当斯和其他人曾求助过洛克的著作,他们从这位英国思想精英潜心研究过的体制中吸取了许多东西。正如威尔·杜兰所描绘的那样，洛克的观念在1729年自英国由伏尔泰传到法国，然后孟德斯鸠在1729年到1731年访英时也发生了那些观念。在卢梭及法国大革命时代前后人们的口中都可以听到那些观念。这些在1789年法国立宪会议所拟的《人权宣言》中得到充分的体现。当北美13个殖民地向乔治三世（George Ⅲ）的王朝发起抗争的时候，他们所用来表示他们独立宣言的观念的句子（甚至所用的字）都几乎采自洛克。洛克人权思想内容后来写进了美国宪法第一次10条修正案的《人权法案》；他的政治分权理论经过孟德斯鸠的补充后最后演变为美国政治的典型形式；他所思考的财产权问题也经美国国会的立法活动后得到保障；他的宗教宽容说使政治与宗教逐渐分离，并成为欧洲公民社会中政治、宗教关系发展的趋势。杜兰断言："在政治哲学中很少像他有如此深远的影响的人。"⑧"洛克的法治主义不仅比哈林顿的法治共和国更加完善和成熟，而且有力地参与塑造英、美、法等国的宪政模式，从而深深影响了这些国家从传统社会走向现代社会的进程。"⑨文艺复兴时期思想家们的个人权利、分权制衡、议会民主、私有制等经典原则与自由主义相结合，已转化为现代西方国家的政治道德和意识形态。

注释：

①本章内容根据周春生、徐家玲、陶永新《欧洲文艺复兴史·法学卷》（人民出版社2010年）改写。
②寺田四郎：《国际法学界七大家》，韩逎仙译，北京：中国政法大学出版社2003年，第184页。
③萨拜因：《政治学说史》（上册），盛葵阳、崔妙因译，北京：商务印书馆1986年，第196页。
④李静冰：《罗马法的哲学透视》，载《比较法研究》1992年第

2期。

⑤梅因：《古代法》，沈景一译，北京：商务印书馆1959年，第45页。

⑥梅因：《古代法》，沈景一译，北京：商务印书馆1959年，第33页。

⑦查士丁尼：《法学总论——法学阶梯》，张企泰译，北京：商务印书馆1989年，第6页。

⑧参见凯利：《西方法律思想简史》，王笑红译，北京：法律出版社2002年，第171页。

⑨参见戴东雄：《中世纪意大利法学与德国的继受罗马法》，北京：中国政法大学出版社2003年。

⑩参见卡内冈：《英国普通法的诞生》，李红海译，北京：中国政法大学出版社2003年。

⑪戴东雄：《中世纪意大利法学与德国的继受罗马法》，北京：中国政法大学出版社2003年，第66~67页。

⑫参见汪太贤：《西方法治主义的源与流》，北京：法律出版社2001年，第215页。

⑬W. S. Holdsworth, *A History of England*, Vol. 4, Methuen & Co. Ltd., 1945, pp. 279~282.

⑭Hobbes, *On the Citizen*, Cambridge University Press, 1998, p. 22.

⑮霍布斯：《利维坦》，黎思复、黎廷弼译，北京：商务印书馆1985年，第97页。

⑯霍布斯：《利维坦》，黎思复、黎廷弼译，北京：商务印书馆1985年，第120页。

⑰参见[奥]阿·菲德罗斯等：《国际法》（上册），李浩培译，北京：商务印书馆1981年，第1卷第6章各节。

⑱参见斯金纳：《近代政治思想的基础》（上卷），奚瑞森、亚方译，北京：商务印书馆2002年，第313页。

⑲参见霍布斯:《利维坦》,黎思复、黎廷弼译,北京:商务印书馆1985年,第95页。

⑳霍布斯:《利维坦》,黎思复、黎廷弼译,北京:商务印书馆1985年,第211页。

㉑参见凯利:《西方法律思想简史》,王笑红译,北京:法律出版社2002年,第137页。

㉒William of Ockham, *A Short Discourse on Tyrannical Government*, Cambridge University Press, 1992, pp. 68~69.

㉓Baldesar Castiglione, *The Book of the Courtier*, Doubleday & Company, Inc., 1959, pp. 305~306.

㉔B. Castiglione, *The Book of the Courtier*, p. 307.

㉕萨拜因:《政治学说史》(下册),刘山等译,北京:商务印书馆1986年,第446~447页。

㉖*The Works of Mr. Richard Hooker*, arranged by The Rev. M. A. John Keble, Burt Franklin, 1970, p. 233.

㉗参见叶士朋:《欧洲法学史导论》,吕评义、苏健译,北京:中国政法大学出版社1998年,第151~153页。

㉘参见格劳修斯:《战争与和平法》,何勤华等译,上海:上海人民出版社2005年,第32页。

㉙参见菲尼斯:《自然法与自然权利》,董娇娇等译,北京:中国政法大学出版社2005年,第160页。英文参见John Finnis, *Natural law and Natural Right*, Oxford University Press, 1980, p. 198.

㉚引自菲尼斯:《自然法与自然权利》,董娇娇等译,北京:中国政法大学出版社2005年,第166页。

㉛参见赵敦华:《西方哲学通史》(第1卷),北京:北京大学出版社1996年,第622~624页。

㉜Alasdair MacIntyre, *After Virtue*, University of Notre Dame

㉜ 米尔恩：《人权哲学》，王先恒等译，上海：东方出版社1991年，第7～8页。

㉝ Knud Haakonssen, *Natural Law and Moral Philosophy, from Grotius to the Scottish Enlightenment*, Cambridge University Press, 1996, p. 29.

㉞ 格劳修斯：《战争与和平法》，何勤华等译，上海：上海人民出版社2005年，第30页。英文参见 Hugo Grotius, *the Rights of War and Peace*, M. Walter Dunne Publisher, 1901, p. 19.

㉟ R. Pound, *Social Control through Law*, Hamden, Archon Books, 1968, pp. 87～91.

㊱ B. Castiglione, *The Book of the Courtier*, p. 305.

㊲ 关于霍布斯的自由理论可参见"剑桥哲学史文本丛书"的一种：Vere Chappell ed., *Hobbes and Bramhall on Liberty and Necessity*, Cambridge University Press, 1999.

㊳ 霍布斯：《利维坦》，黎思复、黎廷弼译，北京：商务印书馆1985年，第97页。

㊴ 霍布斯：《利维坦》，黎思复、黎廷弼译，北京：商务印书馆1985年，第98页。

㊵ 霍布斯：《利维坦》，黎思复、黎廷弼译，北京：商务印书馆1985年，第93页。

㊶ 参见王雨辰等：《西方哲学的演进与理论问题》，北京：中国财政经济出版社2003年。

㊷ 参见凯利：《西方法律思想简史》，王笑红译，北京：法律出版社2002年，第202页。

㊸ 寺田四郎：《国际法学界七大家》，韩逋仙译，北京：中国政法大学出版社2003年，第184页。

㊹参见霍布斯：《利维坦》，黎思复、黎廷弼译，北京：商务印书馆1985年，第136页。

㊺参见霍布斯：《利维坦》，黎思复、黎廷弼译，北京：商务印书馆1985年，第169页。

㊻*King James* Ⅵ *and* Ⅰ *Political Writings*，Cambridge University Press, 1994. p. 65.

㊼Bodin, *On Sovereignty*, Cambridge University Press, 1992, pp. 31, 76.

㊽凯利：《西方法律思想简史》，王笑红译，北京：法律出版社2002年，第119页。

㊾参见凯利：《西方法律思想简史》，王笑红译，北京：法律出版社2002年，第119页。

㊿参见[奥]阿·菲德罗斯等：《国际法》（上册），李浩培译，北京：商务印书馆1981年，第123～125页。

○51参见菲德罗斯等：《国际法》（上册），李浩培译，北京：商务印书馆1981年，第123～125页。

○52参见萨拜因：《政治学说史》（下册），刘山等译，北京：商务印书馆1986年，第460页。

○53梅因：《古代法》，沈景一译，北京：商务印书馆1959年，第57页。

○54但也有人认为他更深层的目标是为了驳斥所谓政治共同体的创建直接由神命定的主张。参见 Quentin Skinner, *The Foundations of Modern Political Thought*, Cambridge University Press, 1978, p. 154.

○55 Francisco de Vitoria, *Political Writings*, edited by Anthony Pagden and Jeremy Lawrance, Cambridge University Press, 1991, pp. 11～13.

○56 J. A. Fernández-Santamaría, *Natural Law, Constitutionalism,*

Reason of State and War: Counter-Reformation Spanish Political Thought, Vol. 1, Peter Lang, 2005, p. 42.

㊳ Francisco de Vitoria, Political Writings, ed. Anthony Pagden and Jeremy Lawrance, p. 8.

㊴ J. A. Fernández-Santamaría, Natural Law, Constitutionalism, Reason of State and War: Counter-Reformation Spanish Political Thought, p. 41.

㊾ 参见亚里士多德：《政治学》，吴寿彭译，北京：商务印书馆1965年，第5～7页。

㊿ Francisco de Vitoria, Political Writings, p. 301.

㉛ J. B. Scott, the Spanish Origin of International Law, Oxford, 1934, pp. 205～206.

㉜ Quentin Skinner, The Foundations of Modern Political Thought, p. 157.

㉝ Francisco de Vitoria, Political Writings, p. 9.

㉞ Annabel S. Brett, Liberty, Right and Nature: Individual Rights in Later Scholastic Thought, Cambridge University Press, 1997, p. 135.

㉟ Francisco de Vitoria, Political Writings, p. 11.

㊱ Annabel S. Brett, Liberty, Right and Nature: Individual Rights in Later Scholastic Thought, p. 135.

㊲ Quentin Skinner, The Foundations of Modern Political Thought, p. 160.

㊳ Charles G. Fenwick, International Law, Century, 1924, p. 50.

㊴ 劳特派特修订：《奥本海国际法》（第1分册），石蒂、陈健译，北京：商务印书馆1981年，第64页。

㊵ 寺田四郎：《国际法学界之七大家》，韩逎仙译，北京：中国政法

大学出版社 2003 年，第 193 页。

⑦1 寺田四郎：《国际法学界之七大家》，韩逌仙译，北京：中国政法大学出版社 2003 年，第 192 页。

⑦2 文德尔班：《哲学史教程》（下册），罗达仁译，北京：商务印书馆 1993 年，第 592 页。

⑦3 Michael Seidler, *Samuel Pufendorf's on the Natural State of Men*, the Edwin Mellen Press, 1990, p. 44.

⑦4 登特列夫：《自然法：法律哲学导论》，李日章译，台北：联经事业出版公司 1984 年，第 47 页。

⑦5 梯利：《西方哲学史》（下册），葛力译，北京：商务印书馆 1979 年，第 94～95 页。

⑦6 洛克：《政府论》（下篇），叶启芳、瞿菊农译，北京：商务印书馆 1964 年，第 6 页。

⑦7 参见洛克：《政府论》（下篇），叶启芳、瞿菊农译，北京：商务印书馆 1964 年，第 7 页。

⑦8 洛克：《政府论》（下篇），叶启芳、瞿菊农译，北京：商务印书馆 1964 年，第 64 页。

⑦9 洛克：《政府论》（下篇），叶启芳、瞿菊农译，北京：商务印书馆 1964 年，第 36 页。

⑧0 洛克：《政府论》（下篇），叶启芳、瞿菊农译，北京：商务印书馆 1964 年，第 39 页。

⑧1 洛克：《政府论》（下篇），叶启芳、瞿菊农译，北京：商务印书馆 1964 年，第 18～19 页。

⑧2 洛克：《政府论》（下篇），叶启芳、瞿菊农译，北京：商务印书馆 1964 年，第 19 页。

⑧3 参见洛克：《政府论》（下篇），叶启芳、瞿菊农译，北京：商务印书馆 1964 年，第 23～24 页。

㉘参见李龙主编：《西方法律名著提要》，南昌：江西人民出版社1999年，第145页。

㉝洛克：《政府论》（下篇），叶启芳、瞿菊农译，北京：商务印书馆1964年，第6页。

㉞洛克：《政府论》（下篇），叶启芳、瞿菊农译，北京：商务印书馆1964年，第7页。

㉟洛克：《政府论》（下篇），叶启芳、瞿菊农译，北京：商务印书馆1964年，第7页。

㊱杜兰：《世界文明史》（8），台湾幼狮文化公司译，上海：东方出版社1999年，第811页。

㊲王人博、程燎原：《法治论》，济南：山东人民出版社1998年，第27页。

八 人文主义与社会历史意识
——以马基雅维里和莫尔的社会历史观为例

文艺复兴时期人文主义思想文化的重要特点之一就是善用历史的眼光观察人与社会的种种现象。这种历史视野基于现实的人性立场，认为历史上存在的并符合人性的事物必有其存在的道理。这种历史视野又对未来社会的发展寄予种种人文理想和希望。如此人文主义的社会历史意识要比古代充满神话色彩的历史观，比中世纪基督教宗教意识支配下的历史观，都前进了一大步。诸如此类的社会历史意识对人的解放、人的创造精神起着推动的作用。它将一个现实的人推到了历史的前台，号召人去实现自己的需求、去进行文化的创造，这些都是合乎历史发展的道理。从某种意义上讲，我们今天所说的历史意识就是对文艺复兴时期人文主义社会历史意识的发挥。

马基雅维里、莫尔等人文主义者是上述社会历史意识的代表。我们不妨围绕这些人文主义者的著述内容，来仔细查看一下人文主义的社会历史意识有哪些鲜明的思想特征。

马基雅维里所处时代的战争场面

（一）马基雅维里政治视野中的人性历史和历史人性

文艺复兴时期的许多政治思想家善用人性理论去分析历史、分析政治法律思想（如自然法等）。马基雅维里政治分析的理论基础也是人性论，但其出彩之处是，在围绕人性问题去解释政治现象时又将人性放到历史中来观察、说明。这就使马基雅维里的人性政治说具有强烈的历史感、现实感，进而具有深刻的政治洞察力。与那些设定形而上学人性标准的思想家不同，在马基雅维里看来人性相当复杂，它不能用简单的或抽象的善恶概念来进行定性。尤其是马基雅维里在谈论人性时会经常举出历史上的事例来加以阐述。也就是说，人们能够加以评判的是那些历史上发生的、在现实中存在的人性，而没有什么唯一的概念化之人性。

可以这么认为，没有一个马基雅维里思想的研究者不是将马基雅维里的人性论当作探索的核心、前提。布特费尔德认为，马基雅维里由分析现实的人性出发得出结论，政治实践说到底也是处理人性的问题。①费米亚则以为："对于马基雅维里而言，世上的一切不是由理性和心灵控制着；现实的结构根本上是一种生理情感的系统。"②这些观点在后来的马基雅维里研究中得到了进一步的发挥。现在有越来越多的学者注意到马基雅维里的政治思想与近代各种思潮之间的关系问题。帕雷尔很有见地地通过人性问题切入上述讨论。帕雷尔以为，马基雅维里的人性论与17世纪及往后学者的人性论之间是有距离的。因此，不能将马基雅维里与现代性相提并论。③此说不无见地。17世纪启端的人性论把理性的光环、权威套在了思想的塔顶，而马基雅维里的人性论则与理性保持一定的距离。马基雅维里所要申辩的权威是人性本身。马基雅维里人性论深处还潜藏着各种矛盾，这种矛盾不仅制约着马基雅维里整个思想体系的构建、运动，也敲响了现代社会文化矛盾的警钟。伯林更是将马基雅维里的人性论和西方传统思想之间的矛盾推到悬崖边缘：要么马基雅维里正确，人们就得承认世界上的一切都可能存在价值观之间的剧烈冲突，而最终只能用出自人性的一套理论去解释；要么那些形而上学家的理论正确，似乎人类有一个能够解释所有理论和实际的终极性思想体系，但这给思想家提出了严峻的挑战，即必须确保终极性思想体系的完美无缺。④前一时期，马斯特尔斯《马基雅维里、列奥纳多和政治科学》一书出版，该书第3章"马基雅维里的人性科学"、第4章"掌控野兽：动物控制与人类领导"、第5章"掌控人：国家的生物学本性"、第6章"领导、情感、交往"等章节，都对人性和政治、社会的关系问题做了饶有兴味的探讨。⑤人们会在马基雅维里的思想体系里经常接触到一些最白的政治伦理语言，诸如嫉妒、饥饿、忧愁等。总之，马基雅维里与五百年后美国著名心理学家斯金纳一样，丢失的不过是几个形而上学的概念，而赢得的则是实实在在的人性世界和人性的试金石。马基雅维里向世人表明，人性分析法是普遍有效的研究方法。虽然这种研究方法与以前通常做的政治研究方法会有很大的不同，但马基雅维里还是坚持要用此方法来分析事物的利弊,而且他坚信:人们会宽容地接受这种政治思考的努力的。⑥

马基雅维里主张,人性本身无所谓善与恶,人性世界所展现的是人的生存。每当人性与社会进行碰撞时就有了恶、善等特征。人们不应该被善、恶等现象蒙蔽住双眼。在任何时候,潜藏在深处的人性始终是社会历史中起支配力的因素。理性、法律等都是对人性的一种理解和规约,其中的许多内容带有普遍性、理想性的成分,是一种表面化的包装(甚至其他文化因素也是一种包装)。因此马基雅维里很少谈自然法等文化因素也就不值得惊讶。那些外在的因素在人性的"火山"面前常常显得软弱无力。在很多场合,人性世界最深层的因素并不是用常理等能够解释清楚的。在这种情况下,政治家不仅要找到最大程度地照应、规约人性需求的措施,还要具备懂得这些措施的局限性并用非常的措施去面对人性中可能爆发的能量,从而达到有效政治治理的目的。马基雅维里的人性理论试图告诉人们,不要过分相信政治体制、法制能解决所有的问题。人性的力量总有可能突破政治体制、法制的一套规约措施,以达到人性没有限量的需求。政治治理应当在国家权力的有效运用、社会的有效治理目标下,将人性作为核心的坐标系来调整各种利益关系和权力关系。这提示人们,政治家考虑人性与美学家考虑人性有诸多区别。政治家的目标是治理,美学家的目标是艺术表现。政治家不回避实际的人性需求,美学家要给人性以距离感的外表。在近代国家登上历史舞台之后,政治治理的功能问题成为最迫切的课题,它将决定一个国家在国际社会中的地位和生存问题。如何重新思考国家的政治体制并最大限度地在新体制下发挥国家治理功能,这是放在每一个政治思想家面前的棘手问题。马基雅维里从自然人性的角度出发引申出既依靠体制又不囿于体制并借助超常规手段进行治理的国家权力运作理论。这种理论或国家权力运作方式照应了社会历史的根本力量即人性,从而使国家治理理论产生了"革命性"的变化。笔者之所以用"革命性"一词,这并不是说历史上只有马基雅维里做人性与政治关系的思考,而是指马基雅维里提供了一套比较完整的、彻底的以人性为基础的政治学说。因为其完整性和彻底性,许多结论也随之与传统的、通常的认识产生根本性的分别。

马基雅维里不只是从人性出发研究政治、历史,还从历史的事例中反观人性。学者邓宁指出,马基雅维里的政治科学方法论说到底是一种历史方法。[7]笔者十分赞同这一论断。马基雅维里的历史观秉承古典希腊、罗马时代确立的经验分析传统,并将此传统做了改进、发挥。马基雅维里非常注重古代历史学家如李维等对人性问题的重视。正是根据历史上的人性事例,马基雅维里才得出结论:真正主导历史运动方向的是人性的现实力量和现实行动。马基雅维里对历史中展示出来的人性变化事例给予足够的重视。他曾举古代罗马的十人委员会的官员为例说明,不管人们原本具有怎样好的品质、受到怎样好的教育,但还是无法避免人性的腐败堕落。例如阿皮乌斯(Appius)看中了一些年轻的官员,结果他们都成为暴政的支持者。第二任十人委员会的执政官法比乌斯(Fabius)自己也难逃那些阿谀奉承者的诱惑,最后被拖下水。所以马基雅维里告诫共和国的法律制订者和君主们应当仔细研究、限制存在于人们身上的这些人性内容,以防止那些不良后果发生。[8]至于人性不可测、人性多变的问题,马基雅维里仍从历史上特别是古代史学家的著作中寻找答案。例如他认为李维和另一些历史学家在这个问题上有诸多同感。在他们的心目中,大多数人的行为、情感都不具有恒定性,而是朝三暮四。马基雅维里打趣说,有那么些人刚刚还在诅咒某人快死,但那人真的死了,诅咒者却又表现出无比悲痛之情,希望那诅咒的对象能起死回生。[9]

从表面上看,马基雅维里通过历史中的人性现象来说明政治问题,这有许多不确定性。正如布特费尔德所提醒的那样,马基雅维里对人性及其相关政治理论的真正看法也许我们并不是十分清楚,马基雅维里往往在叙述某一问题时持这种看法，而在另一场合又表达了另一种见解。这完全取决于马基雅维里论述一个具体问题时所涉及的性质。所以马基雅维里对人性、对暴君波吉亚性格等的评论都取决于论述时的具体历史情景。⑩这种观点提示我们，事实上正因为马基雅维里既注重历史中的人性又注重在特殊的历史场合去分析人性，所以我们也必须用历史的眼光去透视马基雅维里的人性政治理论。

历史在多重因素特别是人性因素的影响下呈现出五彩斑斓的景象。为此马基雅维里指出，任何人想说明某种历史现象的永恒性，那就请拿出有文字记载的证据来，然后历史学家再对证据进行分析，以最终决定那种所谓的永恒现象的真实性。⑪马基雅维里再次提醒人们，对历史现象的分析要立足历史本身，而不要用一种虚幻的因素来推测它。历史虽然有一个演变的大趋势，但就具体的历史事件发生而言，人性、权益、误解、时间错位等偶然的因素都具有重要的诱导力。马基雅维里曾举古罗马史上罗马人和萨莫奈人两个盟国间的冲突来说明问题。⑫可以认为，马基雅维里对人性叵测等历史偶然因素的重视，贯穿于他整个思想历程和思想框架之中。再以马基雅维里政治思想所关注的重点（即共和国）为例，他在考虑其历史变化和政治运作时，处处显示出盯着历史上发生过的那些现实人性因素、客观条件等的眼力。例如，历史上一个共和国能否不断壮大其力量，就由各种现实的因素共同促成。⑬

马基雅维里人性历史观非常清楚地表明，人性、人的活动是历史进程中起根本作用的因素。如果将人性作为历史变化、发展的主导因素，人们就会发现，历史既有一定的趋势、导向，又不失其"活"的生动一面。更重要的是，既然人性相通，那么古代的经验、古代贴近生活的政治成就等，就有理由成为一种历史的"摹本"。这是马基雅维里运用人性理论分析历史现象又从历史反观人性现象的基本原则。马基雅维里经常提到将古代经验当作历史上的法则，在重要问题上模仿古代,"我效法罗马,永不越雷池一步。如果认为罗马的生活方式、共和国机构值得重视,那么就应该在许多事情上加以观察,并有可能将其引入仍然向善的社会"。⑬

思想家的权利是用不同的思维方法和语言去解释文化,他们无法选择的是,必须去体验、选择、回应历史中展开的人性和表现人性的文化。从思想和情感上讲,历史学家布克哈特与马基雅维里十分接近。例如,都十分看重个体的人、人的自由个性在人类历史进程和整个文化世界中的核心地位;都强调以历史中的人性为基础的伦理、政治价值标准;都试图用各种方式去实现、捍卫人性和自由性。比较而言,布克哈特还自觉地注意到心灵与语言的关系;注意到发生学意义上的语言丰富性;注意到文学艺术对人性的创造性自由表现,如此等等。⑭因此,布克哈特能够在更高也是更贴切的思想基础上领悟马基雅维里的心灵。特别重要的是布克哈特对人、文化、国家等因素相互关系的认识。就每一个历史时期而言,人性、自由个性的力量表现为和存在于具体特定的国家、宗教、文化等形式之中。在人性力量的支配下,国家、宗教、文化等力量相互作用,使社会呈现秩序状态,形成某种特征。其中文化是人的自由个性的总体体现。国家等强势的力量不能以牺牲文化为代价。布克哈特对国家主义等持反对的态度。⑮所以历史学家有无判断人性—文化大势的眼力显得格外重要。人类历史的命运是,人逃不出盲动人性的制约,但人们可以用自由的精神文化创造提供人性一个暂时的住所,使人性呈现美的外观。⑯马基雅维里的政治视野与布克哈特的历史文化视野有异曲同工之妙。马基雅维里通过历史的事实给出了一套与人性相对应的政治要诀:法制、权力制衡、超常手段、利益兼顾,如此等等。从中也可看出布克哈特评述马基雅维里思想的基本线索。布克哈特曾抓住人性和文化关系的线索来形容马基雅维里的思想特征,如马基雅维里将佛罗伦萨城市国家当作人的生命一样,也是一个活的有机体,其发展是一个自然而然的历史过程;⑰在评价马基雅维里这位历史人物的无与伦比的地位时指出:"他把现存势力看作是有生命的和能动的,对于可能采取的方法,观察得广泛而精确,既不想自欺也不想欺人。……对他来说,危险并不在于他冒充天才或在于思想体系的错误,而在于他自己显然也难于控制的强有力的想象力。他的政治论断的客观性,其坦率程度有时令人吃惊,但它是危急存亡之秋的时代标志。"⑫布克哈特由此得出结论,只有像马基雅维里那样的人文主义者才能用"活"语言去表达自己的想法和意志⑬,如此等等。

结论是:对马基雅维里政治思想的研究要注重马基雅维里对历史中的人性和国家政治相互关系的总体看法;要懂得马基雅维里的个人生平和时代特征;要注意历史语境因素和传统文化因素的多重性影响。由此知道,马基雅维里的政治思维特点是从历史的角度思考人性和政治的关系,并用其历史思考得出共和国政治理论和强大国家权力运作的观点。

(二)人文主义社会历史意识中的理想与现实复杂内涵

这里我们通过对英国人文主义者托马斯·莫尔社会历史意识的评析,以表达这样一个观点,即人文主义社会历史意识往往十分复杂,它决不是三言两语所能定评。

先简单提及莫尔研究的学术情况:莫尔谢世后的 16 世纪还谈不上对莫尔社会历史意识的系统研究。那时最出名的传记作品当数莫尔女婿罗珀在其岳父死后撰写的《莫尔传》(Roper, *Life of More*, Everyman's Library, 1906)。这部作品的风格带有典型的文艺复兴时期人物评价和传记作品的风格,即多半以人性的道德立场为核心评价生平内容。于是我们在罗珀的传记中看到了这样一个莫尔形象:在莫尔亲人的眼里,莫尔是一个尽责的家长;在基督教会的评判尺度里，莫尔是一个殉道者；而在一般群众看来，莫尔是一个品行上乘的人物典范；当然在亨利八世的宫廷中，莫尔是一位个性极强的臣子。《莫尔传》透露给我们诸多莫尔家庭环境和莫尔政治生涯的信息。与历史观相关的情况有：莫尔在家庭和学业环境中接受了古典学问的训练、熏陶；莫尔经常引用历史上发生的事例评点时势，捍卫历史上形成的社会秩序，等等。书中的倾向在相当长的时间内影响了对莫尔生平、思想研究的基本思路，特别是形成了以宗教观、道德观为思考中心的探讨、评价框架。例如同时期斯塔普列顿的《托马斯·莫尔爵士生平传记》[①]等评传作品就是上述思路的典型。

20世纪钱伯斯的《托马斯·莫尔评传》[②]试图从比较完整的角度来展示莫尔的生平和思想。在材料整理上比较完整，对前人的研究成果做了详细的研读，那长达48页的"前言"是对以前各重要的莫尔传记的评述。书中的许多观点一直被莫尔研究者所采用。其中钱伯斯对莫尔主要著作和生平事迹的分析已经被学术界认作权威的表述。特别是钱伯斯将莫尔当作政治思想家来研究的思路被大家共同接受。钱伯斯著述的最大特点就是试图从历史的角度全面评价莫尔的生平和思想。例如钱伯斯特别指出，莫尔从历史上的古代作品和基督教社团的内涵中引出诸多现实的思考。另外就是钱伯斯对莫尔的新柏拉图主义源流和与乌托邦有关的一些思想的研究思路对学术界启示良多，如此等等。在莫尔历史观研究方面，钱伯斯注意到其中的道德、宗教、诗性智慧等成分。

这里要提及20世纪文艺复兴研究的重大学术工程即耶鲁大学出版社《莫尔全集》(*Complete Works of St. Thomas More*)的编撰。该全集中的每一卷都有学术性的导论、评论、图片、重要名词（包括拉丁文在内）的考释等，以揭示莫尔思想、作品中的历史因素。相应地还有诸多有价值的莫尔著作集得到整理出版。[③]马留斯的《托马斯·莫尔：一部传记》[④]就是以上述学术研究为基础的学术成果。马留斯的著作向人们完整地展示作为历史人物的莫尔的生平历程和内心世界。

莫尔的社会历史观的核心理念是：由人性之善造成的宗教社会秩序是历史中恒定性的因素。人们不能轻易地用激烈的行动去打破社会秩序。任何统治者都不能以一己之心、一己之利去改变法律秩序。莫尔倡导基督教的人文主义精神，将社会理想与塑造一个完整的人联系起来。从总体上看，莫尔是一位对基督教神圣天国保持虔诚信仰的人文主义者。在莫尔的时代，宗教和政治是一对孪生体，反映在莫尔的思想上，亦即宗教观与政治观互为一体。其中引人注目的现象是，莫尔反对当时的宗教改革，并将教会的荣誉至于王权之上，最后以殉道的形式走完其政治人生的路程。他希望以此建构完美的基督教社会秩序，认为这些是社会改善的重要手段。用政治学的术语讲，莫尔是一个有人文主义情趣的社会改良主义者。

莫尔在对待宗教改革问题上，其浓厚的历史意识反而使他成为教会秩序的维护者。在这种社会历史意识里有诗意地将基督教当作圣经和现实教会互为一体历史的想象成分，也就是将世界当作一个天城。此想法在奥古斯丁已经有非常全面的表述。到了文艺复兴时期，世俗的力量开始上升，教会的权威受到挑战。这时需要人们从历史的角度去考察教会的存在意义。奥西诺夫斯基注意到了莫尔在圣经和教会关系方面对历史上教会存在和作用的强调态度，"莫尔在总括自己对教会传统的观点时，用四条基本准则写完了《答路德》的第一部。第一条准则肯定了圣经的绝对权威。第二条准则……认为圣经没有包括上帝言行的全部内容，所以，某些对基督教信仰而言是重要的观点并没有由圣经反映出来。第三条准则涉及圣灵在教会实践中的作用：由于圣灵的经常的指导作用，天主教教会准确无误地把神和人的不同传统区分开来。最后，第四条准则涉及到对圣经经文的理解。莫尔认为，为了能正确地诠释圣经，必须始终如一地遵循'教父'的观点和对一切教会的信念"。莫尔之所以强调教会存在的意义，其更深层的历史意识是历史上形成的秩序等都有其存在的理由。这种秩序不能轻易被打破。所以笔者以为，莫尔和路德的争论不在于自由意志问题、圣经地位问题、信仰与理性的关系问题等，也不在于是否要改革教会的腐败问题，关键是如何历史地看待教会存在的意义、地位问题。莫尔认为路德的宗教思想会威胁到现存的天主教宗教秩序。对天主教宗教秩序的威胁还会动摇其他历史上形成的社会政治秩序。莫尔从历史分析着眼，认为欧洲历史之所以走向文明，其主要的功劳在于基督教和基督教会在引导世人、社会去建立一种以宗教道德伦理为基础的理想社会。因此历史上存在的基督教会是整个信仰世界的组成部分，不能随意更改，甚至神职人员的地位和职能也必须得到维护。（参见《申辩篇》[①]）

　　莫尔的社会秩序历史意识还通过"人性—秩序"的视角加以论述。古希腊、罗马的历史著作有一个重要的写作理念和特点，那就是从出自人性和理性的道德观去分析历史上发生的现象。莫尔的《理查三世史》是这种人文主义历史观的再现，也是莫尔自己的历史观之集中体现。莫尔在鞭策理查的同时歌颂了爱德华四世。问题是：人性的完美、人性之善这固然是历史评判的重要方面，但人性的完美和善究竟如何来体现呢？在莫尔的社会历史意识中，其答案就是能否给社会带来秩序、稳定、幸福。所以，理查以其阴谋篡位的行动，打乱了社会秩序，造成了社会的动荡，这才是问题的关键。

　　然而莫尔上述宗教观中的历史因素仍被宗教信仰捆住了手脚，进而使他对当时宗教改革的现实产生了复杂的心态。也就是说，莫尔是从人性、宗教道德、社会秩序的立场来判定历史存在的合理性问题。这是文艺复兴时期大多数人文主义者复杂社会历史意识产生的根本原因。这些与马基雅维里的人性历史观相比较有很大的不同。我们有理由说马基雅维里的社会历史观更贴近社会历史的现实走向。相反，莫尔的复杂社会历史意识则造成他对诸多现实问题的分析失误，并最终使历史的态度让位于超越性的宗教情感。

莫尔的社会历史意识是复杂的。这种复杂性在乌托邦社会理想中得到充分的体现。莫尔的代表作《乌托邦》于1516年写成出版。学术界同仁经过长期的学术研究、考释，编订了不少有学术价值的善本，㉑以正本清源。我们应当在研读这些一手资料的基础上对莫尔的乌托邦进行学术评判。西方学术界大致有这样几种评判的立场：第一，历史上有些学者未对乌托邦问题给予高度的理论关注。莫尔的女婿罗珀在其《莫尔传》中甚至根本就没有提及《乌托邦》一书。莫尔研究专家雷诺斯从天主教的立场出发撰写成《心安理得：托马斯·莫尔的生与死》一书，其中对乌托邦问题做了轻描淡写的处理，认为只是莫尔个人喜好的产物。㉒对于这类不屑一顾的态度，苏联学者奥西诺夫斯基颇有微词，并给予了批评。㉓第二，试图从思想文化源流等学术层面来开掘乌托邦思想、弄清楚乌托邦的真正含义。在这方面钱伯斯的研究成果需认真对待。第三，立足文艺复兴的历史现实来诠释乌托邦思想。赫克斯特《莫尔的乌托邦：一部思想传记》㉔、艾米斯《公民托马斯·莫尔和他的乌托邦》㉕、马留斯《托马斯·莫尔传》和勒斯里《文艺复兴乌托邦和历史问题》㉖等著作提醒我们从莫尔的生平、文艺复兴特定的历史背景等角度去把握莫尔的思想。凡此等等都在启示人们要从多维的角度去思考乌托邦，而不要用简单的否定性评语就草草了结完事。

　　乌托邦观念是文艺复兴时期人文主义社会历史理想的集中体现。与这种理想境界相适应，在政治学中出现了各种乌托邦的理论。莫尔的好友伊拉斯谟同样有浓重的乌托邦情结。㉗培根这位大科学家也留下了一部乌托邦之类的著作即《新大西岛》。由此看来，莫尔的乌托邦思想和著作只是15至16世纪各种人文主义乌托邦思想潮流中的一朵浪花。当然就影响而言，莫尔的乌托邦思想首屈一指。

　　莫尔的乌托邦观念不是所谓的空想，其中有许多现实的社会历史意识。在中世纪的西方社会，基督教社团是社会结构中的重要组成部分。从某种意义上讲，莫尔的乌托邦理想就是从现实社会中的基督教社团引申而来。当时的许多人文主义者的乌托邦王国都带有基督教社团的性质，或以基督教社团为原型，如康帕内拉的《太阳国》、安德里亚的《基督城》等。从基督教社团的角度讲，财产公有、人与人之间的相互尊重、社会公共管理等都是很正常的事情。这些均可视作有限度的乌托邦历史实践。我们应当充分认识基督教社团的存在对西方政治社会及公民社会各个方面的影响。莫尔以基督教社团为原型的乌托邦理想政治，其核心观点是把完美的人及其道德性当作政治社会的基础，从而使现实社会中的人有了与自己生活相关照的理想政治模式指引，并以此为基础去批判现实社会，改造现实社会。这种理想政治观念和理想政治活动也是推动近代西方文明进程的重要因素之一。然而在莫尔的时代，还有人试图将基督教社团的理想放到整个国家范围进行实践，其结果当然以失败告终，意大利佛罗伦萨修士萨沃那洛纳的政治实践、日内瓦卡尔文的政治实践就是其中的典型。

莫尔乌托邦观念中的理想性社会历史意识在很大程度上受到历史上柏拉图思想的影响，这在《乌托邦》书中多有表示，比如莫尔提到了柏拉图的哲学王的概念[⑧]；又从柏拉图财产公有理论中引出废除私有制的设想[⑨]，等等。这自然就牵涉到对柏拉图理想政治观的评价问题。柏拉图一直以为，任何事物都是对绝对完美的形式（idea，又译为理念）之模仿。这一思想对西方的知识理论影响很大。也就是说任何事物除了其物质的一面，还有事物之所以是该事物的形式的一面，或者说任何事物都有存在的样式、结构等。政治社会也是如此。政治家思想家必须以理性为指导，找到政治社会结构的最佳模式。过去人们多半以否定的态度来看待柏拉图政治理论的观念论色彩。但现在有更多的学者注意到其中合理的一面。因为至少柏拉图用理性的态度来看待政治学（例如在分析国家时就要注意国家的性质、国家的结构、国家权力的运作等），这就使政治学走上了分析的、知识化的道路，即产生了政治逻辑。后来亚里士多德虽然强调在进行政治分析时不能脱离对一个个城邦具体实际情况的分析，但还是把政治形式和结构的优先地位凸显了出来。例如，人的政治性、国家的优先地位都是第一位的，不同的城邦政治治理形式决定了不同的城邦政治性质等等。这些思想对于政治科学来讲都是十分重要的。所以我们不仅要看到柏拉图的思想对莫尔乌托邦政治观的影响，而且要注意这种影响的主要内容是什么、影响的方式是什么等。我们发现，莫尔所描绘的是一幅完整的乌托邦政治图景，其中就涉及以理性为基础的完美国家结构、法制、国家权力形式、公民社会的存在方式等。这样，人们就可以用理性去关照莫尔的理想政治内容。另外，柏拉图主义在文艺复兴时期成了人文主义思想的重要理论基础。新柏拉图主义使人文主义者了解到，人是宇宙的中心。因此人文主义者一般都会从现世社会中的人出发去构想社会政治的内容。总之，受柏拉图和新柏拉图主义的影响，莫尔的乌托邦政治社会呈现出两个鲜明的特征：第一，实现完美个体之人的需求是政治理想的基础；第二，以完美个体之人为中心设计形式上符合理性要求的国家政权体制。当然，莫尔在柏拉图和新柏拉图主义影响下而产生的乌托邦政治理论不可避免地带有种种不切实际的因素。莫尔过于看重从基督教社团引申出来的形式化理想政治一面，或者说政治的道德理想一面成了乌托邦的基础。这在某种程度上妨碍了莫尔对诞生之初的近代国家政治本质的认识。同时代的意大利政治思想家马基雅维里则很少受到新柏拉图主义等超越性的理念影响，这从一个方面促使马基雅维里将政治目光始终聚焦于现实的国家政治运作。我们要注意对上述两位政治思想家的比较。⑧

　　莫尔乌托邦观念强调人与社会的共同进步，渗透着社会批判、改造之现实内容和困境。这种社会历史意识也反映出文艺复兴时期人文主义者在急剧的社会变化面前的希望、踌躇心境。莫尔作为一名当时权位仅次于国王的政治家，其政治视野始终没有脱离现实社会的各种发展情况。莫尔《乌托邦》处处关照英国现实社会的状况。众所周知，莫尔对当时英国圈地运动中"羊吃人"现象就展开过历史性的批判。下面我们择其要者分析莫尔乌托邦社会历史意识中的现实内容及理想和现实两难的内容。

其一，国家和社会必须从自然人性或自然法出发设定最高的政治伦理准则，尽管这些准则中含有很难企及的超越性、理想性和完美性因素。为此莫尔就上帝命令和人类法律之间的关系做了探讨。莫尔发现，实际的情况是人类在按照自己的法律行事，但莫尔又提醒不能不顾及上帝的命令而擅自行事。其实，这就是一个道德律令的问题。我们过去总是认为乌托邦的原则是超出于现实之上的思想。但事实上并非这么简单。莫尔一方面遵循柏拉图的想法，将完美的国家理念当作政治社会的指导；另一方面又认为完美的东西很难在现实社会中一一实现，因此人们必须在法的基础上建立有各种社会区分的国家制度。有学者指出，莫尔的这种乌托邦设想与其他人的共同福利思想相比，有着根本的差别。但莫尔内心中的矛盾是，想用现实中的手段如"法律"等来维系一个社会，总不是最完美的。由于法律等只是从形式的表面来制约一个人的行为，而不能从根本上使人回归宗教世界，因此要设想一个全新的、完善的乌托邦世界。莫尔对人的自然本性充满信心，认为只要任何人、任何国家以最简单的发自人的自然本性的东西来约束各自的行为，那么一切就是和平与友善。在莫尔看来，当实定法繁琐到人民无法卒读的程度，并想以此法律来约束人民，这是极不公正的。莫尔这里是在提醒政治家如何注意道德和法制在国家治理中的双重杠杆作用。接着就在国际法问题上导致了如下乌托邦的设想，即乌托邦人不与其他国家定约，因为："条约有什么用，莫非自然本身还不能将人们紧密地联系在一起？难道对自然不尊重的人还会重视用文字写的东西吗？"从表面上看，这种想法纯属异想天开，但就文艺复兴时期的国际关系及后来的国际法实践而言，这种想法并非没有现实意义。它想说明的是，国家之间的关系和人群之间的关系一样，必须以自然平等的关系为基础。只是莫尔对国家之间的关系不抱太大的希望。这里提出了一个问题，即国际法必须在有主体权利的国家之间签订，而主体国家又必须以自然法为准则，对一个对自然法没有达到理性认识的国家而言，与其签订协议是无效的。莫尔自己也给出了一个例证，他认为在基督教信仰和教义盛行的欧洲国家，则国与国的协议是有效的。⑰但莫尔还是不赞成乌托邦与其他国家签订协议，因为即使在基督教盛行的区域出现了对协议遵守的情况，也是以教皇的权威和国王的明智这样一些先决条件为基础的。以此推论，一旦这些条件失效，那么协议也失去了保证。"天然产生的伙伴关系须取代条约，能更好更牢固地把人们团结在一起的是善意而不是协定，是精神而不是文字。"⑱所以协议的有效性必须有自然法、道德理性等的基础。正是在这种政治观念的支配下，莫尔还意识到战争的不可避免。莫尔甚至认为，一旦战争出现，乌托邦人就利用最小牺牲的办法去赢得战争的最后胜利。其中策略和勇敢等是获胜的重要保证。⑲有时莫尔又从自然规则的角度去理解自然法，并由此出发探讨国与国之间的关系。莫尔提出人口扩张、殖民和战争三位一体的理论。莫尔设想，当一个乌托邦国家的人口压力过大，超过了规定的数量，这时就可以向邻近荒地殖民。如果邻近地区的人愿意与乌托邦人合作共同开发，那么一切安然无事，大家都有利可图。如果邻近地区的人自己不按照自然法的原则很好地去利用土地，同时又不让按照自然法去利用土地的乌托邦人去开垦土地，这时，乌托邦人就可以用战争去解决问题。⑳这种理论与后来的殖民理论如出一辙。由此观之，要搞清莫尔的乌托邦理论不是用理想、空想之辨就能解决问题，其中涉及诸多由理想和现实的两难境地引起的复杂政治问题。

其二，建立与人的进步相一致的公民社会样式。近代西方的国家制度等多半是从公民社会的环境中自下而上发育而成。按照莫尔的设计，乌托邦是一个公民社会，每一个公民都必须遵守乌托邦的法律。乌托邦社会有权继承的单位即家庭。每三十户每年选一名官员，称"摄护格朗特"。然后再由"摄护格朗特"推举"总督"。⑲最后形成国家、家庭和个体三者完美结合的公民社会。所以联系具体的公民社会内容来考虑国家制度等是莫尔乌托邦理想政治的又一特点。其中涉及的公民社会内容有官员选任问题、工作与社会保障问题、法律制裁与道德教育的关系问题、家庭伦理问题、工作与业余生活的关系问题，甚至还有不同城市之间的布局问题等。所有这一切都与现世的人关联在一起。与上述问题相对应，《乌托邦》中提出了以下这样一些设想。

①官员采取选任制，⑳这是西方公民社会延续至今的政治内容；②提出人人劳动和6小时劳动制的设想，㉑此设想在18世纪法国的乌托邦社会主义者那里得到进一步的发挥，且在当今社会成为很普遍的社会现象；③要为年老无力工作的人建立社会保障，㉒这种社会保障的观念在文艺复兴时期的欧洲已经超出了设想的层面，而在现实社会中得到了许多贯彻，比如在意大利的威尼斯和伊丽莎白一世治理下的英国就有引人注目的相关政策措施等；④盗窃是生活所迫，关键不是惩罚，而要给予谋生之道，㉓这里涉及法律惩戒之效力和限度的问题，对司法界不无启示意义；⑤在刑事处罚中莫尔提出"为公众服劳役"㉔以及法律不能让那些拒绝认罪、继续作恶的人占到任何便宜㉕的设想，人们不难看见这些设想在后来直至今天的司法界得到了广泛的采纳；⑥必须重视社会伦理道德如婚姻伦理道德等，㉖公民不要崇尚那些虚浮的荣誉，㉗而要如上文所言使每个人成为有品行的公民，重视这些问题无疑对公民社会的稳定能起到积极的作用；⑦工作和业余爱好要兼顾，㉘并且一方面从事体力劳动，另一方面要有充裕的时间去开拓人的精神自由，㉙这些想法虽是人文主义理想的产物，但对后来处理工业社会发展与人的进步之关系具有根本性的指导意义；⑧还有各种细化的内容如各城市之间的布局要位置、距离恰当，城市本身的建筑要注意美观㉚，等。总之，上述内

容不仅是对现实社会的思考，而且充分估计到实行的可能性。后来的文明发展和社会制度实践是最好的证明。

结论：莫尔的乌托邦社会理想包含着复杂的社会历史意识内涵。

注释：

①Butterfield，*The Statecraft of Machiavelli*，G. Bell and Sons LTD.，1955，pp. 105～108.

②J. V. Femia，*The Machiavellian Legacy：Essays in Italian Political Thought*，Macmillan Press Ltd，1998，p. 17.

③A. J. Parel，*The Question of Machiavelli's Modernity*，from *The Rise of Modern Philosophy：the Tension between the New & Traditional Philosophy from Machiavelli to Leibniz*，edited by Tom Sorell，Clarendon Press，1993.

④参见伯林：《反潮流：观念史论文集》，冯克利译，南京：译林出版社2002年，第87～93页。

⑤R. D. Masters，*Machiavelli，Leonardo，and the science of power*，University of Notre Dame Press，1996，Chapter 3 "Machiavelli's Science of Human Nature"；Chapter 4 "Using the Beast：Animal Dominance and Human Leadership"；Chapter 5 "Using the Man：The Biological Nature of the State"；Chapter 6 "Political Leadership，Emotion，and Communication".

⑥Machiavelli，*The Discourses*，trans. Detmold，Modern Library，1940，"Introduction". 其中有这样一段话：Although the envious nature of men, so prompt to blame and so slow to praise, makes the discovery and introduction of any new principles and systems as dangerous almost as the exploration of unknown seas and continents, yet, animated by that desire which impels me to do what may prove for the common benefit of all, I have resolved to open a new route, which has not yet been followed by any one, and may prove difficult and troublesome, but may also bring me some reward in the approbation of those who will kindly appreciate my efforts.

⑦ W. A. Dunning, *A History of Political Theories: Ancient and Mediaeval*, The Macmillan Company, 1930, pp. 291, 293.

⑧ Machiavelli, *The Discourses*, trans. Detmold, p. 226.

⑨ Machiavelli, *The Discourses*, trans. Detmold, p. 260.

⑩ Butterfield, *The Statecraft of Machiavelli*, 1955, pp. 129~130.

⑪ Machiavelli, *The Discourses*, trans. Detmold, p. 296.

⑫ Machiavelli, *The Discourses*, trans. Detmold, p. 306.

⑬ Machiavelli, *The Discourses*, trans. Detmold, pp. 290~291.

⑭ Machiavelli, *Art of War*, translated, edited and with a commentary by C. Lynch, The University of Chicago Press, 2003, p. 11.

⑮ J. Burckhardt, *Force and Freedom: An interpretation of History*, ed. James Hastings Nichols, Meridian, 1955, pp. 125~129.

⑯ Nichols, "Jacob Burckhardt", in J. Burckhardt, *Force and Freedom: An interpretation of History*, p. 49.

⑰ J. Burckhardt, *Force and Freedom: An interpretation of History*. 另见 J. Burckhardt, *Judgements on History and Historians*, trans. Harry Zohn, with an introduction by H. R. Trevor-Roper, George Allen & Unwin Ltd., 1959.

⑱ 参见布克哈特：《意大利文艺复兴时期的文化》，何新译，北京：商务印书馆1979年，第80~81页。

⑲ 布克哈特：《意大利文艺复兴时期的文化》，何新译，北京：商务印书馆1979年，第83~84页。

⑳参见布克哈特：《意大利文艺复兴时期的文化》，何新译，北京：商务印书馆1979年，第244～245页。

㉑ T. Stapleton, *The Life of Sir Thomas More*, ed. E. E. Reynolds, Burns & Oates Ltd., 1966.

㉒ R. W. Chambers, *Thomas More*, The Bedford historical Series, 1957.

㉓如：*Saint Thomas More：Selected Writings*, ed. J. F. Thornton, and S. B. Varenne, Vintage Spiritual Classics, 2003 此选本包括《基督的悲难》《拉丁文诗》《祈祷文》等莫尔作品。还有莫尔著作的单行本、书信集等，如：More, *Dialogue of Comfort against Tribulation*, Sheed and Ward, 1951; *Thomas More's Prayer Book：A Facsimile Reproduction of the Annotated Pages*, Yale University Press, 1969, 莫尔在监狱中仍不忘读圣经、记感受，本书是相当考究的原本照相复制本；*St. Thomas More：The History of King Richard Ⅲ and Selections from the English and Latin Poems*, ed. R. S. Sylvester, Yale University Press, 1976, 从莫尔的《理查三世史》中可体会到莫尔历史书写的特点；*The Last Letters of Thomas More*, ed. and with an introduction by Alvaro de Silva, William B. Eerdmans Publishing Company, 2000, 这时期的信件使人领略既始终如一又复杂深邃的莫尔内心世界。

㉔ R. D Marius, *Thomas More：A Biography*, Alfred A. Knopf, Inc., 1985.

㉕[苏]奥西诺夫斯基：《托马斯·莫尔》，杨家荣、李兴汉译，北京：商务印书馆1984年，第201页，作者还就这四条准则的出处做了说明，即参考莫尔《答路德》，第298·24～300·9页。——笔者注

㉖ St. Thomas More, *The Apology*, *from The Complete Works of*

St. Thomas More, Vol. 9, ed. J. B. Trapp, Yale University Press, 1979.

㉗较好的英文评注本有亚当斯翻译、编辑的《托马斯·莫尔爵士的乌托邦》(*Sir Thomas More Utopia*, trans. and ed. R. M. Adams, W. W. Norton and Company, 1992)。耶鲁版15卷本《莫尔全集》的第4卷是《乌托邦》的专卷，另外耶鲁版的第15卷也涉及《乌托邦》著作。还有各种《乌托邦》的单行本，如：Thomas More, *Utopia*, The Harvard Classics, Vol. XXXVI, 1910; More, *Utopia*, ed. G. M. Logan and R. M. Adams, Cambridge University Press, 1989; *Sir Thomas More, Utopia*, introduction and notes by A. R. Wayne, trans. R. Robinson, Barnes & Noble Classics, 2005, 该译本附有罗珀的《莫尔传》，等等。最新的莫尔研究情况可参见盖伊《托马斯·莫尔传》(Guy, J., *Thomas More*, Arnold, 2000)。

㉘E. E. Reynolds, *The Field is Won: The Life and Death of St Thomas More*, The Bruce Publishing Company, 1968, p.115.

㉙参见奥西诺夫斯基：《托马斯·莫尔》，杨家荣、李兴汉译，北京：商务印书馆1984年，第101页。

㉚J. H. Hexter, *More's UTOPIA: The Biography of An Idea*, Harper & Row, Publishers, Inc., 1965.

㉛R. Ames, *Citizen Thomas More and His Utopia*, Princeton University Press, 1949. 该书将莫尔的乌托邦思想与莫尔的中产阶级地位进行了关联性的研究，提示学人必须更关注现实的因素对莫尔思想的影响。

㉜M. Leslie, *Renaissance Utopias and the Problem of History*, Ithaca, New York, 1998.

㉝D. Wootton, ed. and trans., *Thomas More, Utopia with Erasmus's The Sileni of Alcibiades*, Hackett Publishing Company，1999.

㉞莫尔：《乌托邦》，刘麟生译，北京：商务印书馆 1982 年，第 33～34 页。

㉟莫尔：《乌托邦》，刘麟生译，北京：商务印书馆 1982 年，第 44 页。

㊱哈比森写有《马基雅维里的〈君主论〉和莫尔的〈乌托邦〉》的比较文章，收入 Werkmeister，W. H.，ed.，*Facets of the Renaissance*，Harper & Row，Publishers，1963.

㊲莫尔：《乌托邦》，刘麟生译，北京：商务印书馆 1982 年，第 21 页。

㊳莫尔：《乌托邦》，刘麟生译，北京：商务印书馆 1982 年，第 25～26 页。

㊴J. W. Allen，*A History of Political Thought in the Sixteenth Century*，Methuen & Co Lit，1957，p. 153.

㊵莫尔：《乌托邦》，刘麟生译，北京：商务印书馆 1982 年，第 92～93 页。

㊶莫尔：《乌托邦》，刘麟生译，北京：商务印书馆 1982 年，第 91 页。

㊷莫尔：《乌托邦》，刘麟生译，北京：商务印书馆 1982 年，第 93 页。

㊸莫尔：《乌托邦》，刘麟生译，北京：商务印书馆 1982 年，第 93 页。

㊹莫尔：《乌托邦》，刘麟生译，北京：商务印书馆 1982 年，第 94 页。

㊺莫尔：《乌托邦》，刘麟生译，北京：商务印书馆 1982 年，第 94～103 页。

㊻莫尔：《乌托邦》，刘麟生译，北京：商务印书馆 1982 年，第 61 页。

㊼莫尔：《乌托邦》，刘麟生译，北京：商务印书馆 1982 年，第 54～61 页。

㊽莫尔：《乌托邦》，刘麟生译，北京：商务印书馆 1982 年，第 54～55 页。

㊾莫尔：《乌托邦》，刘麟生译，北京：商务印书馆 1982 年，第 56 页。

㊿莫尔：《乌托邦》，刘麟生译，北京：商务印书馆 1982 年，第 30 页。

(51)莫尔：《乌托邦》，刘麟生译，北京：商务印书馆 1982 年，第 18 页。

㉜ 莫尔:《乌托邦》,刘麟生译,北京:商务印书馆1982年,第27页。
㉝ 莫尔:《乌托邦》,刘麟生译,北京:商务印书馆1982年,第28页。
㉞ 莫尔:《乌托邦》,刘麟生译,北京:商务印书馆1982年,第88~89页。
㉟ 莫尔:《乌托邦》,刘麟生译,北京:商务印书馆1982年,第76页。
㊱ 莫尔:《乌托邦》,刘麟生译,北京:商务印书馆1982年,第57页。
㊲ 莫尔:《乌托邦》,刘麟生译,北京:商务印书馆1982年,第60页。
㊳ 莫尔:《乌托邦》,刘麟生译,北京:商务印书馆1982年,第50~53页。

九 人文主义研究学术钩稽

人文主义是西方文艺复兴时期的核心思想文化现象。人文主义所具有的崇尚古典文化、宣扬个体创作精神、强调以人为中心的人神和谐观、善用诗性智慧的思维方式等特征,对后来西方文化的进程发生了持久的影响。因此人文主义也成了文艺复兴史研究领域的核心课题。从 19 世纪开始,西方学者开始对人文主义问题展开自觉、深入的研究,建构起一部具有丰富内涵的学术批评史。

(一) 由人文主义者书写的历史著作

在文艺复兴时期的意大利出现了不少由人文主义者书写的作品,包括有价值的历史著作。哈佛大学出版社"伊塔蒂文艺复兴丛书"(The I Tatti Renaissance Library)至少已出版以下著作:阿尔伯蒂:《嘲弄之神》(*Momus*);本博:《威尼斯史》(*History of Venice*);薄伽丘:《名女》(Famous Women);布鲁尼:《佛罗伦萨人民史》(History of the Florentine People);费奇诺:《柏拉图主义神学》(Platonic Theology);曼内蒂:《传记集》(Biographical Writings);教皇庇护二世:《评论集》(Commentaries);彼特拉克:《责语集》(Invectives);波利齐亚诺:《书信集与诗集》(Letters and Silvae);斯卡拉:

瓦萨利像

《论说与对话集》(Essays and Dialogues);瓦拉:《论君士坦丁的赠礼》(On the Donation of Constantine);维吉奥:《短篇史诗》(Short Epics);维吉尔:《论发现》(On Discovery);其他人文主义者的教育论著、剧作、游记,等等。这些作品向世人展示人文主义者丰富的内心世界。不过在那个时期还谈不上对人文主义的自觉研究,甚至"人文主义"(Humanism)这个特定的称呼还未出现。我们可以从那时的诸多传记著作中感受到今天我们所称之人文主义的气息。例如薄伽丘凭着对但丁的人文主义敬慕之情撰写了《但丁传》。从某种意义上说,文艺复兴时期的历史就是由那些充满人文主义情怀的文学艺术大家书写而成的。无疑,记录和描述那些人文主义者的生平和思想成了文艺复兴时期史学创作的主基调。人们通常认为,米开朗基罗的学生瓦萨利(Giorgio Vasari,1511~1574)开了近代西方人文主义艺术批评史的先河。瓦萨利除了有优美的文笔外,还是著名的画家和建筑师。其艺术生涯也得到过美第奇家族的支持。瓦萨利写有传世之作《最出色的画家、雕塑家和建筑家生平传记》[①]。该著作初版于1550年,1568年又出版内容大量扩充的版本,为后人提供了大量第一手史料。瓦萨利是人文主义艺术至上论者,他将艺术当作人的独特精神世界(并且是有别于科学技术的精神世界),认为艺术只能由充满个体艺术精神的天才来创造。这些想法最为典型地传达出人文主义者所倡导之新柏拉图主义理论,对以后的唯美主义、艺术至上论、形式主义艺术批评等艺术观都有影响。另外,在当时还有一部充分体现人文主义精神的自传作品即切利尼(Cellini,1500～1571)的《自传》(*Autobiography of Benvenuto Cellini*)。该自传在19世纪由英国史学家西蒙兹译成英文,然后广为流传,使世人对文艺复兴时期的人文主义精神有了进一步的了解。

(二) 对人文主义的自觉研究

西蒙兹像

19世纪是具有划时代意义的人文主义研究时期。文艺复兴史研究的泰斗布克哈特就非常注重对文艺复兴时期人文主义特征加以勾勒。(详见本书下篇"人文主义学术断想"第一章。)

这里着重评介英国人西蒙兹(John A. Symonds)这位很有诗才和极强个性的历史学家。②他的7卷本《意大利文艺复兴》(*Renaissance in Italy*)差不多与布克哈特的著作同时发表,并提出了许多相同的看法。西蒙兹善于从广阔的层面来探索文艺复兴时期艺术家的心灵和创作实践。其人物评传如对米开朗基罗的研究堪称典范。③西蒙兹在《意大利文艺复兴》中就人文主义问题做了系统的评述。该书第

2卷就是一部意大利人文主义思想文化形成发展的学术史。西蒙兹将文艺复兴时期意大利的人文主义分为4个发展时期。

第一个时期主要是彼特拉克、薄伽丘等人将人文主义的基本特征勾画了出来。例如人有其不同于神学决定论的、生动的理性存在一面，正是这种理性的存在使人显示出尊严（dignity）。古典的文化充分展现出人的思想和道德自由的本质。④而彼特拉克的思想学术经历，尤其是他对古典文化的尊崇，奠定了人文主义文化的基础。不过，西蒙兹也提醒学人，不能将那时的人文主义者仅仅限定在对古典文化的爱好上，而要看到人义主义者自身的巨大文化成就，这种成就在15、16世纪表现得十分突出。⑤所以第一个时期就是人文主义文化的确立阶段，大致以14世纪为时限。（注意：西蒙兹在书中并未就时期的上限和下限做明确的划分，实际上这种划分相当困难。这里的划分是笔者根据自己的理解所做出的。）西蒙兹在书中详细地描述了佛罗伦萨、波伦纳、佩鲁贾、那不勒斯、罗马等意大利城市国家中的大学状况，甚至还提到印刷术未推广前的书市等，让读者广泛了解当时在复兴古典文化过程中的各种历史情境。

第二个时期是15世纪人文主义学术思想的推广时期。其中佛罗伦萨在科斯莫·德·美第奇的资助下，出现了学术的繁荣景象。例如佛罗伦萨的人文主义者尼科洛·德·尼科利和布鲁尼等学者在收集、翻译古典作品方面有突出的贡献。同时在意大利范围内还出现了对柏拉图学说、亚里士多德学说进行深入研究的学术状况。西蒙兹对上述历史进行叙述时将佛罗伦萨和罗马视作两个中心，其中罗马的人文主义文化传播与当时教廷的作用关系密切。

第三个时期大致相当于15世纪下半叶的历史阶段。关于这一时期的情况，西蒙兹用了一个修饰词即"情趣和批评的改善"（improvement of taste and criticism）。也就是说，这一时期的人文主义虽然还表现有对古典文献的热忱等，但更重要的是人文主义者开始确立思想体系，并根据这种思想体系来创造文化。标志性的事件是佛罗伦萨的大洛伦佐对人文主义文化所起的巨大推动作用。当时的美第奇花园学校中有著名的学者费奇诺在研究、讲学。费奇诺将柏拉图的全集逐渐翻译成拉丁文,并将新柏拉图主义的基本思想向学生和学界进行传播。于是新柏拉图主义成为人文主义的核心思想。

第四个时期是人文主义走向衰落(Fall)的阶段(时间是始于16世纪上半叶)。西蒙兹通过研究发现,原来人文主义者所表现出的通过研习古典的作品来认识人和用巨大的创造力来表现人的尊严等精神,到了16世纪时发生了诸多变化。例如,原来人文主义者所特有的尊荣、地位已经褪色。随着印刷术的推广,更多的人可以接触和了解到古代的作品,那时的人文主义者已经遍布亚平宁半岛。他们做学问和做事的目的,或者说他们对古典作品的态度早就不是彼特拉克一代人的情趣。即使就创作而言,16世纪的许多人文主义者已经不是将重点放在研究人的精神、探讨作品的内容方面,而是刻意研究事物、作品的形式方面。也就是说,将崇高的精神降低到一般的意念。对于这类现象,西蒙兹引证当时罗马很有辩才的一位历史学家的话予以批评:"那最丰富的思想生命却在这恶的泥潭中旺盛起来。"⑥接着,西蒙兹直言道:"这不是伟大的诗的生命,诗的生命早就与但丁一起被毁掉了;这不是智慧科学的生命,智慧科学生命的目的是要诞生一个伽利略;这不是完美的学术生命,完美的学术生命在波利齐亚诺的墓穴中睡着了;这甚至不是进步艺术的生命,因为拉斐尔已经故世,而米开朗基罗想拯救那个生命,却没有如此天赋的后继者。"⑦与此同时,环境也发生了很大的变化。1527年,罗马遭神圣罗马帝国军队的洗劫,意大利的辉煌遭受严重挫折。至此,意大利所特有的人文主义需要寻找新的出路。

（三）克利斯特勒和加林
对人文主义思想潮流的细化研究

　　布克哈特、西蒙兹之后的学术界对什么是人文主义的核心内涵等问题仍众说纷纭。这时就需要对人文主义的方方面面问题做细化的研究，例如就需要对新柏拉图主义、亚里士多德主义等做深入探讨。19世纪英国艺术史家佩特（Pater）曾就新柏拉图主义开设讲座，并将讲座内容汇编成书，以《柏拉图和柏拉图主义》⑩的书名出版。新柏拉图主义在各国的表现不一。意大利是新柏拉图主义的发源地，费奇诺等人确立了新柏拉图主义的基本理论框架。英国以自己独特的方式接受新柏拉图主义。法国和德国的一些思想家在接受新柏拉图主义时，开始了一种向理性主义的转移。洛布《意大利文艺复兴时期的新柏拉图主义》⑪是此类研究的代表性著作。文艺复兴时期的新柏拉图主义将理念世界放到人的身上来考虑。强调人的超越性和完整性。同时主张和谐的思想与表现风格，并在和谐中容纳所有的矛盾冲突。这种思想也是人文主义所有美感理论的源泉。当时流行的"人是一个小宇宙"理论就是上述思想的集中体现。⑫新柏拉图主义的代表人物是费奇诺，因此剖析费奇诺的哲学也就切入了文艺复兴思想的核心领域。

　　20世纪美国历史学家克利斯特勒以研究文艺复兴时期的新柏拉图主义、亚里士多德主义、费奇诺哲学等著称于思想史界。著有《马奇里奥·费奇诺的哲学》⑬等书。克利斯特勒的《意大利文艺复兴时期八个哲学家》⑭一书曾在20世纪80年代译成中文出版。克利斯特勒还与卡西尔、兰道尔等合编《文艺复兴时期人的哲学》⑮。克利斯特勒与切斯特等人的论文集《文艺复兴》⑯曾一度是文艺复兴思想史研究的权威著述。在克利斯特勒看来，费奇诺的思想体系非常复杂，加上费奇诺的行文带有喻义的、诗化的色彩，这更增加了理解的难度。不过克利斯特勒还是努力勾画出费奇诺哲学的轮廓。按照费奇诺的构想，世界由5个层次的内容组成，它们依次是"上帝、天使的心灵、理性的灵魂、性质和形体"，其中灵魂是一个中介，将上述内容关联起来。[15]于是人的灵魂成了宇宙的中心，人可以通过灵魂的沉思使自己从肉体的束缚中超脱出去，向着上帝上升。以上想法在中世纪普罗提诺等哲学家中已有表述。但费奇诺所强调的是，"灵魂向着上帝上升的过程是借助于智慧和意志这两只翅膀完成的，因此在认识上帝的每个阶段都伴随着对上帝之爱，而最后洞见到上帝的梦想则伴之以一种享受的行动"[16]。这样，经验性的个人存在及与个人存在相关的各种活动被凸现了出来，生动的个人和来世的永恒得到了和谐统一。从中还可看出，在费奇诺的思想体系中，柏拉图哲学和基督教宗教信仰得到了统一。正因为如此，由费奇诺所阐释的新柏拉图主义成了文艺复兴时期哲学的重要因素，并成为"有生命力的传统，一种永恒的哲学"[17]。

20世纪意大利学者加林的代表作《意大利人文主义》是对布克哈特《文艺复兴时期的意大利文化》中的人文主义评述之重要补充。全书由导言和9章组成。第3章至第5章的标题分别是："柏拉图主义和人的尊严""柏拉图主义和爱的哲学"和"亚里士多德主义和灵魂问题"。显然，加林强化了对新柏拉图主义、亚里士多德主义等哲学和宗教伦理方面的思考。许多论述如对萨卢塔蒂的阐释都是国内相关书籍所欠缺的。加林在导言里对人文主义概念的内涵和历史做了清晰的交代，同时表明作者自己的独特看法。按照加林的意见，我们不要停留在新柏拉图主义、亚里士多德主义及两者之间的关系等一般知识的层面，关键是要发现人文主义所理解的新柏拉图主义背后的深刻思想内涵。当时的人文主义者需要找到一种思想武器，它必须能包容传统思想文化中涉及信仰和理性的各种学说，同时能体现、满足现实的人之尊严和人之需要。在加林看来，人文主义者之所以选择柏拉图的哲学作为基本的思想素材来加以新的阐释，其根本的道理就在于新柏拉图主义适应了当时人文主义者的思想需求。加林说："柏拉图主义指出了一个从开放、间断和充满矛盾的角度了解世界的方向。这个世界五彩缤纷，瞬息万变，反对任何固定的体系，但又在永恒的探索中向某种体系接近，这种体系不惧怕任何表面的不一致，它是运动的，精密的和复杂的，直至能充分地反映出事物无限的多样性。"⑱又说："柏拉图的对话充满着苏格拉底的谜一般的形象，既有细微的探讨，又有坚实的论证和对问题的冲击；这些对话是如此的富于人性、世俗性和社会性，但又是神圣的。"⑲也就是说，人文主义者心目中的柏拉图哲学既给人现实的感觉，又使人具备超越的境界，而且反对任何僵化的东西。正如萨卢塔蒂所言："当你生活在尘世中的时候，你的心就可以进入天国。"⑳所以，加林要求学人不能仅从表面的现象去理解人文主义（例如人文主义者对古典作品的爱好等）。如果局限于对古典作品的爱好，那么中世纪时代就有人文主义了。问题的关键在于，同样是爱好古典文化和作品，在中世纪与在文艺复兴时期其出发点和目的有很大的不同。人文主义爱好古典文化、古典作品，其目的是为活生生的人服务，为了使人从各种束缚中解放出来。以上观点是加林整部著作的灵魂所在，也使我们分析各种人文主义现象时有了基本的线索。

当然，人文主义者所倡导的新柏拉图主义和以帕多瓦城为中心的亚里士多德主义有明显的区别。从彼特拉克确立人文主义的风尚起，对柏拉图哲学有爱好的人文主义者都强调对人的心灵进行整体的、诗化的研究。"彼特拉克一贯反对帕多瓦、波伦亚和巴黎的官方哲学，因为这些地方的哲学都沉浸在对逻辑问题、物理问题的讨论之中，而这种讨论为后期的唯名论所利用并加以夸大。彼特拉克反对自然主义的、医学的、阿威罗伊学派式的调查研究，而主张围绕人的精神、人的生活和心灵进行调查研究。"㉑萨卢塔蒂的学生布鲁尼更是强调"以人文主义文学和人文学科为手段造就完整的人"②。加林通过对彼特拉克等人的新柏拉图主义观点之概括,大致将人文主义的思维特征和人生格调勾勒了出来。于是加林对瓦拉的世俗伦理思想、马内蒂关于人的尊严的观点等做了进一步的分析。加林在《意大利人文主义》第3章中又着重研究了新柏拉图主义的核心人物费奇诺的"智慧宗教"理论。这种理论说到底就是将诗性的智慧和哲学的智慧结合起来,从而告诉人们如何通过文学创作、通过爱的途径达到神圣的境界。以诗歌为例,它总是戴着一层面纱,既遮盖又通达神的奥秘。同时,上帝所创造的就是一首长诗,它存在于世人的精神和爱之中。㉓所以,费奇诺最关注的是如何用诗化的哲学去启明神圣的上帝。如果一个艺术家能够上升到超越的神圣境界,那么具体去创作怎样一个艺术作品也就成了自然而然的事情。以后米开朗基罗等艺术大家都在自己的艺术创作过程中实践了上述理念。那么何谓爱的途径?这是新柏拉图主义又必须回答的问题。为此,佛罗伦萨的学者埃布雷奥在16世纪初相继发表了《论天堂的和谐》和《爱的对话》等文章,集中阐释了神圣、爱、美等的关系问题。按照埃布雷奥的观点,上帝和世界就是一种神圣的爱的关系。有了这种爱,世界就表现出美,那么所谓美也就是"得到心灵的承认并使之愉快,进而激起爱慕之情的文雅"㉔。

《意大利人文主义》的另一个学术探讨点就是亚里士多德主义。从文艺复兴时期人文主义者的思想及文化创作实际情况看,绝对地用新柏拉图主义的影响来加以概括也不是很妥帖。固然,中世纪占主导地位的是亚里士多德主义,文艺复兴时期对人文主义影响较大的是新柏拉图主义,但在更多的情况下,两者是"相伴而行"。㉕从文艺复兴时期的思想文化发展情况看,凡带着审美倾向研究人文学科的学者都不同程度地从柏拉图思想体系中寻找源流。甚至他们的种种精神危机也源自新柏拉图主义。一些注重经验传统的思想家像培根等人则更多的是接受亚里士多德的思想。不过有些科学家如布鲁诺等也深受柏拉图思想的影响,他的关于爱的论文就反映出上述影响。又例如达·芬奇就很受亚里士多德的影响。再说，要真正了解那时的小宇宙理论，也得弄清楚当时流行的亚里士多德主义之内涵。加林在《意大利人文主义》第5章以人物思想个案探讨的形式对亚里士多德主义和灵魂问题做了分析。加林的基本观点是，亚里士多德主义在文艺复兴时期已经发生了变化，而且所谓以佛罗伦萨为中心的新柏拉图主义和以帕多瓦为中心的亚里士多德主义之绝对对立状况也已经消失。为什么会发生上述思想的变化呢？这就是文艺复兴时期的文化人将思维的中心集中到了人的身上，"只要我们把注意力投向以人为中心这一初始特点上，就不难发现不同观点的聚集，比如费奇诺的《柏拉图神学》（Theologia Platonica）同蓬波纳齐（Pietro Pomponazzi）的《论灵魂不死》（De immortalitate animae）之间的相近"。蓬波纳齐是16世纪亚里士多德主义的代表人物，曾研究过费奇诺的哲学，逐渐确立起以人为中心地位的研究思路。蓬波纳齐所坚持的观点是，不能脱离具体的人、具体的感觉来谈灵魂和神的问题。人就是形式和物质的统一。人们必须置身于自然之中，然后才能领悟到神圣的世界。"这里蓬波纳齐向我们展示了他的思想上的转折：如果把一切都纳入经验和理智的轨道，那么一切都是可以解释并互为因果的。但是他在这样的限度内，继续保留着通向上帝的路"。从蓬波纳齐的思想可以得出一个结论：文艺复兴时期新柏拉图主义和亚里士多德主义都能为人学的研究提供思想的元素。

艺术史家还充分注意影响意大利文艺复兴时期人文主义艺术风格的种种因素，概括起来有以下几个方面：第一，技巧—透视法。风格离不开手段，我们应当充分估量艺术史上由于技术的变化而带来的一系列创作风格的更新。潘诺夫斯基《文艺复兴和西方艺术中的文艺复兴》一书对14世纪以前的欧洲文艺复兴情况做了详细的阐述。特别是该书捍卫了文艺复兴是一种风格的变化这样一个论题。其中第3章从技术的角度专门探讨了当时透视法在创作实践中的运用。第二，不同艺术庇护人的情趣和爱好各有特点。文艺复兴时期意大利之所以会出现艺术创作的繁荣局面，其中艺术庇护的法律严肃性、艺术庇护人的广泛性和独特个性等，都是重要的因素。第三，中世纪不同城市的文化氛围和艺术传统。第四，艺术家个人的思想情趣和创作手段。

（四）对人文主义思想文化变迁的研究

2000年，文艺复兴史出版重镇之一的耶鲁大学出版社发表了美国加州大学伯克利分校历史学教授鲍斯玛的封笔之作《文艺复兴的消褪》（The Waning of the Renaissance）®。鲍斯玛用"消褪"（Waning）来修饰更广泛意义上的人文主义风格退潮，试图全面阐述文艺复兴时期人文主义的变化问题。《文艺复兴的消褪》全书由16章组成。第1章的标题是"欧洲文化共同体"（The Cultural Community of Europe）。这一章至关重要。鲍斯玛的意思是，只有从欧洲范围看问题才能真正说明文艺复兴消褪的实质。这一想法确实是对布克哈特研究的发挥。布克哈特重点关注的是意大利，因此布克哈特看到了人文主义者地位的下降等，却无法说明人文主义正在向何种思想文化转换的情状。所以读者在《意大利文艺复兴时期的文化》的字里行间中很难看到人文主义风格前后更替的全景图，或者说很难看到人文主义在欧洲范围如何扩散又如何变化的过程。《文艺复兴的消褪》接下去的15章由两个主题词或核心概念即"自由解放"（Liberation）和"秩序"（Order）来穿引。其中第2章至第7章讲述在个人、知识、时空、政治、宗教等方面的自由解放；第8章至第9章讨论上述自由解放所引出的危机。第10章至第16章则根据前面提到的各种自由解放，相应地提出在所有这些方面如何走向秩序、规则、确定性等新的思想文化路途。这也是全书的创意和价值所在。

鲍斯玛在该著作中曾用危机（crisis）来形容人文主义思想文化面临的问题。当然危机不全是人文主义所致，它牵涉社会历史的种种复杂因素。也可以反过来说，一种新的秩序正在酝酿之中，社会在动荡中迎接新的秩序。在当时的历史图景中，各个国家的国家政治体制正在生成之中，如何最大程度地发挥国家权力或国家行政系统的效力、效率问题正在被政治思想家探讨；国际社会的新秩序正在建立；由商业路线的调整和价格革命等引起的一系列经济问题正在向更广的社会层面延伸；科学的力量在上升；人文主义自身的局限性日益显现，如此等等。于是，思想文化方面变革的要求也日益生成。所有这一切汇聚成一个思想、一个时代主题即鲍斯玛所说的"秩序"。此秩序在人这个历史主体方面突出地表现为理性主体意识的生成。鲍斯玛在思想家胡克、巴斯卡尔、博丹等人的著作中经常找寻的一个词就是 reason（理性）。㉑鲍斯玛进一步论证，人们在理性指导下开始由怀疑向科学过渡，开始走向确定、稳定等。鲍斯玛用蒙田"变是令人担忧的"㉒的话来强调 16、17 世纪人们对确定、稳定的强烈意识。在《文艺复兴的消褪》第 10 章"社会与政府的秩序"中，鲍斯玛针对当时新兴国家的权力运作状况，以马基雅维里、博丹、胡克、苏亚雷兹等人的政治观为例，重点指出两点：其一，用现实主义的政策建构国家内部的政治秩序；其二，用罗马法、自然法等法学内容和理念建构国内和国际的法制秩序。㉓在讲到宗教问题时，鲍斯玛指出当时天主教会正在采取各种手段以恢复信仰和教会秩序，尽管历史学家对这些手段评价不一，但教会在走向秩序，这是事实。㉔鲍斯玛在全书最后一章（即第 16 章）还谈到了艺术中的秩序，认为艺术与道德的关系正在受到越来越多的批评家的关注。其中，鲍斯玛特别提到了英国诗人锡德尼《为诗辩护》（*Apologie for Poetry*）中的观点，指出诗在指引真理、道德等方面的优势地位和作用。㉕

鲍斯玛试图说明以人文主义风格为特征的文化现象正在向另一种文化现象过渡，或者说人文主义风格在思想文化领域的主导地位正在消褪。这说明，人文主义对人的地位之强调并未销声匿迹，而只是表现形式发生了变化。文艺复兴时期的主流文化是以新柏拉图主义、个体主义为主要内涵的人文主义，它适应了城市市民社会的发育、演变需求。但这种人文主义的内容和风格发展到一定阶段，无法满足资本主义文明新的社会发展要求，无法适应科学技术进步对思想文化的新的要求。因此鲍斯玛认为消褪现象自然而然发生了。文艺复兴时期，新柏拉图主义盛行。受此影响，科学理性在人文主义者的眼里并不是衡量事物的最高尺度，那些带着诗意的甚至神化的境界和漫幻情调更受人文主义者的青睐。"文艺复兴时代的思想家，本质上富有审美气质，对于概念科学的抽象性质不再感任何兴趣。"⑧在上述风格问题研究的大潮中，鲍斯玛采用"自由解放"（Liberation）一词来概括人文主义风格。"Liberation"是文学艺术创作、审美等必备的条件。惟其如此，它才能传达一个意蕴深远的、完整的人的内心世界。由此不难想见，文艺复兴时期对文学艺术的重视程度何以超过任何一门学科。过去人们比较注意人文主义风格中和谐的一面，鲍斯玛则让人认识到人文主义风格中无拘无束的一面，即那种充满野性、野趣的成分。也许，正是抓住了风格问题，鲍斯玛才敢于说文艺复兴的消褪。

大约到了17世纪末，在文艺复兴时期特定的人文主义风格乐谱上逐渐激扬起理性主义思维方式的旋律。理性主义思维方式逐渐为学人和世人公认、效仿。这里有必要进一步评述笛卡儿（Descartes，1596~1650）哲学开启新时代的问题。文艺复兴时期的人文主义者主要以文学艺术之类的漫幻形式来表现人并确证人的力量，对人和世界充满了诗意的想象。笛卡儿同样对诗意的世界十分憧憬，认为诗通过想象的力量给人以知识，甚至比哲学家所做的更有说服力。不过笛卡儿哲学认为更需要从确定性的角度来提升人的主体地位。从这层意义上讲，笛卡儿仍不失为文艺复兴时期人文主义理想的接续者。笛卡儿试图进一步以人自身的理性清晰地去说明人的存在和人的主体地位。他想让世人明白，人可以通过理性和天启的力量来认识、掌控自己和认识、掌控世界。

从笛卡儿开始，哲学的思维方式发生了变化，也就是人们对自己和对世界的认识方式发生了变化，人们需要从主体自身的认识特点出发去思考存在等问题。就17世纪至19世纪的认识水平而言，那些热爱科学的思想家继承文艺复兴时期的双重真理说，力图使理性和信仰达到某种和谐的境界。"他那时代的科学家中许多人用限制科学研究对象的办法力求规避信仰与理性的冲突，笛卡儿却采取相反的态度：他自命已最终地将科学真理同形而上学真理结合起来，'上帝的归上帝，恺撒的归恺撒'，这里面的深刻智慧和实际用处，他似乎完全未加注意。……他否认，科学家假如不先找到上帝就能获得任何确信；他认为，科学实验其前途、其存在取决于一种唯心主义形而上学的可信性。他主张：'假若我们不从证明创世主的存在出发，任何观察都是虚妄的。'"②

我们知道，但丁是以诗化的形式来构想双重真理。但笛卡儿是如何从理性的认识论出发去解决双重真理问题的呢？笛卡儿哲学发挥了文艺复兴时期的怀疑批判精神，认为"我"可以怀疑一切，但"我在怀疑"这个事实本身却是无法怀疑的，或者说"我思"这一现象是无可怀疑的，由此而推出"我思"中的"我"必然是某种存在这样一个结论。其名言为：我思故我在（I think, therefore, I am），"可是等我一旦注意到，当我愿意像这样想着一切都是假的时候，这个在想这件事的'我'必然应当是某种东西，并且觉察到'我思想，所以我存在'这条真理是这样确实，这样可靠，连怀疑派的任何一种最狂妄的假定都不能使它发生动摇，于是我就立刻断定，我可以毫无疑虑地接受这条真理，把它当作我所研求的哲学的第一原理"③。于是，笛卡儿按照这"第一原理"继续推断："我思"

里有一个清晰完满的上帝存在，故上帝存在亦是确定的。然而个人总是有局限的和不完满的，上帝的完满性或完满的上帝又怎么能从不完满的"我"的思维中产生呢？"可是说到一个比我这个实体更完满的实体的观念，情形就不能是这样的了；因为要从虚无中捏造出这个观念，那是显然不可能的事。因为说比较完满的东西出于并且依赖于比较不完满的东西，其矛盾实在不下于说有某种东西是从虚无中产生的，所以，我是不能够从我自己把这个观念造出来的；因此只能说，是由一个真正比我更完满的本性把这个观念放进我心里来的，而且这个本性具有我所能想到的一切完满性，就是说，简单一句话，它就是上帝。"⑨至此，笛卡儿从"我思"推出了三类实体的存在。第一个是思维实体，它不具有广延性；第二个是物质实体，它具有广延性。这两个实体不是谁派生谁的关系，而是相互独立，各有其存在的理由。显然，这是思维的"打转"。⑩也就是说，有了确定性的知识，我们才能确信上帝的存在；然而确定性的知识又必须由上帝的存在来做保证。这就是"兜圈子"。在笛卡儿的心里已经预先设定了一个结论，即最完美的应当是最客观实在的，或者说最客观实在的应当是最完美的。⑪甚至可以说，上帝的存在和无限的东西是预先就有的想法，因为有了上帝的概念、无限的概念等，我才能认识到自己的不完满性存在。⑫如果说人文主义崇尚怀疑精神，然后用诗化的语言去启示双重真理，那么笛卡儿为了理性和科学则最终把怀疑精神给终结了。

那么笛卡儿究竟给出了何种哲学的新意呢？文艺复兴时期的人文主义者所看重的是诗性的直觉和信仰的洞察，而笛卡儿则强调理性的直觉。在欧洲近代哲学史上，许多哲学家从不同的哲学立场出发对"直觉"（英文 Intuition，德文 Anschauung）下定义。笛卡儿则是第一个在比较完整的意义上对"理性直觉"下定义的哲学家。其定义见之于《探求真理的指导原则》一书。笛卡儿说："我用直观（即直觉——笔者注）一词，指的不是感觉的易变表象，也不是进行虚假组合的想象所产生的错误判断,而是纯净而专注的心灵的构想,这种构想容易而且独特,使我们不致对我们所领悟的事物产生任何怀疑;……这样,人人都能用心灵来直观〔以下各道命题〕:他存在,他思想,三角形仅以三直线为界,圆周仅在一个平面之上,诸如此类……"⑧在同书另一处,笛卡儿还就理性直觉作了一个补充说明,认为直觉在提供清晰透彻命题的同时能够顿然间抓住事物的整体特性,而不像其他认识(如推论等)那样只是对事物作断续的反映。⑨通观笛卡儿的直觉知识理论,其要点可大致概括如下:第一,直觉属于理性认识的范围,其思考的对象是观念;第二,直觉知识是不证自明的,由人的心灵直接获取和给予,因而能避免许多由于中间环节的介入而导致的认识错误;第三,直觉是发现观念、理解观念间联系的最为可靠的认识手段。显然,对理性直觉的重视与文艺复兴时期人文主义者的诗性智慧相比,更强调了思维、科学等的确定性因素。

笛卡儿讲了非常重要的认识论道理,即人类对客体的认识不能简单地分成感觉和思想两个部分,或者由感觉起步然后由思想进行综合而完成。实际上感觉力、思想力都在参与对事物的认识过程。但就感觉和思想的两种认识能力而言,笛卡儿更看重思想的地位、作用。他以人们对蜂蜡的认识为例指出:"如果我没有想到蜡能够按照广延而接受更多的花样,多到出乎我的想象之外,我就决不会清楚地、按照真实的情况来领会什么是蜡了。所以我必须承认我甚至连用想象都不能领会这块蜡是什么,只有我的理智才能够领会它。"⑩其结论是:"真正说来,我们只是通过在我们心里的理智功能,而不是通过想象,也不是通过感官来领会物体,而且我们不是由于看见了它,或者我们摸到了它才认识它,而只是由于我们用思维领会它,那么显然我认识了没有什么对我说比我的精神更容易认识的东西了。"⑪同时,对事物的认识也证明了认识的主体即人的存在性。这些思想后来都被存在主义接受并加以新的发挥。

17世纪到19世纪是欧洲科学发展的重要时期，人们的思想文化都围绕着科学思维的基础问题展开。笛卡儿的思辨哲学之所以成为一种新的思想文化的开端，其实质就是顺应了新的社会发展的需求。这时，人文主义原来的那一套思维特征就与笛卡儿启端的新的科学理性思想主流汇合起来，生发出新的时代气息。笛卡儿之后又出现了斯宾诺莎①、莱布尼茨②等哲学大家的理性主义意识。这些哲学思考共同推动着人文主义风格的变化。最明显的事实是，文艺复兴时期的人文主义者很少有独断论的倾向，而笛卡儿等人在歌颂、抬高理性的绝对性地位时，不免使自己走到了理性的终极性位置。

（五）人文主义究竟给近代西方文化带来了什么

学术界早已习惯诸多颂扬人文主义的正面言辞。这些赞美包括：人文主义主张人的全面发展；维护公民社会中的人之自由和权利；尊重科学理性，如此等等。同时认为这些人文主义的思想精华有助于近代文明的进步。随着20世纪西方各种社会问题的出现，也出现了对人文主义批判和表示忧虑的声音，认为人文主义一味以人为中心、强调绝对的个体主义、夸大世俗情感和功利的力量等，这些社会主导意识已经并正在产生诸多负面效应，甚至发问：人文主义还有前途吗？③在当今全球化时代，各种文明之间的相互交流、渗透和融合不断加深。同时，文明之间的各种冲突也屡见不鲜。为了对近代西方文化的特征、文明进程等做全方位的探讨，我们有必要首先回答这样一个问题，即人文主义究竟给近代西方文化带来了什么？

人文主义之所以影响深远，其首要的因素就是世俗性人学内涵。这种世俗性一反中世纪基督教的禁欲主义，提倡用现实的、历史的眼光审视人和社会，也就是将世俗的人当作思考万事万物的出发点和中心。由此引出对人的感性需求、对自由权利等问题的高度关注。但世俗性人学内涵中的以人为中心、个体主义等倾向也在20世纪引来诸多批评的声音。

从文艺复兴时期开始，人文主义者看待自身和社会的世俗性态度引起世人极大的关注。与中世纪传统的认识不同，世俗性态度主张人是一个小宇宙，表现世俗的人之情感是符合神意、自然的事情，因此值得赞颂。同时主张人们应当用现实经验和历史的眼力去观察、分析万事万物。于是，人文主义的世俗性成了新文化现象的焦点问题。㉚巴伦《早期意大利文艺复兴的危机》㉛一书比较全面地论述了文艺复兴时期世俗性的本质及其历史现象，并联系当时整个意大利社会结构的变化情况进行阐述。作者的基本想法是，当时人文主义者开始走向世俗主义。这种世俗主义在文化层面形成对传统的挑战，甚至是一种颠覆。到了15世纪，这种世俗主义在美第奇家族统治时期达到了高峰，也就是说社会生活中的一切都变得世俗化了。作者在结语中特别对书中使用"危机"（crisis）一词的意思做了解释，也就是以醒目的方式让读者了解到，世俗性在社会生活中所产生的巨大影响。其中的立意是，正处于萌芽状态的意大利资本主义文明就是一种世俗性的社会发展样式，而世俗性文化现象则是社会变动在意识领域里的表现。此类观点和分析方法在学术界有一定的代表性。㉜

在政治文化领域，与世俗性关系最为密切的就是人的自由、权利等问题。意大利文艺复兴时期的文化人非常注重世俗的个体自由权利问题，并在政治实践中努力捍卫公民的自由和权利。这种政治关注也影响到启蒙时期的自由权利等意识。启蒙学者通过人与国家关系的各种契约学说，使人的自由权利问题上升到如何确立人的政治主体地位之思想境界。但在具体看待自由的问题上，文艺复兴时期的思想家看法繁杂。英国思想家霍布斯认为自由出自人性，是绝对的。但这种人性的道德基础何在？能够用近代科学来说明吗？显然，霍布斯的看法是站在经验的事实上，即各种人性的经验事实决定了自由的必然性。从这层意义上讲，自由是必然的事实。还有一些思想家如布兰豪尔等则认为，自由不是由什么必然因素所决定的，自由就是人的意志之选择。这些人的观点可以称作自由意志论（libertarianism）。1645年在纽卡斯尔侯爵主持下，霍布斯与布兰豪尔就自由问题展开了一场大辩论。㊽宽泛地讲，文艺复兴时期的人文主义者可以赞赏共和国制度下的自由，也可以认同暴君统治下的自由。此类自由观虽然在观点、表述上存在着种种差异，但就其世俗性内涵而言，都是为了突现人的中心地位，由此构成对中世纪封建社会传统伦理道德的冲击。17世纪以后，随着资本主义政治制度的逐渐定型，如何给出一个更完整的自由、权利问题的解释，这一直是政治讨论的核心。在启蒙思想先驱洛克看来，自由出自人性又受理性的规约。洛克认为，一个好的政体就是为了保障自由，而非限制自由。洛克的这些自由观点后来在卢梭的政治哲学中做了进一步的发挥，其精华就是个体自由权利神圣不可侵犯的社会契约理论。当19、20世纪资本主义制度和国家力量得到进一步强化，个体自由与国家的关系等问题又引起学者新的关注。在20世纪的西方思想界，伯林提出了积极自由和消极自由的观点；还有关于国家权力限度问题的讨论，如此等等。这里有必要提及诺齐克的个体自由权利理论。这一理论主张，为了保障个人的自由，不能使国家权力过大；应该使国家的权力保持在"守夜人"的状态。㊾显然，诺齐克所强调的是近代人文主义所一以贯之的个体性原则，"对行为的边际约束反映了其根本的康德式原则：个人是目的而不仅仅是手段；他们若非自愿，不能够被牺牲或被使用来达到其他的目的。个人是神圣不可侵犯的"。㊿

从根本上看，上述关于自由权利问题和国家权力问题的讨论都没有脱离文艺复兴时期以来"以人为中心"特别是以个体自由权利为核心内涵的人文主义世俗性思维轨迹。进入20世纪后，西方学术界对以人为中心的人文主义思考方式展开了批判性的讨论。法国天主教思想家马里坦指出，以人为中心已经在历史的进程中显示出其局限性，因为它无法为人类的生存提供终极性的道路。㉙马里坦首先追溯历史上人学的踪影：中世纪的结束及资本主义的兴起使人征服自然的力量得到强化，但文艺复兴以后的西方历史进程表明，人愈益被形式化的、表层的世界（诸如符号、功利等）所占据。㉚人的本真的一面被遮蔽了。显然，马里坦开出的药方是以神为中心的人文主义。马里坦的忧虑在西方很有代表性。甚至有学者将西方文化的衰落与人文主义者关联在一起，认为人文主义以世俗性的态度、对自然、理性、意志和个体精神的崇尚并未给西方人的心灵带来真正的慰藉。㉛因此要重新展开对人文主义的反思。至少在一些学者看来，人文主义的传统如果被绝对化就会走向文明价值的反面。㉜特别是以人为中心包含强烈的个体主义倾向。这种个体精神在伸张人的个性、权利和创造力等的同时，是否也有消极的一面呢？㉝有学者注意到人文主义以人为中心和强调个体主义所造成的负面道德问题。厄冈在《文艺复兴》㉞一书的第7章中着重论述文艺复兴时期意大利的人文主义现象，并就人文主义的弱点和贡献等问题加以评论。作者特别评述了人文主义运动逐渐退出历史舞台的原因，其中有历史环境发生变化的原因，更重要的原因还在于人文主义者身上的道德弱点（如反常的孤傲、不诚实、过度的谄媚、道德约束力松弛、非宗教性等）已经为社会所诟病。早在19世纪，文艺复兴史研究的奠基人布克哈特就在《意大利文艺复兴时期的文化》一书中专门就文艺复兴时期道德混乱问题做了批评性论述。㉟我们在评论文艺复兴时期的人文主义世俗性人学内涵时应当重视上述学者的批评声音。

世俗性人学意识的另一种表现就是用现实的、自然的、历史的目光来审视人和社会的发展，认为历史上存在的并符合人性的事物必有其存在的道理。马基雅维里是上述社会历史意识的代表。学者邓宁指出，马基雅维里的政治科学方法论说到底是一种历史方法。㊱

正是根据历史上的人性事例，马基雅维里才得出结论：真正主导历史运动方向的是人性的现实力量和现实行动。为此马基雅维里指出，任何人想说明某种历史现象的永恒性，那就请你拿出有文字记载的证据来，然后历史学家再对证据进行分析，以最终决定那种所谓的永恒现象的真实性。⑥以马基雅维里为代表的文艺复兴时期人文主义历史意识成为近代西方思想家的重要理论基础。在18、19世纪的德国思想界，那些古典哲学的代表都力求在分析思想文化时做到逻辑的和历史的统一，这些代表人物有赫尔德、康德、黑格尔等。即使是像海涅这样的诗人，他之所以在其论著《论德国宗教和哲学的历史》中对德国的思想文化现象做出深刻、开阖自如的表述，其中的灵魂就是历史意识。马克思主义则将人文主义的历史意识提升到历史唯物主义的理论水准，这称得上是对社会政治理论的革命性贡献。

在文艺复兴时期，人文主义者主张信仰和理性各有其存在的合理性，同时两者互相补充，构成人的认识真理性。这就是所谓双重真理说。双重真理说一方面为人的理性提供了坚实的认识基础，另一方面又对理性有所限定，表现出开放和清醒的认识特点。在生态失衡等诸多问题面前，人们应当重新思考、批判和定位双重真理说中的积极因素。

与封建文明相比较，资本主义文明对人的创造能力提出了无尽的需求。学人开始问：人的理性能力能否满足上述时代的需求？在这方面，文艺复兴以来的人文主义者采用了传统的双重真理学说，并从人学的立场出发加以新的阐释。他们认为信仰和理性各有其存在的道理，它们互相补充，推动人们对自身和世界的认识走向理想的境地。这种意识为理性的地位正了名，由此促进了近代科学的发展。

早在中世纪的基督教哲学里就有双重真理的观念。随着文艺复兴时期科学的发展，双重真理的观念引起人文主义者的进一步关注。培根是双重真理的倡导者之一。在培根看来,信仰是所有知识和人生存的根本保证。但上帝又让人按照理性去做符合自然规律的事情,由此使科学家在信仰和理性、科学之间找到一种理论上的平衡。培根还进一步提出"知识就是力量"的口号。这些思想观念鼓舞人们去认识自然、改造自然甚至征服自然,并对近代西方科学的进步起着特定的积极作用。

到了17、18世纪,理性主义者对理性认识形式的诸多内容予以全面的探讨,使理性的认识真理性地位得到进一步确认。笛卡儿、莱布尼茨、康德等理性主义者在分析认识问题时继续双重真理的观点。在康德的哲学体系里,理性具有形式的完满性。人们在思考一个问题时能够做到形式的完满性亦不失为一种理想的选择,例如三权分立的政治理性等。应当看到,理性主义者在注重理性的同时,也对理性的地位做了限定,认为理性并不能解决所有的问题,如果它离开了感性的、情感的内容,那剩下的只是形式上的合乎规则而已。所以人文主义的理性观也有一个不断改进的过程。对理性加以限定的做法就是人类对自身认识能力的清新意识。20世纪美国的自然主义哲学更强调一种开放的自然意识,认为尊重自然才是最大的自由。⑥就理性与信仰的关系而论,许多理性主义者在看重理性时并未忽略或抛弃信仰。他们至少像康德所主张的那样要为信仰保留一个地盘。在理性主义者看来,道德领域中保持信仰显得尤为重要,因为信仰对提升道德水准、维系社会稳定起着其他思想意识所无法替代的作用。这些都是人文主义双重真理的理想形态。这些理想鼓舞着一代代的学者、科学家去完成举世瞩目的创造使命,同时又没有因丢弃基督教信仰而造成社会层面的精神失落感。20世纪的爱因斯坦曾就科学和宗教的关系发表演说,认为宗教和科学之间不应该是冲突的关系,科学涉及具体的经验事实,它要回答事物"是什么"的问题;宗教则超越具体的事实,回答"应当是什么"的问题,例如宗教信仰使人超越个体,看到更高的价值目标。以下是爱因斯坦的名言:"尽管宗教的和科学的领域本身彼此是界限分明的,可是两者之间还是存在着牢固的相互关系和依存性。虽然宗教可以决定目标,但它还是从最广义的科学学到了用什么样的手段可以达到它自己所建立起来的目标。可是科学只能由那些全心全意追求真理和向往理解事物的人来创造。然而这种感情的源泉却来自宗教的领域。同样属于这个源泉的是这样一种信仰:相信那些对于现存世界有效的规律能够是合乎理性的,也就是说可以由理性来理解的。我不能设想一位真正科学家会没有这样深挚的信仰。"①

从近代西方文明的实际进程看,上述双重真理意识的理想还是遇到不少问题。例如在工业革命以来的诸多成就面前,人们并非始终对科学理性的限度等问题保持清醒的意识,时而产生过高估计人征服自然力量的倾向。其结果就是导致一系列灾难性现象的发生如与人类征服自然成果相随的生态失衡、战争、贫富分化等。这些严酷的现实正在挑战人类生存状况的极限。

令人欣慰的是,人文主义双重真理学说从其产生的一开始就蕴含着种种批判意识,诸如信仰与理性之间的划界意识、对理性的限定意识等。或者说,双重真理学说从本质上并没有封闭人们的批判性思考。特别是进入20世纪后,学人在上述严酷社会现实面前开始反思由强烈的科学理性自信性所带来的问题。同时人们对宗教之类的形而上学意识是否称得上真理的问题展开了批评。一些分析哲学家站在逻辑、经验的立场做出结论,认为那些基督教教义、形而上学命题除了还具有一些伦理的、心理的价值效应外,没有什么真理性意义可言。当然,站在基督教思想文化立场上的学者则坚持信仰的真理性。1948年,英国广播公司邀请罗素和柯普立斯顿这两位观点相左的学者就"上帝是否存在"问题进行公开辩论,辩论结果是双方仍各持一端。②人们有理由认为,双重真理学说还会在21世纪的西方社会和文化进程中接受更严厉的批判,并在批判中显示其内在的思想活力。

文艺复兴夺人眼目的文化现象是文学艺术的繁荣,这种繁荣与文艺复兴时期盛行的人文主义诗性智慧有密切的关系。我们不仅要认识到文艺复兴时期起始的诗性智慧是西方文学艺术等美感力量不断强化的重要推动力量,更需要意识到这种诗性智慧对打开思想境界、启发人们认识一个更完整的人和社会所具有的作用。上述意识对于21世纪卷入信息社会浪潮并逐渐被各种高科技手段"单向度化"的人们来讲,显得尤为重要。

最后就"人文主义给近代西方文化带来了什么"这一问题做几点总结:①人文主义是近代西方思想文化进程中的主流意识。人文主义注重人的全面发展之类的观念曾经并会在未来社会的发展中显示其文化的价值力量。②人文主义世俗性人学内涵提升了人的主体地位,并逐渐成为西方社会的共识,推动人的自由权利不断由法制得以确认。③人文主义双重真理中信仰与理性相互协调的观点既保留了基督教的传统文化,同时又伸张了人的理性力量,特别是科学理性意识与工业革命等一起推动着社会的进步。④人文主义的诗性智慧不断使人从深层的、整体性的角度来认识人和社会。⑤同时人们应当冷静地思考以人为中心的价值基础,并从历史和现实的客观实际出发认识个体自由和社会全面发展之间的关系;应当客观谦逊地看待理性的认识作用和限度,如此等等。(当然,还有许多人文主义与近代西方文化、文明之间的关系等内容需要历史工作者做进一步的分析,它们涉及人文主义与民族语言的形成,人文主义与教权、俗权的分离,人文主义与东西方文化的关系,等等)就当今中国的文化领域而言,我们在宣扬人文主义精神时,需要对上述情况有充分的理解,从而使人文主义精神得到积极的发扬光大。

在西方学术界,对人文主义的研究可谓硕果累累。对于想全面了解欧洲人文主义发展的读者来说,布洛克的《西方人文主义传统》不失为一本雅俗共赏的好书,其中有些描述不乏真知灼见;福格森《历史思考中的文艺复兴》①则从历史的角度全方位探讨了文艺复兴、人文主义等重要概念的内涵、影响和变化。狄更斯《人文主义与宗教改革的时代》⑩从14至16世纪的欧洲广阔历史背景来透视人文主义现象。对意大利以外人文主义研究的作品则有韦斯《意大利人文主义的扩散》⑪、韦斯《15世纪的英国人文主义》⑫、沃尔夫森《重评都铎朝的人文主义》⑬等。为了适应教学的需要，学者编订以人文主义为题的教科书如《人文主义的影响》⑭等。当然还有许多学者对人文主义和人文主义者做了专题性的研究，例如上世纪90年代出版的《基督教与文艺复兴：15世纪的思想与宗教思想》⑮一书对我们理解人文主义及人文主义者的神学观很有裨益；戈德曼《从波利齐亚诺到马基雅维里：意大利文艺复兴鼎盛期的佛罗伦萨人文主义》⑯以文化现象为引线展开论述。随着对人文主义探讨的深化，学者的解释思路不断开阔，可参见由马佐考编辑的论文集《对文艺复兴人文主义的解释》。⑰另有《中世纪与文艺复兴时期的人文主义》⑱《文艺复兴人文主义的中世纪基础》⑲《克莱门特七世朝廷的文艺复兴人文主义》⑳等。所有上述著作都从不同的角度阐述人文主义的特征、内涵及其与时代的关系，有助于人们全面认识人文主义的思想文化现象及其演变历程。

总之，我们要在扎实学术研究的基础上对文艺复兴时期的人文主义有一个通盘的理解，然后从近代西方文明史的总体进程去反思这种人文主义的内涵、价值和现实效应。

注释：

①该书有各种意大利文版本，其中学术性较高、编排较完整的有：Georgio Vasari, *De' Più Eccellenti Pittori Scultori E Architettori*, Instituto Geografico De Agostini, 1967. 共9卷。还有各种英文版本，如现代丛书（Modern Library）1960年版本等。目前有中国人民大学出版社和湖北美术出版社等出版社的中文译本。还有大量的

选编本，如《大师》（Giorgio Vasari, *The Great Masters*, English translation by Gaston De Vere）等。

②关于西蒙兹的生平可参见：Horatio F. Brown, *John Addington Symonds: A Biography*, John Murray, 1903.

③J. A. Symonds, *The Life of Michelangelo Buonarroti: Based on Studies in the Archives of the Buonarroti Family at Florence*, 2 Vols., University of Pennsylvania Press, 2002, originally published by J. C. Nimmo and Charles Scribner's Sons, third edition, 1911.

④John Addington Symonds, *Renaissance in Italy*, Vol. Ⅱ "The Revival of Learning", p. 52.

⑤John Addington Symonds, *Renaissance in Italy*, Vol. Ⅱ "The Revival of Learning", pp. 37~38.

⑥John Addington Symonds, *Renaissance in Italy*, Vol. Ⅱ "The Revival of Learning", p. 295.

⑦John Addington Symonds, *Renaissance in Italy*, Vol. Ⅱ "The Revival of Learning", p. 295.

⑧Walter Pater, *Plato and Platonism*, Macmillan, 1928.

⑨Nesca A. Robb, *Neoplatonism of the Italian Renaissance*.

⑩在西方不时有研究"小宇宙"的哲学史著作面世，如 G. P. Conger, *Theories of Macrocosms and Microcosms in the History of Philosophy*, 等等。

⑪P. O. Kristeller, *The Philosophy of Marsilio Ficino*, Peter Smith, 1964.

⑫克利斯特勒：《意大利文艺复兴时期八个哲学家》，姚鹏、陶建平译，上海：上海译文出版社1985年。

⑬*The Renaissance Philosophy of Man*, eds. P. O. Kristeller, Ernst Cassirer and John Herman Randall, Jr.

⑭ Chastel Kristeller and others,*Renaissance*,Metheun,1982.

⑮ 参见克利斯特勒：《意大利文艺复兴时期八个哲学家》，姚鹏、陶建平译，上海：上海译文出版社1985年，第52～53页。

⑯ 此评论参见克利斯特勒：《意大利文艺复兴时期八个哲学家》，姚鹏、陶建平译，上海：上海译文出版社1985年，第54页。

⑰ 克利斯特勒：《意大利文艺复兴时期八个哲学家》，姚鹏、陶建平译，上海：上海译文出版社1985年，第63页。

⑱ 加林：《意大利人文主义》，李玉成译，北京：生活·读书·新知三联书店1998年，第10页。

⑲ 加林：《意大利人文主义》，李玉成译，北京：生活·读书·新知三联书店1998年，第10～11页。

⑳ 引自加林：《意大利人文主义》，李玉成译，北京：生活·读书·新知三联书店1998年，第27页。

㉑ 加林：《意大利人文主义》，李玉成译，北京：生活·读书·新知三联书店1998年，第22页。

㉒ 加林：《意大利人文主义》，李玉成译，北京：生活·读书·新知三联书店1998年，第40页。

㉓ 参见加林：《意大利人文主义》，李玉成译，北京：生活·读书·新知三联书店1998年，第90～91页。

㉔ 引自加林：《意大利人文主义》，李玉成译，北京：生活·读书·新知三联书店1998年，第121页。

㉕ 可参见维斯：《意大利人文主义的传播》（R. Weiss, *The Spread of Italian Humanism*, Hutchinson University Library, 1964）第4章"柏拉图主义与亚里士多德主义"。

㉖ 加林：《意大利人文主义》，李玉成译，北京：生活·读书·新知三联书店1998年，第131～132页。

㉗ 加林：《意大利人文主义》，李玉成译，北京：生活·读书·新知

三联书店1998年，第143页。

㉘ E. Panofsky, *Renaissance and renascences in Western art*, Almquist & Wiksell, 1960.

㉙ E. Panofsky, *Renaissance and renascences in Western art*, pp. 201～236.

㉚ 本文引用的是平装本：W. J. Bouwsma, *The Waning of the Renaissance：1550～1640*, Yale University Press, 2002.

㉛ W. J. Bouwsma, *The Waning of the Renaissance：1550～1640*, pp. 165～167.

㉜ W. J. Bouwsma, *The Waning of the Renaissance：1550～1640*, p. 198.

㉝ W. J. Bouwsma, *The Waning of the Renaissance：1550～1640*, pp. 215～231.

㉞ W. J. Bouwsma, *The Waning of the Renaissance：1550～1640*, Chapter 15.

㉟ W. J. Bouwsma, *The Waning of the Renaissance：1550～1640*, p. 249.

㊱ 文德尔班：《哲学史教程》（下册），罗达仁译，北京：商务印书馆1993年，第489页。

㊲ 弗雷德里斯：《勒内·笛卡儿先生在他的时代》，管震湖译，北京：商务印书馆1997年，第116页。

㊳ 笛卡儿：《谈方法》，引自北京大学哲学系外国哲学史教研室编译：《西方哲学原著选读》（上卷），北京：商务印书馆1981年，第368～369页。

㊴ 笛卡儿：《谈方法》，引自北京大学哲学系外国哲学史教研室编译：《西方哲学原著选读》（上卷），北京：商务印书馆1981年，第375页。

㊵ 参见罗狄—刘易斯:《笛卡儿和理性主义》,管震湖译,北京:商务印书馆1997年,其中第3章"上帝"的第5节标题是"笛卡儿在兜圈子"。另参见索雷尔:《笛卡儿》,冯俊译,北京:中国社会科学出版社1992年,第88页。

㊶ 参见笛卡儿:《第一哲学沉思集》,庞景仁译,北京:商务印书馆1986年,第40页。

㊷ 参见笛卡儿:《第一哲学沉思集》,庞景仁译,北京:商务印书馆1986年,第46～47页。

㊸ 笛卡儿:《探求真理的指导原则》,管震湖译,北京:商务印书馆1997年,第10页。

㊹ 参见笛卡儿:《探求真理的指导原则》,管震湖译,北京:商务印书馆1997年,第10～11页。

㊺ 笛卡儿:《第一哲学沉思集》,庞景仁译,北京:商务印书馆1986年,第30页。

㊻ 笛卡儿:《第一哲学沉思集》,庞景仁译,北京:商务印书馆1986年,第33页。

㊼ 斯宾诺莎(Benedict de Spinoza,1632～1677)的主要著作均已译成中文,如:《伦理学》(贺麟译,商务印书馆1958年)、《知性改进论》(贺麟译,商务印书馆1960年)、《神学政治论》(温锡增译,商务印书馆1963年)、《笛卡儿哲学原理》(王荫庭、洪汉鼎译,商务印书馆1980年)、《神、人及其幸福简论》(洪汉鼎、孙祖培译,商务印书馆1987年)、《斯宾诺莎书信集》(洪汉鼎译,商务印书馆1993年)、《政治论》(冯炳昆译,商务印书馆1999年)等。中文研究著作有洪汉鼎:《斯宾诺莎哲学研究》(人民出版社1993年)等。英文著作集有 *The Philosophy of Spinoza*, with a Life of Spinoza and Introduction by Joseph Rather, The Modern Library, 1927,等等。英文研究著作有:Harry Austryn Wolfson, *The*

Philosophy of Spinoza, Harvard University Press, 1962, 等等。

㊽译成中文的莱布尼茨（Leibniz, 1646~1716）著作有：《人类理智新论》（陈修斋译，商务印书馆1982年）、《莱布尼茨自然哲学著作选》（祖庆年译，中国社会科学出版社1985年）、《莱布尼茨与克拉克论战书信集》（陈修斋译，商务印书馆1996年）、《新系统及其说明》（陈修斋译，商务印书馆1999年）等。评传、研究类著作有：罗斯：《莱布尼茨》（张传友译，中国社会科学出版社1987年）、李文潮和H. 波塞尔编：《莱布尼茨与中国》（科学出版社2002年），罗素：《对莱布尼茨哲学的批评性解释》（段德智等译，商务印书馆2000年）等。英文简明的著作集有：Leibniz, *Philosophical Writings*, J. M. Dent & Sons Ltd., 1934. 另外像Matthew Stewart《侍臣与异教徒》（*The Courtier and the Heretic: Leibniz, Spinoza, and the Fate of God in the Modern World*, W. W. Norton & Company, 2006）之类的著述很有可读性。

㊾布洛克《西方人文主义传统》（董乐山译，生活·读书·新知三联书店1997年）一书末章的标题即"人文主义有前途吗?"。

㊿参见 Henry Stephen Lucas, *The Renaissance and the Reformation*, Harper and Brothers Publishers, 1934. 其中在文艺复兴部分以"新的世俗主义"作为论述的启端。

㉛Hans Baron, *The Crisis of the Early Italian Renaissance*, Princeton University Press, 1966.

㉜参见 M. P. Gilmore, *The World of Humanism*: 1453~1517, Harper & Row, Publishers, 1962. 作者用很大的篇幅阐述欧洲的社会和政治结构发生了变化，由此进一步说明其他思想文化的变化。另见 J. W. Allen, *A History of Political Thought in the Sixteenth Century*, Methuen & Co Lit, 1957. 作者认为16世纪是一个发展较快并具有革命性变化的时代。

(53)参见 Vere Chappel，*Hobbes and Bramhall on Liberty and Necessity*，Cambridge University Press，1999.

(54)参见诺齐克：《无政府、国家与乌托邦》，何怀宏等译，北京：中国社会科学出版社1991年。

(55)诺齐克：《无政府、国家与乌托邦》，何怀宏等译，北京：中国社会科学出版社1991年，第39页。

(56)参见让·多雅：《马里坦》，许崇山译，北京：中国社会科学出版社1992年，第240～247页。

(57)参见马里坦：《理性的范围》，引自洪谦主编：《西方现代资产阶级哲学论著选辑》，北京：商务印书馆1964年，第414页。

(58)参见卡洛尔：《西方文化的衰落：人文主义复探》，叶安宁译，北京：新星出版社2007年。

(59)参见美国《人文》杂志社、三联书店编辑部编：《人文主义——全盘反思》（多人译），北京：生活·读书·新知三联书店2006年。

(60)参见 Terry Eagleton，*The Idea of Culture*，Blackwell Publishers Ltd.，2000，p. 68.

(61)参见 John Jeffries Martin，*Myths of Renaissance Individualism*，Palgrave Macmillan，2004.

(62)Robert Ergang，*The Renaissance*，D. Van Nostrand Company，Inc.，1967.

(63)参见拙文《文化是个性与精神的呈现——写在布克哈特〈意大利文艺复兴时期的文化〉发表150周年之际》，《上海师大学报》2010年第3期。

(64)参见 W. A. Dunning，*A History of Political Theories：Ancient and Mediaeval*，The Macmillan Company，1930，pp. 291，293.

(65)参见 Machiavelli，*The Discourses*，trans. Detmold，Modern Library，1940，p. 296.

⑥⑥参见斯金纳：《自由与尊严之外》，白秀雄译，台湾巨流图书公司1973年。

⑥⑦爱因斯坦：《科学与宗教》，选自《爱因斯坦文集》（第3卷），许良英、赵中立、张宣三编译，北京：商务印书馆1979年，第182页。

⑥⑧参见罗素：《为什么我不是基督教徒》，沈海康译，北京：商务印书馆1982，第146～170页。

⑥⑨Wallace K. Ferguson, *The Renaissance in Historical Thought: Five Centuries of Interpretation*, Houghton Mifflin Company, 1948. 作者还写过《文艺复兴》(*Renaissance*, Holt, Rinehart and Winston, 1967) 等书。

⑦⑩A. G. Dickens, *The Age of the Humanism and Reformation: Europe in the Fourteenth, Fifteenth and Sixteenth Centuries*, Prentice-Hall, Inc., 1972.

⑦①R. Weiss, *The Spread of Italian Humanism*, Hutchinson University Library, 1964.

⑦②R. Weiss, *Humanism in England during the Fifteenth Century*, Basil Blackwell & Mott LTD, 1957.

⑦③Woolfson, Jonathan, ed., *Reassessing Tudor Humanism*, Palgrave Macmillan, 2002.

⑦④Lucille Kekewich, ed., *The Impact of Humanism*, Yale University Press with the Open University, 2000.

⑦⑤T. Verdon and J. Henderson, *Christianity and the Renaissance: Image and Religious Imagination in the Quattrocento*, Syracuse University Press, 1990.

⑦⑥Peter Godman, *From Poliziano to Machiavelli: Florentine Humanism in the High Renaissance*, Princeton University Press, 1998.

⑦ Mazzocco, Angelo, ed., *Interpretations of Humanism*, Koninklijke Brill NV, 2006.

⑱ Stephen Gersh and Bert Roest, eds., *Medieval and Renaissance Humanism: Rhetoric, Representation and Reform*, Koninklijke Brill NV, 2003.

⑲ Walter Ullmann, *Medieval foundations of Renaissance humanism*, Elek, 1977.

⑳ *Renaissance Humanism at the Court of Clement Ⅶ: Francesco Berni's Dialogue against Poets in Context*, studies, with an edition and translation by Anne Reynolds, Garland Publishing, Inc., 1997.

附录 I
文艺复兴史文化简表①

年代	文化人物 意大利	文化人物 欧洲其他国家	作品	文化史和历史事件
1265	但丁 Dante Alighieri 1265～1321		《神曲》《新生》《论君主统治》（亦译《论世界帝国》）。	从1252年至1254年，拥戴教皇统治的奎尔夫派不断维持在托斯坎纳的权力，1265年在佛罗伦萨赢得胜利；1261年，拥戴神圣罗马帝国皇帝统治的吉伯林派在恩波里开会，试图扩展世俗权力；1265年教皇克莱门特四世当选，早先乌尔班四世教皇已授予安茹伯爵查理为西西里王；英国由市民参加的新议会正式举行。
1266	乔托 Giotto di Bondone 1266～1337		《圣芳济各向小鸟布道》《金门相会》。	查理军队在本尼文托打败西西里军队，与教皇联手控制南意大利。
1272	契马部埃 Giovanni Cimabue 1272～1302年有生平记载		《天使和先知环绕的圣母子》	教皇戈里高利调停奎尔夫派和吉伯林派的冲突。
1275	帕多瓦的马西利乌斯 Marsiglio of Padua 1275～1342		《和平的捍卫者》	1274年，经院哲学家托马斯·阿奎那去世；1275年，马可·波罗为忽必烈汗效劳。

续表

年代	文化人物 意大利	文化人物 欧洲其他国家	作品	文化史和历史事件
1278	杜乔 Duccio di Buoninsegna 1278～1319 有生平记载		《圣母荣登宝座》	鲁道夫一世打败波希米亚。
1280	洛伦采蒂 Pietro Lorenzetti 1280～1348		《圣母》	德国哲学家、科学家阿尔伯图斯·马格努斯（Albertus Magnus）去世；佛罗伦萨选举第一任正义旗手；据统计，该年佛罗伦萨的人口为45000人；
1282		[西] 马努埃尔 Juan Manuel 1282～1348	《卢卡诺尔伯爵》	西班牙卡斯蒂利王阿方索十世去世，在位期间大力奖掖文化事业；佛罗伦萨七大行会控制政局。
1283		[西] 鲁易斯 Juan Ruiz 1283～1350	《爱情之书》	佛罗伦萨新的政府庆祝圣约翰节。
1285	马尔蒂尼 Simone Martini 1285～1344		《圣母领报》	教皇奥诺利乌斯四世当选。
1290	洛伦采蒂 Ambrogio Lorenzetti 1290～1348		《善良的统治》	佛罗伦萨正式废除农奴制度；教皇尼古拉四世派使者前往波斯与中国。
1304	彼特拉克 Petrarch（Francesco Petrarca) 1304～1374		《秘密》《抒情诗集》	佛罗伦萨持续骚乱，教皇本尼迪克特九世派使者调停。佛罗伦萨羊毛行会势力增强。

续表

年代	文化人物 意大利	文化人物 欧洲其他国家	作品	文化史和历史事件
1313	薄伽丘 Giovanni Boccaccio 1313~1375		《十日谈》《菲埃索拉的女神们》《名女》《大鸦》。	神圣罗马帝国由选帝问题引起内乱。
1330	萨凯蒂 Franco Sacchetti 1330~1400		《故事三百篇》	亨利七世的儿子波希米亚王来到意大利特伦托。
		[英]威克利夫 John Wycliffe 1330~1384	《存在大全》	
1331	萨卢塔蒂 Coluccio Salutati 1331~1406		《信札》	意大利吉伯林派和奎尔夫派联手反对波希米亚王约翰在意大利的势力。
1337	布鲁奈莱斯基 Filippo Brunelleschi 1337~1446		《育婴院》《圣洛伦佐教堂》。	英法百年战争开始。
1340		[英]乔叟 Geoffrey Chaucer 1340~1400	《坎特伯雷故事集》	佛罗伦萨人裴哥罗梯撰写《通商指南》，讲述与中国、东方的通商情况；佛罗伦萨瘟疫；神圣罗马帝国解除与英国盟约，转而与法国结盟。
1348	塞尔坎比 Giovanni Sercambi 1348~1424		仿《十日谈》的短篇故事集	黑死病在欧洲爆发。
1364	尼科利 Niccolò Niccoli 1364~1437		《回忆录》	从1362至1364年，佛罗伦萨与比萨之间发生战事。

续表

年代	文化人物 意大利	文化人物 欧洲其他国家	作品	文化史和历史事件
	比赞 Chrietine de Pizan c. 1364~1434		《论政治体》	
1374	布鲁尼 Leonardo Bruni 1374~1444		《佛罗伦萨人民史》《但丁传》	该年彼特拉克去世。
1378	吉贝尔提 Lorenzo Ghiberti 1378~1455		《天堂之门》	教会大分裂。
1380	布拉乔利尼 Poggio Bracciolini 1380~1459		《信札》	威尼斯海军打败热那亚海军。
	南尼 Nanni di Banco c. 1380~1421		《四使徒》	
1385		[尼]艾克 Jan Van Eyck c. 1385~1441	《阿尔诺芬尼夫妇像》	西班牙那瓦尔国王查理二世丧失其在法国的领地。
1386	多那太罗 Donatello（Donato di Niccolò Bardi） 1386~1466		《先知雕像》《圣母领报》	德国海德堡大学成立。
1392	比昂多 Flavio Biondo 1392~1463		《罗马衰落史》	佛罗伦萨与米兰定约；佛罗伦萨与比萨战事。
1396	米凯洛佐 Michelozzo de Mecchelozzi 1396~1472		《美第奇府邸》	拜占庭古希腊语教师克利索罗拉斯（Manuel Chrysolorus）来到意大利；
	曼内蒂 Giannozzo Manetti 1396~1459		《但丁传》等	法国正式允许每年解剖死刑犯尸体一次，以利医学发展。

续表

年代	文化人物 意大利	文化人物 欧洲其他国家	作品	文化史和历史事件
1397	托斯堪内里 Paolo Toscanelli 1397~1482		《航海图》	佛罗伦萨发生反政府阴谋,未遂。
1400	贝利尼 Jacopo Bellini 1400~1470		《耶稣钉在十字架上》	由于米兰公爵吉安·伽利佐·维斯孔蒂的阴谋手段,热那亚、佩鲁贾、锡耶纳、比萨、卢卡、波伦亚等城邦先后失去自由。
1401	马萨乔 Masaccio (Tommaso di Ser Giovanni) 1401~c.1428		《纳税钱》	吉贝尔提开始第一扇佛罗伦萨洗礼堂大门的艺术创作;此时的威尼斯有居民19万,战舰45艘,海军36000人,商船3000只,政府年税收约250万杜卡特。
		[德] 库萨的尼古拉 Nicolaus Cusanus 1401~1464	《论有学识的无知》	
1404	阿尔伯蒂 Leon Battista Alberti 1404?~1472		《论家庭》	是年至1406年,比萨被佛罗伦萨征服。
1405	瓦拉 Lorenzo Valla 1405~1457		《论康斯坦丁赠赐》	法国军队登陆威尔士。
1406	帕尔米耶里 Di Matteo Palmieri 1406~1475		《生命之城》	在佛罗伦萨洗礼堂大门的艺术创作上发生竞争。
1414				波吉奥发现遗失的西塞罗文本。
1418				布鲁奈莱斯基建造佛罗伦萨医院。

续表

年代	文化人物		作品	文化史和历史事件
	意大利	欧洲其他国家		
1420	弗兰契斯卡 Piero della Francesca c. 1420~1492		《耶稣诞生》	吉贝尔提开始第二扇佛罗伦萨洗礼堂大门的艺术创作。
1423	卡斯塔格诺 Andrea del Castagno c. 1423~1457		《圣杰罗姆的幻象》	米兰与佛罗伦萨发生战事。
1426	蓬塔诺 Giovanni Pontano 1426~1503		《欢愉》	威尼斯人卡斯塔蒂受马可·波罗带回中国书籍的启发,成立印刷所。
1430	斯卡拉 Bartolomeo Scala 1430~1497		《论说与对话》	从1427至1430年在意大利爆发米兰与其他城邦间的战争。
	安东尼罗 Antonello da Messina 1430~1479		《戴荆冠的耶稣》	
	乔凡尼·贝利尼 Giovanni Bellini 1430~1516		《出神的圣芳济各》	
1431	安东尼奥·波拉约洛 Antonio Pollaiuolo 1431~1498		《赫拉克勒斯与安泰乌斯》(壁画及雕像)	拜占庭发生大瘟疫;法国处死贞德。
	曼坦尼亚 Andrea Mantegna 1431~1506		《死去的基督》	
1432	浦尔契 Luigi Pulci 1432~1484		《摩尔干提》	艾克完成祭坛画创作。
1433	费奇诺 Marsilio Ficino 1433~1499		《柏拉图神学》	多那太罗完成《大卫》创作; 佛罗伦萨反科斯莫·德·美第奇的阴谋。

续表

年代	文化人物 意大利	文化人物 欧洲其他国家	作品	文化史和历史事件
1434				科斯莫·德·美第奇当政（1434~1464）
1435	维罗基奥 Andrea del Verrochio 1435~1488		《巴托罗缪·科莱奥尼骑马雕像》	弗兰西斯科·斯福查造访佛罗伦萨。
1439	乔尔乔 Francesco di Giorgio 1439~1502		《鞭挞基督》	瓦拉发表《辩证的争端》。
1440	科杜奇 Mauro Coducci 1440~1504		《威尼斯文德拉敏－卡莱尔杰府邸》	德国人古腾堡发明活版印刷； 瓦拉发表《论康斯坦丁赠赐》。
1441	博亚尔多 Matteo Boiardo 1441~1494		《热恋中的奥兰多》	法国召开三级会议，给予国王军费以养活军队。士兵所得之军饷"索尔达"（Solaat，源自古币 Solidus）成为以后"士兵"（Soldier）一词的出典。
1445	波提切利 Sandro Botticelli 1445~1510		《圣奥古斯丁在书斋》	法国再次扩军。
1446				阿尔伯蒂建成佛罗伦萨卢塞蕾府邸。
1448	吉兰达约 Domenico Ghirlandaio c.1448~1494		《基督降生》	
1449	洛伦佐·德·美第奇 Lorenzo de Medici 1449~1492		《诗集》	斯福查征服伦巴底大部分地区。

续表

年代	文化人物 意大利	文化人物 欧洲其他国家	作品	文化史和历史事件
1450	佩鲁吉诺 Pietro Vannucci Perugino c. 1450~1523		《基督把钥匙交给圣彼得》	斯福查征服米兰，成为米兰公爵。
	卡尔巴乔 Vittore Carpaccio c. 1450~1525		《哀悼中的沉思》	
		[尼] 波希 Hieronymus Bosch c. 1450~1516	《圣安东尼的诱惑》	
1452	达·芬奇 Leonardo da Vinci 1452~1519		《蒙娜丽莎》《最后的晚餐》	腓特烈三世亲赴罗马，成为最后一名在罗马加冕的神圣罗马帝国皇帝。
	萨沃纳洛拉 Fra Girolamo Savonarola 1452~1498		《正当生活的指导》	
1453				君士坦丁堡陷落；英法百年战争结束。
1454	品托利齐奥 Bernardo Pinturicchio c. 1454~1513		《教皇亚历山大六世像》	英国约克公爵理查摄政。
	波利齐亚诺 Angelo Poliziano 1454~1494		《比武篇》	
	巴巴罗 Ermolao Barbaro 1454~1493		《对普林尼的修正》	

续表

年代	文化人物 意大利	文化人物 欧洲其他国家	作品	文化史和历史事件
1455				古腾堡第一部哥特体《圣经》印刷品问世；德国弗赖堡大学成立；英国玫瑰战争（1455～1485）爆发。
1456	桑纳扎罗 Jacopo Sannazzaro 1455～1530		《阿卡狄亚》	约翰·阿基罗伯洛斯（John Argyropoulos）在佛罗伦萨被聘为希腊文教授；土耳其人征服雅典。
1457	里皮 Filippino Lippi 1457～1504		《圣贝尔纳德前的圣母幻象》	威尼斯总督佛斯卡利被废黜。
1460	贝利尼 Gentile Bellini 1460～1507 年有生平记录		《圣马可在亚历山大里亚布道》	欧洲最早的木刻约此时出现。
		[尼] 扬斯 Geertgen tot Sint Jans c.1460～1495	《旷野中的施洗者约翰》	
1462	彭波那齐 Pietro Pomponazzi 1462～1525		《论灵魂不死》	弗兰西斯派僧侣创设银行。
1463	皮科 Giovanni Pico della Mirandola 1463～1494		《关于人的尊严的演说》	土耳其与威尼斯发生战争。

续表

年代	文化人物 意大利	文化人物 欧洲其他国家	作品	文化史和历史事件
1465		[尼] 马西斯 Quentin Massys c.1465～1530	莫尔朋友、安特卫普公务员吉尔斯肖像画	意大利第一所印刷出版社建立。
		[西] 罗哈斯 Fernando de Rojas 1465～1541	《塞莱斯蒂娜》	
1466		[鹿特丹] 伊拉斯谟 Desiderius Erasmus 1466～1536	《愚颂》	佛罗伦萨与威尼斯的战事；皮耶罗·德·美第奇病逝。
1467	桑索维诺 Andrea Sansovino c.1467～1529		《耶稣受洗》	大胆查理成为勃艮第王。
		[法] 布德 Guillaume Bude 1467～1540	《希腊语评注》	
1468				瑞士第一个印刷所建立。
1469	马基雅维里 Niccolò Machiavelli 1469～1527		《君主论》《李维史论》《兵法七论》《佛罗伦萨史》《曼陀罗花》。	大洛伦佐·德·美第奇掌权佛罗伦萨；西班牙阿拉贡的费尔德南与卡斯蒂利的伊萨贝拉成婚，开启西班牙统一活动。
1470	本博 Pietro Bembo 1470～1547		《俗语论》《威尼斯史》	法国第一个印刷所建立；奥斯曼土耳其从威尼斯人手中夺取尤卑亚岛，掌控东地中海。

续表

年代	文化人物 意大利	文化人物 欧洲其他国家	作品	文化史和历史事件
1471		[德] 丢勒 Albrecht Dürer 1471～1528	《书斋中的圣哲罗姆》	教皇西克图斯四世当选。
1472	巴托罗米欧 Baccio della Porta Bartolomeo 1472～1517		《萨沃纳洛拉像》	但丁《神曲》第一版问世；德国英古尔斯塔特大学成立。
1473		[波兰] 哥白尼 Nicolaus Copernicus 1473～1543	《天体运行论》	西斯庭教堂由多尔奇（Giovanni de Dolci）建筑落成；德国特利尔大学成立。
1474	阿利奥斯托 Ludovico Ariosto 1474～1533		《疯狂的奥兰多》	西班牙第一个印刷所建立。
1475	米开朗基罗 Michelangelo Buonarroti 1475～1564		《哀悼基督》《大卫》《西斯庭教堂圆顶画》《最后的审判》	英王爱德华四世侵入法国；土耳其征服黑海北岸克里米亚。
1476	纳尔迪 Jacopo Nardi 1476～1563		《佛罗伦萨城市史》	德国梅因兹大学成立；英国第一个印刷所建立；米兰公爵斯福查遭暗杀。
1477	乔尔乔内 Giorgione da Castelfranco 1477～1510		《酣睡的维纳斯》	德国图宾根大学成立；土耳其人进攻意大利。

续表

年代	文化人物 意大利	文化人物 欧洲其他国家	作品	文化史和历史事件
1478	卡斯蒂利奥内 Baldassare Castiglione 1478~1529		《廷臣论》	波提切利创作《春》；佛罗伦萨反美第奇的帕齐阴谋；西班牙宗教裁判所成立。
	特里西诺 Giangiorgio Trissino 1478~1550		《从哥特人的桎梏下解脱出来的意大利》	
		[英]莫尔 Thomas More 1478~1553	《乌托邦》	
1479	吉拉尔迪 Lelio Gregorio Giraldi 1479~1552		《当代诗人》	威尼斯为黑海贸易向奥斯曼帝国纳税；费尔德南任阿拉贡国王，西班牙逐步统一。
1480		[法]托里 Geoffroy Tory c.1480~c.1533	《野花》	伊凡三世即位，终止效忠鞑靼人。
1483	奎恰迪尼 Francesco Guicciardini 1483~1540		《意大利史》	法王查理八世即位；英国理查篡位。
	拉斐尔 Raphael Sanzio of Urbino 1483~1520		《西斯庭圣母》《花园中的圣母》《雅典学园》	
		[德]马丁·路德 Martin Luther 1483~1546	《95条论纲》	

续表

年代	文化人物 意大利	文化人物 欧洲其他国家	作品	文化史和历史事件
1484		[瑞士] 茨温利 Huldrych Zwingli 1484~1531	《67条信纲》	卡克斯顿印刷出版由马洛瑞爵士编辑的诗歌传奇《亚瑟王》。
1485	班戴洛 Matteo Bandello 1485~1561		《短篇小说集》	费奇诺翻译柏拉图著作；波提切利创作《维纳斯的诞生》；亨利七世开始英国都铎王朝；匈牙利夺取维也纳、占领下奥地利地区。
	内利 Filippo de Nerli 1485~1556		《回忆录》	
		[法] 小让·克卢埃 Jean Clouet c. 1485~1540	《法兰西斯一世像》	
		[西] 维多利亚 Francisco Vitoria 1485~1546	《关于〈神学大全〉的演讲》	
1486	贝卡福尼 Domenico Beccafuni c. 1486~1551		《反叛的天使们下降》	哈布斯堡家族麦克西米兰成为德王。
	萨尔托 Andrea del Sarto 1486~1531		《有哈比鸟的圣母像》	
1487	提香 Titian (Vecellio Tiziano) c. 1487~1576		《乌尔比诺的维纳斯》《花神》《安德里安斯岛上的酒神节》	迪亚士到达好望角。
	拉穆西奥 Giambattista Ramusio 1487~1557		《航海与旅行》	

续表

年代	文化人物 意大利	文化人物 欧洲其他国家	作品	文化史和历史事件
1488		[德] 胡腾 Ulrich von Hutten 1488~1523	《无名氏信函》	维罗纳所著《语法》出版。
1489	柯勒乔 Correggio（Antonio Allegri） c.1489~1534		《圣母升天》 《朱匕特与伊奥》	哥伦布兄弟巴塞罗密欧试图在英国开创海洋探险事业； 威尼斯占领塞浦路斯。
1491	福兰戈 Teofilo Folengo 1491~1544		《巴尔杜斯》	西班牙禁止贵金属输出。
1492	阿雷蒂诺 Pietro Aretino 1492~1556		《书信集》	哥伦布首航美洲； 教皇亚历山大六世当选； 大洛伦佐·德·美第奇去世。
	詹诺蒂 Danato Giannotti 1492~1573		《论佛罗伦萨共和国》	
		[法] 纳瓦尔 Marguerite de Navarre 1492~1549	《七日谈》	
		[西] 维韦斯 Juan Luis Vives 1492~1540	《论心灵及生活》	
1493	菲伦佐拉 Agnolo Firenzuola 1493~1543		《谈情说爱》	亚历山大六世调停西班牙和葡萄牙对发现地的归属权； 麦克西米兰被选为神圣罗马帝国皇帝（至1519年）。

续表

年代	文化人物 意大利	文化人物 欧洲其他国家	作品	文化史和历史事件
1494	蓬托莫 Jacopo da Pontormo 1494～1557		《基督下十字架》	美第奇家族在罗马和佛罗伦萨的银行关闭； 法王查理八世入侵意大利； 西班牙和葡萄牙签订托尔德西里亚斯条约。
	罗索 Rosso Fiorentino 1494～1540		《摩西保护约斯罗的女儿们》	
		[法]拉伯雷 François Rabelais c.1494～1553	《巨人传》	
		[德]萨克斯 Hans Sachs 1494～1576	《维滕贝格的夜莺》	
1495	阿拉曼尼 Luigi Alamanni 1495～1556		《阿瓦里孔纪》	阿尔都斯·马努蒂乌斯在威尼斯设立阿尔定（Aldine）出版坊； 法王查理八世征服那不勒斯； 神圣同盟迫使法国退出那不勒斯。
		[英]廷代尔 William Tyndale c.1495～1536	英译《圣经》	
1496		[法]马罗 Clèment Marot 1496～1544	《讽刺诗》	英王亨利七世派遣儿子和航海家卡伯特一起远航探险。
1497		[德]梅兰希顿 Philip Melanchthon 1497～1560	《为奥格斯堡信纲辩》	达·芬奇绘成《最后的晚餐》； 达·伽马绕好望角航行； 卡伯特首航发现纽芬兰。
		[德]小荷尔拜因 Hans Holbein d. j. c.1497～1543	《外交家》	

续表

年代	文化人物 意大利	文化人物 欧洲其他国家	作品	文化史和历史事件
1498	杰利 Giambattista Gelli 1498～1563		《制酒桶者朱斯托的哲理》	达·伽马到达印度；萨沃纳洛拉受火刑；法王路易十二即位，第2年即1499年侵入意大利。
	贝尔尼 Francesco Berni 1498～1535		《热恋的罗兰新编》	
1500	切利尼 Benvenuto Cellini 1500～1571		《切利尼自传》	葡萄牙人卡伯莱尔发现巴西；法王路易十二征服米兰，并与费尔德南五世商定分割那不勒斯。
1501				伊拉斯谟《手册》(Enchiridion)出版；阿美利加探航巴西沿岸；俄波战争，俄获得立陶宛。
1502	贝尔柯 Angelo Beolco 1502～1542		描写农民的剧作	从1502年至1504年，米开朗基罗创作《大卫》；从1502年至1504年，索福克勒斯等古典作家的希腊文著作相继出版；达·芬奇绘成《蒙娜丽莎》；索德里尼被选为佛罗伦萨正义旗手；法国与西班牙爆发战争。

续表

年代	文化人物 意大利	文化人物 欧洲其他国家	作品	文化史和历史事件
1503	帕米贾尼诺 Parmigianino (Francesco Mazzola) 1503～1540		《凸镜中的自画像》	教皇尤利乌斯二世当选； 西班牙占领那不勒斯。
	布伦齐诺 Agnolo Bronzino 1503～1572		《维纳斯与丘比特的寓言》	
	卡萨 Giovanni della Casa 1503～1556		《加拉泰奥》	
	瓦尔基 Benedetto Varchi 1503～1565		《历史》	
		[英] 怀亚特 Thomas Wyatt 1503～1542	十四行诗	
1504	塞尼 Bernardo Segni 1504～1558		《佛罗伦萨史》	丢勒画成《亚当与夏娃》。
1505	卡斯特维特罗 Ludovico Castelvetro 1505～1571		《诗论》	西班牙开始控制南意大利； 葡萄牙发现莫桑比克。
1507	卡罗 Annibal Caro 1507～1566		《书信集》	马丁·瓦西穆勒出版世界地图，以航海家阿美利哥的名字命名美洲； 第一部希腊文著作在法国出版； 恺撒·波吉亚去世。

续表

年代	文化人物 意大利	文化人物 欧洲其他国家	作品	文化史和历史事件
1508	帕拉迪奥 Andrea Palladio 1508~1580		《15世纪的建筑》	米开朗基罗开始《西斯庭教堂圆顶画》创作；拉斐尔开始创作《雅典学园》等；皇帝麦克西米兰、法王路易十二和西班牙王费尔德南五世结盟反对威尼斯。
1509	特莱肖 Bernardino Telesio 1509~1590		《物性论》	伊拉斯谟在剑桥讲学，出版《愚颂》；比萨正式向佛罗伦萨投降；英王亨利八世即位。
		[法]卡尔文 Jean Calvin 1509~1564	《基督教原理》	
1510	坦西洛 Luigi Tansillo 1510~1568		《歌集》	乔尔乔内创作《酣睡的维纳斯》；教皇尤利乌斯二世与威尼斯结盟将法王路易十二逐出意大利。
		[法]古戎 Jean Goujon c.1510~1568	《六仙女浮雕像》	
1511	瓦萨利 Giorgio Vasari 1511~1574		《最出色的画家、雕塑家和建筑家生平传记》《乌菲支宫殿》	费尔德南五世和亨利八世加入反法同盟。
1512	阿巴特 Niccolo dell Abbate c.1512~1571		《人物风景》	米开朗基罗完成《西斯庭教堂圆顶画》；佛罗伦萨索德里尼时代结束，美第奇重掌政权。

续表

年代	文化人物 意大利	文化人物 欧洲其他国家	作品	文化史和历史事件
1513	多尼 Francesco Doni 1513～1574		《天国、尘世与冥府》	马基雅维里开始《李维史论》和《君主论》的写作; 第一部希腊文柏拉图著作集出版; 葡萄牙人达到中国广东; 教皇利奥十世当选; 法国被逐出意大利。
	阿德里亚尼 Giambattista Adriani 1513～1579		《当代史》	
1514	美第奇 Lorenzino de Medici 1514～1548		《辩护词》	哥白尼提出太阳系假说。
		[尼]维萨留斯 Andreas Vesalius 1514～1564	《人体结构》	
1515				法王法兰西斯一世即位。
1516		[英]福克斯 John Foxe 1516～1587	《殉教者书》	伊拉斯谟出版第一部希腊文《圣经·新约》; 西班牙王查理五世即位。
1517				路德在维滕堡教堂大门张贴《95条论纲》;法王法兰西斯一世与威尼斯缔约。
1518	丁托列托 Tintoretto（Jacopo Robusti） 1518～1594		《圣马可的奇迹》	梅兰希顿被任命为维滕堡大学希腊文教授,主张"因信称义"。

续表

年代	文化人物 意大利	文化人物 欧洲其他国家	作品	文化史和历史事件
1519				茨温利开始在苏黎世宣传宗教改革； 科尔特斯开始征服墨西哥活动； 查理五世成为神圣罗马帝国皇帝。
1520	伽利佐 Galeazzo di Tarsia 1520～1553		彼特拉克式的十四行诗	米开朗基罗设计美第奇礼拜堂； 法、英结盟反对神圣罗马帝国未果。
1521				沃姆斯宗教会议，路德出席； 麦哲伦在菲律宾去世； 科尔特斯攻陷墨西哥城； 法国与西班牙为争夺意大利的控制权重开战争至1529年。
1522	斯基亚沃内 Andrea Meldolla Schiavone c.1522～c.1582		《弥达斯的裁判》	一支麦哲伦船队完成环球航行； 安德利安六世当选教皇； 查理五世将法国逐出米兰。
		[法] 杜贝莱 Joachim Du Bellay 1522～1560	《怀念集》	
1523				米开朗基罗开始建设劳伦斯图书馆； 克莱门特七世当选教皇； 古斯塔夫成为瑞典国王。

续表

年代	文化人物 意大利	文化人物 欧洲其他国家	作品	文化史和历史事件
1524		[法]龙沙 Pierre de Ronsard 1524~1585	《龙沙的情歌》	法国入侵意大利，重新取得米兰；德国爆发农民起义。
1525	莫罗尼 Giovanni Battista Moroni c.1525~1578		《男人》	廷代尔出版英语《圣经·新约》；帕维亚战役，法兰西斯一世被俘。
		[尼]老布吕盖尔 Pieter Bruegel c.1525~1569	《婚宴》《瞎子的寓言》《乞丐》	
1526				在戈拉纳达建成查理五世宫殿；法兰西斯一世、教皇克莱门特七世、米兰斯福查（Sforza）、威尼斯和佛罗伦萨结盟反对查理五世。
1527	阿尔钦博尔多 Giuseppe Arcinboldo c.1527~1593		《着花果神装的鲁道夫二世》	波旁的军队洗劫罗马，教皇克莱门特七世被俘。
1528	维罗内塞 Paolo Veronese 1528~1588		《迦拿的婚宴》	卡斯蒂利奥内《廷臣论》出版；教皇克莱门特七世与皇帝查理五世签订巴塞罗那协定。
1529	帕特里齐 Francesco Patrizi 1529~1597		《诗学》	亨利八世断绝与教廷的关系；法国和西班牙签订坎伯雷和约，法国重申对意大利的掌控权。

续表

年代	文化人物 意大利	文化人物 欧洲其他国家	作品	文化史和历史事件
1530		[法] 博丹 Jean Bodin 1530~1596	《共和国六论》	教皇克莱门特七世为皇帝查理五世加冕，也是教皇最后一次为神圣罗马帝国皇帝加冕
1532	安奎索拉 Sofonisha Auguissola c.1532~1625		《自画像》	马基雅维里《君主论》发表。
1533		[法] 蒙田 Michel Eyquenm de Montaigne 1533~1592	《随笔集》	第一部托勒密的希腊文著作出版； 克兰梅尔（Cranmer）受任坎特伯雷大主教。
1534				路德所译《圣经》出版；教皇保罗三世当选。
1536				1536~1541年，米开朗基罗创作《最后的审判》；卡尔文《基督教原理》发表。
1538	瓜里尼 Battista Guarini 1538~1612		《忠实的牧羊人》	皇帝查理五世与教皇、威尼斯共建对抗土耳其的"神圣同盟"。
1540	萨塞蒂 Filippo Sassetti 1540~1588		《书信集》	罗约拉创立耶稣会
1541		[西] 格列柯 El Greco 1541~1614	《奥尔加斯伯爵下葬》	查理五世远征非洲北部。
1543				哥白尼《天体运行论》发表； 维萨留斯《人体结构》出版。

续表

年代	文化人物 意大利	文化人物 欧洲其他国家	作品	文化史和历史事件
1544	塔索 Torquato Tasso 1544～1594		《被解放的耶路撒冷》	特伦托宗教会议于1545至1563年间举行。
		[法] 加尼埃 Robert Garnier 1544～1590	《安提戈涅》	
1546		[尼] 斯普朗格 Bartholomeus Spranger 1546～1611	《大力神西克勒斯·德京尼拉和死者尼苏斯》	米开朗基罗接管圣彼得大教堂的工程。
1547		[西] 塞万提斯 Miguel de Cervantes Saavedra 1547～1616	《堂吉诃德》	英王爱德华六世即位。
1548	布鲁诺 Giordano Bruno 1548～1600		《论原因、本原与太一》	提香画成《马背上的查理五世》。
		[西] 苏亚雷兹 Francis Suarez 1548～1617	《论法律》	
1552	萨尔比 Paolo Sarpi 1552～1623		《特伦托公会议史》	朗吉努斯《论崇高》出版。
		[英] 斯宾塞 Edmund Spenser 1552～1559	《仙后》	
1554		[英] 锡德尼 Philip Sidney 1554～1586	《为诗辩护》	英女王玛丽一世与西班牙腓力二世成婚。
		[英] 胡克 Richard Hooker c. 1554～1600	《论教会政制》	

续表

年代	文化人物 意大利	文化人物 欧洲其他国家	作品	文化史和历史事件
1555	卡拉奇 Lodovico Carracci 1555～1619		《圣保罗归信基督教》	教皇保罗四世当选；奥格斯堡和约签订。
1556	博卡利尼 Traiano Boccalini 1556～1613		《塔西佗评论》	西班牙王腓力二世即位。
1558		[英]基德 Thomas Kyd 1558～1594	《西班牙悲剧》	英女王伊丽莎白一世即位（1558～1603）。
		[英]格林 Robert Greene 1558～1592	《僧人培根和僧人邦格》	
1559		[英]查普曼 George Chapman c.1559～c.1634	英译《荷马史诗》	法国和西班牙定约，结束哈布斯堡家族与瓦罗家族之间的战争，西班牙实际上控制意大利。
1561		[英]培根 Francis Bacon 1561～1626	《新工具》《随笔集》	奎恰迪尼《意大利史》出版。
		[西]贡戈拉 Luis de Gòngora y Argote 1561～1627	《孤独》	
1562		[西]维加 Lope Felix de Vega Carpio 1562～1635	《羊泉镇》	维罗内塞《迦拿的婚宴》画成。
1564	伽利略 Galileo Galilei 1564～1642		《关于托勒密和哥白尼两大世界体系的对话》	麦克西米兰二世被选为神圣罗马帝国皇帝。

续表

年代	文化人物 意大利	文化人物 欧洲其他国家	作品	文化史和历史事件
		[英]莎士比亚 William Shakespeare 1564～1616	《哈姆莱特》《李尔王》《奥瑟罗》《麦克白斯》	
		[英]马洛 Christopher Marlowe 1564～1593	《浮士德博士》	
1567	蒙特威尔第 Claudio Monteverdi 1567～1643		合唱曲《塞费尔归来》	苏格兰王詹姆斯六世即位。
1568	康帕内拉 Tommaso Campanella 1568～1639		《太阳城》	普兰丁开始印制多语种《圣经》。
1569	马里诺 Giambattista Marino 1569～1625		《安东尼斯》	科斯莫·德·美第奇创建托斯坎纳大公国。
	卡拉瓦乔 Mechelangelo Merisi da Caravagio 1569～1610		《圣母玛利亚之死》	
1571		[德]开普勒 Johannes Kepler 1571～1630	《哥白尼天文学摘要》	教皇与威尼斯联合舰队击溃土耳其人的战役爆发。
1572		[英]多恩 John Donne 1572～1631	"形而上学"诗	荷兰起义开始。
		[英]琼生 Ben Jonson 1572～1637	《人人高兴》	

续表

年代	文化人物 意大利	文化人物 欧洲其他国家	作品	文化史和历史事件
1575	巴西莱 Giambattista Basile 1575～1621		《儿童趣闻录》	塔索《被解放的耶路撒冷》出版。
	雷尼 Guido Reni 1575～1642		《参孙的胜利》	
1577		[英]伯顿 Robert Burton 1577～1640	《忧郁的解剖》	伦敦第一个公众戏院开放。
		[尼]鲁本斯 Peter Paul Rubens 1577～1640	《耶稣上十字架》《帕里斯的裁判》	
		[英]韦伯斯特 John Webster 1578～1632	《马尔菲公爵夫人》	
1578		[英]哈维 William Harvey 1578～1657	《心血运动论》	葡萄牙入侵摩洛哥，败退。
1580		[西]克维多 Francisco Gòmez de Quevedo y Villegas 1580～1564	《骗子外传》	蒙田《随笔集》出版。
1583		[荷]格劳修斯 Hugo Grotius 1583～1645	《战争与和平法》	荷兰共和国统一。
1584		[英]塞尔顿 John Selden 1584～1654	《燕谈录》	荷兰奥兰治亲王威廉被暗杀。

续表

年代	文化人物		作品	文化史和历史事件
	意大利	欧洲其他国家		
1586		[德]安德里亚 Johann Valentin Andreae 1586～1654	《基督城》	路德宗派与卡尔文宗派在萨克森的斗争激烈。
1588		[英]霍布斯 Thomas Hobbes 1588～1679	《利维坦》	西班牙建立无敌舰队。
1592		[捷]夸美纽斯 Johann Amos Comenius 1592～1670	《大教学论》	庞贝遗址发现； 教皇克莱门特八世当选。
1596		[法]笛卡儿 Renè Descartes 1596～1650	《第一哲学沉思集》	土耳其人在克利兹特斯打败神圣罗马帝国皇帝及其同盟的军队。
1599		[英]沃尔顿 Izaak Walton 1593～1683	《五篇传记》	伦敦球形剧场建成。
1600		[西]卡尔德隆 Pedro Calderòn de la Barca 1600～1681	《人生如梦》	布鲁诺受火刑； 英国东印度公司成立。
1605		[英]布朗 Thomas Browne 1605～1682	《医生的宗教》	塞万提斯《堂吉诃德》第一部出版； 英国"火药阴谋"事件。
1608		[英]弥尔顿 John Milton 1608～1674	《失乐园》 《复乐园》 《力士参孙》	至1608年，莎士比亚的四大悲剧全部出版； 法国在加拿大建魁北克城。

续表

年代	文化人物 意大利	文化人物 欧洲其他国家	作品	文化史和历史事件
1611		[英] 哈林顿 James Harrington 1611~1677	《大洋国》	詹姆斯一世钦定英文版《圣经》出版。
1623		[法] 帕斯卡 Blaise Pascal 1623~1662	《思想录》	莎士比亚第一个对开本剧作出版。
1632		[英] 洛克 John Locke 1632~1704	《政府论》	英国人在北美马里兰建殖民地；法国大瘟疫；瑞典国王古斯塔夫赢得吕琛战役的胜利，但不幸阵亡。
		[德] 普芬道夫 Samuel Pufendorf 1632~1694	《自然法及万民法》	
		[荷] 斯宾诺莎 Baruch de Spinoza 1632~1677	《伦理学》	
1633		[英] 佩皮斯 Samuel Pepys 1633~1703	《日记》	罗马宗教法庭判处伽利略终身监禁。
1646		[德] 莱布尼茨 Gottfried Wilhelm Freiherr Von Leibniz 1646~1716	《人类理智新论》	英王查理一世1645年被议会军打败后，于1646年遁赴苏格兰。

注释：

①简表既以意大利等国的人文主义者、文学家和艺术家生平为线索编制，又提示文艺复兴时期文化、历史现象，可供读者两厢参照。

本简表的所有内容出自以下文献材料（按出版年代排序），英文：Francis. A. Hyett, *Florence: Her history and Art*, Methuen & Co., 1903; Ernest Hatch Wilkins, *A History of Italian Literature*, Oxford University Press, 1954; Peter and Linda Murray, *The Art of the Renaissance*, Praeger Publishers, 1963; L. Murray, *The High Renaissance*, Praeger Publishers, 1967; L. Murray, *The Late Renaissance and Mannerism*, Praeger Publishers, 1967; J. C. L. de Sismondi, *A History of the Italian Republics*, Peter Smith, 1970; Jean Cooke, Ann Kramer and Theodore Rowland-Entwistle, *History's Timeline*, Barnes & Noble Books, 1996; *The Panorama of the Renaissance*, edited by Margaret Aston, Harry N. Abrams, Inc., Publishers, 1996; *The Oxford History of Italy*, ed. George Holmes, Oxford University Press, 1997; Jonathan W. Zohpy, *A Short History of Renaissance Europe: Dances over Fire and Water*, Prentice-Hall, Inc., 1997。中文：翦伯赞主编：《中外历史年表》，中华书局1961年；柳鸣九、郑克鲁、张英伦：《法国文学史》（上册），人民文学出版社1979年；《简明不列颠百科全书》，中国大百科全书出版社1986年；张世华：《意大利文学史》，上海外语教育出版社1986年；朱伯雄主编：《世界美术史》第6卷"文艺复兴美术"，山东美术出版社1990年；余匡复《德国文学史》，上海外语教育出版社1991年；陈玢：《意大利文艺复兴时期画家小辞典》，中国文联出版公司1995年；王佐良、何其莘：《英国文艺复兴时期文学史》，外语教学与研究出版社1996年；王军、徐秀云编著：《意大利文学史——中世纪和文艺复兴时期》，外语教学与研究出版社1997年；沈萼梅：《意大利文学》，外语教学与研究出版社1999年；狄博斯：《文艺复兴时期的人与自然》（周雁翎译），复旦大学出版社2000年；陈众议：《西班牙文学：黄金世纪研究》，译林出版社2007年。

附录 Ⅱ 参考文献[①]

一、外文

1. Allen, Christopher, *French Painting in the Golden Age*, Thames & Hudson, Ltd., 2003. 这里的"Golden Age"是指法国 17 世纪的文化辉煌世纪。探讨的问题有：从"样式主义"到"自然主义"；画风中的罗马历史和风土情结；典雅主义；学院派画作；凡尔赛宫廷画派；路易十四辉煌的终结，等等。每一部分的叙述都以重要画家为线索展开。

2. Allen, J. W., *A History of Political Thought in the Sixteenth Century*, Methuen & Co Lit, 1957. 在艾伦看来，16 世纪是一个发展较快并具有革命性变化的时代，因此研究这一时期的政治思想意义重大。第 1 部分讲路德主义和卡尔文主义，从第 2 部分起着重评述英国、法国和意大利的政治思想家。大致上一个部分评述一个国家的政治思想家。该书对卡尔文的研究和评述最为精彩。作者还就当时的国家体制、主权问题、王权问题、天主教同盟问题等做了全面的论述。今天我们研究 16 世纪的欧洲政治思想史仍需要仔细阅读、思考艾伦在书中提出的一些观点。

3. Arcangeli, Alessandro, *Recreation in the Renaissance*：

[①] 所列书目以通史、专题史等为主。对一些英文书目加以简略点评，可视作对拙著《文艺复兴史研究入门》相关内容的补充。

Attitudes towards Leisure and Pastimes in European Culture, *c.*1425~1675, Palgrave Macmillan, 2003.

4. Aries, Philippe, and Georges Duby, General Editors, *A History of Private Life*, Vol. Ⅱ：*Revelations of the Medieval World*, Georges Duby, editor, 1988; Vol. Ⅲ：*Passions of the Renaissance*, Roger Chartier, editor, 1989. 两位总主编都是年鉴学派的代表人物，其中《文艺复兴情感》卷第 2 部分论述私密化的形式；第 3 部分涉及共同体、国家和家庭等问题。

5. Barolsky, P., *Walter Pater's Renaissance*, the Pennsylvania State University, 1987. 由两个部分组成："The Renaissance: Its Life and Afterlife" 和 "Pater and the Traditon of Aesthetic Criticism"。

6. Baron, Hans, *The Crisis of the Early Italian Renaissance*, Princeton University Press, 1966. 描述当时意大利转型时期的各种政治思维的变化和社会变化。作者的基本想法是，人文主义者可以在古代罗马的历史文化中寻找各种政治治理的方法，即所谓古典主义。但问题是 15 世纪初的意大利政治社会正在发生转型，于是出现了与转型时代相呼应的各种政治理论和政治作为，古典主义和政治转型之间的关系问题就成了危机的基本因素。人文主义者正以新的历史政治文化视野来诠释传统和解释当下社会。第 1 部分论述政治和历史思想中的变化问题。第 2 部分论述转型时期政治历史文化创作中所涉及的传统与当下融合的问题，特别提到大家对共和国、君主统治的不同观点。第 3 部分重点探讨布鲁尼的市民人文主义，这里已经隐含了作者的一个想法，即当时的人文主义者开始走向世俗主义，这种世俗主义在文化层面形成对传统的挑战，甚至是一种颠覆。接着第 4 部分详细讨论 14 世纪世俗主义作家如何看待古典主义的具体内容。到了 15 世纪，这种世俗主义在美第奇统治时期达到了高峰，也就是说社会生活中的一切都变得世俗化了。

如果说这是新旧文化之间的冲突、危机,那么其结果又如何呢?于是第 5 部分评论危机的后果,即不同的城邦国家出现了不同的政治体制,公民正在不同的政治体制下实践其自由等权利和义务。作者在结语中特别阐释了书中使用"危机"(crisis)一词的意思,原来作者想说的是 14 世纪和 15 世纪初的社会文化正在发生深刻的变化,特别是在佛罗伦萨人文主义者如布鲁尼等人的身上表现出与中世纪时代有诸多差异的世俗主义文化特征,并在此影响下通过大众的生活实践和政治家的作为使现实的社会发生变化,这些就是"危机"的真正含义。

7. Barraclough, Geoffrey, *The Origins of Modern Germany*, W. W. Norton & Company, Inc., 1984. 巴拉克勒夫是中世纪史的专家,本书大量篇幅涉及中世纪及文艺复兴时期的德国史内容。

8. Bembo, Pietro, *History of Venice*, ed. and trans. Robert W. Ulery, Jr., Harvard University Press, Vol. Ⅰ, 2007; Vol. Ⅱ, 2008; Vol. Ⅲ, 2009. 本博是文艺复兴时期威尼斯地区的人文主义者。

9. Black, J. B., *The Reign of Elizabeth*: 1558~1603, Oxford University Press, 1937. 该书为 G. N. Clark 主编"牛津英国史丛书"的一个品种。共 13 章,除最后一章讲伊丽莎白晚年情况较简略外,其余章节的书写均十分周全。书后附有详备的文献资料及皇室族谱、大臣名录、地图等。由于其学术上的价值,故成书年代虽早,却时常为学人引用。作者在"前言"起笔处便明言,本书与传统史书只关注政治不同,将更强调伊丽莎白时代的社会文化方面。这些在第 7 章和第 8 章中体现得很充分。不过在笔者看来,该书对英国与周边国家关系的阐述尤显功力。

10. Bouwsma, William J., *The Waning of the Renaissance*: 1550~1640, Yale University Press, 2000. 特别要注意作者对人文主义思想文化风格和各种内涵变化的论述。笔者在专文《后期文

艺复兴研究述评——兼评鲍斯玛的文艺复兴消褪说》(《天津师范大学学报》2008/4) 有这方面的评论。

11. Braudel, Fernand, *The Mediterranean and the Mediterranean World in the Age of Philip* II, translated from the French by Sian Reynolds, William Collins Sons & Co Ltd and Harper & Row Publishers, Inc., Vol. I, 1972; Vol. II, 1973. 是体现作者文明史观的代表作。作者一贯的想法是，文明的形成和变化要经历长期的演进过程，历史学家需要对其中起作用的各种文明因素（如地理环境、城市、贸易、国家制度、各阶层的人等）做细致的观察、分析。作者特别提醒读者注意文明的区域。该书第 2 卷"Civilizations"中提到文化边界（Cultural Frontiers）、罗马和西班牙两个文化传播中心等概念。在布罗代尔看来，许多文明都有特定的地理环境范围，一些山脉、河流成为这种文化的边界。同时，文明又始终在交流、传播过程之中，尽管这种速度很缓慢。阿拉伯数字、造纸术等等文明现象就是这样缓慢地传播着，最后待各种条件成熟后就在其他文明区域结出果实。所以最佳的历史研究方案是，既有文明的大局观，又掌握细微的文明史实，从而整体性地呈现文明发展的趋势。

12. Braudel, F., *Civilization & Capitalism* 15th-18th Century, translated from the French and Revised by Sian Reynolds, William Collins Sons & Co Ltd and Harper & Row Publishers, Inc., Vol. I *The Structures of Everyday Life*, 1981; Vol. II *The Wheels of Commerce*, 1982; Vol. III *The Perspective of the World*, 1984. 3 卷合起来约有 2000 页左右的篇幅，有大量的插图、图表等。毋庸置疑，作为年鉴学派的代表人物，作者历史研究的中心是经济生活。第 1 卷第 8 章提到市镇和城市，第 3 卷第 2 章、第 3 章则论述旧时欧洲以城市为中心的经济。这启示我们，文艺复兴时期的欧洲文明是一种以城市文明为中心的政治、经济和文

化现象。懂得了当时市民生活的特点,也就能得心应手地解剖其他文艺复兴时期的社会现象。

13. Burckhardt, Jacob, *The Civilization of the Renaissance in Italy*, Harper & Row, Inc., 1958. 只有认真读到该书最后一句话,方能领略这本文艺复兴史研究奠基性著作的深刻内涵。笔者在正文中有专章阐述布克哈特的文化史观。

14. Burke, Peter, *The Italian Renaissance – Culture and Society in Italy*, Polity Press, 1987. 体现伯克文化史研究思路。

15. Cassirer, Ernst, P. O. Kristeller and J. H. Randall, Jr., eds., *The Renaissance Philosophy of man*, The University of Chicago Press, 1984. 主要编选彼特拉克、瓦拉、费奇诺和皮科的著述。

16. Celenza, Christopher S., *The Lost Italian Renaissance: Humanists, Historians, and Latin's Legacy*, The Johns Hopkins University Press, 2004. 其中第2章至第5章的标题分别是:"Italian Renaissance Humanism in the Twentieth Century: Eugenio Garin and Paul Oskar Kristeller"; "A Microhistory of Intellectuals"; "Orthodoxy: Lorenzo Valla and Marsilio Ficino"; "Honor: The Humanists of the Classic Era on Social Place"。

17. Chastel, Andre et al., *The Renaissance: Essays in Interpretation*, Methuen & Co. Ltd., 1982. 论文集,收录9篇文艺复兴史研究学者的文章。

18. Cochrane, Eric, ed., *The Late Italian Renaissance* 1525~1630, Macmillan and Co Ltd, 1970. 该书第2部分汇集了5篇有关人文主义原则持续和变化的论文。

19. Copleston, Frederick, *A History of Philosophy*, Vol. III "Medieval and Renaissance Philosophy", Image Books, 1993. 作者的这套哲学史著作共有9卷,不同出版社的卷册数不尽相同,

笔者开列的是 9 卷 9 册本，关于俄国哲学史部分的第 10 卷也于近年出版。第 3 卷是对中世纪晚期和文艺复兴时期哲学的叙述。其中第 1 部分讲述 14 世纪的哲学，中心人物是奥康；第 2 部分讲述文艺复兴时期的哲学思想，中心是柏拉图主义的复兴、亚里士多德主义和自然哲学等；第 3 部分讲述文艺复兴时期的经院哲学，中心人物是西班牙法学派的代表人物苏亚雷兹。作者为天主教哲学家，有自己的哲学理论，语言深入浅出。

20. Cronin, Vincent, *The Florentine Renaissance*, E. P. Dutton & Co., Inc., 1967. 从地理环境、城市特征和公民社会渐次展开论述。

21. Cronin, V., *The Flowering of the Renaissance*, Collins Clear-Type Press, 1969. 着眼点是整个意大利，从第 9 章至结尾集中阐述威尼斯的文艺复兴史内容。

22. Dickens, A. G., *The Age of the Humanism and Reformation: Europe in the Fourteenth, Fifteenth and Sixteenth Centuries*, Prentice-Hall, Inc., 1972. 涉及 3 个世纪即 14 至 16 世纪的人文主义内容，但论述的重点是文艺复兴时期的各种历史现象。

23. Duby, Georges and Michelle Perrot, General Editors, Klapisch-Zuber, Christiane, editor, *A History of Women in the West: Vol. II Silences of the Middle Ages*, The Belknap Press of Harvard University Press, 1992; Davis, Natalie Zemon and Arlette Farge, editors, *A History of Women in the West: Vol. III Renaissance and Enlightenment Paradoxes*, The Belknap Press of Harvard University Press, 1993. 分专题编写。第 3 卷的 4 个部分分别是："Works and Days"、"So Much Is Said about Her"、"Dissidences"、"Women's Voices"。按照杜比在总论中的观点，历史是一个整体，妇女是这个整体中的有机组成部分。他们并不想以妇女为对象写一部妇女史，真正的编撰目的是想在历史的场景中探讨妇

女的角色、力量、作用等，无论是妇女发出声音还是沉默的内容都值得探讨。还想查看一下与妇女对应的各种内容，如女神、圣母、妓女、女巫等。全书涉及当时妇女生活的方方面面，配有一定数量的图片。虽有可读性的一面，但总体上讲是学术著作。

24. Duggan, Christopher, *A Concise History of Italy*, Cambridge University Press, 1994. 属于剑桥简明史丛书的一种。

25. Durant, Will, *The Renaissance: A History of Civilization in Italy from 1304~1576 A. D.*, Simon and Schuster, 1953. 作者试图撰写一本有普及性的读物，从开列的参考书目看，不乏文艺复兴史研究方面的基本著述。

26. Eagleton, Terry, *The Idea of Culture*, Blackwell Publishers Ltd., 2000. 其中涉及自然、自然本性和文化之间的关系。研究文艺复兴史应当注意诸多探讨文化问题的著述。

27. Eamon, William, *The Professor of Secrets: Mystery, Medicine, and Alchemy in Renaissance Italy*, National Geographic Society, 2010. 文艺复兴时期的医学是近代西方科学发端的重要分支，同时又混杂着各种文化现象。本书既是个案研究，又以点带面、生动地展示16世纪意大利的医学等状况。

28. Eisenstein, Elizabeth L., *The Printing Press as An Agent of Change: Communications and Cultural Transformations in Early-Modern Europe*, Cambridge University Press, 1980. 原分两卷出版，此为合订本。作者是研究文艺复兴时期印刷出版的专家。

29. Elkins, James and Robert Williams, *Renaissance Theory*, Routledge, 2008. 论文集，涉及各种有关文艺复兴概念的理论和现象。

30. Elliott, J. H., *The Old World and the New: 1492~1650*, Cambridge University Press, 1970.

31. Ergang, Robert, *The Renaissance*, D. Van Nostrand Company, Inc., 1967. 第 7 章着重论述意大利的人文主义现象，并就人文主义的弱点和贡献等问题加以评论。作者特别在第 129 页至 130 页上评述了人文主义运动逐渐退出历史舞台的原因，其中有历史环境发生变化的原因，更重要的原因还在于人文主义者身上的道德弱点（如反常的孤傲、不诚实、过度的谄媚、道德约束力松弛、非宗教性等）已经为社会所诟病。我们在评论文艺复兴时期的人文主义时也应当重视这些问题。

32. Ferguson, Wallace K., *The Renaissance in Historical Thought: Five Centuries of Interpretation*, Houghton Mifflin Company, 1948. 从历史的纵向和专题的横向多角度论述文艺复兴内涵。其中又有两个论述的重点，其一讨论人文主义问题；其二讨论布克哈特的观点和各种反响。第 1 章至第 3 章作者主要讨论早期意大利的人文主义传统、由北方人文主义者改变了的人文主义传统和晚期人文主义的传统。在讨论每一种人文主义传统时都以代表性人文主义者的观点为穿引，同时给予各种批评，例如对瓦萨利的人文主义艺术史观有诸多批评意见。第 4 章至第 6 章作者讨论理性主义者、浪漫主义者对文艺复兴的想法，新古典主义在理性思考的基础上仍强调复兴古典文化在文化史上的意义，但浪漫主义则表现出非理性的倾向，浪漫主义强调人的自由、理想等表现生命意义的内涵。在他们的眼里，中世纪的情感世界同样值得歌颂。这是历史分析视角的转变。第 7 章和第 8 章分析布克哈特的文艺复兴史观。这里表现出作者历史分析的眼力。弗格森认为布克哈特的历史观既是历史的产物，也就是说受到 18、19 世纪各种思潮如浪漫主义等的影响，又是个人生平活动的自然结果，作者特别指出存在于布克哈特个性上的个体主义等。对于布克哈特游历意大利后的思想巨变等具体内容也给予充分的关注。第 9 章论述北方文艺复兴问题。第 10 章和第 11 章探讨中世纪文艺复兴问题，在这些叙述中可以看到对布克哈特传统文艺复兴史观的反思和批判。

33. Ficino, Marsilio, *Platonic Theology*, Vol. Ⅰ, English translation by Michael J. B. Allen with John Warden, Latin text edited by James Hankins with William Bowen, Harvard University Press, 2001. 之后又出5卷，共6卷。费奇诺是文艺复兴时期新柏拉图哲学的代表，此书是费奇诺的代表作。

34. Fulbrook, Mary, *A Concise History of Germany*, Cambridge University Press, 1990. 属于剑桥简明史丛书的一种。

35. Gersh, Stephen and Bert Roest, eds., *Medieval and Renaissance Humanism: Rhetoric, Representation and Reform*, Koninklijke Brill NV, 2003. 论文集，是布列尔（Brill）思想史丛书的一种。

36. Gilmore, M.P., *The World of Humanism: 1453~1517*, Happer & Row, Publishers, 1962. 用很大的篇幅阐述欧洲社会和政治结构所发生的变化，由此进一步说明其他思想文化的变化。第8章集中讲基督教人文主义。

37. Gilson, Etienne, *The Spirit of Mediaeval Philosophy*, University of Notre Dame Press, 1991. 要全面理解文艺复兴时期的思想，就必须懂得中世纪基督教哲学的特征，在这方面不能忽视吉尔松的这本著作。书中对启示真理和理性真理之间关系的阐述是一条主线。

38. Godman, Peter, *From Poliziano to Machiavelli: Florentine Humanism in the High Renaissance*, Princeton University Press, 1998. 学术性很强的著作，每章的标题则有文学趣味，例如前3章分别是："At Lorenzo's Deathbed" "The Prison of Antiquity" "The Angel from Heaven"。

39. Gordon, Benjamin Lee, *Medieval and Renaissance Medicine*, Philosophy Library, 1959. 从中世纪到文艺复兴，大学中的

神学、法学、医学是三大学术研究领域。讲到医学，还可做些个案分析。其中意大利萨勒诺医学院可做重点考虑。这里提供两种文献：Doctor Pietro Capparoni, "*Magistri Salernitani nondum Cogniti*": *A Contribution to the History of the Medical School of Salerno*, John Bale, Sons & Danielsson, Ltd., 1923; Regimen Sanitatis Salerni, *The School of Salernum*, The English version by Sir John Harington, Ente Provinciale Per Il Turismo, 1966. 克利斯特勒在其1956年出版的论文集（参见下文）里用专文论述萨勒诺医学院的情况。

40. Gombrich, E. H., *Gombrich on the Renaissance*, Vol. Ⅰ: *Norm and Form*, Phaidon Press Limited, 1985. 是贡布里希4卷本"论文艺复兴"中最重要的一卷，集中探讨人文主义的艺术创作风格。贡布里希这4本著作均是论文集。第1卷中就有"Norm and Form"（规范和形式）一文。该文的副标题是"The Stylistic Categories of Art History and their Origins in Renaissance Ideals"，此处"Stylistic"（风格的）一词集中体现出贡布里希用风格的变化来穿引、探讨艺术史的研究理念，而这种理念又受到艺术史家沃尔夫林的影响。该文对沃尔夫林做了评述。

41. Gombrich, E. H., *Gombrich on the Renaissance*, Vol. Ⅱ: *Symbolic Images*, Phaidon Press Limited, 1985. 顾名思义探讨象征主义。

42. Gombrich, E. H., *Gombrich on the Renaissance*, Vol. Ⅲ: *The Heritage of Apelles*, Phaidon Press Limited, 1976. 从艺术史和艺术比较的角度论述文艺复兴时期艺术家的创作风格、技巧等。

43. Gombrich, E. H., *Gombrich on the Renaissance*, Vol. Ⅳ: *New Light on Old Masters*, Phaidon Press Limited, 1986. 试图说明但丁、达·芬奇、拉斐尔等人对先前人物、观念等的再思考

和呈现。

44. Grafton, A. and Nancy Siraisi, eds., *Natural Particulars: Nature and the Disciplines in Renaissance Europe*, The MIT Press, 1999.

45. Green, V. H. H., *Renaissance and Reformation—A Survey of European History between 1450 and 1660*, Edward Arnold Ltd., 1958.

46. Gregory, Timothy E., *A History of Byzantium*, Blackwell Publishing Ltd., 2005. 研究文艺复兴不能忽略拜占庭的历史。有关拜占庭历史的著述举不胜举，本书初版于1988年，除有诸多学术含量的附录外，书中对重要历史事例做了特别的描述。

47. Gundeersheimer, Werner L., ed., *The Italian Renaissance*, Prentice-hall, Inc., 1965. 文艺复兴时期的文献选编，对文献有简明的提示。

48. Haggis et al, eds., *The French Renaissance and Its Heritage: Essays Presented to Alan Boase by Colleagues, Pupils and Friends*, Methuen & Co Ltd., 1968. 论文集，其中还收录几篇关于近代作家如福楼拜、波德莱尔与文艺复兴关系的文章，值得一读。

49. Hakluyt, Richard, *Principal Navigations Voyages & Traffiques & Discoveries of the English Nation*, 8 Vols., J. M. Dent & Sons Ltd., 1907. 由于哈克卢特的这篇皇皇巨制，哈克卢特也成了新航路研究的代名词。此处开列版本的每一卷都有密密麻麻的排字，平均每卷400页左右。书中的记载非常详细，诸如航行记录、航行成员、所到城市等都如数道来。其中特别值得一提的是，作者还选用了许多书信，使全书的史料价值得到提升。如果以此书为导向，那么人们不仅可以了解文艺复兴时期激动人心的航海、殖民史，还能扩大对当时整个国际关系史的认识。另外，每卷都采用细化的目录形式，书后则有索引。

50. Hale, John, *Renaissance Europe*, University of California Press, 1977. 这是英国学者海尔较早出版的文艺复兴史研究专著。

51. Hale, J., *Italian Renaissance Painting*, Phaidon, 1977. 海尔的文艺复兴史研究已经形成系列，可以进一步考虑海尔如此编撰文艺复兴艺术作品的眼力。

52. Hale, J., *War and Society in Renaissance Europe*, 1450~1620, The Johns Hopkins University Press, 1986. 此为研究文艺复兴时期战争现象的重要参考文献。

53. Hale, J., *England and the Italian Renaissance*, Fontana Press, 1996. 其中第3章、第5章和第7章分别论述英国对意大利文艺复兴的品味（taste）。

54. Hale, J., *The Civilization of Europe in the Renaissance*, Atheneum Macmillan Publishing Company, 1994. 由两大部分和10章组成，10章的标题分别是："The Discovery of Europe"，"The Countries of Europe"，"The Division of Europe"，"Traffic"，"Transformations"，"Transmissions"，"Civility"，"Civility in Danger?"，"The Control of Man"，"The Taming of Nature"，其中第3章涉及战争和条约等国际性的问题；第7章、第8章对当时的文明状况及相关问题做了评述；第9章重点论述人们如何在共同体中自我管理的问题，如此等等。

55. Haren, Michael, *Medieval Thought: The Western Intellectual Tradition from Antiquity to the 13th Century*, Macmillan Publishers Ltd., 1985. 一直从古代柏拉图讲到中世纪亚里士多德主义和基督教哲学。

56. Hartt, F., *History of Italian Renaissance Art*, fourth edition, Harry N. Abrams. Inc., Publishers, 1994. 分中世纪晚

期、14 世纪和 15 世纪 3 个部分撰写。装帧精美，插图丰富。

57. Hauser, Arnold, *The Social History of Art：Renaissance, Mannerism and Baroque*, Routledge, 1962. 艺术社会史研究的思路。

58. Hay, Denys, *The Age of the Renaissance*, Thames & Hudson, 1967.

59. Hay, D., *The Italian Renaissance in its Historical Background*, Cambridge University Press, 1962. 有中文版。萦绕作者心胸的一个史学问题是：为什么文艺复兴在意大利发生了？作者的回答是：第一，从 14 世纪起，国际和国内的形势使意大利各个城邦获得了相对自由发展的契机；第二，城市的结构和生活，特别是佛罗伦萨共和国城市的崛起，为文艺复兴时期的文化繁荣提供了丰腴的土壤。注意书后作者所撰写的文艺复兴研究学术史。

60. Hay, D., *Europe in the Fourteenth and Fifteenth Centuries*, Holt, Rinehart and Winston, Inc., 1966. 该书出版后的第 23 年即 1989 年由同一个朗曼公司所属 Person Education Ltd 出了第 2 版，第 2 版补充了文献参考内容。

61. Hearder, H., *Italy：A Short History*, Cambridge University Press, 1990. 其中论文艺复兴的专章中提到人文主义及其作品的影响。

62. Hearnshaw, F.J.C., *The Social & Political Ideas of Some Great Thinkers of the Renaissance and the Reformation*, Barnes & Noble, Inc., 1925.

63. Hearnshaw, F.J.C., *The Social & Political Ideas of Some Great Thinkers of the Sixteenth and Seventeenth Centuries*, Barnes & Noble, Inc., 1926. 以上两种均为论文集，这一集还收有论述英王詹姆斯一世政治思想的专文。

64. Hillerbrand, H.J., *Men and Ideas in the Sixteenth Cen-*

tury, Rand McNally College Publishing Company, 1969. 重点是讲宗教改革的思想、争论等。

65. Holmes, George, *Renaissance*, Weidenfeld & Nicolson, 1996. 其中第2章讲人文主义的革命，全书以鲁本斯和伦勃朗的艺术创作结尾。

66. Holmes, G., *Florence, Rome and the Renaissance*, Clarendon Press, 1986.

67. Holmes, G., ed., *The Oxford History of Italy*, Oxford University Press, 1997.

68. Hulme, *The Renaissance, the Protestant Revolution and the Catholic Reformation in Continental Europe*, The Century Co., 1923. 文艺复兴部分以"Revival"一词勾勒民族国家、个人、文学、艺术、科学和意识的再生情况。

69. Hyett, F. A., *Florence*: *Her history and Art to the Fall of the Republic*, Methuen & Co., 1903. 编年体著作，从公元前城市的起源一直写到1530年。

70. Jardine, Lisa, *Worldly Goods*: *A New History of the Renaissance*, W. W. Norton & Company, 1998. 正如书名所指，作者认为文艺复兴时期正处在商业发展、成长的历史时期，因此那时的社会文化现象都与商业、消费等联系在一起。

71. Johnson, Paul, *The Renaissance*, Weidenfeld and Nicolson, 2000. 共6章，以文学、艺术、思想为主体，最后一章谈文艺复兴的扩展和衰落。

72. Johnson, Rossiter LL. D., editor-in-chief, *The Great Events by Famous Historians*, The National Alumni, 1905. 共22册，其中第7册至第11册可供文艺复兴史研究参考。

73. Kekewich, Lucille, ed., *The Impact of Humanism*, Yale University Press with the Open University, 2000. 其中第4

章专论音乐与人文主义问题,特别提到蒙特威尔第等文艺复兴时期的著名音乐家。

74. Keohane, Nannerl O., *Philosophy and the State in France*: *The Renaissance to the Enlightenment*, Princeton University Press, 1980. 第2章论述专制主义的思想。

75. Kirshner, Julius, ed., *The Origins of the State in Italy*, 1300~1600, The University of Chicago Press, 1995. 论文集,没有按城邦国家分门别类撰写,而是分制度、法律等专题进行评述。

76. Klapisch-Zuber, Christiane, *Women, Family, and Ritual in Renaissance Italy*, The University of Chicago Press, 1987.

77. Kohl, Benjamin G. and Ronald G. Witt edited with Elizabeth B. Welles, *The Earthly Republic*: *Italian Humanists on Government and Society*, University of Pennsylvania Press, 1978. 选编彼特拉克、萨卢塔蒂、布鲁尼、巴尔巴罗、巴拉齐奥利尼、波利齐亚诺6位人文主义者的政治著作。

78. Kristeller, Paul Oskar, *Studies in Renaissance Thought and Letters*, Edizioni di Storia e Letteratura, 1956. 属于论文集,收录作者20世纪30至40年代的论文。其中4个部分的标题分别是:Ⅰ "Introductory Essays";Ⅱ "Marsilio Ficino and His Circle";Ⅲ "Problem and Aspect of the Renaissance";Ⅳ "From the Middle Ages to the Renaissance"。这些也是克利斯特勒以后学术研究的大致框架。作者的学术生涯以研究文艺复兴时期哲学思想为中心,并在这一领域取得丰硕的成果。

79. Kristeller, P. O., *Renaissance Thought*: *The Classic, Scholastic, and Humanist Strains*, Harper Torchbooks, 1961.

80. Kristeller, P. O., *Renaissance Thought and Its Resources*, Columbia University Press, 1979. 注意本论文集的"导

言"，是作者文艺复兴思想史研究的学术回顾。全书分成3个部分，每一部分的第1篇都讲人文主义问题，分别是："The Humanist Movement"；"Humanism and Scholasticism in the Italian Renaissance"；"Italian Humanism and Byzantium"。

81. Lemaitre, Alain J. and Erich Lessing, *Florence and the Renaissance*, Terrail, 1993. 偏重文学艺术的叙述。

82. Letts, R. M., *The Renaissance*, Cambridge University Press, 1981.

83. *Life in Italy during the Renaissance*, texts by Lia Pierotti-Cei, trans. Peter J. Tallon, Liber, 1987.

84. Logan O., *Culture and Society in Venice* 1470～1790: *The Renaissance and Its Heritage*, Charles Scribner's Sons, 1972.

85. Lucas, Henry Stephen, *The Renaissance and the Reformation*, Harper and Brothers Publishers, 1934. 在文艺复兴部分以"新的世俗主义"作为论述的启端。

86. Lucki, Emil, *History of the Renaissance*, Book Ⅴ: *Politics and Political Theory*, University of Utah Press, 1964. 分国内和国际两个部分来论述文艺复兴时期的政治状况和政治理论。

87. Mallett, Michael Edward, *The Borgias: the rise and fall of a Renaissance dynasty*, Paladin, 1971. 这是研究文艺复兴时期波吉亚家族史不可或缺的学术著作。作者从文艺复兴时期的教皇谈起，一直叙述到波吉亚家族的衰落。全书的中心线索是波吉亚家族教皇亚历山大六世。作者撰写此书有一个很高的立意，即对于亚历山大六世这样一位充满恶行的教皇，为什么一些后世教皇还会以赞许的口吻提及？为什么在文艺复兴时期会出现这种类型的教皇？这种立意在布克哈特的名著那里就已出现，马利特则试图给予全景式的回答。从亚历山大六世1492年当选教皇到其1503年去世，作者采用编年体的形式书写。书中另一个中心人物就是亚历山大六世的养子恺撒·波吉亚。书后有详细注释、族谱、参考文献、索引等。

88. Mallett, M. E., *Mercenaries and Their Masters: Warfare in Renaissance Italy*, Rowman and Littlefield, 1974.

89. Manchester, W., *A World Lit Only by Fire: The Medieval Mind and the Renaissanc*, Little, Brown and Company, 1992. 在作者看来，虽然人们在分析文艺复兴各种历史现象时不能忽略中世纪的思想等，但毕竟文艺复兴时期一切都变了。全书有一个评论的中心人物即麦哲伦。另外还要注意作者对人文主义的各种论述。

90. Martin, Alfred Von, *Sociology of the Renaissance*, Routledge and kegan Paul Ltd., 1998.

91. Martin, John Jeffries, *Myths of Renaissance Individualism*, Palgrave Macmillan, 2004. 作者试图说明文艺复兴时期的个体主义与我们今天所理解的个体主义有许多不同的内涵。

92. Martindale, Andrew, *Man and the Renaissance*, McGraw-Hill Book Company, 1966.

93. Mattingly, Garrett, *Renaissance Diplomacy*, Penguin Books, 1955. 全书由4个部分组成：先讲中世纪和15世纪的外交，然后介绍意大利近代外交的开始，接着重点论述16世纪的外交，最后总结早期近代外交的各种现象。书中不仅有外交的理论，还有各种外交实践（如派驻使节等）的情况。作者以重大历史事件为线索评论新的外交之形成和特点。

94. Mazzeo, Joseph Anthony, *Renaissance and Revolution; the Remaking of European thought*, Secker & Warburg, 1965.

95. Mazzocco, Angelo, ed., *Interpretations of Humanism*, Koninklijke Brill NV, 2006. 这是一部论文集，从克利斯特勒笔下

的人文主义者谈起，对人文主义者和各种人文主义内涵做了系统论述。

96. Mills, Dorothy, *Renaissance and Reformation Times*, G. P. Putnam's Sons, 1939.

97. Molho, Anthony, ed., *Social and Economic Foundations of the Italian Renaissance*, John Wiley & Sons, Inc., 1969.

98. Mommsen, T. E., *Medieval and Renaissance Studies*, Cornell University Press, 1959.

99. Murray, Linda, *The High Renaissance*, Praeger Publishers, 1967. 作者介绍盛期文艺复兴情况时以 2 章篇幅谈罗马和威尼斯为主，接着以另 2 章篇幅评述萨托、柯勒乔和佛罗伦萨的米开朗基罗。

100. Murray, L., *The Late Renaissance and Mannerism*, Praeger Publishers, 1967. 书中作者以整整 1 章篇幅讨论"样式主义"。

101. Murray, Peter and Linda Murray, *The Art of the Renaissance*, Praeger Publishers, 1963. 作者非常关注"风格"(style)问题。其中提到佛罗伦萨的艺术时就举了这样几种风格即"International Gothic Style"、"Heroic Style of Masaccio and Donatello"等；在尼德兰那里则有"Soft Style"等。

102. Nauert, Jr., Charles G., *The Age of Renaissance and Reformation*, The Dryden Press, 1977.

103. Neale, J. E., *The Age of Catherin de Medici*, Harper & Row, Publishers, 1962. 尼尔于 1934 年出版了《女王伊丽莎白一世传》，被译成多国文字，广为流传。到了 1943 年，尼尔的《美第奇·凯瑟琳时代》问世，也一印再印。与前书相比，本书简洁明了，重点突出。共 4 章，前 2 章描述宗教、社会和政治背景；第 3

章集中描述巴托罗缪宗教大屠杀的情景；第 4 章讲述宗教战争的结束。历史著作如何在不失学术基础的前提下，写得简明扼要，吸引读者，本书可资参照。

104. New, John F. H., *Renaissance and Reformation：A Short History*, John Wiley & Sons, Inc., 1969.

105. Panofsky, Erwin, *Renaissance and Renascences in Western Art*, Almqvist & Wiksell, 1960. 本书第 1 章以 "'Renaissance' – Self-Definition or Self-Deception"为题讨论文艺复兴的概念和内涵，作者更倾向于文艺复兴时期的艺术创作从古典时代吸取养料，同时又渗透新的艺术因素。

106. Paoletti, John T. and Gary M. Radke, *Art in Renaissance Italy*, Harry N. Abrams, Inc., 2002. 本书导论部分讲了庇护人、艺术工作室、瓦萨利的艺术分期、作画材料和方法等回避不了的问题，之后按时间一直论述到 16 世纪结束。除插图丰富外，还选用了诸多新近的研究成果，并以 "Contemporary Voice" 栏目呈现出来。

107. Parshall, Peter and Rainer Schoch with David S. Areford, Richard S. Field, and Peter Schmidt, *Origins of European Printmaking：Fifteenth-Century Woodcuts and Their Public*, Board of Trustees, National Gallery of Art, Washington, 2005. 从某种意义上说，文艺复兴是与印刷术关联在一起的历史现象。15 世纪是欧洲印刷技术启端的重要年份，该书提供大量木刻印刷品，是珍贵的研究资料。

108. Peery, W., ed., *Studies in the Renaissance*, University of Texas Press, 1954.

109. Plumb, J. H., *The Italian Renaissance*, Houghton Mifflin Company, 1989. 分两个部分：第 1 部分为专题研究；第 2 部分为人物研究。

110. Pocock, J. G. A., *The Machiavellian Moment: Florentine political thought and the Atlantic republican tradition*, Princeton University Press, 1975. 波科克从思想、文本、时代一体性分析的视角出发,将马基雅维里的思想、英国17世纪的政治思想、美国18世纪的政治思想进行系统的考察分析。第1部分主要解释"Experience""Prudence""Fortune""Virtue"等概念的历史背景,表明一种"历史语境"的立场。第2部分阐述马基雅维里时代的诸位政治思想家的观点。第3部分论述马基雅维里思想与英国、美国政治思想的关系。作者的"导论"相当重要,它集中阐释为何称呼"Machiavellian Moment(马基雅维里时刻)"的理由。其中心意思是,对一个概念、问题的理解必须回到特定的历史时期,注意当时的思想家是如何使用这些概念的。同时,我们从历史的角度去理解那些概念时,同样要分析不同时期、不同国度、不同思想家的状况。

111. Prescott, William H., abridged and edited by Gardiner C. Harvey, *History of the Reign of Ferdinand and Isabella the Catholic*, George Allen & Unwin Ltd., 1962. 此书描述近代西班牙崛起的奠基时期。给人的感觉是,整个叙述非常平实,体现出一位严谨历史学家应有的笔触。这里选用的是一个缩写本。

112. Pullan, Brian, *Rich and Poor in Renaissance Venice: The Social Institutions of a Catholic State, to 1620*, Basil Blackwell, 1971. 本书论述文艺复兴时期威尼斯的慈善问题,其中第1部分阐述存在于当时威尼斯的宗教慈善机构即"Scuole Grandi";第2部分阐述新的慈善事业;第3部分阐述威尼斯犹太人的银行及经济作用。

113. Ralph, Philip Lee, *The Renaissance in Perspective*, St. Martin's Press, 1973. 本书分政治、社会、文学、艺术、人和宇宙观等专题论述。最后联系当今社会就文艺复兴中的个体主义等

内涵加以历史性的评论。

114. Raphael, Mother Francis, *Christian School and Scholars*, Burns Oates & Washbourne, 1924. 本书在 700 多页的篇幅中，约有 200 多页的内容涉及文艺复兴时期的教育。

115. Rashdall, Hastings, *The Universities of Europe in the Middle Ages*, Oxford University Press, 1895. 本书共 3 卷，其中第 1 卷的结构是：先对大学进行定义的叙述，然后讲述阿伯拉尔与 12 世纪的文艺复兴问题，接着依次介绍萨勒诺、波伦亚、巴黎等大学，其中又以巴黎大学的内容最为详细。

116. Reese, *Music in the Renaissance*, revised edition, W. W. Nortorn & Company, 1959.

117. *Renaissance Humanism at the Court of Clement Ⅶ: Francesco Berni's Dialogue against Poets in Context*, studies, with an edition and translation by Anne Reynolds, Garland Publishing, Inc., 1997. 本书评注伯尔尼的著作时还论及吉尔贝蒂、桑加、卡尔沃、阿雷蒂诺等文人。

118. Rice, Eugene F. Jr., *The Renaissance Ideas of Wisdom*, Harvard University Press, 1958. 本书第 2 章的标题是"活泼的、很有想法的意大利人文主义智慧理想"。

119. Robb, Nesca A., *Neoplatonism of the Italian Renaissance*, George Allen & Unwin Ltd, 1935. 以费奇诺和"美第奇学圈"（Medici Circle）作为探讨的中心，旁及许多人文主义者。

120. Robbert, G. S. and R. G. Clouse, *The World of Europe: The Renaissance World*, Forum Press, 1973.

121. Roeder, Ralph, *The Man of the Renaissance*, *Four Lawgivers: Savonarola, Machiavelli, Castiglione, Aretino*, The Viking Press, 1933.

122. Rospigliosi, William, *Writers in the Italian Renais-*

sance, Gordon & Cremonesi, 1978.

123. Sarton, George, *Six Wings: Men of Science in the Renaissance*, UMI, 1996.

124. Schelling, Felix E., *English Literature During the Lifetime of Shakespeare*, Russell & Russell, 1973. 本书前面5章是对各种文学现象的评述。在总共21章中，直接以莎士比亚为题的专章也就2章而已，照顾到许多重要的文学家。

125. Schevill, F., *Medieval and Renaissance Florence*, Harper & Row, Publishers, 1963. 在按历史时间顺序撰写的同时，突出重要历史现象。

126. Schmitt, Charles B. and Quentin Skinner, eds., *The Cambridge History of Renaissance Philosophy*, Cambridge University Press, 2000. 本书共有千页篇幅。正文12章，每一章均由文艺复兴史或文艺复兴时期思想史的专家分别撰写。其中第4章专论人文主义（克利斯特勒撰写）。堪称学术精品。

127. Simone, Franco, *The French Renaissance: Medieval Tradition and Italian Influence in Shaping the Renaissance in France*, Macmillan, 1969. 本书作者主要从观念的角度来研究文艺复兴的历史，其中意大利人文主义和法国人文主义之间的关系是全书论述的中心。

128. De Sismondi, J. C. L., *A History of the Italian Republics*, Peter Smith, 1970. 编年体著作，至今仍是研究意大利共和国史不可或缺的参考书。作者原来写有16卷本意大利共和国史（发表于1807年至1818年）。1832年，由作者亲自撰写的一卷本同时用英语和法语出版。

129. Snyder, *Northern Renaissance Art: Painting, Sculpture, the Graphic Arts from 1350 to 1575*, Harry N. Abrams, Incorporated, 1985.

130. Strauss, L. and Loseph Cropsey, *History of Political Philosophy*, The University of Chicago Press, 1987. 本书为西方政治哲学史的经典教科书之一。全书对西方政治哲学史上代表人物（从修昔底德到海德格尔）做了系统评述，其中"马基雅维里"章节由斯特劳斯亲自撰写。

131. Sureda, Joan, *The Golden Age of Spain*, Vendome Press, 2008. 本书有大量精美插图。

132. Symonds, John Addington, *Renaissance in Italy*. 本书第 1 版由 Smith, Elder & Co. 从 1875 到 1886 分卷出版，本书使用的是第 2 版，共 7 卷。第 1 卷是对暴君时代的描述；第 2 卷讲学术的复兴；第 3 卷是艺术史；第 4 卷和第 5 卷评述意大利的文学；第 6 卷和第 7 卷评述文艺复兴时期天主教世界的反向。西蒙兹是诗人兼历史学家。这 7 卷中的文字同样浸透诗性的意蕴。笔者有言，西蒙兹是文艺复兴史研究最为恰当的人选。另有：Symonds, J. A., *The Renaissance in Italy*. 3 Vols. Peter Smith, 1961.

133. Tayler, Edward William, *Nature and Art in Renaissance Literature*, Columbia University Press, 1964. 本书第 1 章即为 "Renaissance Uses of Nature and Art"。

134. Taylor, Henry Osborn, *The Mediaeval Mind：A History of the Development of Thought and Emotion in the Middle Ages*, Harvard University Press, 1949. 本书共两卷。中世纪思想史的权威之作。全书以但丁的思想作为结尾，认为但丁是中世纪的综合。

135. Taylor, H. O., *Philosophy and Science in the Sixteenth Century*, Collier Books, 1962. 本书可以与上一著作合读。

136. Taylor, Rachel Annand, *Invitation to Renaissance Italy*, Harper & Brothers, 1930. 本书作者的观点表现在第 3 章中。该章的标题是 "Intellectual Contrasts and Reconciliations"，以表明

不同时代及同时代人物在思想上的各种比照与新的调和。

137. *The Panorama of the Renaissance*, ed. Margaret Aston, Harry N. Abrams, Inc., Publishers, 1996. 本书均以文艺复兴时代的艺术创作品作为历史线索进行编撰。

138. Thompson, Bard, *Humanists and Reformers: A History of the Renaissance and Reformation*, William B. Eerdmans Publishing Company, 1996. 其中第 4 部分和第 5 部分有专门讨论人文主义的章节。

139. Thompson, Elbert N. S., *The Controversy between the Puritans and the Stage*, Russell & Russell, 1966.

140. Thompson, J. M., *European History*, 1494～1789, Harper & Row, Publishers, 1969.

141. Treadgold, Warren, *A Concise History of Byzantium*, Palgrave, 2001. 欧洲的文艺复兴涉及拜占庭的历史内容。本书第 7 章最后一节的标题是 "A Lost Renaissance"，其中提到对希腊古典文献的研究、批判有突出成绩的学者（如 Calabria、Plethon 等）及其对意大利人文主义者的影响。

142. Trevelyan, J. P., *A Short History of the Italian People: From the Barbarian Invasions to the Present Day*, George Allen & Unwin Ltd., 1963.

143. Ullmann, Walter, *Medieval Foundations of Renaissance Humanism*, Elek, 1977.

144. Vasari, Georgio, *De' Più Eccellenti Pittori Scultori E Architettori*, Instituto Geografico De Agostini, 1967. 共 9 卷，属于学术版。

145. Vasari, G., *The Great Masters*, English translation by Gaston De Vere, Hugh Lauter Levin Associates, Inc., 1986.

146. Vasari, G., *The Most Eminent Painters, Sculptors*

and Architects, Modern Library, 1960.

147. Vasari, G., *Lives of the Artists*, 2 Vols., selected and trans. George Bull, Penguin Books, 1987.

148. Verdon, Timothy and John Henderson, eds., *Christianity and the Renaissance-Image and Religious Imagination in the Quattrocento*, Syracuse University Press, 1990. 其中第 3 部分是几篇专论基督教人文主义者的文章，涉及的主要基督教人文主义者有费奇诺、美第奇、萨沃纳洛拉、皮科等。

149. Vergil, Polydore, *On Discovery*, ed. and trans. Brian P. Copenhaver, The I Tatti Renaissance Library, Harvard University Press, 2002. 本书作者是文艺复兴时期的人文主义者，书中探究从古代起的各种文化现象的产生情况，即人们通常所说的"第一""最初"等。

150. Villari, Pasquale, *Life & Times of Savonarola*, T. Fisher Unwin, 1889.

151. Villari, P., *The Life and Times of Niccolò Machiavelli*, Charles Scribner's Sons, 1891.

152. Villari, P., *The Two First Centuries of Florentine History: The Republic and Parties at the Time of Dante*, 2 Vols, T. Fisher Unwin, 1894. 以上为作者最具代表性的 3 部著作。撰写时对历史背景的叙述非常详备，如本书详细阐述了 13、14 世纪佛罗伦萨史和相关意大利史的内容，并附有许多珍贵的图片。

153. Weiss, R., *Humanism in England during the Fifteenth Century*, Basil Blackwell & Mott LTD, 1957. 本书内容翔实，从意大利人文主义者、教廷等与英国的各种接触来描述英国人文主义的发展情况。

154. Weiss, R., *The Spread of Italian Humanism*, Hutchinson University Library, 1964. 第 7 章主要论述意大利人

文主义在西欧的发展。

155. Welch, Evelyn, *Art and Society in Italy* 1350～1500, Oxford University Press, 1997. 全书贯穿艺术社会史的研究思路。4个部分的标题分别是："Artistic Enterprises"；"Audiences for Art"；"The Art of Government"；"Art and Household"。

156. Whitfield, *A Short History of Italian Literature*, Pelican Books, 1960.

157. Wilkins, Ernest Hatch, *A History of Italian Literature*, Oxford University Press, 1954. 本书在500页左右的正文中，文艺复兴时期的文学史叙述约占一半强的篇幅。其中第14章、第15章出现"战斗性的人文主义者"（Militant Humanists）字样。

158. Wohl, Hellmut, *The Aesthetics of Italian Renaissance Art：A Reconsideration of Style*, Cambridge University Press, 1999.

159. Wolfflin, H., *The Art of the Italian Renaissance：A Handbook for Students and Travellers*, Schoken Books, 1963.

160. Woodward, William Harrison, *Studies in education during the age of the Renaissance*, 1400～1600, Teachers College Press, 1967.

161. Woolfson, Jonathan, ed., *Reassessing Tudor Humanism*, Palgrave Macmillan, 2002. 从前都铎王朝时期的人文学科研究一直延伸到伊丽莎白朝，在当时英国特定文化背景下的各种人文主义现象都有论及，其中第10章的表示为"Between Bruni and Hobbes：Aristotle's *Politics* in Tudor Intellectual Culture"。

162. Yates, Frances A., *Renaissance and Reformation：The Italian Contribution*, Routledge & Kegan Paul, 1983. 是叶芝的论文集。

163. Young·C.B., Col. G.F., *The Medici*, Modern Li-

brary, 1930. 对此书的评价不一。有指责其冗长者，全书 824 页。在笔者看来这并不算冗长繁复。因为作者从比齐 1400 年起家一直叙述到 18 世纪美第奇家族统治的最后传人安娜，这样的篇幅正合适。另外，编年体的写作方法加上平实流畅的文字，易被通读。

164. Zohpy, Jonathan W., *A Short History of Renaissance Europe: Dances over Fire and Water*, Prentice-Hall, Inc., 1997. 本书是典型的文艺复兴史教科书，每章后面附有大事记和较新的参考书目。

二、中文

（著作）

1. 埃尔顿主编：《新编剑桥世界近代史》，第 2 卷 "宗教改革 1520～1559"（中国社会科学院世界历史研究所组译），中国社会科学出版社 2003 年。

2. 伯克：《欧洲文艺复兴中心与边缘》（刘耀春译），东方出版社 2007 年。

3. 伯克：《意大利文艺复兴时期的文化与社会》（刘君译），东方出版社 2007 年。

4. 波特主编：《新编剑桥世界近代史》，第 1 卷 "文艺复兴 1493～1520"（中国社会科学院世界历史研究所组译），中国社会科学出版社 1988 年。

5. 本内施：《北方文艺复兴艺术》（戚印平、毛羽译），中国美术学院出版社 2001 年。

6. 布克哈特：《意大利文艺复兴时期的文化》（何新译），商务印书馆 1979 年。

7. 布罗代尔：《15至18世纪的物质文明、经济和资本主义》，第1卷（顾良、施康强译），三联书店1992年；第2卷（顾良译）、第3卷（施康强、顾良译），三联书店1993年。

8. 布罗代尔：《菲力普二世时代的地中海和地中海世界》共2卷（第1卷，唐家龙、曾培耿译；第2卷，吴模信译），商务印书馆1996年。

9. 布洛克：《西方人文主义传统》（董乐山译），三联书店1997年。

10. 布鲁克尔：《文艺复兴时期的佛罗伦萨》（朱龙华译），三联书店1985年。

11. 狄博斯：《文艺复兴时期的人与自然》（周雁翎译），复旦大学出版社2000年。

12. 贡布里希：《文艺复兴：西方艺术的伟大时代》（李本正、范景中编选），中国美术学院出版社2000年。

13. 冯作民：《西洋全史》（七）"文艺复兴"，台湾燕京文化事业股份有限公司1975年。

14. 富尔：《文艺复兴》（冯棠译），商务印书馆1995年。

15. 哈伊：《意大利文艺复兴的历史背景》（李玉成译），三联书店1988年。

16. 加林主编：《文艺复兴时期的人》（李玉成译），三联书店2003年。

17. 加林：《意大利人文主义》（李玉成译），三联书店1998年。

18. 金：《欧洲文艺复兴》（李平译），上海人民出版社2008年。

19. 卡洛尔：《西方文化的衰落：人文主义复探》（叶安宁译），新星出版社2007年。

20. 克利斯特勒：《意大利文艺复兴时期八个哲学家》（姚鹏、陶建平译），上海译文出版社1987年。

21. 克利斯特勒：《文艺复兴时期的思想与艺术》（刘君、邵宏译），东方出版社2008年。

22. 柯耐尔：《西方美术风格演变史》（欧阳英、樊小明译），中国美术学院出版社 1992 年。

23. 刘明翰主编：《欧洲文艺复兴史》，共 12 卷，由人民出版社从 2008 年起分卷出版。

24. 佩特：《文艺复兴》（张岩冰译），广西师范大学出版社 2000 年。

25. 桑迪纳拉编著：《冒险的时代》（周建漳、陈犀成译），光明日报出版社 1989 年。

26. 斯金纳：《近代政治思想的基础》（奚瑞森、亚方译），商务印书馆 2002 年。

27. 索柯洛夫：《文艺复兴时期哲学概论》（汤侠生译），北京大学出版社 1983 年。

28. 瓦萨利：《意大利艺苑名人传》（由"中世纪的反叛"、"辉煌的复兴"和"巨人的时代"3 卷 4 册组成，刘耀春等译），湖北美术出版社、长江文艺出版社 2003 年。沃尔夫林：《古典艺术：意大利文艺复兴艺术导论》，潘耀昌、陈平译，浙江美术出版社 1992 年。

29. 沃纳姆主编：《新编剑桥世界近代史》，第 3 卷 "反宗教改革运动和价格革命 1559～1610"（中国社会科学院世界历史研究所组译），中国社会科学出版社 1999 年。

30. 伍德伯特等：《剑桥艺术史》，第 1 卷（罗通秀、钱乘旦译），中国青年出版社 1994 年。

31. 徐波：《文艺复兴时期法国民族史学研究》，四川人民出版社 2006 年。

32. 张世华：《意大利文学史》，上海外语教育出版社 1986 年版。另有 2003 年的修订版。

33. 张世华：《意大利文艺复兴研究》，上海外语教育出版社 2003 年。

34. 张椿年：《从信仰到理性——意大利人文主义研究》，浙江人民出版社1993年。

35. 朱龙华：《意大利文艺复兴的起源与模式》，人民出版社2004年。

36. 朱伯雄主编：《世界美术史》，第6卷"文艺复兴美术"，山东美术出版社1990年。

（文章）

1. 陈志强：《文艺复兴时期人文主义的含义和内容是什么?》，《历史教学》1984/5。

2. 陈新：《"人文主义"的兴起——一个有关史学认识个案的分析》，《世界历史》2003/1。

3. 刘景华：《人文关怀的技术体现：对14至17世纪西欧几项重要技术的考察》，《世界历史》2006/5。

4. 陈曒：《意大利文艺复兴巨人辈出的土壤和条件》，《西南民族大学学报》2006/11。

5. 程之范：《文艺复兴时期的医学与哲学》，《哲学研究》1980/12。

6. 程显煜：《意大利人文主义者的矛盾性和复杂性》，《历史研究》1987/2。

7. 程显煜：《罗马教皇与罗马文艺复兴》，《历史研究》1988/1。

8. 崔莉：《文艺复兴时期西欧王权"文化庇护"现象刍议》，《延边大学学报》2002/6。

9. 冯英：《人文主义历史观对古典人本主义的超越》，《安庆师院学报》2001/11。

10. 冯英：《人文主义：近代西欧社会转型的文化支撑》，《求索》2005/5。

11．高福进：《音乐文化与欧洲文艺复兴》，《天津师大学报》1993/3。

12．郭圣铭：《文艺复兴的伟大历史意义》（上、中、下），《历史教学》1982/5、6；1983/1。

13．郭振铎：《欧洲文艺复兴运动产生的社会背景》，《史学月刊》1982/5。

14．郭振铎：《略论马基雅弗利及其〈君主论〉》，《史学月刊》1987/6。

15．贺国庆：《中世纪大学向现代大学的过渡——文艺复兴与宗教改革时期欧洲大学的变迁》，《教育研究》2003/11。

16．姜守明：《从复古意识看文艺复兴和宗教改革的本质》，《学海》2007/6。

17．李长林：《国人对欧洲文艺复兴的早期了解》，《世界史研究动态》1992/8。

18．李长林：《中国对欧洲文艺复兴的了解与研究（五四时期及二三十年代)》，《世界史研究动态》1993/7。

19．李光奇：《佛罗伦萨人文主义史学评析》，《四川师院学报》1996/5。

20．刘友古：《论人文主义概念形成及其意义》，《兰州学刊》2005/6。

21．刘君：《何为"风格主义"》，《新美术》2005/3。

22．刘苏华：《阿拉伯——伊斯兰文化对文艺复兴的影响》，《湖南师范大学社科学报》2000/5。

23．刘明翰：《伊拉斯莫新论》，《世界历史》2002/3。

24．刘明翰：《德国文艺复兴的几个问题》，山东大学《文科论文集刊》1981/2。

25．刘明翰：《文艺复兴新探》，《湖南师大学报》1998/1。

26．刘建军：《论欧洲文艺复兴运动新文化的多重起源》，《东北师范大学学报》1999/2。

27. 刘新利：《文艺复兴时代的罗马教会与伦理道德》，《山东大学学报》2004/6。

28. 刘耀春：《从"出世"到"入世"——论文艺复兴时期意大利的市民生活伦理》，《四川大学学报》2003/3。

29. 刘耀春：《文艺复兴时期妇女史研究》，《历史研究》2005/4。

30. 刘耀春：《文艺复兴意大利城市的空间格局》，《历史研究》2008/2。

31. 吕同六、郑土生：《谈文艺复兴的伟大历史作用》，《光明日报》1978/6/10。

32. 马涛：《西欧人文主义文化与明朝市民文化》，《汕头大学学报》1994/2。

33. 孟广林：《意大利佛罗伦萨市民人文主义对封建传统思想的冲击》，《天津师范大学学报》1988/4。

34. 孟广林：《塞瑟尔的〈法国君主制度〉与"新君主制"学说》，《历史研究》2004/2。

35. 米辰峰：《劳伦佐·瓦拉的生平与思想》，《史学月刊》2004/8。

36. 彭小瑜：《12世纪"文艺复兴"的政治含义：理性霸权和"迫害之风"》，《史学月刊》2002/6。

37. 彭顺生：《马基雅维里对西方史学的贡献》，《广州师范学院学报》1998/8。

38. 祁颖：《论美第奇家族支持文艺复兴之原因》，《求是学刊》1997/4。

39. 钱志和：《阿拉伯文化的西传和西欧的文艺复兴》，《西亚非洲》1987/6。

40. 秦颖：《浅论马基雅维里的史学》，《华东师范大学学报》

1990/6。

41. 邱美珠：《文艺复兴时期的意大利外交》，《集美大学学报》2002/9。

42. 庞卓恒《谈谈"文艺复兴"一词的含义和译法》，《世界历史》1980/1。

43. 庞易民：《教皇尼古拉五世与文艺复兴运动》，《青海师范大学学报》1988/4。

44. 尚祖琦：《14世纪佛罗伦萨社会结构中的封建成份》，《西南师范大学学报》1987/3。

45. 宋耀良：《黑死病与文艺复兴运动》，社会科学战线1988/3。

46. 沈之兴：《论美第奇家族对佛罗伦萨文艺复兴的促进作用》，《华南师范大学学报》1991/3。

47. 孙艳：《文艺复兴时期佛罗伦萨的婚姻特点》，世界历史2003/2。

48. 孙锦泉：《君士坦丁堡陷落与意大利文艺复兴关系置辩》，《四川大学学报》1988/2。

49. 孙锦泉：《文艺复兴前南意大利的文化基础及其流向》，《四川大学学报》1991/1。

50. 孙锦泉：《论意大利文艺复兴的文化基础》，《历史研究》1993/5。

51. 孙锦泉：《论布鲁尼的人文主义史学》，《四川大学学报》2007/5。

52. 孙秉莹：《文艺复兴和宗教改革时期西欧史学的发展》，《史学史研究》1990/1。

53. 谭世保：《也谈"文艺复兴"一词的含义和译法》，《世界历史》1980/5。

54. 童自觉：《征服与被征服：对文艺复兴时期意大利的理性

思考》,《湖南社会科学》2001/1。

55. 王乃耀:《文艺复兴早期的佛罗伦萨经济之考察》,《世界历史》2006/1。

56. 王正平:《实事求是地评价"文艺复兴"》,《杭州大学学报》1981/1。

57. 王亚平:《论西欧中世纪的三次文艺复兴》,《东北师范大学学报》2001年/6。

58. 王挺之:《佛罗伦萨的公众庆典仪式与文艺复兴》,《历史研究》1987/5。

59. 王挺之:《第二次世界大战以来的文艺复兴研究(1940~1970)》,《四川大学学报》1991/1。

60. 王挺之:《文艺复兴研究的新趋势》,《历史研究》1991/1。

61. 王挺之、徐波:《文艺复兴研究五百年》,《世界史研究动态》1991/2。

62. 王挺之:《近代外交原则的历史思考——兼论马基雅维里主义》,《历史研究》1993/5。

63. 王挺之:《意大利文艺复兴时期的城市宗教生活》,《历史研究》1996/5。

64. 王挺之:《欧洲中世纪的教育》,《四川大学学报》2001/3。

65. 王挺之:《社会变动中的群体与个人——新微观史学述评》,《史学理论研究》2002/2。

66. 王素色:《文艺复兴运动对近代民族国家形成的影响》,《中央民族学院学报》1990/2。

67. 王素色:《重商主义与人文主义》,《社会科学战线》1997/4。

68. 吴于廑:《文艺复兴的社会背景及其历史作用》,《历史教学》1956/4。

69. 夏继果:《哈斯金斯与"12世纪文艺复兴"》,《史学理论研究》2004/3。

70. 肖四新：《文艺复兴时期人文主义的三种主要形态》，《高等函授学报》2004/2。

71. 谢天冰：《文艺复兴的历史学家汉斯·巴伦及其"公民人文主义"》，《福建师范大学学报》1999/4。

72. 辛彦怀：《欧洲中世纪大学对近代科学的影响》，《河北师范大学学报》2003/3。

73. 邢贲思：《欧洲两次伟大的思想解放运动》，《历史研究》1979/8。

74. 徐台榜：《论十字军东征对欧洲文艺复兴运动的推动作用》，《宁夏大学学报》2004/4。

75. 徐波：《但丁政治思想分析》，《西南师范大学学报》1992/4。

76. 徐波：《法国文艺复兴时期的历史方法研究》，《西南师范大学学报》2004/11。

77. 易红郡、刘东敏：《文艺复兴时期欧洲大学的变迁》，《清华大学教育研究》2005/6。

78. 尹曲：《文艺复兴的历史意义》，《吉林大学社会科学学报》1964/1 期。

79. 毅人：《文艺复兴时期伟大的艺术家达·芬奇和米开朗基罗》，《历史教学与研究》1960/1。

80. 杨毓初：《试论文艺复兴运动中的个性和共性》，《西南民族学院学报》1988/2。

81. 张执中：《文艺复兴评价问题再讨论》，《世界历史》1982/2。

82. 张笑梅：《文艺复兴时期的现实主义建筑艺术概述》，《开封师范专科学校学报》1990/3。

83. 张俊芳：《试论文艺复兴时期戏剧中的古典源流及其人本

精神》,《世界历史》2004/4。

84. 张椿年:《论意大利文艺复兴时期人文主义者的时间观》,《世界历史》1986/7。

85. 张椿年:《意大利文艺复兴时期财富观念的变化》,《世界历史》1987/3。

86. 张绪山:《试论经院哲学与文艺复兴的关系》,《史学月刊》1989/3。

87. 赵文洪:《论亨利七世的外交政策》,《世界历史》1988/3。

88. 赵立行:《建国以来文艺复兴史研究述评》,《史学理论研究》2001/2。

89. 赵立行:《宗教与世俗的平衡及其相互制约——意大利人文主义者的宗教观》,《历史研究》2002/2。

90. 郑如霖:《论教皇利奥十世的历史地位》,《华南师范大学学报》1988/1。

91. 郑如霖:《略论尼德兰文艺复兴的特点及其产生的原因》,《海南师范学院学报》1990/4。

92. 郑如霖:《略论法兰西文艺复兴的特点及其产生的原因》,《华南师范大学学报》1990/21。

93. 郑如霖:《略论西班牙文艺复兴的特点及其产生的原因》,《华南师范大学学报》1991/2。

94. 郑如霖:《略论英吉利文艺复兴的特点及其产生原因》,《江门教育学院学报》1991/2。

95. 郑群:《佛罗伦萨市民人文主义者的实践与"积极生活"的思想》,《历史研究》1988/6。

96. 钟良民:《"为艺术而艺术"的再思考:论沃尔特·佩特的文艺主张》,《外国文学评论》1991/2。

97. 周春生:《西方文艺复兴史三大研究热点述评》,《史学理论研究》2003/1。

98. 周春生：《西方文艺复兴史三大研究热点述评（续）》，《世界历史》2004/1。

99. 周春生：《道德的合理性与国家权力的合法性——西方马基雅维里思想批评史寻迹》，《史学理论研究》2005/3。

100. 周春生：《马基雅维里政治思想研究法》，《江苏行政学院学报》2010/2。

101. 周桂银：《意大利城邦国家体系的特征及其影响》，《世界历史》1999/1。

102. 朱龙华：《文艺复兴与思想解放》，《世界历史》1980/3。

103. 朱龙华：《历史学家谈人道主义：人道主义探源》，《世界历史》1984/2。

附录Ⅲ 其他参考图像资料

说明：此图为佛罗伦萨的市政厅（即维基奥宫）及市政厅前的广场。近代欧洲城市兴起后，市民通过行会组织自己的政治、经济活动，并在行会的基础上组成市政机构。市政厅及周边的场所成为政治活动的中心。

说明：美第奇家族成员之一的大洛伦佐是文艺复兴佛罗伦萨政治、经济和文化辉煌时期的领导人。此图为大洛伦佐徽章。

说明：从左至右的为米兰多拉、费奇诺、波利齐亚诺。他们都是重要的人文主义思想家。

说明:米开朗基罗设计、1523年竣工的佛罗伦萨劳伦斯图书馆。典雅的构造显示出当时的文化氛围。

说明:约15世纪中期,德国人古滕堡发明了活字印刷,这极大地促进了文化的繁荣。此图即为古滕堡印制的42行《圣经》内容。

说明：文艺复兴时期的新柏拉图主义思潮甚为流行。此图是象征柏拉图式心灵超越的徽章。

说明：费奇诺私人徽章背面所印柏拉图字样。费奇诺是佛罗伦萨新柏拉图主义的代表。

说明：西塞罗是文艺复兴时期人文主义者尊奉的对象，此图为15世纪意大利的第一本印刷书籍（即西塞罗的《论辩术》）。

说明：15世纪时教师给学生授课情景。

说明：16世纪的大学讲课情景。

说明：1580年马基雅维里《君主论》出版时的封面。

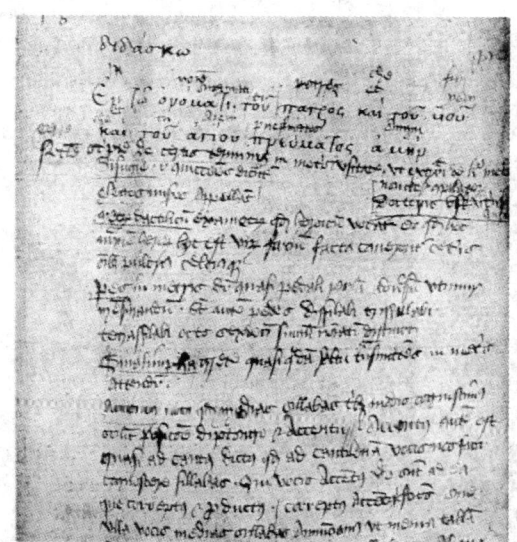

说明：15世纪后期学生听神学课的笔记。

说明：1518年出版的英国政治思想家莫尔代表作《乌托邦》中的木刻画。

说明:文艺复兴时期意大利史学家本博创作了《威尼斯史》《俗语论》等作品。此为作者像。

说明:文艺复兴时期的意大利出现了许多庇护人,庇护人与庇护对象之间除了有私人的情感外,还存在着一定的法律约束关系。思想家和文学艺术家正是在庇护人的支持下,完成各种有价值的创作活动。丹尼尔·巴尔巴罗既是哲学家、作家,又是庇护人。图为巴尔巴罗像。

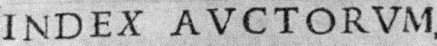

说明:文艺复兴时期呈现出思想解放的氛围。但自由的空气不时受到来自传统和教会等诸方面势力的牵制。此图为1557年天主教会公布的禁书和创作禁书的作者名单。

说明:意大利作家阿里奥斯托以创作《疯狂的奥兰多》著称于世,此为作者像。

说明:在文艺复兴时期的意大利市民社会中,无论男女都有接受教育的权利。此图向人展示知识女性的风貌。

说明:15世纪末,美第奇家族在佛罗伦萨失势后,修士萨沃纳洛拉执掌政权,试图实现其基督教的政治理想社会。后被教皇处死。此为萨沃纳洛拉像。

说明：意大利人文主义者卡斯蒂利奥内以《廷臣论》一书享誉当时的文坛和政坛。艺术家拉斐尔是卡斯蒂利奥内的挚友。此图为拉斐尔所绘《卡斯蒂利奥内像》，也是文艺复兴时期肖像画的杰作。

说明：文艺复兴时期波兰天文学家哥白尼创作了《天体运行论》一书，倡导太阳中心说，在当时天文学界乃至整个思想界产生革命性的影响。此为哥白尼像。

说明:与文艺复兴人文主义思想文化盛行的同时,宗教改革运动在欧洲范围内轰轰烈烈展开。德国宗教改革的代表是马丁·路德。右上图是路德像;左上图为艺术家想象中的路德在维滕堡城门撰写95条论纲情景。

说明:在日内瓦推行宗教改革的卡尔文的画像。

说明:卡尔文教派在宗教改革的政治实践中重新阐释神法与人法的关系,此图为里昂的一处卡尔文派布道堂。

说明:天文学在文艺复兴时期发展迅速,那时人们称呼许多研究天体的人为星象学家,此图所反映的是星象学家在为航行计算吉利天气的情景。

说明：文艺复兴时期科学发展的重要领域是对人本身的研究。其中就包括人的气质之研究。按照当时的想法，有4种气质组成人的个性，通常指胆汁质、多血质、黏液质、抑郁质。此图选自1574年的德国教科书。

说明：文艺复兴时期的化学与炼金等活动关系密切。此图是画家斯特拉丹诺的作品，题为《炼金士》，作于16世纪。

说明：文艺复兴时期的许多画作透露出科技方面的信息。德国画家小荷尔拜因在其代表作《外交家》中就有这方面的展示。此图为《外交家》细部。

说明：火刑是文艺复兴时期教会处死异端思想家等的主要极刑手段。

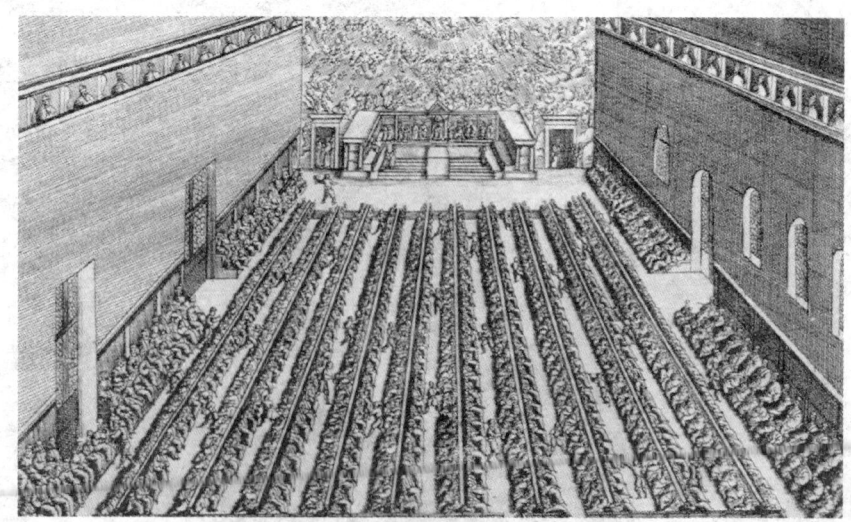

说明：文艺复兴时期意大利的不同城邦有各自的政治结构。此图所反映的是威尼斯大议事会开会的情景，重大法律事项均由大议事会表决通过。

说明：波吉亚家族在文艺复兴时期的意大利和国际舞台权倾一时。此图是品图里奇奥所绘《教皇亚历山大六世波吉亚》（约1492~1495）细部。

说明：教皇亚历山大六世的养子、波吉亚家族强势人物恺撒·波吉亚像。

说明：美第奇家族对文艺复兴有重要的影响。该家族中的一些成员曾任教皇。此图为拉斐尔所绘《教皇列奥十世美第奇与红衣主教瑞奇·德·罗希和朱里奥·德·美第奇》（约1517～1519）。

说明：约1560年瓦萨利所绘《教皇克莱门特七世为查理五世加冕》细部。

跋

拙著《文艺复兴时期人神对话》（华东师范大学出版社 2002 年）提出了本人对文艺复兴时期各种现象的基本看法及文艺复兴史研究的基本思路，但许多学术性的内容在那本书里没有做详细交代和深入展开。《文艺复兴史研究入门》（北京大学出版社 2009 年）可视作进一步的学术展开，不过"入门"的性质决定了这种学术展开的有限性。所以上述两个品种出产后心里总有些不踏实。

十多年来，自己针对人文主义文化的各个难题进行分门别类的研究，好些研究成果已经以论文等形式公诸学界。同时在做人物研究，成果之一是《马基雅维里思想研究》。其他个案研究方面也积累了大量的资料。另外，读布克哈特《意大利文艺复兴时期的文化》一书多年，手头有不少笔记。为了求得一种完美，再做《阿诺河畔的人文吟唱》一札，以深化学术。今后如有可能，将文艺复兴研究文献学也添上。这样，我可以在文艺复兴史的整体研究方面稍稍松口气了。

本书的写作宗旨是：展示人文主义的魅力；钩稽翔实的学术内涵；以具体史料和生动笔触撰写；图文并茂。人物研究突出两点：第一，对人生成长起根本性影响的事件；第二，文化创造的主要成果和思想特点。尤其是思想评述方面是本书的特点。

本书力图做到学术与普及的有机结合。说到学术，顿时会浮现出一幅严肃的面孔。自己在大学讲授文艺复兴史多年，教书的最大收获就是将深奥的道理用浅显易懂的语言和生动的表现形式结合起来。我经常问学生，谁能用简明的语言将柏拉图、亚里士多德、奥古斯丁的思想学术脉络道个一二？这种询问也逼迫自己要用简明的语言首先让大家懂。于是深入浅出就成了自己写作的信号灯，它时刻提醒自己尽量用近乎讲课的语气进行创作。希望本书的人物描述、思想评介和学术阐释能够为读者在欣赏之余敞开想象、思考的空间。

本书首先从人文主义者的评介入手，使读者对人文主义思想文化有一个直感的认识。然后展开对人文主义的学术探讨。由于本书的主体是意大利的人文主义思想文化现象，因此人物评介主要集中在文学三杰、艺术三杰等意大利人文主义者方面。以这些人物为入口，读者可以与更多的人文主义者进行历史对话。虽然大家对本书评介的人物及其文化创造成果比较熟悉，但未必对个中的思想文化真谛认识得十分清楚。文化对话的矛盾是，一方面要以博大的境界与历史人物进行对话；另一方面博大境界的生成又必须在与历史人物的对话中逐渐生成。当今时代，对具有高雅、深邃、通达知识底蕴之文化人的需求已十分迫切，我们总不该让米开朗基罗的艺术殿堂被嘈杂声围住。

书中还使用了一定数量的插图。许多插图都是文艺复兴时期的作品，具有珍贵的史料价值。同时，通过插图起到阅读理解过程中的艺术视觉效应。所选图像尽量避免与《文艺复兴时期人神对话》一书重复。书后还附有《文艺复兴史文化简表》，做此简表花了整整一个学期的工夫。

写后记当有自勉之词。这里不妨提一下"文艺复兴学"的概念。文艺复兴是不是一门学问？具体用英文讲，就是Renaissance后面能否加后缀ology，从而像"汉学Sinology""亚述学Assyriology"等一样成为专有名词即Renaissancology？"学"与"研究"都是学术味很浓的词。但两者之间又有些区别。"研究"有即时性的成分，或者有时间性的感觉，如正在研究researching、已有的研究researched等，而"学"则是长期研究后取得体系化学术成果的知识。从逻辑的角度讲，特定的学问必有特定的研究对象、范围。但不是对任何历史和现实事物的研究都够得上"学"的标准。仍以汉学、亚述学为例，我们发现这些学科有以下特点：都有文字方面的阐释难度和需要；在文字的背后蕴涵着独特的、具有重要历史影响力的文化；在学术探讨过程中形成了有代表性的观点、体系和方法等，并有相当的研究规模和成果。以这几点来分析文艺复兴的研究状况，那么冠之以"文艺复兴学"的称呼实在是顺理成章。具体如下。

其一，研究对象明确，即文艺复兴主要研究近代早期欧洲的思想文化现象，特别是以人文主义为核心内容的文学、艺术、哲学等思想文化现象。这里需要说明的是，有些学者在使用文艺复兴这个概念时过于宽泛，试图用这个词来概括整个社会历史的内容。但从文艺复兴研究的学术史情况看，将文艺复兴的研究对象放在人文主义思想文化的聚焦点上，这是主流。布克哈特和西蒙兹的代表作虽然讲了不少文艺复兴的历史背景内容，但其重点是研究文化。以后甚至出现大量直接以人文主义为题的文艺复兴研究专著。

其二，文艺复兴这个词最初的意义是指对古典时代希腊、罗马文化的复兴。所以人文主义者的直接任务、兴趣等都放在了对古典时代希腊文、拉丁文著作的释读方面。而且新的民族语言也在形成过程之中。对于后人的文艺复兴研究来讲，首先会碰到的难题或面临的基本的学术任务就是文字。

其三，文艺复兴研究的核心内容即人文主义是一种文化的象征。那些人文主义者以其创造性的活动体现了一种人文精神，并留下丰富的文化遗产。这些精神和遗产已经成为后来西方历史发展的重要动力，今天还在继续发挥其作用。

其四，在文艺复兴史的研究过程中，已经形成各有特点的研究成果和学派，其中的代表人物有：布克哈特、西蒙兹、布鲁克尔、克利斯特勒、巴伦、加林、伯克、斯金纳、艾伦等。今天已形成相当规模的学者群。

其五,有许多相关的研究学会、研究刊物和研究系列丛书等,在众多大学中开设了相关的课程,亦出现了大量的教科书。每年都有数不尽的研究成果面世。作为文艺复兴发源地的意大利设有全国性的文艺复兴史研究机构(Istituto Nazionale di Studi sul Rinascimento)它不定期出版学术论文集及各种"研究与文本"(Studie e Testi)专集。美国最有影响的当数"文艺复兴季刊"杂志,它由"美国文艺复兴史学会"(The Renaissance Society of America)主持编撰出版事宜。从1954年起,美国文艺复兴史学会编辑出版21卷"文艺复兴研究丛书"(Studies in the Renaissance),直至1974年。第1卷由University of Texas Press出版,以后由Publication of the Renaissance Society of America出版。美国文艺复兴史学会从1948年到1966年还出版过"文艺复兴通报"(*Renaissance News*)杂志。1966年起在此基础上改出"文艺复兴季刊"(Renaissance Quarterly),并一直延续至今。这份刊物是每一个从事文艺复兴时期研究的学人必须参考的资料。在美国"中世纪、文艺复兴文本与研究中心"(Medieval & Renaissance Texts & Studies)的领导规划下出版了系列学术书籍。规模更大的一套学术丛书则是哈佛大学出版社规划的"伊塔蒂文艺复兴丛书"(The I Tatti Renaissance Library),它模仿哈佛大学另一套经典丛书"洛布丛书"(Loeb),以拉-英对照本的形式编撰文艺复兴时期的重要书籍,有详细注释和参考书目。本书提到的薄伽丘《名女》就有"伊塔蒂文艺复兴丛书"本(Giovanni Boccaccio, *Famous Women*, edited and translated by Virginia Brown, The I Tatti Renaissance Library, Harvard University Press, 2001)。另外,美国的一些大学还有专门以人物为中心的研究机构(如得克萨斯州立大学的莫尔研究中心等)和资料中心(如西北大学的纽伯利文艺复兴研究资料中心等);相应地,这些大学的出版社编辑出版专项的文艺复兴研究书籍如西北大学出版社的"文艺复兴戏剧系列丛书"（Renaissance Drama）等，该丛书每期都有专题，如"新系列"第11期是"悲剧"（Tragedy）①。这些丛书到了一定规模后，编撰者又开始汲取其中论文的精华编成新的论文集，如在"文艺复兴戏剧系列丛书"基础上辑成的《作为文化史的文艺复兴戏剧》②等。英国还有牛津大学出版社的"文艺复兴研究"杂志（Renaissance Studies）。"鸽室—文艺复兴"（Dovecote-Renaissance）出版公司也出版相关学术书籍。加拿大多伦多大学"宗教改革和文艺复兴研究中心"（Centre for Reformation and Renaissance Studies）出版系列书籍。

凡此等等，我想"文艺复兴学"（Renaissancology）可以名正言顺地登堂入室了。提出文艺复兴学的概念有利于学术的进展。让我们一起期待《文艺复兴学》著述的问世。

最后感谢友人刘训练君推荐本书，也感谢天津教育出版社王光昭君富有创意又细致周到的编辑工作。

周春生

2010年4月3日

---

① Northwestern University Press，1980.
② *Renaissance Drama as Cultural History：Essays from Renaissance Drama*（1977～1987），edited by Mary Beth Rose，Northwestern University Press，1990.